文學史研究叢刊

新編中國文學發展史略

張偉保、溫如嘉　著

李序

　　中國傳統學術中的詩文評、文苑傳、序跋題記、總集選編、目錄學著作等，均涉及文學作品、文學現象、文學流變的評論以及作家傳記。其中多有體大思精的優秀著作，如班固《漢書·藝文志·詩賦略》、摯虞《文章流別論》、范曄《後漢書·文苑傳》、劉勰《文心雕龍》、鍾嶸《詩品》、昭明太子《文選》、皎然《詩式》、李清照《詞論》、紀昀《四庫全書總目·集部》等，難以遍舉。這些著作的豐富史料與精見卓識，為今天的文學史撰寫提供了必要的參考，但卻不能等同於現代學科意義上的文學史。

　　中國文學史是二十世紀初在西方學術觀念影響下建立的新學科，旨在全面、系統、深入、客觀地展示中國文學之發展史。一般認為林傳甲一九〇四年在京師大學堂編寫講義《中國文學史》，為中國學者編寫文學史的濫觴之作。一百多年以來，各類文學史著作無慮上千種矣。其中謝无量《中國大文學史》、胡適《白話文學史》上卷、鄭振鐸《插圖本中國文學史》、劉大杰《中國文學發展史》、中國科學院文學研究所《中國文學史》、游國恩《中國文學史》，分別代表了上個世紀二十年代、三十年代、四五十年代、六十年代文學史著作所能達到的成就。劉師培《中國中古文學史》、王國維《宋元戲曲史》、魯迅《中國小說史略》等，代表了最早也最有影響力的斷代或分體文學史著作。

　　上世紀八十年代之後，隨著思想學術的「百花齊放、百家爭鳴」，文學史撰寫也進入了繁盛階段。馬積高的《賦史》、聶石樵的《先秦兩漢文學史》、郭預衡《中國散文史》等，均為史料扎實、見

識卓越的著作。與此同時,對文學史學的理論探討也在展開。學界提出了「重寫文學史」的口號,《上海文論》雜誌在一九八八年開闢了「重寫文學史」專欄。一九九三年《文學遺產》編輯部組織學者舉辦了文學史學研討會,對文學史學的內容、定位等問題展開了討論。世紀交替之際,在百年學術史的回顧浪潮中,一些學者如蔣寅、董乃斌、郭英德、許總等紛紛撰文評述近百年的文學史撰寫情況。一九九九年袁行霈先生主編的《中國文學史》,「在準確介紹文學史基本知識的同時,注意挖掘新資料、提出新問題、找到新視角,將學生帶入本學科的前沿,給希望深造的學生指出治學的門徑」(《後記》)。這部著作力求「文學本位、史學思維與文化學視角」,在深度和廣度上都超過了之前的文學通史著作,因而迅速被國內大專院校廣泛用為教材,至今依然擁有巨大的影響力。

縱觀百餘年來文學史的發展,一部高品質的文學史著作應具備如下特點:準確界定研究對象,既要滲透當代文學觀念,又要尊重中國文學的原生態;在研究方法上,既遵循傳統的「知人論世」法,又積極吸納當代及西方一切有助於揭示文學本質的理論成果;具有廣闊的學術視野,積極吸收最前沿的學術研究成果,並展示新問題、新視角和新的研究範式;根據中國文學發展的實際情況,安排文學史的結構體例等。總之,文學史著作要力求達到對文學發展規律的哲學闡釋、文學發展情況的史學梳理,同時又具備對文學作品的審美、詩意、個性化的解讀。

百餘年來推動文學史撰寫如此興盛的一個重要動力是,滿足教學需求,上述大部分文學史著作都曾做過高校教材。因此,文學史撰寫在追求高尖學術水準的基礎上,還要根據學生的知識水準、學術興趣、培養目標等進行調整,以滿足不同地域、不同類型學生的個性化需求。張偉保、溫如嘉的這套《新編中國文學發展史略》,即為滿足

澳門地區大學教學需求編寫。總體來看，這部文學史著作的特點是：

一、概括簡要，視野宏觀。要在有限課時中系統講授中國文學幾千年的發展史，談何易哉？因此，教師必須具有高屋建瓴的眼光，精心選擇課堂講授內容，主次分明，線索清晰，又要全面完整，不疏不漏。此著在「先秦散文的勃興」章縱論歷史散文和哲理散文，在「從曹植到陶淵明」章系統講述從建安到東晉二百餘年的詩歌史，在「杜甫與中晚唐詩」反映杜甫以後的唐代詩歌史等，都表現了高度的概括力和準確的文學史判斷。

二、文學作品分析細緻準確。文學不同於史學、哲學的地方就在於其審美特質，因此文學教師應該具備敏銳的文學鑒賞力，能夠準確闡釋作品的魅力所在。此著分析《詩經》的文學特色，從句式、韻律、助詞、修辭等方面進行了論述，頗為有見。再如點評杜甫、晏殊、柳永等唐詩宋詞，時有精到之語。

三、語言表達平易近人。這使此著除了可作大學教材外，也可供古典文學愛好者參考。當然，有些地方的表達似需進一步凝煉和推敲。

文學史著作好壞，需要在教學實踐中檢驗，也要靠讀者和學習者給出公論。因此，這裡就不多言了。是為序。

李山

二〇二二年誌於北京師範大學

楊序

　　編撰「中國文學史」必須具有對中國文學發展的深入了解，別具慧眼，採擷精華，能使讀者一目了然。文學史的材料浩瀚如煙海，無論體裁、文評、創作風格、社會與作品關係等等，均可獨立成專題研究。劉大杰於上世紀完成《中國文學發展史》，上始殷商，下迄清朝，從卜辭開始，依時推移研究文學發展，繼而《詩經》，而《楚辭》，而秦漢散文，而漢賦，而魏晉詩歌、文評，而唐詩，而宋詞等，旁及變文、小說，曲詞，可謂琳琅滿目，誠一代巨著。我自任教中學至大學，均以此書作為教授中國文學的重要參考著作。

　　時代變易，深知現在的學生甚少願意花時間看數十萬字以上的著作。劉著巨構，於一般讀者來說，生活繁忙，未必能認真看畢全書。張偉保教授於課餘之暇，有見及此，特攫取劉著精華，另成一書，內容簡潔，初學者容易入門；研究者可知其重點，方便記憶。實有益於學林。明清文學發展部份，則由張教授完成。所選內容，均是文學發展的基礎知識，先秦以《詩經》、《楚辭》為主，漢則以《史記》、《樂府》為要。《史記》除是歷史巨著外，其文筆流暢，特別〈列傳〉一項，描寫人物栩栩如生，內容發展絲絲入扣，影響後世散文發展甚深遠。魏晉則著重曹植、陶淵明詩歌，可見其選材，眼界獨到。其次談及唐詩、宋詞，所介紹人物，均是不二之選。相信對一般學子幫助甚大，尤其是非專修文學的同學或讀者。雖然有學者認為劉著仍有不足之處，但不在本書討論之列。

　　溫如嘉博士，中英文修養甚深，現代文學發展的部份，特參考英

文著作，協助完成「現代文學」一章。張教授與溫博士花了超過一年
的時間整理，希望此書能於電玩泛濫的時代，滴下清泉，引領學子認
識中國文學，提高學養素質。本書特點是取材準確、用詞簡潔、所選
作品，多是傳誦後世的名著佳作。參看張偉保教授的鴻文之後，覺甚
有價值，故綴數言為序。

楊永漢

二〇二二年夏序於香港孔聖堂

目次

第一篇
先秦文學

第一章
上古歌謠

　　文字起源於圖畫，是日積月累地進化，以至於完成的，絕非一人的才力所能創造。最初的形式，文字與圖畫不能分開，漸漸進化，於是作為記載的符號的文字與純粹成為美術的繪畫，各自獨立。可知文字的形成，是需要一個長久的時期。商朝雖有了文字，但還沒有達到完成的地步。孫海波的《甲骨文編》出，可識得有一千零六字。合著不可識的，大約共有四千字。但在這些字裡，十之七八是圖畫形式的象形文字。許慎說：「依類象形謂之文，形聲相益謂之字。」那麼甲骨文字大半都是依類象形的文。同時字型尚未固定，一字有數種或多至數十種的寫法。

　　文學的創始，無論誰都知道是歌謠。但歌謠最初的形式，是同音樂、跳舞混合在一起，不容易分開。蟲鳴鳥語，可以說是音樂，也可以說是歌謠。漸漸的進化，較為完備的樂器與文字出現以後，於是音樂與詩歌才分成為獨立的藝術，由於跳舞，而演化為戲曲。有人說：「藝術最古的形態，是跳舞、音樂與詩歌。這三種東西是互相融合在一塊的。」在中國的古籍內，每提到詩歌時，也都是把詩、樂、舞三者合著來說明。在那裡形成不可分離的聯繫。古籍中有以下記載：

　　　　人喜則斯陶，陶斯詠，詠斯猶（不夠暢快），猶斯舞。

　　　　　　　　　　　　　　　　　　　　　　　　（《檀弓》）

> 詩言其志也，歌詠其聲也，舞動其容也，三者本與心，然後樂
> 器從之。　　　　　　　　　　　　　　　　　　　　　（《樂記》）

> 詩者，志之所之也。在心為志，發言為詩。情動於中而形於
> 言，言之不足故嗟歎之，嗟歎之不足故詠歌之，詠歌之不足，
> 不知手之舞之、足之蹈之也。情發於聲，聲成文，謂之音。
> 　　　　　　　　　　　　　　　　　　　　　　　　（《毛詩序》）

將詩歌、音樂、舞蹈三者聯合起來的事，是相當正確的。《呂氏春秋‧古樂》篇說：「昔葛天氏之樂，三人操牛尾投足以歌八闋。」這雖是一種傳說，然初民藝術的形態，卻是這種樣子，那種一面唱歌一面操著牛尾跳舞的神情和姿態，正合著初民的風味。此外，原始的詩歌韻語也常常反映了當時的社會生活。例如《吳越春秋》所載的《彈歌》：「斷竹，續竹，飛土，逐肉（指禽獸）」。從它的內容和形式上看，無疑的這是一首比較原始的獵歌，反映了漁獵時代的社會生活。而且在上古時代，人們不認識自然的客觀規律，認為周圍的世界可以用自己主觀的意志隨便改變。他們相信自己語言的力量，常常把詩歌當作「咒語」來使用。例如《禮記‧郊特牲》記錄了伊耆氏的《蠟辭》：「土反其宅，水歸其壑，昆蟲毋作，草木歸其澤。」無疑帶有濃厚的原始宗教色彩。所以說，上古詩歌的發展，可能與原始宗教的「咒語」有密切關係。

　　文字詩歌的發生雖是較遲，口頭的歌詞是與音樂跳舞同時起來的。孔穎達在《毛詩正義》內，也說過音樂起源便是詩歌起源的話。我們以此為根據，來看看卜辭。卜辭中雖無詩字，但樂舞之字卻很多，樂器已有鼓、磬與籥，還有小笙之和與大簫。這些東西，都是用於祭祀。可知商代的樂舞已經到了相當高的程度。在這種情況下，因

此我們可以斷定在殷商時代，一定有不少的祭祀祈禱的口頭歌詞。

　　卜辭以後，我們要作為上古文學的重要資料的，便是《周易》。關於《周易》的時代，經近人的種種考證，一致證明是商末周初。至於作者問題，我們知道它是一本卜筮的書，絕非一人所作，大概是日積月累，由那些巫卜之流編纂而成。《周易》與卜辭，在其社會的意義上，在其本身的性質上，是相同的。及其體例，亦有許多相似之處。所不同者，《周易》無論在方法組織方面，在意識文字方面，是帶有進步的姿態而出現的。

　　我們不能說《周易》是一部迷信的卜筮書，就放棄了它在文學史上的價值。它實在是卜辭時代走到《詩經》時代的唯一橋樑。由那樣拙劣的卜辭文字，如何能一步便跳到那樣成熟的《詩經》？無論在思想與文字的進化上，我們覺得《周易》實在是這過渡時代最適當的產物。一部迷信的卜筮書，表面上似乎沒有文學上的價值，但我們要知道，那時代的藝術，正是用作迷信魔術的宣傳工具，在它的成就上，只能做到這一點。卜辭中的文句，雖偶有較長的記載，大半都是極其簡樸和幼稚。但是到了《周易》，文字的進步是極大的。爻辭中已經有許多很有詩意的韻文了。

　　　　——屯如邅如，乘馬班如。匪寇，婚媾。

　　　　　　　　　　　　　　　　　　　　　　（《屯・六二》）

　　　　——賁如皤如，白馬翰如。匪寇，婚媾。

　　　　　　　　　　　　　　　　　　　　　　（《賁・六四》）

　　　　——乘馬班如，泣血漣如。

　　　　　　　　　　　　　　　　　　　　　　（《屯・上六》）

無論在描寫上，在音節上，都不能不算是好的小詩。同時在這些文字
裡，當代的社會生活，也表現得活躍如畫。男子威風凜凜地騎著白
馬，跑到女人家裡去，人家以為他是強盜，等到女人被他搶去了，才
明白他是為婚姻問題而來的。女的被挾在馬上，還泣血漣如地傷心地
哭著，把那一幕搶婚的情景，活活地呈現在我們的眼前。這種情形，正
是《周易》時代男娶女嫁的家庭制度形成以後的一種普遍現象。就是
到了近代，還能見到這種掠奪婚姻的事實。

　　——女承筐，無實。士刲羊，無血。

（《歸妹‧上六》）

這是一首有情有景的牧歌。在廣大的牧場上，一男一女快樂地做著
工。男的剪羊毛，女的用籃子盛著。用十個字把那情景表現得活躍如
畫，那手法是多麼經濟，那情景是多麼美麗。

　　——鳴鶴在陰，其子和之。吾有好爵，吾與爾靡之。

（《中孚‧九二》）

這完全是一首比興的抒情詩歌了。聽著一對雌雄的鶴地唱和，因而起
興，於是這一對男女也說出「我有好酒來共醉一下吧」的情話了。在
藝術的成就上，就是放到《詩經》的《國風》裡去，也是毫無愧色的。

　　——明夷於飛，垂其翼。君子於行，三日不食。

（《明夷‧初九》）

這也是一首比興的詩歌。詩中所表現的，似乎是描寫一個旅客在途中

所受的饑餓的艱苦。見著天空垂翼不停的飛鳥，自己已經有三天沒吃東西，自然是會感著一種悲傷的。「浮雲遊子意，落日故人情」，上面那位君子，是帶著這樣的情感的吧。「明夷」兩字，前人雖有種種解釋，我想在這種地方，把他看作是一種鳥，無論如何是正確的。像上面這些例子，雖說把他們放在卜筮的書裡，作為巫術迷信的裝飾，還沒有得到獨立的文學生命，但我們從其形式修辭和情感上看起來，實在都成為很好的詩歌了。由這時代再走到《詩經》，在詩歌進化的過程上，無論從哪一點看來，都是非常合理的。

第二章
周詩的發展

一　《詩經》時代的社會形態

　　農業經濟在殷商時代的中葉，雖已開始其發展，然作為社會生產的主義，則始於西周。我們由《大雅》中的《生民》、《公劉》、《緜》等敘事詩看來，周民族似乎是農業的發明者，同時也暗示著他們是靠著農業而興盛起來的民族。《生民》篇中所表現后稷的出生是那麼神奇，從小就懂得各種農產物的種植，這大概是一位農神，而後來周民族將其作為自己的祖先。再如公劉的居豳，古公亶父的居岐山，都因為從事農業而得到發展進步的事，大概是可靠的。到了文王時代，農業更加發達，財力日益豐富。《史記·周本紀》說文王「遵后稷、公劉之業，則古公、王季之法，而教化大行」，這正是農業經濟助長社會發展的說明。他於是先把四周的犬戎、密須、耆國、崇侯虎諸部落征服，進一步向中原發展，由岐山遷於豐邑，實行翦商了。這種事業到他的兒子武王，便得到了成功，而建立了周代的天下。

　　由上述的史事看來，可知道周代的農業，並非滅商以後，由商代承襲過來而呈現著突然的發展的。在文王以前，他們的祖先，在關中一帶的肥沃土地，便從事農業的生產。因為有那種好的地理環境，所以農業的進步是比較快的。《史記·貨殖列傳》云：「關中膏壤，沃野千里。自虞、夏之貢，以為上田。而公劉適邠，大王、王季在岐，文王作豐，武王治鎬，故其民猶有先王之遺風，好稼穡，植五穀。」這裡所講的虞、夏之貢，雖不可信，但那些地方宜於農業，卻是實情。

由此我們可以知道周代初期的農業，一面是憑著祖先的經驗，與好的地理環境，一面再從那些和他們發生交涉的部族學習農耕的方法，到後來再加以被征服的民族的努力的輔助，於是到了豐、鎬時代，農業便達到了高度發展的形態。國家的規模因以形成，財力因以豐富，進一步開始翦商的重大任務了。因為發展農業得到了這功業，同時又告誡子弟要知道稼穡的艱難，努力求進步，不要荒廢了這門業務。在周詩的《七月》、《南山》、《楚茨》、《甫田》、《大田》、《豐年》、《良耜》，《周書》的《金縢》、《梓材》、《康誥》、《洛誥》、《無逸》等篇裡，都有農事的記載。或記農民的生活，或記農民的祭祀，或說明農業與國家的關係。比起卜辭、《周易》時代的情形來，這時候真可算是農業的茂盛時代。隨著農業的發展，工藝和商業自然也跟著走上繁昌之途了。

生產事業這樣迅速地發達下去，所謂社會組織以及思想文化方面，也就都燦爛地進步起來了。封建的貴族政治，父權的家族制度，土地、奴隸的私有與封賜，貴族地主與農奴階級的形成，都是這時候政治社會上的特徵。作為擁護天子地位的天神教，鞏固父權地位的祖先教，帶著倫理的政治的觀念，在宗教思想中出現了。比起卜辭時代那種庶物崇拜的巫術迷信的觀念來，這時候的宗教思想，已經走入人本的禮治的進步的階段了。

一樣稱為宗教，一樣是敬神畏鬼，因為時代社會的關係，其中所表現的思想觀念，卻有明顯的差別。在宗教發展的最初階段，因人民對於自然界的神秘現象與死者靈魂的恐怖，因而發生神鬼的觀念，當時的祭祀，不過是享鬼敬神，藉以減少畏懼之情。到了後來，聰明的政治家，利用這種迷信去畏服黔首，統治家族，更進一步而發生反古復始的高尚的感情。到這時候，宗教是漸漸地脫離了巫術的迷信，而披上了倫理的政治的外衣，出現於文化的舞臺了。周公在《周書・君

爽》篇中所說的「天不可信，我道惟寧〔文〕王德延」，這正是聰明政治家利用宗教統治政治的自白。《禮記·表記》上說：「殷人尊神，率民以事神，先鬼而後禮。……周人尊禮尚施，事鬼敬神而遠之。」一個是先鬼而後禮，一個是事鬼敬神而遠之，那種宗教思想進化的形跡，真是一語道破了。

　　《詩經》本為三百十一篇，其中《南陵》、《白華》、《華黍》、《由庚》、《崇丘》、《由儀》六篇為笙詩，有聲無辭，故現存的詩只有三百零五篇了。這些詩我們雖無法考證每篇的時代，但就其全體而言，約起於周初（西元前1122年），止於春秋中期（西元前570年），這三百多篇詩，是前後代表著五百多年的長時代。其中有成、康時代的宗教詩，有厲、平時代的敘事詩、社會詩，有宮廷的宴獵詩，有民間的情歌舞曲。在這一個長的時期中，政治上起伏變化的事實是很多的。成、康兩代，天下安定，史稱「刑措不用者四十年」，可稱為周代的黃金時代。昭、穆以後，國勢漸衰。厲王的被逐，幽王的被殺，平王的東遷，都是有名的史事。東遷以後，王朝的威望日弱，諸侯吞併，夷狄交侵，社會上呈現出一個極度紊亂的局面。由平王四十九年起，而入於春秋時期。這些興亡治亂之跡，在三百多篇詩裡，反映著非常明顯的影子。在思想方面，我們也可看出一種進化的痕跡。周初去古未遠，神鬼的至尊觀念，還能堅固地統治人們的心靈。當時的文學，正是那些為宗教服務的舞歌。那代表的便是《周頌》。後來社會進化，人事日繁，產業發達與政治權力的進展，那些支配的貴族，在生活滿足之外，便逐漸想到那些聲色的娛樂。於是文學便由宗教的領域，走進人事的領域。大小《雅》中的那些宴會詩、田獵詩便是極好的代表。再如那些記載民族英雄的敘事詩，也是屬於這一類的作品。厲、幽以後，國勢日非。戰亂財窮，人心怨亂，昔日尊嚴的宗教觀念，在人心中起了動搖，無論對於天神或是人主，都發出怨恨的呼聲

了。古人稱為變風、變雅的那些作品，正好作為這種呼聲的代表。在
這些呼聲中，表現了神權的衰落於人性的覺醒。我們研究《詩經》的
時候，必得要留意這種思想進展的過程。不用說，在這種進程中，文
學的藝術，也是跟著進化的。

二　《詩經》與樂舞的關係

　　《詩經》是我國最古的優秀的文學作品，但它們在當時的社會技
能，大部分卻是音樂與跳舞的附庸，還沒有得到獨立的文學的生命。
孔子說：「吾自衛反魯，然後樂正，《雅》、《頌》各得其所。」（《論
語·子罕》篇）墨子也說過「儒者誦詩三百，弦詩三百，歌詩三百，
舞詩三百」的話（《墨子·公孟》篇）。他又在《非儒》篇內，把「弦
歌鼓舞以聚徒，務趨翔之節以觀眾」的事，當作孔子的罪名。《史
記·孔子世家》云：「三百五篇，孔子皆弦歌之，以求合韶武雅頌之
音。」詩之可籥，見於《周官》，詩之可管，見於二《禮》，詩之可
簫，見於《國語》。由此可知《詩經》在古代與音樂跳舞的關係的密
切了。因此有許多人把《詩經》便看作是古代的《樂經》。鄭樵在
《樂府總序》中說：

> 　　古之達禮三，一曰燕，二曰享，三曰祀。所謂吉凶軍賓嘉，皆
> 主此三者以成禮。古之達樂三，一曰風，二曰雅，三曰頌。所
> 謂金石絲竹匏土革木，皆主此三者以成樂。禮樂相須以為用，
> 禮非樂不行，樂非禮不舉。自后夔以來，樂以詩為本，詩以聲
> 為用，八音六律為之羽翼耳。仲尼編詩，為燕享祀之時用以歌，
> 而非用以說義也。古之詩今之辭曲也。若不能歌之，但能誦其
> 文而說其義可乎？……奈義理之說既勝，則聲歌之學日微。
>
> 　　　　　　　　　　　　　　　　　　　　　　（《通志·樂略》）

鄭樵這段話，自然是極有見識的。他能認識《詩經》在當時只有樂舞的地位，與宴饗祭祀的功能。應該從「聲歌」上去研究詩，不應該從「義理」上去研究詩。義理之說勝，聲歌之學日微，於是《三百篇》的真面目便湮沒了。《詩經》只是一些附庸於樂譜與舞蹈的詞曲，雖說不能從那裡面去追求倫理的道德，然其中所表現的時代影子卻是很鮮明的。詩樂的關係這麼密切，在這裡就引起了一個為「詩合樂」還是「為樂作詩」的問題。據我們現在的推測，時代愈是古遠的作品，它與樂舞的關係愈是密切。如《頌》以及《雅》中的一部，大都是當代的樂官與貴族界的知識階級為樂而作的歌詞。《南》、《風》諸作，時代較後，則為民間的歌謠，採集以後經樂官再來配樂，或者有些在民間已有樂譜再經樂官們加以審定的。元朝的吳徵，也有近似的意見。他在《校定詩經序》中說：

> 《國風》乃國中男女道其情思之辭，人心自然之樂也。故先王采以入樂，而被之弦歌。朝廷之樂歌曰「雅」，宗廟之樂曰「頌」，於燕饗焉用之，於朝會焉用之，於享祀焉用之，因是樂之施於是事而作為辭也。然則《風》因詩而為樂，《雅》、《頌》因樂而為詩，詩之先後於樂不同，其為歌詞一也。

他這種意見，在大體上我們是贊同的。《風》因詩而為樂，《雅》、《頌》因樂而為詩，無論從那些作品的性質上看，或從其使用的功能上看，都是極正確的結論。不過我們在這裡要附加一句，二《雅》中一部分的諷刺詩，未必是因樂而為詩的朝廷樂歌。關於這一點，古人曾提出過《詩經》有入樂與不入樂之分的意見。宋程大昌在《詩論》中曾推論《二南》、《雅》、《頌》為樂詩，《國風》為徒詩。顧炎武在《日知錄》內，對於這個問題，也發表過很好的意見。他說：

　　《鐘鼓》之詩曰：以雅以南。子曰：雅頌各得其所。夫《二
南》也，《豳》之《七月》也，《小雅》正十六篇，《大雅》正
十八篇，《頌》也，詩之入樂者也。《邶》以下十二國之附於
《二南》之後，而謂之風，《鴟鴞》以下六篇之附於《豳》而
亦謂之豳，《六月》以下五十八篇之附於《小雅》，《民勞》以
下十三篇之附於《大雅》而謂之變雅，詩之不入樂者也。

（《論詩》）

　　說變風不入樂，雖近乎武斷。但變雅的入樂，確是可以的。那些諷刺
朝政表現怨恨社會心理的社會詩，在音樂的效用上，是要失去其功利
的性質的。如何能同那些莊嚴典雅的祭祀宴饗的作品同列於朝廷的樂
章呢？我們大膽地推測，這些詩篇確已脫離了樂舞的關係，是那些沒
落的貴族或朝廷中的憂國傷時的知識份子所創作的一些感傷離亂的作
品。這些作品，帶著很濃厚的從宗教觀念中解脫出來的個人性與社會
性。與其放在《雅》內，是不如放在《風》裡還較為妥當的。至於顧
氏所說《國風》不能入樂的意見，我們也不能苟同。其中或有一部分
是如此，但那內面許多美麗的新婚歌、祝賀歌、農歌、祭歌等，經採
集以後，配合著樂譜來歌唱的事，是無疑的。由上面那些敘述看來，
我們可以知道古代的《詩經》，因為與音樂、跳舞緊緊地結合著，發
生實用的效果，而保持其生命，到了後來，樂譜的亡失以及音樂、跳
舞的進化與分離，使得那些歌詞單獨地存在，得到了文學的價值，落
到儒家的手裡，又成為聖賢們傳道的經典，青年們的倫理教科書了。

三　宗教性的頌詩

　　宗教詩以《周頌》為代表，《雅》中的祭祀詩，也屬於這一類。

《周頌》是《詩經》中最古的一部分，它在藝術的形態上，還沒有脫離歌詞、音樂、跳舞的混合形式。在藝術的功用上，正履行著宗教的使命。《詩・大序》說：「頌者美盛德之形容，以其成功告於神明者也。」鄭樵說：「陳三頌之音，所以侑祭也。」（《通志・樂略》）又說：「宗廟之音曰頌。」（《昆蟲草木略序》）他們這些話，都是從宗教的功利的觀點，去說明頌詩的內容與性質。就形態言者，則有阮元的《釋頌》，為精當的意見：

> 頌之訓為美德者，餘義也，頌之訓為形容者本義也。且頌字即容字也。……所謂周頌，若曰周之樣子，無深義也。何以三頌有樣，而《風》、《雅》無樣也？《風》、《雅》但弦歌笙間，賓主及歌者，皆不必因此而為舞容。惟三頌各章皆有舞容，故稱為頌。若元以後戲曲，歌者舞者與樂器全動作也。《風》、《雅》則但若南宋人之歌詞、彈詞而已，不必鼓舞以應鏗鏘之節也。

> （《揅經室集》）

他在這裡，從體制上形態上來說明頌只是一種樂舞、歌詞混合起來的舞歌，實在是一種過人之見。這些作品，從其性質上講，與其說是詩，還不如說它是戲曲。如《維清》、《酌》、《桓》、《賚》、《般》諸篇，都是象舞武舞的歌詞。表演的時候，在奏樂歌唱之中，跳舞一定是佔著很重要的部分。此外如《清廟》、《維天之命》諸篇，祀農的詩如《豐年》、《載芟》諸篇，想必都是那一類的舞歌。除音樂以外，一定還得伴著跳舞的。這些載歌載舞的情形、在《小雅》、《國風》裡，也還保留著一些影子。

有酒湑我，無酒酤我。坎坎鼓我，蹲蹲舞我。

（《小雅・伐木》）

籥舞笙鼓，樂既和奏……舍其坐遷，屢舞仙仙。

（《小雅・賓之初筵》）

坎其擊鼓，宛丘之下。無冬無夏，值其鷺羽。

（《陳風・宛丘》）

子仲之子，婆娑其下……不績其麻，市也婆娑。

（《陳風・東門之枌》）

這裡所表現的，或是朋友的宴會，或是男女的團聚，那種笙歌伴奏婆娑起舞的情形，活躍地呈現在我們的眼前。可知除了《頌》詩以外，就是在《風》、《雅》中，也還殘存樂舞混合的形態。不過，所謂《頌》是那種東西，是以舞容為其主要的條件的。因此，《頌》這種作品，在文學史上是要看作中國的詩歌與戲曲的共同源流了。

　　《周頌》的年代，正代表著武、成、康、昭的西周盛世。鄭樵說：「《周頌》者，其作在周公攝政，成王即位之初，非也。頌有在武王時作者，有在昭王時作者。必以此拘詩，所以多滯也。」這話是對的。最早的如《清廟》、《維清》諸篇，成於武王時，最遲者如《執競》為昭王時作。可見《周頌》的時期，前後有一百餘年。在這一個時期中，貴族地主與農民的交涉，似乎還建築在比較和平的基礎上，剝削的程度，還不十分厲害，因此那時候的民眾社會生活，也還比較安定。那種理想的井田制度，我們雖不敢相信，但由「雨我公田，遂及我私」（《大田》）和「倬彼甫田，歲取十千」（《甫田》）這些文句看

來，還可想見當時地主農民的合作關係，農民的生活，並不十分困
苦。所以《周頌》內的一些農事，都還充滿著和平的互助的情味。

> 噫嘻成王。既昭假爾。率時農夫。播厥百穀。
> 駿發爾私。終三十里。亦服爾耕。十千維耦。
>
> （《周頌・噫嘻》）

> 豐年多黍多稌。亦有高廩。萬億及秭。
> 為酒為醴，烝畀祖妣。以洽百禮。降福孔皆。
>
> （《周頌・豐年》）

在這些酬農神、祭社稷的詩裡，當時的農民生活，我們還可窺見其餘
影。再如《臣工》、《載芟》、《良耜》諸篇，更是活躍地反映著農民耕
作的姿態及其和平快樂的生活。史書上稱這個時代為周之盛世，大概
是要從這種經濟方面來解釋的。封建的君主政治與父權的家族制度出
現以後，於是萬物本乎天、人本乎祖的尊祖敬天的宗教觀念因以確
立。天上最尊嚴的是上帝，地上最尊嚴的是天子。陰間最有權力的是
祖先，陽間最有權力的是家長。這兩種觀念互相結合推演，祖先也可
以配天，於是形成一種上帝祖先的混合宗教，家庭組織便成為政治上
的主要元素，宗法精神遂成為國家政治上的主要精神了。《中庸》上
說：「明乎郊社之禮，禘嘗之義，治國其如示諸掌乎！」《孟子》中也
說：「天下之本在國，國之本在家。」真可以道出此中的真相了。在
這種宗教思想統治全部人心的時代，祭祀祈禱那一類的事，自然都帶
著嚴肅的意義，而日趨於進步之途，無論藝術哲學，都得屈服於宗教
意識之下，在祭壇下面得著其發展的生命了。

思文后稷。克配彼天。立我烝民。莫匪爾極。
貽我來牟。帝命率育。無此疆爾界。陳常於時夏。
　　　　　　　　　　　　　　　（《周頌・思文》）

維天之命。於穆不已。嗚呼不顯。文王之德之純。
假以溢我。我其收之。駿惠我文王。曾孫篤之。
　　　　　　　　　　　　　（《周頌・維天之命》）

昊天有成命。二后受之。成王不敢康。夙夜基命宥密。
於緝熙。單厥心。肆其靖之。
　　　　　　　　　　　　（《周頌・昊天有成命》）

時邁其邦。昊天其子之。實右序有周。薄言震之。莫不震疊。
懷柔百神。及河喬嶽。允王維后。明昭有周。式序在位。
載戢干戈。載櫜弓矢。我求懿德。肆於時夏。允王保之。
　　　　　　　　　　　　　　　（《周頌・時邁》）

文王在上。於昭於天。周雖舊邦。其命維新。
有周不顯。帝命不時。文王陟降。在帝左右。
　　　　　　　　　　　　　　　（《大雅・文王》）

下武維周。世有哲王。三后在天。王配於京。
王配於京，世德作求。永言配命。成王之孚。
　　　　　　　　　　　　　　　（《大雅・下武》）

維此文王。小心翼翼。昭事上帝。聿懷多福。厥德不回。以受
方國。天監在下。有命既集。

　　文王初載。天作之合。在洽之陽。在渭之涘。文王嘉止。大邦
有子。

（《大雅·大明》）

對於上帝的敬畏，對於祖先的讚頌，在當時的人心中，是呈現著虔誠
的宗教的感情的。這種簡樸無華，乾枯無味的文句，在現在看來，當
然沒有什麼文學藝術的價值，然而在文學史的發展上，任何國家的文
學，都要經過這一個重要的宗教階段。因為這一類作品，正履行著它
的社會使命，而適合於當代的社會生活與意識。我們如果把《周易》
看作是巫術文學，那麼《頌》、《雅》中的舞曲、祭歌，正是從巫術的
行動變為宗教儀式的作品，無論其為巫術的行動或是宗教的儀式，在
實用的功利的任務上，同時履行著一定的社會機能。

　　同這種宗教詩歌的性質相同的，還有《商頌》與《魯頌》。《魯
頌》是前七世紀的作品，這是大家都知道的事。關於《商頌》的時代
問題，有在這裡稍稍敘述的必要。照《毛詩序》的意見，《商頌》是
周代樂官保管的殷商樂章。如果這些話可靠，那麼在《周易》以前的
卜辭時代，這種作品便產生了。在文字的歷史與文學思想的發展上，
這都是不可能的。在《國語·魯語》和《史記·宋世家》中，或是暗
示，或是明說，都以《商頌》為宋詩。近代魏源、王國維諸人，更從
地名、國名以及文句的形態各方面研究，都得到了《商頌》是宋詩的
證據。其真確的時間，雖很難斷定，說是前七、八世紀之間的作品，
大體上是不錯的吧。因為它們產生的時代，比起《周頌》來要遲晚那
麼多，在文字的技巧上，受了《風》、《雅》的影響，較之《周頌》，
自然是較為進步些了。由其內容與實用的功能上說，雖仍是屬於宗教
的詩歌，但在文學的發展史上，已失去了《周頌》的時代性與重要
性，那不過是《周頌》的擬作，同後代那些轉向類比的郊祀宴饗的樂

章，是一類的東西了。（編者按：楊公驥、公木則認為「《商頌》本質上是商詩」，但因流傳多年，不能保證「在語言詞句上沒有後人染指呢？」，見《公木文集》第二卷（吉林大學出版社，2001），頁422，可以參考）。

四　宗教詩的演進

　　在文學發展的過程上，經過了巫術的行動與宗教的儀式兩個階段以後，必然是要走上人事的階段的。產業發達與社會進化，支配階級的地位日趨於尊嚴，宗教觀念日益被支配者利用著而作為政治上統治的工具了。像從前那樣，無論思想生活或是藝術各方面，全要作為宗教的附庸的事，到這時候是不得不發生變化了。把那些祀神祭祖的事情做好了以後，自己也就漸漸地想到了聲色的娛樂。從前藝術是負著禱神媚祖的使命，現在是進於娛人的社會的任務了。這種現象，我們由二《雅》中許多宴會詩、田獵詩，便可以得到說明。這些詩的年代，正與前期的那些宗教詩歌，是緊緊地接續著的。

　　《毛詩序》說：「雅者正也，言王政之所由廢興也。政有大小，故有《小雅》焉，有《大雅》焉。」用這種抽象的後日儒家的意見來解釋《雅》，自然是不合理的。《大雅》中所表現的未必是大政，《小雅》中所表現的未必就是小政，這是非常明顯的事，鄭樵所說的「宗廟之音曰《頌》，朝廷之音曰《雅》」，比起《詩序》的意見，要合理多了。他在這裡，正好說明了藝術的進展，是由宗教的階段進入於人事的階段的。雖說現存的《雅》詩中，看去不全是朝廷之音（其中也有宗教詩、社會詩），這或者由於後人編纂時，竄亂了次序，或者因為合樂的關係，全都歸在那樂律相同的範圍了。朱子說：「正《小雅》，燕饗之樂也，正《大雅》，朝會之樂，受理陳戒之詞也。及其變

也，則事未必同，而各以其詩附之。」(《詩集傳》)他這種說明，很近情理。他所講的燕饗朝會之樂，自然是《雅》詩中的正宗，要這樣才能顯出宗廟與朝廷，宗教與人事的界限。

呦呦鹿鳴，食野之蘋。我有嘉賓，鼓瑟吹笙。吹笙鼓簧，承筐是將。人之好我，示我周行。
呦呦鹿鳴，食野之蒿。我有嘉賓，德音孔昭。視民不恌，君子是則是效。我有旨酒，嘉賓式燕以敖。
呦呦鹿鳴，食野之芩。我有嘉賓，鼓瑟鼓琴。鼓瑟鼓琴，和樂且湛。我有旨酒，以燕樂嘉賓之心。

(《小雅・鹿鳴》)

湛湛露斯，匪陽不晞。厭厭夜飲，不醉無歸。湛湛露斯，在彼豐草。厭厭夜飲，在宗載考。
湛湛露斯，在彼杞棘。顯允君子，莫不令德。其桐其椅，其實離離。豈弟君子，莫不令儀。

(《小雅・湛露》)

我車既攻，我馬既同。四牡龐龐，駕言徂東。田車既好，田牡孔阜。東有甫草，駕言行狩。
之子於苗，選徒囂囂。建旐設旄，搏獸於敖。駕彼四牡，四牡奕奕。赤芾金舄，會同有繹。
決拾既佽，弓矢既調。射夫既同，助我舉柴。四黃既駕，兩驂不猗。不失其馳，舍矢如破。
蕭蕭馬鳴，悠悠旆旌。徒御不驚，大庖不盈。之子於征，有聞無聲。允矣君子，展也大成。

(《小雅・車攻》)

吉日維戊，既伯既禱。田車既好，四牡孔阜。升彼大阜，從其
群丑。吉日庚午，既差我馬。

獸之所同，麀鹿麌麌。漆沮之從，天子之所。瞻彼中原，其祁
孔有。儦儦俟俟，或群或友。

悉率左右，以燕天子。既張我弓，既挾我矢。發彼小豝，殪此
大兕。以御賓客，且以酌醴。

（《小雅‧吉日》）

在這些詩裡，或詠宴會，或歌田獵，不僅它們的內容情感和那些宗教
詩是完全不同，就在文字的藝術上，也是表現著明顯的進步。如「呦
呦鹿鳴」的音調的和諧，「蕭蕭馬鳴」的意境的雄放，都是前一期的
作品所沒有的。在這些詩中所出現的已不是上帝祖宗，只是天子、君
子、嘉賓一類的人物。鐘鼓琴瑟已不是娛神鬼的，而成為娛人的音樂
了。再如《彤弓》、《頍弁》、《菁菁者莪》、《常棣》諸篇，都是充滿著
人的生活與人的感情的作品。像《伐木》那篇對於宴會的情狀的描
寫，那是更為生動的。朋友聚會起來，吃肉飲酒，奏的奏樂，跳的跳
舞，那完全是人的世界，不是神的世界了。像《靈臺》中所描寫的，
百姓們造起亭臺樓閣來，內面養著麀鹿魚鳥，安置著大鼓大鐘，那都
是帝王的娛樂品，絕不是神鬼的娛樂品。不用說，那帝王不一定便是
文王，是那些有權有勢的統治階級。於是就從這時候起，人從神鬼的
手裡，分得了一部分享受藝術的特權。不過，無論是為神的，或是為
人的，藝術仍是離不開他的實用的功利的任務。

　　兒孫們在人間做了帝王，得了無上尊嚴的權力與地位，過著幸福
的生活，對於祖先們的紀念，除了帶著虔誠的宗教情緒舉行莊嚴的祭
祀以外，到這時候，漸漸地有進一步的表現了。把祖先們創造國家的
功業，和種種奮鬥的歷史，交織著神話傳說的材料，有意地記述下

來，一面作為統治者的楷模，一面為不忘記祖先的功德而傳給後代子孫們以祖先的影子，這自然是必要的。在這種要求之下，於是民族英雄的史詩，接著宗教詩而出現了。無論從任何方面說，這是一種人的事業，而不是神的事業，很明顯地超越了宗教的階段，而帶有濃厚的歷史觀念了。在藝術的社會機能上，這些詩自然是要和那些歌詠宴會田獵的作品同類看待的。如《大雅》中的《生民》、《公劉》、《緜》、《皇矣》、《大明》五篇，可稱為這種民族史詩的代表作。這五篇詩從后稷、公劉、古公亶父敘到文王、武王。周朝的開國史，在這些詩中展開了一個系統的線索，而作為後代歷史家的重要材料。

　　《生民》是敘述后稷的歷史，是一首傳說的史詩。說姜嫄禱神求子，後來因踏著上帝走過的腳步便懷孕了，生下來了后稷。大概是恐怕這孩子不吉利，或者因為當時重女輕男的觀念，對於這孩子不喜歡，把他丟在路上，牛羊乳他，丟在冰塊上，鳥翼護他，於是得以養成。后稷生來就有種植之志，成長以後，便發明了農業，瓜果豆麥都知道耕種。後來就在有邰地方成家立業，建立周民族的基礎。而他自己便成為周的始祖，農業之神了。這首充滿了神話傳說的詩，雖不能作為信史，但原始社會的影子，卻保存得很濃厚。在初民的母系社會裡，人民只知有母不知有父，所以這裡只提出母親的名字姜嫄。說他父親是帝嚳（《史記‧周本紀》），那是後人創造的事了。因為當時是母系社會，自然有重女輕男的習俗，姜嫄既是禱神求子，生下了后稷又把他丟去，恐怕就是輕男之故。

　　公劉傳說是后稷的曾孫，是周民族中一位有名的英雄。在《公劉》篇內敘述他帶著糧食、兵器開疆闢土，組織國家的歷史。開始是說他到了胥地、經營耕種，很是發達。後來又到百泉，又到豳谷。於是便在那裡定住下來了。產業、人口日繁，他便做了那一個部族的領袖。建官室，練軍隊，定田賦，成立了國家的規模。《生民》篇中的

后稷，完全是一位農神，公劉卻是一個遊牧時代的民族英雄。在那詩裡，活現著一位族長，率領著全族的人民，帶著糧食器具在外面過著流浪生活的影子。公劉這個人或許是一種傳說，但在詩人的筆下，確實表現著相當的真實性的。

古公亶父是公劉的十世孫，文王的祖父。周民族自公劉以後，似乎有中衰之象，到古公亶父才復興起來。《緜》一篇，是敘述他遷居岐下一直到文王受命的歷史：

綿綿瓜瓞，民之初生，自土沮漆。古公亶父，陶復陶穴，未有家室。

古公亶父，來朝走馬。率西水滸，至於岐下。爰及姜女，聿來胥宇。

周原膴膴，堇荼如飴。爰始爰謀，爰契我龜，曰止曰時，築室於茲。

乃慰乃止，乃左乃右，乃疆乃理，乃宣乃畝。自西徂東，周爰執事。

乃召司空，乃召司徒，俾立室家。其繩則直，縮版以載，作廟翼翼。

捄之陾陾，度之薨薨。築之登登，削屢馮馮。百堵皆興，鼛鼓弗勝。

迺立皋門，皋門有伉。迺立應門，應門將將。迺立冢土，戎醜攸行。

肆不殄厥慍，亦不隕厥問。柞棫拔矣，行道兌矣。混夷駾矣，維其喙矣。

虞芮質厥成，文王蹶厥生。予曰有疏附，予曰有先後，予曰有奔奏，予曰有禦侮。

（《大雅·緜》）

在史詩中這是最好的一篇。文字的技巧、音節和結構，都是很成功的。一二章寫他從豳地遷居到岐下來，同姜女結婚。三四章寫他看見岐下這塊肥沃的土地，於是築室定居，從事農產。五六七章寫他看見情形很順利，於是大修宗廟宮室，委任官吏，打算在那裡創業了。七八章敘他建國滅夷，最後是文王受命。這樣結構運嚴描寫生動的敘事詩，在《三百篇》裡是不再見的。此外如《皇矣》是記文王，《大明》是記武王，我們無須在這裡多加敘述了。《小雅》中也有幾篇這樣的史詩，大都是記述當時的戰事。如《出車》記厲王時南仲的征伐玁狁，《采芑》、《江漢》、《六月》、《常武》諸篇，大都是記述宣王時代同蠻荊、淮夷、玁狁、淮徐諸部落戰爭的事跡。比起《大雅》中那些詩來，這自然是時代較後的作品了。如果把這些史詩按照次序地排列著，那麼東遷以前的周民族歷史，可以看出一個系統來。同時，在中國古代的文學史上，向來缺少敘事詩的那一頁，現在我們要用這些作品來填補了（編者按：《江漢》、《常武》見《大雅》，依其內容，應與《采芑》、《六月》同列《小雅》中）。

五　社會詩的產生與文學的進展

產業發達與社會進化，貴族地主對於農民的剝削，自然是日益加深，爭城奪地的戰爭，也就更頻繁了。當時的農民，無異於奴隸，對於封建政治的義務，除了物質上的貢租以外（如布匹、獸皮、酒米之類），最重要的便是力租。力租是包括兵役與勞動。築城防水、營造宮殿、參加戰事，都是當時農民對於統治階級所擔負的工作。農民在這種剝削摧殘之下，生活日益困苦，自不待說，並且於極端壓榨之下，漸漸發出對於統治者的怨恨與反抗的情感了。自厲王被逐至平王東遷，這一個時代的政治社會與思想，都起了激烈的動搖。反映著這種動搖的影子的，是那些變風變雅中的社會詩。這些詩失去了宗教詩

的莊嚴，宴會、田獵詩的快樂與威武，塗滿了社會離亂的黑暗的色彩。由神鬼帝王的階段，再進一步而轉入於社會民眾的階段了。

　　由《七月》詩中所表現的農夫生活，表面上似乎是安樂和平，內裏卻是很痛苦的。看他們一年四季沒有休息的時候，男的耕田，女的織布。田中耕種出來的穀米，機上織出來的布帛，山林中打獵打來的獸皮，都要貢獻給公家。自己是無衣無褐地受著寒冷，吃的是一些苦菜，餓著肚皮。「我朱孔揚，為公子裳」，「取彼狐狸，為公子裘」，這些公子自然便是那些不事生產的貴族剝削者。「春日遲遲，采繁祁祁。女心傷悲，殆及公子同歸。」這明明是寫那些貴族公子，在春光明媚之下，看中了年輕貌美的採桑女子，就實行搶奪著回去的情形。由「何以卒歲」、「女心傷悲」這種輕描淡寫的詩句，將當時農民生活的困苦，表現得非常明白。《詩序》說《七月》為周公陳王業之作，自然是後人的附會。這明明是一首描寫西周中葉時代的農民詩。

> 彼有旨酒，又有嘉肴。洽比其鄰，婚姻孔云。
> 念我獨兮，憂心慇慇。佌佌彼有屋，蔌蔌方有穀。
> 民今之無祿，天夭是椓，哿矣富人，哀我惸獨。
>
> 　　　　　　　　　　　　　　（《小雅·正月》）

> 人有土田，女反有之。人有民人，女覆奪之。
> 此宜無罪，女反收之。彼宜有罪，女覆說之。
>
> 　　　　　　　　　　　　　　（《大雅·瞻卬》）

> 旻天疾威，天篤降喪。瘨我饑饉，民卒流亡。
>
> 　　　　　　　　　　　　　　（《大雅·召旻》）

> 陟彼北山，言采其杞。偕偕士子，朝夕從事。王事靡盬，憂我
> 父母。
> 溥天之下，莫非王土；率土之濱，莫非王臣。大夫不均，我從
> 事獨賢。
> 四牡彭彭，王事傍傍。嘉我未老，鮮我方將。旅力方剛，經營
> 四方。
> 或燕燕居息，或盡瘁事國；或息偃在床，或不已於行。或不知
> 叫號，或慘慘劬勞；或棲遲偃仰，或王事鞅掌。或湛樂飲酒，
> 或慘慘畏咎；或出入風議，或靡事不為。
>
> 　　　　　　　　　　　　　　　　　　　　　（《小雅·北山》）

在這些詩句裡，當時貧富勞力不均的階級意識，是反映得多麼明顯。
坐食的貴族地主，不務正業，專事剝削農民的勞動生產，以圖自己的
奢侈享樂。吃好的穿好的，同美麗的女人結婚，強奪人民和田地，這
種不合理的生活，是不能長久下去的。只要一有機會，暴動的革命就
會起來。厲王、幽王和平王時代的種種悲慘的命運，雖也有許多政治
上的關係，但民眾的叛離與反抗，卻是其中一個最大的原因。

　　對於民眾的待遇既是那麼不平均，民眾的生活又是那麼困苦，階
級對立的意識，自然是會一天天尖銳化的。再加以連年不斷的戰爭，
強迫著人民離開家室，荒棄農事，於是民眾的生活，只有陷於破滅的
絕境對於統治階級的態度，也就現出更怨恨更惡劣的情感了。

> 何草不黃！何日不行！何人不將！經營四方。
> 何草不玄！何人不矜！哀我征夫，獨為匪民！
> 匪兕匪虎，率彼曠野。哀我征夫，朝夕不暇。
> 有芃者狐，率彼幽草。有棧之車，行彼周道。
>
> 　　　　　　　　　　　　　　　　　　　　（《小雅·何草不黃》）

昔我往矣，黍稷方華。今我來思，雨雪載途。

王事多難，不遑啟居。豈不懷歸，畏此簡書。

（《小雅・出車》）

采薇采薇，薇亦作止。曰歸曰歸，歲亦莫（暮）止。

靡室靡家，獫狁之故。不遑啟居，獫狁之故。……

昔我往矣，楊柳依依。今我來思，雨雪霏霏。

行道遲遲，載渴載饑。我心傷悲，莫知我哀。

（《小雅・采薇》）

擊鼓其鏜，踊躍用兵。土國城漕，我獨南行。

從孫子仲，平陳與宋。不我以歸，憂心有忡。

爰居爰處？爰喪其馬？於以求之？於林之下。

死生契闊，與子成說。執子之手，與子偕老。

于嗟闊兮，不我活兮。于嗟洵兮，不我信兮。

（《邶風・擊鼓》）

伯兮朅兮，邦之桀兮。伯也執殳，為王前驅。

自伯之東，首如飛蓬。豈無膏沐？誰適為容！

其雨其雨，杲杲出日。願言思伯，甘心首疾。

焉得諼草？言樹之背。願言思伯。使我心痗。

（《衛風・伯兮》）

在這些詩裡，人民反戰的情緒，表現得非常深刻。或寫征人的怨恨與歎息，或寫少婦的悲苦與相思。用著清麗的文句，和諧的音調，歌詠那些日常生活的瑣事與細密深沉的情感，反映出民眾的強烈意識來。

我們讀了以後，當時社會生活的離亂和民間那種妻離子散的影子，都
活現在我們的眼前了。

> 彼黍離離，彼稷之苗。行邁靡靡，中心搖搖。知我者謂我心
> 憂，不知我者謂我何求。悠悠蒼天，此何人哉！
>
> 　　　　　　　　　　　　　　　　　　　　　　（《王風・黍離》）

> 有兔爰爰，雉離於羅。我生之初，尚無為；我生之後，逢此百
> 罹。尚寐無吪！
>
> 　　　　　　　　　　　　　　　　　　　　　　（《王風・兔爰》）

> 式微式微，胡不歸？微君之故，胡為乎中露！
> 式微式微，胡不歸？微君子躬，胡為乎泥中！
>
> 　　　　　　　　　　　　　　　　　　　　　　（《邶風・式微》）

> 東人之子，職勞不來。西人之子，粲粲衣服。舟人之子，熊羆
> 是裘。私人之子，百僚是試。
>
> 　　　　　　　　　　　　　　　　　　　　　　（《小雅・大東》）

在這種政治黑暗、社會紊亂、農民困窮的狀態下，自然是要走到國破
家亡的地步的。有的看見禾黍，發出國破的悲吟，有的生逢亂世，發
出傷時的哀感。舊的貴族漸漸沒落，新的有產階級露出頭面來了。從
前的貴族，有些窮得連飯也找不著吃，暴發戶都穿上漂亮的衣服爬上
政治的舞臺了。政治狀況和社會生活起了這麼大的變動，思想上自然
是要跟著發生動搖的。貧窮的那樣貧窮，富貴的那樣富貴，享樂的那
麼享樂，勞苦的那麼勞苦，未必都是天帝和祖先們的意思。同樣是一

個人，為什麼待遇相差這麼遠。在這種思考之下，懷疑的思想，是必然要產生的。懷疑思想的產生，使得從前那種無上尊嚴的敬天尊祖的宗教觀念，不得不發生動搖了。宗教觀念的動搖，接著便是人性的覺醒。天帝靠不住了，祖先靠不住了，一切都靠不住了，無論什麼都得靠自己。因為自己是一個人，人才真是有意志有思想有能力的動物。人權的思想就在這個懷疑時代萌芽了。於是文藝通過了宗教的儀式，和統治階級的娛樂的階段，而為全社會全民眾服務了。《詩序》派所說的美刺，並不是完全無理的，這時代的詩人，已放棄了神鬼與君主的範圍，張著兩眼，在直視著全民眾全社會的生活了。由那些詩我們可以聽出民眾心靈的呼聲，可以看出民眾狀態的影子。

> 浩浩昊天，不駿其德。降喪饑饉，斬伐四國。昊天疾威，弗慮弗圖。舍彼有罪，既伏其辜。若此無罪，淪胥以鋪。
>
> 　　　　　　　　　　　　　　　　　　　（《小雅‧雨無正》）

> 昊天不傭，降此鞠訩。昊天不惠，降此大戾。
>
> 　　　　　　　　　　　　　　　　　　　（《小雅‧節南山》）

> 出自北門，憂心殷殷。終窶且貧，莫知我艱。已焉哉，天實為之，謂之何哉！
>
> 　　　　　　　　　　　　　　　　　　　（《邶風‧北門》）

從前那種尊嚴的天帝，現在人們的心靈中起了激烈的動搖了。接連地發生著天災人禍，使得百姓們無以為生，可見天帝只是一個沒有意志沒有靈驗的偶像，還信仰他、尊敬他、畏懼他幹什麼呢？於是怨恨的怨恨，責罵的責罵，比起當初那種「臨下有赫，監視四方」的皇天上

帝來，現在這種可憐的狀態，真令人有《式微》之歎了。

> 維桑與梓，必恭敬止。靡瞻匪父，靡依匪母。不屬於毛？不罹
> 於裡？天之生我，我辰安在？
>
> 　　　　　　　　　　　　　　　　　　　（《小雅・小弁》）

> 父母生我，胡俾我瘉。不自我先，不自我後。好言自口，莠言
> 自口。憂心愈愈，是以有侮。
>
> 　　　　　　　　　　　　　　　　　　　（《小雅・正月》）

不僅對於上帝的信仰，起了動搖，連對於祖先的崇拜也發生懷疑了。從前把祖先看作是一個家族的保護神，所以那樣鄭重地去祭祀。一到亂世，祂什麼事都不管，才知道從前是受了騙。祂的本領，正如上帝一樣都是靠不住的。在宗教觀念動搖、懷疑思想興起的時代中，便發現了個人的存在。「匪兕匪虎，率彼曠野」，「哀我征夫，獨為匪民」（《何草不黃》），人不是老虎，也不是野牛，如何老是在曠野上供人驅遣呢？「下民之孽，匪降自天。噂遝背憎，職競由人」（《十月之交》），這真是無神論者對於人權思想所發表的大膽宣言。天帝沒有權威和本領，任何事物要得到真解決真建設，非靠個人的力量不可。在這種狀態下，於是「天道遠，人道邇」，「民為貴，君為輕」的人權思想漸漸地滋長起來，神鬼的尊嚴，不得不趨於衰落了。孔子的不語怪力亂神的現實主義哲學，也就是在這種空氣下形成的。

　　文學的發展，經過了宗教的儀式與君主貴族娛樂的階段，而入於社會生活及民眾感情的表現時，這進步是極大的。並且它對於社會與人生，也擔負著更大的任務了。它已經同音樂、跳舞完全離開，而得著獨立發展的機能。像這些歌詠離亂、諷刺朝政、反抗統治階級、懷

疑宗教觀念的作品，決不會配合音樂來作為甚麼朝廷之音的。「家父
作誦，以究王訩」（《小雅‧節南山》），「寺人孟子，作為此詩，凡百
君子，敬而聽之」（《小雅‧巷伯》），「心之憂矣，我歌且謠」（《魏
風‧園有桃》），「吉甫作誦，以贈申伯」（《大雅‧崧高》），由這些
話，我們可以知道作者都是有所為而作，或是讚美，或是諷刺，已經
把作者的思想人格放進到作品裡，同從前那些專為媚神、媚鬼、媚人
的作品比起來，這些詩是帶了濃厚的個人性與社會性了。在藝術上，
無論形式與辭藻，那進步的痕跡，也是非常顯然的。形式的整齊，音
節的調和，文字的修飾，描寫的細緻，都不是前階段的作品所可比擬
的了。它們本身已得到了藝術的存在性，而同時更加強了它們的社會
使命與實用機能。就從這時候起，文學改變了過去作為樂舞的附庸地
位，而成為和樂舞並行的獨立的藝術了。

六　情歌小曲

　　《二南》和《國風》中的作品，十之八九是抒情歌曲，是《三百
篇》裡面最精彩的一部分。《詩序》說：「上以風化下，下以風刺上。
主文而譎諫，言之者無罪，聞之者足以戒，故曰風。」這自然是儒家
的倫理哲學興起以後的一種解釋。朱子的意見是最適當的：「凡詩之
所謂風者，多出於里巷歌謠之作，所謂男女相與詠歌，各言其情者
也。」（《詩集傳‧序》）他在這裡說明了兩點：一、風是民間的歌
謠。二、風的內容，大都是男女言情之作。他這種解釋，使我們認清
了《風》詩的活躍的生命，由此可知道《詩序》上所說的，確是後人
有意披上去的一件外衣了。其次關於《周南》、《召南》。《二南》詩的
產地，是在江漢一帶的南方，其內容作風與時代，同《國風》中的作
品，是同一範圍的事，是無可懷疑的。《南風》中的詩篇，除了極少

數的例外，全是民間的情詩。正如鄭樵所說，《國風》是風土之音。
宗廟朝廷的作品，都是一些莊嚴典雅的文句，在創作時，受了思想束
縛的限制，缺少情感的生命與活躍的人性。民歌則是完全個人的自由
的創作，與熱烈情感的表現。

　　野有死麕，白茅包之。有女懷春，吉士誘之。
　　林有樸樕，野有死鹿。白茅純束，有女如玉。
　　舒而脫脫兮，無感我帨兮，無使尨也吠。

　　　　　　　　　　　　　　　　　　　　（《召南・野有死麕》）

　　東方明矣，朝既昌矣。匪東方則明，月出之光。蟲飛薨薨，甘
　　與子同夢。會且歸矣，無庶予子憎。

　　　　　　　　　　　　　　　　　　　　　　（《齊風・雞鳴》）

　　彼狡童兮，不與我言兮。維子之故，使我不能餐兮。
　　彼狡童兮，不與我食兮。維子之故，使我不能息兮。

　　　　　　　　　　　　　　　　　　　　　　（《鄭風・狡童》）

　　青青子衿，悠悠我心，縱我不往，子寧不嗣音。
　　青青子佩，悠悠我思。縱我不往，子寧不來。
　　挑兮達兮，在城闕兮。一日不見，如三月兮。

　　　　　　　　　　　　　　　　　　　　　　（《鄭風・子衿》）

　　野有蔓草，零露漙兮。有美一人，清揚婉兮。邂逅相遇，適我
　　願兮。

野有蔓草，零露瀼瀼。有美一人，宛如清揚。邂逅相遇，與子
偕臧。

（《鄭風·野有蔓草》）

這些詩的意義，雖在《詩序》中有種種附會的解釋，其實都是非常淺
顯的。思婦懷人，吉士求愛，春宵苦短之歡，美人相思之苦，在美麗
的文字和調和的音韻中，巧妙地表現出來。情感是那麼豐富，生命是
那麼活躍，比起那些帶了神鬼氣味的宗廟詩，富貴氣味的朝廷詩來，
這些美麗的民歌，自然更能使我們瞭解和愛好。在藝術的價值上，比
起前階段的作品來，那明顯的進步，就是門外漢也是看得出來的。在
《三百篇》中，社會詩和抒情詩，是最重要的兩部分。由社會詩可以
看出當時社會生活的全景，由這些戀歌，可以體會當時浪漫的人性和
男女心靈的活動，然而也就從這裡開始了社會文學與個人文學的分
野。個人文學的發展，漸漸傾向於唯美的浪漫的路上去，有超越現實
社會的現象。因此，文學便逐漸失去其實用的社會功能，而一步步地
變為純粹的藝術了。

七　《詩經》的文學特色

我們可以從句式、韻律、助詞、修辭四方面分析《詩經》的文學
特色：
一、句式：《詩經》雖以四言為主，然不乏長短不齊之句，少者
一字，多則八言。一字句如「《鄭風·緇衣》：緇衣之宜兮，敝、予又
改為兮。」二字句如「《小雅·魚麗》：魚麗於罶，鱨鯊。」三字句如
「《召南·江有汜》：江有渚、之子歸、不我以。」四字句如《周南·
關雎》：關關雎鳩，在河之洲。」五字句如「《召南·行露》：誰謂雀

無角，何以穿我屋？」六字句如「《周南・卷耳》：我姑酌彼金罍，維以不永懷。」七字句如「《小雅・鹿鳴》：我有旨酒，以燕樂嘉賓之心。」八字句如「《魏風・伐檀》：胡瞻爾庭有縣貆兮。」孔穎達《毛詩正義》指出這是「將由言以申情，唯變所適，播之樂器，俱得成文故也。」亦即是為了配合音樂的需要。

二、韻律：《詩經》韻律表現，有一韻到底的，或兩韻成章的，為《詩》的常格。此外有隔兩句用韻的，如《小雅・賓之初筵》。有無韻的，如《周頌》的《清廟》、《時邁》等。至於韻在篇中的位置，有整齊到每章字數、句數相等，韻腳位置相同的，如《魏風・伐檀》共三章，每章均為九句四十八字，首章用六個韻，次章、三章皆在相同位置換韻。此即所謂「重章疊句」，是配合演唱，以達到「聯章復沓、回環往復」的效果。此外，也有隔章押韻，做成遙韻的效果，如《周南・麟之趾》便是。

三、助詞：善用虛字，能增加讀者的興味，《詩經》中不乏例子。如乎字有《小雅・常棣》：是究是圖，亶其然乎！。也字有《邶風・旄丘》：何其處也，必有與也。矣字有《周南・卷耳》：陟彼砠矣！我馬瘏矣！殊能搖蕩性靈，有助文情。

四、修辭：《詩》主言志，而辭達為難，倘能狀難狀之物如在目前，則修辭之藝已達勝境。首先，是疊字、雙聲、疊韻詞的大量使用。《文心雕龍・物色》說：

> 詩人感物，聯類不窮。流連萬象之際，沉吟視聽之區。寫氣圖貌，既隨物以宛轉；屬采附聲，亦與心而徘徊。故「灼灼」狀桃花之鮮，「依依」盡楊柳之貌，「杲杲」為出日之容，「瀌瀌」擬雨雪之狀，「喈喈」逐黃鳥之聲，「喓喓」學草蟲之韻。「皎日」、「嘒星」，一言窮理；「參差」、「沃若」，兩字連形：並以少總多，情貌無遺矣。

這類詞彙的使用，大大增強了詩歌的形象性和音韻美，成為《詩經》語言藝術的一大特色。再者，《詩經》的語言是經過提煉加工的書面語。除了精於錘煉詞語和善於選用多種句式外，適當地運用比擬、誇張、對偶、排比、層遞、擬聲等多種修辭格，使作品搖曳生姿，文采斐然，也是《詩經》語言藝術的另一特點。

第三章
屈原與《楚辭》

一　《楚辭》的特質

　　南方的新興文學是《楚辭》。《楚辭》是楚地的詩，是戰國時代南方文學的總集。宋黃伯思《翼騷序》云：「屈、宋諸騷，皆書楚語，作楚聲，紀楚地，名楚物，故謂之《楚辭》。若些、只、羌、誶、蹇、紛、佗傺者，楚語也。悲壯頓挫，或韻或否者，楚聲也。沅、湘、江、澧、修門、夏首者，楚地也。蘭、茝、荃、藥、蕙、若、芷、蘅者，楚物也（見陳振孫《直齋書錄解題》引）。他這種從詩歌的風格、內容、言語以及地域各方面來解釋《楚辭》的意義是極其精當的。所以我們可以說《楚辭》是楚地的詩歌，正如《詩經》是北方韻文的代表一樣，它恰好是南方韻文的代表。關於《楚辭》特性的探索，也要注意到地域、宗教和音樂各方面。

　　一、地域的：地方性對於藝術的關係，在交通便利、文化接觸頻繁的現代，其重要性自然是減輕了，但在交通阻隔的古代，這種關係我們卻是不能忽視的。地域對於藝術的影響，有兩個重要的方面。一個是因地方的風土氣候及經濟狀況不同，影響到作家的氣質情感與思想，而使作品現出不同的顏色。其次因自然界各種的山水花木的情狀與種類的不同，影響到作家所選用的材料，而使作品的情調全異其趣。在中國的古代，無論哲學、文藝都有南宗北派之分，並不是無理的事。楚國在江淮一帶的南方，是一塊得天獨厚的地帶。土壤肥沃，物產豐饒，雨水便利，風景清秀，處處都與北方不同。物質生活，處

境較優；精神方面，容易離開實際與質樸，而趨於玄虛與愛美。在
《楚辭》裡出現的名山大川，奇花香草，都是那地帶特有的產品，供
給當地作家許多美麗的材料，在那作品的畫面，染上了種種新奇的顏
色。劉勰說：「山林皋壤，實文思之奧府。屈平所以能洞鑒風騷之情
者，抑亦江山之助乎？」（《物色》）可知文學與自然界的關係是很大
的。在交通阻隔的古代，那自然界的地方性的界限，更覺得鮮明。

　　二、宗教的：初期的文學，本是宗教的附庸，後來隨著時代的進
展，漸漸與宗教脫離，成為一種獨立的藝術。任何民族初期的宗教，
只是一種巫術，一種迷信。愈是野蠻的民族，迷信的風氣愈是厲害。
從卜辭上考察起來，殷人除了天帝祖宗之外，把日月風雲山水都視為
神靈，一切大小事件，都要用龜卜來請命於神鬼。到了西周，宗教的
觀念進步了，由庶物崇拜到天帝至尊，由先鬼後禮，到敬事鬼神而遠
之，這中間確是隔著相當的路程的。到了春秋戰國，經了儒家的人本
主義與道家的自然主義的思想的沖洗，在當時的學術思想界中，除了
墨家之外，神鬼的信仰是非常的淡薄了。但被視為文化落後的蠻族的
楚國，巫術迷信的宗教風氣，卻是非常的流行。《漢書·地理志》
說：「楚人信巫鬼而重淫祀。」王逸也說：「昔楚國南郢之邑，沅、湘
之間，其俗信鬼而好祠。其祠必作歌樂鼓舞以樂諸神。」（《九歌
序》）而所謂男覡女巫，一面是神靈的代表，傳達神靈的意志，同時
又是人民的代表，借歌舞以媚神，替人們祈禱，以免災凶。在這種巫
術與迷信中，孕育著無數的神話與傳說，成長著美麗的歌詞，與悅耳
的音樂。這一些都成了《楚辭》文學中的特徵，正是《楚辭》能成為
浪漫文學的重要基礎。《九歌》中的巫靈，《離騷》中的天堂，《招
魂》中的地獄，《天問》中的玄想，都是明顯的標記。

　　三、音樂的：上古時代，詩歌音樂是分不開的。在樂歌發展的初
期，大概都是以詩合樂，後來出現先有了詩，再來合樂的事了。無論

以詩合樂或是以樂合詩，詩總要受音樂的束縛。所謂：「詩言志，歌
永言，聲依永，律和聲。」這話便是說明詩樂不能分離的關係。楚國
位於遠離中原的南方，一切的發展都比較遲緩。當北方的儒、墨哲學
大為流行的時候，南方人仍盛行巫風和迷信。敬神祭鬼的事體多，文
學樂舞還在密切合作的階段。楚國的本土音樂稱為南音。《左傳・成
公九年》傳云：「晉侯觀於軍府，見鍾儀，問之曰：南冠而縶者誰
也？有司對曰：鄭人所獻楚囚也。使與之琴，操南音。……文子曰：
楚囚，君子也。樂操土風，不忘舊也。」南音就是楚調，是與北樂情
調不同。至少可以看出南音、北音是有分明不同的情味。其實巫音是
楚國樂歌的根柢，是一種富於神秘性與想像力的音樂。這種音樂，對
於楚國詩歌，發生極大的影響。《九歌》諸篇，便是當時巫歌的詞
句，它們最初的生命，是依附於音樂舞蹈，還沒有完全達於獨立的形
態。至如屈、宋的作品，雖不一定可歌，但是深深地染受著巫歌的影
響的。

二　《九歌》

　　《二南》我們雖不能說一定就是楚風，但那些作品的生產地帶，
是接近於江、漢一帶的南方。因此，我們可以《二南》看作是《楚辭》
的先聲。《楚辭》的出現是在前三、四世紀之間。《二南》是平王東遷
以後的詩，那麼從《二南》到《楚辭》中間還隔著一個相當長的時
期。在這個時期中，楚詩一定是有不少的，想都失傳了。現在把幾首
比較可靠的記錄在此，以看出《楚辭》以前的南方詩歌發展的痕跡。

1　《越人歌》（約前六世紀中期）

　　　今夕何夕兮，搴舟中流。今日何日兮，得與王子同舟。蒙羞被

好兮，不訾詬恥。心幾煩而不絕兮，得知王子。山有木兮木有

枝，心悅君兮君不知。

（《說苑・善說》篇）

這是中國第一首譯詩。鄂君子晳泛舟河中，打槳的越人用越語三十一
個字所唱的歌詞，因為鄂君聽不懂，請人用楚語譯出，成為一首這麼
美麗的情詩。這首詩雖也出於《說苑》，但由其附錄著原文的事體看
來，似乎是可靠的。

2　《接輿歌》

鳳兮鳳兮，何德之衰。往者不可諫，來者猶可追。已而已而，

今之從政者殆而。

（《論語・微子》）

3　《孺子歌》

滄浪之水清兮，可以濯我纓。滄浪之水濁兮，可以濯我足。

（《孟子・離婁》）

這兩篇詩歌的格調近於南方，其中所表現的思想，也正是南方道家自
然主義的思想。雖說只有幾首短短的民歌，然因此也可看出《楚辭》
以前的南方文學的情況。它們都漸漸的脫離了《詩經》的形式，無論
其風格或其中表現的思想，都成為南方特有的情調了。這些作品，我
們可以看作是《楚辭》的先聲。等到《九歌》的出現，《楚辭》便正
式成立了。《九歌》原是屈原以前的作品，它是楚國宮廷的宗教舞
歌，也就是一種樂歌舞蹈混成的歌劇。古人都以《九歌》為屈原所修
改，始見於王逸的《楚辭章句》。他說：「《九歌》者屈原之所作也。

昔楚國南郢之邑，沅、湘之間，其俗信鬼而好祠，其祠必作歌樂鼓舞以樂諸神。屈原放逐竄伏其域，懷憂苦毒，愁思沸鬱，出見俗人祭祀之禮，歌舞之樂，其詞鄙陋，因為作《九歌》。」朱熹則認為是屈原「頗為更定其詞，去其泰甚」《楚辭集注》他們都承認原來本有《九歌》，因詞句「鄙陋」便修改過一遍。這些見解都很合理。

　　經過屈原的修改，《九歌》成為一套完整的歌劇，在楚國的地位正如《周頌》在周朝的地位。《九歌》是源自古代的樂曲名，不是數目名。楚的宗教迷信，比起周來，是全異其趣的。敬奉的神鬼，是各樣各色都有。天神、日神是比較莊嚴，追悼死亡的戰士是較為悲壯。女神（或是愛神）自然是要艷麗柔情了。湘君、湘夫人不管他們是不是舜帝的妃子，或是湘江的女神。對於這種神的措辭和表演，說一點情愛，加一點香艷的色彩，也是極合理的事。《山鬼》、《河伯》恐怕就是湖南鄉下所迷信的山妖與水妖。在《九歌》裡，《湘君》、《湘夫人》、《河伯》、《山鬼》四篇的浪漫的氣氛最濃厚，我想只有這樣解釋才是較為圓滿的。

　　《九歌》是一套完整的宗教歌劇。在那裡面有各種樂器，有跳舞，有唱辭，有佈景，有各種各樣活動的巫覡，場面非常熱鬧，範圍非常廣泛。大概在一個什麼重要典禮的紀念日，才表演這偉大的歌劇。第一場是尊貴的天神（《東皇太一》），其次是雲神（《雲中君》），這兩場較為莊重，於是接著來兩個戀愛故事的場面（《湘君》、《湘夫人》）。下面又是較為莊重的命神與日神（《大司命》、《少司命》、《東君》），接著又是兩個香艷的場面（《河伯》、《山鬼》）。最後一場，是追悼陣亡將士的靈魂，那是一個最悲壯的收場（《國殤》）。《禮魂》是全劇的尾聲，是用著合樂、合舞、合唱的熱鬧的空氣收場的。「成禮兮會鼓，傳芭兮代舞，姱女倡兮容與」，在這三句裡我們可以想像到那合樂、合歌、合舞的最後一節，是多麼的熱鬧。像這種大規模的典

禮，大規模的表演，決非民間所能有，一定是屬於宮廷的。也是因為屬於宮廷，《九歌》才能完整的保留下來。若是民間各地的巫歌，恐怕早已失傳了。

《九歌》雖是一套歌劇，文字的美麗，音調的和諧，神秘的色彩，豐富的想像，奠定了南方浪漫文學的基礎：

> 橫流涕兮潺湲，隱思君兮悱惻。桂櫂兮蘭枻，斲冰兮積雪。采薜荔兮水中，搴芙蓉兮木末。心不同兮媒勞，恩不甚兮輕絕。
>
> （《湘君》）

> 帝子降兮北渚，目眇眇兮愁予。嫋嫋兮秋風，洞庭波兮木葉下。登白薠兮騁望，與佳期兮夕張。鳥何萃兮蘋中，罾何為兮木上。沅有芷兮澧有蘭，思公子兮未敢言。
>
> （《湘夫人》）

> 秋蘭兮青青，綠葉兮紫莖。滿堂兮美人，忽獨與予兮目成。入不言兮出不辭，乘回風兮載雲旗。悲莫悲兮生別離，樂莫樂兮新相知。
>
> （《少司命》）

> 操吳戈兮被犀甲，車錯轂兮短兵接。旌蔽日兮敵若雲，矢交墜兮士爭先。凌余陣兮躐余行，左驂殪兮右刃傷。……出不入兮往不反，平原忽兮路超遠。帶長劍兮挾秦弓，首雖離兮心不懲。
>
> （《國殤》）

或敘戰事，或寫風景，或言相思，或道離別，然無不委婉曲折，體貼

入微。它這種藝術的價值，一直到現在還保持著活躍的高貴的生命。像這樣詞句秀美、理想高潔的作品，自然是出於當時最有學問最有天才的貴族作家之手了。如果說它們一定是民間的歌謠，那實在是過於違反情理了。

三　屈原及其作品

屈原（前343-前278），名平，是中國文學史上第一位偉大的詩人。他是楚國的貴族，有廣博的學問，豐富的想像與情感，南方特有的浪漫神秘的氣質以及傑出的創作天才。屈原是戰國中晚期的人物。這時候是中國學術思想界蓬勃發展光華燦爛的時代，也是各國軍事政治爭鬥最厲害、縱橫風氣最流行的時代。當代有名的學者，稍前於屈原的有商鞅、申不害、宋銒、孟軻、惠施、莊周、陳良、許行諸人，比他稍後的有鄒衍、公孫龍、荀況和韓非。那稱為縱橫家的雙璧的蘇秦與張儀，更和他的一生有密切的關係。他原是楚國政治改革的推動者，但在政治失敗以後，只能貢獻於文學。他少年得志，一旦遭受著重大的打擊，就不容易自拔，於是牢騷鬱積，發洩於詩歌，而成為千古的文人了。也就從他起，中國的純文學才脫離了一切的羈絆，而步入了獨立發展的機運。

屈原是楚國貴族。他大約在二十五六歲，便做了懷王的左徒，那是他一生最得意的時候。年紀輕，權位高，懷王又寵信他。正如《史記》本傳所說：「入則與王圖議國事，以出號令，出則接遇賓客，應對諸侯。」上官大夫靳尚非常妒忌他，並設計陷害他，使懷王漸漸和他疏遠了。後來雖還到齊國去辦過外交，做過三閭大夫，懷王末年曾一度放逐他於漢北。頃襄王初年，他又召回在朝，不久受令尹子蘭的攻擊，又被放逐到江南。當秦將白起攻陷郢都，迫使頃襄王東遷後，

他最後在汨羅江自殺，以身殉國。

　　《屈原列傳》中所說的《離騷》、《天問》、《招魂》、《哀郢》和《懷沙》五篇，我們可以不必去懷疑，再如《哀郢》、《抽思》、《涉江》、《思美人》各篇，都有作者放逐時路程地點的記載，想非後人所偽托。《九歌》既經屈原修訂，也可視為出自他手。《招魂》應是懷王客死於秦後的作品。其他如無確議，宜暫視為他的手筆。最可疑的《遠遊》、《卜居》、《漁父》，根據其內容，應該不是屈原的作品了。

　　《抽思》、《離騷》、《天問》是屈原第一次放逐漢北的作品。

> 有鳥自南兮，來集漢北。好姱佳麗兮，胖獨處此異域。既惸獨而不群兮，又無良媒在其側。道卓遠而日忘兮，願自申而不得。望北山而流涕兮，臨流水而太息。望孟夏之短夜兮，何晦明之若歲！惟郢路之遼遠兮，魂一夕而九逝。

這是《抽思》中的一節。前六句是寫他自己放逐異域孤苦零仃的生活心境，後六句是寫懷王北上以後，表示自己眷戀不忘的情感。道遠者懷王之道，望北山者望君也。他一面眷念著北上的君王，同時又懷戀著南方的故都。「惟郢都之遼遠兮，魂一夕而九逝。曾不知路之曲直兮，南指月與列星。」這些都是夢寐哀思的好句子。因為他心中積壓著鄉愁國恨和種種痛苦的感情，所以發生這《抽思》的哀怨了。

　　《離騷》就是牢騷，是屈原作品中最偉大的一篇。描寫一個苦悶的靈魂的追求與毀滅。上天下地，入水登山，極其浪漫之能事。篇幅之長，文字之美，幻想的豐富，象徵的美麗，懷鄉愛國之情，生死離別之感，再加以神話奇聞，夾雜敘述，成為中國浪漫詩歌中的傑作。《離騷》的精神，大體上有一點像哥德的《浮士德》。不過《浮士德》中的前途是光明的，《離騷》是幻滅而已。

紛吾既有此內美兮，又重之以修能。
扈江離與辟芷兮，紉秋蘭以為佩。
汩余若將不及兮，恐年歲之不吾與。
朝搴阰之木蘭兮，夕攬洲之宿莽。
日月忽其不淹兮，春與秋其代序。
惟草木之零落兮，恐美人之遲暮。
不撫壯而棄穢兮，何不改乎此度？
乘騏驥以馳騁兮，來吾道夫先路！
昔三后之純粹兮，固眾芳之所在。
雜申椒與菌桂兮，豈惟紉夫蕙茞！
彼堯、舜之耿介兮，既遵道而得路。
何桀紂之猖披兮，夫惟捷徑以窘步。
惟夫黨人之偷樂兮，路幽昧以險隘。
豈余身之憚殃兮，恐皇輿之敗績！
忽奔走以先後兮，及前王之踵武。
荃不查余之中情兮，反信讒而齌怒。
余固知謇謇之為患兮，忍而不能舍也。
指九天以為正兮，夫惟靈修之故也。
曰黃昏以為期兮，羌中道而改路！
初既與余成言兮，後悔遁而有他。
余既不難夫離別兮，傷靈修之數化。
余既滋蘭之九畹兮，又樹蕙之百畝。
畦留夷與揭車兮，雜杜衡與芳芷。
冀枝葉之峻茂兮，願俟時乎吾將刈。
雖萎絕其亦何傷兮，哀眾芳之蕪穢。
眾皆競進以貪婪兮，憑不厭乎求索。

羌內恕己以量人兮，各興心而嫉妒。

忽馳騖以追逐兮，非余心之所急。

老冉冉其將至兮，恐修名之不立。

朝飲木蘭之墜露兮，夕餐秋菊之落英。

苟余情其信姱以練要兮，長顑頷亦何傷。

擥木根以結茝兮，貫薜荔之落蕊。

矯菌桂以紉蕙兮，索胡繩之纚纚。

謇吾法夫前修兮，非世俗之所服。

雖不周於今之人兮，願依彭咸之遺則。

長太息以掩涕兮，哀民生之多艱。

余雖好修姱以鞿羈兮，謇朝誶而夕替。

既替余以蕙纕兮，又申之以攬茝。

亦余心之所善兮，雖九死其猶未悔。

怨靈修之浩蕩兮，終不察夫民心。

眾女嫉余之蛾眉兮，謠諑謂余以善淫。

固時俗之工巧兮，偭規矩而改錯。

背繩墨以追曲兮，競周容以為度。……

這些都是《離騷》中最美麗或是最沉痛的句子。在這些句子裡，充分地表現出屈原偉大的人格和高潔的感情。他那種憂國傷民的救世心嫉俗厭世的正義感，都是出自真情，絕非那些偽善者所可比擬。因為《離騷》後半篇全是作者想像雲遊之詞，故所舉事實，多為神話古事。湘、沅南征就舜陳辭之句，正與朝發蒼梧，夕至縣圃，飲馬咸池，總轡扶桑諸事，是同樣性質。明乎此，問題便沒有了。

　　《天問》是奇怪的一篇，反映作者富於懷疑精神而心靈又有無限苦痛的人；其次，作者一定是一個博聞強記的學者。他腦袋裡蘊藏著

許多天文地理的自然知識，遠古的史事神話，以及北方儒家所傳說的歷史人物。《史記》說《天問》是他所作，想是可靠的了。王逸在《天問》序中說：「屈原放逐，憂心愁悴，彷徨山澤，經歷陵陸，嗟號昊旻，仰天歎息。見楚有先王之廟及公卿祠堂，圖畫天地山川神靈，琦瑋僪佹，及古賢聖怪物行事……何而問之，以渫憤懣，舒寫愁思。楚人哀惜屈原，因共論述，故其文義不次序云爾。」作者則認為《天問》是屈原放逐以後，憂鬱彷徨，精神上起了激烈的動搖，舊信仰完全崩潰，因此對於自然界的現象，古代的歷史政跡，宗教的信仰，以及自己的人生觀念，都起了懷疑，而發出來種種的問題了。《天問》難讀，自古已然，其難並不在文字的艱深，而在於我們缺少古史的知識。近年因卜辭的出現和考古工作的深化，已偶有所發現了。《天問》的文學價值是低的，但篇中保藏著的古代史料和神話傳說，卻是極為寶貴。

　　《招魂》、《思美人》、《哀郢》、《涉江》、《懷沙》是屈原再放江南的作品。《招魂》應當是屈原放逐江南為招懷王之魂而作的。細味全文，首節與亂辭中的朕、吾是指作者自述之詞，其他的或君或王，是指的死者。中間一大段招詞，是作者托巫陽之口所表現的招魂的本意。所稱的君，也都是指懷王而言。觀其言宮室之偉，陳設之美，女樂的富麗，肴饌之珍奇，這些都合於楚王的身份。《思美人》亦為紀念懷王之作，作《抽思》時懷王尚未死，故有惸獨無群、無媒在側之歎。到了《思美人》，懷王已死，始有媒絕路阻之語。欲抒哀情，只好「寄言於浮雲，致辭於歸鳥」了。幽明的懸隔，文字的輕重，都有痕跡可尋。《哀郢》、《涉江》在屈原生活史的研究上，是兩篇極重要的文字。在這裡面，他告訴了我們放逐江南的地點和流浪的路程。那些地點和路程，都合於實際的事實，決非雲遊想像之詞，所以更覺可貴。在《涉江》裡，他說，他離開了郢都，順江東下，先到現在華容

附近的夏首，過洞庭而到漢口（夏浦）。或者更東行，到過江西的陵陽。他在漢口住了很久，為紀念他這次的流浪生活，在回憶中寫成了《哀郢》：

> 皇天之不純命兮，何百姓之震愆。民離散而相失兮，方仲春而
> 東遷。去故鄉而就遠兮，遵江夏以流亡……過夏首而西浮兮，
> 顧龍門而不見。……將運舟而下浮兮，上洞庭而下江。去終古
> 之所居兮，今逍遙而來東。羌靈魂之欲歸兮，何須臾而忘返。
> 背夏浦而西思兮，哀故都之日遠！

這路線很分明，時令也很清楚。春天離開郢都，經過夏首、洞庭而至夏浦。路程日遠，鄉愁日深，所表現出來的情緒也更憂鬱。在夏浦是否真的住了九年（中有「至今九年何不復」之句），但滯留了一個長的時期是可信的。他在那裡總期待著一個召回故都的機會，終於是絕望了。亂曰：「曼余目以流觀兮，冀壹反之何時。鳥飛返故鄉，狐死必首丘。信非吾罪而棄逐兮，何日夜而忘之。」這是他表明就是要死也願意死在故鄉的痛苦的希望。他現在的情感日趨於哀傷與悲苦了。《涉江》是敘他從湖北入湖南的經歷。先由武昌（鄂渚）動身，入洞庭，濟沅水，經枉陼、辰陽而至漵浦。這路程確是相當遼遠的。所以一時乘舟，一時騎馬。「哀南夷之莫吾知兮，旦余濟乎江湘。乘鄂渚而反顧兮，欸秋冬之緒風。步余馬兮山皋，邸余車兮方林。乘舲船余上沅兮，齊吳榜以擊汰。船容與而不進兮，淹回水而疑滯。朝發枉渚兮，夕宿辰陽。苟余心其端直兮，雖僻遠之何傷。入漵浦余儃徊兮，迷不知吾所如。」這旅途生活的描寫非常生動，其情其景，如在目前。大概因經過多年的放逐與打擊，心地比較空虛，憂怨的情感也淡薄了。所以這篇文字表現得比較曠達，說出「苟余心之端直兮，雖僻

遠其何傷」的自寬自解的論調。

　　《懷沙》是敘他從溆浦到汨羅的作品，大概是他的絕命辭了。滿紙憤慨怨恨，比任何篇都要激烈。如「變白以為黑兮，倒上以為下。鳳凰在笯兮，雞鶩翔舞。」、「邑犬群吠兮，吠所怪也。非俊疑傑兮，固庸態也」諸句，已經由憤慨而入於謾罵了。他知道他召回故都的事已完全絕望，無須再留餘地，索性痛快地發出這激烈的言論，把那般得志的小人，一齊罵倒了。他在前面幾篇裡，也時常說出追隨彭咸的話，那只是一種打算，或許還有出路，到了《懷沙》才真的下了死的決心。「知死不可讓，願勿愛兮。明告君子，吾將以為類兮。」他下了死的決心以後，向世人告別，文句雖是簡短迫切，而其表現的感情，實在是沉痛已極。

　　屈原在政治上是失敗的，這種失敗的命運，成就了他偉大的文學作品。劉勰在《辨騷》中說：「其敘情怨，則鬱伊而易感，述離居，則愴怏而難懷，論山水，則循聲而得貌，言節候，則披衣而見時。是以枚、賈追風以入麗，馬、揚沿波而得奇。其衣被詞人，非一代也。故才高者苑其鴻裁，中巧者獵其艷詞，吟諷者銜其山川，童蒙者拾其香草。若能憑軾以倚《雅》、《頌》，懸轡以馭楚篇，酌奇而不失其貞，玩華而不墜其實，則顧盼可以驅辭力，欬唾可以窮文致，亦不復乞靈於長卿，假寵於子淵矣。」他這一段，可算是知人之論。

　　屈原在文學上最大的功績，一是詩體的解放，一是詩風的轉變。《詩經》的句子雖是長短不齊，大體上是以四言為正格，二《雅》中雖有較長之篇，畢竟是少數。到了南方的《九歌》，詩體的解放開了端，等到屈原出來，才正式成就了詩體的新型式。他運用楚國的方言白話與南方歌謠中的自然韻律，寫成了許多的雄大詩篇。這種新體裁，後人或稱為騷，或稱為賦，其實都是自由體的新詩。其次是詩風的轉變。是由寫實的詩風，變到浪漫的詩風。屈原把幻想情感象徵神

秘種種要素，儘量灌注到詩歌內去，使詩歌的生命格外豐富美麗，格外有情趣。在班固那般人看來，覺得他「露才揚己」，有離經背史之處，其實這正是他的文學的特色。劉勰謂屈原的作品，有詭異、譎怪、狷狹、荒淫四事異於經典（見《辨騷》），不知這四點，卻正是他的浪漫文學的生命。

四　宋玉

　　屈、宋並稱，自古已然。宋就是宋玉，與唐勒、景差之徒，同為屈派的南方詩人。《史記》說：「屈原既死之後，楚有宋玉、唐勒、景差之徒者，皆好辭而以賦見稱，然皆祖屈原之從容辭令。」他是戰國末年的一位天才詩人，他的作風，是屈原的浪漫文學的承繼者。宋玉的作品，可靠的只有《九辯》一篇。《九辯》正如《九歌》一樣，是古代的樂名。這是一篇徹底個人主義化的唯美作品。因了這篇作品，在後代不知道產生了多少自怨自悲的濫調文章。凡是窮愁潦倒懷才不遇的文人，都自比宋玉，傷春悲秋，多愁善感，成了文人必要的條件。陸侃如說：「宋玉的牢騷，與屈原絕不相同。屈原是楚之同姓，休戚相關。突然被讒而去，不得發展他的政治才能，自然是悲憤不能自已。宋玉卻是一個窮鄉僻野的貧士，間關跋涉，謀個溫飽，不能如願，所以發之於詩歌。一個是失敗的政治家，一個是落魄的文人。懂得了這個分別，方能瞭解《九辯》的內容與技術了。

　　《九辯》在藝術上的進步是很顯然的。音調比前人的作品更覺和諧，用字更覺深刻，描寫更覺細緻。中國文學到了宋玉確實達到了純藝術的階段。

　　悲哉秋之為氣也！蕭瑟兮草木搖落而變衰。憭慄兮若在遠行，

登山臨水送將歸。沈寥兮天高而氣清。寂寥兮收潦而水清。……坎廩兮貧士失職而志不平。廓落兮羈旅而無友生。惆悵兮而私自憐。燕翩翩其辭歸兮，蟬寂漠而無聲。雁廱廱而南遊兮，鵾雞啁哳而悲鳴。獨申旦而不寐兮，哀蟋蟀之宵征。時亹亹而過中兮，蹇淹留而無成。

這一段對於秋天的描寫，確是極成功的文字。在那內面有聲音，有顏色，有情調，有感慨，從這些彩色內，襯托一個失業文人的窮苦的心境，引起讀者無限的同情。再如他在末段十四句中，連用十二次疊字（乘精氣之摶摶兮，騖諸神之湛湛。驂白霓之習習兮，歷群靈之豐豐。左硃雀之茇茇兮，右蒼龍之躍躍。屬雷師之闐闐兮，通飛廉之銜銜。前輕輬之鏘鏘兮，後輜乘之從從。載雲旗之委蛇兮，扈屯騎之容容。計專專之不可化兮，原遂推而為臧），藉以增強音律美與文字美的效果，這是他在藝術上表現的特色。宋玉雖不一定是屈原的弟子，但熟讀過屈原的作品而深受其影響的事是無可疑的。在《九辯》中，我們可以找出許多摹擬其至於是抄襲屈原作品中的文句，這便是有力的證明。

第四章
先秦散文的勃興

一　歷史散文

　　《尚書》是中國最古的歷史，也是中國最古的散文。它雖說一向被稱為經，論其本質，正如《春秋》一樣，實實在在是一本歷史。所謂「左史記言，右史記事，言為《尚書》，事為《春秋》」，正說明了這兩本書的本質。現存的《尚書》，包括虞、夏、商、周，共二十八篇。其中，託名虞、夏的文籍，都是後人的追記，所以《堯典》、《皋陶謨》、《禹貢》，自然是靠不住的了。就是《商書》，除《盤庚》之外，其餘的也很難相信。正如《周頌》是周初的詩歌代表一樣，《尚書》中的《周誥》正是周初的散文代表。現在人讀起來，《周誥》佶屈聱牙，不容易懂，其實並非此中有奧妙的道理，也並非作者的文章特別高深。原因是《周誥》中的文辭，全是用當時的口語記錄的文告和講演。記錄以後，一直沒有什麼變動，於是那種言語漸漸隨時代而僵化了。例如：

　　王若曰：「猷！大誥爾多邦越爾御事。弗弔，天降割於我家，不少延。洪惟我幼沖人，嗣無疆大歷服。弗造哲，迪民康，矧曰其有能格知天命。已，予惟小子，若涉淵水，予惟往，求朕攸濟。敷賁，敷前人受命，茲不忘大功。予不敢閉於天降威用，甯王遺我大寶龜，紹天明。即命曰：有大艱於西土，西土人亦不靜，越茲蠢。殷小腆，誕敢紀其敘。天降威，知我國有

　　疵，民不康，曰：予復。反鄙我周邦……

語譯：王說：「啊！我要鄭重告訴你們，各國諸侯國國君及官
　　　員們。不好了！上天把大禍降給我們國家了，災禍在繼
　　　續發展，沒有停止。現在我代替我年幼的侄子執掌我們
　　　永恆的權柄，但我卻沒有遇到明智的人，可以把我們的
　　　人民引導到安全的境地，更不用說瞭解天命的人了。

　　　唉！我的處境就好像渡過深淵那樣危險，我只好到上天
　　　那裡尋找渡過難關的辦法了。擺下占卜用的大龜吧，讓
　　　它來明示我們的前輩是怎樣在上天那裡接受任命的。這
　　　樣的大功，是不應當忘記的。我不敢隱藏上天的威嚴意
　　　旨，用文王遺留給我們的大寶龜進行占卜，我們就可以
　　　明瞭上天的用意了。結果就得到卜辭，說：『西方將有
　　　很大的災難，西方的人也不會平靜。』於是這些陰謀叛
　　　亂的人更加蠢蠢欲動。殷商的餘孽竟敢妄圖恢復他們的
　　　統治地位。上天給我們降下了災難，這些餘孽知道我們
　　　國家因為災難，人心紛亂，竟然狂妄宣稱：『我們要恢
　　　復我們的統治』反而更加看不起我們周國。

　　這是《大誥》中的一段，是武庚叛變周公東征時的一篇文告。全篇中
天命吉卜寶龜之言，層見疊出，正反映出周初時代的神權思想。《周
誥》的語言形式和結構，同《盤庚》很類似，屬於中國最古的散文的
類型。

　　在歷史上進一步的表現，成為有系統的編年體的，便是那有名的
《春秋》。《春秋》也同《尚書》一樣，被稱為經的，尤其成為今經文
家重視的古籍。孟子說：「世衰道微，邪說暴行有作。臣弒其君者有
之，子弒其父者有之。孔子懼，作《春秋》。《春秋》，天子之事也。

是故孔子曰：「知我者其惟《春秋》乎？罪我者其惟《春秋》乎？」
因為《春秋》是出於孔子，因此後代人都把它看作是一本含有微言大
義的政治教科書，把它看作是定名分、制法度的工具。《莊子・天
下》篇說的「《春秋》以道名分」，便是這個意思。於是許多經史賢
哲，都在那裡面去研討微言大義，倒把列國史事，看作殘骸朽骨了。

　　《春秋》的文句雖是簡短，前人不適當地譏為「斷爛朝報」，但
在文字的技術及史事的編排上，比起《尚書》來，都已有明顯的進
步。使我們讀了，對於當代諸國的事實，得到一個系統的印象。在造
句用字上，都從《尚書》的文體中解放進化出來，日趨於簡練平淺，
建立了新散文的基礎：

> 二年春，王正月，戊申。宋督弒其君與夷，及其大夫孔父。滕
> 子來朝。三月，公會齊侯、陳侯、鄭伯於稷，以成宋亂。夏四
> 月，取郜大鼎於宋，戊申，納於大廟。秋七月，杞侯來朝。蔡
> 侯、鄭伯會於鄧。九月入杞。公及戎盟於唐。冬公至自唐。
>
> 　　　　　　　　　　　　　　　　　　　　　　（《桓公二年》）

一年的史事，包括在這八十五個字裡，簡短極了，這只能算是一個歷
史的大綱。但在當時貧弱的物質文化的環境之下，這種大綱式的歷
史，卻是帶著最進步的姿態而出現的。因為這種官書，無論從當時的
歷史觀念或是物質條件看來，都表現一種最適合環境的樣式。從文字
的技術上講，比起《尚書》來，那進步是顯然的：一個是僵化了的語
句，一個是平淺而有生命的新興散文。

　　到了戰國時代，隨著物質條件與文學觀念的發展，歷史的散文，
呈現著著高度的進步。如《國語》、《左傳》、《戰國策》等書，都是當
時歷史散文中最優秀的作品。《左傳》與《戰國策》，更為後代散文家

所重視，幾乎成為學習散文的金科玉律。

　　關於《左傳》的著作及其本身的真偽問題，我們無法在這裡作較詳的敘述。平心而論，《左傳》的作者，是一位戰國時代最優秀的散文家，他決計不是孔子的弟子。他寫這本書的目的，並不是為解經而作，是純從歷史家的立場，採取《春秋》的大綱，再參考當時的史籍，而成就了這本偉大的作品。這正是當時史學觀念的進步，表示不能滿意於《春秋》式的史書，而不得不另有所表現了。我們必得承認《左傳》的成書時代是戰國初年，作者可能是魯國的左丘明，在流傳過程中難免有所補訂。它在歷史散文的地位上，是成為上承《尚書》、《春秋》，而下開《國策》、《史記》的重要橋樑，而且是戰國時代無可否認的最優秀的散文作品。

　　《左傳》無論在記言記事方面，都表現了極高的成就。用著簡練的文句，善於寫人敘事的手法，把當時複雜的史事，多樣的人物，活躍地記載或表現出來。使我們現在讀了，還能親切地感受到當時政治舞臺的狀況，和舞台人物的種種面貌動作和性情。一直到現在，它還保持著它活躍的散文的生命。如「呂相絕秦」、「燭之武退秦師」、「臧哀伯諫納鼎」、「臧僖伯諫觀魚」、「季札觀樂」、「王孫論鼎」，都能用委婉曲折的文章，表達當時巧妙的辭令。再如城濮之戰，殽之戰，邲之戰，鄢陵之戰，都是用最簡練的文句，記敘繁複的史事，而成為敘事文中的傑作。劉知幾說：「左氏之敘事也，述行師則簿領盈視，噬聒沸騰。論備火則區分在目，修飾峻整。言勝捷則收穫都盡，記奔放則披靡橫前，申盟誓則慷慨有餘，稱譎詐則欺誣可見，談恩惠則煦如春日，紀嚴切則凜若秋霜，敘興邦則滋味無量，陳亡國則淒涼可憫。或腴辭潤簡牘，或美句入詠歌。跌宕而不群，縱橫而自得。若斯才者，殆將工作造化，思涉鬼神，著述罕聞，古今卓絕。」（《史通・雜說上》）他這種純粹從文學的立場上來估量《左傳》的價值，確是很

有見解的。我們必須得承認：《左傳》除了歷史的價值以外，它在中國的散文史上，具有優越的地位。

> 九月甲午，晉侯、秦伯圍鄭，以其無禮於晉，且貳於楚也。晉軍函陵，秦軍汜南。佚之狐言于鄭伯曰：「國危矣，若使燭之武見秦君，師必退。」公從之，辭曰：「臣之壯也，猶不如人，今老矣，無能為也已。」公曰：「吾不能早用子，今急而求子，是寡人之過也。然鄭亡，子亦有不利焉。」許之。夜縋而出，見秦伯曰：「秦、晉圍鄭，鄭既知亡矣。若亡鄭而有益於君，敢以煩執事？越國以鄙遠，君知其難也。焉用亡鄭以陪鄰？鄰之厚，君之薄也。若舍鄭以為東道主，行李之往來，共其乏困，君亦無所害。且君嘗為晉君賜矣，許君焦、瑕，朝濟而夕設版焉，君之所知也。夫晉，何厭之有，既東封鄭，又欲肆其西封。若不闕秦，將焉取之？闕秦以利晉，唯君圖之。」秦伯說，與鄭人盟。

（《燭之武退秦師》）

這可作歷史讀，尤可作美妙的小品文讀。用字造句是多麼簡練，又是多麼生動。後人每以《左傳》的文字失之浮誇，有文勝於質的弊病，這都是那些死守《六經》為文章的正統的胡言。不知道他們所說的浮誇與文勝於質，正是中國散文的藝術的進步。像《左傳》這樣的文字，不正是適合於戰國時代的環境嗎？由《尚書》、《春秋》到《左傳》，那散文發展的痕跡，不是極明顯極合理的嗎？

　　《左傳》以外，我們得注意的，便是那表現縱橫捭闔之術的《戰國策》。《漢書·藝文志》有《戰國策》三十三篇，今有三十三卷，是劉向裒合排比而成。劉向《戰國·策敘錄》云：「戰國之時，君德淺

薄，為之謀策者，不得不因勢而為資，據時而為畫。故其謀扶急持
傾，為一切之權，雖不可以臨國教，化兵革，亦救急之勢也。皆高才
秀士，度時君之所能行，出奇策異智，轉危為安，運亡為存，亦可
喜，皆可觀。」他在這就說明了當時時代性的特質，同時也就說明了
《國策》文字的特質。蘇秦合縱、張儀連橫、范雎相秦、魯連解紛、
鄒忌的幽默、淳于髡的諷刺、真可謂盡鼓舌搖唇之能事，極縱橫辯說
的大觀了。而其文字無不委曲達情，委婉盡意。章學誠說：

> 戰國者縱橫之世也。縱橫之學，本於古者行人之官。觀《春
> 秋》之辭命，列國大夫，聘問諸侯，出使專對，蓋欲文其言以
> 達旨而已。至戰國而抵掌揣摩，騰說以取富貴，其辭敷張而揚
> 厲，變其本而加恢奇焉，不可謂非行辭命之極也。孔子曰：誦
> 《詩三百》，授之以政，不達，使於四方，不能專對，雖多亦
> 奚以為。是則比興之旨，諷喻之義，固行人之所以也。縱橫者
> 流，推而衍之，是以能委折而入情，委婉而善諷也。九流之
> 學，承官由於六典，雖或原於《書》、《易》、《春秋》，其質多
> 本於禮教，為其體之有所該也。及其出而用世，必兼縱橫，所
> 以文其質也。古之文質合於一，至戰國而各具之，質當其用
> 也。必兼縱橫之辭以文之，周衰文弊之效也。故曰，戰國者縱
> 橫之世也。
>
> 　　　　　　　　　　　　　　　　　　　　　　（《詩教上》）

他在這裡說明了在縱橫的戰國時代，隨著言語辭令的需要與進步，文
字必然要發展到文質各具的階段去。所謂文質各具，便是說文章除其
內容以外，文字本身的藝術，已達到獨立存在的階段了。章氏雖說是
周衰文弊之效，然而在散文的發展史上，這自然是進步的現象，是興

盛的現象。宋李格非說：「《戰國策》所載，大抵皆縱橫揮闔、譎誑相
軋傾奪之說也。其事淺陋不足道，然而人讀之，則必尚其說之工，而
忘其事之陋者，文辭之勝移之而已。」他這種議論，真是十分確切。
例如，《蘇秦為趙合縱說齊宣王》一文，蘇秦形容齊國之強盛、臨淄
之富實後，筆鋒一轉，恥笑齊宣王的降秦的失策：

> 齊南有太山，東有琅邪，西有清河，北有渤海，此所謂四塞之
> 國也。齊地方二千里，帶甲數十萬，粟如丘山。齊車之良，五
> 家之兵，疾如錐矢，戰如雷電，解若風雨，即有軍役，未嘗倍
> 太山、絕清河、涉渤海也。臨淄之中七萬戶，臣竊度之，下戶
> 三男子，三七二十一萬，不待發殺遠縣，而臨淄之卒，固以二
> 十一萬矣。臨淄甚富而實，其民無不吹竽、鼓瑟、擊築、彈
> 琴、鬥雞、走犬、六博、蹹踘者；臨淄之途，車轂擊，人肩
> 摩，連衽成帷，舉袂成幕，揮汗成雨；家敦而富，志高而揚。
> 夫以大王之賢是與齊之強，天下不能當。今乃西面事秦，竊為
> 大王羞之。

作者在這裡綜合運用了比喻、誇張、排比、對偶，反諷等修辭手段，
極盡鋪陳誇飾之能事，文章也就顯得氣勢非凡，辯麗橫肆。這種文字
對於後代散文家發生很大的影響，自不用說，便是漢代的賦家，也深
深地感染著他的影響。又如：

> 鄒忌修八尺有餘，而形貌映麗，朝服衣冠，窺鏡，謂其妻曰：
> 「我孰與城北徐公美？」其妻曰：「君美甚，徐公何能及君
> 也。」城北徐公，齊國之美麗者也。忌不自信，而復問其妾
> 曰：「吾孰與徐公美？」妾曰：「徐公何能及君也。」旦日，客

從外來，與座談，問之客曰：「吾與徐公孰美？」客曰：「徐公
不若君之美也。」明日徐公來，熟視之，自以為不如，窺鏡而
自視，又弗如遠甚。暮寢而思之，曰：「吾妻之美我者，私我
也。妾之美我者，畏我也。客之美我者，欲有求於我也。」

（《鄒忌諷齊王納諫》）

　　這種幽默諷刺的文字，現在讀起來，也是覺得津津有味的。無論
對於大小問題，或是旁述，或是直敘，總使讀者如置身會談的座中，
言語形貌，全都感到親切有味。其結論雖有時令人感到不夠深厚，但
其文字無不羽毛豐滿，氣勢縱橫，引人入勝。這是文字藝術的進步，
也就是文字力量的動人。歷史的散文，到了《左傳》、《國策》，確是
達到極高的成就了。

二　哲理散文

　　我國古代的哲理散文，當以《老子》、《論語》為最早。此二書
出，在中國的文化界，才有所謂私人著述的作品。不用說，《老子》
與《論語》不是老子、孔子手寫的，只是他們的門徒記下來的一種語
錄。這種簡約的語錄，在我國哲理散文史上，卻有極重要的地位。平
心而論，現存的《老子》這本書，究其思想的複雜矛盾，一定是完成
於戰國道、法家的增益。就其文字的體裁看來，許多韻文的部分，似
乎也是受了騷體的影響，好像是戰國末葉的作品。但我們客觀地推
測，覺得老子確為春秋時代的人物，在其時並還有原本《老子》的存
在。現存的《老子》，是由原本增補而成，老子原有的思想一部分被
保存著，其它如陰陽家、法家之言，後來也都混雜進去，所以無論思
想或是文體，都形成現在那種矛盾複雜的樣子了。我們如果肯承認這

一個論點，那麼在《論語》之前，是有過《老子》那麼一本書的。老聃曰：

> 知其雄，守其雌，為天下谿。知其白，守其辱，為天下谷。人皆取先，己獨取後。曰：受天下之垢，人皆取實，己獨取虛。無藏也，故有餘。尚然而有餘。其行身也。徐而不費，無為也而笑巧。人皆求福，己獨求全。曰：苟免於咎，以深為根，以約為紀。曰：堅則毀矣，銳則挫矣，常寬容於物，不屑於人，可謂至極。
>
> 　　　　　　　　　　　　　　　　（《莊子・天下篇》）

《莊子・天下篇》內所引的各家之言，一向為學者認為比較可靠。但這裡所引的《老子》和現今的《老子》，不甚一致。因此，我們很可能相信這些文句是出於《老子》的原本，而現存的《老子》是改本了。在這些文句裡，正表現了純正的道家思想，並且與《論語》式的簡約的文體，也正相適合。（編者按：近年出土的《郭店楚簡》，證實了這個推論。）

　　《論語》是古代初期的哲理散文中一部最可靠的書。其中的一部分（如第二十章《堯曰》），雖也有可疑之處，但對於它本身的真實性，卻毫無損傷。書中的文句，都是三言兩語，各自獨立，不相連貫。這正與《春秋》的文字，有些相像。因為當時的物質條件的貧弱，無論在歷史或是哲學上的表現，都只能做到大綱的形式。詳細情形，一切都待於孔子的解說，亦即後來儒家學者所說的「微言大義」。因此，我們讀《論語》的時候，時常有一種突然而來忽然而止的感覺。這固然是因為散文尚在發展的途中，但最大的原因，還是在當時物質環境的拙劣和文書工具的貧弱，關於這一點，由《春秋》的

歷史文，《老子》、《論語》的哲理文，都是簡約的文句，節段的形式，還沒有達到單篇論文的式樣，看來這是很有道理的。

　　老、孔時代，正是中國哲學思想發育的初期，還沒有走到諸子爭鳴彼此辯論的時代。所謂理論的鬥爭，還沒有產生。只要用那種平鋪直敘的說明文字，便夠表明他們的思想。到了戰國的諸子爭鳴時代，思想的宣傳與鬥爭，蓬勃地發展起來，任何派的思想家要發表文字，非帶著鬥爭的論辯的形式不可了。因為思想的發展，文字也跟著發展起來，於是第二期的哲學散文，帶著長篇大論的姿態，諷寓犀利的詞句而出現了。在《墨子》、《孟子》、《莊子》、《荀子》、《韓非》等書的文字裏，文章的氣勢格調雖各有不同，所表現的思想雖各不同，然都帶著論辯的鬥爭的形式的事，卻是一致的。

　　論辯的散文，是由墨子而開始的。故在中國散文的發展史上，墨子是有重要的地位。這並不是說《墨子》中的文字，有多麼美妙，有不得了的藝術的成就。其重要處，是中國議論辯證的文體，由他開始。《淮南子‧要略》說：

> 墨子學儒者之業，受孔子之術，以為其禮煩擾而不說，厚葬靡財而貧民，服傷生而害事，故背周道而行夏政。

可見墨家的創立，從一開始便針對儒家學說。同時墨子對於論辯文的方法的要旨，發表了許多重要的意見。我們讀過他的《兼愛》、《非攻》、《非命》、《明鬼》、《尚同》諸篇，知道他是一個條理嚴謹的議論家，這些文字都是最嚴謹、最明快的論辯文。後世的論辯文，幾乎都逃不出他的式樣與方法。我們知道墨子是一個苦行的富有同情心的宗教家。所以他講兼愛非攻，信鬼神信天志。同時他又是徹底的功利主義者，因此他主張薄葬非樂。這些思想反映到文學上，變成了尚質與

實用的文學觀。他的文字雖不華美，然而無不條理嚴謹、說理明暢。
在我國古代學術界中，墨學最講究方法，開名學之先導，故其學說之
立論，都是採取首尾一貫的論理形式。因此，他的文字，也就成為最
嚴謹、最有條理的論辯文了。他說：

> 凡出言談，則不可不先立儀而言，若不先立儀而言，譬之猶運
> 鈞之上而立朝夕者也。我以為雖有朝夕之辯，必將終未可得而
> 從定也。是故言有三法。何謂三法？曰有考之者，有原之者，有
> 用之者。惡乎考之？考先聖大王之事。惡乎原之？察眾之耳目
> 之請。惡乎用之？發而為政乎國，察萬民而觀之。此謂三法也。
>
> （《非命下》）

所謂禮儀，便是說要有一種準則和一個要旨。如《非命》、《非攻》，
那便是一篇的準則和要旨，令人看了一目了然。所謂三表法，便是一
種層次分明的理論方法，「考之者」是說要求證於古事，「原之者」是
說要求證於現實，「用之者」是說要求證於實際的應用。他所講的雖
是一種講學立論的方法，同時也就是做辯論文的方法。用這方法做論
辯文，是有條有理，決沒有前後矛盾層次紊亂的弊病。在《墨子》許
多篇中，都是這種方法的應用，而得到了很好的成績。我們讀讀《非
命》、《明鬼》，就可以知道了。這種名學的方法，近代稱為邏輯。用
之於講學立論，固然是極有好處，用之於論辯文，其結果是更好的。
以後如莊、孟、韓、荀以及後來各家的議論文字，都在採取這些方
法。因此，我們不能以《墨子》書中的樸質文字缺少文彩，而忽視它
們在中國散文史上的地位。至於由《老子》、《論語》的片段的說明
文，變為《墨子》的長篇的論辯文，其發展的過程，也是極合理的。
　　在當代的儒家裡面，以孟子最有文采。孟子雖是倡仁義，法先

王，拒楊、墨，反縱橫，然而他自己卻也逃不出當時流行的縱橫家的風氣。其門人公都子對他說：「外人皆稱夫子好辯。」他回答說：「予豈好辯哉，不得已也。」可知孟子也是一個論辯家。在那個諸子爭鳴縱橫捭闔的時代，各種學術思想如春潮般的湧起，你如果有所主張，自然非對四圍的論敵加以排擠不可。因此，在當代的學術思想界中任何學派，無論寫文講話，都採取鬥爭論辯的形式了。

　　孟子的文章不僅文采華贍，尤以氣勝。他自己曾說：「我善養吾浩然之氣。」這裡所說的氣，似乎與文章沒有什麼關係。但孟子卻能在立論行文時，注重文章的氣勢，增加文章的力量。關於這一點，成為後人論文的一種標準。文章的氣勢好，就是理論稍稍薄弱，也還能引人入勝，先聲奪人。我們現在讀孟子的文章，就有這種感覺。不待細細思考他的內容，便已為那種一瀉不止的滔滔雄辯的文氣吸引住了。可知氣勢對於文章確實很重要的。後代如賈誼、蘇東坡的議論文字，也都是以氣勢見長。韓愈說：

> 氣，水也。言，浮物也。水大而物之浮者大小畢浮。氣之與言猶是也。氣盛則言之短長與聲之高下者皆宜。
>
> 　　　　　　　　　　　　　　　　　　　　（《答李翊書》）

蘇轍也說：

> 孟子曰：「我善養吾浩然之氣。」今觀其文章，寬厚弘博，充乎天地之間，稱其氣之小大。太史公行天下，周覽四海名山大川，與燕、趙間豪俊交遊，故其文疏蕩頗有奇氣。此二子者豈嘗執筆學如此之文哉。其氣充乎其中，而溢乎其貌，動乎其言，而見乎其文而不自知也。
>
> 　　　　　　　　　　　　　　　　　　（《上樞密韓太尉書》）

可知後代的論文家都喜歡講氣勢。在曹丕的《典論·論文》裡，他以氣作為論文的標準的事，是大家都知道的。《文心雕龍》裡，也有《養氣》的專篇。到了桐城派所講的陰陽剛柔，那就更是精密完備了。

　　其次是孟子所講的「知言」。他說：「詖辭知其所蔽，淫辭知其所陷，邪辭知其所離，遁辭知其所窮。」（《公孫丑》章）這裡所說的是一種知人之言而知人之情的體會。既然能知人之言，自然也能知己之言。這種本領，用之於批評固然是重要，用之於創作，也同樣的重要。真是直言之人，在自己立論造文的時候，才會對於文辭得到巧妙的選擇與應用。墨子告訴我們論辯的方法，是偏於外表的形式。孟子所講的養氣和知言，是屬於內在的修煉。在《孟子》的文字裡，許多地方也採用《墨子》中的論辯方法，但因其氣勢辭藻的長處，所以我們總覺得讀《墨子》的文有些乾枯晦澀，不能如《孟子》中的文字能那樣給我們波瀾反覆、辭鋒犀利的趣味。如《梁惠王》的言仁義、《滕文公》的闢楊、墨、《告子》的辨性善、《離婁》的法先王，都是氣勢縱橫、文采美麗的絕妙文字。他行文的主旨，雖都很嚴正，然而偶爾舉例取譬之時，時時露出一種幽默，使人得到輕鬆的歡樂與會心的微笑。如牽牛過堂、齊人妻妾諸段，實在是巧妙，然而又是無上的滑稽與諷刺。這也可以說是戰國文體的一般特色。歷史散文中如《左傳》、《國策》，哲學散文中如《墨子》、《莊子》，也常可找出這種例子。蘇洵在《上歐陽內翰書》中說：「孟子之文，語約而意盡，不為巉刻斬絕之言，而其鋒不可犯。」這真可說是知人之論。

　　莊子是戰國時代道家學派的大思想家，同時也是最優秀的散文家。他有傑出的天才，超人的想像，高尚的人格與浪漫的感情。文字到了他的手裡，成了活動的玩具，顛來倒去，離奇曲折，創造了一種特有的文體。這樣的文體，在中國有了二千多年，從沒有一個人能夠模擬、能夠學得像樣。他的文章也採取各種論辯的方法，然又氣勢縱

橫，辭藻華麗，一點也不板滯。同時他又不顧一切的規矩，使用豐富
的字彙、倒裝重疊的句法、奇怪的字眼、巧妙的語言，使他的文字，
格外靈活，格外新奇，格外有力量。《墨子》的文失之沉滯，《孟子》
的文失之顯露，《莊子》的文卻沒有這種弊病。偶爾翻閱，自然覺得
有些艱苦，但當你將字義和意思瞭解以後，反復熟讀，你自然會感到
一種驚奇，一種愉悅。為什麼一樣的文字，到了他的筆下，能夠組織
得那麼新奇，表現得那麼聰明。真是汪洋恣肆，機趣橫生，信手拈
來，都成妙語。

> 以謬悠之說，荒唐之言，無端崖之辭，時恣縱而不儻，不以觭
> 見之也。以天下為沈濁，不可與莊語；以卮言為曼衍，以重言
> 為真，以寓言為廣。獨與天地精神往來，而不敖倪於萬物，不
> 譴是非，以與世俗處。其書雖瑰瑋而連犿無傷也，其辭雖參差
> 而諔詭可觀。彼其充實不可以已，上與造物者遊，而下與外死
> 生、無終始者為友。其於本也，宏大而辟，深閎而肆；其於宗
> 也，可謂稠適而上遂矣。雖然，其應於化而解於物也，其理不
> 竭，其來不蛻，芒乎昧乎，未之盡者。
>
> 　　　　　　　　　　　　　　　　　　　　　　（《天下篇》）

這一段評論莊子的哲學思想與人生態度，固然是極其精當，然而看作
他的文學的批評，也是非常確切的。要懂得他的人生態度，才能懂得
他的文章，才能瞭解他為什麼不喜歡用那種詞嚴義正的「莊語」，偏
要採用那種「寓言」、「卮言」等類的荒唐謬悠的言語。也就因為這些
言語，使他的文字格外顯得新奇有味輕飄無痕。「依乎天理，因其固
然」是他說明庖丁解牛的秘訣，也就是他的人生哲學的根底。同時，
也就是他的文字藝術的精義。他的文字的雄奇與奔躍，後代無人能比

得上他。只有李太白的古詩，差可比擬而已。正如太白的詩不可模擬與學習一樣，莊子的散文也是不許旁人模擬學習的。我們只要讀讀《逍遙》、《齊物》諸篇，便會知道他散文技術的高妙，而不得不承認他在散文史上創立了一種特殊的文體。並且這一種特殊的文體，成了他的私有物，一直沒有在任何人的筆底下出現過。《史記》說：「莊子者，蒙人也，名周。周嘗為蒙漆園吏，與梁惠王、齊宣王同時。其學無所不窺，然其要本歸於老子之言。故其著書十餘萬言，大抵率寓言也。作漁父、盜跖、胠篋，以詆訾孔子之徒，以明老子之術。畏累虛、亢桑子之屬，皆空語無事實。然善屬書離辭，指事類情，用剽剝儒、墨，雖當世宿學不能自解免也。其言洸洋自恣以適己，故自王公大人不能器之。」（《莊子列傳》）他對於莊子的哲學思想及其文字的內容，雖稍有微詞，但對於他的文章藝術的讚揚，卻是極精當的論見。

　　其次如荀子文的樸質簡約，韓非文的深刻明切，雖各有其特色，但終不能創出一個特殊的範疇。他們在思想史上，自有其堅不拔的地位，在散文史上，無論就文體的形式，文字的辭藻，都只是承流，而沒有什麼開創的發展了。話雖如此，然荀子的《勸學》、《性惡》、《禮論》、《樂論》、《非十二子》，韓非的《孤憤》、《說難》、《顯學》、《五蠹》諸篇，在他們的作品中，都是帶著鬥爭論辯的形式，深刻鋒利的筆鋒而出現的有力的文字。

　　總之，春秋戰國時代散文發展的過程，同著當代的物質文化與精神文化的發展，是取著一致的步調。由古代的《尚書》到《春秋》以至於《國語》、《左傳》和《國策》，這是一條分明的歷史散文發展的路線。由《老子》、《論語》到墨子、孟子、莊子以及荀、韓諸子，這又是一條分明的哲學散文發展的路線。隨著物質文化與精神文化的進步，文章的質與量，形式與內容，修辭與佈局，也都跟著進步。可知文字的藝術，雖稱為精神的高貴產物，然欲求其脫離時代意識與物質

條件的基礎，實在是不可能的。我們試看在西周春秋和戰國的文字中
無論是歷史的或是哲學的，其形式和技巧，不都是有一個共同的特質
嗎？這一種稱為時代性的共同的特質，是一般研究文學史的人們不得
不注意的。

第二篇
兩漢文學

第五章
漢賦的興起與發展

一　漢賦的興起

　　春秋戰國以來，四言詩的發展，逐漸衰落。戰國時代，接而起來的是屈、宋的新體詩，荀子的短賦和諸子以及歷史家的散文。漢代的散文，因《史記》、《漢書》的出現而更趨於完美。四言詩衰落了，五七言詩正在民間的醞釀中，《楚辭》的勢力如日中天地影響整個的文壇，再加以荀子賦體的初步創作，正待於後代才人的發揚光大，一到了漢朝，正接着這個潮流，於是辭賦交互影響，而形成了那個貴族化的古典文學的大運動。就文體本身的發展上，漢賦的興盛，實在是一種必然的趨勢。顧炎武說：「由《三百篇》而不得不變為《楚辭》，由《楚辭》而不得不變為漢賦者勢也。」他說的勢，正是文體發展的趨勢。

　　此外，漢賦的發達興隆，利祿引誘的力量，也很重要。開始是封君貴族們的獎勵提倡，如吳王劉濞，梁孝王劉武，淮南王劉安皆折節下人，招致四方名士。時如鄒陽嚴忌、枚乘、司馬相如、淮南小山、公孫勝、韓安國之流，都出其門下。到了武帝，他有很高的文學天才，更重視文人，如司馬相如、東方朔、枚皋諸人，都以詞賦得官了。其後王褒、揚雄，都以辭賦而入仕途。班固《兩都賦序》說：

　　　　至於武、宣之世，乃崇禮官，考文章……故言語侍從之臣，若
　　　　司馬相如、虞丘壽王、東方朔、枚皋、王褒、劉向之屬，朝夕

論思，日月獻納，而公卿大臣：御史大夫倪寬、太常孔臧、大中大夫董仲舒、宗正劉德、太子太傅蕭望之等，時時間作。或以抒下情而通諷諭，或以宣上德而盡忠孝。雍容揄揚，著於後嗣，抑亦《雅》、《頌》之亞也。

二　漢賦的特質

在中國文學中，賦是一種最奇怪的體制。由外表看去，是非詩非文，而其內含，卻又有詩有文。因此，賦是一種半詩半文的混合體。最初由荀子的《賦篇》，秦時的雜賦，降而至於枚乘、司馬相如的創作，於是那種鋪採摛文、體物敘事的漢賦，才正式成立。代表漢賦的，是那些《子虛》、《上林》、《甘泉》、《羽獵》、《兩京》、《兩都》、《洞簫》、《長笛》一類的作品。劉勰《文心雕龍‧詮賦》說：

> 賦者鋪也。鋪采摛文、體物寫志也。……原夫登高之旨，蓋睹物興情。情以物興，故義必明雅；物以情觀，故詞必巧麗。麗詞雅義，符采相勝。如組織之品朱紫，畫繪之着玄黃。文雖新而有質，色雖糅而有本，此立賦之大體也。

可知「鋪采摛文」、「直書其事」，是賦的一個重要的特質，然而內面也應該有睹物興情的詩意。可是漢代賦家，都在「鋪採摛文」一點上用工夫，其結果是詞雖麗而乏情，文雖新而無本。這樣下去，賦便同實際的人生社會離開而成為君王的娛樂、文人的遊戲了。這是漢賦最大的缺點。「然而逐末之儔，蔑棄其本。雖讀千賦，愈惑體要。遂使繁華損枝，膏腴害骨。無貴風軌，莫益勸戒。此揚子所以追悔於雕蟲，貽誚於霧縠者也。」（《詮賦》）

三　漢賦發展的趨勢

　　早期漢賦的代表人物有陸賈、賈誼、嚴忌、東方朔等。而最先創作漢代大賦是枚乘的《七發》。《七發》雖未以賦名，卻純粹是漢賦的體制。全篇是散文，用反複的問答體，演成為一故事的形式。它有兩個特點。第一，它的文字語氣趨於辭藻的華美與形式的誇張。其次，它完全是敘事寫物的。內容大約是楚太子有疾，吳客去問病。首段鋪陳致病之由，次段鋪陳自然之美，次陳飲食之豐，次陳車馬之盛，次陳巡遊之事，次陳田獵觀濤之樂；但太子俱以病辭。最後吳客說以聖賢方術之要言妙道，於是太子據几而起，出了一身大汗，那病就好了。全篇便結束了。《七發》對於漢賦的發展，是有重大的影響。因為漢賦表面好像是有怎麼諷諭的大道理，其實只是一種文字的遊戲。

　　武、宣、元、成時代，是漢賦的全盛期，代表人物是司馬相如。他是四川成都人，生於文帝初年，死於武帝元狩五年（前117年）。他同韓非一樣，患着口吃的毛病，不善於講話而長於寫文。他學問淵博，文采煥發，是漢代賦家最有代表性的人物。現存而最著者，為《子虛》、《上林》、《大人》、《長門》、《美人》、《哀二世》六賦。《子虛》、《上林》為司馬氏的代表作品，亦為漢賦的典型。《子虛》作於梁國，敘游獵之盛。後來武帝看見了，大加賞識，恨不與此人同時。當時狗監楊得意對武帝說，他是臣的同鄉。於是武帝召了他去。他說《子虛》不過敘諸侯游獵之事，不足觀，請賦天子的游獵，遂成《上林》一篇。武帝讀了很高興，就命他為郎。由這種創作的動機看來，這種文學自然是缺少高貴的情感與活躍的個性。只能用美麗的字句，盡其鋪寫誇張的能事。外表是華艷奪目，內容卻很空虛。摯虞在《文章流別論》中批評說：「假象過大，則與類相遠；逸辭過壯，則與事相違；辯言過理，則與義相失；麗靡過美，則與情相悖。」指出了漢

賦最大的毛病是專事誇張而缺乏真實性。而漢賦的結構，大都是幾人
的對話，彼此誇張形勢，極言淫樂侈靡之盛事；最後，是以荒樂足以
亡國，仁義可以興邦的意義作結。其後，揚雄、班固、張衡，都是如
此。辭賦到了這種千篇一律的景況，自然是更沒有生氣沒有意義。賦
家只是照著一定的形體結構，堆積辭句，鋪陳形勢。外表華麗非凡，
內面空洞無物。

　　到了東漢中葉以後，宦官外戚爭奪政權，國勢日衰，加以帝王貴
族奢侈成習，橫徵暴斂，社會民生，日益窮困。所謂「國王驕奢，不
遵典憲。又多豪右，共為不軌」（《張衡傳》），這都是當時的實情。因
此，文學家的思想意識，不能完全不感受影響。就是專以鋪采摛文為
能事的賦，也漸漸地發生變化了。代表人物是張衡（78-139），字平
子，南陽西鄂人。他是漢代一個人格高尚、學問淵博、反迷信倡科學
的重要思想家。他在中國文學史上，佔有極重要的地位，《同聲歌》、
《四愁詩》成為五七言詩創始期中最重要的文獻。漢賦的轉變，由他
開其端緒，由他幾篇短賦的出世，給與漢賦以活潑的生機。他個人的
代表作品，並不是那構思十年的《兩京賦》，而是那些不為世人所注
意的《歸田》與《髑髏》。他在這些短短的賦裡，用平淺清潔的字
句，瀟灑自如的描寫著自己的胸懷，田園的生趣，人生的理想，道家
的哲學，使人讀了感著親切有味。張衡的這些文字，實在是魏晉的哲
理文學與田園文學的先聲。例如《歸田賦》：

> 游都邑以永久，無明略以佐時。徒臨川以羨魚，俟河清乎未
> 期。感蔡子之慷慨，從唐生以決疑。諒天道之微昧，追漁父以
> 同嬉。超埃塵以遐逝，與世事乎長辭。於是仲春令月，時和氣
> 清。原隰鬱茂，百草滋榮。王雎鼓翼，倉庚哀鳴。交頸頡頏，
> 關關嚶嚶。於焉逍遙，聊以娛情……揮翰墨以奮藻，陳三皇之
> 軌模。苟縱心於域外，安知榮辱之所如。

由長篇巨制的形式，變為短短的篇章，由描寫京殿遊獵而只以帝王貴族為賞玩的物件的古典作品，變為表現個人的胸懷情趣的言志的作品了。在這種作品裏，明顯的現出了曹子建、王羲之、陶淵明那種個人的自然主義的作風。

兩漢以後，代表的文學作品已經不是賦了。魏晉作賦的風氣並沒有全衰。這個時代是中國政治極紊亂、思想最自由的時代。篡奪繼作，外患不已，民生窮困，社會不安。儒家思想的衰落，道佛思想的興起，人性的覺醒，清談的流行，因種種的原因，造成中國未曾有過的個人的浪漫主義的狂潮。在這狂潮中，哲學文學，都離開往日那種傳統觀念的束縛，得著自由獨立發展的機會。甚麼哲理文學、游仙文學、田園文學，都在這時候蓬勃地滋長起來。在這種潮流中，賦也同當代的詩文，採取一致的步調，無論形式內容以及情調，都不是漢代大賦的本來面目。在這裏我們可以舉出幾個魏晉賦的特徵來作為結束：

1 篇幅短小

短賦在漢代張衡、王逸、蔡邕諸人的集子裡，雖偶然有了，但究竟不是普遍的形式，到了魏晉，短賦成為主體了。我們試從曹丕、曹植的作品看起，一直到晉末的陶潛，所作的賦幾乎全是短篇，如陸機的《文賦》，潘岳的《西征》，左思的《三都》，郭璞的《江賦》，那樣的長篇，那真是寥寥可數，古人以此為漢賦衰微的象徵，這見解是錯誤的。我們要知道文字的浪費，並不能增高文學的價值，文學手腕的經濟，確是技術上的進步。

2 字句簡麗

漢賦最大的缺點，是作家要誇示自己的學問，在極小的事物上，堆積許許多多的僻字奇文，因此反而失去文學的活躍的生命。到了魏

晉，在造句方面，雖日趨於駢儷排比，但在修辭上，避開堆積鋪陳的惡習，用平淺通用的字句，加以琢練的技巧，使他達到清麗細密的成就。我們讀了，只覺得親切有味，不像讀漢賦那樣的晦澀艱苦，令人生厭。

3 題材擴大

漢賦的題材，大都以宮殿、遊獵、山川、京城為主體。東漢以後，雖稍有轉變，然其範圍亦極狹小。到了魏晉，隨著詩歌的擴大範圍，賦也跟著擴展了。於是抒情、說理、詠物、敘事各種體制，登臨、憑弔、悼亡、傷別、遊仙、招隱、艷情、山水各種題材的賦都出現了。

4 個性化與情感化

漢賦作家是採取純粹客觀的態度，去描寫或是鋪陳外界的事物，在那裏不能表現作者的個性與情感。這種情形，東漢中葉漸漸起了變化，到了魏晉，無論文藝學術，都受了時代代思潮的激蕩，那變化更是明顯了。在許多作品裏，都呈現了個性化與情感化的傾向。這是魏晉賦最值得重視的地方。我們試讀曹植、王粲、阮藉、潘岳、孫綽、陶潛的作品，便會感到在那些文字裡，作家的個性非常分明，情感的成分也是極其真實的。他們或是表現人生的理想，或是歌誦道家的哲學，或者描寫自己的命運，或是敘述田園山水的樂趣，無論怎樣，他們是在抒寫自己的胸懷，發洩自己的情感，分明的存在著作者的個性與生命，決非從前那種完全是為人的態度了。這一點是由古典文學轉變到個人主義的浪漫文學的最重要的特徵。

第六章
《史記》與漢代散文

一　《史記》的史學價值

　　《史記》原名《太史公書》，是司馬遷一部偉大的歷史著作，是一部承上啟下富有獨創性的史書。它不是單純的史事記載，並且反映出三千年的政治、經濟、文化各方面的發展過程，揭露出歷史上各種矛盾鬥爭的真實面貌，同時也表現著作者的歷史哲學和政治思想。這是一部中國古代政治文化史的總結，是一部波瀾壯闊、包羅萬象、雄偉無比的史詩，是一部百科全書式的中國通史。它在史學上有巨大的價值和深遠的影響。

（一）新創的體製

　　我國的歷史觀念發達極早，卜辭中已有史官，《周禮》中有各種史官的名目，分工甚為精密。再如古書中所載的晉董狐、齊太史，不畏強暴秉筆真書、獨立自主的崇高人格，顯示出我國古代史學的優良傳統。《史記》以前的史書，雖取得了一定的成就，但缺少完整的統一性。《尚書》限於記載個別事件，《春秋》、《左傳》限於一個時代，《國語》、《國策》又限於地域。到了《史記》，在古史原有的基礎上，參考各種史料文獻，溝通自有史以來到漢武帝為止上下數千年人類歷史的活動過程，展開了中國古代史的全部面貌，創立了前所未有的通史的新體裁。司馬遷這種雄偉的氣魄和卓越的成就，固有賴於他的傑出的天才、深厚的學問、家庭的教養和豐富的實踐，但具體的歷

史條件也是重要的因素。

　　自漢初至武帝，經過幾十年的休養生息，由於農工商業的迅速發展，社會經濟達到空前的繁榮，再由於對外軍事的勝利，國土的擴張，成為西漢帝國強大昌盛的頂點。政權鞏固，財力雄厚，軍力強盛，土地遼闊，形成自殷商以來空前未有的完整統一的新局面。在這樣的時代環境下，各方面都出現一種向上發展的強烈的精神力量。對舊時代的整個歷史文化，加以貫通和總結，正是時代的實際要求。天才的歷史學家司馬遷，生長在這一時代，在他身上體現了並且也滿足了時代的要求，他的「究天人之際、通古今之變、成一家之言」的通史體的《史記》，便成為適應時代要求表現新歷史內容的新形式。

　　《史記》在通史的總則下，運用五種體例組織配合起來。十二《本紀》敘帝王、十《表》繫時事、八《書》詳制度、三十《世家》記諸侯、七十《列傳》誌人物。體例雖有五種，但它們並不是孤立的，而是血肉相連地成為一個整體，形成紀傳體的通史。這種紀傳體，一直影響到後代的歷史家。鄭樵說：「司馬氏世司典籍，工於製作，故能上稽仲尼之意，會《詩》、《書》、《左傳》、《國語》、《世本》、《戰國策》、《楚漢春秋》之言，通黃帝、堯、舜，至於秦漢之世，勒成一書。分為五體：《本紀》紀年，《世家》傳代，《表》以正歷，《書》以類事，《傳》以著人。使百代而下，史官不能易其法，學者不能捨其書。」（鄭樵《通志總序》）趙翼也說：「自此例一定，歷代作史者，遂不能出其範圍，史家之極則也。」（趙翼《廿二史劄記》卷一）由此，可見史記在體例的創造上，有多麼重要的意義。但這並不是說，這種體例，完全出於獨創，而一無所本，司馬遷是在前人的基礎上，加以組織、綜合、發展，經過再創造的過程，而成為自己的形式。正如梁啟超所說：「諸體雖非皆遷所自創，而遷實集其大成，兼綜諸體而調和之，使互相補而各盡其用，此足徵遷組織力強而

文章技術之妙也。」(《中國歷史研究法》) 他這種見解是正確的。

(二) 進步的觀點

司馬遷作《史記》，是以孔子作《春秋》自許的。「太史公曰：先人有言，自周公卒，五百歲而有孔子。孔子卒後，至於今五百歲，有能紹明世、正《易傳》，繼《春秋》、本《詩》、《書》、《禮》、樂之際，意在斯乎！意在斯乎！小子何敢讓焉。」(《太史公自序》) 在這裡表露出司馬遷作史記的志願。《春秋》、《史記》在「明是非、定猶豫、善善惡惡、賢賢賤不肖」的史學精神上是相通的，但從歷史觀點來說，《史記》比起《春秋》來，已得到了進一步的發展，由於時代的不同，從春秋到西漢，政治、經濟文化各方面都有很大的變化和進展，《史記》不僅在體裁上，超越了《春秋》，更重要的歷史思想上，已突破了儒家正統思想的束縛，自成一家之言，建立了進步的歷史觀點。

首先值得我們注意的，是《史記》的紀傳體的體裁中，突出了人物在歷史進程中的重要作用。古代對於歷史事物的解釋，都是受著自然力量、神權、天命等等的支配，《盤庚》、《周誥》固不必說，即如《春秋》、《國語》，亦復如此。到了《史記》，司馬遷強調了人物在歷史上的巨大意義，吐出來多種人物在文化創造上的功績。他雖說不能完全擺脫天命論的影響，但在兩千多年的漢代，他這種思想已經前進一大步，比起董仲舒的「天人感應說」來，也遠遠超過了。並且他敘述人物，並不限於王侯將相，而遍及於社會各階層；也不限於政治，而涉及與社會各部分，凡與政治、軍事、經濟、文化、科學及其他方面有所貢獻的人，他都為他們立傳。在史記裏，我們可以看到活躍在歷史舞臺上的各種各樣的人物。有帝王、將相、貴族、官吏；有教育家、哲學家、文學家；有農民、商人、婦女、倡優、刺客、俠士以及

醫卜、星相等等。對於革命英雄，特別重視，對下層人物尤其同情。在這裡就顯示出史記在處理歷史人物的民本精神。

　　其次，司馬遷史學的進步意義，表現在他對於歷史發展規律的初步認識，他肯定歷史是進化的，是今勝於古的。因為他能夠在一定程度上否定自然威力和神權對於歷史的支配，他一面重視人的力量，同時也意識到經濟發展是推動歷史前進的巨大作用。發展經濟、積累財富，是富國富民的重要措施。他在《平準書》、《貨殖列傳》裡，一面反映出當代的政治現實、社會矛盾和剝削階級的本質，同時有著重地敘述經濟政策、各地的豐富物資和人民生活得密切關係。階級矛盾尖銳劇化，農民陷於飢餓流亡不能生存的時候，必然要爆發革命，推動歷史向前進展。他把秦末革命的領導人物，提到很高的歷史地位。陳涉寫為「世家」，比之於湯、武和孔子的功業；項羽寫為「本紀」，給他以無比的同情和贊嘆。在這些地方，一面可以反映出司馬遷對於歷史發展規律的體會，同時也表現出他突破了傳統的觀念，和進步的思想價值。在今天看來，司馬遷的歷史觀，當然還存在著缺點，但他生在兩千多年的漢朝是不能過於苛求的。王允稱《史記》為「謗書」，班固批評他「論大道，則先黃老而後六經；序游俠，則退處士而進姦雄；述貨殖，則崇勢利而羞貧賤。」(《司馬遷傳》)在這些話裏，正說明了司馬遷的歷史觀點，突破了他自己的時代的進步意義。

(三)嚴肅的態度

　　司馬遷作《史記》，首先是掌握了豐富的資料，除班彪指出的《左傳》、《國語》、《世本》、《戰國策》、《楚漢春秋》幾種主要的參考書目以外，還參考了六藝、諸子書以及其他各種檔案和文獻。同時他在各地漫游中，還隨時在民間採訪遺聞逸事和收集傳說。在《項羽本紀》、《趙世家》、《魏世家》、《淮陰侯列傳》、《樊酈滕灌列傳》、《李將

軍列傳》、《衛將軍驃騎列傳》、《游俠列傳》諸篇章，都提到在他的所見所聞中，得到許多活的史料，他把書本知識和實踐知識結合起來，這就是更加豐富了史記的內容，增加了史記的血肉和光彩，特別是在敘述秦楚、楚漢的戰爭，描寫秦漢之際的各種人物，呈現出那種飛躍流動的內容和文采，不是他有豐富的生活體驗和實踐知識，是達不到那樣的成就的。

　　所謂「網羅天下舊聞」、「厥協六經異傳」、「整齊百家雜語」，在這裡可以體會出司馬遷在收集材料整理材料方面的辛勤勞動。他有了那樣多的材料，他並不是生吞活剝，堆積羅列，而是經過分析判斷，再加以選擇運用，在寫作上表現出嚴肅的態度和科學精神。他說：「學者多稱五帝，尚矣。然《尚書》獨載堯以來，而百家言黃帝，其文不雅馴，薦紳先生難言之。孔子所傳，宰予問《五帝德》及《帝繫姓》，儒者或不傳。余嘗西至空峒，北過涿鹿，東漸於海，南浮江淮矣，老皆各往往稱黃帝堯舜之處，風教固殊焉。總之不離古文者近是。」（《五帝本紀贊》）又說：「夫學者載籍極博，猶考信於六藝。詩書雖缺，然虞夏之文可知也。」（《伯夷列傳》）在這裡，可以看出他寫作態度的嚴肅認真，選用材料的謹慎周詳。他注重「考信」的科學精神，有強調「好學深思，心知其意」的獨立思考。他對於歷史事件的分析和歷史人物的褒貶，都能堅持準則，掌握分寸，不流於主觀好惡和無原則的虛誇。所以《漢書·司馬遷傳》說：

　　　劉向、揚雄博極群書，皆稱遷有良史之材，服其善序事理，辨而不華，質而不俚，其文直，其事核，不虛美，不隱惡，故謂之「實錄」。

二　《史記》的文學成就

　　《史記》雖是一部史書，但由於作者的天才創造和光輝絢爛的文采，它在文學上達到高度的成就。《史記》是文學的歷史，也是歷史的文學，它是歷史文學完整統一的典範，因此，《史記》在中國散文史上，具有崇高的地位。

（一）豐富的思想內容

　　《史記》的文學價值，首先在於它具有豐富的思想內容和深刻的人民性。《史記》在複雜的歷史事件的基礎上，無情地揭露了社會的矛盾，統治階級和農民的矛盾以及統治集團內部的種種矛盾。對於專制帝王和貪官酷吏魚肉人民剝削人民的殘暴行為，畫出他們的醜惡面貌，給以有力的諷刺和抨擊。特別是對於漢武帝時代的歷史現實，描述得更為詳細真實。在《武帝本紀》、《平準書》、《酷吏傳》及其他有關的篇章裡，我們可以看出統治集團的殘酷暴虐、窮奢極慾、利用嚴刑峻法來迫害人民的罪惡面目，和人民苦痛生活的真實情狀。在《史記》全書裡，充滿著反對暴君、暴政，豪強、酷吏的思想，洋溢著熱愛人民，關懷人民疾苦的感情。革命的英雄人物，提到極高的地位。凡是愛國愛民的、品質高尚的、急公好義的、尚義任俠的、在文化、教育方面有成就對於社會事業有貢獻的各種人物，都在歷史上得到很高的地位，而予以不同程度的評價。出身微賤的下層人物的歷史，同樣受到重視。因此，伯夷、叔齊、管仲、晏嬰、孔子、屈原、廉頗、藺相如、淳于髡、魯仲連、田單、王蠋、信陵君、侯嬴、荊軻、聶政、陳涉、項羽、李廣、韓信、賈誼這些身分不同事業各異的多樣人物，作者都注以同情的筆力，使他們在《史記》的歷史舞臺上，放射出不滅的光輝。

或曰：「天道無親，常與善人。」若伯夷、叔齊，可謂善人者非
邪？積仁絜行，如此而餓死。且七十子之徒，仲尼獨薦顏淵為
好學，然回也屢空，糟糠不厭，而卒蚤夭。天之報施善人，其
何如哉！盜跖日殺不辜，肝人之肉，暴戾恣睢，聚黨數千人，
橫行天下，竟以壽終，是遵何德哉？此其尤大彰明較著者也。
若至近世，操行不軌，事犯忌諱，而終身逸樂，富厚累世不絕。
或擇地而蹈之，時然後出言，行不由徑，非公正不發憤，而遇
禍災者，不可勝數也。余甚惑焉，儻所謂天道，是邪非邪？

　　　　　　　　　　　　　　　　　　　　　（《伯夷列傳》）

今游俠，其行雖不軌於正義，然其言必信，其行必果，已諾必
誠，不愛其軀，赴士之阨困，既已存亡死生矣，而不矜其能，
羞伐其德，蓋亦有足多者焉。……由此觀之，「竊鉤者誅，竊
國者侯，侯之門，仁義存」，非虛言也。

　　　　　　　　　　　　　　　　　　　　　（《游俠列傳》）

在這些文字裡，司馬遷不僅反對了天命論，同時對當時那種是非不
分、善惡不明的政治現實和社會制度，表示了深刻的不滿。天命的賞
罰既不可靠，孤苦無援的人民大眾，對於強暴豪門的制裁，只有渴望
「救人於厄，振人不贍」的游俠了。從這些地方，更可進一步體會
《史記》思想內容的積極意義。

（二）高度的語言藝術

　　司馬遷有深厚的修養，傑出的天才，堅強的理智和飽滿的熱情，
再加以政治上的多見多聞，社會生活的豐富體驗，山水景色的感受和
民間語言的滋補，加強了他洞明事物的觀察力，同時也提高了表達事

物的表現力。《史記》富於人民性的社會內容，是通過藝術技巧的優
秀語言表現出來的，使《史記》在史學和文學上，在思想性和藝術性
上得到了統一。《史記》語言的特色，是詞彙豐富，整潔精煉，氣勢
雄偉，變化有力，具有高度的概括性和生動的形象性。同時，還具有
規範化通俗化的特徵。他寫《五帝本紀》、《宋世家》、把《尚書‧堯
典》和《洪範》中難懂的文句，譯為漢代通行的語言。以明白流暢的
今語，代替「詰屈聱牙」的古語，這種規範化通俗化的特徵，雖為後
代的古文家所不能理解，但是在史學上文學上都有重要的意義。再如
他引用《左傳》、《國語》、《國策》諸書的材料時，有的意譯，有的加
工，都經過一番剪裁提煉的工夫，表現他自己的風格。其次，他在語
言的運用上，還大量吸取民間口語、諺語和歌謠，使他在寫人敘事
上，豐富其內容，增強形象的真實。如《陳涉世家》中的「夥頤！涉
之為王沈沈者！」《張丞相列傳》中的「臣口不能言，然臣期期知其
不可！陛下雖欲廢太子，臣期期不奉詔！」一個是鄉下人的土話，一
個是口吃，這樣寫來，便神態逼露了。再如：

> 一尺布，尚可縫；一斗粟，尚可舂。兄弟二人，不能相容。
>
> 　　　　　　　　　　　　　　（《淮南衡山列傳》引民歌）

> 潁水清，灌氏寧；潁水濁，灌氏族。
>
> 　　　　　　　　　　　　　　（《魏其武安侯列傳》引潁州兒歌）

> 桃李不言，下自成蹊。
>
> 　　　　　　　　　　　　　　（《李將軍列傳贊》引諺語）

> 力田不如逢年，善仕不如遇合。
>
> 　　　　　　　　　　　　　　（《佞幸列傳》引諺語）

這樣的例子太多了。這些歌謠諺語，是民間在實際生活中概括出來的，語言簡短，而包含著豐富的思想內容。司馬遷深入生活，吸取這些生動語言，非常恰當地使用在自己的文章裏，使他的散文更豐富多采，更富於表現力。

我國古代的散文，晚商、西周時期是以《盤庚》、《周誥》為代表。到了戰國，由於社會變革，散文進展了，《孟子》、《莊子》、《左傳》、《國策》是這一時期的代表。到了西漢帝國，政治、經濟、文化各方面更向前發展，在新世代新內容的表現要求下，司馬遷以他的傑出天才，以他的優秀的語言藝術，將古代的散文，推到了高峰。

（三）善於描寫人物

《史記》的體裁，是以寫人物為中心的紀傳體，因此描寫人物，成為《史記》文學的重要特色。司馬遷在這方面表現了卓越的才能和優秀的技巧。《左傳》、《國策》，在描寫人物上已取得了很好的成就，但到了《史記》，技巧更高，藝術性更強了。《史記》中表現的人物，非常廣泛，有各階級各階層大小不同的人物，司馬遷能採用不同的筆調，不同的語言，以現實主義的表現手法，去刻劃他們多種多樣的性格和人物面貌，使他們的個性分明、神情逼露、形象生動、栩栩如生。有的用讚歎、有的用同情、有的用諷刺、有的用批判、有的粗豪、有的細膩、有的用對話、有的用直敘，愛憎非常分明，褒貶極有分寸，敘事條理明晰，說理透澈精闢，給讀者以深刻難忘的印象和強烈的藝術感染力。在七十篇《列傳》裡，展開了多樣性的人物圖畫。同為貴族出身的四公子，各人有各人的性格；同為刺客、游俠、滑稽，各人有各人的面貌；都是賢相，管仲、晏嬰的形象有別；都是策士，蘇秦、張儀、李斯的臉譜不同。《史記》的描寫人物，既能表現出在特定歷史條件下所產生的那種人物的典型意義，又能從各個角度

上描寫出同一類型人物的各種不同的個性，這就是司馬遷的語言藝術，在描寫人物上所表現的才能和成就。今舉兩段為例：

　　沛公旦日從百餘騎來見項王，至鴻門，謝曰：「臣與將軍戮力而攻秦，將軍戰河北，臣戰河南，然不自意能先入關破秦，得復見將軍於此。今者有小人之言，令將軍與臣有隙。」項王曰：「此沛公左司馬曹無傷言之；不然，籍何以至此。」項王即日因留沛公與飲。項王、項伯東鄉（向）坐。亞父南鄉坐。亞父者，范增也。沛公北鄉坐，張良西鄉侍。范增數目項王，舉所佩玉玦以示之者三，項王默然不應。范增起，出召項莊，謂曰：「君王為人不忍，若入前為壽，壽畢，請以劍舞，因擊沛公於坐，殺之。不者，若屬皆且為所虜。」莊則入為壽，壽畢，曰：「君王與沛公飲，軍中無以為樂，請以劍舞。」項王曰：「諾。」項莊拔劍起舞，項伯亦拔劍起舞，常以身翼蔽沛公，莊不得擊。於是張良至軍門，見樊噲。樊噲曰：「今日之事何如？」良曰：「甚急。今者項莊拔劍舞，其意常在沛公也。」噲曰：「此迫矣，臣請入，與之同命。」噲即帶劍擁盾入軍門。交戟之衛士欲止不內，樊噲側其盾以撞，衛士仆地，噲遂入，披帷西鄉立，瞋目視項王，頭髮上指，目眥盡裂。項王按劍而跽曰：「客何為者？」張良曰：「沛公之參乘樊噲者也。」項王曰：「壯士，賜之卮酒。」則與斗卮酒。噲拜謝，起，立而飲之。項王曰：「賜之彘肩。」則與一生彘肩。樊噲覆其盾於地，加彘肩上，拔劍切而啗之。項王曰：「壯士，能復飲乎？」樊噲曰：「臣死且不避，卮酒安足辭！夫秦王有虎狼之心，殺人如不能舉，刑人如恐不勝，天下皆叛之。懷王與諸將約曰『先破秦入咸陽者王之』。今沛公先破秦入咸陽，豪

毛不敢有所近，封閉宮室，還軍霸上，以待大王來。故遣將守關者，備他盜出入與非常也。勞苦而功高如此，未有封侯之賞，而聽細說，欲誅有功之人。此亡秦之續耳，竊為大王不取也。」項王未有以應，曰：「坐。」樊噲從良坐。坐須臾，沛公起如廁，因招樊噲出。

沛公已出，項王使都尉陳平召沛公。沛公曰：「今者出，未辭也，為之柰何？」樊噲曰：「大行不顧細謹，大禮不辭小讓。如今人方為刀俎，我為魚肉，何辭為？」於是遂去。乃令張良留謝。良問曰：「大王來何操？」曰：「我持白璧一雙，欲獻項王，玉斗一雙，欲與亞父，會其怒，不敢獻。公為我獻之」張良曰：「謹諾。」當是時，項王軍在鴻門下，沛公軍在霸上，相去四十里。沛公則置車騎，脫身獨騎，與樊噲、夏侯嬰、靳彊、紀信等四人持劍盾步走，從酈山下，道芷陽間行。沛公謂張良曰：「從此道至吾軍，不過二十里耳。度我至軍中，公乃入。」沛公已去，間至軍中，張良入謝，曰：「沛公不勝桮杓，不能辭。謹使臣良奉白璧一雙，再拜獻大王足下；玉斗一雙，再拜奉大將軍足下。」項王曰：「沛公安在？」良曰：「聞大王有意督過之，脫身獨去，已至軍矣。」項王則受璧，置之坐上。亞父受玉斗，置之地，拔劍撞而破之，曰：「唉！豎子不足與謀。奪項王天下者，必沛公也，吾屬今為之虜矣。」沛公至軍，立誅殺曹無傷。

（《項羽本紀》）

魏有隱士曰侯嬴，年七十，家貧，為大梁夷門監者。公子聞之，往請，欲厚遺之。不肯受，曰：「臣脩身潔行數十年，終不以監門困故而受公子財。」公子於是乃置酒大會賓客。坐

定，公子從車騎，虛左，自迎夷門侯生。侯生攝敝衣冠，直上載公子上坐，不讓，欲以觀公子。公子執轡愈恭。侯生又謂公子曰：「臣有客在市屠中，願枉車騎過之。」公子引車入市，侯生下見其客朱亥，俾倪，故久立與其客語，微察公子。公子顏色愈和。當是時，魏將相宗室賓客滿堂，待公子舉酒。市人皆觀公子執轡。從騎皆竊罵侯生。侯生視公子色終不變，乃謝客就車。至家，公子引侯生坐上坐，遍贊賓客，賓客皆驚。酒酣，公子起，為壽侯生前。侯生因謂公子曰：「今日嬴之為公子亦足矣。嬴乃夷門抱關者也，而公子親枉車騎，自迎嬴於眾人廣坐之中，不宜有所過，今公子故過之。然嬴欲就公子之名，故久立公子車騎市中，過客以觀公子，公子愈恭。市人皆以嬴為小人，而以公子為長者能下士也。」於是罷酒，侯生遂為上客。

（《魏公子列傳》）

在這兩段文字裡，我們可以體會司馬遷的語言藝術和寫人敘事的深厚筆力。事件如此複雜，他寫得那樣簡明，人物如此多樣，他寫得那樣生動；不僅寫出了他們的面貌神情，還寫透了他們的內心活動，真具有小說故事性和戲曲表演性的特色。項羽和信陵君本是司馬遷心愛的人物，這兩篇文章，他傾注了飽滿的精力和同情的筆鋒，寫得筆墨酣暢，神采飛動，成為《史記》中的傑作。其他如《陳涉世家》、《管晏列傳》、《廉頗藺相如列傳》、《魯仲連鄒陽列傳》、《田單列傳》、《淮陰侯列傳》、《魏其武安列傳》、《李將軍列傳》、《游俠列傳》、《貨殖列傳》、《太史公自序》等篇，都是非常優秀的作品。劉向、揚雄一面敬佩司馬遷「善序事理」，一面讚歎他寫人敘事的真實。因能如此，《史記》達到了古代散文的高峰，成為傳記文學的典範。

（四）史家之絕唱，無韻之《離騷》

　　魯迅用「史家之絕唱，無韻之《離騷》」這兩句讚語，給予《史記》非常高的評價。在這兩句話裡，一面指出《史記》的歷史價值，同時又說明了《史記》在文學上的精神實質。司馬遷在屈原的政治生活悲劇中，體會到自己的命運，在屈原的文學事業中，得到了忠於理想忠於理想忠於著作的精神鼓舞力量。他在《屈原傳》裡說：

> 「屈平疾王聽之不聰也，讒諂之蔽明也，邪曲之害公也，方正之不容也，故憂愁幽思而作離騷。離騷者，猶離憂也。夫天者，人之始也；父母者，人之本也。人窮則反本，故勞苦倦極，未嘗不呼天也；疾痛慘怛，未嘗不呼父母也。屈平正道直行，竭忠盡智以事其君，讒人間之，可謂窮矣。信而見疑，忠而被謗，能無怨乎？屈平之作離騷，蓋自怨生也。國風好色而不淫，小雅怨誹而不亂。若離騷者，可謂兼之矣。上稱帝譽，下道齊桓，中述湯武，以刺世事。明道德之廣崇，治亂之條貫，靡不畢見。其文約，其辭微，其志潔，其行廉，其稱文小而其指極大，舉類邇而見義遠。其志潔，故其稱物芳。其行廉，故死而不容自疏。濯淖污泥之中，蟬蛻於濁穢，以浮游塵埃之外，不獲世之滋垢，皭然泥而不滓者也。推此志也，雖與日月爭光可也。」

他在這裡用力寫屈原，實際也就是寫自己，處處流露出自己的悲憤和感情。司馬遷和屈原的悲劇命運緊緊地擁抱在一起，他們對於讒諂蔽明、邪曲害公、方正不容的黑暗政治的反抗思想密切地結合在一起，他們的憂愁幽思的盛情和為著著作事業而奮鬥的精神，血肉相專地成為一體了。司馬遷指出了在文學發展中由《風》、《雅》到《離騷》到

《史記》的光榮道路，他自己在文學史上就成為屈原真正的繼承者了。魯迅說的「無韻之《離騷》」，這意義是重要的。

（五）《史記》的影響

《史記》在文學上的影響是巨大的，面且也是多方面的。後代的散文家無不繼承它的精神，學習它的方法。唐宋古文八大家不用說，就是明代的散文家歸有光以及清代的桐城派的散文，都蒙受它的影響。柳宗元一再推崇《史記》的散文藝術，且在讚歎韓愈的文章時，用司馬遷作為最高比擬的標準。在小說方面，《史記》的影響也是顯著的。唐宋的傳奇以至清代的《聊齋志異》，也可以看出《史記》傳記文學的精神。至於《東周列國志》、《西漢通俗演義》一類的小說，大都取材於《史記》，這是大家都知道的事。再如《史記》中許多動人的戲劇性故事，成為元明戲曲的題材，在《元雜劇》和《六十種曲》中，取材於《史記》故事的雜劇與傳奇，共有十一種。就是今天的舞臺上，《霸王別姬》、《將相和》、《搜孤救孤》、《屈原》一類的劇本，時時在上演，得到廣大人民的喜愛。《史記》對於文學界的影響，確實是巨大的，面且也是多方面的。

三 《漢書》的文學成就

司馬遷的《史記》，止於漢武帝，後來如劉向、劉歆、揚雄、班彪等人，都綴集時事，做過續補《史記》的工作。寫得最多的是班彪，他採集前史遺事，旁貫異聞，曾作「後傳」六十五篇。到了班固，在他父親的六十五篇基礎上，另成體系；再加組織，探纂前記，綴輯所聞，前後費了二十年的工夫，寫成斷代史的《漢書》。

《漢書》雖為斷代史，但其體例是繼承《史記》的。所不同者，

改《書》為《志》，取消《世家》併入《列傳》，於是史記的五體，成為漢書的四體了。十二帝記、八表、十志、七十列傳，共一百篇，一百二十卷，起於漢高祖，止於王莽。關於武帝以前的史事，漢書大都引用了史記的原文，但並不是原封不動，也有改動和補充地方。如《晁錯傳》就增加了不少材料，內容更為豐富。鄭樵譏評他「事事剽竊」，是不太合適的。

　　關於《史》、《漢》的優劣異同，前人評論的很多，有三點較重要：

（一）觀點

　　《史記》是私書，是「成一家之言」的獨創性著作。書中充滿著關心人民疾苦、批判帝王貴族罪惡的觀點，具有豐富的思想內容與深刻的民本思想。《漢書》是受詔而作的，代表官方的思想與立場，為封建王朝服務，較缺少批判現實的精神，輕視人民的經濟生活，而成為「追述功德，傅會權寵」的官方史傳。在《漢書》的帝紀中，這種傾向非常顯著。再如史記中入於《本紀》、《世家》的項羽、陳涉，皆貶入《列傳》，失去了原有的光彩。反抗暴政、同情人民的游俠人物，在《史記》裡寫得有聲有色，到了《漢書》，是判了死罪的。「惜乎，不入於道德，苟放縱於末流，殺身亡宗，非不幸也。」、「況於郭解之倫，以匹夫之細，竊殺生之權，其罪已不容於誅矣。」（《游俠傳》）在這些地方，表現出《史記》和《漢書》在歷史觀點上，有本質的區別。

（二）語言

　　《史記》的語言，用的是單筆，具有通俗化口語化的優良精神，富於簡潔明朗、淺易近人的特色。漢書語言，喜用古字，並尚藻飾，傾於排偶，入於艱深。劉知幾指出來的「怯書今語，勇效昔言」（《史

通‧語言篇》），確是漢書在語言上的缺點。范曄說的「遷文直而事
覈，固文贍而事詳」，正指出史漢散文不同的風格。

（三）體製

　　《史記》是上下數千年的通史，正如作者自己所說，是要「通古
今之變」的。所以規模宏偉，氣魄壯大，具有會通古今反映社會全貌
的精神。因為年代久長，史事繁雜，就難免有疏略和抵牾的地方。
《漢書》是斷代史，時代不到三百年，再加以《史記》在先，又有了
班彪的後傳作基礎。其規模雖小於史記，但記述史事，是較為精詳
的。這兩種體製對於後代史學界，都有很大影響，《漢書》在歷史觀
點和散文語言上雖比不上《史記》，但也不能否認它在史傳文學上的
價值。《漢書》中的列傳，有許多優秀篇章，在暴露現實、反映生
活、描寫人物上，都有很好的成就。在《蘇武傳》中寫出了蘇武的愛
國精神和民族氣節；在《東方朔傳》中，描繪了東方朔詼諧善諷的特
性，反映出宮廷的淫侈生態；在《外戚列傳》中，暴露了宮闈的種種
黑幕和帝王們殘暴的本質；在《霍光傳》中，生動地描寫了外戚的阿
媚取寵、保持祿位的真實形象。這些人物都些得有個性，而且也具有
典型的意義。《漢書》的語言不如《史記》的通俗流暢和變化多端，
但那種整煉工麗的特色，我們是不能否定的。例如：

> 單于使衛律召武受辭。武謂（常）惠等：「屈節辱命，雖生何
> 面目以歸漢！」引佩刀自刺。衛律驚，自抱持武。馳召醫，鑿
> 地為坎，置熅火，覆武其上，蹈其背以出血。武氣絕，半日復
> 息。惠等哭，輿歸營。單于壯其節，朝夕遣人候問武，而收繫
> 張勝。
> 武益愈。單于使使曉武，會論虞常，欲因此時降武。劍斬虞常

已，律曰：「漢使張勝謀殺單于近臣，當死；單于募降者，赦
罪。」舉劍欲擊之，勝請降。律謂武曰：「副有罪，當相
坐。」武曰：「本無謀，又非親屬，何謂相坐？」復舉劍擬
之，武不動。律曰：「蘇君！律前負漢歸匈奴，幸蒙大恩，賜
號稱王，擁眾數萬，馬畜彌山，富貴如此。蘇君今日降，明日
復然。空以身膏草野，誰復知之？」武不應。律曰：「君因我
降，與君為兄弟；今不聽吾計，後雖復欲見我，尚可得乎？」
武罵律曰：「女（汝）為人臣子，不顧恩義，畔主背親，為降
虜於蠻夷，何以女（汝）為見？且單于信女（汝），使決人死
生，不平心持正，反欲鬥兩主，觀禍敗。南越殺漢使者，屠為
九郡；宛王殺漢使者，頭縣北闕；朝鮮殺漢使者，即時誅滅；
獨匈奴未耳。若知我不降明，欲令兩國相攻，匈奴之禍，從我
始矣！」律知武終不可脅，白單于。單于愈益欲降之。乃幽
武，置大窖中，絕不飲食。天雨雪。武臥齧雪與旃毛，并咽
之，數日不死。匈奴以為神，乃徙武北海上無人處，使牧羝。
羝乳，迺得歸。別其官屬常惠等，各置他所。
武既至海上（貝加爾湖），廩食不至，掘野鼠去草實而食之。
杖漢節牧羊，臥起操持，節旄盡落。積五、六年，單于弟於靬
王弋射海上。武能網紡繳，檠弓弩，於靬王愛之，給其衣食。
三歲餘，王病，賜武馬畜、服匿、穹廬。王死後，人眾徙去。
其冬，丁令盜武牛羊，武復窮厄。

蘇武不僅是漢代有名的人物，也是中國歷史上有名的民族英雄。在這
篇傳記中，非常生動地描繪出蘇武愛國的精神力量，堅忍不拔的民族
氣節，給讀者以強烈的藝術感染力和深刻的思想意義。

四　兩漢的政論文

　　漢代的散文，除主要的歷史散文以外，還有一些作家，寫了許多政治論文、經濟論文，我們也必須注意。如賈誼的《論積貯疏》、《過秦論》，晁錯的《言兵事疏》、《論貴粟疏》，桓寬的《鹽鐵論》，王符的《潛夫論》，崔寔的《政論》，仲長統的《昌言》，都是很重要的作品。語言樸實，內容豐厚，暴露現實，指評時政，是它們共同的特色。在這些篇章裡，有的批判官場的腐敗，有的討論經濟的政策，有的揭發官商的淫侈，有的控訴農民的窮困，大都關懷國計民生，直抒政見，不在為文，而文章都寫得渾厚美妙。茲舉賈誼的《過秦論》和《論積貯疏》為例：

　　　　……及至始皇，奮六世之餘烈，振長策而御宇內，吞二週而亡
　　　　諸侯，履至尊而制六合，執敲撲而鞭笞天下，威振四海。南取
　　　　百越之地，以為桂林、象郡；百越之君，俯首繫頸，委命下
　　　　吏。乃使蒙恬北築長城而守藩籬，卻匈奴七百餘里。胡人不敢
　　　　南下而牧馬，士不敢彎弓而報怨。於是廢先王之道，焚百家之
　　　　言，以愚黔首；墮名城，殺豪傑，收天下之兵，聚之咸陽，銷
　　　　鋒鏑，鑄以為金人十二，以弱天下之民。然後踐華為城，因河
　　　　為池，據億丈之城，臨不測之淵以為固。良將勁弩，守要害之
　　　　處，信臣精卒，陳利兵而誰何。天下已定，始皇之心，自以為
　　　　關中之固，金城千里，子孫帝王萬世之業也……

　　　　　　　　　　　　　　　　　　　　　　　　（《過秦論上》）

　　　　管子曰：「倉廩實而知禮節。」民不足而可治者，自古及今，
　　　　未之嘗聞。古之人曰：「一夫不耕，或受之饑；一女不織，或

受之寒。」生之有時，而用之無度，則物力必屈。古之治天
下，至孅至悉也，故其畜積足恃。今背本而趨末，食者甚眾，
是天下之大殘也；淫侈之俗，日日以長，是天下之大賊也。殘
賊公行，莫之或止，大命將泛，莫之振救。生之者甚少，而靡
之者甚多，天下財產，何得不蹶？漢之為漢，幾四十年矣，公
私之積，猶可哀痛！失時不雨，民且狼顧；歲惡不入，請賣爵
子，既聞耳矣。安有為天下阽危者若是而上不驚者？世之有饑
穰，天之行也，禹、湯被之矣。即不幸有方二三千里之旱，國
胡以相恤？卒然邊境有急，數千百萬之眾，國胡以饋之？兵旱
相乘，天下大屈……竊為陛下惜之。

（《漢書·食貨志》）

第一篇概述始皇統一天下的強悍地成就霸業，氣勢磅薄，一瀉千里。
第二篇提出捨本逐末之害，認這政府必須重農積穀，並慨嘆「漢之為
漢，幾四十年矣，公私之積，猶可哀痛！」讓讀者感到震驚憂慮的效
果。二文又多用排比句，大大加強文章的感染力。在漢代的政論散文
和歷史散文裡，可以看出文章的內容和散文的多樣風格。至於漢末，
文風漸變，都趨向辭藻，追求形式，蔡邕、建安，已尚駢風。劉師培
《論漢魏之際文學變遷》說：「建安文學，革易前型，遷蛻之由，可
得而說：兩漢之世，戶習七經，雖及子家，必緣經術，魏武治國，頗
雜刑名，文體因之漸趨清峻，一也；建武以還，士民秉禮，迨及建
安，漸尚通脫，脫則侈陳哀樂，通則漸藻玄思，二也；獻帝之初，諸
方棋峙，乘時之士，頗慕縱橫，騁詞之風，肇專於此，三也；又漢之
靈帝，頗好俳詞，下習其風，益尚華靡，雖迄魏初，其風未革，四
也。」（《中國中古文學史講義》）在這樣的情況下，文風日卑，於是漢
代散文那種內容充實語言質樸的特色和精神，難以再見，所謂「文必
秦漢」、「兩漢文章」，便成為後代散文家景仰讚歎的典範了。

第七章
樂府詩與五言詩

一　引言

　　一直以來，辭賦雖是漢代文學的主流，但他們卻只表現了漢帝國的財富與威權，君主貴族的好尚，以及高級文士們的學識辭章。在那些作品裡，缺少了民眾的情感與社會民生的狀態。因此，我們從那些文字裡，只能看見漢帝國的表面，無從瞭解當時全社會全民眾的生活面貌與心理情況。我們想知道當時的社會，不得不求之於漢代的詩歌。這裡所講的漢代的詩歌，是那些樂府中收集的民歌和那些無名作家的古詩。他們的詩的形式是新創的，文字是質樸的，題材都是普遍平凡的人事現象，使我們現在讀了，對於當時民眾的歡哀苦樂，還能親切地體會與共鳴。這些作品，比起那些華麗虛誇的辭賦來，卻是最有價值的表現人生的社會文學。

　　兩漢的有名詩人是寂寞的。他們偶爾作幾首詩，也無不是模擬《詩經》、《楚辭》形式，既無新創之點，也沒有甚麼特色。其中，較有生趣的是《楚辭》式的詩歌。例如：

　　　　大風起兮雲飛揚，威加海內兮歸故鄉，安得猛士兮守四方！

　　　　　　　　　　　　　　　　　　　　　　（漢高祖《大風歌》）

　　　　是耶非耶？立而望之，翩何姍姍其來遲！

　　　　　　　　　　　　　　　　　　　　　　（漢武帝《李夫人歌》）

徑萬里兮渡沙漠，為君將兮奮匈奴。路窮絕兮矢刃摧，士眾滅
兮名已隤。老母已死，雖欲報恩將安歸。

（李陵《別歌》）

秋素景兮泛洪波，揮纖手兮折芰荷。涼風淒淒揚棹歌，雲出開
曙月低河，萬歲為樂豈云多。

（漢昭帝《淋池歌》）

陟彼北芒兮，噫。顧瞻帝京兮，噫。宮闕崔巍兮，噫。民之劬
勞兮，噫。遼遼未央兮，噫。

（梁鴻《五噫歌》）

我所思兮在泰山。欲往從之梁父艱，側身東望涕沾翰。美人
贈我金錯刀，何以報之英瓊瑤。路遠莫致倚逍遙，何為懷憂心
煩勞。

（張衡《四愁詩》）

這些詩全是《楚辭》的嫡派，文字雖清麗可喜，畢竟帶了濃厚的貴族
文士的個人氣息，不能與表現社會生活的平民文學同列。形式上，表
現出向新的方向發展，而成為五、七言體的初步形態。

二　樂府中的民歌

　　樂府詩是一種古代合樂的辭。廣義的說，最古的如《詩經》、《九
歌》，最近的如《漁光曲》、《木蘭從軍》歌等類，也都是樂府詩。不
過樂府這個名稱的產生，卻是起始於漢代。《漢書‧禮樂志》說：「漢

《房中祠樂》，高祖唐山夫人所作也。……孝惠時使樂府令夏侯寬備其簫管，更名《安樂世》。」這裡所說的樂府令，只是周、秦時代的樂官，並非後代的樂府官署。他所掌管的是那些郊廟朝會的貴族樂章，與民間的歌辭還沒有發生關係。直到了武帝時代，正式創立樂府官署，一面製作宗廟的樂章，一面收集民間的歌辭入樂，於是樂府詩便在文學史上發生了價值。

> 至武帝定郊祀之禮……乃立樂府，采詩夜誦。有越、代、秦、楚之謳。以李延年為協律都尉，多舉司馬相如等數十人，造為詩賦，略論律呂，以合八音之調，作十九章之歌。
>
> 　　　　　　　　　　　　　　　　　　　　　　（《漢書·禮樂志》）

> 自孝武立樂府而采歌謠，於是有趙、代之謳，秦、楚之風。
>
> 　　　　　　　　　　　　　　　　　　　　　　（《漢書·藝文志》）

> 李延年善歌，為新變聲。是時上方興天地諸祀，欲造樂，令司馬相如等作詩頌，延年輒承意弦歌所造詩，為之新聲曲。
>
> 　　　　　　　　　　　　　　　　　　　　　　（《李延年傳》）

在這些史料裡，我們可以注意兩件事實。第一，樂府官署的設立以及民歌的收集，起於武帝。當時所採集的，據《漢書·藝文志》所載，有下列各地的民歌。吳、楚、汝南歌詩十五篇；燕、代謳，雁門、雲中、隴西歌詩九篇；邯鄲、河間歌詩四篇；齊、鄭歌詩四篇；淮南歌詩四篇；左馮翊、秦歌詩三篇；京兆尹、秦歌詩五篇；河東、蒲反歌詩一篇；維陽歌詩四篇；河南周歌詩七篇；周謠歌詩七十五篇；周歌詩二篇；南郡歌詩五篇：總共為一百三十八篇。這樣大規模的收集民

歌，對於中國文學的貢獻自然是極大的。可惜這些民歌沒有好好地保存下來，大都散失了，否則漢代的詩歌史料，自然更要豐富得多。因為漢哀帝不喜歡這種俗樂，曾下令罷樂府官，將八百二十九人的樂府職員，裁去了四百四十一人，只留一部分人掌管郊廟宴會的樂章。但經過了一百多年的俗樂民歌的提倡，這些樂府官員的罷免，並不能阻止民歌勢力的發展。所以《漢書・禮樂志》中說：「然百姓漸漬日久，又不制雅樂，有以相變，豪富吏民，湛沔自若」，可知哀帝時樂府雖遭受挫折，並未中絕，就是俗樂民歌，仍為一般豪富吏民愛好。所以現存樂府，無論貴族的或平民的，仍多哀帝以後的作品。

　　其次，我們要注意的，是樂府的成分，約有兩種。一為貴族文人所作的詩頌辭賦，一為民間的歌謠。如漢代有名的唐山夫人的《房中歌》、司馬相如等的《郊祀歌》等是屬於前者，《相和歌》、《清商曲》及《雜曲》是屬於後者。《鐃歌》（亦名《鼓吹》）其樂譜來自外國，原為軍中之樂，但據現存之歌辭觀之，大半為民間之歌謠，大約是以民歌合軍樂者。惟《上之回》、《上陵》二篇，似為歌功頌德之作，或亦出自民間。樂府詩在文學史上最有價值的，是從民間採集起來的歌謠。因《房中歌》、《郊祀歌》一類的作品，雖是典雅富麗，卻都是《詩經》、《楚辭》的模擬，廟堂文學的殘骸，我們用不著去敘述他們了。

　　在當時的民歌中，有許多短的小詩，如《江南可採蓮》：

　　江南可採蓮，蓮葉何田田，魚戲蓮葉間：魚戲蓮葉東，魚戲蓮葉西，魚戲蓮葉南，魚戲蓮葉北。

這詩雖沒有深厚的內容，但其音調和諧，文字活潑，卻正是民歌的本色。這種民歌，一定是江南少男少女採蓮時所唱的歌謠，一面工作，

一面歌唱，我們可以體會到鄉村婦女生活的逍遙快樂的情境。再如
《公無渡河》、《枯魚過河泣》等篇，也都是有情感有風趣的小詩。

　　在辭賦家的作品裡，努力地在那裡鋪陳帝國的軍威武功的時候，
人民卻正在那裡痛恨戰爭，反對戰爭。如《戰城南》一首，就把這種
情緒，表現得非常深刻：

　　　　戰城南，死郭北，野死不葬鳥可食。為我謂鳥：「且為客豪，
　　　　野死諒不葬，腐肉安能去子逃。」水深激激，蒲葦冥冥，梟騎
　　　　戰鬥死，駑馬徘徊鳴。
　　　　梁築室，何以南？何以北？禾黍不獲君何食？願為忠臣安可
　　　　得？思子良臣，良臣誠可思。朝行出攻，暮不夜歸。

這種描寫，情境既是淒慘，心情亦極哀怨。遍地死屍，鳥啄獸食的景
況，描成一幅荒涼恐怖的畫面，誠為暴露戰爭罪惡最好的寫實詩。再
如古詩中的《十五從軍征》一首，亦為此類詩中的傑作：

　　　　十五從軍征，八十始得歸。道逢鄉里人，家中有阿誰？遙望是
　　　　君家，松柏塚累累。兔從狗竇入，雉從梁上飛。中庭生旅穀，
　　　　井上生旅葵。烹穀持作飯，采葵持作羹。羹飯一時熟，不知貽
　　　　阿誰？出門東向望，淚落沾我衣。

此篇雖未入樂府，然完全是民歌的風格。在文字的技巧上以及詩歌的
形式上，較前者都進步多了。那一定是時代較晚的作品，或許經過文
人的潤飾也說不定。但其情緒內容，卻真正是民眾的、社會的，決不
是貴族文士的。詩中描寫一個在外面征戰一生的軍人，到了八十歲的
高年，回到家鄉來，房屋破壞不堪，成了鳥獸的巢穴，親故凋零，一

無所有，肚皮餓了，於是採摘野穀、葵草，煮著作羹飯，但是在這種
情景之下，怎能吃得下去呢？出門望著天邊，眼淚不住地流下來了。
這種苦境是當時千萬民眾的心情，那種眼淚也是千萬民眾積蓄在心頭
的憤怒的血液。全篇沒有一句一字反對戰爭，而無字無句不是反對戰
爭，就在這裡表現了文學的力量與作者的技巧。《鹽鐵論》中說：「今
天下統一，而方內不安。徭役遠，外內煩。古者過年無徭，逾時無
役。今近者數千里，遠者過萬里，歷二期而長子不還，父母憂愁，妻
子詠歎。憤懣之情發於心，慕思之積痛骨髓。」由此可知當代的徭役
給與人民多麼大的痛苦，而上面詩句中所表現的那種非戰的情緒，實
在是全體民眾的呼聲。

　　《後漢書·仲長統傳》中說：「豪人之室，連棟數百，膏田滿
眼，奴婢千群，徒附萬計。船車賈販，周於四方，庭居貯積，滿於都
城。琦賂寶貨，巨室不能容；牛馬羊豕，山谷不能受；妖童美妾，填
乎綺室；倡謳妓樂，列乎課堂。」這是當時王公貴族鉅賈地主們的淫
佚生活的寫真。有錢有勢，過得多麼舒服。但下層民眾的生活是怎樣
的呢？請看下面這幾首詩：

> 出東門，不顧歸。來入門，悵欲悲。盎中無斗米儲，還視架上
> 無懸衣。拔劍東門去，舍中兒母牽衣啼。他家但願富貴，賤妾
> 與君共餔糜。上用倉浪天故，下當用此黃口兒。今非！咄行，
> 吾去為遲。白髮時下難久居。
>
> 　　　　　　　　　　　　　　　　　　　　　　　（《東門行》）

> 婦病連年累歲，傳呼丈人前一言。當言未及得言，不知淚下一
> 何翩翩。「屬累君兩三孤子，莫我兒饑且寒，有過慎莫笞笞，
> 行當折搖，思復念之！」
>
> 　　　　　　　　　　　　　　　　　　　　　　　（《婦病行》）

孤兒生，孤子遇生，命獨當苦。父母在時，乘堅車，駕駟馬。父母已去，兄嫂令我行賈。南到九江，東到齊與魯。臘月來歸，不敢自言苦。頭多蟣蝨，面目多塵土。大兄言辦飯，大嫂言視馬。上高堂，行取殿下堂。孤兒淚下如雨。使我朝行汲，暮得水來歸。手為錯，足下無菲。愴愴履霜，中多蒺藜。拔斷蒺藜腸肉中，愴欲悲。淚下渫渫，清涕累累。冬無複襦，夏無單衣。居生不樂，不如早去，下從地下黃泉。春氣動，草萌芽。三月蠶桑，六月收瓜。將是瓜車，來到還家。瓜車反覆。助我者少，啖瓜者多。願還我蒂，兄與嫂嚴。獨且急歸，當興校計。亂曰：里中一何譊譊，願欲寄尺書，將與地下父母，兄嫂難與久居。

（《孤兒行》）

或寫病婦的貧寒，或寫孤兒的苦楚。這種身無衣食還要汲水、收瓜、看馬、燒飯的孤兒，正與富豪手下的奴婢是一樣的。他受不住壓迫的痛苦，情願死了，到父母的懷抱裡去。在這些文字裡，呈現著一幅平民社會的生活圖，提出了嚴重的社會家庭的實際問題。這種種現象，是那些豪富們所鄙視的，也不是辭賦作家們所描寫的，因此，我們更覺得這些作品的可貴了。沈德潛批評《孤兒行》說：「極瑣碎，極古奧，斷續無端，起落無跡。淚痕血點，結綴而成。」這話是極確切的。要有真正平民的感情與實際下層生活的體驗，才能寫出這種淚痕血點結綴而成的社會詩來。

關於男女問題，民歌中也有許多佳作。如《有所思》云：

有所思，乃在大海南。何用問遺君，雙珠玳瑁簪。用玉紹繚之。聞君有他心，拉雜摧燒之。摧燒之，當風揚其灰！從今以

往，勿復相思，相思與君絕！雞鳴狗吠，兄嫂當知之。妃呼
豨！秋風蕭蕭晨風颼，東方須臾高知之！

再如《上邪》云：

上邪！我欲與君相知，長命無絕衰。山無陵，江水為竭，冬雷
震震夏雨雪，天地合，乃敢與君絕。

這都是民間的戀歌。在質樸的文字裡，迸裂著熱烈的情感，比起那些
修飾美麗的情詩，更要真實動人。「妃呼豨」、「上邪」，都是無意義的
感歎詞，也正是民間的方言，在這種地方，恰好表現出民歌的本色，
再如《艷歌行》：

翩翩堂前燕，冬藏夏來見。兄弟兩三人，流宕在他縣。故衣誰
當補？新衣誰當綻？賴得賢主人，覽（攬）取為吾綻。夫婿從
外來，斜倚西北眄。語卿且勿盼，水清石自見。石見何累累，
遠行不如歸。

這種完整的五言，產生的時代自然是較晚了。但其風格，卻仍是民歌
的趣味。後面六句，寫得尤其活潑可喜。形容言語，都表現得有聲有
色，而字句淺顯，如說話一般的自然，確是民歌中的上品。

三　五言詩的成長

　　五言句式散見於西漢文獻，例如：《戚夫人歌》：「子為王，母為
虜。終日春薄暮，相與死為伍。相離三千里，當誰使告汝。」（《漢

書・外戚傳・呂后傳》）；又如李延年的《佳人歌》：「北方有佳人，絕世而獨立。一顧傾人城，再顧傾人國。寧不知傾城與傾國，佳人難再得。」（《李夫人傳》）；再如《鐃歌》中的《上陵》：「上陵何美美，下津風以寒。問客從何來，言從水中央。桂樹為君船，青絲為君笮。木蘭為君棹，黃金錯其間。……甘露初二年，芝生銅池中。仙人下來飲，延壽千萬歲。」此外，成帝時民謠一首：「邪徑敗良田，讒口害善人。桂樹華不實，黃雀巢其顛。古為人所羨，今為人所憐。」（《五行志》）

　　嚴格地說起來，這些都不能算是五言詩。但在那新詩體醞釀試驗的期間，這些都是重要的作品，有了它們，可以看出西漢時代的五言詩，無論形式和文字的技巧，究竟呈現著一種怎樣的狀態，它的發展，究竟到了一個什麼階段。由西漢這種未成熟的五言體的演進，到東漢班固的《詠史》，是五言詩體正式成立的一件重要史料：

　　　三王德彌薄，惟後用肉刑。太倉令有罪，就遞長安城。自恨身無子，困急獨煢煢。小女痛父言，死者不可生。上書詣闕下，思古歌雞鳴。憂心摧折裂，晨風揚激聲。聖漢孝文帝，惻然感至情。百男何憒憒，不如一緹縈。

這是歌詠孝女緹縈救父的故事。縈父犯罪當刑，自請入身為宮婢，以贖父刑，文帝悲憐她，乃廢除肉刑律。這是一首短短的敘事詩，五言體的形式是完全成立了，但就藝術而論，相隔古詩十九首一類的作品還很遠。鍾嶸批評說：「班固《詠史》，質本無文」，這是不錯的。

　　班固以後，這種新體詩漸漸地多起來了。如張衡的《同聲歌》、秦嘉的《贈婦》詩、趙壹的《疾邪》詩、蔡邕的《飲馬長城窟》、酈炎的《見志》、孔融的《雜詩》、繁欽的《定情詩》、蔡文姬的《悲憤

詩》、辛延年的《羽林郎》、宋子侯的《董嬌婕》，都是完整的五言
詩。其他如無名氏的《古詩十九首》以及擬托的蘇武、李陵詩一類的
作品，大概也就在這時代產生了。由其文字的技巧，與五言詩的風格
看來，這一批作品，是應該都出於《詠史》以後。在這裡，先舉張
衡、秦嘉、蔡邕的詩作例，以明班固以後五言詩進展的情形。

　　邂逅承際會，得充君後房。情好新交接，恐慄若探湯。不才勉
　　自竭，賤妾職所當。綢繆主中饋，奉禮助蒸嘗。思為苑蒻席，
　　在下蔽匡牀。願為羅衾幬，在上衛風霜。灑掃清枕蓆，鞮芬以
　　狄香。重戶結金扃，高下華燈光。衣解巾粉御，列圖陳枕張。
　　素女為我師，儀態盈萬方。眾夫希所見，天老教軒皇。樂莫斯
　　夜樂，沒齒焉可忘。

　　　　　　　　　　　　　　　　　　　　　（張衡《同聲歌》）

　　人生譬朝露，居世多屯蹇。憂艱常早至，歡會常苦晚。念當奉
　　時役，去爾日遙遠。遣車迎子還，空往復空返。省書情悽愴，
　　臨食不能飯。獨坐空房中，誰與相勸勉。長夜不能眠，伏枕獨
　　輾轉。憂來如循環，匪席不可卷。

　　　　　　　　　　　　　　　　　　　　　（秦嘉《贈婦詩》）

　　青青河畔草，綿綿思遠道。遠道不可思，夙昔夢見之。夢見在
　　我旁，忽覺在他鄉。他鄉各異縣，輾轉不可見。枯桑知天風，
　　海水知天寒。入門各自媚，誰肯相為言。客從遠方來，遺我雙
　　鯉魚。呼童烹鯉魚，中有尺素書。長跪讀素書，書中竟何如。
　　上有加餐食，下有長相憶。

　　　　　　　　　　　　　　　　　　　　（蔡邕《飲馬長城窟》）

由班固到蔡邕，在五言詩的藝術上的進步，有一條非常明顯的痕跡，說明了文學演化的過程是漸進的，不是突變的。三首之中，尤以秦嘉《贈婦詩》最為感人，因為是詩人的自身經驗與體會，自然是親切有味得多。這些詩完全呈現著通俗文學的氣味，受著樂府文學的影響，故無論形式內容都得了新的生命，新的發展。從此，我國的詩歌，自漢至唐，都脫離不了這種樂府文學的影響。

由漢代五言詩的進展，我們可以得到一個結論：西漢是五言的試驗和醞釀時期，班固、張衡時代是五言的成立期，建安前後是五言的成熟與興盛。至於七言詩的成立，較五言為遲。上文提及漢高祖的《大風歌》，李陵的《別歌》，漢昭帝的《淋池歌》和張衡的《四愁詩》等，形式雖近乎七言，但句中多用兮字補足。明明是《楚辭》體的雜言，但呈現著七言詩體的醞釀狀態了。到了曹丕的《燕歌行》，才形成純粹的七言體。當時此種詩體數量不多，只可看作是七言的醞釀期，而其正式的成熟，不得不待之於南北朝了。

四　古詩十九首

《詩經》的主體雖是四言，但這種形式，究不便於抒寫情懷和充分地表現作者的才性。鍾嶸也說過，「四言文約意廣，取效《風》、《騷》，便可多得。每苦文繁而意少，故時罕習焉」（《詩品序》），這便是說四言體的缺點。五言詩雖只多了一個字，但卻有回轉周旋的餘地，詩的風韻與作者的才情個性，借此可以多量的發揮。所以鍾嶸接著說：「五言居文詞之要，是眾作之有滋味者也，故云「會於流俗」，豈不以指事造形，窮情寫物，最為詳切者耶？」因為五言宜於指事造形，窮情寫物，所以詩中便有滋味，而那種形體便成為眾人所趨的一種潮流了。因此，詩的由四言而變為五言，是中國詩歌史上一種形式

的進步。這種形式，一直到近代，繼續了二千多年。明瞭了這一點，便知道古詩十九首在中國詩歌史上的地位，以及他們對於後代詩歌發展的影響。

　　《古詩十九首》是一群無名作家的作品，正與《國風》的情形相同。他們產生的時代，大都在東漢建安，是五言詩成熟期的代表作。沈德潛說：「《古詩十九首》，不必一人之辭，一時之作。大率逐臣棄婦，朋友闊絕，遊子他鄉，死生新故之感。或寓言，或顯言，或反覆言。初無奇僻之思，驚險之句，而西京古詩，皆在其下。」（《說詩晬語》）古人對於《古詩十九首》的評論，沒有比這更精確的了。他說「不必一人之辭，一時之作」，認清了作品的時代性與作家的群眾性。他所說的「無奇僻之思，驚險之句」，這正是那些作品的藝術的特色。它用著最平淺質樸的文句，表現深厚的感情與內容，使讀者感著詩情濃溢親切有味。自然美與本色美勝過一切人工的妝抹與刻鏤，是藝術上的大成功。後代的陸機、江淹之流，拼命地模仿，也只得其形貌，而無其神韻。劉勰說：「觀其結體散文，直而不野；婉轉附物，怊悵切情，實五言之冠冕也。（《明詩》）這批評是非常適當的。

　　《古詩十九首》，是東漢晚期大亂時代人民思想情感的表現。黨禍之變，黃巾之亂，以及那長年不斷的兵禍、屠殺、饑荒和瘟疫，不僅摧殘了全體人民的安居生活，連人民的思想信仰，也起了劇烈的動搖。在亂雜的時代，夫婦的分離，家庭的隔絕，自然是最普遍的現象。因此在這些詩裏，有許多作品是表現離恨鄉愁和相思之痛苦的。

　　　　行行重行行，與君生別離。相去萬餘里，各在天一涯。道路阻
　　　　且長，會面安可知。胡馬依北風，越鳥巢南枝。相去日已遠，
　　　　衣帶日已緩。浮雲蔽白日，遊子不顧返。思君令人老，歲月忽
　　　　已晚。棄捐勿復道，努力加餐飯。

青青河畔草，鬱鬱園中柳。盈盈樓上女，皎皎當窗牖。娥娥紅
粉妝，纖纖出素手。昔為娼家女，今為蕩子婦。蕩子行不歸。
空床難獨守。

涉江采芙蓉，蘭澤多芳草。采之欲遺誰？所思在遠道。還顧望
舊鄉，長路漫浩浩。同心而離居，憂傷以終老。

庭中有奇樹，綠葉發華滋。攀條折其榮，將以遺所思。馨香盈
懷袖，路遠莫致之。此物何足貴，但感別經時。

明月何皎皎，照我羅床幃。憂愁不能寐，攬衣起徘徊。客行雖
云樂，不如早旋歸。出戶獨彷徨，愁思當告誰。引領還入房，
淚下沾裳衣。

迢迢牽牛星，皎皎河漢女。纖纖擢素手，札札弄機杼。終日不
成章，泣涕零如雨。河漢清且淺，相去復幾許。盈盈一水間，
默默不得語。

這都是描寫離恨鄉愁的傑作。孔子所說的「思無邪」，以及溫柔敦厚
的詩教，在這些作品裡算是實踐了。在這些詩的背後，在這些男女的
情感和眼淚中，是隱藏著當時離亂社會的基礎的。對於這種作品，是
要同《戰城南》、《十五從軍征》那一類的作品同看的。在這種社會生
活，人命成了草芥，死於兵禍，死於饑餓，死於黨爭，或是死於瘟
疫，人生在世上究竟有什麼意義？從前那種舊道德，都漸漸崩潰了。
在這種離亂時代，人生的意義實在是太虛無了。在這種虛無幻滅之感
中，求神仙長生，講藥石導養，都沒有什麼用處，還不如及時行樂。
詩中反映出這種人生觀的哲理詩歌，如：

青青陵上柏，磊磊澗中石。人生天地間，忽如遠行客。斗酒相
娛樂，聊厚不為薄。驅車策駑馬，遊戲宛與洛。洛中何鬱鬱，

冠帶自相索。長衢羅夾巷，王侯多第宅。兩宮遙相望，雙闕百
餘尺。極宴娛心意，戚戚何所迫。

迴車駕言邁，悠悠涉長道。四顧何茫茫，東風搖百草。所遇無
故物，焉得不速老。盛衰各有時，立身苦不早。人生非金石，
豈能長壽考。奄忽隨物化，榮名以為寶。

去者日以疏，生者日以親。出郭門直視，但見丘與墳。古墓犁
為田，松柏摧為薪。白楊多悲風，蕭蕭愁殺人。思還故里閭，
欲歸道無因。

生年不滿百，常懷千歲憂。晝短苦夜長，何不秉燭遊。為樂當
及時，何能待來茲。愚者愛惜費，但為後世嗤。仙人王子喬，
難可與等期。

驅車上東門，遙望郭北墓。白楊何蕭蕭，松柏夾廣路。下有陳
死人，杳杳即長暮。潛寐黃泉下，千載永不寤。浩浩陰陽移，
年命如朝露。人生忽如寄，壽無金石固。萬歲更相送，賢聖莫
能度。服食求神仙，多為藥所誤。不如飲美酒，被服紈與素。

在這些詩裡，明顯地映出離亂生活中所產的人生觀。這種思想，到了
魏晉，成為思潮的中堅，在《列子》中的《楊朱》篇中，帶著更浪漫
更放縱的色彩而出現了。《古詩十九首》以外，還有許多同樣詩體的
好作品。如託名蘇武、李陵的詩篇：

良時不再至，離別在須臾。屏營衢路側，執手野踟躕。仰視浮
雲馳，奄忽互相逾。風波一失所，各在天一隅。長當從此別，
且復立斯須。欲因晨風發，送子以賤軀。

（李陵《與蘇武詩》一）

結髮為夫妻，恩愛兩不疑。歡娛在今夕，燕婉及良時。征夫懷
遠路，起視夜何其。參辰皆已沒，去去從此辭。行役在戰場，
相見未有期。握手一長歎，淚為生別滋。努力愛春華，莫忘歡
樂時。生當復來歸，死當長相思。

（蘇武《古詩》）

蘇、李的流落異域的境遇，他鄉的握別，本來就是最動人的詩材。這
些詩不是他們本人所作，但這些擬作者的文學天才的高越，實可與
《古詩十九首》的作者們比肩，這些詩都是描寫別離前夜以及分手那
一剎那的情景，既是真實，而又哀痛，無一字一句不是血淚，無一字
一句不是深情，實在是古詩中的上品。

五　敘事詩

在中國的詩歌史上，成績最好的是抒情詩，作品最少而發達又較
遲的是敘事詩。《詩經》的篇數雖是不少，除了祀神饗宴的樂章以
外，大多數是抒情的短詩。惟有《生民》、《公劉》、《緜》、《皇矣》、
《大明》諸篇，其體裁稍有不同，是記載民族英雄的傳說與歷史，稍
具敘事詩的形式。到了《楚辭》、漢賦，篇章擴大了，想像力也加強
了，但仍是祭祀、抒情和歌諷一類的東西。到了東漢，五言詩體成熟
以後，純粹的敘事詩，才正式發展起來。

敘事詩也是起於民間。如《孤兒行》、《婦病行》那一類的雜言體
的民歌，可算是敘事詩的先聲。再如《十五從軍征》、《上山采蘼蕪》
諸篇，算是最成熟的敘事詩了。如《上山采蘼蕪》云：

上山采蘼蕪，下山逢故夫。長跪問故夫，新人復何如？新人雖

言好，未若故人姝。顏色類相似，手爪不相如。新人從門入，故人從閤去。新人工織縑，故人工織素。織縑日一匹，織素五丈餘。將縑來比素，新人不如故。

全篇雖只八十個字，卻用純客觀的敘事法，用幾句短短的對話，將那夫婦三人的生活性格本領，以及那個小家庭的狀況全部表現了。那位丈夫完全是一個功利主義者，那位棄婦本領既好，顏色也不惡，只以失了愛情，而不得不上山採野菜以度日了。下山的時候，偶然遇著前夫，一點也不表示反抗厭惡的情緒，還恭敬柔溫地長跪下去，在這裡正暗示著當時男權的尊嚴以及女子的從屬地位。

在樂府中有《艷歌羅敷行》（一名《陌上桑》），是藝術上更進一步的敘事詩：

日出東南隅，照我秦氏樓。秦氏有好女，自名為羅敷。羅敷善採桑，採桑城南隅。青絲為籠繫，桂枝為籠鉤。頭上倭墮髻，耳中明月珠。湘綺為下裙，紫綺為上襦。
行者見羅敷，下擔捋髭鬚。少年見羅敷，脫帽著帩頭。耕者忘其犁，鋤者忘其鋤。來歸相怨怒，但坐觀羅敷。
使君從南來，五馬立踟躕。使君遣吏往，問是誰家姝。秦氏有好女，自名為羅敷。羅敷年幾何？二十尚不足，十五頗有餘。使君謝羅敷，寧可共載不？
羅敷前致辭，使君一何愚。使君自有婦，羅敷自有夫。東方千餘騎，夫婿居上頭。何用識夫婿？白馬從驪駒。青絲繫馬尾，黃金絡馬頭。腰中鹿盧劍，可值千萬餘。十五府小吏，二十朝大夫，三十侍中郎，四十專城居。為人潔白皙，鬑鬑頗有須。盈盈公府步，冉冉府中趨。坐中數千人，皆言夫婿殊。

首段寫羅敷之美，開始鋪陳其裝飾，繼之以旁觀者的襯托。挑者見之，憩擔摸其鬚；少年見之，停步脫其帽；耕種者見之，停鋤停犁而忘其工作；到了家裡互相埋怨為甚麼坐著貪看那美婦人的容貌。由這種客觀的寫法，顯得羅敷的美麗達到了極致，比起沉魚落雁、羞花閉月等類的抽象形容詞來，是又具體又生動又真實得多了。中段敘使君見而愛其美，憑其官吏的高貴地位，於是遣使說媒了。末段再用力鋪陳其夫婿的美貌富足以及其官場的地位，給使君一個斬鐵截釘的拒絕，與首段鋪陳羅敷的美貌遙相呼應。結句十字，由旁觀者的語氣說出，言盡而意無窮，這是敘事詩中的無上佳作。

　　由這些短篇的敘事詩的演進，到了建安末年，長篇的敘事詩出現了。蔡琰的《悲憤詩》，與無名氏的《孔雀東南飛》，可稱為長篇敘事待的雙璧。蔡琰是蔡邕的女兒，在她父親的教養下，成為一個女作家。她的壯年被擄入胡，暮年別子還鄉的痛苦的境遇，成為最好的文學材料：

　　　　漢季失權柄，董卓亂天常。志欲圖篡弒，先害諸賢良。逼迫遷舊邦，擁主以自疆。海內興義師，欲共討不祥。卓眾來東下，金甲耀日光。平土人脆弱，來兵皆胡羌。獵野圍城邑，所向悉破亡。斬截無子遺，屍骸相撐拒。馬邊懸男頭，馬後載婦女。長驅西入關，迥路險且阻。還顧邈冥冥，肝脾為爛腐。所略有萬計，不得令屯聚。或有骨肉俱，欲言不敢語。失意機微間，輒言斃降虜。要當以亭刃，我曹不活汝。豈復惜性命，不堪其詈罵。或便加棰杖，毒痛參並下。旦則號泣行，夜則悲吟坐。欲死不能得，欲生無一可。彼蒼者何辜，乃遭此厄禍。
　　　　邊荒與華異，人俗少義理。處所多霜雪，胡風春夏起。翩翩吹我衣，肅肅入我耳。感時念父母，哀嘆無窮已。有客從外來，

聞之常喜歡。迎問其消息，輒復非鄉里。邂逅徼時願，骨肉來
迎己。己得自解免，當復棄兒子。天屬綴人心，念別無會期。
存亡永乖隔，不忍與之辭。兒前抱我頸，問母欲何之。人言母
當去，豈復有還時。阿母常仁惻，今何更不慈。我尚未成人，
奈何不顧思。見此崩五內，恍惚生狂癡。號泣手撫摩，當發覆
回疑。兼有同時輩，相送告離別。慕我獨得歸，哀叫聲摧裂。
馬為立踟躕，車為不轉轍。觀者皆歔欷，行路亦嗚咽。

去去割情戀，遄征日遐邁。悠悠三千里，何時復交會。念我出
腹子，匈臆為摧敗。既至家人盡，又復無中外。城廓為山林，
庭宇生荊艾。白骨不知誰，縱橫莫覆蓋。出門無人聲，豺狼號
且吠。煢煢對孤景，怛吒糜肝肺。登高遠眺望，魂神忽飛逝。
奄若壽命盡，旁人相寬大。為復強視息，雖生何聊賴。託命於
新人，竭心自勖勵。流離成鄙賤，常恐復捐廢。人生幾何時，
懷憂終年歲。

從董卓作亂被擄入胡敘起，一直寫到別兒歸國，還鄉再嫁為止。條理
謹嚴，十二年間的流離轉徙的生活，悲傷痛苦的心情以及當代政治的
紊亂，社會的動搖，一一在這詩裡反映出來。成為一首最有社會性與
歷史性的作品。中問描寫胡人對於漢人的虐待，母子別離時候那種公
義私情的衝突，和悲喜交集的情感，以及她回家後所看見的那種荒涼
淒慘的景象，和隱伏在心中的深沉的悲哀，是全篇寫得最有力最深刻
最動人的文字。這種作品的生命，自然是要永存於人間的。

　　《悲憤詩》是描寫一個在政治紊亂內禍外患中遭受著犧牲的女子
的悲劇，《孔雀東南飛》則表現一對犧牲於舊的家族制度與傳統道德
的夫婦的悲劇。前者的經歷較為特殊，而後者卻是我國最普遍的現
象。二千年來，遭遇著仲卿、蘭芝他們同樣的命運，而屈服於名教的

壓力之下，或是偷生，或是自殺的，真是不知道有多少。《孔雀東南飛》的作者，抓住這個全社會的青年男女所痛苦著的題材，用客觀的手法，敘事詩的體裁敘述出來，成為表現家庭問題與婦女問題的最有力的作品。

《孔雀東南飛》共三百五十三句，得一千七百六十五字。為中國五言敘事詩中獨有的長篇。《悲憤詩》雖受有民歌的影響，但還帶著濃厚的文人氣息。但《孔雀東南飛》卻純是民歌的本色。它的好處，是能用通俗平淺的語言，敘述那些瑣碎的家事，一點不覺得粗鄙，反而顯得自然可愛。在那裡，把那幾個人的性格以及當時的家庭道德和男女問題的苦悶，全部反映出來。這不是宗教的或是命運的悲劇，而是無法避免的社會的悲劇。在這種地方，《孔雀東南飛》更增加其價值。王世貞說：「《孔雀東南飛》，質而不俚，亂而能整，敘事如畫，敘情若訴，長篇之聖也。(《藝苑卮言》)」，可算是古代民間最偉大的敘事詩：

> 孔雀東南飛，五里一徘徊。「十三能織素，十四學裁衣。十五彈箜篌，十六誦詩書。十七為君婦，心中常苦悲。君既為府吏，守節情不移。賤妾留空房，相見常日稀。雞鳴入機織，夜夜不得息。三日斷五匹，大人故嫌遲。非為織作遲，君家婦難為！妾不堪驅使，徒留無所施。便可白公姥，及時相遣歸。」府吏得聞之，堂上啟阿母：「兒已薄祿相，幸復得此婦。結髮同枕蓆，黃泉共為友。共事二三年，始爾未為久。女行無偏斜，何意致不厚。」阿母謂府吏：「何乃太區區！此婦無禮節，舉動自專由。吾意久懷忿，汝豈得自由！東家有賢女，自名秦羅敷。可憐體無比，阿母為汝求。便可速遣之，遣去慎莫留！」府吏長跪告：「伏惟啟阿母。今若遣此婦，終老不復取！」

阿母得聞之，槌牀便大怒：「小子無所畏，何敢助婦語！吾已失恩義，會不相從許！」府吏默無聲，再拜還入戶。舉言謂新婦，哽咽不能語：「我自不驅卿，逼迫有阿母。卿但暫還家，吾今且報府。不久當歸還，還必相迎取。以此下心意，慎勿違吾語。」新婦謂府吏：「勿復重紛紜。往昔初陽歲，謝家來貴門。奉事循公姥，進止敢自專？晝夜勤作息，伶俜縈苦辛。謂言無罪過，供養卒大恩；仍更被驅遣，何言復來還！妾有繡腰襦，葳蕤自生光；紅羅復斗帳，四角垂香囊；箱簾六七十，綠碧青絲繩，物物各自異，種種在其中。人賤物亦鄙，不足迎後人，留待作遺施，於今無會因。時時為安慰，久久莫相忘！」雞鳴外欲曙，新婦起嚴妝。著我繡袷裙，事事四五通。足下躡絲履，頭上玳瑁光。腰若流紈素，耳著明月璫。指如削蔥根，口如含朱丹。纖纖作細步，精妙世無雙。

上堂拜阿母，阿母怒不止。「昔作女兒時，生小出野里。本自無教訓，兼愧貴家子。受母錢帛多，不堪母驅使。今日還家去，念母勞家裡。」卻與小姑別，淚落連珠子。「新婦初來時，小姑始扶牀；今日被驅遣，小姑如我長。勤心養公姥，好自相扶將。初七及下九，嬉戲莫相忘。」出門登車去，涕落百餘行。府吏馬在前，新婦車在後。隱隱何甸甸，俱會大道口。下馬入車中，低頭共耳語：「誓不相隔卿，且暫還家去。吾今且赴府，不久當還歸。誓天不相負！」新婦謂府吏：「感君區區懷！君既若見錄，不久望君來。君當作磐石，妾當作蒲葦。蒲葦紉如絲，磐石無轉移。我有親父兄，性行暴如雷，恐不任我意，逆以煎我懷。」舉手長勞勞，二情同依依。

入門上家堂，進退無顏儀。阿母大拊掌，「不圖子自歸！十三教汝織，十四能裁衣，十五彈箜篌，十六知禮儀，十七遣汝

嫁，謂言無誓違。汝今何罪過，不迎而自歸？」蘭芝慚阿母：
「兒實無罪過。」阿母大悲摧。還家十餘日，縣令遣媒來。云
「有第三郎，窈窕世無雙。年始十八九，便言多令才。」阿母
謂阿女：「汝可去應之。」阿女含淚答：「蘭芝初還時，府吏見
丁寧，結誓不別離。今日違情義，恐此事非奇。自可斷來信，
徐徐更謂之。」阿母白媒人：「貧賤有此女，始適還家門。不
堪吏人婦，豈合令郎君？幸可廣問訊，不得便相許。」媒人去
數日，尋遣丞請還，說「有蘭家女，承籍有宦官。」云「有第
五郎，嬌逸未有婚。遣丞為媒人，主簿通語言。」直說「太守
家，有此令郎君，既欲結大義，故遣來貴門。」阿母謝媒人：
「女子先有誓，老姥豈敢言！」阿兄得聞之，悵然心中煩。舉
言謂阿妹：「作計何不量！先嫁得府吏，後嫁得郎君。否泰如
天地，足以榮汝身。不嫁義郎體，其往欲何云？」蘭芝仰頭
答：「理實如兄言。謝家事夫婿，中道還兄門。處分適兄意，
那得自任專！雖與府吏要，渠會永無緣。登即相許和，便可作
婚姻。」媒人下牀去。諾諾復爾爾。還部白府君：「下官奉使
命，言談大有緣。」府君得聞之，心中大喜歡。視歷復開書，
「便利此月內，六合正相應。良吉三十日，今已二十七，卿可
去成婚。」交語速裝束，絡繹如浮雲。青雀白鵠舫，四角龍子
幡。婀娜隨風轉，金車玉作輪。躑躅青驄馬，流蘇金鏤鞍。齎
錢三百萬，皆用青絲穿。雜彩三百匹，交廣市鮭珍。從人四五
百，鬱鬱登郡門。阿母謂阿女：「適得府君書，明日來迎汝。
何不作衣裳？莫令事不舉！」
阿女默無聲，手巾掩口啼，淚落便如瀉。移我琉璃榻，出置前
窗下。左手持刀尺，右手執綾羅。朝成繡夾裙，晚成單羅衫。
晻晻日欲暝，愁思出門啼。府吏聞此變，因求假暫歸。未至二

三里，摧藏馬悲哀。新婦識馬聲，躡履相逢迎。悵然遙相望，知是故人來。舉手拍馬鞍，嗟嘆使心傷：「自君別我後，人事不可量。果不如先願，又非君所詳。我有親父母，逼迫兼弟兄。以我應他人，君還何所望！」府吏謂新婦：「賀卿得高遷！磐石方且厚，可以卒千年；蒲葦一時紉，便作旦夕間。卿當時勝貴，吾獨向黃泉！」新婦謂府吏：「何意出此言！同是被逼迫，君爾妾亦然。黃泉下相見，勿違今日言！」執手分道去，各各還家門。生人作死別，恨恨那可論？念與世間辭，千萬不復全！

府吏還家去，上堂拜阿母：「今日大風寒，寒風摧樹木，嚴霜結庭蘭。兒今日冥冥，令母在後單。故作不良計，勿復怨鬼神！命如南山石，四體康且直！」阿母得聞之，零淚應聲落：「汝是大家子，仕宦於臺閣。慎勿為婦死，貴賤情何薄！東家有賢女，窈窕豔城郭，阿母為汝求，便覆在旦夕。」府吏再拜還，長嘆空房中，作計乃爾立。轉頭向戶裡，漸見愁煎迫。其日牛馬嘶，新婦入青廬。奄奄黃昏後，寂寂人定初。我命絕今日，魂去屍長留！攬裙脫絲履，舉身赴清池。府吏聞此事，心知長別離。徘徊庭樹下，自掛東南枝。兩家求合葬，合葬華山傍。東西植松柏，左右種梧桐。枝枝相覆蓋，葉葉相交通。中有雙飛鳥，自名為鴛鴦。仰頭相向鳴，夜夜達五更。行人駐足聽，寡婦起彷徨。多謝後世人，戒之慎勿忘。

六　結語

　　漢代的樂府歌辭和古詩，在中國古典詩歌的歷史上，有很高的藝術價值和地位。在那些詩篇裡，我們看見了男女戀愛的歌唱，豪強恐

霸對放人民的壓迫，封建制度下的婚姻悲劇，戰爭的苦痛，妻離子散的別情，孤兒寡婦的悲慘生活，中下層知識分子的苦悶，都能生動地形象地表現出來。它不僅繼承了《詩經》的優良傳統，對後代詩人也發生很大的教育意義和啟發作用。唐代的李白、杜甫、白居易、元稹諸人，都是深受過樂府的影響。

　　由於漢代民歌的創造，發展了詩歌的新形式，形成了五言和七言。漢代以後，在中國古典詩歌的歷史上，一直是以五七言為主。此外，漢代詩歌的藝術技巧程表現方法，是很值得關注的。它們大部分來自民間，即為文人所作，也接受民歌影響，因此形成一種特殊風格。最重要的是語言的樸素，敘事表情非常真實，非常自然。尤其是那些樂府歌辭，喜歡用鋪張的描寫，問答體的形式，使主題更加明確，而詩中又蘊藏著沉厚的感情和深刻的現實意義。這樣的技巧與風格，對於後代的詩人，都發生很大的影響。

第三篇
魏晉南北朝文學

第八章
從曹植到陶淵明

一　建安詩人

　　建安雖是漢獻帝的年號，而這時候的政治大權，完全握在曹操的手裡，並且當時的文學領袖，都是曹家人物。建安七子，雖大都死於建安年間，除孔融以外，也都是曹家的幕客，因此「建安文學」，應屬之於曹魏的事，是較為合理的。

　　漢魏之際的建安時代，在政治上雖是極其紊亂，但在文學上卻是非常光明。一方面固然是因為時代環境的刺激與釀成，同時也歸功於曹氏父子的愛才與提倡文學。《文心雕龍‧時序》篇說：

> 魏武以相王之尊，雅愛詩章，文帝以副君之重，妙善辭賦，陳思以公子之豪，下筆琳琅，並體茂英逸，故俊才雲蒸。仲宣（王粲）委質於漢南，孔璋（陳琳）歸命於河北，偉長（徐幹）從宦於青土，公幹（劉楨）徇質於海隅，德璉（應瑒）綜其斐然之思，元瑜（阮瑀）展其翩翩之樂。傲雅觴豆之前，雍容衽席之上。灑筆以成酣歌，和墨以藉談笑。

《詩品》也說：

> 曹公父子，篤好斯文，平原兄弟（曹植封平原侯），蔚為文棟。劉楨、王粲為其羽翼。次有攀龍托鳳，自致於屬車者，蓋將百計。彬彬之盛，大備於時矣。

可見建安文壇的盛況。曹氏父子之於詩歌，個個能創作批評，再加以提倡獎勵。於是「建安七子」、「三祖陳王」都成為文學上的關鍵詞了。

　　關於建安詩歌的特色，我們可以分作兩方面來講。第一，是詩歌的體裁與格律；其次，是詩歌的內容與精神。關於前者，有兩點值得我們注意：

（一）樂府歌辭的製作

　　兩漢樂府文學的興起，在中國的詩歌史上開闢了一個新局面。一方面是促進五七言詩體的成立，另一方面是使文士階級的作品民眾化與社會化。當代詩人的都是用古樂府的舊曲，改作新詞，寫成純粹的五言古詩，造成文士詩的民歌化，樂府詩的文士化。同時，樂府到了建安，大都篇幅加長。如曹操之《度關山》、《善哉行》、《秋胡行》，曹植之《名都》、《美女》、《白馬》、《驅車》、《棄婦》諸篇，少者百數十言，長者至二三百言，為兩漢樂府所少見者，文字亦稍見整練華美，這是樂府作品文士化的一種趨勢。

（二）七言詩體的正式成立

　　兩漢樂府或古詩，尚無純粹的七言體。張衡的《四愁詩》，尚非全體。到了曹丕的《燕歌行》，七言詩體才正式成立。在我國的詩史上，這是一件重要的事。《燕歌行》有兩篇都是七言，今舉一首作例：

　　　　秋風蕭瑟天氣涼，草木搖落露為霜，群燕辭歸鵠南翔。念君客遊思斷腸，慊慊思歸戀故鄉，君何淹留寄他方？賤妾煢煢守空房，憂來思君不敢忘，不覺淚下沾衣裳。援琴鳴弦發清商，短歌微吟不能長。明月皎皎照我牀，星漢西流夜未央。牽牛織女遙相望，爾獨何辜限河梁。

這完全是七言了，內容豐富，文字簡練，能夠做到情景交融，故可視為上乘之作。這種七言體，同時代的詩人很少創作，直到南北朝，七言詩才漸漸發展起來。由此可知，一種新體裁由醞釀形成而至於興盛，確是需要一個長時代的進化，決不是一個短時代和幾個作家所能辦到的。這種情況，與唐宋詞的起源於六朝十分相似。

　　除建安詩歌的體裁與格律，其內容與精神也有值得注意的兩點：

（一）保存樂府詩寫實的、社會的色彩

　　就魏晉文學的全體說來，其作品的內容與精神，是離開實際的社會人生，而偏於浪漫玄虛的傾向。但在建安時代的詩歌中，有一部分的作品仍保存樂府詩中特有的寫實的、社會的色彩，原因有兩點，第一，是建安詩人是初期模仿樂府的時代，在他們的作品裡，還能承繼漢代樂府的寫實精神與社會文學的情調。其次，是在那個大亂時代，一般文人尚未安於環境，尚未達到那種完全養性存真的隔離階段。對於那種戰禍的痛苦與人民的離亂，不能完全閉著眼睛不管。無論見聞感觸，偶然表現於詩篇，便呈現著寫實的、社會的色彩了。在曹氏父子、建安七子的詩篇裡，有不少是描寫社會生活的作品。如曹操的《蒿里行》：

> 關東有義士，興兵討群凶。初期會孟津，乃心在咸陽。……鎧甲生蟣蝨，萬姓以死亡。白骨露於野，千里無雞鳴。生民百遺一，念之斷人腸。

再如他的《苦寒行》、《薤露行》也都是很好的作品。又如陳琳的《飲馬長城窟行》：

飲馬長城窟，水寒傷馬骨。往謂長城吏，慎莫稽留太原卒！官作自有程，舉築諧汝聲！男兒寧當格鬥死，何能怫鬱築長城。長城何連連，連連三千里。邊城多健少，內舍多寡婦。作書與內舍，便嫁莫留住。善待新姑嫜，時時念我故夫子！報書往邊地，君今出語一何鄙？身在禍難中，何為稽留他家子？生男慎莫舉，生女哺用脯。君獨不見長城下，死人骸骨相撐拄。結髮行事君，慊慊心意關。明知邊地苦，賤妾何能久自全？

這是一首多麼悲痛的社會詩。人民徭役之苦，夫婦別離之情，在這些文字裡，寫得既極真實又苦痛。再如王粲的《七哀詩》：

西京亂無象，豺虎方遘患。復棄中國去，委身適荊蠻。親戚對我悲，朋友相追攀。出門無所見，白骨蔽平原。路有饑婦人，抱子棄草間。顧聞號泣聲，揮涕獨不還。未知身死處，何能兩相完。驅馬棄之去，不忍聽此言。南登霸陵岸，回首望長安。悟彼下泉人，喟然傷心肝。

所寫的民眾離亂的生活，真是呈現著一幅有聲有色的難民的圖畫。在這圖畫的背後，是深深地反映著那個時代的影子的。再看阮瑀的《駕出北郭門》：

駕出北郭門，馬樊不肯馳。下車步踟躕，仰折枯楊枝。顧聞丘林中，嗷嗷有悲啼。借問啼者誰，何為乃如斯？親母捨我沒，後母憎孤兒。饑寒無衣食，舉動鞭捶施。骨消肌肉盡，體若枯樹皮。藏我空屋中，父還不能知。上冢察故處，存亡永別離。親母何可見？淚下聲正嘶。棄我於此間，窮厄豈有貲？傳告後代人，以此為明規。

他們或寫征戰之痛苦，或寫社會的離亂，或寫難民的流浪，或寫孤兒的苦楚，都呈現著寫實的社會文學的特色與樂府民歌的影響。在這裡正表現著建安時代的詩人，還沒有完全沉溺在酒、藥、山水裡，對於人生社會，不致於不聞不見。但這種情形，到了兩晉，就真的看不見了。老莊的玄理，道教的神仙，把他們同實際的社會人生完全隔離起來了。

（二）開兩晉浪漫文學之端

在建安詩人的作品裡，有一部分還保存著寫實的社會的色彩。而另一部分卻正是兩晉浪漫文學的先聲。在詩歌裡所歌詠的老莊玄學的思想與仙人高士的渴慕，以及人生無常的苦悶與暫時賞樂的觀念，實在不少。到了建安詩人的作品裡，這種傾向是更明顯了，如曹操的《短歌行》：

> 對酒當歌，人生幾何？譬如朝露，去日苦多。慨當以慷，憂思難忘。何以解憂，惟有杜康。青青子衿，悠悠我心。但為君故，沉吟至今。呦呦鹿鳴，食野之蘋。我有嘉賓，鼓瑟吹笙。明明如月，何時可掇？憂從中來，不可斷絕。越陌度阡，枉用相存。契闊談讌，心念舊恩。月明星稀，烏鵲南飛。繞樹三匝，無枝可依。山不厭高，水不厭深。周公吐哺，天下歸心。

這首詩的氣魄雖極雄渾，但人生無常富貴如夢的悲哀，總是浸透著全篇的字句裡。四言詩自《三百篇》以後，到了曹操才有幾篇好的四言作品。嵇康、陶潛以後，四言詩就算是中絕了。曹公雖是一時英傑，但在他的作品裡，所表現的人生幻滅感與遊仙的思想卻非常濃厚。如《秋胡行》、《陌上桑》、《精列》、《氣出唱》諸篇，幾乎都是仙

人、玉女、蓬萊、昆侖、赤松、王喬這一類的字跡。在曹植的作品
裏，這種色彩更是濃厚。無論辭賦、雜文、樂府、古詩都有不少敘述
老莊哲理和歌詠遊仙的文字，他是兩晉浪漫文學一個最重要的啟導
者。可知在作品的內容與精神方面，建安的詩，一面保存著社會詩的
寫實性，一面開啟著個人詩的浪漫性，這種變化遞增之跡，在文學的
發展史上，都是極其重要的。

王粲（177-217）、劉楨（?-217）

　　建安七子，以王粲、劉楨為首。《詩品序》說：「曹公父子篤好斯
文，劉楨、王粲為其羽翼。」可知古人已有定評了。王粲字仲宣，山
陽高平人，先依劉表，後入曹操的幕下。他以博洽著稱，有集十一
卷，今存詩二十六首。上面所舉的《七哀詩》，是他的傑作。他的辭
賦，已開騈儷華彩之風，在他的詩裡亦頗注重鍛字練句。如「山岡有
餘映，巖阿增重陰」（《七哀詩》之二），「曲池揚素波，列樹敷丹榮」
（《雜詩》），「幽蘭吐芳烈，芙蓉發紅暉」（《雜詩》之二）。這些詩的
風格，已下開兩晉、南朝的風氣了。《詩品》說他：「發愀愴之詞，文
秀而質羸。在曹、劉間別構一體。方陳思不足，比魏文有餘。」這批
評是很得體。劉楨字公幹，東平人（今山東泰安）。在七子中，他詩
名最盛。曹丕稱讚他說：「其五言詩，妙絕當時。」（《與吳質書》）
《詩品》也說：「楨詩源出於古詩，仗氣愛奇，動多振絕，真骨淩
霜，高風誇尚。但氣過其文，雕潤恨少。然自陳思以下，楨稱獨
步。」劉勰、鍾嶸都一致推崇他。

曹　丕（187-226）

　　三祖俱以樂府見稱，武、明二帝以四言見長，文帝則四言、五
言、七言中俱有佳作。武帝長於才與氣，文帝長於情與韻。明帝有氣

勢而弱才情，自為三祖之末。其中，曹丕在文學史上，自有其高貴的地位。文學批評（如《典論・論文》、《與吳質書》等）由他開始，七言詩體（如《燕歌行》）由他創立。樂府詩外，他還能作極好的五言詩。試看他的《雜詩》第一首：

> 漫漫秋夜長，烈烈北風涼。輾轉不能寐，披衣起彷徨。彷徨忽已久，白露沾我裳。俯視清水波，仰看明月光。天漢回西流，三五正縱橫。草蟲鳴何悲，孤雁獨南翔。鬱鬱多悲思，綿綿思故鄉。願飛安得翼，欲濟河無梁。向風長歎息，斷絕我中腸。

再如他的《雜詩》第二首及《與君新結婚》，都是極好的五言詩。這種詩，無論從哪方面講，都在王粲、劉楨之上。《詩品》評其鄙質，我倒覺得他的好處就在鄙質上面。因為如此，所以他的樂府古詩，都能充分地保存古樂府的風格，平淡質樸，而情韻又極好。鍾嶸受了六朝華美文學的薰染，而薄其鄙質，這個意見是不公平的。

曹　植（192-232）

在整個的建安詩壇上，能領袖群倫而無愧色的，自然是曹植。曹植字子建，先後封為平原侯、東阿王，死後諡曰思，故世稱陳思王。他自小聰明，養育在文學空氣濃厚的家庭裡，十歲左右，便誦讀了詩論、辭賦數十萬言，十二歲那年，作了《銅雀臺賦》，使得他的父親大為驚喜。但是他到了壯年，卻遭逢著極不良的境遇。曹丕篡位以後，他無日不在壓迫困苦中生活，有名的《七步詩》，是人人知道的故事。明帝即位，待遇較佳，上《求自試表》，想做一番事業，結果仍是一無成就。死時年僅四十一歲。

曹植的作品大約可分為前後期。在曹丕篡位以前，他的生活比較

自由舒適。所以反映在作品中的情感也比較平和，如《三良》、《公
宴》、《侍太子坐》，以及贈送丁儀、王粲、徐幹等詩，大半都是互相
贈答唱和的應酬詩，雖呈露著他的才藻，卻缺乏真實的性情。曹丕稱
帝以後，他感著壓迫日盛，他的幾位好朋友也都遇害了。在這時期他
時常遷徙，骨肉之情，流浪之苦，才使他真實地體驗到人生的悲痛。
如他的《吁嗟篇》、《浮萍篇》、《怨歌行》、《門有萬里客》、《磐石篇》
諸詩，或明寫，或暗示，都是表現自己飄零的身世，而寄寓著沉痛的
情感的。再如《贈白馬王彪並序》，更是悲憤交集。其中有詛咒，有
諷刺，有悲傷，也有勸慰。在曹植的集子裡，這些都是最好的作品。
生活愈是壓迫，心境愈是追求自由與解脫。這種追求自由與解脫的心
境，是曹植後期作品的基幹。他在《野田黃雀行》一詩裡，假想著黃
雀自由飛舞的快樂心境，來解脫自己的苦悶。「拔劍捎羅網，黃雀得
飛飛。……飛飛摩蒼天，來下謝少年。」這種海闊天空的自由世界，
自由心境，是曹植日夜追求而得不到的。由這種追求的苦悶，自然容
易偏向到老莊的清靜逍遙，入於遊仙的境界了。然而也就因為這種矛
盾衝突錯綜複雜的意識，促成了詩人偉大的成就。

　　五言詩在建安時代雖已成熟，但到曹植的筆下才擴大其範圍，達
到無所不寫的程度。無論抒情、說理、寫景、祝頌、象徵各種詩體，
他的集子裡都有。在五言詩的發展史上，曹植的開拓工作，我們是不
能忽視的。

　　　吁嗟此轉蓬，居世何獨然。長去本根逝，夙夜無休閒。東西經
　　七陌，南北越九阡。卒遇回風起，吹我入雲間。自謂終天路，
　　忽然下沉泉。驚飆接我出，故歸彼中田。當南而更北，謂東而
　　反西。宕宕當何依，忽亡而復存。飄飄周八澤，連翩歷五山。

流轉無恒處，誰知吾苦艱。願為中林草，秋隨野火燔。糜滅豈
不痛？願與根荄連。

（《吁嗟篇》）

明月照高樓，流光正徘徊。上有愁思婦，悲歎有餘哀。借問歎
者誰，言是蕩子妻。君行逾十年，孤妾常獨棲。君若清路塵，
妾若濁水泥。浮沉各異勢，會合何時諧。願為西南風，長逝入
君懷。君懷良不開，賤妾當何依？

（《七哀》）

玄黃猶能進，我思鬱以紆。鬱紆將何念，親愛在離居。本圖相
與偕，中更不克俱。鴟梟鳴衡軛，豺狼當路衢。蒼蠅間白黑，
讒巧令親疏。欲還絕無蹊，攬轡止踟躕。踟躕亦何留？相思無
終極。秋風發微涼，寒蟬鳴我側。原野何蕭條，白日忽西匿。
歸鳥赴喬林，翩翩厲羽翼。孤獸走索群，銜草不遑食。感物傷
我懷，撫心長太息。

（《贈白馬王彪》之三、四章）

曹植的好詩太多，上面選了三首作一個例。《詩品》說他「原出《國
風》。骨氣奇高，詞采華茂。情兼雅怨，體被文質。粲溢今古，卓爾
不群。」這真是推崇備至了。

二　阮籍與嵇康

阮　籍（210-263）

字嗣宗，陳留尉氏人（今河南開封），是阮瑀的兒子，他賦性傲

慢，胸懷高闊，愛酒喜樂，反對禮法，成為有名的浪漫者。他著有
《大人先生傳》、《達莊論》、《通易論》等文，盡力反對儒家的名教仁
義，而歸於老、莊的無為與逍遙。這些文字對於當時的玄學運動，發
生極大的影響。錢大昕在《何晏論》中說：「（是時），士大夫以清談
為經濟，以放達為盛德。競爭虛浮，不修方幅，在家則喪紀廢，在朝
則公務廢。」（《潛研堂集》卷一）當時那種浪漫的思想與生活的產
生，完全是時代環境所造成，決非出於其本性。當魏晉交替，人命的
屠殺極為慘酷。如何晏、夏侯玄的誅族，嵇康、鍾會的被殺，都是令
人寒心的事。士處當世，對於現實的希望完全消滅，不得不由積極的
救世的人生觀，變為消極的避世的人生觀了。《晉書・阮籍傳》說：
「籍本有濟世志，屬魏晉之際，名士少有全者，籍由是不與世事，酣
飲為常。」因為環境過於惡劣，只好縱酒取樂，而歸於頹廢一途了。
他雖是連續地在司馬父子的手下做著官，那也只是一種明哲保身的方
法，他的心境是痛苦的。他討厭那些高官大吏假借禮法的名義來陷害
良人，所以他反對那種虛偽的禮法，他看見那些君主貴族的胡作亂
為，所以他鼓吹無為，他受不了那種壓迫束縛的生活，所以他歌誦著
清靜逍遙的境界。這種種心情的結合，表現出來的是那八十二首的
《詠懷詩》。

　　在那個動輒得咎的時代，自己心中的憤恨和情感，只能用隱秘的
象徵的語句表現出來，因此《詠懷詩》就蒙了一層晦隱的帷幕。顏延
年說：「阮公身事亂朝，常恐遇禍。因茲《詠懷》，雖志在刺譏，而文
多隱避。百代之下，難以情測。」《詩品》也說：「厥旨淵放，歸趣難
求。」可知這種象徵的表現法，也是時代造成的。他在第一首說：
「徘徊將何見、憂思獨傷心。」這憂思傷心，便是《詠懷》詩的中心
意境。他憂思宇宙間一切的幻滅，他傷心人事社會的離亂，他羨慕仙
界的美麗而又同時感其虛無，他痛恨現實世界的惡劣而又無法逃避。

這些心境的波潮，便是他要詠的懷抱。

　　夜中不能寐，起坐彈鳴琴。薄帷鑒明月，清風吹我衿。孤鴻號
　　外野，翔鳥鳴北林。徘徊將何見，憂思獨傷心。
　　朝陽不再盛，白日忽西幽。去此若俯仰，如何似九秋。人生若
　　塵露，天道邈悠悠。齊景升丘山，涕泗紛交流。孔聖臨長川，
　　惜逝忽若浮。去者余不及，來者吾不留。願登太華山，上與松
　　子遊。漁父知世患，乘流泛輕舟。
　　危冠切浮雲，長劍出天外。細故何足慮，高度跨一世。非子為
　　我御，逍遙遊荒裔。顧謝西王母，吾將從此逝。豈與蓬戶士，
　　彈琴誦言誓。
　　儒者通六藝，立志不可干。違禮不為動，非法不肯言。渴飲清
　　泉流，饑食甘一簞。歲時無以祀，衣服常苦寒。屣履詠南風，
　　縕袍笑華軒。通道守詩書，義不受一餐。烈烈褒貶辭，老氏用
　　長歎。

　　這些都是《詠懷》詩中意義比較明顯一點的作品，表現出傷時感
事、反禮法慕自由的心境。事實上，他是東漢建安以來，第一個用全
力作五言的大詩人，五言詩到了他，地位更是穩固，藝術更是成熟了。

嵇　康（223-262）

　　字叔夜，譙郡銍人。學問淵博，人品高尚。好老莊，稍染道教習
氣，故常言養生服食之事。其反禮法愛自由，正與阮籍同，然才高識
遠，一時有臥龍之稱。後因友人呂安事入獄，加以鍾會譖於司馬昭，
遂遇害。本傳說他臨刑時，太學生三千人請以為師，弗許，可知他當
時在學術界的名望了。世人都妄譏阮、嵇亂俗，而當此亂世，以嵇康

那種樹下鍛鐵、山中採藥的生活，尚不能免一死，明哲保身也就實在
不容易了。

　　阮籍以五言專，嵇康以四言著。在他五十三首詩中，有二十五首
是四言，並且好的作品都在四言中。曹操以後，嵇康是四言詩的健者。

　　　乘風高逝，遠登靈丘。托好松喬，攜手俱遊。朝發太華，夕宿
　　　神州。彈琴詠詩，聊以忘憂。

　　　　　　　　　　　　　　　　　　（《贈秀才入軍》十九首之十六）

　　　淡淡流水，淪胥而逝。泛泛柏舟，載浮載滯。微嘯清風，鼓楫
　　　容裔。放棹投竿，優遊卒歲。

　　　　　　　　　　　　　　　　　　　　（《酒會詩》七首之一）

　　這種詩的意境是多麼高遠純潔。劉勰說嵇詩「清峻」，是非常精
當的。清是清遠，峻是峻切。《詩品》亦說：「嵇詩頗似魏文，過為峻
切，訐直露才，傷淵雅之致。然托諭清遠，良有鑒裁，亦未失高流
矣。」所謂清遠，就是一種空靈高潔的境界，可於上舉二詩中得之。
至於峻切，我們可以看他的長篇《幽憤詩》。這一篇是他入獄所作，
心境憤慨，情不能已，秉筆直書，自然是要脫其清遠之氣而入於峻切
一途了。然而在這長詩裡，卻表現了詩人的真實的人生觀。所謂個人
主義的浪漫文學，曹植開其端緒，到了嵇、阮，算是達到高潮了。

三　兩晉詩人

陸　機（261-303）

　　正始以後，接著就是太康。《詩品》云：「太康中，三張、二陸、

兩潘、一左，勃爾復興，踵武前王，風流未沫，亦文章之中興也。」
三張（張載、張協、張華），二陸為陸機、陸雲兄弟，兩潘為潘岳、
潘尼叔侄，左為左思。其外還有傅玄、何劭、孫楚、成公綏、夏侯
湛、石崇諸人，都有作品，因此在兩晉，太康確是一個文風最盛的時
期。這原因是司馬氏篡魏以後，出現暫時的統一。太康時代，勉強可
算得是小康。陸機，字士衡，吳郡吳縣人，孫吳丞相陸遜之孫、大司
馬陸抗之子。孫吳滅亡後，陸機出仕晉朝，曾歷任平原內史、祭酒、
著作郎等職，世稱「陸平原」。後死於「八王之亂」。著有《文賦》、
《陸士衡文集》等。他「少有奇才，文章冠世」，被譽為「太康之
英」。陸機與同時詩人有一個共同的特色，便是輕視內容與意境，而
偏重辭藻，於是造成浮艷華美的風氣。沈德潛批評說：「（自西晉到）
梁、陳，專工對仗，邊幅復狹，令閱者白日欲臥，未必非士衡（陸
機）為之濫觴也。」例如：

> 清川含藻景，高岸被華丹。馥馥芳袖揮，泠泠纖指彈。悲歌吐
> 清響，雅舞播幽蘭。
>
> 　　　　　　　　　　　　　　　　　　（《日出東南隅行》）

> 凝冰結重磵，積雪被長巒。陰雲興岩側，悲風鳴樹端。不睹白
> 日景，但聞寒鳥喧。猛虎憑林嘯，玄猿臨岸歎。
>
> 　　　　　　　　　　　　　　　　　　　　（《苦寒行》）

> 和風飛清響，鮮雲垂薄陰。蕙草饒淑氣，時鳥多好音。翩翩鳴
> 鳩羽。喈喈倉庚吟。
>
> 　　　　　　　　　　　　　　　　　　　　（《悲哉行》）

南望泣玄渚，北邁涉長林。谷風拂修薄，油雲翳高岑。疊疊孤
獸騁，嚶嚶思鳥吟。

　　　　　　　　　　　　　　　　　　　　（《赴洛》）

振策陟崇丘，安巒遵平莽。夕息抱影寐，朝徂銜思往。

　　　　　　　　　　　　　　　　　　（《赴洛道中》）

這樣的詩句，對偶既是工穩，文字亦極華美，呈現著雕琢刻畫的痕跡
與苦心。這種現象，在文學的藝術上講，無疑是進步的。但過於雕琢
刻畫，有傷文學的真美，有損於意境與情感，這一點是太康詩人的通
病。如張華、潘岳、陸雲、潘尼的詩文，都是如此。張載、張協雖較
樸淨，然亦時現雕琢之跡。《詩品》評陸機詩說：

其原出陳思。才高詞贍，舉體華美。氣少於公幹，文劣於仲
宣。然其咀嚼英華，厭（饜）飲澤膏，文章之淵泉也。

左　思（約250-305）

　　此時期的詩歌趨於辭藻雕飾，缺少漢魏詩的渾厚與意境。只有左
思一人，獨標異幟，有卓然不群之概。《詩品》說他「文曲以怨，頗
為精切，得諷諭之致」，這是不錯的。左思，字太沖，山東臨淄人。
博學能文，貌寢口訥。其妹左棻，亦有詩名。晉武帝時，左棻被選入
宮，舉家遷居洛陽，任祕書郎。他作有《三都賦》，一時豪貴競相傳
寫，洛陽為之紙貴。因此成了大名。但他的詩的價值，更在他的辭賦
之上，如《詠史》、《雜詩》、《嬌女詩》等都是很好的作品：

皓天舒白日，靈景耀神州。列宅紫宮裡，飛宇若雲浮。峨峨高
門內，藹藹皆王侯。自非攀龍客，何為欻來遊？被褐出閶闔，
高步追許由。振衣千仞岡，濯足萬里流。

（《詠史》八首之五）

杖策招隱士，荒塗橫古今。巖穴無結構，丘中有鳴琴。白雲停
陰岡，丹葩曜陽林。石泉漱瓊瑤，纖鱗或浮沉。非必絲與竹，
山水有清音。何事待嘯歌，灌木自悲吟。秋菊兼餱糧，幽蘭間
重襟。躊躇足力煩，聊欲投吾簪。

（《招隱》之一）

秋風何冽冽，白露為朝霜。柔條旦夕勁，綠葉日夜黃。明月出
雲崖，皦皦流素光。披軒臨前庭，嗷嗷晨雁翔。高志局四海，
塊然守空堂。壯齒不恒居，歲暮常慨慷。

（《雜詩》）

這種渾厚的作風，高潔的境界，不是潘、陸、三張他們的詩中所能達
到的。或借史事以寫懷，或托山水以寓意，或因時序以寄慨，這才是
魏晉浪漫文學中的最上作品。這種詩風由左思開其端，到陶淵明集其
大成，達到最高的表現。沈德潛說：「太沖胸次高曠，而筆力又復雄
邁。陶冶漢魏，自製偉詞，故是一代作手，豈潘、陸輩所能比埒！」
這真是知人之論了。

劉　琨（271-318）

　　字越石，中山魏昌人。年少有詩名，他半生戎馬，很想做一番事
業，只是大勢已去，遭逢著那困窮的境遇。發之於詩，令人有故宮禾

黍之悲，英雄末路之感。在《答盧諶詩一首並書》中，他的思想心情說得非常清楚。他說：

> 昔在少壯，未嘗檢括，遠慕老莊之齊物，近嘉阮生之放曠，怪厚薄何從而生，哀樂何由而至。自頃輈張，困於逆亂，國破家亡，親友凋殘。負杖行吟，則百憂俱至；塊然獨坐，則哀憤兩集。時復相與舉觴對膝，破涕為笑，排終身之積慘，求數刻之暫歡，譬憂疾疚彌年，而欲一丸銷之，其可得乎？夫才生於世，世實須才。和氏之璧，焉得獨曜於郢握？夜光之珠，何得專玩於隋掌？天下之寶，當與天下共之。但分析之日，不能不悵恨耳！然後知聃、周之為虛誕，嗣宗之為妄作也。

可知劉琨原來的思想，也是屬於老莊一派。後來的現實生活與窮困的境遇，才使他起了轉變。在這種轉變與境遇裡，造成他那種哀感而又俊拔的作風。

> 橫厲糾紛，群妖競逐。火燎神州，洪流華域。彼黍離離，彼稷育育。哀我皇晉，痛心在目。
>
> 　　　　　　　　　　　　　　　　　　　（《答盧諶》）

詩義雖是淺顯，其情感是非常真實的。再有《扶風歌》一首，可稱是他的代表作。

> 朝發廣莫門，暮宿丹水山。左手彎繁弱，右手揮龍淵。顧瞻望宮闕，俯仰御飛軒。據鞍長歎息，淚下如流泉。繫馬長松下，發鞍高嶽頭。烈烈悲風起，泠泠澗水流。揮手長相謝，哽咽不

能言。浮雲為我結，歸鳥為我旋。去家日已遠，安知存與亡。慷慨窮林中，抱膝獨摧藏。麋鹿遊我前，猿猴戲我側。資糧既乏盡，薇蕨安可食。攬轡命徒侶，吟嘯絕巖中。君子道微矣，夫子固有窮。惟昔李騫期，寄在匈奴庭。忠信反獲罪，漢武不見明。我欲竟此曲，此曲悲且長。棄置勿重陳，重陳令心傷。

禾黍之悲，末路之感，表現得既深刻又沉痛，令讀者一面悲懷當時的離亂，同時又寄與作者以無限的同情。這種雄峻的詩風，在魏晉詩人裡是少見的。《詩品》說他「善為淒戾之辭，自有清拔之氣。既體良才，又罹厄運。故善敘喪亂，多感恨之詞。」這批評算是很確切了。

郭　璞（276-324）

字景純，河東聞喜人。他是一個徹底的呼風喚雨捉鬼驅神的道士，但學問淵博，文采斐然，無論辭賦詩章，俱為一時名手。著書有《爾雅注》、《方言注》、《穆天子傳注》、《山海經注》、《周易林》、《楚辭注》等書，為士林所重。魏晉的游仙文學，作者雖多，但不能不以郭璞為極盛。他有《遊仙詩》十四首，是其詩中的代表作，舉一首為例：

翡翠戲蘭苕，容色更相鮮。綠蘿結高林，蒙籠蓋一山。中有冥寂士，靜嘯撫清弦。放情凌霄外，嚼蕊挹飛泉。赤松臨上遊，駕鴻乘紫煙。左挹浮丘袖，右拍洪崖肩。借問蜉蝣輩，寧知龜鶴年。

（《遊仙》）

這種詩比起劉琨那種清剛之氣的作品來，正是道語仙心的玄虛文學的代表。但作者文才奇肆，尚能假玄語以托中情，還表現出詩中的高遠

意境，所以在當時那種談玄說理的詩歌裡，郭璞的詩是比較可讀的。《詩品》說他：「始變永嘉平淡之體，故為中興第一。」劉勰說他「景純艷逸，足冠中興」。所謂「變平淡」，所謂「艷逸」，都是說明在當時「理過其辭，平淡寡味」的玄言詩風裡，他還能夠保存一部分的辭藻與詩情。至如孫綽、許詢們的作品，詩既無情韻，體近乎偈語，那真不能算是詩歌了。沈約《謝靈運傳論》云：「在晉中興，玄風獨盛。為學窮於柱下，博物止乎七篇。」當時的詩文，除老莊以外，再加以佛理，自然是更枯淡無味了。這種玄虛的詩風，佔領了整個的東晉詩壇，於是當時的詩壇更是沉寂了。使當時的詩壇發生變化，生出光彩，獨樹一幟，讓詩文重回於意境情韻者，就是那位號稱五柳先生的陶淵明。

四　田園詩人陶淵明（365-427）

陶淵明一名潛，字元亮，江西潯陽柴桑人。他不僅是魏晉時代的第一流詩人，並且是中國文學史上數一數二的大文學家，他的散文、辭賦和詩歌都是第一流的。曾祖陶侃做過大司馬，祖茂、父逸都做過太守，外祖孟嘉做過征西大將軍，照理他家應該是有錢的。但他卻是一貧如洗，不得不躬耕養母，有時還窮得行乞。這就因為他的祖先親戚都是清貧自守的好人。陶淵明受了此種家庭環境的陶養，所以能造成他那卓然獨立的人生。

他的人生最真實。他想做官，就去找官做，並不以做官為榮；他不愛做官，就辭職耕田，並不以退隱為高；他窮了就去行乞，並不以行乞為恥。他心中有一個人生的高遠理想，那就是逍遙自適，凡與此有違反的，他不管饑餓與窮困，都要加以排除。《歸去來辭序》說：

余家貧，耕植不足以自給。幼稚盈室，瓶無儲粟。生生所資，未見其術。親故多勸餘為長吏，脫然有懷，求之靡途。會有四方之事，諸侯以惠愛為德，家叔以余貧苦，遂見用於小邑。於時風波未靜，心憚遠役。彭澤去家百里，公田之利，足以為潤，故便求之。及少日，眷然有歸歟之情。何則？質性自然，非矯厲所得。饑凍雖切，違己交病。嘗從人事，皆口腹自役。於是悵然慷慨，深愧平生之志。猶望一稔，當斂裳宵逝。尋程氏妹喪於武昌，情在駿奔，自免去職。仲秋至冬，在官八十餘日，因事順心，命篇曰《歸去來兮》。

他在這裡說的，沒有半點虛偽，一字一句，全是真性情、真心境的表現。絕不口是心非，也沒有釣名沽譽的做作。他從前做過劉牢之、劉敬宣的參軍，但自彭澤令辭官以後，就真的隱了。日與樵子農夫相處，山水詩酒為樂，悠悠地過了二十年的田園生活，產生了許多最好的作品。

他的退隱田園寄情山水，一方面固由他的愛好自由的性格，同時也是由於那時代的環境。東晉的政治本是紊亂黑暗，到了他的時代，更是糟了。當權者招權納賄，朝政混濁不堪。一般的官僚士子，更是攀龍附鳳，無恥已極。後來桓玄篡位，劉裕起兵，不久東晉就亡了。陶淵明處在這種時代，既無力撥亂反正，又不能同流合污。看見當時士大夫的無恥行為，自然是痛心疾首。他在《感士不遇賦序》中說：「自真風告逝，大偽斯興，閭閻懈廉退之節，市朝驅易進之心。」這話說得極憤慨。知道他對於當時的政治社會，起了激烈的厭惡，逼得他不得不另找寄託生命的天地。他說的「饑凍雖切，違己交病」，「不能為五斗米向鄉里小兒折腰」，這都是他內心的真實告白，他實在不能再在那個惡劣的政治環境下面生活了。他有廣闊的胸懷，高遠的理

想，那就是《桃花源記》中所表現的無政府社會，自由自在的大同世界。他對於當時那種君主官僚政治的淫奢腐敗，早已深惡痛絕，不管司馬家也好，劉家也好，他都看作是魯、衛之政，沒有什麼分別。在那種環境裡，無論是晉宋，無論什麼高官厚祿，都是留他不住的了。

陶淵明是魏晉思想的淨化者，他的哲學文藝以及他的人生觀，都是浪漫的自然主義的最高表現。在他的思想裡，有儒、道、佛三家的精華而去其惡劣的習氣。他有律己嚴正、肯負責任的儒家精神，而不為那種虛偽的禮法與破碎的經文所陷；他愛慕老莊那種清靜逍遙的境界，而不與那些頹廢荒唐的清談名士同流；他有佛家的空觀與慈愛，而不沾染一點迷信色彩。因此我們在他的作品裡，時時發現各家思想的精義，而又不為某家所獨佔。在這種地方，就正顯出他思想背景的豐富和他的作品的偉大。陶淵明之所以為陶淵明，就在他獨有的性格，時代的環境，以及各家思想的精華，混合調和而形成那種特殊的典型。

陶淵明的作品，在作風上，是承受著魏晉一派的浪漫主義，他洗淨了潘、陸諸人的駢詞儷句的惡習而反於自然平淡，又棄去了阮籍、郭璞們那種滿紙仙人高士的歌頌眷戀，而入於山水田園的寄託，同時又脫去了嵇康、孫綽們那種滿篇談玄說理的歌訣偈語，而敘述日常的瑣事人情。在兩晉的詩人裡，只有左思的作風和他稍稍有些相像。《詩品》說他「原出應璩，又協左思風力」，應詩傳者甚少，我們不容易見其淵源，至於說協左思風力，這是不錯的。我們讀過他的《詠史》、《招隱》以後，再來讀陶詩，自然會體會到他們兩個的作風，確實有許多近似的地方。

他的作品，我們可分作兩期來看。他三十四歲那年辭去彭澤令而退居山林，可作這兩期的界限。前者在社會服務，為饑餓奮鬥，對於當代政治社會，雖已感著厭惡，但他的人生主旨，還沒有達到決定的

階段。在那些詩裡，也時時流露出來一種憤恨和熱情。同時飲酒的歌詠，詩中也極少見。我們在他的《命子》、《懷古田》、《與從弟敬遠》諸篇裏，都以名節互相勉勵，似乎還沒有離開現實社會的決心。《詠荊軻》一首恐怕也是這期的詩。「惜哉劍術疏，奇功遂不成。其人雖已沒，千載有餘情。」對於荊軻一流人物，表示深切的歎息，同時是寄寓著自己的憤慨的。這種詩句，不像他後期的作品。在藝術的價值上，他前期的作品，要以《經曲阿》、《阻風於規林》幾首為最好：

> 弱齡寄事外，委懷在琴書。被褐欣自得，屢空常晏如。時來苟冥會，宛轡憩通衢。投策命晨裝，暫與園田疏。眇眇孤舟逝，綿綿歸思紆。我行豈不遙，登陟千里餘。目倦川途異，心念山澤居。望雲慚歸鳥，臨水愧遊魚。真想初在襟，誰謂形跡拘。聊且憑化遷，終返班生廬。

> > （《始作鎮軍參軍經曲阿》）

> 自古歎行役，我今始知之。山川一何曠，巽坎難與期。崩浪聒天響，長風無息時。久遊戀所生，如何淹在茲。靜念園林好，人間良可辭。當年詎有幾，縱心復何疑。

> > （《庚子五月從都還阻風於規林》）

在這些詩裡，他所表現的，是為著衣食的掙扎，不得不到社會上去服務，行李奔波，精神痛苦，而無時不作田園山水之想，正代表著他前期的心境與生活。另有《歸田園居》五首，則應為辭彭澤令以後所作。

陶氏後期的作品最多，生活安定了，心境靜寂了，因此藝術的價值也最高。「問君何能爾？心遠地自偏」，這是他後期的心境的告白。「居止次城邑，逍遙自閒止。坐止高蔭下，步止蓽門裡。好味止園

葵，大歡止稚子。」（《止酒》）這是他後期生活的寫真。胡仔云：「坐止於樹蔭之下，則廣廈華堂吾何羨焉。步止於蓽門之裡，則朝市深利吾何趨焉。好味止於噉園葵，則五鼎方丈吾何欲焉。大歡止於戲稚子，則燕歌趙舞吾何樂焉。」要達到這種心境和生活的階段，是要經過長期的矛盾奮鬥的心情和痛苦的人生經驗的。他在《歸去來辭》裏，坦白地描寫他這種心境生活的轉變的過程和愉快。經過了這一轉變，他由動的苦悶的世界，變為定的逍遙自適的世界了。於是美麗的自然，酒與詩文，成為他靈魂的寄託者了。旁人以此為苦，他卻以此為樂了。他的最高貴的作品，就產生在這一個時代裡。

> 少無適俗韻，性本愛丘山。誤落塵網中，一去三十年。羈鳥戀舊林，池魚思故淵。開荒南野際，守拙歸園田。方宅十餘畝，草屋八九間。榆柳蔭後簷，桃李羅堂前。曖曖遠人村，依依墟里煙。狗吠深巷中，雞鳴桑樹顛。戶庭無雜塵，虛室有餘閒。久在樊籠裡，復得返自然。
>
> （《歸田園居》）

> 野外罕人事，窮巷寡輪鞅。白日掩荊扉，虛室絕塵想。時復墟曲中，披草共來往。相見無雜言，但道桑麻長。桑麻日已長，我土日已廣。常恐霜霰至，零落同草莽。
>
> （《歸田園居》）

> 種豆南山下，草盛豆苗稀。晨興理荒穢，帶月荷鋤歸。道狹草木長，夕露沾我衣。衣沾不足惜，但使願無違。
>
> （《歸田園居》）

結廬在人境，而無車馬喧。問君何能爾？心遠地自偏。採菊東
籬下，悠然見南山。山氣日夕佳，飛鳥相與還。此中有真意，
欲辨已忘言。

　　　　　　　　　　　　　　　　　　　　　　（《飲酒》）

秋菊有佳色，裛露掇其英。泛此忘憂物，遠我遺世情。一觴雖
獨進，杯盡壺自傾。日入群動息，歸鳥趨林鳴。嘯傲東軒下，
聊復得此生。

　　　　　　　　　　　　　　　　　　　　　　（《飲酒》）

迢迢百尺樓，分明望四荒。暮作歸雲宅，朝為飛鳥堂。山河滿
目中，平原轉渺茫。古時功名士，慷慨爭此場。一旦百歲後，
相與還北邙。松柏為人伐，高墳互低昂。頹基無遺主，遊魂在
何方。榮華誠足貴，亦復可憐傷。

　　　　　　　　　　　　　　　　　　　　　　（《擬古》）

人生無根蒂，飄如陌上塵。分散逐風轉，此已非常身。落地為
兄弟，何必骨肉親。得歡當作樂，斗酒聚比鄰。盛年不重來，
一日難再晨。及時當勉勵，歲月不待人。

　　　　　　　　　　　　　　　　　　　　　　（《雜詩》）

有生必有死，早終非命促。昨暮同為人，今旦在鬼錄。魂氣散
何之，枯形寄空木。嬌兒索父啼，良友撫我哭。得失不復知，
是非安能覺。千秋萬歲後，誰知榮與辱。但恨在世時，飲酒不
得足。

　　　　　　　　　　　　　　　　　　　　　（《擬挽歌辭》）

荒草何茫茫，白楊亦蕭蕭。嚴霜九月中，送我出遠郊。四面無
人居，高墳正蕉嶢。馬為仰天鳴，風為自蕭條。幽室一已閉，
千年不復朝。千年不復朝，賢達無奈何。向來相送人，各自還
其家。親戚或餘悲，他人亦已歌。死去何所道，托體同山阿。

（《擬挽歌辭》）

這些都是陶詩中的珠玉，他們的生命，是永恆的。任你放到任何時代
任何國家，都是第一流的作品。因了這些詩，提高魏晉浪漫文學的地
位，建立了田園文學的典型。昭明太子在《陶集序》中說：「其文章不
群，辭彩精拔。跌宕昭彰，獨起眾類。抑揚爽朗，莫之與京。橫素波
而傍流，干青雲而直上。語時事則指而可想，論懷抱則曠而且真。加以
貞志不休，安道苦節。不以躬耕為恥，不以無財為病。……觀淵明之
文者，馳競之情遣，鄙吝之意祛，貪夫可以廉，懦夫可以立。」這批
評實在是確切的。鍾嶸將陶淵明列為中品，古今文人頗多異議。但他
批評說：「文體省淨，殆無長語。篤意真古，辭興婉惬。每觀其文，
想其文德。世歎其質直。至如『歡言酌春酒』（《讀山海經》），『日暮
天無雲』（《擬古》），風華清靡，豈直為田家語耶！古今隱逸詩人之宗
也。」由這些話，可知他對於陶的作品與人品，都是推崇備至的了。
蘇東坡說：「淵明作詩不多，然其詩質而實綺，癯而實腴。自曹、
劉、鮑、謝、李、杜諸人，莫能及也。」這評價就更高了。

第九章
詩歌格律化與山水文學

一　聲律說的興起

　　中國文字的特質，是孤立與單音。因其孤立，宜於講對偶，因為單音，宜於講音律。字句的對偶，在王褒、張衡、王粲、陸機諸人的詩賦裡試用日繁，演成六朝駢儷極盛之風。至於音律，古人亦頗注意，如司馬相如所謂「一宮一商」，陸機所謂「音聲之迭代」都是明證。不過這些都是說的自然音調的和諧，還沒有達到人為的聲律的限制。周秦古音，大約只有所謂長言的平聲，與短言的入聲，迄於魏晉，聲韻之學漸興。曹魏李登曾作《聲類》十卷。《魏書・江式傳》說：「晉世呂靜曾做《聲類》，作《韻集》五卷，曰宮、商、角、徵、羽，各為一篇。」又《隋書・潘徽傳》中說：「李登《聲類》、呂靜《韻集》，始判清濁，才分宮羽。」另有孫炎，曾作《爾雅音義》，初步地創立了「反切」（編者按：即用二字拼讀，例如「東」是「德紅」切；第一字「德」取其聲母 t，第二字「紅」取其韻母 ung，二者合讀為 tung「東」）。宋齊以來，反切盛行，聲音分辨乃趨於精密與正確，因此四聲（平上去入）亦得於此時成立。這種學問，大概是受梵文為拼音文字的影響。

　　其時，周顒作《四聲切韻》，沈約作《四聲譜》，於是四聲之名稱正式成立。他們同時將此種發明應用到文學上去，創為「四聲八病」之說，因此詩文的韻律漸漸形成，平仄的講求日益嚴密，而當時的作品，更成為一種新面目了。《南史・陸厥傳》說：

永明時，盛為文章。吳興沈約、陳郡謝朓、琅琊王融以氣類相
推轂，汝南周顒善識聲韻。（沈）約等文皆用宮商。將平上去
入四聲，以此制韻，有平頭、上尾、蜂腰、鶴膝。五字之中，
音、韻悉異，兩句之內，角、徵不同，不可增減，世呼為《永
明體》。

又沈約《謝靈運傳論》云：

夫五色相宣，八音協暢，由乎玄黃律呂，各適物宜。欲使宮羽
相變，低昂舛節。若前有浮聲，則後須切響。一簡之內，音韻
盡殊；兩句之中，輕重悉異。妙達此旨，始可言文。

四聲（平上去入）八病（平頭、上尾、蜂腰、鶴膝、大韻、小韻、旁
紐、正紐）之說，現在看來，不過是講究韻律調和平仄。但在當時，
沈約諸人，視為前人未睹的秘寶。《梁書‧庾肩吾傳》云：「齊永明
中，文士王融、謝朓、沈約，文章始用四聲以為新變，至是轉拘聲
韻，彌尚麗靡，復踰於往時。」聲律之說興，於是文學便入於新變之
路，這是必然的趨勢。可知當時唯美文學的發達，聲律說的興起，實
是最有力的原因。

二　詩歌的格律化

（一）長短體的產生（詞的雛形）

詩中長短句的雜用，並不新奇，古代的《詩經》，漢代的樂府中
早已有之。但那些長短句的使用，只是一種自然的安排，卻沒有形成

一種規律。到了南朝，有規律的長短體出現了。最可注意的便是三句七言四句三言合成的《江南弄》：

> 楊柳垂地燕差池。緘情忍思落容儀。弦傷曲怨心自知。心自知，人不見。動羅裙，拂珠殿。
>
> 　　　　　　　　　　　　　　　　　　　　　　（沈約）

> 遊戲五湖採蓮歸，發花田葉芳襲衣。為君艷歌世所希。世所希，有如玉。江南弄，採蓮曲。
>
> 　　　　　　　　　　　　　　　　　　　（梁武帝蕭衍）

> 金門玉堂臨水居，一顰一笑千萬餘。遊子去還願莫疏。願莫疏，意何極。雙駕鴦，兩相憶。
>
> 　　　　　　　　　　　　　　　　　　　（簡文帝蕭綱）

沈約有《江南弄》四首，蕭衍有七首，蕭綱有三首，字句體裁全是相同，可知這在當時已成為一種定體，決不是長短句的偶然雜用。這種形式的產生，自然是依照樂譜的製作。《古今樂餘》云：「武帝改《西曲》制《江南上雲樂》十四曲，《江南弄》七曲」，這事實想是可靠的。其《上雲樂》亦為長短句體。又如《桐柏曲》云：

> 桐柏真，升帝賓。戲伊谷，遊洛濱。參差列鳳管，客與起梁塵。望不可至，徘徊謝時人。

梁啟超《詞之起源》云：

凡屬於《江南弄》之調，皆以七字三句三字四句組織成篇。七字三句，句句押韻。三字四句，隔句押韻。第四句即覆疊第三句之末三字，如《憶秦娥》第二句末三字「秦樓月」也。似此嚴格的一字一句，按譜填詞，實與唐末之倚聲新詞無異。

　　由此看來，這種按譜填詞、長短句式的製作，實為唐五代詞體的雛形，值得大家特別注意。（編者按：《詩經》的重章疊句，可能是此種「按譜填詞」的先河。例如《魏風·伐檀》首章九句四十八字，共用了六個韻，而第二、第三章各只換了六個韻。）

（二）律體的漸漸形成

　　律體一面須講究韻律，同時更要講求對偶。五七言律詩，都是八句成章，中間二聯，必須對得工整。律詩絕句，本來是唐詩中的中堅，然而這種體裁，在南北朝時代，由嘗試的製作，達到快要成熟的階段。在謝莊的作品裡，如《侍宴蒜山》、《侍東耕》二首，已具備五律的維形。自永明聲律論起來以後，王融、謝朓、沈約、范雲諸人，都在創作這種新體詩。可知這種體裁，在當時已成為一種大家所努力的目標了。如范雲的《巫山高》云：

　　巫山高不極，白日隱光輝。靄靄朝雲去，冥冥暮雨歸。
　　巖懸獸無跡，林暗鳥疑飛。枕席竟誰薦？相望空依依。

雖說後面兩三句中的平仄稍有不調，但中間二聯對偶的工穩，辭句情韻的幽美，形式的整齊，真可算是相當成功的五律了。這種詩體得了梁簡文帝的大量製作，在平仄上雖仍未達到美善之境，但在修辭與對偶上，已得了很大的進步。此後作者日多，作品日富，於是這種新形式，便成為梁、陳二代的主要詩體了。例如何遜、陰鏗、徐陵、庾信

諸人，幾乎在傾全力製造這種作品。五言律詩，到了這時候，可以說
快要達到完全成熟的階段。

> 佳人遍綺席，妙曲動鶗弦。樓似陽臺上，池如洛水邊。鶯啼歌
> 扇後，花落舞衫前。翠柳將斜日，俱照晚妝鮮。
>
> 　　　　　　　　　　　　　　　　（陰鏗《侯司空宅詠妓》）

> 度橋猶徙倚，坐石未傾壺。淺草開長埒，行營繞細廚。沙洲兩
> 鶴迴，石路一松孤。自可尋丹灶，何勞憶酒壚。
>
> 　　　　　　　　　　　　　　　　（庾信《詠屏風》十六）

像上面這種作品，其內容雖是虛空不足道，然在其音律對偶以及辭藻
方面，都有了唐律的風格。這些詩在中國詩體的發展史上，是要佔著
重要的地位。至於七律，發生較遲，作者亦少。梁簡文帝的《春情
曲》，末二句雖為五言，然已可看作是七律的雛形。到了庾信的《烏
夜啼》，已備具了七律的形體：

> 促柱繁弦非子夜。歌聲舞態異前溪。
> 御史府中何處宿。洛陽城頭那得棲。
> 彈琴蜀郡卓家女。織錦秦川竇氏妻。
> 詎不自驚長淚落。到頭啼烏恆夜啼。

格調雖為樂府，但形式確是七律。到了煬帝的《江都官樂歌》云：
「揚州舊處可淹留，臺榭高明復好遊。風亭芳樹迎早夏，長皋麥隴送
餘秋。淥潭桂楫浮青雀，果下金鞍躍紫騮。綠觴素蟻流霞飲，長袖清
歌樂戲州。」平仄對偶都得了大大的進步，七律算是初步告成了。由

此看來南北朝時代的詩歌，是上承漢魏，下開唐宋，各種體裁都在這時期中，經過許多詩人的嘗試努力而漸漸地達於完成。他們這種創造的精神與豐富的成績，是當代唯美文學者對於中國詩歌的重要貢獻，同時替唐代的詩歌播下良好的種子。

三　南北朝山水文學

　　政治的黑暗腐敗與社會的紊亂緊張，導致了避世隱居之風氣，和對於田園山林生活的依戀，漸漸地在文學內出現了。這種現象在左思、王羲之們的作品裡，已露出了形跡，到了陶淵明，達到了極高的成就，但是陶淵明對於自然不是風景的描寫，卻是意境的表現。不是客觀的寫實，而是主觀的寫意。我們讀他的作品，由幾句印象的詩句，襯托著一幅遠影的圖畫，然而不是寫實的圖畫。所以他對於山水風景，從沒有深刻細緻的描寫，只有印象的反映。因為他整個的人生與自然界完全融為一體，才能達到這個高妙的境地。嚴格地說來，陶氏的作品，只能算是田園生活與情趣的表現，不能算是山水風景的寫實。

　　真正對於山水風景加以客觀深刻的描寫的，是始於宋代的謝靈運。《文心雕龍‧明詩》篇云：「宋初文運，體有因革，莊老告退，而山水方滋。儷采百字之偶，爭價一句之奇。情必極貌以寫物，辭必窮力而追新。」這幾句話，正說明當代山水文學的真實情況，所謂「百字之偶，一句之奇，極貌寫物，窮力追新」，都是表現唯美文學者對於山水風景的客觀描寫的手法，如何傾其全力在求其形體辭句的美麗，其結果只得到形象刻畫的細微真實，而缺少最重要的自然界的生命與情趣，在這地方，正表示著這種山水文學，與陶淵明的作品全異其趣的地方。

　　一面因為政治社會生活的腐敗緊張，引起了一般人對於現世的厭

惡，同時對於兩百年來盛極一時的遊仙哲理的玄虛文學，大家都感著過於空虛乏味，於是由仙界而入於自然界的山水詩文乘機而起的事，自是必然的趨勢。加之東晉末葉以來，文人名士與佛徒交遊之風極盛，深山絕谷，古廟茅亭，成為文人佛徒出沒之地。遊蹤所至，美景在目，心意所喜，發於詩文，於是描寫山水的文學便日益興盛了。如謝靈運、謝朓諸人的作品，無不以山水之作見稱於時，而當代文人，十之八九都是與佛徒發生或深或淺的關係的事，亦是盡人皆知。由此可知，當時文士佛徒交遊的風氣，也是促成山水文學興盛的一種原因。

謝靈運（385-433）

《宋書・謝靈運傳》說：「出為永嘉太守，郡有名山水，素所愛好，遂肆意遊傲，遍歷諸縣，動逾旬朔。民間聽訟，不復關懷。所至輒為詩詠，以致其意焉。」又說：「尋山陟嶺，必造幽峻，巖障千重，莫不備盡。」在這裡正表示文人對於山水的愛好。在他這種生活的性情的環境之下，反映於他作品之中的，自然都是偏於山水的描寫。他的作風雖過於琢煉雕縟，有傷自然界的美境，這正是唯美文學潮流中文學技巧的當然現象：

> 溯溪終水涉，登嶺始山行。野曠沙岸淨，天高秋月明。憩石挹飛泉，攀林搴落英。
>
> 　　　　　　　　　　　　　　　　　　　　　　（《初去郡》）

> 剖竹守滄海，枉帆過舊山。山行窮登頓，水涉盡洄沿。岩峭嶺稠疊，洲縈渚連綿。白雲抱幽石，綠篠媚清漣。
>
> 　　　　　　　　　　　　　　　　　　　　　　（《過始寧墅》）

出谷日尚早，入舟陽已微。林壑斂暝色，雲霞收夕霏。芙荷迭
映蔚，蒲稗相因依。

（《石壁精舍還湖中作》）

或寫秋夜月明的幽境，或寫雲霧彌漫的景色，或寫雲石相倚水竹交映
的圖畫，無不觀察細密，刻畫入微，雖無陶詩那種沖淡高遠之趣，而
其描寫的工夫，卻是盡其慘澹經營的能事了。他詩中描寫山水的佳
句，真是俯拾即是。

謝 朓（464-499）

　　謝朓為永明詩人之雄，除小詩以外，其作品亦以寫景詩為最好。
如《遊東田》云：

戚戚苦無悰，攜手共行樂。尋雲陟累樹，隨山望菌閣。遠樹曖
阡阡，生煙紛漠漠。魚戲新荷動，鳥散餘花落。不對芳春酒，
還望青山郭。

遠景有遠景的寫法，近景有近景的寫法，他都能曲盡其妙，實在是成
功之作，他如《之宣城》、《望京邑》、《贈西府同僚》、《病還園示親
屬》、《出藩曲》和《徐都曹出新亭渚》諸篇中，都有絕妙的寫景佳
句，不必再舉了。謝靈運詩的作法，因為過於客觀，詩中缺少自然界
的意境與作者的生命，謝朓由客觀的寫法而又能表現主觀的情趣，所
以他的作品的價值，是比大謝要更進一步了。
　　因為大小二謝開了山水風景一派的詩風，於是同代詩人，都努力
這方面的創作，都注意自然界的欣賞。在沈約、王融、何遜、蕭統、
陰鏗、庾信這些大詩人的集中，都有許多極美妙極細密的描寫山水風
景的佳篇。

　　在小品文方面，描寫山水的成績，並不劣於詩歌。因駢偶聲律盛行的風氣，因此當時的小品文，日趨於詩化與美化，造成了許多清麗無比的珠玉名篇。在山水描寫一方面，尤有獨特的成績。如陶宏景的《答謝中書書》云：

> 山川之美，古來共談。高峰入雲，清流見底。兩岸石壁，五色交輝。青林翠竹，四時俱備。曉霧將歇，猿鳥亂鳴。夕日欲頹，沉鱗競躍。實是欲界之仙都。自康樂以來，未復有能與其奇者。

再如吳均《與宋元思書》云：

> 風煙俱淨，天山共色。從流飄蕩，任意東西。自富陽至桐廬，一百許里。奇山異水，天下獨絕。水皆縹碧，千丈見底。游魚細石，直視無礙。急湍甚箭，猛浪若奔。夾岸高山，皆生寒樹。負勢競上，互相軒邈。爭高直指，千百成峰。泉水激石，泠泠作響。好鳥相鳴，嚶嚶成韻。蟬則千轉不窮，猿則百叫無絕。鳶飛戾天者，望峰息心。經綸世務者，窺谷忘反。橫柯上蔽，在晝猶昏，疏條反映，有時見日。

再如吳均《與顧章書》云：

> 僕去月謝病，還覓薜蘿。梅溪之西，有石門山者。森壁爭霞，孤峰限日。幽岫含雲，深溪蓄翠。蟬吟鶴唳，水響猿啼。英英相雜，綿綿成韻。既素重幽居，遂葺宇其上。幸富菊花，偏饒竹實。山谷所資，於斯已辦。仁智所樂，豈徒語哉？

這種作品，是把詩歌中盛行的對偶與聲律應用於散文的最大成績。字句的清麗，意境的高遠，成為最優美的散文詩了。這種玲瓏精巧的山水文字是當代唯美文學潮流中獨有的上等產品。唐代的柳宗元，雖也以山水小品著稱，他所寫的，因過於險峻奇拔，令人可畏，不像這時代所表現的富於詩情畫意，令人發生一種親切懷慕的感情。再如酈道元的《水經注》，包含著許多的優秀的山水小品，如寫「三峽」：

> 自三峽七百里中，兩岸連山，略無闕處。重巖疊嶂，隱天蔽日。自非亭午夜分，不見曦月。至於夏水襄陵，沿溯阻絕。或王命急宣，有時朝發白帝，暮到江陵，其間千二百里，雖乘奔御風，不以疾也。春冬之時，則素湍綠潭，迴清倒影。絕巘多生怪柏，懸泉瀑布，飛漱其間，清榮峻茂，良多趣味。每至晴初霜旦，林寒澗肅，常有高猿長嘯，屬引悽異，空谷傳響，哀轉久絕。故漁者歌曰：「巴東三峽巫峽長，猿鳴三聲淚沾裳！」

本文篇幅雖小，但展示了祖國河山的雄偉奇麗、無限壯觀的景象，激發人們熱愛祖國大好河山的感情。這是世人熟知的，故不必多舉了。由此看來，山水文學在當代的文學中，確是佔有重大的地位了。

第十章
南北朝詩歌

一　南朝民歌

　　南方民眾因地理物質環境的優裕，養成一種柔弱的性情與享樂的人生觀。他們的餘暇精神，全集中於戀愛的追逐，這種精神狀態，反映在歌謠裡，便是《子夜歌》一類的委婉曲折的情詩。他們都是用短小的形式，自然的音調，歌詠男女戀愛過程中的種種情態。或寫得戀的喜悅，或寫失戀的悲傷，或寫幽會的情狀，或寫相思的心境，或寫遲暮，或寫別離，無不美妙自然，清麗可喜。然而他們的內容，總是千篇一律，好像人生除了戀愛以外，再沒有甚麼可歌可詠似的，比起東漢的民歌如《戰城南》、《孤兒行》一類的富於社會性的作品來，他們實在是呈現一種不可掩飾的缺點。南方民歌的代表，一是江南的《吳歌》，一是荊楚一帶的《西曲》。《吳歌》艷麗而柔弱，《西曲》浪漫而熱烈。其內容雖同為男女戀愛的描寫，其作風卻有不同的情趣。然在其文字與表現的態度方面講，是很濃厚地保存著著民間文學的真面目，這是很可寶貴的。

《吳歌》

　　郭茂倩《樂府詩集》說：「吳歌並出江南。東晉以來稍有增廣。其始皆徒歌，既而被之管弦。蓋自永嘉渡江之後，下及梁陳，咸都建業，吳聲歌曲，起於此也。《古今樂錄》曰：『吳聲十曲，一曰《子夜》，二曰《上柱》，三曰《鳳將雛》，四曰《上聲》，五曰《歡聞》，

六曰《歡聞變》，七曰《前溪》，八曰《阿子》，九曰《丁督護》，十曰
《團扇》。」又有《七日夜女歌》、《長史變》、《黃鵠》、《碧玉》、《桃
葉》、《長樂佳》、《歡好歌》、《懊儂》、《讀曲》，亦皆吳聲歌曲也。」
可知吳歌極繁，包羅亦廣，上所舉者，《上柱》、《鳳將雛》二種已
佚。然尚有《神弦歌》諸曲，想也是屬於吳歌的。以《子夜》、《讀
曲》篇目最多，文筆最好，今各舉數首：

> 歌謠數百種，子夜最可憐。慷慨吐清音，明轉出天然。絲竹發
> 歌響，假器揚清音。不知歌謠妙，勢聲出由心。
>
> 　　　　　　　　　　　　　　　　　　　　（《大子夜歌》）

> 宿昔不梳頭，絲髮披兩肩。婉伸郎膝上，何處不可憐。
> 始欲識郎時，兩心望如一。理絲入殘機，何悟不成匹。
> 朝思出前門，暮思還後渚。語笑向誰道，腹中陰憶汝。
> 攬枕北窗臥，郎來就儂嬉。小喜多唐突，相憐能幾時。
>
> 　　　　　　　　　　　（《子夜歌》共四十二首，選錄四首）

> 羅裳迮紅袖，玉釵明月璫。冶遊步春露，艷覓同心郎。
> 春林花多媚，春鳥意多哀。春風復多情，吹我羅裳開。
> 梅花落已盡，柳花隨風散。嘆我當春年，無人相要喚。
> 春園花就黃，陽池水方漾。酌酒初滿杯，調弦始終曲。
> 娉婷揚袖舞，阿那曲身輕。照灼蘭光在，容冶春風生。
> 思見春花月，含笑當道路。逢儂多欲摛，可憐持自誤。
> 自從別歡後，嘆音不絕響。黃檗向春生，苦心隨日長。
> 果欲結金蘭，但看松柏林。經霜不墮地，歲寒無異心。
>
> 　　　　　　　　　　（《子夜四時歌》共七十五首，選錄八首）

《子夜四時歌》在文字的藝術上，比《子夜歌》更為進步，其中一定
有許多是當代文人的擬作。如「果欲結金蘭」一首，本為梁武帝作品，
可知梁代文人之作，已有雜入在內的了。大概《子夜歌》當時風行一
時，擬者頗眾，故又有《子夜警歌》、《變歌》等新曲。《唐書·樂志》
說：「《子夜歌》者晉曲也。晉有女子名子夜，造此聲，聲過哀苦。」
又《樂府解題》說：「後人乃更為四時行樂之詞，謂之《子夜四時
歌》。又有《大子夜歌》、《子夜警歌》、《子夜變歌》，皆曲之變也。」
他這裡所說的「後人」大都是文士名流，恐怕不是出自民間的。

　　《子夜歌》以外，存曲最多者為《讀曲歌》，共八十九首。按其
內容，全為民間言情道愛之作，與《子夜》相同。不過形式較為雜
亂，修辭較為粗率，因為如此，反而更能代表民歌的本質與風趣。

　　　　花釵芙蓉髻，雙鬢如浮雲。春風不知著，好來動羅裙。
　　　　百花鮮，誰能懷春日，獨入羅帳眠。
　　　　芳萱初生時，知是無憂草。雙眉畫未成，那能就郎抱。
　　　　打殺長鳴雞，彈去烏臼鳥。願得連暝不復曙。一年都一曉。
　　　　　　　　　　　　　　　　（《讀曲歌》共八十九首，選錄四首）

這類天真浪漫的描寫，熱烈情感的表現，純樸自然的作風，在古典詩
人的作品裡是看不到的。因了他們這種特質，一面確立著他們本身在
詩歌史上的地位，同時對於當代的詩壇，給予著清新的生命與重要的
影響。我們讀了這些作品，便會知道梁陳宮體文學以及小詩形體的來
源了。此外，還有《碧玉》、《懊儂》、《華山畿》數十篇，彼此情趣大
略相同，這裡不再舉例了。此外有《神弦歌》十一曲十八首，大都為
江南一帶民間的祀神歌。曲中歌詠的神靈，男女都有，姿態美麗，心
意纏綿，富於浪漫的風情，由此可知當時民間多神信仰的風俗，以及

浪漫的宗教情緒。這些詩歌的作風，同古代楚民族的《九歌》很有些
相像。例如：

> 白石郎，臨江居，前導江伯後從魚。積石如玉，列松如翠，郎
> 豔獨絕，世無其二。

> （《白石郎曲》）

> 開門白水，側近橋樑。小姑所居，獨處無郎。

> （《清溪小姑曲》）

前一首用玉石翠松的背景來象徵那位男神的美麗；後一首用清幽的環
境，來暗示女神的貞潔。短小的章句，質樸的文字，造成高遠無比的
境界，真是民歌中最好的作品。

《西曲》

　　《西曲》即荊楚西聲。《樂府詩集》說：「《西曲歌》出於荊、
郢、樊、鄧之間，而其聲節送和，與《吳歌》亦異，故因其方俗謂之
《西曲》云。」可知《西曲》是湖北西部一帶的歌謠，而以江、漢二
水為主，所以在那些作品裡，充滿著水上船邊的情調以及旅客商婦的
別情。在表情方面，較之《吳歌》要勇敢熱烈，沒有《吳歌》中那種
特有的嬌羞細膩的姿態。大概歌唱起來，在音調方面，也必有這種差
別。《樂府詩集》所說其聲節送和與《吳歌》亦異的話，想是可靠
的。據《古今樂錄》說《西曲》共有三十四曲，今讀《樂府詩集》，
當代文士們的擬作，雜在裡面的頗多。如《烏夜啼》、《烏棲曲》、《估
客樂》、《楊叛兒》諸曲中，很多簡文帝、劉孝綽、梁武帝、梁元帝、
徐陵、庾信們的作品。至於《襄陽蹋銅啼》、《白附鳩》二曲，民間原

作已完全失傳，只存梁武帝、沈約、吳均們的擬作，但那些無名氏的
篇章，想都是出自民間的。

　　送歡板橋灣，相待三山頭。遙見千幅帆，知是逐風流。

　　　　　　　　　　　　　　　　　　　　　　（《三洲歌》）

　　風流不暫停，三山隱行舟。願作比目魚，隨歡千里遊。

　　　　　　　　　　　　　　　　　　　　　　（《三洲歌》）

　　青荷蓋綠水，芙蓉披紅鮮。下有並根藕，上生並頭蓮。

　　　　　　　　　　　　　　　　　　　　　　（《青陽度》）

　　吳中細布，闊幅長度。我有一端，與郎作袴。

　　　　　　　　　　　　　　　　　　　　　　（《安東平》）

　　聞歡下揚州，相送江津灣。願得篙櫓折，交郎到頭還。

　　　　　　　　　　　　　　　　　　　　　　（《那呵灘》）

這些都是民歌中的珍品。大膽的表情，巧妙的比喻，天真的描寫，活
躍的表現出旅客情婦們的生活心理狀態。商人重利，思婦多情，是
《西曲歌》的情感基礎。由這些作品的背後所反映商業經濟的繁榮，
是可作為這類歌謠的社會基礎的。在這些民歌中，不論吳、楚，他們
在辭句的表現上，有一個共同點，那便是喜歡用雙關的隱語。以「梧
子」雙關「吾子」，以「藕」雙關「偶」，以「絲」雙關「思」，以
「蓮」雙關「憐」，以「匹」雙關「配」，這種表現法，也可以算是當
時民歌的一種特徵，在漢魏的歌謠裏，是沒有見過的。

二　北朝民歌

　　北方的遊牧民族，因著經濟基礎的薄弱以及種族地理的種種關係，民眾的生活動態與情感各方面，是形成與南方不同的色彩的。南方的特性，是柔弱的、女性的、個人的；北方的特性，恰好成一個對照，是尚武的、男性的、社會的。這種不同的特性，在當時的民歌裏，反映得非常明顯。如鮮卑族的《敕勒歌》云：

　　　　敕勒川，陰山下。天似穹廬，籠蓋四野。天蒼蒼，野茫茫，風
　　　　吹草低見牛羊。

這種蒼蒼茫茫的氣象，是北方獨有的偉大的自然背境。要有這特殊的背境，才能產生這種富於地方色彩的詩歌。比起南方歌謠中所歌詠的「春林花多媚，春鳥意多哀」的氣象來，完全是兩個天地了。生在這種環境之下的人民的生活情感，自然另有一種形象與氣質。如《魏書》所載的《李波小妹歌》云：

　　　　李波小妹字雍容，褰裙逐馬如捲蓬。左射右射必疊雙。婦女尚
　　　　如此，男子安可逢！

這正是北方女子的典型，一種男性的尚武的力量，活躍地表現出來，比起「婉伸郎膝上，何處不可憐」，「恃愛如欲進，含羞未肯前」的江南少女來，那剛強柔弱之分，真是再明顯也沒有了。

　　《樂府詩集》雖無北歌之目，然《梁鼓角橫吹曲》，實即北方的歌謠。中間雖偶有吳歌化的作品，然大部分卻是呈現著北方的民間色彩，決非南人所能為。《古今樂錄》云：「《梁鼓角橫吹曲》有《企

喻》、《瑯琊王》、《鉅鹿公主》、《紫騮馬》、《黃淡思》、《地驅樂》、《雀勞利》、《慕容垂》、《隴頭流水》等歌三十六曲，再加以胡吹舊曲和《折楊柳》、《隔谷》、《幽州馬客吟》等歌曲，共六十六曲，這數目總算不少，可惜亡佚的很多，現存者只有《企喻》等歌二十一種了。今略舉數例：

> 腹中愁不樂，願作郎馬鞭。出入攬郎臂，蹀座郎膝邊。
>
> 遙看孟津河，楊柳鬱婆娑。我是虜家兒，不解漢兒歌。
>
> 健兒須快馬，快馬須健兒。䟛跋黃塵下，然後別雄雌。
>
> 　　　　　　　　　　　　　　　　　　　（折楊柳歌三首）

> 誰家女子能行步，反著袂禪後裙露。天生男女共一處，願得兩個成翁媼！
>
> 黃桑柘屐蒲子履，中央有絲兩頭繫。小時憐母大憐壻，何不早嫁論家計。
>
> 　　　　　　　　　　　　　　　　　　　（捉搦歌二首）

> 新買五尺刀，懸著中梁柱。一日三摩娑，劇於十五女。瑯琊復瑯琊，瑯琊大道王。陽春二三月，單衫繡裲襠。
>
> 東山看西水，水流磐石間。公死姥更嫁，孤兒甚可憐。瑯琊復瑯琊，瑯琊大道王。鹿鳴思長草，愁人思故鄉。
>
> 　　　　　　　　　　　　　　　　　　　（瑯琊王歌辭二首）

> 男兒欲作健，結伴不需多。鷂子經天飛，群雀兩向波。
>
> 男兒可憐蟲，出門懷死憂。屍喪狹谷中，白骨無人收。
>
> 　　　　　　　　　　　　　　　　　　　（企喻歌二首）

門前一株棗，歲歲不知老。阿婆不嫁女，那得孫兒抱。

敕敕何力力，女子臨窗織。不聞機杼聲，只聞女歎息。

問女何所思？問女何所憶？阿婆許嫁女，今年無消息。

（折楊柳枝歌三首）

燒火燒野田，野鴨飛上天。童男娶寡婦，壯女笑殺人。

（紫騮馬歌）

青青黃黃，雀石頹唐。槌殺野牛，押殺野羊。

驅羊入谷，牡羊在前。老女不嫁，蹋地喚天。

側側力力，念君無極。枕郎左臂，隨郎轉側。

摩挲郎鬚，看郎顏色。郎不念女，不可與力。

（地驅樂歌辭四首）

　　此外如《隴頭歌》、《黃淡思》與《幽州馬客吟》諸篇，或為高古的四言詩，或為柔靡的吳歌，我想或是北方文人的作品，或為南人描寫北地風光者，亦未可知。總之在這幾篇作品裡，在修辭和情調上，文人的氣息很是濃厚，已經很少北方民歌的本色了。我們試看上面所舉的那些作品，知道北方的歌謠，與南方的比較起來，有兩個不同的特色：一是內容方面，北方的偏重於社會生活。如《瑯琊王歌》中所表現的孤兒與戰爭、《企喻歌》中所表現的尚武精神、《紫騮馬歌》所表現的婚姻制度、《地驅歌樂辭》中所表現的畜牧生活，可以看出他們所歌詠的題材，是較為廣泛，較為切近人事而富於社會性了。其次，在表現方面，北方的情感多是直線的說明的，沒有南方那種隱曲象徵的手法。北方人並不是不講戀愛，他們不把戀愛看作是一種藝術，或是一種神秘的把戲。他們同吃飯穿衣一樣，看作是一件簡單的

事體，毫沒有那種嬌羞隱藏的態度。「老女不嫁，蹋地喚天」，「枕郎左臂，隨郎轉側」，這種直率真爽的氣概和行為，決非南方女人所能有。梁啟超《中國韻文中所表現的情感》論北歌說：「他們生活異常簡單，思想異常簡單，心直口直，有一句說一句。他們的情感是沒遮攔的，你說好也罷，說壞也罷，總是把真面孔搬出來。」搬出真面孔，不留餘味，在詩的藝術上講，本是一種弊病。若是站在歌謠的立場，卻又不能不承認這是一種特色。因為這樣，把民間的生活情感，表現得更真切更活躍，更有生命和力量。

《木蘭辭》

《木蘭辭》是北方民間敘事詩的傑作，它同《孔雀東南飛》，成為南北民間文學的兩大代表。前者是剛強的男性的社會喜劇，後者是柔弱的女性的家庭悲劇。這兩種完全相反的性格，由著雙方極其適合的文字格調表現出來，得到圓滿的效果。在這兩篇作品裏，都塗滿了非常鮮明的地方色彩，並且反映出剛柔各異的男女性情，以及南北不同的家族生活與社會意識的影子。兩篇詩都是無名氏的作品，後來經過了文人的潤飾，故文句中頗有雕琢刻煉的痕跡。

《木蘭辭》是北朝時代的作品。原歌的民間趣味多麼濃厚，那種樸質俚俗的語調，天真浪漫的描寫。前六句，同《折楊柳枝歌》中的「敕敕何力力」六句，差不多完全相同。這是《木蘭辭》出於民間的重要證據。因此，《木蘭辭》的原作是成於北朝，經過後來文人的修飾，加了一些華美的辭藻。

> 唧唧復唧唧，木蘭當戶織。不聞機杼聲，惟聞女嘆息。問女何所思，問女何所憶。女亦無所思，女亦無所憶。昨夜見軍帖，可汗大點兵，軍書十二卷，卷卷有爺名。阿爺無大兒，木蘭無長兄，願為市鞍馬，從此替爺征。

東市買駿馬，西市買鞍韉，南市買轡頭，北市買長鞭。旦辭爺
孃去，暮宿黃河邊，不聞爺孃喚女聲，但聞黃河流水鳴濺濺。
旦辭黃河去，暮至黑山頭，不聞爺孃喚女聲，但聞燕山胡騎鳴
啾啾。

萬里赴戎機，關山度若飛。朔氣傳金柝，寒光照鐵衣。將軍百
戰死，壯士十年歸。歸來見天子，天子坐明堂。策勳十二轉，
賞賜百千強。可汗問所欲，木蘭不用尚書郎，願借明駝千里
足，送兒還故鄉。

爺孃聞女來，出郭相扶將；阿姊聞妹來，當戶理紅妝；小弟聞
姊來，磨刀霍霍向豬羊。開我東閣門，坐我西閣牀，脫我戰時
袍，著我舊時裳。當窗理雲鬢，對鏡貼花黃。出門看火伴，火
伴皆驚忙：同行十二年，不知木蘭是女郎。

雄兔腳撲朔，雌兔眼迷離；雙兔傍地走，安能辨我是雄雌？

三　南朝詩人

　　劉宋一代，雖國祚不長，然文風特盛。君主皇族如劉義隆（文
帝）、劉駿（孝武帝）、劉義慶（臨川王）、劉義恭（江夏王）諸人，
俱有文采。元嘉時代，作家輩出，如何承天、顏延之、謝莊、謝靈
運、謝惠連、謝晦、鮑照、湯惠休之徒，各以文名。當時聲譽最大
的，是顏延之與謝靈運。《詩品》說：「謝客為元嘉之雄，顏延年為
輔。」沈約也說：「江左獨稱顏、謝。」可知在齊梁時代，一致公認
他們倆是元嘉詩壇的代表。但是我們現在看起來，這評論並不可靠。

謝靈運（385-433）

　　陳郡陽夏人（河南太康附近）。晉謝玄之孫，初襲封康樂公，敬

世稱謝康樂。幼時寄養於杜冶家，族人因名曰客兒，故世又稱為謝客。他是一位貴族子弟，自幼受著良好的教育，博覽群書，加以家產豐裕，莊園壯麗，過著非常優美的生活。結交僧徒，喜遊山水，但因身在江湖，心懷魏闕，又浪漫成性，態度狂妄，因此弄得流徙廣州，死於非命，還只是四十九歲的壯年。他的作品，開山水寫實一派，在論「山水文學」中已說過。他的缺點，是用騈偶的句子去粉飾自然，用雕鏤過甚的文筆，去刻畫山水，所得到的是山水險怪的形貌，而缺少自然界的高遠意境。同時他喜歡在詩裡誇耀他的博學，時常把經、子中的文句，生吞活剝地引用進去，造成當時詩人用典抄書的惡習。因此種種，謝靈運的詩，難有佳篇，常有妙句。如「池塘生春草」，「明月照積雪」，都是傳誦人口的好言語。葉夢得在《石林詩話》中說：「池塘生春草，園柳變鳴禽。世人多不解此語為工，蓋欲以奇求之耳。此語之工，在無所用意，猝然與景相遇。備以成章，不假繩削。詩家妙處，當須以此為根本。而思苦言艱者，往往不悟。」這話說得精當極了。謝詩雖有這些不可掩飾的缺點，然而他在詩歌史上，卻也有相當的地位。因了他的作品，消滅了兩晉以來盛極一時的遊仙文學，造成山水文學的新潮，他這種功績，我們是不能輕視的。

鮑　照（約414-466）

在那種雕琢騈儷和用典的習氣，生氣衰弱的詩壇，能以自由放縱的筆調，對人生的各方面加以描寫，而形成雄俊的作風來的，卻是那位「才秀人微」的鮑照。他的辭賦和五言詩，與顏、謝本無上下。但他的代表作品，卻是那種雜體的樂府歌辭。在那些歌辭裡，他純熟地運用著五七言的長短句，民歌的語調，把他自己對於人生各方面的觀念，真實地傾吐出來，帶著濃厚的浪漫情調，打破了當代那種死氣沉沉的詩風。並且從曹丕作過以後，就成為絕響的七言詩，到了他才能

運用自如，展開了發展的成熟的機運。在七言詩的發展史上，他佔著重要的地位。

　　鮑照，字明遠，東海人。幼年家庭貧窮，壯年官場不得志，最後做過臨海王子頊的參軍，故世稱為「鮑參軍」。後子頊事敗，鮑亦為亂軍所殺。他的妹妹鮑令暉，是當代的女詩人，鮑照曾比他作左棻。《詩品》也稱讚她的詩「嶄絕清巧」，看她現存《擬古詩》兩首，確是一個有才情的女作家。今引其《擬青青河畔草》：

> 褭褭臨窗竹，藹藹垂門桐。灼灼青軒女，泠泠高臺中。明志逸秋霜，玉顏艷春紅。人生誰不別，恨君早從戎。鳴弦慚夜月，紺黛羞春風。

本詩連用四個疊詞，頗具巧思。她通過本詩，描繪一位思念早早出征丈夫的婦人的形象。

　　鮑照的家境遇是低微的，情感是熱烈的，因此他一面對於時世是感著憤激，對於人生是感著幻滅，反映著他這種心境的，是他的代表作《行路難》十八首。今舉幾首在下面：

> 瀉水置平地，各自東西南北流。人生亦有命，安能行歎復坐愁。酌酒以自寬，舉杯斷絕歌路難。心非木石豈無感，吞聲躑躅不敢言。
> 君不見河邊草，冬時枯死春滿道。君不見城上日，今暝沒盡去，明朝復更出。今我何時當得然，一去永滅入黃泉。人生苦多歡樂少，意氣敷腴在盛年。且願得志數相就，床頭恆有沽酒錢。功名竹帛非我事，存亡貴賤付皇天。
> 對案不能食，拔劍擊柱長歎息。丈夫生世會幾時，安能蹀躞垂

羽翼。棄置罷官去，還家自休息。朝出與親辭，暮還在親側。
弄兒床前戲，看婦機中織。自古聖賢盡貧賤，何況我輩孤且直。
君不見少壯從軍去，白首流離不得還。故鄉窅窅日夜隔，音塵
斷絕阻河關。朔風蕭條白雲飛，胡笳哀急邊氣寒。聽此愁人兮
奈何？登山望遠得留顏。將死胡馬跡，寧見妻子難。男兒生世
轗軻欲何道，綿憂摧抑起長嘆。

他的生活心境，在這些詩裡，全盤托出。他一面感著懷才不遇的悲傷，
同時又感著人生無常、功名富貴的無味，情願辭官回家，同妻室子女
去過點自由的生活。因為他的心境只得到陶淵明的一面，所以不能走
到那種安定清靜的境界。因此在他的詩裡，時多憤激之詞，而缺少沖
淡自然之趣。再有《梅花落》一首，也是比喻人生的，寫得極好。

中庭雜樹多，偏為梅咨嗟。問君何獨然？念其霜中能作花，露中
能作實，搖蕩春風媚春日。念爾零落逐寒風，徒有霜華無霜質。

在這些詩裡，我們可以看出來鮑照有極高的才情，自由的心境，
原非那種五言體所可限制。所以七言或是雜體，他卻能運用自如，變
化百出，適宜他的情性。一用五言，便覺拘束，毫無生氣了。他這種
作風，後代高適、岑參、李白一流人，都受他的啟發和影響。其次，
他這種質樸的文句，民歌式的語調，同當代的詩風，是完全相反的。
　　齊梁二代的詩風，更趨於形式的講求。因聲律說的興起與民間樂
府的顯著影響，於是近似律體絕句的新體詩。這個時代在文學界最負
盛名的，是竟陵八友。齊武帝第二子竟陵王蕭子良喜愛文學，招納名
士。王融、謝朓、任昉、沈約、陸倕、范雲、蕭琛、蕭衍八人聲譽最
隆，時人稱為竟陵八友。八友中任昉、陸倕工於文筆，餘人俱有詩

名。聲譽最高者是沈約與謝朓。然在詩的成就上，謝高於沈，這是前人的定評。所以永明體的詩人，自以謝朓為代表。他的作品一面繼承著謝靈運的山水詩風，所以他有許多好的寫景詩，同時又運用新起的聲律，所以他的詩顯得清新和諧。但他在山水的描寫上，沒有謝靈運那種苦心刻畫的痕跡，還能表現出作者的性情與自然界的意境，他在聲律與辭藻的運用上，善於鎔裁，而不流於淫靡。因此他的山水詩與新體詩，都能保持著清綺俊秀的風格，而成為當代詩人的代表。

> 江路西南永，歸流東北騖。天際識歸舟，雲中辨江樹。旅思倦搖搖，孤遊昔已屢。既歡懷祿情，復協滄洲趣。囂塵自茲隔，賞心於此遇。雖無玄豹姿，終隱南山霧。
>
> 　　　　　　　　　　（《之宣城郡出新林浦向板橋》）

> 灞涘望長安，河陽視京縣。白日麗飛甍，參差皆可見。餘霞散成綺，澄江靜如練。喧鳥覆春洲，雜英滿芳甸。去矣方滯淫，懷哉罷歡宴。佳期悵何許，淚下如流霰。有情知望鄉，誰能鬒不變？
>
> 　　　　　　　　　　（《晚登三山還望京邑》）

> 秋夜促織鳴，南鄰擣衣急。思君隔九重，夜夜空佇立。北窗輕幔垂，西戶月光入。何知白露下，坐視階前濕。誰能長分居，秋盡冬復及。
>
> 　　　　　　　　　　　　　　（《秋夜》）

> 落日高城上，餘光入繐帷。寂寂深松晚，甯知琴瑟悲。
>
> 　　　　　　　　　　　　　　（《銅雀悲》）

綠草蔓如絲，雜樹紅英發。無論君不歸，君歸芳已歇。

（《王孫遊》）

在這些詩裡，確有一種清新的趣味，圖畫般的美景，細微的情致。五言小詩，格調更高，具有唐絕的風味。這種五絕的形式，在南方民歌中流行了一個長時期，到了謝朓，正式成為一種新詩體。

其時，梁武帝（蕭衍字叔達），昭明太子（蕭統字德施，武帝長子），簡文帝（蕭綱字世纘，武帝第三子），元帝（蕭繹字世誠，武帝第七子）父子四人，都擅長文學，與曹氏父子相仿。並且四人俱喜佛教，但除昭明太子以外，無不是艷曲連篇，促成宮體文學的大盛。他們的作品，是以模擬江南民歌的小詩見長，再加以香膩的表情，細密的描寫，使民歌加上了富貴綺麗的色彩。例如：

恃愛如欲進，含羞未肯前。朱口發艷歌，玉指弄嬌弦。

（梁武帝《子夜歌》）

朱絲玉柱羅象筵，飛琯促節舞少年。短歌流目未肯前，含笑一轉私自憐。

（梁武帝《白紵辭》）

楊柳亂成絲，攀折上春時。葉密鳥飛礙，風輕花落遲。城高短簫發，林空畫角悲。曲中無別意，併是為相思。

（簡文帝《折楊柳》）

別來顦顇久，他人怪容色。只有匣中鏡，還持自相識。

（簡文帝《愁閨照鏡》）

遊子久不返，妾身當何依。日移孤影動，羞睹燕雙飛。

　　　　　　　　　　　　　　　　　（簡文帝《金閨思》）

昆明夜月光如練，上林朝花色如霰。花朝月夜動春心，誰忍相
思不相見。

　　　　　　　　　　　　　　　　　（梁元帝《春別應令》）

他們父子的作風是一致的。在那些作品裡，肉感淫濫的實在太多，上
面幾首，雖較為含蓄，然仍是一種靡靡之音。位為人君，不務政事，
一面沉迷於佛教，一面又專寫其艷詩，弄到亡國殺身，想也不是偶然
的了。此外如江淹、劉孝綽、王筠、何遜、吳均、丘遲、徐擒、庾肩
吾諸人，俱以文名。今以何遜、吳均詩各一首為例：

暮煙起遙岸，斜日照安流。一同心賞夕，暫解去鄉憂。野岸平
沙合，連山遠霧浮。客悲不自已，江上望歸舟。

　　　　　　　　　　　　　　　　　（何遜《慈姥磯》）

君留朱門裡，我至廣江潰。城高望猶見，風多聽不聞。流蘋方
繞繞，落葉尚紛紛。無由得共賞，山川間白雲。

　　　　　　　　　　　　　　　　　（吳均《發湘州贈親故別》）

他倆的詩裡，雖也有不少的艷篇，但像上面這種清新的作品，也還不
少。在宮體文學的狂潮中，這種作品，不能不算是一種清正之音。同
時從永明時代提倡的新體詩，到了他們的手裡，有了很大的進步，在
形式以及音調的技巧上，又在謝朓、沈約之上。而宮體文學到了陳
代，有了陳後主和江總、陳瑄、孔范一流人的推波助瀾，更是淫艷之
極。風格日卑，靡靡之音日盛，真是成為狎客文學了。

在律體方面，陰鏗、徐陵的成就較高。他們的作品雖以艷體著稱，然在律體方面，確有很好的詩。例如：

征途愁轉旆，連騎慘停鑣。朔氣凌疎木，江風送上潮。青雀離帆遠，朱鳶別路遙。唯有當秋月，夜夜上河橋。

（徐陵《秋日別庚正員》）

大江一浩蕩，離悲足幾重。潮落猶如蓋，雲昏不作峰。遠戍唯聞鼓，寒山但見松。九十方稱半，歸途詎有蹤。

（陰鏗《晚出新亭》）

這些詩已有唐律的風格。自永明時代的聲律論盛行以及江南民歌在詩壇上發生影響以來，到了這時候，無論律體絕詩，在平仄上雖尚未盡善，但在形式方面已達到了相當完整的規模。

四　北方詩人

北朝文學界最負重名的，是邢邵（字子才，河間人）和魏收（字伯起，鎮鹿人），他倆與溫子昇齊名，世有北地「三才」之稱。然他倆的作品，現存者不多，小詩稍有情趣。例如：

綺羅日減帶，桃李無顏色。思君君未歸，歸來豈相識。

（邢邵《思公子》）

春風宛轉入曲房，兼送小宛百花香。白馬金鞍去未返，紅妝玉箸下成行。

（魏收《挾琴歌》）

　　這種詩一看便知道是受南方宮體文學的影響，毫無北方的氣概。
邢邵的詩還有一種敦厚之趣。魏收「生性輕薄」，所以反映在詩中的
情感也就較為鄙俗了。這些北方詩人的作品，知道無論形式內容，都
受了南方詩歌的感化，南方那種唯美文學的思潮，已侵入了北方文壇
的領域。到了北周，因此有些人起來反抗，提倡復古的運動。《北史
文苑傳》說：「周氏創業，運屬陵夷。纂遺文於既喪，聘奇士如弗
及。是以蘇亮、蘇綽之徒，咸奮鱗翼，自致青紫。然綽之建言，務存
質樸。遂糠粃魏晉，憲章虞夏。雖屬辭有師古之美，矯枉非適時之
用，故莫能常行焉。」可知雖有蘇綽等的提倡復古，但仍是抵不住南
方的唯美思潮。當時庾信、王褒等一大批人的入北，實為助長這種思
潮的最大原因。於是北方的文壇，倒要讓王褒、庾信們來代表了。他
倆是都是在南方的文學環境鍛鍊慣了的，但到了北方以後，他們的作
品，確帶了北方那種清貞剛健的情調，而放出異樣的光彩。

王　褒（513-576）

　　字子淵，琅邪臨沂人。梁元帝降西魏，王褒隨入長安，便高官厚
祿地歸順於北方了。他的樂府詩，格調頗高，那種壯健之氣，確能超
出前人格調之外。如《高句麗》、《燕歌行》諸篇，可為其代表作。
《燕歌行》作於梁時，對於關塞寒苦之狀，已能曲盡其妙，難怪他一
到北方，他的五言詩也變為淒切雄渾之辭了。例如：

> 關山夜月明，秋色照孤城。影虧同漢陣，輪滿逐胡兵。天寒光
> 轉白，風多暈欲生。寄言亭上吏，送客解雞鳴。
>
> 　　　　　　　　　　　　　　　　　　　　　　（《關山月》）

> 秋風吹木葉，還似洞庭波。常山臨代郡，亭障繞黃河。心悲異

方樂，腸斷隴頭歌。薄暮臨征馬，失道北山阿。

（《渡阿北》）

庾　信（513-581）

字子山，河南新野人，是庾肩吾的兒子。詩文與徐陵齊名，稱為「徐庾體」。元帝時，聘於西魏，不久梁亡，遂留長安。後周陳通好，南北流寓之士，各許還其舊鄉，唯庾信與王褒留而不許。他在那種環境之下，位雖通顯，亡國之痛，懷鄉之情，是時時侵襲著他的胸懷。然而這種情感，又不能真切地暴露，只能含蓄曲折地表現出來，因此在他的作品裡，有一種深沉的憂鬱，哀怨的愁情，再塗上那種北方特有的地方色彩，於是更顯出一種蒼茫剛健的情調了。他在《哀江南賦序》中說：「信年始二毛，即逢喪亂，藐是流離，至於暮齒。燕歌遠別，悲不自勝。楚老相逢，泣將何及。畏南山之雨，忽踐秦庭，讓東海之濱，遂餐周粟。」這正道出他晚年悲苦的心境。這篇《序》更是六朝駢文的壓卷之作，成就極高。我們再欣賞一段：

孫策以天下為三分，眾才一旅；項羽用江東之子弟，人惟八千。遂乃分裂山河，宰割天下。豈有百萬義師，一朝卷甲，芟夷斬伐，如草木焉？江淮無涯岸之阻，亭壁無藩籬之固。頭會箕斂者，合從締交；鉏耰棘矜者，因利乘便。將非江表王氣，終於三百年乎？是知并吞六合，不免軹道之災；混一車書，無救平陽之禍。嗚呼！山嶽崩頹，既履危亡之運；春秋迭代，必有去故之悲。天意人事，可以悽愴傷心者矣。

除駢文外，庾信晚年的詩歌深得杜甫的推崇。他說：「庾信文章老更成，凌雲健筆意縱橫。」又說「庾信平生最蕭瑟，暮年詩賦動江

關。」和「清新庾開府」對庾信傾倒之情，溢於言表。以下這些優秀
的詩篇，都是他晚年寫下的：

蕭條亭障遠，淒慘風塵多。關門臨白狄，城影入黃河。秋風別
蘇武，寒水送荊軻。誰言氣蓋世，晨起帳中歌。

（《詠懷》二七首之一）

昔日謝安石，求為淮海人。仿佛新亭岸，猶言洛水濱。南冠今
別楚，荊玉遂游秦。儻使如楊僕，寧為關外人。

（《率爾成詠》）

扶風石橋北，函谷故關前。此中一分手，相逢知幾年！黃鶴一
反顧，徘徊應愴然。自知悲不已，徒勞減瑟弦。

（《別周尚書宏正》）

陽關萬里道，不見一人歸。唯有河邊雁，秋來南向飛。

（《重別周尚書》）

玉關道路遠，金陵信使疏。獨下千行淚，開君萬里書。

（《寄王琳》）

這些詩不僅思想性強，感情真實，語言也非常清俊，是很優秀的作
品。比起他那些毫無內容只圖藻飾的《詠屏風》二十五首，無論在哪
方面，都顯出不同的內容與風格。他心中蘊藏著愛國的隱痛與深厚的
鄉愁，在他的作品裡反映出來。《擬詠懷》二十七首，是他這種思想
感情的集中表現，這些詩的精神，同《哀江南賦序》是一致的。「恨

心終不歇，紅顏無復多」、「不言登隴首，唯得望長安」，表現了他的愛國懷鄉的心情。「智士今安用，忠臣且未聞」、「始知千載內，無復有申包」，對當代梁朝的士大夫，投以辛辣的諷刺。如果他的生活，不遭受這段流落的境遇，舒舒適適地老在南方做著官，那麼他的作品，永遠是同徐陵相近。《北周書》本傳評他說：「其體以淫放為本，其詞以輕險為宗。故能夸目侈於紅紫，蕩心逾於鄭、衛。昔揚子雲有言，詩人之賦麗以則，詞人之賦麗以淫，若以庾氏方之，斯又詞賦之罪人也。」如專論詞賦，這些話還說得過去，若論到詩，還以杜甫說他「老成」，說他「清新」的話，較為公允。平心而論，在中國詩歌史上，由六朝入唐，鮑照、謝朓、陰鏗、庾信等偉大詩人，是幾座重要的橋樑。他們在詩歌形式上和語言藝術上的成就，給唐代詩人很大的影響和重要的基礎。

第十一章
南北朝小說

一　志人小說

　　魏晉以來，小說還在初步發展階段，以記錄神仙鬼怪故事為主的干寶《搜神記》為代表。至了南北朝，有了兩個明顯的方向：一個是以兩晉以來極盛的清談風氣和品評人物為基礎，記錄士流的言談軼事的。正始之玄言，竹林的狂放，都為藝林所追懷所景仰。這種風氣，至宋不衰。於是文人雅士，或記其言語，或述其行為。殘叢小語，固無補於實用，軼事清言，亦可發思古之幽情。這派屬「志人小說」，以劉義慶的《世說新語》為代表。另一派是以宗教思想為基礎，尤以佛教為主體。當時佛教大行，因果輪迴之說，震駭人心。文士教徒，或引經史舊聞以證報應，或言神鬼故實以明靈驗。如王琰之《冥祥記》，顏之推的《冤魂志》，是「志怪小說」的代表。此外或轉寫佛經中的故事，或傳述道教的迷信，如吳均的《續齊諧記》一類的文字，自然是類屬於這一派的。

　　《世說新語》為宋臨川王劉義慶所編撰。全書三十八篇，由後漢至東晉，凡高士言行，名流談笑，集而錄之，文字清俊簡麗，趣味橫生。劉孝標作注，徵引廣博，所用書四百餘種，極為藝林所珍重。今略引數則：

> 何晏、鄧颺、夏侯玄，並求傅嘏交，而嘏終不許。諸人乃因荀粲說合之。謂嘏曰：夏侯太初，一時之傑士。虛心於子，而卿

意懷不可交，合則好成，不合則致隙，二賢若穆，則國之休，此藺相如所以下廉頗也。傅曰：夏侯太初志大心勞，能合虛譽，誠所謂利口覆國之人。何晏、鄧颺有為而躁，博而寡要，外好利而內無關籥。貴同惡異，多言而妒前。多言多釁，妒前無親。以吾觀之，此三賢者皆敗德之人爾。遠之猶恐罹禍，況可親之耶，後皆如其言。

（《識鑒》）

劉伶病酒，渴甚，從婦求酒。婦捐酒，毀器，涕泣諫曰：「君飲太過，非攝生之道，必宜斷之。」伶曰：「甚善，我不能自禁，惟當祝鬼神自誓斷之耳。便可具酒肉。婦曰：「敬聞命。」供酒肉於神前，請伶祝誓。伶跪而祝曰：「天生劉伶，以酒為名。一飲一斛，五斗解醒。婦人之言，慎不可聽。」便引酒進肉，隗然已醉矣。

（《任誕》）

王子猷居山陰。夜大雪，眠覺開室，命酌酒。四望皎然，因起彷徨，詠左思《招隱詩》。忽憶戴安道。時戴在剡，即便夜乘小船就之，經宿方至。造門不前而返。人問其故。王曰：「吾本乘興而來，興盡而返，何必見戴！」

（《任誕》）

山公（濤）與嵇、阮一面，契若金蘭。山妻韓氏，覺公與二人異於常交。問公，公曰：「我當年可以為友者，唯此二生耳。」妻曰：「負羈之妻，亦親觀狐趙。意欲窺之，可乎？」他日二人來，妻勸公止之宿，具酒肉。夜穿墉以視之，達旦忘

反。公入，曰：二人何如？」妻曰：「君才致殊不如，正當以識度相友耳。」公曰：「伊輩亦常以我度為勝。」

（《賢媛》）

長則數行，短則幾句，然文字無不清俊簡麗，為本書最大的特色。當時高士名流之音容笑貌，趣措奇行，都躍然紙上，這種富於現實性的記錄，較之那種言神志怪的小說來，自然是要高明多了。它一直到現在還保有著活躍的生命，並不是偶然的事。在《世說》以前，晉人裴啟的《語林》，郭澄之的《郭子》，其體裁內容都與《世說》相似。

二　志怪小說

南北朝志怪類小說，《冥祥記》為宋王琰所作，《冤魂志》為隋顏之推所作。後者現存，前者早佚，但於《法苑珠林》、《太平廣記》二書中所存甚多，尚可見其面貌，所記多為佛教史實及因果報應與經像顯效的故事：

漢明帝夢見神人，形垂二丈，身黃金色，頂佩日光。以問群臣，或對曰：西方有神，其號曰佛，形如陛下所夢，得無是乎？於是發使天竺，寫致經像。表之中夏，自天子王侯，咸敬事之。謂人死精神不滅，莫不矍然自失。初，使者蔡愔將西域沙門迦葉摩騰等齎優填王畫釋伽佛像，帝重之，如夢所見也。乃遣畫工圖之數本，於南宮清涼臺及高陽門顯節、壽陵上供養。又於白馬寺壁畫千乘萬騎繞塔三匝之像，如諸傳備載。

（《冥祥記》，見《法苑珠林》十三）

宋下邳張稗者，家世冠族，末葉衰微，有孫女殊有姿色。鄰人
求聘為妾，稗以舊門之後，恥而不與，鄰人憤之而焚其屋，稗
遂燒死。其息邦先行不知，後知其情，而畏鄰人之勢，又貪其
財而不言，嫁女與之。後經一年，邦夢見稗曰：汝為兒子，逆
天不孝，棄親就怨，潛同兇黨，便捉邦頭，以手中桃杖刺之，
邦因病，兩宿，嘔血而死。邦死之日，鄰人見稗排門直入，張
目攘袂曰：君恃勢縱惡，酷暴之甚，枉見殺害。我已上訴，事
獲申雪，卻後數日，令君知之。鄰人得病，尋亦殂歿。

（《冤魂志》）

此種著作，當時尚多。中國千餘年來士大夫以及民眾之迷信思想之流
傳與普及，此等書實要擔負其責任。而文字方面較為清麗的志怪小
說，則以王嘉之《拾遺記》與吳均之《續齊諧記》為代表。《拾遺
記》今存十卷，古起庖犧，近迄東晉，遠至崑崙仙山，俱有記述。書
中雖多言怪異，然極少因果報應之說，並時敘人事及社會生活，文筆
亦頗清麗。可知此書體例，乃合雜錄、志怪二體而成，不過志怪的成
分較多而已。嚴格地說，這些作品都不能算是小說，然而在中國小說
初步發展的階段上，這些作品，我們也應該重視。由這些作品，再進
一步，便形成了唐代的神怪人事合揉的傳奇，那進展的痕跡是相當明
顯的。

第四篇
唐宋詩

第十二章
陳子昂與初唐詩

一　唐詩興盛的原因

　　唐朝是中國詩歌史上的黃金時代。形式方面，無論古體律絕，無論五言七言，都由完備而達全盛之境。內容的擴大，派別的分立，思潮的演變，呈現著萬花撩亂的景象。清康熙年間所編纂的《全唐詩》，所錄二千三百餘家，詩四萬八千九百餘首。這數目真是可驚。在這些詩歌裡，上至帝王、貴族、文士、官僚，下至和尚、道士、尼姑、妓女，都有作品。可知詩歌在唐朝，成為一種最普遍的文學體裁，不只是少數的高級文士的專利品。詩在唐朝興盛的原因大約有四：

（一）詩歌本身進化的歷史性

　　文學是人類的精神生產，它的發展由形成至於全盛、衰老、僵化的過程。四言詩萌芽於商末周初，全盛於西周與東周之際，而衰於戰國。五言古詩起於東漢，七言古詩以及律絕的新體詩，在六朝時代才開始形成，正等待著培植發揚。到了唐代文人的創作，幾乎都集中於詩歌，因此造成了光華燦爛的成就。然而經過了那三百年的努力，詩又到了衰老的晚期，詞體逐漸形成，於是到了五代、宋朝，詩的地位就不能不讓之於詞了。王國維說：「文體通行既久，染指遂多，自成習套。豪傑之士，亦難於其中自出新意，故遁而作他體，以自解脫。一切文體所以始盛中衰者，皆由於此。」（《人間詞話》）我們可以知道文體本身的興衰現象，在文學的發展史上，是佔著重要的地位的。

（二）政治的背景

在君主集權的時代，政治的勢力，給予文學發展以重要的影響。有唐一代，不少皇帝愛好文藝音樂，提倡風雅，如太宗、高宗、武后、玄宗等是其中佼佼者。當時的君主，這樣敬禮詩人，一面是增加詩人的聲譽，同時又給青年作家以重大的引誘與刺激。「上有好者，下必有甚焉」，這種現象是沒有什麼可奇怪的。加之唐代以詩取士，於是詩歌一門，成為文人得官干祿的終南捷徑，而成為當時青年們的必修科目了。《全唐詩序》說：「蓋唐當開國之初，即用聲律取士，聚天下才智英傑之彥，悉從事於六藝之學，以為進身之階，則習之者，固已專且勤矣。而又堂陛之唱和，友朋之贈處，與夫登臨燕集之即事感懷，勞人遷客之逐物寓興，一舉而托之於詩，雖窮達殊途，而以言乎攄寫性情，則其致一也。」這種意見是通達公允的。

（三）詩人地位的轉移

唐詩的特色之一，是其內容包含的豐富。在那些作品裡，無論自然山水，戰場邊塞，農村商賈，宮妃貴妾以及尼姑妓女的生活，政治的現狀，歷史的故事，貧富階級的鬥爭，婦女問題的提出，以至於人生哲理、離別愛情，無不加以描寫。這種現象，是唐以前的詩歌所沒有的。到了唐代的詩人，一批有名的作家，大半是出自民間，他們都有豐富的民眾生活，與現實社會的體驗。試檢閱一下高適、岑參、王昌齡、李白、杜甫、孟郊、張籍、元稹、白居易等詩人的歷史，便會知道他們都是從窮困與流浪中奮鬥出來的。他們有的雖經過科舉的考試或貴人的推薦而入了官場，但他們的情感意識，仍是民眾的情感與意識。民間的疾苦，他們見過聽過並且也經驗過，只有他們才能夠瞭解才能夠在作品中表現出來。於是詩的內容日益豐富，詩的意義與境

界日益高遠，不像從前那樣的窄狹範圍。從君主貴族掌握的詩壇，轉移到民間詩人的手裡，實在是使唐詩發達起來光輝起來的重要原因。

（四）新民族的創造力

自五胡亂華到隋唐一統，是漢胡民族血統的大融混時代。到了唐代，一種新民族算是醞釀形成，無論人民的氣質藝術的風格，都呈現出一種新型態新力量來，把這種新民族的精力，反映於政治、軍事或文學各方面，自然都會產生出一種強烈的創造精神與動人的光彩。梁啟超說：「五胡亂華的時候，西北有好幾個民族加進來，漸漸成了中華民族的新分子。他們民族的特色，自然也有一部分融化在諸夏民族的裏面。這種新民族的特性，恰恰和我們的溫柔敦厚相反，他們的好處，全在伉爽直率。……經過南北朝幾百年民族的化學作用，到唐朝算是告一段落。唐朝的文學用溫柔敦厚的底子，加入許多慷慨悲歌的新成分，不知不覺便產生出一種異彩來。盛唐各大家洗盡南朝的鉛華靡曼，參以伉爽直率，卻又不是北朝粗獷一路。」（《中國韻文裡所表現的情感》）唐詩風格的複雜，氣勢的雄奇，創造精神的豐富，生命力量的充足，大概在這個背景下產生的。

二　初唐四傑

初唐時期正統詩風的發展與進行：當時的宮廷詩人，正在努力詩的格律的完成工作。上官儀是宮廷詩人的典型。他在律體的構成上，有重要的工作，便是在對偶上的貢獻。如他提出了六對的分類：

一、正名對　天對地，日對月。
二、同類對　花葉對草芽。

三、連珠對　　赫赫對蕭蕭。

四、雙聲對　　綠柳對黃槐。

五、疊韻對　　放曠對彷徨。

六、雙擬對　　春樹春花對秋池秋月。

（見《詩苑類格》）

這種對偶規律的創立，對於律詩的發展，是很有關係的。並且這種方法，在用詩考試的制度上，也較能得到一個更佳的標準。

　　與上官儀同時的有初唐四傑：王勃、盧照鄰、駱賓王和楊炯。王勃因溺水驚悸而死，年不滿三十。盧照鄰因苦於病投水而死，年方四十。駱賓王因政治運動失敗而逃亡，也只有三十多歲。楊炯境遇較好，得以善終，亦不過五十多歲。四傑的詩上承六朝的遺風，不脫那種富貴華麗的氣息，喜歡創作當時流行的律詩。但他們的代表作品，卻是那些樂府體的小詩和七言歌行。那些詩，雖有一部分仍脫不了宮體詩的香艷的餘影，但他們很能在那種曲折變化的描寫中，用婉轉的音調，通俗的言語，顯出作者過人的才氣。

王　勃（650-676）

　　王勃是一個才學俱富的詩人，他的代表作品都是真實性情之作，文字樸質，意境高潔。例如：

抱琴開野室，攜酒對情人。林塘花月下，別是一家春。

（《山扉夜坐》）

丘壑經塗賞，花柳遇時春。相逢今不醉，物色自輕人。

（《林泉獨飲》）

亂煙籠碧砌，飛月向南端。寂寂離亭掩，江山此夜寒。

（《江亭夜月送別》）

長江悲已滯，萬里念將歸。況屬高風晚，山山黃葉飛。

（《山中》）

由這些作品，可看出作者的真實心境。自然風景的歌詠，自由閒適生活的愛好，呈現著濃厚的浪漫情緒。五言律詩則以《送杜少府之任蜀川》為著名：

城闕輔三秦，風煙望五津。與君離別意，同是宦遊人。
海記存知己，天涯若比鄰。無為在歧路，兒女共沾巾。

盧照鄰（約634-689）

盧照鄰在四傑中是身世最苦的一個，完全被病魔所征服，加以貧窮不堪，終於投水而死。因此他的作品，時多悲苦之音。試讀他的《五悲》、《釋疾》諸篇，便會體會到作者的哀傷的心境。他借用最適合於表現愁苦的騷體，來反覆曲折地歌唱自己的沉痛的感情。他自號為「幽憂子」，幽憂是他的人生的象徵，也就是他的作品的象徵。《行路難》、《長安古意》二篇，確是他的得意之作。在這些詩中，字句上雖仍殘存著宮體詩的影子，但那種鄙俗的脂粉氣卻全然沒有，格調也就高得多了。如《行路難》云：

君不見長安城北渭橋邊，枯木橫槎臥古田。昔日含紅復含紫，
常時留霧亦留煙。春景春風花似雪，香車玉輿恆闐咽。若個遊

人不競攀，若個娼家不來折。娼家寶襪蛟龍帔，公子銀鞍千萬騎。黃鶯一一向花嬌，青鳥雙雙將子戲。千尺長條百尺枝，月桂星榆相蔽虧。珊瑚葉上鴛鴦鳥，鳳凰巢裡雛鷃兒。巢傾枝折鳳歸去。條枯葉落任風吹。一朝零落無人問，萬古摧殘君詎知。人生貴賤無終始，倏忽須臾難久恃。誰家能駐西山日，誰家能堰東流水。漢家陵樹滿秦川，行來行去盡哀憐。自昔公卿二千石，咸擬榮華一萬年。不見朱唇將白貌，唯聞素棘與黃泉。金貂有時換美酒，玉塵但搖莫計錢。寄言坐客神仙署，一生一死交情處。蒼龍闕下君不來，白鶴山前我應去。雲間海上邀難期，赤心會合在何時。但願堯年一百萬，長作巢由也不辭。

在這一篇長歌裡，他所表現的是富貴無常與人生的幻滅。其中雖有不少的華麗字眼，然在整體上看來，卻很通俗明白，毫無艱深之病，有許多句子，全是語體，因為用得極其自然，一點不覺得粗俗。《長安古意》的內容與此篇大略相似，不過鋪寫得更為熱鬧。

駱賓王（626?-687?）

　　駱賓王是一個獻身政治運動的實際行動者。武后朝時，他曾以言事得罪，後徐敬業舉兵，他為其府屬，寫下了有名的《為徐敬業討武曌檄》。這一篇同《滕王閣序》是四傑的駢文中最流行最通俗的兩篇文字。他的佳作如下：

城上風威冷，江中水氣寒。戎衣何日定，歌舞入長安。

（《在軍登城樓》）

此地別燕丹，壯士髮衝冠。昔時人已沒，今日水猶寒。

（《易水送人》）

寥寥二十個字表現胸中許多懷古傷時的感慨。音調的雄渾，氣魄的悲壯。這種格調，同那獻身革命的作者的身份是極其適合的。在這些詩歌裡，也一樣運用通俗的語體，帶著濃厚的民歌色彩。此外，駱賓王的《獄中聞蟬》，算是當時五言律詩中在格律上最完整的作品：

> 西陸蟬聲唱，南冠客思侵。不堪玄鬢影，來對白頭吟。
> 露重飛難進，風多響易沉。無人信高潔，誰為表予心。

楊　炯（650-693）

楊炯負才自傲，自謂過於王勃。現集中文多詩少。張說說：「盈川（楊炯）文如懸河，酌之不竭。優於盧而不減於王。恥居王後信然，愧在盧前謙也。」這明明是指他的文章而言，若只論詩，他在四傑中的地位，是不得不屈居於末座了。代表作有《從軍行》：

> 烽火照西京，心中自不平。牙璋辭鳳闕，鐵騎繞龍城。
> 雪暗凋旗畫，風多雜鼓聲。寧為百夫長，勝作一書生。

這首詩借用樂府舊題「從軍行」，描寫一個讀書士子從軍邊塞、參加戰鬥的全過程。僅僅四十個字，既揭示出人物的心理活動，又渲染了環境氣氛，筆力極其雄勁。

杜甫詩《戲為六絕句》說：「王楊盧駱當時體，輕薄為文哂未休。爾曹身與名俱滅，不廢江河萬古流。」正好說明四傑在唐詩的歷史地位。

三　陳子昂及其同時代詩人

在初唐的律詩運動與宮體詩風的潮流中，詩壇首先以復古為號召的是陳子昂。復古這個口號，是對於當時的格律文學、擬古文學的一種反動。他所要求的，無非是要排斥那種嚴格的形式與虛美的表面，要在詩裡有興寄，有骨肉，有作者個人的生命與情感。他說：

> 文章道弊五百年矣。漢、魏風骨，晉宋莫傳，然而文獻有可徵者。僕嘗暇時觀齊梁間詩，采麗競繁，而興寄都絕，每以詠歎，竊思古人，常恐逶迤頹靡，風雅不作，以耿耿也。昨於解三處，見明公詠《孤桐篇》，骨氣端翔，音情頓挫，光英朗練，有金石聲。遂用洗心飾視，發揮幽鬱。不圖正始之音，復睹於茲，可使建安作者，相視而笑。
>
> （《修竹篇序》）

他所攻擊的，是六朝與唐初宮體詩和唯美文學。李白也說過：「梁陳以來，艷薄斯極，將復古道，非我而誰？」（孟棨《本事詩》）他們名為復古，實在卻是創新。在這個運動的本質及其精神上講，陳子昂實在是唐詩轉變的一個關鍵，也就是盛唐詩歌的先聲。陳子昂（656-698），字伯玉，四川梓州射洪人。他最著名的是《感遇詩》三十八首。在這些詩以平淺的字句，直抒自己的懷抱，近似阮籍的《詠懷》的風格。他所講的興寄，所景仰的正始之音，在這些詩裡都可以看到：

> 蘭若生春夏，芊蔚何青青。幽獨空林色，朱蕤冒紫莖。
> 遲遲白日晚，嫋嫋秋風生。歲華盡搖落，芳意竟何成。
>
> （《感遇》之二）

白日每不歸，青陽時暮矣。茫茫吾何思，林臥觀無始。
眾芳委時晦，鵾鳩鳴悲耳。鴻荒古已頹，誰識巢居子。

（《感遇》之七）

《感遇》詩以外，他還有許多好詩。例如：

南登碣石館，遙望黃金臺。
丘陵盡喬木，昭王安在哉！
霸圖今已矣，驅馬復歸來。

（《燕昭王》）

自古皆有死，徇義良獨稀。
奈何燕太子，尚使田生疑。
伏劍誠已矣，感我涕沾衣。

（《田光先生》）

前不見古人，後不見來者。念天地之悠悠，獨愴然而涕下。

（《登幽州臺歌》）

這些詩絕無宮體詩的脂粉氣，也沒有新體詩的駢麗富貴氣，只是用自然的音調、樸實的言語、自由的格律去表現人的感情。詩中蘊藏著一種高遠的意境與豪放的氣概，正具備了「骨氣端翔，音情頓挫」的特色。他所提倡的復古，在這裡得到正確的解釋與證明。《唐書》本傳說：「唐興，文章承徐、庾餘風，天下祖尚。子昂始變雅正。」韓愈也說：「國朝盛文章，子昂始高蹈。」他們這些評語，並非溢美之辭。在唐詩的發展史上，陳子昂是結束初唐百年間的齊梁詩風，下開盛唐的浪漫詩派，由此可見他的地位的重要了。

　　陳子昂以外，蘇頲、張說、張九齡俱以詩名。其詩雖稍近古雅，究以宮廷詩人的環境（蘇頲封許國公，張說封燕國公。朝廷大作，多出其手，時號「燕許大手筆」），故集中樂章之作，應制之篇，觸目俱是。張說謫居岳州以後，其詩格較高，時多淒惋之音。張九齡身居相位，故其五律也帶著很濃厚的臺閣氣，惟其《感遇》詩十二首作風與子昂相近。故後人論初唐詩之轉變者，每以陳、張並稱，即因此故。今舉二首《感遇》詩為例：

> 蘭葉春葳蕤，桂華秋皎潔。欣欣此生意，自爾為佳節。
> 誰知林棲者，聞風坐相悅。草木有本心，何求美人折。
> 江南有丹橘，經冬猶綠林。豈伊地氣暖，自有歲寒心。
> 可以薦嘉客，奈何阻重深。運命惟所遇，循環不可尋。
> 徒言樹桃李，此木豈無陰！

　　陳子昂所說的齊梁詩「采麗競繁，興寄都絕」的弊病，在這裡已革除得乾淨。施補華《峴傭說詩》云：「唐初五言古，猶紹六朝綺麗之習。惟陳子昂、張九齡直接漢魏，骨峻神疏，思深力遒，復古之功大矣。」劉熙載《藝概》亦云：「唐初四子紹陳、隋之舊，才力迥絕，不免時人異議。陳射洪（子昂）、張曲江（九齡）獨能起一格，為李、杜開先，豈天運使然耶？」這些評語，都很能認清文學進展的時代性。

　　陳、張以外，在唐詩浪漫運動的初期有著相當的力量的，是吳中四士。他們是賀知章、張旭、包融和張若虛。他們的詩歌，是浪漫運動初期中的重要產品。他們的思想雖不盡同，生活的情調，卻有一個共同的傾向，那便是禮俗規律的厭惡與自由閒適的追求。由這種生活與人生觀反映到他們的文學創作上，自然是要呈現出濃厚的浪漫情調

來的。同時，由他們那種愛好自由的個性，那種拘束於規則的律詩，
他們是看不起的，因此在他們的詩中，律體是少極了。小詩與長歌，
是他們的代表作：

主人不相識，偶坐為林泉。莫謾愁沽酒，囊中自有錢。

（賀知章《題袁氏別業》）

少小離家老大回，鄉音無改鬢毛衰。
兒童相見不相識，笑問客從何處來。
離別家鄉歲月多，近來人事半消磨。
惟有門前鏡湖水，春風不改舊時波。

（賀知章《回鄉偶書》二首）

旅人倚征棹，薄暮起勞歌。
笑攬清溪月，清輝不厭多。

（張旭《清溪泛舟》）

隱隱飛橋隔野煙，石磯西畔問漁船。
桃花盡日隨流水，洞在青溪何處邊。

（張旭《桃花溪》）

武陵川徑入幽遐，中有雞犬秦人家。
先時見者為誰耶？源水今流桃復花。

（包融《武陵桃源送人》）

春江潮水連海平，海上明月共潮生。灩灩隨波千萬里，何處春

江無月明？江流宛轉繞芳甸，月照花林皆似霰。空裡流霜不覺
飛，汀上白沙看不見。江天一色無纖塵，皎皎空中孤月輪。江
畔何人初見月，江月何年初照人？人生代代無窮已，江月年年
只相似。不知江月待何人？但見長江送流水。白雲一片去悠
悠，青楓浦上不勝愁。誰家今夜扁舟子，何處相思明月樓？可
憐樓上月徘徊，應照離人妝鏡臺。玉戶簾中捲不去，擣衣砧上
拂還來。此時相望不相聞，願逐月華流照君。鴻雁長飛光不
度，魚龍潛躍水成文。昨夜閒潭夢落花，可憐春半不還家。江
水流春去欲盡，江潭落月復西斜。斜月沉沉藏海霧，碣石瀟湘
無限路。不知乘月幾人歸，落月搖情滿江樹。

（張若虛《春江花月夜》）

這些詩完全跳出了初唐的範圍，自成一種格調。賀知章所寫的還鄉感
慨，所歌詠的酒杯中的人生，張旭、包融所描寫的深山幽谷的自然情
趣，處處都有一種高遠的意境，毫無那種富貴塵俗的氣息。張若虛的
歌行，用著最美麗最和諧然而又是最通俗的文句，來歌詠富於玄理的
自然現象，中間夾雜閨情離恨，使全篇增加哀怨纏綿的成分，一破哲
理詩的平淡枯寂。因其善於變化反復，造成譎詭恢奇的波瀾，使這詩
在感染性上，得到了成功的效果。

第十三章
李白與盛唐詩

一　王維、孟浩然與田園詩派

　　在唐代的浪漫詩歌中，有一些人專注於自然山水的歌詠，鄉村生活的描寫；用疏淡的筆法，造成恬靜的詩風，是王維代表的田園詩派。他們失意於現實的人世，或滿意於富貴功名以後，帶著對閒適清靜生活的追求和欲望，避之於山林與田園，想在那裡找到一點心境上的安慰。他們時時刻刻在追求一種怡然自樂的心境，寂寂地避開煩擾的現世。社會上一切的民生疾苦，戰影烽煙，都無法引起他們的注視。這一派詩自陶淵明開創以來，到了八世紀，這一派的作家輩出，作品的豐富與藝術的成熟，形成田園詩的極盛時代。如王維、孟浩然、儲光羲、裴迪、丘為、綦毋潛、常建、劉長卿、祖詠，都在這方面有很好的成績。時代稍晚一點，其作品也是屬於這個系統的，還有元結、韋應物、柳宗元、顧況諸人。在這一派中，能領袖群倫，堪稱諸家的代表的，自然是王維。

王　維（701-761）

　　字摩詰，山西太原祁人。王維早慧，九歲能屬辭，《洛陽女兒行》、《九月九日憶山東兄弟》、《桃源行》等名篇，都是二十歲前的作品。《舊唐書》本傳說：「維以詩名盛於開元、天寶間。」這是他在宦途中最得意的時代。到了天寶十四年，安祿山反，陷長安，王維為賊所獲，被拘禁於古寺中，曾有《凝碧詩》一章，寄其感慨。詩云：

「萬戶傷心生野煙，百官何日再朝天。秋槐花落空宮裡，凝碧池頭奏管弦。」後來亂平，因以此詩滅罪。「退朝之後，焚香獨立，以禪誦為事。」正是他晚年生活的寫照。後得宋之問的藍田別墅，在輞川，山水奇勝。日與道友裴迪浮舟往來，彈琴賦詩，以此自樂。在《與裴迪書》中，他描寫那地的風景和他個人的生活心境極好。書云：

> 夜登華子岡，輞水淪漣，與月上下。寒山遠火，明滅林外。深巷寒犬，吠聲如豹。村墟夜舂，復與疏鐘相間。此時獨坐，僮僕靜默，每思曩昔攜手賦詩，步仄徑，臨清流也。當待春中卉木蔓發，春山可望，輕鰷出水，白鷗矯翼，露濕青皋，青雉朝雊，斯之不遠，儻能從我遊乎？

這是一幅水墨畫，是一首優美的散文詩，文字的清潔，意境的高遠，是山水小品中的傑作。他就死在一個小天地，年六十一歲。王維兼通詩、樂、圖畫，是一個多才多藝的藝術家。他的山水畫和他的田園詩，發生了密切的聯繫。蘇東坡說他「詩中有畫，畫中有詩」，真是一點也不錯。《新唐書》本傳說：「維工草隸，善畫，名盛於開元天寶間，……畫思入神。」他自己說過：「凡畫山水，意在筆先。」（《畫學秘訣》）意就是一種意象或境界。因為他愛山水，愛高潔，愛佛，所以山水雪景及佛像成為他畫中的主要題材，可知藝術家的生活心境，同他的作品，發生多麼密切的聯繫。王維優秀詩篇很多，如：

> 風勁角弓鳴，將軍獵渭城。草枯鷹眼疾，雪盡馬蹄輕。
> 忽過新豐市，還歸細柳營。回看射鵰處，千里暮雲平。
>
> 　　　　　　　　　　　　　　　　　　　　（《觀獵》）

獨在異鄉為異客，每逢佳節倍思親。

遙知兄弟登高處，遍插茱萸少一人。

（《九月九日憶山東兄弟》）

君自故鄉來，應知故鄉事。來日綺窗前，寒梅著花未？

（《雜詩》）

紅豆生南國，春來發幾枝。願君多採擷，此物最相思。

（《相思》）

渭城朝雨浥輕塵，客舍青青柳色新。

勸君更盡一杯酒，西出陽關無故人。

（《送元二使安西》）

單車欲問邊，屬國過居延。征蓬出漢塞，歸雁入胡天。

大漠孤煙直，長河落日圓。蕭關逢候騎，都護在燕然。

（《使至塞上》）

空山新雨後，天氣晚來秋。明月松間照，清泉石上流。

竹喧歸浣女，蓮動下漁舟。隨意春芳歇，王孫自可留。

（《山居秋暝》）

斜光照墟落，窮巷牛羊歸。野老念牧童，倚杖候荊扉。

雉雊麥苗秀，蠶眠桑葉稀。田夫荷鋤至，相見語依依。

即此羨閒逸，悵然吟式微。

（《渭川田家》）

　　人閒桂花落，夜靜春山空。月出驚山鳥，時鳴春澗中。

　　　　　　　　　　　　　　　　　　　　　　　　（《鳥鳴澗》）

　　空山不見人，但聞人語響。返影入深林，復照青苔上。

　　　　　　　　　　　　　　　　　　　　　　　　（《鹿柴》）

　　獨坐幽篁裡，彈琴復長嘯。深林人不知，明月來相照。

　　　　　　　　　　　　　　　　　　　　　　　　（《竹里館》）

　　中歲頗好道，晚家南山陲。興來每獨往，勝事空自知。
　　行到水窮處，坐看雲起時。偶然值林叟，談笑無還期。

　　　　　　　　　　　　　　　　　　　　　　　　（《終南別業》）

重要的田園詩人還有劉長卿、裴迪、綦毋潛、祖詠、常建、元結諸
人，其作風與王孟相近，都可歸於這一個集團。今以劉長卿為例：

　　日暮蒼山遠，天寒白屋貧。柴門聞犬吠，風雪夜歸人。

　　　　　　　　　　　　　　　　　　　　　（《逢雪宿芙蓉山主人》）

　　蒼蒼竹林寺，杳杳鐘聲晚。荷笠帶斜陽，青山獨歸遠。

　　　　　　　　　　　　　　　　　　　　　　　（《送靈澈上人》）

這些詩裡，田園生活成為主體，用山水風景作為襯托。這些山水田園
詩，全是直寫白描，自然流露，確實沒有半點馳騁才學的痕跡，正是
盛唐詩歌的獨特之處。

孟浩然（689-740）

　　名浩，字浩然，湖北襄陽人。他與王維並稱，為當時自然詩人的
兩大代表。孟浩然四十歲前，受了當時隱逸的風氣，在鹿門山住了多
年。雖然山水看得久了，富貴功名的欲望，在他的心裡仍是熱切，可
說是「身在江湖，心懷魏闕」。他有了這種心境，就沒有王維那麼恬
靜與平淡，時或露憤慨與嗟怨：

　　　　八月湖水平，涵虛混太清。氣蒸雲夢澤，波撼岳陽城。
　　　　欲濟無舟楫，端居恥聖明。坐觀垂釣者，徒有羨魚情。

　　　　　　　　　　　　　　　　　　　　　　（《臨洞庭上張丞相》）

　　孟浩然無法掩藏那種熱心富貴榮華的心境。在這首詩中，孟浩然「羨
魚之情」的表露，「明主之棄」的哀怨，「知音之稀」的嗟歎，「年華
易老」的悲傷，都是表示他心境的塵俗與雜亂。雖然如此，但也不能
抹煞他的詩歌的價值。他對於五言方面的努力有很高的成就，例如：

　　　　春眠不覺曉，處處聞啼鳥。夜來風雨聲，花落知多少。

　　　　　　　　　　　　　　　　　　　　　　　　　　（《春曉》）

　　　　北山白雲裡，隱者自怡悅。相望試登高，心隨雁飛滅。
　　　　愁因薄暮起，興是清秋發。時見歸村人，沙行渡頭歇。
　　　　天邊樹若薺，江畔舟如月。何當載酒來，共醉重陽節。

　　　　　　　　　　　　　　　　　　　　　　（《秋登蘭山寄張五》）

　　　　故人具雞黍，邀我至田家。綠樹村邊合，青山郭外斜。

開軒面場圃，把酒話桑麻。待到重陽日，還來就菊花。

（《過故人莊》）

韋應物（生卒不詳，但約在737-791之間）

陝西長安人。在生做過幾任官，終於蘇州刺史，故世稱為韋蘇州。白居易說他的五言「高雅閒淡，自成一家」。蘇東坡有詩云：「樂天長短三千首，卻遜韋郎五字詩。」他的詩是以描寫山水田園為主體，其風格以澹遠清雅著稱。無論人生觀上在作風上，他都有意學陶淵明。《擬古詩十二首》、《效陶》、《效陶彭澤》、《雜體五首》諸篇，都是他有意學陶的證明。因為他有這種高遠空靈的心境，所以他的做官生活毫無損傷他的閒澹簡遠的作風。他的傑作多出之於衙門中的桌上：

今朝郡齋冷，忽念山中客。澗底束荊薪，歸來煮白石。
欲持一瓢酒，遠慰風雨夕。落葉滿空山，何處尋行跡。

（《寄全椒山中道士》）

吏舍跼終年，出郊曠清曙。楊柳散和風，青山澹吾慮。
依叢適自憩，緣澗還復去。微雨靄芳原，春鳩鳴何處。
樂幽心屢止，遵事蹟猶遽。終罷斯結廬，慕陶直可庶。

（《東郊》）

獨憐幽草澗邊生，上有黃鸝深樹鳴。
春潮帶雨晚來急，野渡無人舟自橫。

（《滁州西澗》）

柳宗元（773-819）

　　字子厚，山西河東人。他是唐代的散文大家，詩的成就也極高。因為他長年貶居永州、柳州，得以放浪山水之間，加以性愛佛理，所以他的詩文的格調高遠，毫無塵俗之氣。他的《初秋夜坐贈吳武陵》、《法華寺石門精舍》、《登蒲州石磯》諸篇，便知道他的山水詩，全非寫意，而在用力刻畫其形貌。因其文筆的精煉，故時多美句。然其小詩則富於澹遠閒雅之趣。例如：

　　千山鳥飛絕，萬徑人蹤滅。孤舟蓑笠翁，獨釣寒江雪。

　　　　　　　　　　　　　　　　　　　　　　　（《江雪》）

　　漁翁夜傍西巖宿，曉汲清湘燃楚竹。

　　煙銷日出不見人，欸乃（ǎi nǎi，搖櫓聲）一聲山水綠。

　　回看天際下中流，巖上無心雲相逐。

　　　　　　　　　　　　　　　　　　　　　　　（《漁翁》）

　　城上高樓接大荒，海天愁思正茫茫。

　　驚風亂颭芙蓉水，密雨斜侵薜荔牆。

　　嶺樹重遮千里目，江流曲似九回腸。

　　共來百越文身地，猶自音書滯一鄉。

　　　　　　　　　　　　　（《登柳州城樓寄漳汀封連四州》）

柳宗元詩以五言詩見稱，前二首可為其代表作。最末一首為七律，卻也極富詩意。此詩是柳宗元寫於唐順宗永貞元年（805）的詩。柳宗元與韓泰、韓曄、陳諫、劉禹錫都因參加王叔文領導的永貞革新運動而遭貶謫。五人雖曾被召回，但又再度貶為邊州刺史。他們的際遇相

同，休戚相關，全詩中表現出一種極為真摯的友誼。五人雖天各一
方，卻有無法自抑的相思之苦。

二　岑參、高適與邊塞詩派

岑　參（720-770）

河南南陽人，天寶三年進士，做過安西節度判官，關西節度判
官，虢州長史，嘉州刺史，晚年入蜀依杜鴻漸，即死於蜀。年輕時岑
參曾歎息：「終日不得意，出門何所之。」(《江上春歎》) 又曰：「丈
夫三十未富貴，安能終日守筆硯！」(《銀山磧西館》) 後來他做了安
西和關西的節度判官，仕途較佳。由於長期在西域生活，那裡有大
風、酷熱、大冰雪，有千里無人煙的沙漠，有悲壯的戰爭和異國的胡
樂。他到過天山，到過輪台，到過雪海，到過交河，這些絕域的景
象，給他一種新刺激新生命新情調。他的心境與詩境，偉大雄奇的場
面都由此展開：

> 北風捲地白草折，胡天八月即飛雪。忽如一夜春風來，千樹萬
> 樹梨花開。散入珠簾濕羅幕，狐裘不暖錦衾薄。將軍角弓不得
> 控，都護鐵衣冷難著。瀚海闌干百丈冰，愁雲慘澹萬里凝。中
> 軍置酒飲歸客，胡琴琵琶與羌笛。紛紛暮雪下轅門，風掣紅旗
> 凍不翻。輪臺東門送君去，去時雪滿天山路。山回路轉不見
> 君，雪上空留馬行處。
>
> (《白雪歌送武判官歸京》)

> 君不見走馬川行雪海邊，平沙莽莽黃入天。輪臺九月風夜吼，
> 一川碎石大如斗，隨風滿地石亂走。匈奴草黃馬正肥，金山西

見煙塵飛，漢家大將西出師。將軍金甲夜不脫，半夜軍行戈相撥，風頭如刀面如割。馬毛帶雪汗氣蒸，五花連錢旋作冰。幕中草檄硯水凝。虜騎聞之應膽慴，料知短兵不敢接，車師西門佇獻捷。

（《走馬川行奉送出師西征》）

彎彎月出掛城頭，城頭月出照涼州。涼州七里十萬家，胡人半解彈琵琶。琵琶一曲腸堪斷，風蕭蕭兮夜漫漫。河西幕中多故人，故人別來三五春。花樓門前見秋草，豈能貧賤相看老？一生大笑能幾回？斗酒相逢須醉倒。

（《涼州館中與諸判官夜集》）

在這些詩裡，他運用樂府民歌的精神與語調，去描寫塞外的風光與戰場的情形，完成前所未有的險怪雄奇的風格。元辛文房《唐才子傳》云：「（岑）參累佐戎幕，往來鞍馬烽塵間十餘載，極征行離別之情。城障塞堡，無不經行，博覽史籍，尤工綴文。屬辭清尚，用心良苦。詩調特高，唐興罕見此作。」他從作者的生活環境與自然現象去說明其作風特色的構成，是極其合理的。他於七言長歌之外，七言小詩也有很好的作品，且舉兩首作例：

故園東望路漫漫，雙袖龍鍾淚不乾。馬上相逢無紙筆，憑君傳語報平安。

（《逢入京使》）

梁園日暮亂飛鴉，極目蕭條三兩家。庭樹不知人去盡，春來還發舊時花。

（《山房春事》）

一寫鄉情，一寫春事，題材與環境不同，他的體裁也變為短小，風格也顯得纏綿與幽靜了。

高　適（704-765）

字達夫，河北滄州人。少時很不得志時，《舊唐書》本傳說他：「不事生產，客梁、宋，以求丐取給。」《唐詩紀事》云：「適性落拓，不拘小節，恥預常科，隱跡博徒，才名自遠。」可見他浪漫的性情和生活。他晚年官運亨通，由河西節度使哥舒翰的書記，做到劍南、西川節度使，代宗時召為刑部侍郎，進封渤海縣侯，食邑七百戶。所以《舊唐書》說他「有唐以來，詩人之達者，唯適而已。」他的軍事生活與邊陲的環境，使得他與岑參成為邊塞詩的代表人。他是一個才情卓絕的人，青年時代已雄心大志，看不起舞文弄墨。《舊唐書》說：「適年過五十，始留意篇什，數年之間，體格漸變，以氣質自高，每吟一篇，為好事者傳誦。」：

千里黃雲白日曛，北風吹雁雪紛紛。
莫愁前路無知己，天下誰人不識君。

（《別董大‧其一》）

人日題詩寄草堂，遙憐故人思故鄉。柳條弄色不忍見，梅花滿枝空斷腸。身在遠藩無所預，心懷百憂復千慮。今年人日空相憶，明年人日知何處？一臥東山三十春，豈知書劍老風塵。龍鍾還忝二千石，愧爾東西南北人。

（《人日寄杜二拾遺》）

開元二十六年，客有從御史大夫張公（守珪）出塞而還者，作《燕歌行》以示適，感征戍之事，因而和焉。

漢家煙塵在東北，漢將辭家破殘賊，男兒本自重橫行，天子非
常賜顏色。摐金伐鼓下榆關，旌旗逶迤碣石間。校尉羽書飛瀚
海，單于獵火照狼山。山川蕭條極邊土，胡騎憑陵雜風雨。戰
士軍前半死生，美人帳下猶歌舞！大漠窮秋塞草腓，孤城落日
鬥兵稀。身當恩遇恆輕敵，力盡關山未解圍。鐵衣遠戍辛勤
久，玉箸應啼別離後。少婦城南欲斷腸，征人薊北空回首。邊
庭飄颻那可度，絕域蒼茫更何有？殺氣三時作陣雲，寒聲一夜
傳刁斗。相看白刃血紛紛，死節從來豈顧勳？君不見沙場征戰
苦，至今猶憶李將軍。

（《燕歌行》）

岑、高以外，李頎、崔顥也是邊塞詩的重要作家。李頎是雲南東川
人，開元十三年進士，官新鄉尉。他寫詩的題材雖很廣泛，然其代表
作，還是那幾篇反戰詩歌，風格與岑參、高適十分相近。崔顥，汴州
人，開元十一年進士。後來多寫戰爭的詩，其風格甚為雄放。他的七
律《黃鶴樓》一首，嚴羽稱為唐代七律壓卷之作。然平仄對偶俱有不
合，這正表現浪漫詩人對於格律的反抗。今各舉二首為例：

白日登山望烽火，黃昏飲馬傍交河。行人刁斗風沙暗，公主琵
琶幽怨多。野營萬里無城郭，雨雪紛紛連大漠。胡雁哀鳴夜夜
飛，胡兒眼淚雙雙落。聞道玉門猶被遮，應將性命逐輕車。年
年戰骨埋荒外，空見葡萄入漢家。

（《古從軍行》李頎）

男兒事長征，少小幽燕客。賭勝馬蹄下，由來輕七尺。殺人莫
敢前，鬚如蝟毛磔。黃雲隴底白雲飛，未得報恩不得歸。遼東

小婦年十五，慣彈琵琶解歌舞。今為羌笛出塞聲，使我三軍淚
如雨。

　　　　　　　　　　　　　　　　　　　　（《古意》李頎）

高山代郡東接燕，雁門胡人家近邊。
解放胡鷹逐塞鳥，能將代馬獵秋田。
山頭野火寒多燒，雨裡孤峰濕作煙。
聞道遼西無鬥戰，時時醉向酒家眠。

　　　　　　　　　　　　　　　　　　（《雁門胡人歌》崔顥）

昔人已乘黃鶴去，此地空餘黃鶴樓。
黃鶴一去不復返，白雲千載空悠悠。
晴川歷歷漢陽樹，芳草淒淒鸚鵡洲。
日暮鄉關何處是，煙波江上使人愁。

　　　　　　　　　　　　　　　　　　　（《黃鶴樓》崔顥）

此外，王昌齡、王之渙、王翰諸人的風格，也可歸於此派。王昌齡字
少伯，陝西長安人，時稱「七絕聖手」。晚節狂放，貶為龍標尉，後
還鄉為閭丘曉所殺。王之渙，山西太原人，與高適、王昌齡齊名。王
翰字子羽，山西晉陽人。直言喜諫，因事貶道州司馬。他們大概都是
落拓不羈狎妓飲酒的浪漫者。他們現存的詩篇雖說很少，然都是精美
之作：

秦時明月漢時關，萬里長征人未還。
但使龍城飛將在，不教胡馬渡陰山。

　　　　　　　　　　　　　　　　　　　（《出塞》王昌齡）

　　大漠風塵日色昏，紅旗半掩出關門。
　　前軍夜戰洮河北，已報生擒吐谷渾。

（《從軍行》王昌齡）

　　黃沙遠上白雲間，一片孤城萬仞山。
　　羌笛何須怨《楊柳》，春風不度玉門關。

（《涼州詞》王之渙）

　　葡萄美酒夜光杯，欲飲琵琶馬上催。
　　醉臥沙場君莫笑，古來征戰幾人回？

（《涼州詞》王翰）

寥寥四句的絕詩，呈現著這麼雄偉的氣魄，生動的形象，自是難能。
風格與高岑近似，而其神韻滋味亦各擅勝長。王昌齡除長於描寫邊塞
戰爭以外，亦善於表現宮閨和別離之情：

　　奉帚平明金殿開，且將團扇共徘徊。
　　玉顏不及寒鴉色，猶帶昭陽日影來。

（《長信秋語》）

　　閨中少婦不知愁，春日凝妝上翠樓。
　　忽見陌頭楊柳色，悔教夫婿覓封侯。

（《閨怨》）

　　寒雨連江夜入吳，平明送客楚山孤。
　　洛陽親友如相問，一片冰心在玉壺。

（《芙蓉樓送辛漸》）

因題材的不同，表現手法變為細密，情感亦變為哀怨。字句明白如
話，其情意卻悠長深遠，情味本窮，達到絕句中最上乘的境界。

三　詩仙李白（701-762）

　　無論在詩的體裁，內容或其作品的風格上，兼有王孟、岑高二派
之長，集浪漫文學的大成，是人稱為詩仙的李白。在他的作品裡，有
澹遠恬靜的山水詩，有氣象雄偉的樂府詩，無論五言七言長篇短篇，
他都寫得極好，幾乎任何體裁、任何題材，他都無須選擇。在他的眼
裡，任何規律，任何傳統和法則，都在他天才的力量下屈服了。他的
思想極其複雜矛盾：他愛豪俠，對於張良、荊軻、朱亥、高漸離、豫
讓、郭隗等人，時時流露著景仰讚歎之情。他愛道士神仙，煉過大
丹，受過道籙，同道士們來往非常密切。然而他又是一個徹底的享樂
主義者，同時又是殉情主義者，他的情感的豐富與熱烈，任何詩人都
比他不上。

　　李白，字太白，號青蓮居士，隴西成紀人，其祖曾先以罪徙西
域。五歲時，隨著父親李客遷還四川綿州江油。李白的祖籍是甘肅，
生於西域，長於四川，是一個胡、漢的混血兒。二十五歲以前，他成
長在四川，讀書學劍，隱居岷山，遊峨眉，養成狂傲豪俠的性格。二
十五歲以後，他於是「仗劍去國」，在江南、河北一帶流浪了很久，
曾「遍干諸侯，歷抵卿相」。他到過襄漢、金陵、揚州、汝梅、雲
夢、安陸、山東、太原、浙江各處。在雲夢娶故相許圉如的孫女為
妻；在并州識郭子儀；在山東時，與孔巢父、韓準、裴政、張叔明、
陶沔為友，酣歌縱酒，一同隱居於徂徠山竹溪，時號為竹溪六逸。後
來又由山東回到江浙，同道士吳筠為友。後來吳筠被召入京，薦白於
玄宗，因此他也入長安。那時賀知章讀了他的詩，歎為天上謫仙人。

玄宗很優遇他，有詔供奉翰林。他在長安三年，仍是一樣度著浪漫的生活，相傳有龍巾拭吐、御手調羹、力士脫靴、貴妃捧硯種種的風流故事。他本可由此一帆風順，但他那種浪漫的行為和思想，使得皇帝都有些怕他，於是又離開長安，再度過著流浪漂泊的生活。

　　天寶十四年（755），安祿山反，次年李白隱居廬山。當時，永王璘起兵，招李白入幕。永王璘失敗了，李白也因此獲罪，幸得郭子儀出力救他，因此流於夜郎，再遇赦放歸。那時候他已是五十九歲了。後來他依族叔當塗令李陽冰，往來宣城、歷陽間，愛賞青山、敬亭山、采石磯一帶的風景。六十二歲，死於當塗。李白是天才、浪子、道人、神仙、豪俠、隱士、酒徒、流浪者、政治家的總匯。這一切的特性，都在他的詩歌中表現出來。他說：「我本楚狂人，鳳歌笑孔丘。」（《廬山謠》）又說：「魯叟談五經，白髮死章句。問以經濟策，茫如墮煙霧。足著遠遊履，首戴方頭巾。緩步從直道，未行先起塵。君非叔孫通，與我本殊倫。」（《嘲魯儒》）對章句小儒深表鄙視。

　　李白的作品的最大特色，就是在那中國詩人未曾有過的雄放的氣象。這一半由於他的天才，一半也由於他的血統、個性和經歷。他本身就是一個英氣勃勃、狂放不羈的人，他作起詩來，便不屑於細微的雕琢與對偶的安排，他用著大刀闊斧、粗枝大葉的手法與線條，去塗寫他心目中的印象和情感。無論是長詩或是短詩，一到他的手裡，好像一點不費氣力似的，但往往有一種排山倒海、萬馬奔騰的氣勢，讀了只能使人驚奇和讚歎。他對於那費盡心力，加意推敲而作詩的忘年友杜甫，也要發出嘲諷的聲音了。「飯顆山前逢杜甫，頭戴笠子日卓午。借問別來太瘦生，總謂從前作詩苦。」（《戲贈杜甫》）杜甫對於李白的狂性與過人的天才，也深深地拜服。今存寄贈李白和提起他的詩，共有十多首。如「眾人皆欲殺，吾意獨憐才」，「冠蓋滿京華，斯人獨憔悴」，「筆落驚風雨，詩成泣鬼神」，「三夜頻夢君，情親見君意」，說明他對李白的天才的傾倒，也表現他倆的深厚友誼。

　　李白說：「梁、陳以來，艷薄斯極，沈休文又尚以聲律；將復古
道，非我而誰？」又說：「大雅久不作，吾衰竟誰陳……自從建安
來，綺麗不足珍。」他要把數百年來加於詩歌的種種規律，擊得粉
碎。趙翼說他：「才氣豪邁，全以神運，自不屑束縛於格律對偶與雕
繪者爭勝。」道出這位浪漫詩人的真精神和真性情：

　　明月出天山，蒼茫雲海間。長風幾萬里，吹度玉門關。
　　漢下白登道，胡窺青海灣。由來征戰地，不見有人還。
　　戍客望邊色，思歸多苦顏。高樓當此夜，嘆息未應閒。
　　　　　　　　　　　　　　　　　　　　　　　　（《關山月》）

　　五陵年少金市東，銀鞍白馬度春風。
　　落花踏盡遊何處，笑入胡姬酒肆中。
　　　　　　　　　　　　　　　　　　　　　　　　（《少年行》）

　　床前明月光，疑是地上霜。舉頭望明月，低頭思故鄉。
　　　　　　　　　　　　　　　　　　　　　　　　（《靜夜思》）

這些佳作傳誦千古。而表現雄偉的氣象，形成格律的自由，充分地發
揮那浪漫文學的真精神的，是那些長篇的歌行。例如：

　　噫吁嚱！危乎高哉！蜀道之難，難於上青天！蠶叢及魚鳧，開
　　國何茫然！爾來四萬八千歲，不與秦塞通人煙。西當太白有鳥
　　道，可以橫絕峨眉巔。地崩山摧壯士死，然後天梯石棧相鉤
　　連。上有六龍回日之高標，下有衝波逆折之回川。黃鶴之飛尚
　　不得過，猿猱欲度愁攀援。青泥何盤盤，百步九折縈巖巒。捫
　　參歷井仰脅息，以手撫膺坐長嘆。

問君西遊何時還？畏途巉巖不可攀。但見悲鳥號古木，雄飛雌
從繞林間。又聞子規啼夜月，愁空山。蜀道之難，難於上青
天，使人聽此凋朱顏！連峰去天不盈尺，枯松倒掛倚絕壁。飛
湍瀑流爭喧豗，砯崖轉石萬壑雷。其險也如此，嗟爾遠道之人
胡為乎來哉！
劍閣崢嶸而崔嵬，一夫當關，萬夫莫開。所守或匪親，化為狼
與豺。朝避猛虎，夕避長蛇；磨牙吮血，殺人如麻。錦城雖雲
樂，不如早還家。蜀道之難，難於上青天，側身西望長咨嗟！

（《蜀道難》）

海客談瀛洲，煙濤微茫信難求。越人語天姥，雲霓明滅或可睹。
天姥連天向天橫，勢拔五嶽掩赤城。天台四萬八千丈，對此欲
倒東南傾。我欲因之夢吳越，一夜飛度鏡湖月。湖月照我影，
送我至剡溪。謝公宿處今尚在，綠水蕩漾清猿啼。
腳著謝公屐，身登青雲梯。半壁見海日，空中聞天雞。千巖萬
轉路不定，迷花倚石忽已暝。熊咆龍吟殷巖泉，慄深林兮驚層
巔。雲青青兮欲雨，水澹澹兮生煙。列缺霹靂，丘巒崩摧。
洞天石扇，訇（音轟，形容大聲）然中開。青冥浩蕩不見底，
日月照耀金銀臺。霓為衣兮風為馬，雲之君兮紛紛而來下。虎
鼓瑟兮鸞回車，仙之人兮列如麻。
忽魂悸以魄動，恍驚起而長嗟。惟覺時之枕席，失向來之煙霞。
世間行樂亦如此，古來萬事東流水。別君去兮何時還，且放白
鹿青崖間，須行即騎訪名山。安能摧眉折腰事權貴，使我不得
開心顏！

（《夢遊天姥吟留別》）

要在這些詩裡，才真能看出李白過人的曠世才情。揮毫落紙，真有橫掃千軍的氣概。在那些長短參差的字句裡，顯得自然，在那些時時變換的音韻裡，顯得調和，在絕無規律中，又顯出法則。詩做到李白，算真是達到革命的大解放，他能從《詩經》、《楚辭》、樂府以及中國古代許多古典文學中吸取其精華，而創造一種新形式新格調，使後人無法模擬無法學習。至於這些詩的風格，確與岑、高一派相近，然其氣魄之大，實駕他們而上之。而且，有時他的心境沉靜了，環境改變了，他的筆調又變成王、孟一類的恬靜淡遠了。例如：

> 眾鳥高飛靜，孤雲獨去閒。相看兩不厭，只有敬亭山。
>
> 　　　　　　　　　　　　　　　　　　（《敬亭獨坐》）

> 暮從碧山下，山月隨人歸。卻顧所來徑，蒼蒼橫翠微。相攜及田家，童稚開荊扉。綠竹入幽徑，青蘿拂行衣。歡言得所憩，美酒聊共揮。長歌吟松風，曲盡河星稀。我醉君復樂，陶然共忘機。
>
> 　　　　　　　　　　（《下終南山過斛斯山人宿置酒》）

> 天下傷心處，勞勞送客亭。春風知別苦，不遣柳條青。
>
> 　　　　　　　　　　　　　　　　　　（《勞勞亭》）

此外，即使是五律、七律較不多作的體裁，他也有極其精彩的作品，讓讀者陶醉不醒，如：

> 青山橫北郭，白水繞東城。此地一為別，孤蓬萬里征。
> 浮雲遊子意，落日故人情。揮手自茲去，蕭蕭班馬鳴。
>
> 　　　　　　　　　　　　　　　　　　（《送友人》）

　　鳳凰臺上鳳凰遊，鳳去臺空江自流。
　　吳宮花草埋幽徑，晉代衣冠成古丘。
　　三山半落青天外，二水中分白鷺洲。
　　總為浮雲能蔽日，長安不見使人愁。

（《登金陵鳳凰臺》）

這些詩的好處，是有神韻，有滋味，有意境，同時又有氣勢，絕無纖
弱平滯之病。盛唐時代的七絕佳作，真是多如繁星，讓人目不暇給。
此外，李白的作品，與摯友「七絕聖手」王昌齡可說是互相輝映，如：

　　問余何事棲碧山，笑而不答心自閒。
　　桃花流水杳然去，別有天地非人間。

（《山中問答》）

　　朝辭白帝彩雲間，千里江陵一日還。
　　兩岸猿聲啼不住，輕舟已過萬重山。

（《早發白帝城》）

　　楊花落盡子規啼，聞道龍標過五溪。
　　我寄愁心與明月，隨君直到夜郎西。

（《聞王昌齡左遷龍標遙有此寄》）

　　故人西辭黃鶴樓，煙花三月下揚州。
　　孤帆遠影碧空盡，唯見長江天際流。

（《黃鶴樓送孟浩然之廣陵》）

峨眉山月半輪秋，影入平羌江水流。
夜發清溪向三峽，思君不見下渝州。

　　　　　　　　　　　　　　　　　　（《峨眉山月歌》）

李白乘舟將欲行，忽聞岸上踏歌聲。
桃花潭水深千尺，不及汪倫送我情。

　　　　　　　　　　　　　　　　　　（《贈汪倫》）

第十四章
杜甫與中晚唐詩

一　詩聖杜甫（712-770）

　　杜甫，字子美，湖北襄陽人。十二世祖為征南大將軍杜預，曾撰
寫《春秋經傳集解》。祖父是著名詩人杜審言，父親杜閑雖也做過小
官，但到杜甫時，家境是很貧窮了。他少小多病，貧窮好學。他七歲
會作詩，九歲寫得很好的大字，十四五歲便能與當時文士酬唱。弱冠
之年，便南遊吳越了。二十四歲，赴京兆考進士，沒有考取，於是放
蕩於山東、山西、河南一帶，同李白、高適等往還，同衾共枕共一年
多。之後又在齊、趙之間流浪了八九年。三十五歲再到長安，住了近
十年。長年的鬱鬱不得志和窮困生活，讓他對生命有更深刻的觀察，
詩風亦有所轉變。他前後《進雕賦》、《三大禮賦》。結果，朝廷只叫
他「待制集賢院，命宰相試文章」。四十四歲時，獲授河西尉，他辭
不赴任，後來改為率府參軍的小官，仍是非常窮困。當時楊貴妃姊妹
的荒淫，楊家宰相的威勢，君主官廷的宴樂，民眾的痛苦，一一都映
到詩人的眼裡，刺激他，壓迫他，憤怒他，使他無法逃避這種現實題
材的表現。所謂「朱門酒肉臭，路有凍死骨」（《自京赴奉先》），「甲
第紛紛厭粱肉」（《醉時歌》），是他眼中的貴族生活。所謂「彤庭所分
帛，本自寒女出。鞭撻其夫家，聚斂貢城闕」（《自京赴奉先》），是統
治階級壓榨貧民的悲劇。《麗人行》是表現貴妃姊妹的華貴與聲威，
《兵車行》是民眾苦於戰禍兵役的叫喊。多年來的窮困生活裡，養成
了杜甫細微的觀察力，使他能夠看透所謂「開（元）、天（寶）盛

世」的內幕，得到了深確的認識。他瞭解千萬民眾的苦痛，都是那些淫蕩女人、貪污宰相、風流皇帝所造成的罪惡。他知道當時的太平盛世，裡面已經腐爛不堪。

　　天寶十四年冬天，安祿山反了。來勢非常兇猛，破潼關，陷長安，玄宗幸蜀，楊國忠被殺，楊貴妃自縊。這次戰事延長八年之久，被禍的地方，波及陝西、河南、山西、直隸、山東一帶，唐代的盛世亦一去不返。肅宗即位靈武時，他想去靈武，不料途中陷於賊手，於是困居長安。長安的離亂現象，成為他的好詩材。如《哀王孫》、《哀江頭》、《春望》諸篇，是他這時的代表作。次年，他逃到鳳翔，拜見肅宗，給他一個左拾遺的諫官。房琯罷相，他上書援救，觸怒肅宗，被免去官職。那年冬天，長安收復了，他再任左拾遺。不過半年，他又被貶為華州司功。在華州時，曾回河南，沿途見民間被迫徵兵之苦，產生了《三吏》、《三別》等傑作。不久又回華州，碰到長安一帶起了大饑荒，他便棄官去秦州，後又到同谷。他在那裡更苦，靠著樹根草皮過活，幾乎餓死。他的《秦州雜詩》二十首和《乾元中寓居同谷縣作歌》七首是他那時候的作品。生活這麼困苦，他於是便南行入川，到了成都，得了朋友的資助，費了兩年的經營，在城西建一草堂，生活暫時安定。後來故友嚴武為劍南節度使，他得到較為舒適的生活，心境也較為平淡。《江村》、《客至》諸篇，便呈現出一些逍遙恬靜的風格。僅僅過了兩年多，又遇著地方兵變，於是開始流浪。他東奔西走地到過梓州、漢川等處，後來因為嚴武再鎮劍南，他又攜家重回成都。五十四歲時，嚴武死，他的生活上失掉了憑藉。他離開成都，準備出川。他到了夔州。《秋興》八首是他這時候的作品。兩年後，乘舟出峽，由江陵、公安而至岳州，次年再至湘潭，後因避亂至耒陽，傷食而死，正是五十九歲。

　　杜甫的一生，始終輾轉於窮困的生活裡。從他個人的不良境遇，

得到對於全民眾的痛苦的體會觀察與同情。由他個人的饑餓避亂的經驗，認識了人生的實在情況。這一種寶貴的經驗，細密的觀察與豐富的同情，成為他的寫實主義的社會詩的重要基礎。在他的集子裡，他始終是以儒家自命。他崇拜聖賢，遵守禮法，忠君愛國，關懷政事。無論他怎樣窮苦，怎樣失意，他不絕望，不怨恨，總覺得萬事是有希望的，人力是有用處的，他決不逃避，不超越，他腳踏實地一步一步地向前面走，是一個最堅定的儒家思想者。

　　杜甫的作品，在藝術上得到成就，在思想上形成那種寫實主義的社會詩歌的特色，實是開始於他寄寓長安的十年中。他已是四十左右的人，人生的經驗日益豐富，觀察力日益細密，藝術的修養，也日趨於完善之境，就在那時候，產生了好些傑作。如《兵車行》、《麗人行》、《自京赴奉先縣詠懷五百字》等名篇，都是這時期的代表作品，由這些詩，確定了他寫實主義的作風，在浪漫的個人主義的文學潮流中，開闢了社會文學的新天地。今試舉《兵車行》、《麗人行》作例：

　　　車轔轔，馬蕭蕭，行人弓箭各在腰。爺娘妻子走相送，塵埃不見咸陽橋。牽衣頓足攔道哭，哭聲直上干雲霄。道傍過者問行人，行人但云點行頻。或從十五北防河，便至四十西營田。去時里正與裹頭，歸來頭白還戍邊。邊庭流血成海水，武皇開邊意未已。
　　　君不聞漢家山東二百州，千村萬落生荊杞。縱有健婦把鋤犁，禾生隴畝無東西。況復秦兵耐苦戰，被驅不異犬與雞。長者雖有問，役夫敢申恨？且如今年冬，未休關西卒。縣官急索租，租稅從何出？信知生男惡，反是生女好。生女猶得嫁比鄰，生男埋沒隨百草。君不見青海頭，古來白骨無人收。新鬼煩冤舊鬼哭，天陰雨濕聲啾啾！

　　　　　　　　　　　　　　　　　　　　　　　　（《兵車行》）

三月三日天氣新，長安水邊多麗人。態濃意遠淑且真，肌理細
膩骨肉勻。繡羅衣裳照暮春，蹙金孔雀銀麒麟。頭上何所有？
翠微盍葉垂鬢脣。背後何所見？珠壓腰衱穩稱身。

就中雲幕椒房親，賜名大國虢與秦。紫駝之峯出翠釜，水精之
盤行素鱗。犀箸厭飫久未下，鸞刀縷切空紛綸。黃門飛鞚不動
塵，御廚絡繹送八珍。

簫鼓哀吟感鬼神，賓從雜遝實要津。後來鞍馬何逡巡，當軒下
馬入錦茵。楊花雪落覆白蘋，青鳥飛去銜紅巾。炙手可熱勢絕
倫，慎莫近前丞相嗔！

（《麗人行》）

《兵車行》是寫民眾的苦於徭役，《麗人行》是寫貴妃姊妹的奢淫。
一出於哀痛，一出於憤恨，將大亂前的宮廷內幕與社會實況，完全暴
露無遺，在這裡是透露著禍亂將臨的消息。天寶十四年，在大亂的前
夕，他到奉先去看他的妻兒時，寫下那篇千古傳誦的五言長詩：

杜陵有布衣，老大意轉拙。許身一何愚，竊比稷與契。
居然成濩落，白首甘契闊。蓋棺事則已，此志常覬豁。
窮年憂黎元，嘆息腸內熱。取笑同學翁，浩歌彌激烈。
非無江海志，瀟灑送日月。生逢堯舜君，不忍便永訣。
當今廊廟具，構廈豈云缺。葵藿傾太陽，物性固莫奪。
顧惟螻蟻輩，但自求其穴。胡為慕大鯨，輒擬偃溟渤。
以茲悟生理，獨恥事干謁。兀兀遂至今，忍為塵埃沒。
終愧巢與由，未能易其節。沉飲聊自遣，放歌破愁絕。
歲暮百草零，疾風高岡裂。天衢陰崢嶸，客子中夜發。
霜嚴衣帶斷，指直不得結。凌晨過驪山，御榻在嵽嵲。

蚩尤塞寒空，蹴蹋崖谷滑。瑤池氣鬱律，羽林相摩戛。
君臣留歡娛，樂動殷膠嶱。賜浴皆長纓，與宴非短褐。
彤庭所分帛，本自寒女出。鞭撻其夫家，聚斂貢城闕。
聖人筐篚恩，實欲邦國活。臣如忽至理，君豈棄此物。
多士盈朝廷，仁者宜戰慄。況聞內金盤，盡在衛霍室。
中堂舞神仙，煙霧散玉質。煖客貂鼠裘，悲管逐清瑟。
勸客駝蹄羹，霜橙壓香橘。朱門酒肉臭，路有凍死骨。
榮枯咫尺異，惆悵難再述。北轅就涇渭，官渡又改轍。
群冰從西下，極目高崒兀。疑是崆峒來，恐觸天柱折。
河梁幸未坼，枝撐聲窸窣。行旅相攀援，川廣不可越。
老妻寄異縣，十口隔風雪。誰能久不顧，庶往共飢渴。
入門聞號咷，幼子飢已卒。吾寧舍一哀，里巷亦嗚咽。
所愧為人父，無食致夭折。豈知秋禾登，貧窶有倉卒。
生常免租稅，名不隸征伐。撫跡猶酸辛，平人固騷屑。
默思失業徒，因念遠戍卒。憂端齊終南，澒洞不可掇。

（《自京赴奉先縣詠懷五百字》）

　　天寶十四載（755）冬，安史之亂的消息尚未傳到長安，然而杜甫在
長安往奉先縣省親途中的見聞和感受，已經顯示出社會動亂的端倪。
其中對於政治民生的黑幕更是盡情地加以宣佈和描寫，暗示著危機更
益急迫，果然過了不久，便傳來了安祿山叛變的消息。

　　從安史之亂到他入蜀的那四五年中，是他生活史上最苦痛的時
期。個人的流離轉徙，妻兒的饑餓以至於死亡，戰事的恐怖，人民死
骨的暴露與房屋破壞的情況，大饑荒大毀滅的種種悲慘現象，使得他
更深一層觀察社會體會人生，同時也使他的詩歌藝術更趨於圓熟。他
最偉大的作品，都產生在這個時代。如《春望》、《哀江頭》、《哀王

孫》、《述懷》、《北征》、《羌村》、《新安吏》、《潼關吏》、《石壕吏》、
《新婚別》、《垂老別》、《無家別》、《秦州雜詩》、《月夜憶舍弟》、《同
谷縣作歌》諸篇，都是這時期的代表作。這一時期的作品，因為他所
描寫都是出於個人的實際經驗，所以作品的顏色，較之《麗人行》那
時的作品來，是更要悲慘更要黑暗，而寫實的手法，也更為深刻了。

　　國破山河在，城春草木深。感時花濺淚，恨別鳥驚心。
　　烽火連三月，家書抵萬金。白頭搔更短，渾欲不勝簪。

　　　　　　　　　　　　　　　　　　　　　　　　（《春望》）

　　群雞正亂叫，客至雞鬥爭。驅雞上樹木，始聞叩柴荊。
　　父老四五人，問我久遠行。手中各有攜，傾榼濁復清。
　　莫辭酒味薄，黍地無人耕。兵革既未息，兒童盡東征。
　　請為父老歌，艱難愧深情。歌罷仰天歎，四座淚縱橫。

　　　　　　　　　　　　　　　　　　　　　　（《羌村》三之一）

　　暮投石壕村，有吏夜捉人。老翁逾牆走，老婦出門看。
　　吏呼一何怒，婦啼一何苦。聽婦前致詞，三男鄴城戍。
　　一男附書至，二男新戰死。存者且偷生，死者長已矣。
　　室中更無人，惟有乳下孫。孫有母未去，出入無完裙。
　　老嫗力雖衰，請從吏夜歸。急應河陽役，猶得備晨炊。
　　夜久語聲絕，如聞泣幽咽。天明登前途，獨與老翁別。

　　　　　　　　　　　　　　　　　　　　　　　　（《石壕吏》）

　　兔絲附蓬麻，引蔓故不長。嫁女與征夫，不如棄路旁。
　　結髮為君妻，席不暖君床。暮婚晨告別，無乃太匆忙。

君行雖不遠，守邊赴河陽。妾身未分明，何以拜姑嫜。
父母養我時，日夜令我藏。生女有所歸，雞狗亦得將。
君今往死地，沉痛迫中腸。誓欲隨君去，形勢反蒼黃。
勿為新婚念，努力事戎行。婦人在軍中，兵氣恐不揚。
自嗟貧家女，久致羅襦裳。羅襦不復施，對君洗紅妝。
仰視百鳥飛，大小必雙翔。人事多錯迕，與君永相望。

（《新婚別》）

四郊未寧靜，垂老不得安。子孫陣亡盡，焉用身獨完。
投杖出門去，同行為辛酸。幸有牙齒存，所悲骨髓乾。
男兒既介冑，長揖別上官。老妻臥路啼，歲暮衣裳單。
孰知是死別，且復傷其寒。此去必不歸，還聞勸加餐。
土門壁甚堅，杏園度亦難。勢異鄴城下，縱死時猶寬。
人生有離合，豈擇衰老端。憶昔少壯日，遲迴竟長嘆。
萬國盡征戍，烽火被岡巒。積屍草木腥，流血川原丹。
何鄉為樂土，安敢尚盤桓。棄絕蓬室居，塌然摧肺肝。

（《垂老別》）

有弟有弟在遠方，三人各瘦何人強。生別展轉不相見，
胡塵暗天道路長。東飛鴛鵝後鶖鶬，安得送我置汝旁。
嗚呼三歌兮歌三發，汝歸何處收兄骨。

（《乾元中寓居同谷縣作歌七首》之三）

他這些詩全是以個人的實際經驗與民間的疾苦為題材，充分地發揮了
寫實主義的特色，建立了穩固的社會文學的基礎。從他入蜀以後的十
一二年中，他的生活雖仍是流離轉徙，但狀況已較為平定。加之他已

近老年，心境亦趨於淡漠。詩中雖仍多關懷時事之作，然其情感的表現。同時回憶懷古之篇特多，在律體上大用其心力，有由內容而轉回於藝術美的傾向。這種情形，都適應於他年齡的進展。他自己說過「晚節漸於詩律細」的話，這正是他這個時代的作品的特色。他許多有名的律詩，大都產生在這個時代。如《蜀相》、《野望》、《江村》、《野老》、《客至》、《詠懷古跡》五篇、《秋興》八首等，是他律詩中最有名、人們最熟悉的作品。此外，再錄一些優秀的格律詩作總結：

　　兩個黃鸝鳴翠柳，一行白鷺上青天。
　　窗含西嶺千秋雪，門泊東吳萬里船。

　　　　　　　　　　　　　　　　　　　（《絕句》）

　　昔聞洞庭水，今上岳陽樓。吳楚東南坼，乾坤日夜浮。
　　親朋無一字，老病有孤舟。戎馬關山北，憑軒涕泗流。

　　　　　　　　　　　　　　　　　　（《登岳陽樓》）

　　細草微風岸，危檣獨夜舟。星垂平野闊，月涌大江流。
　　名豈文章著，官應老病休。飄飄何所似，天地一沙鷗。

　　　　　　　　　　　　　　　　　　（《旅夜書懷》）

　　去郭軒楹敞，無村眺望賒。澄江平少岸，幽樹晚多花。
　　細雨魚兒出，微風燕子斜。城中十萬戶，此地兩三家。

　　　　　　　　　　　　　　　　　　（《水檻遣心》）

　　伊昔黃花酒，如今白髮翁。追歡筋力異，望遠歲時同。
　　弟妹悲歌裡，朝廷醉眼中。兵戈與關塞，此日意無窮。

　　　　　　　　　　　　　　　　　（《九日登梓州城》）

萬里橋西一草堂，百花潭水即滄浪。
風含翠篠娟娟靜，雨浥紅蕖冉冉香。
厚祿故人書斷絕，恆飢稚子色淒涼。
欲填溝壑唯疎放，自笑狂夫老更狂。

（《狂夫》）

野老籬前江岸回，柴門不正逐江開。
漁人網集澄潭下，賈客船隨返照來。
長路關心悲劍閣，片雲何意傍琴臺？
王師未報收東郡，城闕秋生畫角哀。

（《野老》）

白帝城中雲出門，白帝城下雨翻盆。
高江急峽雷霆鬭，翠木蒼藤日月昏。
戎馬不如歸馬逸，千家今有百家存。
哀哀寡婦誅求盡，慟哭秋原何處村。

（《白帝》）

歲暮陰陽催短景，天涯霜雪霽寒宵。
五更鼓角聲悲壯，三峽星河影動搖。
野哭幾家聞戰伐，夷歌數處起漁樵。
臥龍躍馬終黃土，人事音書漫寂寥。

（《閣夜》）

風急天高猿嘯哀，渚清沙白鳥飛回。
無邊落木蕭蕭下，不盡長江滾滾來。

萬里悲秋常作客，百年多病獨登臺。

艱難苦恨繁霜鬢，潦倒新停濁酒杯。

（《登高》）

在這些詩裡，我們可以看出杜甫的晚年，出現濃厚的感傷和偶然在他生活中出現的那種恬淡閒適的情調了。但專就藝術上講，杜甫曾自稱「晚節漸於詩律細」，我們正好通過這些作品來加以體驗。這些詩歌呈現著更細密更老練的技巧的，於格律的完整以及技巧的講求，也是很顯然的事。

二　元、白的新樂府運動

元稹（779-831），字微之，河南洛陽人。家貧，由艱苦中奮鬥出來。穆宗時曾作宰相，後與裴度不容，罷相而去。後歷任同州、越州、鄂州刺史、武昌節度使等，死於武昌，年五十三。白居易（772-846），字樂天，陝西渭南人，自幼聰慧，刻苦讀書。二十七歲以進士就試，擢甲科，授秘書省校書郎。後歷任忠州、杭州、蘇州、同州刺史，後授太子少傅，進封馮翊縣開國侯。死時年七十五歲，是一個高壽的詩人。元、白雖都身居要職，但早年體驗了貧窮的實況與農村的艱苦後，來到了荒亂衰敗的政界，自然都想有所改革，有所作為。他們在政治上主張尊重民意，要做到「設敢諫之鼓，建進善之旌，立誹謗之木」，加強國家與社會基層的溝通，政治才有復興的希望。同時，他們要利用文學來作為一種改造社會的工具，來作為傳達民意、抨擊政治的武器，即文學除自身藝術性外，最重要是對社會的實用的功能。他們推動的新樂府運動，便是以這個宗旨為指導。白居易說：

唐興二百年，其間詩人不可勝數。……詩之豪者世稱李、杜，李之作才矣奇矣，人不逮矣。索其風雅比興，十無一焉。杜詩最多，可傳者千餘首……然撮其《新安吏》、《石壕吏》、《潼關吏》、《塞蘆子》、《留花門》之章，「朱門酒肉臭，路有凍死骨」……之句，亦不過十三四，杜尚如此，況不逮杜者乎。

（白居易《與元九書》）

這是一篇最大膽最有力量的文學運動的宣言，表達得又淺白又有條理，使人人都能領略。這一篇宣言，可以代表八世紀中晚唐文學運動最成熟的主張：

一、他承認文學有最高的意義與價值，決不是一種遊戲的無用的消遣品；他的重要使命，是要「補察時政，泄導人情」。因此文學應「以情為根，以義為實，以言為苗，以聲為華」，要文質並重。

二、他們的觀點是基於文學思想的立場，並不是完全以藝術的價值為標準的，與傳統的「溫柔敦厚詩教也」吻合。

三、他們決心改革詩歌。白居易說：「僕常痛詩道崩壞，忽忽憤發，或食輟哺，夜輟寢，不量才力，欲扶起之。」他在《寄唐生詩》說：「不能發聲哭，轉作樂府詞。篇篇無空文，句句必盡規。……非求宮律高，不務文字奇。惟歌生民病，願得天子知。」力求達到「文章合為時而著，歌詩合為事而作」的結論。元稹在《和李校書新題樂府序》也說：「予友李公垂（李紳）祝予《新樂府題》二十首，雅有所謂，不虛為文。予取病時之尤急者列而和之，蓋十二而已。」反映詩人之間的相互支持，對形成新樂府運動，自然是十分必要。

元、白不是空言文學改革的人，他們都有許多成功的創作，來實踐他們的理論。白居易的諷諭詩一百五十多篇，是他在這方面最大的成績。其中尤以《秦中吟》十首，《新樂府》五十首，為他社會詩中

的傑作。元稹也有《樂府古題》十九首（和劉猛及李餘的），《新題樂府》十二首（和李紳的），都是描寫民生疾苦的作品：

織婦何太忙，蠶經三臥行欲老。蠶神女聖早成絲，今年絲稅抽徵早。早徵非是官人惡，去歲官家事戎索。征人戰苦束刀瘡，主將勳高換羅幕。繰絲織帛猶努力，變緝撩機苦難織。東家頭白雙女兒，為解挑紋嫁不得。簷前嫋嫋遊絲上，上有蜘蛛巧來往。羨他蟲豸解緣天，能向虛空織羅網。

（元稹《織婦詞》）

牛吒吒，田確確。旱塊敲牛蹄趵趵，種得官倉珠顆穀。六十年來兵簇簇，月月食糧車轆轆。一日官軍收海服，驅牛駕車食牛肉。歸來收得牛兩角，重鑄鋤犁作斤劚。姑舂婦擔去輸官，輸官不足歸賣屋。願官早勝讎早覆，農死有兒牛有犢。誓不遣官軍糧不足。

（元稹《田家詞》）

意氣驕滿路，鞍馬光照塵。借問何為者？人稱是內臣。
朱紱皆大夫，紫綬或將軍。誇赴軍中宴，走馬去如雲。
樽罍溢九醞，水陸羅八珍。果擘洞庭橘，膾切天池鱗。
食飽心自若，酒酣氣益振。是歲江南旱，衢州人食人。

（白居易《輕肥》）

帝城春欲暮，喧喧車馬度。共道牡丹時，相隨買花去。
貴賤無常價，酬直看花數。灼灼百朵紅，戔戔五束素。
上張幄幕庇，旁織巴籬護。水灑復泥封，移來色如故。

家家習為俗，人人迷不悟。有一田舍翁，偶來買花處。
低頭獨長嘆，此嘆無人喻。一叢深色花，十戶中人賦。

　　　　　　　　　　　　　　　　　　　（白居易《買花》）

新豐老翁八十八，頭鬢眉鬚皆似雪。玄孫扶向店前行，左臂憑
肩右臂折。問翁臂折來幾年，兼問致折何因緣？翁云貫屬新豐
縣，生逢聖代無征戰。慣聽梨園歌管聲，不識旗槍與弓箭。
無何天寶大徵兵，戶有三丁點一丁。點得驅將何處去，五月萬
里雲南行。聞道雲南有瀘水，椒花落時瘴煙起。大軍徒涉水如
湯，未過十人二三死。
村南村北哭聲哀，兒別爺孃夫別妻。皆云前後征蠻者，千萬人
行無一回。是時翁年二十四，兵部牒中有名字。夜深不敢使人
知，偷將大石捶折臂。張弓簸旗俱不堪，從茲始免徵雲南。骨
碎筋傷非不苦，且圖揀退歸鄉土。
此臂折來六十年，一肢雖廢一身全。至今風雨陰寒夜，直到天
明痛不眠。痛不眠，終不悔，且喜老身今獨在。不然當時瀘水
頭，身死魂孤骨不收。應作雲南望鄉鬼，萬人冢上哭呦呦。
老人言，君聽取。君不聞開元宰相宋開府，不賞邊功防黷武。
又不聞天寶宰相楊國忠，欲求恩幸立邊功。邊功未立生人怨，
請問新豐折臂翁。

　　　　　　　　　　　　　　　　　（白居易《新豐折臂翁》）

杜陵叟，杜陵居，歲種薄田一頃餘。三月無雨旱風起，麥苗不
秀多黃死。九月降霜秋早寒，禾穗未熟皆青乾。長吏明知不申
破，急斂暴徵求考課。典桑賣地納官租，明年衣食將何如？剝
我身上帛，奪我口中粟。虐人害物即豺狼，何必鉤爪鋸牙食人

肉！不知何人奏皇帝，帝心惻隱知人弊。白麻紙上書德音，京
畿盡放今年稅。昨日里胥方到門，手持敕牒榜鄉村。十家租稅
八九畢，虛受吾君蠲免恩。

（白居易《杜陵叟》）

八年十二月，五日雪紛紛。竹柏皆凍死，況彼無衣民。
回觀村閭間，十室八九貧。北風利如劍，布絮不蔽身。
唯燒蒿棘火，愁坐夜待晨。乃知大寒歲，農者尤苦辛。
顧我當此日，草堂深掩門。褐裘覆絁被，坐臥有餘溫。
倖免飢凍苦，又無壟畝勤。念彼深可愧，自問是何人。

（白居易《村居苦寒》）

這些詩都有一個中心點，有的是暗罵，有的是明擊，對於統治階
級加於老百姓的種種壓迫，都盡力地加以描寫和暴露。他們替老百姓
呼號叫喊，一切的情感，無論是怨恨或是憤怒。他們把藝術的作品，
同社會人生的內容聯繫起來。在通俗性方面，白居易的成就更顯著，
他用最淺顯的文字，活躍的描寫，和諧的音律，使他任何一篇作品，
都能達到成功，也是白居易的社會詩的最大特色。社會詩歌被後人的
輕視，也就在這一個俗字。後世不斷有繼承白詩的「通俗」的詩人，
其中最成功的是宋初大詩人王禹偁。

諷諭詩以外，白居易的敘事詩也有很高的成就。在他的樂府詩
裡，如《新豐折臂翁》、《上陽白髮人》等篇，都是通過敘述故事的手
法表現出來的。膾炙人口的《長恨歌》與《琵琶行》，是他敘事詩中
的傑作。這兩首詩流傳在人民的口頭最為普遍，還被後人改編為小
說、戲曲、彈詞，是兩篇最富感染性的作品。《長恨歌》寫明皇誤
國、貴妃殉情的悲劇，再加上神仙、道士的穿插，豐富奇詭的想像，

而且在追求和歌頌愛情的永恆性上得到讀者的哀感與共鳴。佈局嚴謹，語言美麗，形象鮮明，是《長恨歌》的藝術特色。它的首段已給讀者深刻的印象：

> 漢皇重色思傾國，御宇多年求不得。楊家有女初長成，養在深閨人未識。天生麗質難自棄，一朝選在君王側。回眸一笑百媚生，六宮粉黛無顏色。春寒賜浴華清池，溫泉水滑洗凝脂。……

《琵琶行》則更富現實意義，作品以琵琶女的淪落身世為主題，再結合作者自己受到政治的迫害，反映出被壓迫者的悲慘命運。作者以非常同情的筆調，把一個「門前冷落車馬希，老大嫁作商人婦」的琵琶女的生活感情，極其生動地描繪出來。「同是天涯淪落人，相逢何必曾相識」，表露出二人的哀愁和相似境遇，都具有典型的意義。其中，以文字描繪音樂的抑揚頓挫，更充分顯示白居易對文字運用的高超能力：

> 千呼萬喚始出來，猶抱琵琶半遮面。轉軸撥絃三兩聲，未成曲調先有情。絃絃掩抑聲聲思，似訴平生不得志。低眉信手續續彈，說盡心中無限事。
> 輕攏慢撚抹復挑，初為霓裳後六么。大絃嘈嘈如急雨，小絃切切如私語。嘈嘈切切錯雜彈，大珠小珠落玉盤。間關鶯語花底滑，幽咽泉流水下灘。
> 水泉冷澀絃凝絕，凝絕不通聲暫歇。別有幽愁闇恨生，此時無聲勝有聲。銀瓶乍破水漿迸，鐵騎突出刀槍鳴。曲終收撥當心畫，四絃一聲如裂帛。

與《琵琶行》相似的作品，元稹也有《西涼妓》，詩中描述的西涼妓藝人的精彩表演，其中結合了「獅舞」與「胡騰舞」，是中國獅舞文化的源頭：

> 吾聞昔日西涼州，人煙撲地桑柘稠。葡萄酒熟恣行樂，紅艷青旗朱粉樓。樓下當壚稱卓女，樓頭伴客名莫愁。鄉人不識離別苦，更卒多為沉滯遊。哥舒開府設高宴，八珍九醞當前頭。前頭百戲競撩亂，丸劍跳躑霜雪浮。師子搖光毛彩豎，胡騰醉舞筋骨柔。大宛來獻赤汗馬，贊普亦奉翠茸裘。一朝燕賊亂中國，河湟沒盡空遺丘。開遠門前萬里堠，今來蹔到行原州。
>
> （元稹《西涼妓》）

白居易是一個長壽詩人。他隨著年齡的衰老，加以政治的失望，使得他的晚年，**轉變為高人隱士的恬靜生活**。這一點和杜甫的晚年心境與作風，呈現著相似的情調。在他的集中，有閒適一類作品，主要是知足保和、吟玩情性之作，正與他晚年的心境相似。這些作品同他的個人性的加多，由熱烈的鬥爭與攻擊，變為平和的閒澹的情調了。

　　在元白時代，同努力於社會詩歌運動的，還有李紳的「《新樂府題》二十首」，可惜已逸。李紳現存有《昔遊詩》三卷，《雜詩》一卷。由他的《憫農詩》看來，知道他確是元、白的嫡派。如「四海無閒田，農夫猶餓死」，「誰知盤中餐，粒粒皆辛苦」之句，都是明顯的例子。

劉禹錫（772-842）

　　字夢得，彭城人，與白居易唱和很多，白很讚賞他的詩。聶石樵老師說：

　　劉禹錫與柳宗元都是永貞革新的重要人物，永貞革新失敗後，
同時被貶遠州員外司馬，是「八司馬」之一。與柳宗元相同，
對政治得失，個人遭遇，能從社會、人事方面進行分析，反對
天命論。但與柳也有不同，即他的思想境界比較豁達開朗，不
像柳那樣深沉憂鬱，因而他的作品具有一種積極向上的精神。

劉禹錫遠貶南方二十三年之後，當他北歸途中，剛巧與白居易相遇。
白居易便寫了以下一首詩：

　　　　為我引杯添酒飲，與君把箸擊盤歌。
　　　　詩稱國手徒為爾，命壓人頭不奈何。
　　　　舉眼風光長寂寞，滿朝官職獨蹉跎。
　　　　亦知合被才名折，二十三年折太多。

　　　　　　　　　　　　　　　　　（《醉贈劉二十八使君》）

作為酬答，劉禹錫便寫下：

　　　　巴山楚水淒涼地，二十三年棄置身。
　　　　懷舊空吟聞笛賦，到鄉翻似爛柯人。
　　　　沉舟側畔千帆過，病樹前頭萬木春。
　　　　今日聽君歌一曲，暫憑杯酒長精神。

　　　　　　　　　　　　　　　　　（《酬樂天初逢席上見贈》）

這是劉禹錫創作的一首七律。劉氏從被貶謫的和州任上返回洛陽，同
時白居易從蘇州返回洛陽，兩個人在揚州相逢。酒席之上，白居易對
好友很是同情，整整二十三年的貶謫經歷，確實是很慘呀！但是，從

劉禹錫的答詩中的「沉舟側畔千帆過，病樹前頭萬木春」二句，卻說
明他的生命充滿著韌力與樂觀。後來，兩位好友晚年都患眼疾、足
疾，看書、行動多有不便。面對這樣的晚景，白居易產生了一種感嘆
憶昔的情懷，於是又寫了〈詠老贈夢得〉詩一首送給劉禹錫：

　　與君俱老也，自問老何如？眼澀夜先臥，頭慵朝未梳。
　　有時扶杖出，盡日閉門居。懶照新磨鏡，休看小字書。
　　情於故人重，跡共少年疏。唯是閒談興，相逢尚有餘。

於是，劉禹錫也寫了〈酬樂天詠老見示〉回贈：

　　人誰不願老，老去有誰憐？身瘦帶頻減，髮稀冠自偏。
　　廢書緣惜眼，多炙為隨年。經事還諳事，閱人如閱川。
　　細思皆幸矣，下此便翛然。莫道桑榆晚，為霞尚滿天。

無論是「沉舟側畔千帆過，病樹前頭萬木春」，還是「莫道桑榆晚，
為霞尚滿天」，都反映劉禹錫堅毅樂觀的性格，頗有「烈士暮年，壯
心不已」的氣慨。在二人交往中，有一首是白居易邀請劉氏一起飲酒
的小詩，文字既簡鍊，也很有趣：

　　綠螘新醅酒，紅泥小火爐。晚來天欲雪，能飲一杯無。
　　　　　　　　　　　　　　　　　　　　（白居易《問劉十九》）

他們也是詞體文學的有力推動者（詳見下篇「唐宋詞」第一節）。此
外，劉禹錫的七言律、絕，佳作極多，如：

自古逢秋悲寂寥，我言秋日勝春朝。
晴空一鶴排雲上，便引詩情到碧霄。

　　　　　　　　　　　　　　　　　　　　（《秋詞二首·其一》）

新妝宜面下朱樓，深鎖春光一院愁。
行到中庭數花朵，蜻蜓飛上玉搔頭。

　　　　　　　　　　　　　　　　　　　　　　　（《春詞》）

紫陌紅塵拂面來，無人不道看花回。
玄都觀裡桃千樹，盡是劉郎去後栽。

　　　　　　　　（《元和十年自朗州承召至京，戲贈看花諸君子》）

百畝庭中半是苔，桃花淨盡菜花開。
種桃道士歸何處，前度劉郎今又來。

　　　　　　　　　　　　　　　　　　　　　（《再遊玄都觀》）

朱雀橋邊野草花，烏衣巷口夕陽斜。
舊時王謝堂前燕，飛入尋常百姓家。

　　　　　　　　　　　　　　　　　　　　　　（《烏衣巷》）

臺城六代競豪華，結綺臨春事最奢。
萬戶千門成野草，只緣一曲後庭花。

　　　　　　　　　　　　　　　　　　　　　　（《臺城》）

王濬樓船下益州，金陵王氣黯然收。
千尋鐵鎖沉江底，一片降幡出石頭。

人世幾回傷往事，山形依舊枕寒流。

今逢四海為家日，故壘蕭蕭蘆荻秋。

（《西塞山懷古》）

同時，他也擅長運用民歌的精神與語氣，使他的小詩發生一種新情調新生命。如《楊柳枝詞》、《竹枝詞》、《踏歌詞》，都是他被貶到南方、學習地方民歌的作品。語言清麗，文字通俗淺白，對後世同類作品有重大的影響。例如：

楊柳青青江水平，聞郎江上唱歌聲。

東邊日出西邊雨，道是無晴卻有晴。

楚水巴山江雨多，巴人能唱本鄉歌。

今朝北客思歸去，回入紇那披綠羅。

（《竹枝詞二首・其二》）

山桃紅花滿上頭，蜀江春水拍山流。

花紅易衰似郎意，水流無限似儂愁。

（《竹枝詞》）

塞北梅花羌笛吹，淮南桂樹小山詞。

請君莫奏前朝曲，聽唱新翻《楊柳枝》。

（《楊柳枝詞・其一》）

春江月出大堤平，堤上女郎連袂行。

唱盡新詞歡不見，紅霞映樹鷓鴣鳴。

（《踏歌詞四首・其一》）

桃蹊柳陌好經過，燈下妝成月下歌。
為是襄王故宮地，至今猶自細腰多。

（《踏歌詞四首·其二》）

新詞宛轉遞相傳，振袖傾鬟風露前。
月落烏啼雲雨散，游童陌上拾花鈿。

（《踏歌詞四首·其三》）

日暮江頭聞竹枝，南人行樂北人悲。
自從雪裡唱新曲，直到三春花盡時。

（《踏歌詞四首·其四》）

連州城下，俯接村墟。偶登郡樓，適有所感。遂書其事為俚歌，以俟採
詩者。
岡頭花草齊，燕子東西飛。田塍望如線，白水光參差。
農婦白紵裙，農父綠蓑衣。齊唱郟中歌，嚶嚀如竹枝。
但聞怨響音，不辨俚語詞。時時一大笑，此必相嘲嗤。
水平苗漠漠，煙火生墟落。黃犬往復還，赤雞鳴且啄。
路旁誰家郎，烏帽衫袖長。自言上計吏，年幼離帝鄉。
田夫語計吏：「君家儂定諳。一來長安道，眼大不相參。」
計吏笑致辭：「長安真大處，省門高軒峨，儂入無度數。
昨來補衛士，唯用筒竹布。君看二三年，我作官人去。」

（《插田歌》）

三　從韓愈到李商隱

孟　郊（751-814）

中唐以後，詩風較偏於藝術的技巧，是由孟郊、韓愈代表的奇險冷僻的一派。賈島、盧仝、劉叉諸人，都是這派的同志。孟郊字東野，浙江湖州人。他窮苦一世，一再下第，到了五十左右，才登進士。雖有韓愈、李翱諸人用力薦他，也只做到一個判官。因此，他的詩時時發出慘顏無歡的哀鳴，滿紙寒酸的苦語了。孟郊的詩，傾心於藝術的技巧，對於用字造句，費盡苦心。他要務去陳言，立奇驚俗，雖能救平滑淺露之失，但卻又冷僻艱澀，缺少詩的情韻與滋味：

> 臥冷無遠夢，聽秋酸別情。高枝低枝風，千葉萬葉聲。
> 淺井不供飲，瘦田長廢耕。今交非古交，貧語聞皆輕。
>
> （《秋夕貧居述懷》）

> 孤骨夜難臥，吟蟲相唧唧。老泣無涕洟，秋露為滴瀝。
> 去壯暫如剪，來衰紛似織。觸緒無新心，叢悲有餘憶。
> 詎忍逐南帆，江山踐往昔。
>
> （《秋懷》十五首之一）

> 無子抄文字，老吟多飄零。有時吐向牀，枕蓆不解聽。
> 鬥蟻甚微細，病聞亦清泠。小大不自識，自然天性靈。
>
> （《老恨》）

在這些詩裡，一面可以看出他的窮困寒苦的生活，一面可以看出他的作品的風格。他的獨特之處，不在於深刻與細微，而在於奇險與錯

亂。他喜歡用難字與險韻，也故意造成不和諧的音調；又不用那些現成的形容詞、副詞與名詞。因為有這些特點，所以他的詩，確實另成一格。然有，也有比較平易淺白，更又深得讀者欣賞的，如：

> 慈母手中線，遊子身上衣。臨行密密縫，意恐遲遲歸。誰言寸草心，報得三春暉。

（《游子吟》）

韓　愈（768-824）

　　韓愈本以散文著名，他的詩，還比不上孟郊、張籍和白居易。他的《元和聖德詩》、《南山詩》、《陸渾山火》、《月蝕詩》，都是他最賣氣力的長篇，都是惡劣不堪，一點也沒有詩的情趣。在這些詩裡，我們看出他的作詩的方法，有下列幾點：一、用作散文的方法作詩，因此詩中充滿了沒有詩情的散文字句。二、用奇字，造怪句。特別是後者，更和旁人不同。在《陸渾山火》詩裡，有「虎熊麋豬逮猴猿」、「水龍鼉龜魚與黿」和「鴉鴟雕鷹雉鵠鶄」這種惡劣的句子。人家的五言，多半是上二下三，他偏用上三下二或上一下四的拗句。如「有窮者孟郊」（《薦士》）和「乃一龍一豬」（《符讀書城南》）。人家的七言通常是上四下三，他偏要造上三下四的怪體，如「子去矣時若發機」（《送區弘南歸》）。他以為這樣可以增加他的詩的藝術價值。其實真正的好詩，要在平淺順暢的字句裡，表現高遠的意境與真實的情感。韓愈在這方面雖有缺點，但也曾創作了許多優秀的詩篇：

> 山石犖确行徑微，黃昏到寺蝙蝠飛。升堂坐階新雨足，芭蕉葉大梔子肥。僧言古壁佛畫好，以火來照所見稀。鋪牀拂席置羹飯，疏糲亦足飽我飢。夜深靜臥百蟲絕，清月出嶺光入扉。天

明獨去無道路，出入高下窮煙霏。山紅澗碧紛爛漫，時見松櫪
皆十圍。當流赤足踏澗石，水聲激激風吹衣。人生如此自可
樂，豈必局束為人鞿？嗟哉吾黨二三子，安得至老不更歸。

（《山石》）

纖雲四卷天無河，清風吹空月舒波。沙平水息聲影絕，一杯相
屬君當歌。君歌聲酸辭且苦，不能聽終淚如雨。洞庭連天九疑
高，蛟龍出沒猩鼯號。十生九死到官所，幽居默默如藏逃。下
牀畏蛇食畏藥，海氣溼蟄薰腥臊。昨者州前槌大鼓，嗣皇繼聖
登夔皋。赦書一日行萬里，罪從大辟皆除死。遷者追回流者
還，滌瑕盪垢清朝班。州家申名使家抑，坎軻只得移荊蠻。判
司卑官不堪說，未免捶楚塵埃間。同時輩流多上道，天路幽險
難追攀。君歌且休聽我歌，我歌今與君殊科。一年明月今宵
多，人生由命非由他。有酒不飲奈明何！

（《八月十五夜贈張功曹》）

這是韓集中最通順流暢的好詩，也最能表現韓愈詩歌藝術的獨具風
格。好處是清新而不險怪，雄俊而不艱澀。在這些詩裡，我們可以看
出他心中有無限的感慨，有真實的情懷，因此便暢所欲言地寫下去，
沒有一點矯揉做作的痕跡。此外，他的短詩亦有平易清新的，很受讀
者的喜愛，只是此類作品也不太多：

天街小雨潤如酥，草色遙看近卻無。
最是一年春好處，絕勝煙柳滿皇都。

（《早春呈張水部》）

一封朝奏九重天，夕貶潮陽路八千。

欲為聖朝除弊事；肯將衰朽惜殘年？

雲橫秦嶺家何在？雪擁藍關馬不前。

知汝遠來應有意，好收吾骨瘴江邊。

　　　　　　　　　　　　　　（《左遷至藍關示姪孫湘》）

賈　島（779-843）

　　賈島一生窮困，和孟郊很相像。他字閬仙，范陽人，初為僧，名無本，韓愈勸他還俗，屢舉進士不第，後為長江主簿，故世人稱為賈長江。他的詩充滿了寒酸枯槁的情調。前人所說的「郊寒島瘦」，說明了他倆詩的風格及生活狀態。著名文學典故，「鳥宿池邊樹，僧敲月下門」便是寫他寫詩的「一字不苟，刻苦推求」。他自己也說「二句三年得，一吟雙淚流。知音如不賞，歸臥故山秋。」這是他做出「獨行潭底影，數息樹邊身」兩句得意之作以後（《送無可上人》），寫下來的感想，或可稱《無題》，也可算是一篇極優秀的小詩。孟郊長於五古，韓愈長於七古，賈島則以五律著名：

閒居少鄰並，草徑入荒園。鳥宿池邊樹，僧敲月下門。

過橋分野色，移石動雲根。暫去還來此，幽期不負言。

　　　　　　　　　　　　　　　　（《題李凝幽居》）

倚杖望晴雪，溪雲幾萬重。樵人歸白屋，寒日下危峰。

野火燒岡草，斷煙生石松。卻回山寺路，聞打暮天鐘。

　　　　　　　　　　　　　　　　　（《雪晴晚望》）

天寒吟竟曉，古屋瓦生松。寄信船一隻，隔鄉山萬重。

> 樹來沙岸鳥，窗度雪樓鐘。每憶江中嶼，更看城上峰。
>
> 　　　　　　　　　　　　　　　　　　　（《題朱慶餘所居》）

> 圭峰霽色新，送此草堂人。麈尾同離寺，蛩鳴暫別親。
> 獨行潭底影，數息樹邊身。終有煙霞約，天臺作近鄰。
>
> 　　　　　　　　　　　　　　　　　　　（《送無可上人》）

這些詩真可算得是清奇僻苦的作品。但是因為他過於刻畫，過於求新求奇，所以總是佳句多而佳篇少。偶因得一二佳句，其餘的部分便湊合成篇，每每令人有一種前後不稱的感覺。此外，賈島還有兩首精彩的絕句：

> 十年磨一劍，霜刃未曾試。今日把示君，誰有不平事？
>
> 　　　　　　　　　　　　　　　　　　　（《劍客》）

> 松下問童子，言師採藥去。只在此山中，雲深不知處。
>
> 　　　　　　　　　　　　　　　　　　　（《尋隱者不遇》）

李　賀（790-816）

　　字長吉，生於河南昌谷，唐宗室之後，是一個多才多感的短命詩人。因為他出身貴族，養尊處優，對於世事人生的經驗與閱歷，是非常貧乏的。他的生活，正如《紅樓夢》中的賈寶玉，是一個風姿美貌、才情煥發的貴公子。史稱：「賀每旦日出，騎弱馬，從小奚奴，背古錦囊。遇所得投囊中，未始先立題然後為詩，如他人牽合課程者。及暮歸，足成之，非大醉弔喪，日率如此。」（《新唐書》）這種用心寫詩的態度，真是真摯誠懇之至。但李賀也有他過人的才華。他

創作出一種特殊的技巧，善於選用最冷僻幽奇的字眼，構造最巧妙的文句，去掩藏那貧乏的內容。宋祁他為鬼才，嚴羽稱他的詩為「鬼仙之詞」，便是指他這種冷僻險怪的風格。在他的詩裡，喜歡用鬼字，如「嗷嗷鬼母秋郊哭」（《春坊正字劍子歌》），「秋墳鬼唱鮑家詩」（《秋來》），「鬼燈如漆點松花」（《南山田中行》），「鬼雨灑空草」（《感諷》），「寒雲山鬼來座中，呼星召鬼歆杯盤」（《神弦》），讀了這些句子，確令人發生一種鬼氣陰森之感：

> 男兒何不帶吳鉤，收取關山五十州。請君暫上淩煙閣，若個書生萬戶侯？
>
> （《南園十三首・其五》）

> 黑雲壓城城欲摧，甲光向日金鱗開。角聲滿天秋色裡，塞上燕脂凝夜紫。半卷紅旗臨易水，霜重鼓寒聲不起。報君黃金臺上意，提攜玉龍為君死！
>
> （《雁門太守行》）

> 茂陵劉郎秋風客，夜聞馬嘶曉無跡。畫欄桂樹懸秋香，三十六宮土花碧。魏官牽車指千里，東關酸風射眸子。空將漢月出宮門，憶君清淚如鉛水。衰蘭送客咸陽道，天若有情天亦老。攜盤獨出月荒涼，渭城已遠波聲小。
>
> （《金銅仙人辭漢歌》）

> 桐風驚心壯士苦，衰燈絡緯啼寒素。誰看青簡一編書，不遣花蟲粉空蠹。思牽今夜腸應直，雨冷香魂弔書客。秋墳鬼唱鮑家詩，恨血千年土中碧。
>
> （《秋來》）

李賀的特殊的風格是幽細纖巧。在文句的構成與字眼的選用,確是盡其雕飾的能事。他有樂府的精神,李白的氣勢,齊梁宮體的情調,再加以孟韓一派的險怪,互相融和,而成為他一種特有的作風,使他在中國唯美詩歌的地位上,佔著極重要的地位。只就藝術的立場來說,他的作品,確是最藝術的最美麗的了。李商隱有《李賀小傳》,杜牧有《李長吉詩序》,他們都一致讚歎這位詩人的絕代才華,悼惜他的短命,也深受他的影響。

杜　牧（803-852）

字牧之,京兆萬年人,太和二年進士,時人稱為小杜,以別杜甫。他的詩多色彩鮮明、辭藻華麗之作,於七絕最為擅長。他一生風流自賞,出入青樓妓院,往往被視為無行文人。其實,他亦有研究兵法,欲獻身報國。祖父杜佑,官至宰相,曾編撰《通志》二百卷。杜牧承家學,精研經濟軍事之學,曾注《孫子》,受到歷代兵家的重視。

> 落魄江湖載酒行,楚腰纖細掌中輕。
> 十年一覺揚州夢,贏得青樓薄倖名。
>
> （《遣懷》）

> 青山隱隱水迢迢,秋盡江南草未凋。
> 二十四橋明月夜,玉人何處教吹簫?
>
> （《寄揚州韓判官》）

> 娉娉嫋嫋十三餘,豆蔻梢頭二月初。
> 春風十里揚州路,卷上珠簾總不如。
>
> （《贈別·其一》）

多情卻似總無情，唯覺樽前笑不成。

蠟燭有心還惜別，替人垂淚到天明。

（《贈別·其二》）

在這些涉及青樓美麗的詩句裡，在藝術上的成就，卻使得讀者喜歡他
歌詠他。他們的流行，遠在杜甫、張籍、白居易諸人的新樂府之上。
作者用清麗的文句，巧妙的表現，給與嫖客妓女以高潔的靈魂與情
感，把那些青樓歌舞之地，也寫得格外清雅。

　　此外，杜牧的作品，或詠史，或借景抒情，也是異常精彩，美不
勝收。今各錄五首：

煙籠寒水月籠沙，夜泊秦淮近酒家。

商女不知亡國恨，隔江猶唱《後庭花》。

（《泊秦淮》）

千里鶯啼綠映紅，水村山郭酒旗風。

南朝四百八十寺，多少樓臺煙雨中。

（《江南春》）

折戟沉沙鐵未銷，自將磨洗認前朝。

東風不與周郎便，銅雀春深鎖二喬。

（《赤壁》）

勝敗兵家事不期，包羞忍恥是男兒。

江東子弟多才俊，捲土重來未可知。

（《題烏江亭》）

長安回望繡成堆，山頂千門次第開。

一騎紅塵妃子笑，無人知是荔枝來。

（《過華清宮絕句三首‧其一》）

遠上寒山石徑斜，白雲深處有人家。

停車坐愛楓林晚，霜葉紅於二月花。

（《山行》）

秦陵漢苑參差雪，北闕南山次第春。

車馬滿城原上去，豈知惆悵有閒人。

（《長安雪後》）

清時有味是無能，閒愛孤雲靜愛僧。

欲把一麾江海去，樂遊原上望昭陵。

（《將赴吳興登樂游原一絕》）

清明時節雨紛紛，路上行人欲斷魂。

借問酒家何處有，牧童遙指杏花村。

（《清明》）

銀燭秋光冷畫屏，輕羅小扇撲流螢。

天階夜色涼如水，臥看牽牛織女星。

（《秋夕》）

李商隱（813-858）

李商隱與杜牧同時，是晚唐唯美文學的健將。字義山，懷州河內

人。李商隱最愛用怪僻的典故，含蓄的言語，去襯寫香艷的故事，使人讀了只覺其文字美音調美，而不知道他的意義。愛其詩者，謂其男女花草的歌詠，比興有如《三百篇》。惡其詩者謂義山才高行劣，實是詩壇之罪人。無論如何，他在藝術上的成就，確有驚人的成績。他給與文壇的影響，不僅晚唐五代，並及於宋初。

他的女性對象，卻不是青樓中的妓女，而是那些尼姑、宮妃和高等官僚的姬妾。李商隱一生，就糾纏在這種戀愛的生活裡，他許多有名的作品，也都成為這種生活和情感的表現。許多《無題》一類的艷詩，而成為後世的詩謎了。元好問《論詩絕句》云：「望帝春心托杜鵑，佳人錦瑟怨華年。詩家總愛西崑好，獨恨無人作鄭箋。」大概讀過李義山詩集的人，個個都有這種感覺，一面是不懂他，一面又愛他的美。

蘇雪林《李義山戀愛事蹟考》對於李義山的私生活，有很詳細的說明。大概他寫女道士的戀情，喜歡用洪崖、蕭史、王子晉、崔羅什、青女、素娥的典故，在環境方面則以碧城、玉樓、瑤臺、紫府來襯托寺廟的境界。寫宮妃貴妾時，喜歡用襄王、宋玉、赤鳳、秦宮、曹植、韓壽、賈女、宓妃、趙后諸人的浪漫故事，在環境方面，則以古代的宮殿來襯寫其境界的富麗堂皇。我們懂得這種秘密，再去讀他的《錦瑟》、《重過聖女祠》、《無題》、《曲池》、《碧城》、《玉山》、《牡丹》、《一片》、《可歎》、《聖女祠》、《春雨》、《深宮》、《曲江》、《離思》、《擬意》諸詩，便可領略其中的情味了。那些詩的內容，無非是寫著對於尼姑、宮女的追戀情愁。例如：

> 松篁臺殿蕙蘭幃，龍護瑤窗鳳掩扉。
> 無質易迷三里霧，不寒長著五銖衣。
> 人間定有崔羅什，天上應無劉武威。

寄問釵頭雙白燕，每朝珠館幾時歸？

（《聖女祠》）

悵臥新春白裌衣，白門寥落意多違。
紅樓隔雨相望冷，珠箔飄燈獨自歸。
遠路應悲春腕晚，殘宵猶得夢依稀。
玉璫緘札何由達，萬里雲羅一雁飛。

（《春雨》）

颯颯東風細雨來，芙蓉塘外有輕雷。
金蟾齧鎖燒香入，玉虎牽絲汲井回。
賈氏窺簾韓掾少，宓妃留枕魏王才。
春心莫共花爭發，一寸相思一寸灰。

（《無題》）

相見時難別亦難，東風無力百花殘。
春蠶到死絲方盡，蠟炬成灰淚始乾。
曉鏡但愁雲鬢改，夜吟應覺月光寒。
蓬山此去無多路，青鳥殷勤為探看。

（《無題》）

錦瑟無端五十弦，一弦一柱思華年。
莊生曉夢迷蝴蝶，望帝春心託杜鵑。
滄海月明珠有淚，藍田日暖玉生煙。
此情可待成追憶？只是當時已惘然。

（《錦瑟》）

《錦瑟》一首，取首句二字為題，可視為《無題》詩的同類作品。我
們讀了這些詩，便知道李義山寫戀愛詩手腕的高妙。在中國古代的詩
人裡，對於這一方面的成就，幾乎無人比得上他。他的長處，是香艷
而不輕薄，清麗而不浮淺。無論描寫甚麼境界，他都能選擇那種最適
合於某種境界的文字與典故，因此增加他藝術的美麗與情感的表達。
再在表情的細微與用字的深刻方面，他也有獨到之處，在他許多絕句
裡，更能發揮這種特色。例如：

　　　雲母屏風燭影深，長河漸落曉星沉。
　　　嫦娥應悔偷靈藥，碧海青天夜夜心。

　　　　　　　　　　　　　　　　　　　　　　　（《嫦娥》）

　　　遠書歸夢兩悠悠，只有空床敵素秋。
　　　階下青苔與紅樹，雨中寥落月中愁。

　　　　　　　　　　　　　　　　　　　　　　　（《端居》）

　　　竹塢無塵水檻清，相思迢遞隔重城。
　　　秋陰不散霜飛晚，留得枯荷聽雨聲。

　　　　　　　　　　　　　　　（《宿駱氏亭寄懷崔雍崔袞》）

　　　尋芳不覺醉流霞，倚樹沉眠日已斜。
　　　客散酒醒深夜後，更持紅燭賞殘花。

　　　　　　　　　　　　　　　　　　　　　　　（《花下醉》）

這是李義山絕句中的最上等作品，他們的價值，絕不在王昌齡、李白
之下。所不同者，在王、李的詩裡，充滿熱烈的青春生命與雄奇的氣

勢。李義山的詩傾於纖巧與細弱，呈現著濃厚的缺月殘花的退暮的情
調。所謂「枯荷聽雨聲」、「紅燭賞殘花」的境界，便正是這種遲暮的
情調的最高表現。但在表情的幽細與深刻上講，則非王昌齡、李太白
所能及。

　　唯美文學的運動，在當時並不只限於詩歌，就在散文方面，由韓
柳鼓吹的古文，也趨於衰落，駢文又現出復活的現象來。當時流行的
三十六體（李商隱、溫庭筠、段成式皆行十六，故曰三十六），是指
著詩文一般的情形而言，這一個潮流，一直延長到宋初，由楊億、錢
惟演、劉筠諸人所代表的西崑體。等到後來梅堯臣、蘇舜欽、歐陽
修、蘇東坡諸人的出現，這一派文學才銷聲匿跡。

　　由此看來，在唐代文學思潮的發展上，從初唐的格律古典文學變
為王維、李白所代表的浪漫文學，再變為杜甫、張籍、白居易所代表
的社會文學，最後由李賀、李商隱所代表的唯美文學閉幕，在這一條
主要潮流的發展線下，其中雖還存在著不少的小波小浪，但對於主要
潮流的行進，並無損傷與妨害。

第十五章
蘇軾與北宋詩

一　開宋詩風氣的王禹偁（954-1001）

　　王禹偁，字元之，鉅野（今山東省鉅野縣）人。太平興國八年進士，歷任右拾遺、左司諫、知制誥、翰林學士。敢於直言諷諫，因此屢受貶謫。真宗即位，召還，復知制誥。後貶知黃州，又遷蘄州病死。王禹偁曾受知於宋太宗、宋真宗，掌管文翰，很有官運亨通的機會。可是他正直敢言，因此八年內三次遭到貶謫，仕途上很不得意。王禹偁是北宋詩文革新運動的先驅，文學韓愈、柳宗元，詩崇杜甫、白居易，多反映社會現實，風格清新平易。詞僅存一首，格調亦清新曠遠。著有《小畜集》、《小畜外集》、《五代史闕文》等。

　　他對晚唐五代浮艷、纖巧詩風影響的宋初詩壇，深為不滿，在《還揚州許書記家集》中寫道：「可憐詩道日已替，風騷委地何人收。」他很推崇杜甫、白居易的詩，甚至自稱：「本與樂天為後進，敢期子美是前身。」他用詩歌來反映社會現實、關注民生疾苦的精神。例如《對雪》：

> 帝鄉歲云暮，衡門畫長閉。五日免常參，三館無公事。
> 讀書夜臥遲，多成日高睡。睡起毛骨寒，窗牖瓊花墜。
> 披衣出戶看，飄飄滿天地。豈敢患貧居，聊將賀豐歲。
> 月俸雖無餘，晨炊且相繼。薪芻未闕供，酒肴亦能備。
> 數杯奉親老，一酌均兄弟。妻子不饑寒，相聚歌時瑞。

因思河朔民，輸稅供邊鄙。車重數十斛，路遙幾百里。
羸蹄凍不行，死轍冰難曳。夜來何處宿，闃寂荒陂裡。
又思邊塞兵，荷戈禦胡騎。城上卓旌旗，樓中望烽燧。
弓勁添氣力，甲寒侵骨髓。今日何處行，牢落窮沙際。
自念亦何人，偷安得如是。深為蒼生蠹，仍尸諫官位。
謇諤無一言，豈得為直士。褒貶無一詞，豈得為良史。
不耕一畝田，不持一隻矢。多慚富人術，且乏安邊議。
空作對雪吟，勤勤謝知己。

這是詩人在宋太宗端拱元年（988）任右拾遺直史館時所作。詩人從嚴冬大雪，一下子想到「河朔民」、「輸挽供邊鄙」的艱難，想到「邊塞兵」、「荷戈御胡騎」的痛苦，並且為自己身為諫官卻沒有盡到責任而自責。這很像杜甫那篇著名的《自京赴奉先縣詠懷五百字》結尾部分的描寫，更像白居易《村居苦寒》中描寫的情景。

此外，他貶官商州（今陝西省商縣）時寫的《感流亡》一詩，真實地描寫了因陝西乾旱而流亡河南的飢民困苦淒慘之狀，表現了詩人對這些流亡者的同情：

謫居歲云暮，晨起廚無煙。賴有可愛日，懸在南榮邊。
高舂已數丈，和暖如春天。門臨商於路，有客憩簷前。
老翁與病嫗，頭鬢皆皤然。呱呱三兒泣，惸惸一夫鰥。
道糧無斗粟，路費無百錢。聚頭未有食，顏色頗饑寒。
試問何許人，答云家長安。去年關輔旱，逐熟入穰川。
婦死埋異鄉，客貧思故園。故園雖孔邇，秦嶺隔藍關。
山深號六里，路峻名七盤。襁負且乞丐，凍餒復險艱。
唯愁大雨雪，僵死山谷間。我聞斯人語，倚戶獨長歎。

爾為流亡客，我為冗散官。左宦無俸祿，奉親乏甘鮮。
因思筮仕來，倏忽過十年。峨冠蠹黔首，旅進長素餐。
文翰皆徒爾，放逐固宜然。家貧與親老，睹爾聊自寬。

兩首都以「歲云暮」開始，只是前者仍在朝，後者已遭貶謫。無論身
在何處，作者都以表現出「憂國憂民」的高尚情操。由此可見，王禹
偁像杜甫、白居易一樣，能夠將自己的感情融入社會，正視社會現
實，反映社會現實，詩歌創作富有真情實感。這類詩歌，與宋初詩壇
上那種無病呻吟、空虛無聊之作，形成明顯對比。王禹偁為擺脫晚唐
五代詩風的影響，除內容上向杜甫、白居易學習之外，在藝術表現上
則是更多地學習白居易。所以，文學史上又往往將他作為「白體」的
代表。他的詩不追求辭藻的雕琢、形式的華美，而是像白居易的詩那
樣寫得平易質樸。有時還向民歌學習，寫的詩頗有民歌風味。《畬田
調》共五首，今選錄三首：

鼓聲獵獵酒釅釅，斫上高山入亂雲。
自種自收還自足，不知堯舜是吾君。

（其三）

北山種了種南山，相助刀耕豈有偏。
願得人間皆似我，也應四海少荒田。

（其四）

畬田鼓笛樂熙熙，空有歌聲未有詞。
從此商於為故事，滿山皆唱舍人詩。

（其五）

《畬田調》寫山地農民的勞動生活，充滿著濃厚的生活氣息。平易質
樸，的確是王禹偁詩歌的長處。另外他也有一些詩寫得很有情韻，耐
人尋味。如：

　　今年寒食在商山，山裡風光亦可憐。
　　稚子就花拈蛺蝶，人家依樹繫鞦韆。
　　郊原曉綠初經雨，巷陌春陰乍禁菸。
　　副使官閒莫惆悵，酒錢猶有撰碑錢。

（《寒食》）

　　馬穿山徑菊初黃，信馬悠悠野興長。
　　萬壑有聲含晚籟，數峯無語立斜陽。
　　棠梨葉落胭脂色，蕎麥花開白雪香。
　　何事吟餘忽惆悵，村橋原樹似吾鄉。

（《村行》）

上一首寫詩人對商山風光人情的喜愛。這時詩人雖貶官商山，但詩中
的感情還是開朗的。後一首寫詩人村行的感觸，表現了他對故鄉的懷
念。兩首詩寫景抒情都很有風韻。不過，這類詩在王禹偁的集子不算
多。在宋初詩壇上，王禹偁能夠從晚唐五代浮艷輕巧詩風中掙脫出來，
走自己的路，邁出宋詩的第一步。歐陽修《書王元之畫像側》說：

　　偶然來繼前賢跡，信矣皆如昔日言。
　　諸縣豐登少公事，一家飽暖荷君恩。
　　想公風采常如在，顧我文章不足論。
　　名姓已光青史上，壁間容貌任塵昏。

對王禹偁的道德文章均極為景仰。蘇軾在《王元之畫像贊並序》則對王禹偁「三黜窮山，之死靡憾。咸平以來，獨為名臣」的經歷十分推崇。當他「過蘇州虎丘寺，見公之畫像，想其遺風餘烈，願為執鞭而不可得」。歐、蘇二公不約而同地對王元之（禹偁）的由衷敬佩，或曰「顧我文章不足論」，或曰「願為執鞭」，一方面反映二公的寬宏氣度，另一方面更能說明王禹偁的重要角色。如果說「兩宋文章盛，首功在禹偁」，或許是相當可靠。清人吳之振在《宋詩鈔》中指出：「是時西崑之體方盛，元之獨開有宋風氣。於是歐陽文忠得以承流接響。文忠之詩，雄渾過於元之，然元之固其濫觴矣。」對他在宋初的關鍵角色，論述較為公正。此外，他還是宋初散文革新運動的主要領袖，也取得了矚目的成績。

二　由西崑到歐、王

宋初由楊億、劉筠、錢惟演領導的西崑詩派，一味追從李商隱，重對偶，用典故，尚纖巧，主研華，造成那種僅有外表絕無內容和個性的虛浮作風。楊億《西崑酬唱集序》：

> 余景德（1004-1007）中，忝佐修書（編者按：即《冊府元龜》1000卷）之任，得接群公之游，時今紫微錢君希聖（錢惟演），祕閣劉君子儀（劉筠），並負懿文，尤精雅道，雕章麗句，膾炙人口。予得以遊其牆藩而諮其楷模。……更迭唱和，互相切劘。……凡五七言律詩二百四十七章，其屬而和者又十有五人，析為二卷，取玉山策府之名，命之曰《西崑酬唱集》云爾。

「西崑之體」興起之時，王禹偁已逝世了。當時積極反對西崑詩風的，有魏野、寇準、林逋、潘閬諸家。但是，他們在詩歌上也沒有多大的成績。其中以在西湖栽花養鶴的林和靖（逋）處士最負盛名。但他的詩集，缺少豪氣與魄力。他最膾炙人口的梅花詩句「疏影橫斜水清淺，暗香浮動月黃昏」，「雪後園林才半樹，水邊籬落忽橫枝」，雖是寫得極其纖巧清新，那也只是一種賦物詩的典型，沒有什麼寄託與感慨。因此在宋代的詩壇，真能一掃西崑的華艷，由柔弱的格調中解放出來，給予詩風一大轉變的，是不得不待之於歐陽修及其門人。

歐陽修（1007-1072）

字永叔，號醉翁、六一居士，諡號文忠，吉州廬陵人，是宋代文學改革運動的領導者，同時又是散文、詩、詞各方面的大作家。北宋詩風的轉變，古文的復興，都在他的手中完成。他在散文與詩體的創作上，都是承繼著韓愈的路線，於詩於文，亦時以韓愈自命。他曾以石曼卿比盧仝，蘇子美比張籍，梅堯臣比孟郊，都以韓、孟、張、盧自許。終於由他們的努力奮鬥，這運動得到了成功。

韓愈是散文家，他喜用作散文的方法作詩，故詩中時多議論。他又反對陳言俗語，故用硬句奇字，因而不免有矯枉過正之弊。然而韓詩的長處在於氣格雄壯，而不流於柔弱。歐陽修對於韓愈是推崇備至的。他在《六一詩話》中說：「退之筆力無施不可，其資談笑，助諧謔，敘人情，狀物態，一寓於詩，而曲盡其妙也。」他這樣稱讚他，因此他的作詩，全是走的韓愈那一條路，確是矯正當時西崑體的良藥。與歐陽修一起努力打破西崑體，開拓一條詩歌創作的新路徑的，是蘇舜欽和梅堯臣，時稱「蘇梅」。他們是歐陽修的摯友，曾寫下不少精彩詩歌，例如：

春陰垂野草青青，時有幽花一樹明。

晚泊孤舟古祠下，滿川風雨看潮生。

（蘇舜欽《淮中晚泊犢頭》）

秋月滿行舟，秋蟲響孤岸。豈獨居者愁，當令客心亂。

展轉重興嗟，所嗟時節換。時節不苦留，川塗行已半。

霜落草根枯，清音從此斷。誰復過江南，哀鴻為我伴。

（梅堯臣《舟中聞蛩》）

歐陽修直言寫詩是受蘇、梅的啟發。因此，他寫了不少稱頌二人詩歌才華的作品：

……緬懷京師友，文酒邀高會。其間蘇與梅，二子可畏愛。篇章富縱橫，聲價相磨蓋。子美氣尤雄，萬竅號一噫。有時肆顛狂，醉墨灑滂霈。勢如千里馬，已發不可殺。盈前盡珠璣，一一難束汰。梅翁事清切，石齒漱寒瀨。作詩三十年，視我猶後輩。

（《水谷夜行寄子美聖俞》）

黃河一千年一清，岐山鳴鳳不再鳴。自從蘇梅二子死，天地寂默收雷聲。百蟲壞戶不啟蟄，萬木逢春不發萌。豈無百鳥解言語，喧啾終日無人聽。二子精思極搜抉，天地鬼神無遁情。及其放筆騁豪俊，筆下萬物生光榮。古人謂此覷天巧，命短疑為天公憎。昔時李杜爭橫行，麒麟鳳凰世所驚。二物非能致太平，須時太平然後生。開元天寶物盛極，自此中原疲戰爭。英雄白骨化黃土，富貴何止浮雲輕。唯有文章爛日星，氣凌山嶽

常崢嶸。賢愚自古皆共盡，突兀空留後世名。

（《感二子》）

在這些作品裡，可以看出歐陽修的詩，是具備韓詩的特點的。和蘇、梅二子相同，他的詩文字明淺通達，沒有西崑體的那種脂粉氣與富貴氣。同時他又不像韓愈那樣故作盤空硬語，奇文怪字，弄到那種艱苦險僻的無味地步。歐公也有一些抒情小詩，寫得清麗脫俗：

夜涼吹笛千山月，路暗迷人百種花。
棋罷不知人換世，酒闌無奈客思家。

（《夢中作》）

百囀千聲隨意移，山花紅紫樹高低。
始知鎖向金籠聽，不及林間自在啼。

（《畫眉鳥》）

總之，歐陽修詩歌以繼承韓愈風格為主，遂開出了宋代詩歌「以散文為詩」、「以議論為詩」的特殊風格。因此，亦產生了黃庭堅「以學問為詩」，喜歡議論，喜歡用典的江西詩派的歧途。

王安石（1021-1086）

宋詩經過了蘇、梅、歐諸人的破壞與建設，奠定了詩風改革運動的基礎。接著王安石、蘇軾的出現，一面繼承歐陽諸人的精神與習尚，同時對於古代詩人，博觀約取，融會貫通，使詩歌的內容更加豐富，藝術更見進步。王安石字介甫，號半山，江西臨川人，慶曆二年（1042）進士，數執朝政，因變法事，釀成宋代最嚴重的黨爭，終致

失敗。他是一個最有思想的政治家，反對一切保守傳統，如解經務出
新意，不用先儒傳注，痛詆《春秋》為「斷爛朝報」，反對用詩賦取
士。他對於文學的見解，流於功利主義。但他在創作上，於文於詩，
都有相當的成績。他的詩的優點，是有魄力，有骨格，有不同流俗的
個性。

　　王安石於唐代詩人最尊杜甫、韓愈，於宋代最推崇歐陽修。李白
的天才他雖是讚賞不置，覺得他的作品，全都是美人醇酒的歌詠，沒
有多大意思。對於西崑體的華艷，更是深惡痛絕。他在《張刑部詩
序》中云：「楊、劉以文詞染當世，學者迷其端原，靡靡然窮日力以
摹之。顛錯叢龐，無文章黼黻之序，其屬情藉事，不可考據也。」可
知他在文學思想上，與歐陽修一致。他早年遊於歐陽的門下，在詩的
創作上，無論形式作法與風格，都濃厚地呈現著歐陽一派的特徵。如
《虎圖》、《酬王伯虎》、《秋熱》、《賦龜》、《酬王詹叔奉使江南》、《白
鶴吟》諸篇，全是用的古體。字句韻腳的奇險怪僻，散文句法的大量
應用。不過這一些並非王安石的代表作，在他的集子裡，還有許多格
調高古、情味俱佳的好作品，如：

　　　　明妃初出漢宮時，淚濕春風鬢腳垂。
　　　　低佪顧影無顏色，尚得君王不自持。
　　　　歸來卻怪丹青手，入眼平生幾曾有；
　　　　意態由來畫不成，當時枉殺毛延壽。
　　　　一去心知更不歸，可憐著盡漢宮衣；
　　　　寄聲欲問塞南事，只有年年鴻雁飛。
　　　　家人萬里傳消息，好在氈城莫相憶；
　　　　君不見咫尺長門閉阿嬌，人生失意無南北。

　　　　　　　　　　　　　　　　　　（《明妃曲・其一》）

　　　　明妃初嫁與胡兒，氈車百輛皆胡姬。
　　　　含情欲語獨無處，傳與琵琶心自知。
　　　　黃金杆撥春風手，彈看飛鴻勸胡酒。
　　　　漢宮侍女暗垂淚，沙上行人卻回首。
　　　　漢恩自淺胡恩深，人生樂在相知心。
　　　　可憐青塚已蕪沒，尚有哀弦留至今。

　　　　　　　　　　　　　　　　　　　　（《明妃曲・其二》）

這兩首被稱為詠王昭君的上佳作品。第一首寫昭君的美貌，並從中泄
渲她內心的悲苦，還細述她對故國、親人的思憶。第二首寫昭君入胡
後的境況與心情，並塑造一個可敬可憐的昭君形象。又，王安石的律
詩亦有很好的成就，如：

　　　　西安春風花籠樹，花邊飲酒今何處。
　　　　一杯塞上看黃雲，萬里寄聲無雁去。
　　　　世事紛紛洗更新，老來空得滿衣塵。
　　　　青山欲買江南宅，歸去相招有此身。

　　　　　　　　　　　　　　　　　　　　（《寄朱昌叔》）

　　　　獨山梅花何所似，半開半謝荊棘中。
　　　　美人零落依草木，志士憔悴守蒿蓬。
　　　　亭亭孤豔帶寒日，漠漠遠香隨野風。
　　　　移栽不得根欲老，回首上林顏色空。

　　　　　　　　　　　　　　　　　　　　（《獨山梅花》）

這些詩的意境都很高遠。前人常以「格高意妙」評王詩，確是公允之

論。他晚年罷政退休，隱居金陵之蔣山，日與山水詩文為友。年齡已
老，心境日衰，昔日的豪放雄奇之氣，日趨淡薄，於是詩風為之一
變，由學韓而學杜，詩律趨於謹嚴細密，風格入於閒適平淡之境了。
在這種環境下，因此產生許多和他早年的作風完全相反的小詩。黃山
谷說：「荊公詩暮年方妙。」便是指他退休時代的作品。

　　南浦隨花去，回舟路已迷。暗香無覓處，日落畫橋西。

　　　　　　　　　　　　　　　　　　　　　　　　　　（《南浦》）

　　江水漾西風，江花脫晚紅。離情被橫笛，吹過亂山東。

　　　　　　　　　　　　　　　　　　　　　　　　　　（《江上》）

　　京口瓜洲一水間，鍾山只隔數重山。
　　春風又綠江南岸，明月何時照我還？

　　　　　　　　　　　　　　　　　　　　　　　　　（《泊船瓜洲》）

　　爆竹聲中一歲除，春風送暖入屠蘇。
　　千門萬戶瞳瞳日，總把新桃換舊符。

　　　　　　　　　　　　　　　　　　　　　　　　　　（《元日》）

　　飛來山上千尋塔，聞說雞鳴見日升。
　　不畏浮雲遮望眼，自緣身在最高層。

　　　　　　　　　　　　　　　　　　　　　　　　　（《登飛來峰》）

　　溪水清漣樹老蒼，行穿溪樹踏春陽。
　　溪深樹密無人處，惟有幽花渡水香。

　　　　　　　　　　　　　　　　　　　　　　　　　（《天童山溪上》）

王安石晚年在詩歌藝造詣上，比起他早年的作品來，真是要精美多
了。《賓退錄》云：「荊公詩歸蔣山後乃造精絕，其後比少作如天涯相
絕矣。」他的小詩的雅麗精絕，誠令人有一唱三歎之妙。難怪蘇東
坡、黃山谷、楊誠齋、嚴羽諸人，對於他的絕句，都要加以最高的讚
歎了。

三　詩壇盟主蘇軾（1037-1101）

蘇軾，字子瞻，號東坡居士，四川眉山人。嘉祐二年（1057）進
士。宋神宗時在鳳翔、杭州、密州、徐州、湖州等地任職。元豐三年
（1080），因「烏台詩案」被貶為黃州團練副使。宋哲宗即位後曾任
翰林學士，並出知杭州、穎州、揚州、定州等地，晚年因新黨執政被
貶惠州、儋州（海南）。宋徽宗時獲大赦北還，途中於常州病逝。蘇
軾是北宋中期文壇領袖，在詩、詞、散文、書、畫等方面取得很高成
就。文縱橫恣肆；詩題材廣闊，清新豪健，善用誇張比喻，獨具風
格；詞開豪放一派，與辛棄疾同是豪放派代表，並稱「蘇辛」；散文
著述宏富，豪放自如，與歐陽修並稱「歐蘇」，為「唐宋八大家」之
一。與王安石同出歐陽修的門下，上承歐公的志趣，下開宋詩發展的
機運，給予宋詩以新生命新境界，而成為當時文壇的盟主。他在思想
的表面，雖與歐陽修同樣主張文學復古、徵聖宗經、明道致用的儒家
文學觀，但在另一面，他也是一個最浪漫、最熱情、最愛自由的詩
人。他愛老、莊，愛陶淵明，他晚年大讀佛經道藏，他常與和尚道士
們交遊，他娶妾狎妓，他飲酒酣歌，他瞭解人生，也瞭解藝術。他覺
得無論甚麼事，都不能過走極端，一入極端，凡事都率然無味。他這
種中庸哲學，使他在人生上得到了解脫，使他在許多痛苦悲傷中得到
了人生意義的悟解。因此他雖是浪漫熱情，而不流於縱欲殉情，他雖

愛自由高蹈，而不趨於厭世避世。

　　蘇軾在詩上最高的成就，是七言古體。因為他那種豪放奔馳的性格，要在長短自由的體裁內，才可儘量發揮他的天才，格律的遵守，對偶的講求，在他固然是優為之。讀他的七言長詩，總覺得波瀾壯闊，變化多端，真如流水行雲一般地舒捲自如，確是李、杜以後所沒有見過的。

　　　我家江水初發源，宦游直送江入海。聞道潮頭一丈高，天寒尚有沙痕在。中冷南畔石盤陀，古來出沒隨濤波。試登絕頂望鄉國，江南江北青山多。羈愁畏晚尋歸楫，山僧苦留看落日。微風萬頃靴文細，斷霞半空魚尾赤。是時江月初生魄，二更月落天深黑。江心似有炬火明，飛焰照山棲鳥驚。悵然歸臥心莫識，非鬼非人竟何物。江山如此不歸山，江神見怪驚我頑。我謝江神豈得已，有田不歸如江水！

　　　　　　　　　　　　　　　　　　　　（《遊金山寺》）

　　　江上愁心千疊山，浮空積翠如雲煙。山耶雲耶遠莫知，煙空雲散山依然。但見兩崖蒼蒼暗絕谷，中有百道飛來泉。縈林絡石隱復見，下赴谷口為奔川。川平山開林麓斷，小橋野店依山前。行人稍度喬木外，漁舟一葉江吞天。使君何從得此本？點綴毫末分清妍。不知人間何處有此境，徑欲往置二頃田。君不見武昌樊口幽絕處，東坡先生留五年。春風搖江天漠漠，暮雲卷雨山娟娟。丹楓翻鴉伴水宿，長松落雪驚醉眠。桃花流水在人世，武陵豈必皆神仙。江山清空我塵土，雖有去路尋無緣。還君此畫三歎息，山中故人應有招我歸來篇。

　　　　　　　　　　　　　　　　　（《書王定國所藏煙江疊嶂圖》）

長洪斗落生跳波，輕舟南下如投梭。水師絕叫鳧雁起，亂石一
線爭磋磨。有如兔走鷹隼落，駿馬下注千丈坡。斷弦離柱箭脫
手，飛電過隙珠翻荷。四山眩轉風掠耳，但見流沫生千渦。嶮
中得樂雖一快，何異水伯誇秋河。我生乘化日夜逝，坐覺一念
逾新羅。紛紛爭奪醉夢裡，豈信荊棘埋銅駝。覺來俛仰失千
劫，回視此水殊委蛇。君看岸邊蒼石上，古來篙眼如蜂窠。但
應此心無所住，造物雖駛如余何！回船上馬各歸去，多言譊譊
師所呵。

（《百步洪・其一》）

無論是山是水，在蘇軾筆下都呈現虎虎生風的宏大氣魄。以《百步
洪》為例，此詩聯用比喻，有的一句兩比，都是形容小舟在急流中的
疾駛，曲盡險中得樂之致。（金性堯評）

除七言長詩外，蘇軾的七律七絕，也有許多好作品。沈德潛說
「蘇詩長於七言，短於五言」（《說詩晬語》），這是不錯的。在他的律
詩裡，他同樣表現他的豪放不羈的精神，雄奇的氣勢，他不屈服於對
偶平仄的種種規律，而有所損傷他詩歌的情意。在這裡正顯示出他的
浪漫自由的性格。

人生到處知何似，應似飛鴻踏雪泥。
泥上偶然留指爪，鴻飛那復計東西。
老僧已死成新塔，壞壁無由見舊題。
往日崎嶇還記否，路長人困蹇驢嘶。

（《和子由澠池懷舊》）

我行日夜向江海，楓葉蘆花秋興長。

平淮忽迷天遠近，青山久與船低昂。
壽州已見白石塔，短棹未轉黃茅岡。
波平風軟望不到，故人久立煙蒼茫。

（《出潁口初見淮山，是日至壽州》）

東風未肯入東門，走馬還尋去歲村。
人似秋鴻來有信，事如春夢了無痕。
江村白酒三杯酣，野老蒼顏一笑溫。
已約年年為此會，故人不用賦招魂。

（《正月二十日與潘（丙）郭（遘）二生出郊尋春，忽記去年
是日同至女王城作詩，乃和前韻》）

女王城，在黃州城東十五里。春申君相楚，曾受淮北十二縣之封，大
約是「楚王城」的訛稱。這些詩都親切有味，寫景抒情，俱臻上乘。
不用奇字怪句，一點沒有苦心雕琢刻畫的痕跡，好像不加思索地脫口
而出，隨隨便便地寫了下來，其中卻有無限的工巧與自然的神韻，所
以是最優美的作品。我們再看他的絕句：

竹外桃花三兩枝，春江水暖鴨先知。
蔞蒿滿地蘆芽短，正是河豚欲上時。

（《惠崇春江曉景》）

餘生欲老海南村，帝遣巫陽招我魂。
杳杳天低鶻沒處，青山一髮是中原。

（《澄邁驛通潮閣》）

野水參差落漲痕，疏林欹倒出霜根。

扁舟一棹歸何處，家在江南黃葉村。

　　　　　　　　　　　　　　　　　（《書李世南所畫秋景》）

橫看成嶺側成峯，遠近高低各不同。

不識廬山真面目，只緣身在此山中。

　　　　　　　　　　　　　　　　　　　（《題西林壁》）

水光瀲灩晴方好，山色空濛雨亦奇。

欲把西湖比西子，淡妝濃抹總相宜。

　　　　　　　　　　　　　（《飲湖上初晴後雨二首・其二》）

　　第一首完全是客觀的寫景，他能夠深深地觀察體會，用二十八字，把那時的春江曉景，寫得生意蓬勃，呈現著自然界活躍的生命與美麗的靈魂。一切都是那麼調和，那麼自然，那顏色又點綴得那麼相宜，成為一幅小小的充滿著生機的圖畫。第二首是由景入情，因物寄慨，一面抒寫自己的飄零身世，同時寄託著懷念故國之思。最真切又沉痛，好處是把那情感表現得隱約，令人細細地吟詠，格外感著有味。第三首，也是寫景，他借著紙上的色彩，意象靈感化，再注入作者的情感，表現濃厚的秋情，形成一首餘味悠悠的小詩。第四首反映蘇軾曠達的人生觀，洋溢著哲人的獨特眼界。第五首此詩既寫西湖又寫西施，並以一語道絕西施之美。王文誥以為此篇「可謂前無古人，後無來者。」沈德潛批評蘇詩說：「胸有洪爐，金銀鉛錫，皆歸熔鑄。其筆之超曠，等於天馬脫羈，飛仙遊戲，窮極變幻，而適如意中所欲出。韓文公後又開闢一境界也。」（《說詩晬語》）趙翼也說：「大概才思橫溢，觸處生春。胸中萬卷繁富，又足以供其左抽右旋，無不如

意。其尤不可及者，天生健筆一枝，爽如哀梨，快如并剪，有必達之隱，無難顯之情。此所以繼李杜為一大家也。」（《甌北詩話》）這些評語，並非溢美之辭。當時如黃庭堅、秦觀、晁補之、張耒都隸於蘇門，稱為四學士。還有蘇轍，文同，孔文仲、張舜民諸人，都感染他的影響，受著他的領導。於是他繼承歐陽修的地位，成為當時詩壇的盟主了。

第十六章
從黃庭堅到陸游

一　黃庭堅與江西詩派

在宋代的詩壇，真能形成一種派別，形成一種集團的勢力，而左右當時的潮流的，前有西崑，後有江西。西崑風行於館閣，多於應酬唱和之間，易於風行，也易於消滅。江西詩派則為一般真正愛好文學者所喜歡所學習，他們對於藝術的態度，都嚴肅而認真，因此這種勢力和派別一形成，便能師友傳授地繼續延長下去。於是在歐、蘇以後，宋代的詩壇，幾乎全被江西詩派所支配。就是南宋那幾位出色的詩人，如陳與義、陸游、楊萬里、范成大之流，也曾受到他們的影響。一直等到宋末，由那些遺民的血淚哀吟，詩歌方才重現出一點光輝。

黃庭堅（1045-1105）

字魯直，江西分寧人。是江西派的創始者。嘗遊山谷寺，喜其勝境，自號山谷，後貶四川涪縣，故又號涪翁。他雖出東坡門下，但的詩與東坡齊名，時稱「蘇黃」。蘇軾曾說「其詩文超逸絕塵，獨立萬物之表，世人久無此作」。因此名譽益高。蘇詩才大學富，對於前人博觀約取，不喜標新立異。而在詩體上，黃山谷有他的體裁，有他的方法，也有他的作詩的態度，因此他能形成一個宗派。《滄浪詩話》云：「宋詩至東坡、山谷，始出己意以為詩，唐人之風變矣。山谷用工尤為深刻，其後法席盛行，海內稱為江西宗派。」劉克莊《江西宗派小序》指出此派的特點：「豫章（山谷）會萃百家之長，究歷代體

制之變。搜獵奇書，穿穴異聞，作古律，雖隻字半句，不輕出。」很可看出黃詩的來源特質。這便是那有名的「拗體」。黃山谷及其追隨者再加以組織，給以「單拗」、「雙拗」、「吳體」等名目。「搜獵奇書，穿穴異聞」，是黃氏作詩時修辭造句和取材用典的方法，這一些他又得之於韓愈、孟郊、李商隱以及西崑諸人。朱弁《風月堂詩話》云：「黃魯直獨用崑體功夫，而造老杜渾全之境，禪家所謂更高一著。」他作詩認真和嚴肅，很像孟郊、賈島們的苦吟。黃山谷有詩云：「閉門覓句陳無己，對客揮毫秦少遊。」正好將蘇、黃二派的作風，作出一個明顯的對照。蘇詩是信筆直書的，由秦觀繼承；黃詩是在艱苦中做出來的，由陳師道傳承。

　　黃詩既能自成宗派，而能為後人所崇奉，他對於作詩的主張與方法，自必有許多特點，包括：一、活的模擬；二、拗的格律；三、去陳反俗，好奇尚硬。言其長處，一為詩境的開拓，二為絕高的風骨與新奇的言語，三為一掃脂粉淫靡的柔弱風氣。這幾點，我們是都得承認的。但他的短處也不少，一為乏情寡味，也就是缺少性靈。《隨園詩話》云：「黃詩瘦硬，短於言情。」二為不自然，不自然便是過於做作，奇字奇句奇韻奇事的使用，時時顯出矯揉詰屈、粗怪險僻之病。《唐宋詩醇》中評他「多生澀而少渾成」。三為好用典故，使詩意由於晦澀而至於枯槁。四為倡「奪胎換骨」、「點鐵成金」之法，引起沿襲模擬，甚或流於剽竊的惡劣行徑。關於這幾點，就是江西詩派的門徒，也是無法掩辯的。因此，年輕時曾受江西詩派影響的大詩人如陳與義、楊萬里、陸游，都在後期擺脫江西詩派的種種規條，才獲得極高的成就。

　　黃庭堅長於七言，無論古體律絕，都有很好的作品，五言則弱，這已成為前人的公論，不必細說了：

落星開士深結屋，龍閣老翁來賦詩。
小雨藏山客坐久，長江接天帆到遲。
宴寢清香與世隔，畫圖妙絕無人知。
蜂房各自開戶牖，處處煮茶藤一枝。

（《題落星寺》）

我居北海君南海，寄雁傳書謝不能。
桃李春風一杯酒，江湖夜雨十年燈。
持家但有四立壁，治病不蘄三折肱。
想得讀書頭已白，隔溪猿哭瘴溪藤。

（《寄黃幾復》）

今人常恨古人少，今得見之誰謂無。
欲學淵明歸作賦，先煩摩詰畫成圖。
小池已築魚千里，隙地仍栽芋百區。
朝市山林俱有累，不居京洛不江湖。

（《追和東坡題李亮功歸來圖》）

投荒萬死鬢毛斑，生出瞿塘灩澦關。
未到江南先一笑，岳陽樓上對君山。

（《雨中登岳陽樓望君山》）

這些都是黃山谷集中最優秀的作品。好處是清新奇峭，風骨特高，而
又沒有那種奇險古怪以及乏情寡味的弊病。陳師道初從曾鞏學文，中
年入蘇東坡門，後見黃山谷詩，遂傾心焉。他贈黃詩有云：「陳詩傳
筆意，願列弟子行。」足見黃詩在當時詩壇的勢力。但江西詩派這個

名目的成立，黃山谷成為這一派宗主的確定，卻始於呂本中（1084-1145）《江西詩社宗派圖》。《漁隱叢話》云：「呂居仁（本中）近時以詩得名，自言傳依江西，嘗作《宗派圖》，自豫章以降，列陳師道……（等）二十五人以為法嗣，謂其源流皆出豫章（黃山谷）也。」這無疑是江西宗派正式成立的宣言。經他這麼一提倡鼓吹，於是師友間以此傳授，文士間以此切磋，於是黃山谷便成為教主。於是《江西宗派詩集》、《江西續宗派詩》等流行於社會，而成為學詩人的教科書了。

陳與義（1090-1138）

　　字去非，號簡齋，洛陽人。他是南北宋之交的著名詩人，詩尊杜甫，也推崇蘇軾、黃庭堅和陳師道。陳與義在北宋做過地方府學教授、太學博士，在南宋是朝廷重臣。他是一位愛國詩人，給後世留下不少憂國憂民的愛國詩篇。他才情頗高，對於前賢作品，博觀約取，善於變化，不株守黃派的成規。他愛黃山谷、陳師道，同時也愛蘇東坡；尊杜甫，同時又尊陶潛、韋應物。所以他的風格較為圓活，不以奇峭拗硬見長，可算是江西詩中的改革派。《詩法萃編》說他學杜，是「師意不師辭」，這恰好說明他作詩的態度。他目睹北宋之亡，晚年又身經湘南流落之苦，故其詩時多感憤沉鬱之音：

　　　　萬里平生幾蛇足，九州何路不羊腸。
　　　　只應綠士蒼官輩，卻解從公到雪霜。

　　　　　　　　　　　　　　　　　　　　　　　　（《絕句》）

　　　　門外子規啼未休，山村日落夢悠悠。
　　　　故園便是無兵馬，猶有歸時一段愁。

　　　　　　　　　　　　　　　　　　　　　　　（《送人歸京師》）

瀟瀟十日雨，穩送祝融歸。燕子經年夢，梧桐昨暮非。
一涼恩到骨，四壁事多違。袞袞繁華地，西風吹客衣。

（《雨》）

故園歸計墮虛空，啼鳥驚心處處同。
四壁一身長客夢，百憂雙鬢更春風。
梅花不是人間白，日色爭如酒面紅。
且復高吟置餘事，此生能費幾詩筒。

（《次韻樂文卿北園》）

漲水東流滿眼黃，泊舟高舍更情傷。
一川木葉明秋序，兩岸人家共夕陽。
亂後江山元歷歷，世間歧路極茫茫。
遙指長沙非謫去，古今出處兩淒涼。

（《舟次高舍書事》）

《四庫全書總目提要》云：「與義在南渡詩人之中，最為顯達，然皆非其傑構。至於湖南流落之餘，汴京板蕩以後，感時撫事，慷慨激越，寄託遙意，乃往往突過古人。」這種評論十分切合他的經歷。

二　愛國詩人陸游（1125-1210）

論南宋詩者，俱以陸游、楊萬里、范成大、尤袤為四大家。此外，蕭德藻（東夫）亦為當代的名詩人。尤、蕭兩家的集子，現今不傳，難於詳述。餘下陸、范、楊三家。三家中以陸游的成就最大，他在南宋的地位，正如蘇軾在北宋，稱他為南宋詩壇的領袖，是毫無疑

義的。陸游，字務觀，山陰人。十二三歲便能詩文。中年游蜀，為范成大參議官，以文字相交，不拘禮法，人譏其狂放，因自號放翁。又因愛好蜀中山水，故題其生平所為詩曰《劍南詩稿》。他作詩私淑呂本中，師事曾幾，呂、曾俱為江西詩派中人物，因此他的詩亦與江西發生關係。但他卻有一個狂放不羈的性格，一股慷慨激昂的熱情，加以才情勃發，興會淋漓，因此他的詩的風格，不流於抒寫憤激的奔放，便入於抒寫山水田園的閒淡了。像那種斤斤計較於字句與格律的黃、陳詩風，是無法拘束這位狂放的詩人的創作的。他對於前代的詩人，最推崇陶潛、杜甫、李白與岑參。早年作詩，承受江西派的師訓，步步摹仿，務求工巧。他後來有《示子遹詩》云：「我初學詩日，但欲工藻繢。中年始稍悟，漸欲窺宏大。」中年入蜀從戎，一面接觸雄奇壯麗的山水，一面身歷時危世亂之苦痛，於是熱烈的情感，憂憤的氣概，發之於詩，而形成他那種豪宕奔放的風格。到了晚年，年齡老大，心境自然也趨於淡漠。壯年的熱情與豪志漸漸地退減，兒孫膝下之歡，田園山水之趣，酒味花香，湖光樹影，成了這位老詩人的另一世界。由此而言，陸游的詩風曾經青年、中年、晚年三個段落。優秀的詩篇自然集中在中期以後：

　　三萬里河東入海，五千仞岳上摩天。
　　遺民淚盡胡塵裡，南望王師又一年。
　　　　　　　　　　　　（《秋夜將曉出籬門迎涼有感‧其二》）

　　僵臥孤村不自哀，尚思為國戍輪台。
　　夜闌臥聽風吹雨，鐵馬冰河入夢來。
　　　　　　　　　　　　（《十一月四日風雨大作‧其二》）

早歲那知世事艱，中原北望氣如山。
樓船夜雪瓜洲渡，鐵馬秋風大散關。
塞上長城空自許，鏡中衰鬢已先斑。
出師一表真名世，千載誰堪伯仲間！

（《書憤》）

病骨支離紗帽寬，孤臣萬里客江干。
位卑未敢忘憂國，事定猶須待闔棺。
天地神靈扶廟社，京華父老望和鑾。
出師一表通今古，夜半挑燈更細看。

（《病起書懷》）

和戎詔下十五年，將軍不戰空臨邊。朱門沉沉按歌舞，廏馬肥
死弓斷弦。戍樓刁斗催落月，三十從軍今白髮。笛裡誰知壯士
心，沙頭空照征人骨。中原干戈古亦聞，豈有逆胡傳子孫。遺
民忍死望恢復，幾處今宵垂淚痕！

（《關山月》）

初報邊烽照石頭，旋聞胡馬集瓜州。
諸公誰聽芻蕘策，吾輩空懷吠畎憂。
急雪打窗心共碎，危樓望遠淚俱流。
豈知今日淮南路，亂絮飛花送客舟。

（《送七兄赴揚州帥幕》）

耿耿孤忠不自勝，南來春夢遠觚稜。
驛門上馬千峰雪，寺壁題詩一硯冰。

　　疾病時時須藥物，衰遲處處少交朋。
　　無情最是寒沙雁，不為愁人說杜陵。

（《衢州道中作》）

　　衣上征塵雜酒痕，遠遊無處不銷魂。
　　此身合是詩人未？細雨騎驢入劍門。

（《劍門道中道遇微雨》）

　　江上荒城猿鳥悲，隔江便是屈原祠。
　　一千五百年間事，只有灘聲似舊時。

（《楚城》）

在這些作品裡，一面可以看出陸放翁的藝術的成就，同時也可看出他
的性格與志趣。由這些詩，他得到了「愛國詩人」的稱呼，他確是一
個念念不忘家國，時時在做著恢復中原的夢的志士。他《示兒》詩
云：「死去元知萬事空，但悲不見九州同。王師北定中原日，家祭無
忘告乃翁」，這是一個多麼傷心的遺囑，這一種精神又是多麼壯烈。
陸游除了這類涉及家國興亡的作品多，也有些關於生活與愛情的精彩
作品，很值得再三吟誦：

　　莫笑農家臘酒渾，豐年留客足雞豚。
　　山重水復疑無路，柳暗花明又一村。
　　簫鼓追隨春社近，衣冠簡樸古風存。
　　從今若許閒乘月，拄杖無時夜叩門。

（《遊山西村》）

城上斜陽畫角哀，沈園非復舊池臺。
傷心橋下春波綠，曾是驚鴻照影來。

（《沈園‧其一》）

夢斷香消四十年，沈園柳老不吹綿。
此身行作稽山土，猶吊遺蹤一泫然。

（《沈園‧其二》）

倒橐得千錢，從人買釣船。秋風宿村步，暮雪醉江天。
得意鷗波外，忘歸雁浦邊。平生笑嚴子，猶有姓名傳。

（《雜興》）

三　楊萬里與范成大

楊萬里（1127-1206）

　　字廷秀，江西吉水人。紹興二十四年（1154）進士。通經學，著
《誠齋易傳》，重名節，是一位人品極高的儒者。他同陸放翁一樣，
卻是一位多產的詩人，他曾作詩二萬餘首，存詩四千餘首。楊誠齋的
詩，開始也是學江西，專以摹擬求工巧。到了五十歲左右，盡棄江西
而學唐詩。由此博觀約取，融會變通，而走到自成一體的創造時期，
便是當世所稱的誠齋體。誠齋體的風格特徵是活潑自然，饒有諧趣。
《江湖集序》云：「余少作有詩千餘篇，至紹興壬午（1162），皆焚
之，大概江西體也。」《荊溪集序》又云：「予之詩，始學江西諸君
子……戊戌（1173）作詩，忽若有悟，於是辭謝唐人及王、陳、江西
諸君子，皆不學而後欣如也。口占數首，則瀏瀏焉，無復前日之軋軋
矣。」可知他的詩風，有過三次的演變，跟陸游的情況十分相似。

　　他的詩有兩個重要的特色：一是有幽默詼諧的趣味，二是以俚語白話入詩，形成通俗明暢的詩體。關於第一點，中國詩歌中，最缺少這種幽默和詼諧。誠齋雖是一規規矩矩的儒者，但在詩中，卻時時充滿著詼諧與幽默，寫得很自然很有趣味。如：野菊荒苔各鑄錢，金黃銅綠兩爭妍。天公支與窮詩客，只買清愁不買田。(《戲筆》)這首詩用俚語寫成，但通俗而不鄙，平淺而不滑，所以還是好詩。詩的背後，蘊藏著一點幽默與詼諧，讀者都能深深地體會。《四庫全書總目提要》評為「輕儇佻巧，令人厭不欲觀，此真詩家之魔障」，是有值得商榷的地方。

　　楊萬里是一位愛國志士，他一生關心國家命運，留下了大量抒寫愛國憂時的詩篇。特別是他充任金國賀正旦使的接伴使時，因往來江、淮之間迎送金使，親眼看到淪喪於金國的大好河山和中原遺民父老，痛心國家殘破的巨大恥辱和悲憤，愛國主義詩歌創作表現得最集中、最強烈。如著名的《初入淮河四絕句》：

　　　船離洪澤岸頭沙，人到淮河意不佳。何必桑乾方是遠，中流以
　　　北即天涯！

　　　　　　　　　　　　　　　　　　　　(《初入淮河四絕句》其一)

　　　兩岸舟船各背馳，波痕交涉亦難為。只餘鷗鷺無拘管，北去南
　　　來自在飛。

　　　　　　　　　　　　　　　　　　　　(《初入淮河四絕句》其三)

　　把愛的悲憤感情，淪陷區人民的哀痛心境，非常含蓄曲折地表摹出來。此外，他也有一些詩作反映了勞動人民的生活，表達了他對民生的關心及對勞苦人民的同情。如《憫農》、《觀稼》、《農家嘆》、《秋雨嘆》、《憫旱》、《竹枝歌》、《插秧歌》等，思想性和藝術性都比較高。

范成大（1126-1193）

　　字致能，吳郡人，紹興二十四年（1154）進士，曾出使金國，後歷帥廣西、成都、四明、金陵，拜參知政事，加大學士，是一個官品極高的人。他有別墅叫作石湖。他晚年隱居於此，自號石湖居士。楊誠齋說：「石湖山水之勝，東南絕境。」可知它的環境與王維的隱居輞川相同。他的詩雖也從江西派入手，但結果也是離開江西的。早年出使金國，寫下使金絕句七十二首。在到達北宋舊都汴京時，首先寫下了《汴河》，並附小序於前：

　　　　汴自泗州以北皆涸，草木生之，土人云：本朝恢復駕回，即河
　　　　須復開。
　　　　指顧枯河五十年，龍舟早晚定疏川？
　　　　還京卻要東南運，酸棗棠梨莫蓊然。

（《汴河》）

本詩第一、二句寫汴河的荒廢及人民對王師的期待，第三、四句寫出詩人對恢復故土的願望和期待。其後進入皇宮外的大街，遂寫了《州橋》：

　　　　州橋南北是天街，父老年年等駕回。
　　　　忍淚失聲詢使者，「幾時真有六軍來」？

（《州橋》）

「州橋」原是汴河上的一座古橋梁，建於中唐。北宋京城擴建後，該橋就變成了鬧市中心，連接皇宮和南城門的南北御道，與橫貫城市的汴河交匯處的水陸交通樞紐。州橋南北，天街之上，父老佇足，盼望

王師，喪國的痛楚，淪為異邦蹂躪的悽慘，令人苦不欲生。盼了幾十年，忽然見到宋朝使者，一時間該有多少話要說、有多少淚欲流啊！此詩用白描手法，擷取了一個特寫鏡頭，表現了淪陷區人民盼望光復的殷切心情，隱晦地流露了作者對議和政策的不滿。到了晚年，他卻是以白樂天的通俗，陶淵明的情趣，描寫田園生活山水美境的情趣，使他的作風起了轉變，完成了《四時田園雜興》組詩，今以四時各選一首為例：

> 柳花深巷午雞聲，桑葉尖新綠未成。
> 坐睡覺來無一事，滿窗晴日看蠶生。
>
> 　　　　　　　　　　（《春日田園雜興・其一》）

> 晝出耘田夜績麻，村莊兒女各當家。
> 童孫未解供耕織，也傍桑陰學種瓜。
>
> 　　　　　　　　　　（《夏日田園雜興・其七》）

> 垂成穡事苦艱難，忌雨嫌風更怯寒。
> 牋訴天公休掠剩，半賞私債半輸官。
>
> 　　　　　　　　　　（《秋日田園雜興・其五》）

> 黃紙蠲租白紙催，皂衣旁午下鄉來。
> 長官頭腦冬烘甚，乞汝青錢買酒回。
>
> 　　　　　　　　　　（《冬日田園雜興・其十》）

這都是他的《田園雜興》中的好作品。他自注云：「淳熙丙午，沉疴少紓，復至石湖舊隱。野外即事，輒書一絕，終歲得六十篇，號《四

時田園雜興》。」可知他在病後療養的愉快心境中，日與農夫樵子為友，靜心觀察體會農村的生活，隨時隨地寫了下來，故無不自然活潑，清新有味。這些詩大都是用最通俗的文句，歌詠那種田園男女的日常生活和自然界的情境，也曲折訴說農家生活的艱辛，很有一點樂府體的民歌風味。他絕詩的好處，是韻味悠長，文字極其清新美麗，而又一點不落俗套。

四　遺民詩

文天祥（1236-1283）

字宋瑞，號文山，江西吉安人，寶祐四年（1256）進士第一。元人渡江，奉詔舉兵抵抗。後奉使北軍，為所拘，未幾遁歸福州，奉益王登祚，出兵江西，敗而被執，囚於燕京，四年不屈，遂被殺，年四十七。天祥為人忠義節烈，不可一世。其詩沉鬱悲壯，氣象渾厚，完全是他的人格的表現。我們讀他的古體《正氣歌》、《過零丁洋》、《金陵驛》諸篇，便可想見其志趣與為人：

> 天地有正氣，雜然賦流形。下則為河嶽，上則為日星。
> 於人曰浩然，沛乎塞蒼冥。皇路當清夷，含和吐明庭。
> 時窮節乃見，一一垂丹青。

> 在齊太史簡，在晉董狐筆。在秦張良椎，在漢蘇武節。
> 為嚴將軍頭，為嵇侍中血。為張睢陽齒，為顏常山舌。
> 或為遼東帽，清操厲冰雪。或為出師表，鬼神泣壯烈。

> 或為渡江楫，慷慨吞胡羯。或為擊賊笏，逆豎頭破裂。

是氣所磅礡，凜烈萬古存。當其貫日月，生死安足論。
地維賴以立，天柱賴以尊。三綱實繫命，道義為之根。

嗟予遘陽九，隸也實不力。楚囚纓其冠，傳車送窮北。
鼎鑊甘如飴，求之不可得。陰房闃鬼火，春院閟天黑。
牛驥同一皁，雞棲鳳凰食。一朝蒙霧露，分作溝中瘠。
如此再寒暑，百沴自辟易。哀哉沮洳場，為我安樂國。
豈有他繆巧，陰陽不能賊。顧此耿耿在，仰視浮雲白。悠悠我
心悲，蒼天曷有極。
哲人日已遠，典刑在夙昔。風簷展書讀，古道照顏色。

　　　　　　　　　　　　　　　　　　　　　　　（《正氣歌》）

辛苦遭逢起一經，干戈寥落四周星。
山河破碎風飄絮，身世浮沉雨打萍。
惶恐灘頭說惶恐，零丁洋裏嘆零丁。
人生自古誰無死，留取丹心照汗青。

　　　　　　　　　　　　　　　　　　　　　　　（《過零丁洋》）

草合離宮轉夕暉，孤雲飄泊復何依。
山河風景元〔原〕無異，城郭人民半已非。
滿地蘆花和我老，舊家燕子傍誰飛。
從今別卻江南日，化作啼鵑帶血歸。

　　　　　　　　　　　　　　　　　　　　　　　（《金陵驛》）

無論是長篇或短章，這些詩都奔湧著愛國激情，千載之下，仍讓讀者
無窮景仰。

汪元量（1241-1317後）

　　字大有，號水雲，錢塘人。咸淳（1265-1274）間進士。宋度宗時以曉音律、善鼓琴供奉內廷。元軍下臨安，隨南宋恭帝及后妃北上。留大都，侍奉帝后。時文天祥因抗元被俘，囚禁獄中，汪元量不顧個人安危，常去探望，汪元量寫了《妾薄命呈文山道人》、《生挽文丞相》等詩，勉勵文天祥盡節。至元二十五年（1288），得元世祖許可，出家為道士，離開大都還江南，暗中結交抗元志士，在浙、贛一帶鼓動反元，圖謀恢復宋室江山。晚年退居杭州，為道士以終，著有《水雲詩集》、《湖山類稿》。其詩悽愴哀婉，多故宮禾黍之悲。李珏《書水雲詩後》云：「紀其亡國之戚，去國之苦，間關愁歎之狀，盡見於詩。微而顯，隱而章，哀而不怨，⋯⋯水雲之詩，亦宋亡之詩史也。」

　　　　　　　　亂點連聲殺六更，熒熒庭燎待天明。
　　　　　　　　侍臣已寫歸降表，臣妾僉名謝道清。

　　　　　　　　　　　　　　　　　　　　　（《醉歌十首・其五》）

　　　　　　　　蔽日烏雲撥不開，昏昏勒馬度關來。
　　　　　　　　綠蕪徑路人千里，黃葉郵亭酒一杯。
　　　　　　　　事去空垂悲國淚，愁來莫上望鄉臺。
　　　　　　　　桃林塞外愁煙起，大漠天寒鬼哭哀。

　　　　　　　　　　　　　　　　　　　　　　　（《潼關》）

　　　　　　　　淮南西畔草離離，萬楫千艘水上飛。
　　　　　　　　旗幟蔽江金鼓震，伯顏丞相過江時。

　　　　　　　　　　　　　　　　　　　　（《越州歌・其一》）

東南半壁日昏昏，萬騎臨軒趣幼君。

三十六宮隨輦去，不堪回首望吳雲。

（《越州歌・其二》）

北望燕雲不盡頭，大江東去水悠悠。

夕陽一片寒鴉外，目斷東南四百州。

（《湖州歌・其六》）

十數年來國事乖，大臣無計逐時挨。

三宮今日燕山去，春草萋萋上玉階。

（《湖州歌・其七》）

汪水雲因為身居宮中，亡國的痛苦和那些滿朝百官的醜態，他都身歷其境，因此他的作品，最富於真實性。所以在遺民詩裡，除以哀苦的詩風見長以外，他是還具有歷史性的價值的。

第五篇
唐宋詞、散文、小說

第十七章
晚唐五代詞

一　詞的起源與詞體的確立

　　從廣義文學創作說，詞就是詩。詞有兩個要素：一、詞本身的性質是詩；二、詞的功能是音樂。一般認為詞的起源與樂府詩和近體詩有關：

　　　　詩之外又有和聲，則所謂曲也。古樂府皆有聲有詞，連屬書之，如曰「賀賀賀」、「何何何」之類，皆和聲也。今管弦之中，纏聲亦其遺法也。唐人乃以詞填入曲中，不復用和聲。

　　　　　　　　　　　　　　　　　　　　　　（沈括《夢溪筆談》）

　　　　古樂府只是詩，中間卻添許多泛聲，後來怕失了泛聲，逐一添個實字，遂成長短句，今曲子便是。

　　　　　　　　　　　　　　　　　　　　　　（《朱子語類》卷140）

這裡所說的「和聲」與「泛聲」，性質未必全同，但在歌唱的時候，都是補足詩的文句的缺陷的事實，是無疑的。因為樂府詩中的可歌者，無論古體、近體，大都是整齊的五言、六言或七言，但樂譜長短曲折，變化無窮，用那種長短一律的字句去歌唱時，自然是感到不能盡其聲音之美妙，因此只好加添一些字進去，於是便產生了「和聲」與「泛聲」。

　　但是，由於詩體過於齊整、樂譜過於繁長者，專添一些和聲，還不能歌唱。因此只好將詩句改頭換面，長短其句，以就其曲拍，於是文字增多了，句子也變成長短不齊的形式，這種削足適履的辦法，自然是為了音樂的束縛。那些因為適應音樂而加添或是長短其字句的做法，恰好證明了《夢溪筆談》和《朱子語類》中所講的由詩入樂必用和聲、泛聲的理論。詞體正式成立的狀態，必得一面有完全的音樂效能，同時在文句的組織上，又完全成為一個整體的藝術品，而在外表看不出一點有增補的痕跡。如唐玄宗的《好時光》云：

　　寶髻「偏」宜宮樣，「蓮」臉嫩，體紅香。眉黛不須「張敞」
　　畫，天教入鬢長。莫倚傾國貌，嫁取「個」有情郎。彼此當年
　　少，莫負好時光。

如果唐玄宗寫作這些辭句時，是完全依照當時的樂譜而長短其句的，那無疑的這是一首最成功的詞。雖說其中有「偏」、「蓮」、「張敞」、「個」等字，也可以看作是泛聲和聲的襯字，但痕跡並不明顯。並且把這些字放了進去，反而增加了這一首詞的藝術性。如果《好時光》的原作真是一首五言八句詩，入樂時再由樂工或詞臣加添這幾個襯字進去，那麼原作雖是詩，現在的《好時光》確實也是詞了。因為它一面有音樂的功能，同時又有詞的形體與格調，和整體的藝術性。

　　由於樂府詩和入樂的近體詩都可以歌唱，所以，也可以說詞源於樂府和近體詩。不過，詞是以音樂為主、歌辭為附庸的。由於樂譜與歌詞需要更緊湊地聯繫起來，於是那些通曉音律、略通文字的教坊樂工，便開始依曲譜填寫歌辭，這便是後人所謂的填詞。樂工的文字水平自然十分有限，這方面自然表現得較為粗鄙。也許在同一時期，樂工也開始採用唐代詩人的五、七言絕句入樂。為便於歌唱，這類齊言

（五、七言為主）詩歌中間，需要加添了一些和聲泛聲（如賀賀賀、何何何等）。同時在歌曲的編排上，加添環迴往復的旋律（如王維的《渭城曲》的陽關三疊、王之渙的《涼州詞》等）。稍後，除了樂工、優人外，也有文人參加創作。據孟棨《本事詩》，大約在武后、韋后時代，有以下兩則記載：

> 韋庶人頗襲武后之風軌，中宗漸畏之。內宴唱《迴波樂》詞。有優人詞曰：「迴波爾時栲栳，怕婦也是大好。外邊只有裴談，內中無過李老。」韋后意色自得，以束帛贈之。
>
> 沈佺期以罪謫，遇恩復官秩，朱紱未復。嘗內宴，群臣皆歌《迴波樂》，撰詞起舞，因是多求遷擢。佺期詞曰：「迴波爾時佺期，流向嶺外生歸。身名已蒙齒錄，袍笏未復牙緋。」中宗即以緋魚賜之。

在這記載裡，《迴波樂》已成為定格的曲調。前後兩首的用韻與字句的長短結構也完全相同，這是「依曲填詞」的明證。上文所說的群臣撰詞起舞，可知當時填詞的人，不只沈佺期一人，是大家都能填的。不僅文人能作，優人也能作了。這種情況，很像魏晉時的公宴詩或隋唐之際的宮體詩。與中唐以後文人「依曲拍為長短句」的工作，本質上仍有一些區別。

　　總之，詞體的正式確立，必須要等到詩人們不斷從事這種創作，並產生出來成績來，一面具有音樂的功能，一面又不失去詩歌的藝術性時，詞才能成為一種新興的體裁，才漸漸在文壇上形成獨立於詩的地位。在時間上，應該在中唐之後。《全唐詩》中論詞云：「唐人樂府原用律絕等詩，雜和聲歌之。其並和聲作實字，長短其句以就曲拍者為填詞。」總之，按曲譜填詞的事，在樂府教坊與民間，都是早有的

事，但要等到有名的詩人們的持續參與，使這種體裁的作品產生了文學的價值，才能在中國的韻文史上佔著地位。因此，一定要等到張志和、劉禹錫、白居易們的作品出現（一面是音樂的，一面又是詩的），詞體才正式成立，才在韻文史上佔一席位。

同時，詞體在配合音樂方面，也有它的獨特性。自五胡亂華到隋唐統一，大量西域音樂傳入。這些西域音樂在聲調、樂器上，自然與中土音樂大不相同。此種新音樂漸漸盛行於朝廷，並傳佈於民間，當時稱為「燕樂」。《舊唐書・音樂志》說：「自開元以來，歌者雜用胡夷里巷之曲。」胡夷指西域音樂，里巷指民間歌曲。音樂經過這種混雜同化，自然是變得更為繁複了。這種有別於漢魏傳統的新音樂，正是詞體正式確立的另一個必要條件。例如漁歌體的《漁歌子》，船夫曲的《欸乃曲》，民間情歌體《竹枝詞》、《楊柳枝詞》諸調，都是胡夷里巷中最通行的歌曲。劉禹錫說：「里中兒聯歌《竹枝》，吹短笛，擊鼓以赴節，歌者揚袂起舞，以曲多為賢。聆其音，中《黃鐘》之羽，卒章激訐如吳聲。雖傖儜（粗野）不可分，而含思宛轉，有《淇澳》之艷。」（《竹枝詞序》）說明里巷樂曲雖是悅耳可聽，但其詞句卻很粗劣，於是文人產生了改作或是仿作新詞的動機。那種胡樂民曲交雜流行於世，歌唱者與作詞者都無不受其影響。

張志和（730-810）

八世紀中葉以後，填詞漸漸地由於醞釀而成熟了。詩人依著胡夷里巷的曲譜而作長短句的人，也漸漸地多了。如張志和、張松齡、顧況、戴叔倫、韋應物諸人，在他們的作品裡，確實有了「依曲拍為長短句」的詞了。最有名的是張志和的五首《漁父詞》（見《尊前集》）。今舉一首作例：

西塞山前白鷺飛，桃花流水鱖魚肥。青箬笠，綠蓑衣，斜風細雨不須歸。

張志和字子同，金華人，雖也做過小官，後來厭惡那種煩瑣，便放浪江湖，自號「煙波釣徒」，日與山水漁樵為友。他這種愛自由愛自然的人生觀，反映到文學上，正與王維、孟浩然們所代表的自然詩派相合，因此在《漁父詞》裡，充分地表現出他的瀟灑出塵的人格和恬淡閒雅的作風。同時，我們還可想到，《漁父詞》這一個曲調，一定是當時漁人們流行的民間里巷之曲，而經他依曲拍作詞而被傳於後世，成為最普通的詞調。《西吳記》云：「志和有《漁父詞》，刺史顏真卿、陸鴻漸、徐士衡、李成矩遞相唱和。」（《詞林紀事》引）由此可知，在張志和時代填詞的風氣，在文人階級裡，已是很流行的了。他的哥哥張松齡也有《漁父》一首：「樂是風波釣是閒，草堂松檜已勝攀。太湖水，洞庭山，狂風浪起且須還。」詞旨風格，同他的弟弟很相似。

　　其次，我們要注意的，是戴叔倫（732-789）和韋應物〔737-791（?）〕的作品。他們的詞是可靠的，戴有《調笑令》一首，韋有同調二首。戴詞云：

邊草，邊草。邊草盡來兵老。山南山北雪晴，千里萬里月明。明月，明月。胡笳一聲愁絕。

韋詞云：

河漢，河漢。曉掛秋城漫漫。愁人起望相思，塞北江南別離。離別，離別。河漢雖同路絕。（其一）

　　　胡馬，胡馬，遠放燕支山下。跑沙跑雪獨嘶，東望西望路迷。
　　迷路，迷路，邊草無窮日暮。（其二）

寫江湖的放浪生活，喜用《漁父》，寫邊塞別離的俱用《調笑》，可知
文人填詞的初期所用的詞調不多，前者大概是出自民間，後者聲律的
急促高昂，似是出於胡樂了。在藝術上說，這種作品，都是很成熟的
詞，與詩的形體，全然是獨立的了。王建現存《調笑令》四首，其作
風與他的宮體詩相同，都是寫失寵美人的哀怨的。其中以《團扇》一
首最有名，今錄之於下：

　　　團扇，團扇，美人並來遮面。玉顏憔悴三年，誰復商量管弦？
　　弦管，弦管，春草昭陽路斷。

詞調雖是一樣，但所表現的內容與風格，同戴叔倫、韋應物之作完全
不同了。然而王建這一種宮體式的豔體，可算是「花間詞派」的先聲。
　　劉禹錫、白居易是詞體確立期的代表人。詞體到這時候，經了許
多先驅者的努力嘗試，已漸漸地變為一種有文學生命的新詩體，從事
這工作的人日眾，詞調也日益加多，作品也日見優美了。白居易有
《憶江南》三首，《花非花》一首，《如夢令》二首，《長相思》二
首。劉禹錫有《憶江南》二首，《紇那曲》二首，《瀟湘神》二首，
《拋球樂》二首（《全唐詩》）。依照文體發展進化的公例，詞這種文
學到了劉、白時代，「依曲譜填詞」已達到成熟的階段，故稍後的溫
庭筠在詞取得的佳作，便一點也不奇怪了：

　　　江南好，風景舊曾諳。日出江花紅勝火，春來江水綠如藍。能
　　不憶江南？

　　　　　　　　　　　　　　　　　　　　　　（《憶江南》白居易）

　　春去也，多謝洛城人。弱柳從風疑舉袂，叢蘭挹露似沾巾。獨坐亦含顰。

（《憶江南》劉禹錫）

這種作品一面是有音樂的功能，一面是又有詩的藝術生命。詞離開詩獨立起來，成為一種韻文的新體裁。劉禹錫作《憶江南》時，自注云：「和樂天《春詞》，依《憶江南》曲拍為句。」這是詩人依曲填詞的最可靠紀錄。他填詞絕非出於遊戲，而是帶著嚴肅的創作的態度。這樣，詞開始向著發展興盛的路上前進。胡適說：「填詞有三個動機：一、樂曲有調而無詞，文人作歌詞填進去，使此調更容易流行。二、樂曲本已有了歌詞，但作於不通文藝的伶人倡女，其詞不佳，不能滿人意，於是文人給他另作新詞，使美調得美詞，而流行更久遠。三、詞盛行之後，長短句的體裁漸得文人的公認，成為一種新詩體，於是文人常用長短句體作新詞。形式是詞，其實只是一種借用詞調的新體詩。這種詞未必不可唱，但作者並不注重歌唱。」（《詞的起源》）他這種推斷是極合理的。唐及五代的填詞，大都不出一二兩項動機，到了兩宋的詞，正如上文所說「未必不可唱，但作者並不注重歌唱，只是一種借用詞調的新體詩」了。

二　溫庭筠與韋莊

　　到了晚唐，填詞的風氣就更加普遍。詞這種體裁，呈現著蓬勃發展的機運。韓偓是晚唐時代寫色情詩的好手。所以他的詞《生查子》和《浣溪紗》，都是這種艷情之作。

　　　　侍女動妝奩，故故驚人睡。那知本未眠，背面偷垂淚。　　　懶

卸鳳凰釵，羞入鴛鴦被。時復見殘燈，和煙墜金穗。

（《生查子》）

攏鬢新收玉步搖，背燈初解繡裙腰。枕寒衾冷異香焦。　　深
院不關春寂寂，落花和雨夜迢迢，恨情殘醉卻無聊。

（《浣溪紗》）

　　唐昭宗李曄（867-904）是唐代末年一位最可憐的皇帝，死於朱全忠之
手。但他卻多才多藝，愛好文學。《全唐詩》云：「帝攻書好文，而承
廣明寇亂之後，唐祚日衰。遺詩隻韻，皆其播遷所致也。」由此可見
他的愛好文藝的性情，和他創作的環境了。他現存詞四首，《巫山一段
雲》二首，遣詞雖稍覺華豔，尚不輕浮。如「殘日艷陽天，苧蘿山又
山」等句，意境尚佳。《菩薩蠻》二首，為其感傷國事之作，哀怨淒
涼，恰好映出一位國運無可挽回的君主的絕望心境。今舉一首於下：

登樓遙望秦宮殿，茫茫只見雙飛燕。渭水一條流，千山與萬
丘。　　遠煙籠碧樹，陌上行人去。安得有英雄，迎歸大內中。

溫庭筠（812-870）

　　由上面這些作品看來，知道詞體到了晚唐，確實是成熟了。但稱
為當代詞家的代表的，卻是那位風流浪漫、才華煥發的溫庭筠。溫庭
筠字飛卿，山西太原人，在詩壇上與李義山齊名。晚唐唯美文學的作
者，大都是生活浪漫、流連樂妓的才人。杜牧、李商隱是如此，溫庭
筠更是如此。《舊唐書·文苑傳》說他「士行塵雜，不修邊幅。能逐
弦吹之音，為側艷之詞」，這是可靠的。因為他生活浪漫，文筆又

好，日與優人妓女來往，給他一個產生詞的最好環境。描寫多集中女人的姿態與情戀。詞成為上流階級的享樂品，即《花間集序》所說：「綺筵公子，繡幌佳人。遞葉葉之花箋，文抽麗錦；舉纖纖之玉指，拍案香檀。不無清絕之詞，用助嬌燒之態。」詞的創造的動機及其功用，在這裡說得最明顯。溫庭筠那卓絕的文學才華，和他那種多情多感的浪漫天性，使他在詞這一方面，得到了極高的成就。在晚唐時代，有了李賀、杜牧、李商隱的宮體詩和駢文，再加上他的艷詞進去，造成了唯美文學的極盛，影響及於五代和宋初的文壇。

　　溫庭筠有《握蘭》、《金荃》二集，均已散亡，現存於《花間集》者尚有六十餘首。由此，我們可知他是一個努力填詞的人。他是一個才子式的文人，他寫那些女人香草，反覺得真切。孫光憲《北夢瑣言》云：「溫詞有《金荃集》，蓋取其香而軟也。」現存的六十餘首詞中，包括《菩薩蠻》、《更漏子》、《南歌子》、《清平樂》、《訴衷情》以下十九調。晚唐的詞人，用調最多的，無過於他了。他的作品，當以《菩薩蠻》、《更漏子》、《夢江南》諸詞為代表。在這些詞裡，很多是描寫女人的外貌、裝扮及心理等方面。如：

> 小山重疊金明滅，鬢雲欲度香腮雪。懶起畫蛾眉，弄妝梳洗遲。　　照花前後鏡，花面交相映。新貼繡羅襦，雙雙金鷓鴣。
> 　　　　　　　　　　　　　　　　　　　　　　　（《菩薩蠻》）

> 玉樓明月長相憶，柳絲嫋娜春無力。門外草萋萋，送君聞馬嘶。　　畫羅金翡翠，香燭銷成淚。花落子規啼，綠窗殘夢迷。
> 　　　　　　　　　　　　　　　　　　　　　　　（《菩薩蠻》）

> 星斗稀，鐘鼓歇，簾外曉鶯殘月。蘭露重，柳風斜，滿庭堆落

花。　　　虛閣上，倚欄望，還似去年惆悵。春欲暮，思無窮，
舊歡如夢中。

（《更漏子》）

玉爐香，紅蠟淚，偏照畫堂秋思。眉翠薄，鬢雲殘，夜長衾枕
寒。　　　梧桐樹，三更雨，不道離情正苦，一葉葉，一聲聲，
空階滴到明。

（《更漏子》）

這種濃艷色彩的文字，與詞中的內容，都很調和。他詞中所寫的離情
相思，大半都是妓女倡婦的代言代訴。他寫詞的手法，是將許多可以
調和的顏色景致物件放在一處，使它們自己組織配合，形成一個意
境，一個畫面，讓讀者自己去領略其中的情意。他這手法是成功了
的。在他的詞裡，到處都是「金」、「玉」、「畫羅」、「繡衣」、「翡
翠」、「鴛鴦」、「鳳凰」、「紅淚」這一類的字眼，無論寫容貌、寫用
具、寫景物，都離不了它們。所以溫庭筠的詞，我們讀二三首，覺得
艷麗可喜，多讀便容易有重重複複的感覺。王國維云：「『畫屏金鷓
鴣』飛卿語也，其詞品似之。」（《人間詞話》）這真是知人之論。

　　雖如此說，溫詞中許多優美的句子，我們是不應該輕視的。如
《菩薩蠻》中的「花落子規啼，綠窗殘夢迷」，「人遠淚闌干，燕飛春
又殘」，《更漏子》中的「一葉葉，一聲聲，空階滴到明」等句，意境
是多麼高遠，表情是多麼細緻，辭句是多麼美麗，描寫又是多麼深
刻。他的藝術特色，是表情細膩，造語清新，善於描繪具體鮮明的形
象。再看他的《夢江南》二首：

千萬恨，恨極在天涯。山月不知心裡事，水風空落眼前花。搖
曳碧雲斜。

梳洗罷，獨倚望江樓。過盡千帆皆不是，斜暉脈脈水悠悠。腸斷白蘋洲。

描寫的內容雖是相同，但他表現的方法，完全去了前面那種濃艷的襯托，而以細密的心理描寫、婉約的筆調出之，情意更覺活躍，顏色也就素淡得多了。在晚唐的詞壇，在中國的詞史上，溫庭筠是有重要的地位的。

韋　莊（836-910）

詞在這種環境下發展，它的風格自然是繼承溫庭筠的艷麗。在五代的詞壇最能代表這種形態的，是《花間集》中的作品。填詞的風氣，到了五代是非常普遍，並且已由中原推廣到西蜀、江南一帶，故五代詞壇的重鎮，不在中原，而在西蜀與南唐。因為中原戰亂頻仍，人民多避難他去。四川、江南成為苟安之局，加以天時和麗，物質豐饒，歌樂素稱興盛，君主又都愛好文藝，因此詩人詞客，俱聚集於此，而造成兩個文化的中心。後蜀趙崇祚所編的《花間集》，正是西蜀詞的好代表。《花間》共收十八家，主要四川的詞人，其代表人物是韋莊。《古今詞話》云：

> 韋莊以才名寓蜀，王建割據，遂羈留之，莊有寵人，姿質艷麗，善詞。建聞之，託以教內人為詞，強莊奪去。莊追念悒怏，作《荷葉杯》、《小重山》詞，情意淒怨。

韋莊在《花間集》裡，作品的內容雖仍是脫不了言情說愛，但在作風上，卻帶著疏淡秀雅的筆調，成為當代詞壇的中心，給與後代詞風以重大的影響的。韋莊，字端己，陝西杜陵人。唐乾寧元年進士，幼敏

能詩。二十八九歲時，到長安去應考，恰碰著黃巢的兵亂，他將當時耳聞目見的社會離亂情形，寫成一篇長有一千六百餘字的《秦婦吟》。這篇詩在當時雖很有名，但久已失傳了。近年敦煌文庫發現，因此得復傳於世。在晚唐唯美文學的潮流中，是一篇難見的寫實的社會文學的傑作。

長安亂後，他攜家避地江南，足跡走遍了大江南北。其後再到長安去考取進士，已年約四十。中進士後，任校書郎數年，後入蜀依王建。及朱全忠篡唐自立，他便勸王建稱帝。前蜀開國的一切典章制度，都是他定的。卒於成都時年七十五。

韋莊以情詞聞名，與那些專寫歌姬妓女不同。在他的生活中，確有一種情愛的葛藤，故其詞多感性的文字。同時在修辭與表現的技巧上，用清疏淡雅的字句，白描的筆法，再加以纏綿婉轉的深情。晚年他的愛人被王建奪去以後，他追念悒怏，作詞多淒怨之音：

> 夜夜相思更漏殘，傷心明月倚欄干。想君思我錦衾寒。　　咫尺畫堂深似海，憶來唯把舊書看。幾時攜手入長安？
>
> 　　　　　　　　　　　　　　　　　　　　（《浣溪紗》）

> 紅樓別夜堪惆悵，香燈半掩流蘇帳。殘月出門時，美人和淚辭。　　琵琶金翠羽，弦上黃鶯語。勸我早還家，綠窗人似花。
>
> 　　　　　　　　　　　　　　　　　　　　（《菩薩蠻》）

> 四月十七，正是去年今日，別君時。忍淚佯低面，含羞半斂眉。　　不知魂已斷，空有夢相隨。除卻天邊月，沒人知。
>
> 　　　　　　　　　　　　　　　　　　　（《女冠子·其一》）

昨夜夜半，枕上分明夢見，語多時。依舊桃花面，頻低柳葉眉。　　半羞還半喜，欲去又依依。覺來知是夢，不勝悲。

（《女冠子‧其二》）

在上面這些詞裡，全是表現那種纏綿曲折的失戀深情。他所用的都是最通俗最質樸的言語，沒有一點濃艷的顏色，沒有一點堆砌，雖全用白描，但格調卻極為高遠。王國維以「畫屏金鷓鴣」象徵溫庭筠的詞品，以「弦上黃鶯語」象徵韋莊，真是最精確了。一個是濃艷富貴，一個是清麗秀雅，在他倆的作風上，這界限是非常明顯的。

三　敦煌曲子詞

在詩人正式填詞之前，樂署倡家，是早已有了這種東西的。他們主要的目的，是在入樂與歌唱，所以在辭句上免不了俚俗。唐代的秦樓楚館所歌之詞，教坊樂工之作，自必更是如此。下語用字，雖是傖儜不雅，然那些卻正是民間文學的本色。因為在文字上有這些缺陷，詩人們才來補救。在文學史的研究上，這種顛倒重複、傖儜不雅的民間作品，正是詞的重要來源。

敦煌文庫的發現，在中國古代文化的研究上，是很重要的。其中，敦煌石室發現的民間詞，數量不少，包括《雲謠集雜曲子》三十首，羅振玉《敦煌零拾》七首，劉復《敦煌掇瑣》二首，以及日本橋川醉軒所傳的四首。在民間詞的考察上，無疑是很重要的文獻。有了他們，我們很可以看出秦樓楚館所歌、教坊樂工所作的詞的面貌。

哀客在江西，寂寞自家知。塵土滿面上，終日被人欺。　　朝朝立在市門西，風吹淚點雙垂。遙望家鄉腸斷，此是貧不歸。

（《長相思》）

莫攀我，攀我太心偏。我是曲江臨池柳，者（這）人折了那人
攀，恩愛一時間。

（《望江南》）

叵耐靈鵲多謾語，送喜何曾有憑據？幾度飛來活捉取，鎖上金
籠休共語。　　比擬好心來送喜，誰知鎖我在金籠裡？欲他征
夫早歸來，騰身卻放我向青雲裡。

（《鵲踏枝》）

悔嫁風流壻，風流無準憑。攀花折柳得人憎。夜夜歸來沉醉，
千聲喚不應。　　回覷簾前月，鴛鴦帳裡燈，分明照見負心
人。問道些須心事，搖頭道不曾。

（《南歌子》）

字句的俚俗，情意的淺露，語體的夾用，這都可以看出是民間之作。
這種詞的生命，與社會大眾極其接近。像《雲謠集雜曲子》諸作，在
文字的藝術上，雖仍不免有俚俗之跡，但已是進步多了。看他冠以
「雲謠集」之名，再加以「共三十首」之原注，我們便可推想這些民
間詞，是經過文人們編輯整理過的，因此在文字上是雅麗多了。原作
兩本，藏於倫敦博物院及巴黎國家圖書館，但俱不完全，後經朱祖謀
的整理，去其重複，恰合三十首之原數，現刊於《彊村遺書》中。

綠窗獨坐，修得君書。征衣裁縫了，遠寄邊隅。想得為君貪苦
戰，不憚崎嶇。終朝沙磧裡，已憑三尺，勇戰奸愚。　　豈知
紅臉，淚滴如珠。枉把金釵卜，卦卦皆虛。魂夢天涯無暫歇，
枕上長噓。待公卿迴故里，容顏憔悴，彼此何如？

（《鳳歸雲》）

燕語啼時三月半，煙蘸柳條金線亂。五陵原上有仙娥，攜歌扇，
香爛漫，留住九華雲一片。　　　犀玉滿頭花滿面，負妾一雙偷
淚眼。淚珠若得似珍珠，拈不散，知何限，串向紅絲點百萬。

　　　　　　　　　　　　　　　　　　　　　　（《天仙子》）

風格雖仍是民歌，但文字卻較為修煉，完全沒有上面那些粗俗的氣
息，這自然是經過文人的手的。並且詞中長調頗多，如《傾杯樂》長
一百十一字，《內家嬌》長一百零四字，《拜新月》長八十六字，《鳳
歸雲》長八十三字，在溫庭筠的作品裡，從沒有見過這樣的長調。這
樣看來，上面那些俚俗小曲，或可相信是中唐時的民間作品，惟《雲
謠集》中諸作，想必是出自溫庭筠以後了。但是，我們把這些詞看作
是北宋慢詞的先聲，卻是很合理的。可知在小令很流行的晚唐、五
代，民間已有多人從事慢詞的製作了。這個發現，打破了柳永是慢詞
始創者的傳統說法，對了解詞的發展，有很重要的意義。

四　馮延巳與李煜

　　除川蜀外，五代詞作的重鎮在南唐，代表作者為馮延巳和李煜。
當時江南戰禍較少，政權也較北方穩定，加以天時和麗，物質豐饒，
歌樂素稱興盛，君主又都愛好文藝，因此詩人詞客，俱聚集於此，而
造成文化的中心。陳世修《陽春集序》云：「金陵盛時，內外無事，
親朋宴集，多運藻思為樂府新詞，俾歌者倚絲竹歌之。」在這種環境
下，詞家與作品的產生，想是不少的。現今南唐流傳下來的少數詞
人，都有一定的成就，特別是李煜，他是晚唐、五代詞人的代表，對
後代發生很大的影響。

李　璟（916-961）

　　字伯玉，徐州人。九四三年即位為南唐中主。他的用人行政及軍
事才略，都非常平庸。由於北方的長期兵連禍結、動盪不安，南唐曾
有一段安逸的時間。可是當後周的軍隊進駐揚州，他知道事勢危急，
便獻江北諸地，並且歲貢數十萬，去了帝號，奉周正朔，畫江南為
界，簡直成了後周的藩屬了。另一於面，他卻有很高尚的文藝修養與
造就，有一些優秀的詞作：

> 菡萏香銷翠葉殘，西風愁起綠波間。還與韶光共憔悴，不堪
> 看。　　細雨夢迴雞塞遠，小樓吹徹玉笙寒。多少淚珠何限
> 恨，倚欄干。
>
> 　　　　　　　　　　　　　　　　　　　　　（《攤破浣溪紗》）

中主流傳下來的作品只有三首，今選錄一首為例，可以看出他的詞格
和在他作品中現露出來的高潔的情感。他雖愛好藝術，卻不是一個沉
溺於酒色的君主，對於時事也很有感慨，《江表記》說他「每北顧，忽
忽不樂」，可見他心情的哀感。南唐詞格之高於西蜀，正在這種地方。

馮延巳（903-960?）

　　字正中，江蘇廣陵人。他一生官運亨通，由秘書做到宰相。他在
詞的成就上，卻是五代的一個大家，同韋莊、李煜成為當代詞壇的三
大巨星。陳世修編輯的《陽春集》，共得馮詞一百十九首，因有雜入
他人作品，真可信為馮氏所作的，還不到一百首。其詞雖亦多言閨情
離思，然其造句用字，俱清新秀美，絕無浮艷輕薄之習。而又一往情
深，感人的力量最為真切。例如：

馬嘶人語春風岸，芳草綿綿，楊柳橋邊，落日高樓酒旆懸。

舊愁新恨知多少。目斷遙天，獨立花前。更聽笙歌滿畫船。

（《採桑子》）

蕭索清秋珠淚墜。枕簟微涼，輾轉渾無寐。殘酒欲醒中夜起，
月明如練天如水。　　階下寒聲啼絡緯。庭樹金風，悄悄重門
閉。可惜舊歡攜手地，思量一夕成憔悴。

（《蝶戀花》）

幾日行雲何處去？忘卻歸來，不道春將暮。百草千花寒食路，
香車繫在誰家樹？　　淚眼倚樓頻獨語。雙燕來時，陌上相逢
否？撩亂春愁如柳絮，悠悠夢裡無尋處。

（《蝶戀花》）

誰道閒情拋擲久？每到春來，惆悵還依舊。日日花前常病酒，
不辭鏡裡朱顏瘦。　　河畔青蕪堤上柳，為問新愁，何事年年
有？獨立小橋風滿袖，平林新月人歸後。

（《鵲踏枝》）

這些都堪稱古今情詞的傑作。這些作品，與以白描見稱的韋莊有些相
像。不過他在寫情方面，較之韋莊要更曲折，更天真，更深入，同時
又更含蓄。表現出來的情感，沒有一點怨恨和追悔，也沒有希望和期
待。近人馮煦曰：「鼓吹南唐，上翼二主，下啟歐、晏」。（《唐五代詞
選序》）王國維也說：「正中詞雖不失五代風格，而堂廡特大，開北宋
一代風氣。」（《人間詞話》）說明了他在中國詞史上的重要地位。

李　煜（937-978）

　　字重光，中宗李璟的第六子。他即位時，南唐已奉宋正朔，僻處江南一隅。《宋史》說：「煜每聞朝廷出師克捷及嘉慶之事，必遣使犒師修貢。其大慶節更以買宴為名，別奉珍玩為獻。吉凶大禮，皆別修貢。」看來當時的南唐，已是宋主的附庸。不過至了開寶七年（974），宋將曹彬伐南唐，次年冬，陷金陵。南唐一點抵抗的力量也沒有，等到兵臨城下，內外隔絕時，他還在淨居寺聽和尚講經，最後只能肉袒出降。由於受父親君臣的影響，他前期的作品充滿已富於文藝修養，亡國時，還要「垂淚對宮娥」，又說「幾曾識干戈？」正好說明他在政治軍事上失敗的原因。亡國後因生活環境的劇烈變動，在作風上，在意識上，都與從前有著明顯的分野，寫出了最有藝術價值的詞作：

　　　　林花謝了春紅，太匆匆。無奈朝來寒雨晚來風。　　胭脂淚，留人醉，幾時重？自是人生長恨水長東。

　　　　　　　　　　　　　　　　　　　　　　　（《烏夜啼》）

　　　　人生愁恨何能免，銷魂獨我情何限。故國夢重歸，覺來雙淚垂。　　高樓誰與上，長記秋晴望。往事已成空，還如一夢中。

　　　　　　　　　　　　　　　　　　　　　　　（《子夜歌》）

　　　　簾外雨潺潺，春意闌珊。羅衾不耐五更寒。夢裡不知身是客，一晌貪歡。　　獨自莫憑欄，無限江山。別時容易見時難。流水落花春去也，天上人間。

　　　　　　　　　　　　　　　　　　　　　　　（《浪淘沙》）

春花秋月何時了，往事知多少。小樓昨夜又東風，故國不堪回
首月明中。　　雕欄玉砌應猶在，只是朱顏改。問君能有幾多
愁？恰似一江春水向東流。

《《虞美人》》

四十年來家國，三千里地山河。鳳閣龍樓連霄漢，玉樹瓊枝作
煙蘿，幾曾識干戈？　　一旦歸為臣虜，沈腰潘鬢消磨。最是
倉皇辭廟日，教坊猶奏別離歌，垂淚對宮娥。

《《破陣子》》

王國維說：「詞至後主，眼界始大，感慨遂深。」就是專指他後期的
作品。在這些作品中，流露著沉痛與哀傷的情感，極之感人。總之，
後主的詞，無論寫艷情，寫感慨，全是素描，不加雕飾。用著最明
淺、最清麗的句子，最調和的音調，表達最深沉曲折的感情。他在詞
的藝術上，達到了無可超越的境地，成為五代詞的壓卷之作。

第十八章
柳永與婉約詞

一　宋詞興盛的原因

　　詞是宋代文學的靈魂。它繼承著晚唐五代詞體初興的機運，在那三百年中，經許多天才作家的努力創作，發揚光大，造成了光輝燦爛的成績。在中國的詩史上，它代替了舊詩的地位，而成為那幾百年文學林中的代表作品了。詞在宋代能這麼地發達普遍，自有種種複雜的原因，言其大者，約有數端：

（一）詞體本身的發展

　　詩自唐朝以後，無論形式音律以及內容風格，都是到了精華已盡、完備無餘的地步。後來的人，雖是有心製作，亦難自出奇巧，獨成一家。因此他們的努力，只是學擬前人，工力高者偶有形似，亦是乞人殘餘，並非獨創。等而下之，一味沿襲剽竊，那就更不足道了。這實因「文體通行既久，染指遂多，自成習套。豪傑之士，亦難於其中自出新意，故遁而他體，以自解脫」（《人間詞話》）。詞在宋朝，正是繼承晚唐五代詩衰弊而新起的一種體裁。詞由晚唐五代而入宋，恰好是青春的少年時代，恰好是一塊初闢的田園。它的前途，是遼遠而又光明。

（二）君主的提倡

　　在君主集權的政治環境下，君主的好惡，對於文學的發展，自然

會有重大的影響。詞到了宋代,是最流行的文體,於是當代的君主貴族競趨風尚。或能妙解音律,自製新篇,或是提倡獎勵,拔識詞人。因此士子以此干祿,奸佞以此獻媚。在這種名利誘惑之下,自然是上下從風,作者日眾,造成宋詞發展普遍的盛況。兩宋詞流之眾,多由君上之提倡。這種現實的環境,對於宋詞發展的推動,確有很大的力量。

(三) 詞的實用功能

詞是一種合樂的給人歌唱的辭句。後來經許多人的創作開拓,內容日廣,體制日繁,甚至成為一種只是文學的作品,但大部分的詞都是可歌的。柳永、周邦彥、秦觀的作品,我們固不必說,就是歐陽修、蘇東坡的詞,可歌的也還不少。當時詞的用處是廣泛的,朝廷的盛典,士大夫的筵宴,長亭離人的送別,娼樓妓女的賣唱,都是歌的詞,再如傳踏、鼓子詞及諸官調的歌唱部分也是詞,再就是白話小說話本裡面,也雜用著不少的詞。在這種地方,宋詞能夠普遍於民間,能夠流行於下層階級,它那種音樂的實用功能,是有很大的關係。宋代雖與外患相終始,但始終是沉溺於酣歌醉舞的空氣裡,北宋的汴京,南宋的杭州,是兩個極度繁榮的大都市,在商業經濟的發達中,在君臣上下奢侈淫靡的生活中,在文人學士的蓄妾挾妓的浪漫生活中,在各種娛樂藝術蓬勃生長的空氣中,詞人與作品也愈是增多了。

由上述種種事實的交相聯繫,互生作用,自然會釀成一種有獨利於詞的發展的環境。因此,詞在宋代獨盛一時,名家輩出,而竟能普及民間,這並不是偶然的事。

二　宋初的詞壇

在趙宋建國的初期，他們主要的工作是用兵征討殘餘，穩固國體，同時雖也開始文化建設，籠絡文人，但他們當時所努力的文化事業，卻是《太平御覽》、《太平廣記》、《文苑英華》幾部大類書的編纂。因此，十世紀下半期的詞壇，是呈現著極度冷寂的狀態。到了十一世紀初期，宋朝經過四、五十年的休養生息，日趨隆盛，社會經濟漸漸繁榮，人民的生活亦已安定，詞的創作也開始恢復了。

最初出現於詞壇的都是幾位達官貴人，如王禹偁、寇準、韓琦、晏殊、宋祁、范仲淹、歐陽修等，都曾是一時的顯達。他們都有顯貴的地位與高尚的人格。因此他們的作品，大都有一種華貴雍容的大家風度，不卑俗，也不纖巧。言情雖纏綿而不輕薄，措辭雖華美而不淫艷。由那些作品，明顯地反映出特殊階級的高等生活和那種溫和含蓄的情緒。詞的形體與風格都還是繼承著「花間」、南唐的遺風，內容是單調的，形式是短小的，個性極不分明。這一時期的詞，可以說是南唐詞風的追隨時代。

> 雨恨雲愁，江南依舊稱佳麗。水村漁市。一縷孤煙細。天際征鴻，遙認行如綴。平生事。此時凝睇。誰會憑欄意。
>
> （王禹偁《點絳唇》）

> 波渺渺，柳依依。孤村芳草遠，斜日杏花飛。江南春盡離腸斷，蘋滿汀洲人未歸。
>
> （寇準《江南春》）

> 東城漸覺風光好，縠皺波紋迎客棹。綠楊煙外曉寒輕，紅杏枝頭春意鬧。　　浮生長恨歡娛少。肯愛千金輕一笑。為君持酒

勸斜陽，且向花間留晚照。

（宋祁《玉樓春》）

其中，宋初最早出現的小令是王禹偁的《點絳唇》，約寫於太宗雍熙元年（984）。據程千帆先生的研究，當時他任長洲知縣，詞中不僅描寫江南水鄉的秀麗風光，同時也借喻天邊的鴻雁，抒發了自己雖有抱負而世無知音的感概，格調沈鬱，意境含蓄，為宋詞的發展作出良好的開端。到了真宗、仁宗之世，是宋詞得到充分發展的時期。寇準、宋祁他們都是國家柱石、勳勞大臣和詞臣，而所為小詞，雖說作品不多，然無不婉麗精妙，情味無窮。范仲淹在這一方面，成績更為突出：

碧雲天，黃葉地。秋色連波，波上寒煙翠。山映斜陽天接水，芳草無情，更在斜陽外。　　黯銷魂，追旅思，夜夜除非，好夢留人睡。明月高樓休獨倚，酒入愁腸，化作相思淚。

（《蘇幕遮》）

紛紛墜葉飄香砌。夜寂靜，寒聲碎。真珠簾卷玉樓空，天淡銀河垂地。年年今夜，月華如練，長是人千里。　　愁腸已斷無由醉，酒未到，先成淚。殘燈明滅枕頭欹，諳盡孤眠滋味。都來此事，眉間心上，無計相迴避。

（《御街行》）

塞下秋來風景異，衡陽雁去無留意。四面邊聲連角起，千嶂裏，長煙落日孤城閉。　　濁酒一杯家萬里，燕然未勒歸無計。羌管悠悠霜滿地，人不寐，將軍白髮征夫淚。

（《漁家傲》）

在這些詞裡，可以看出作者過人的才華。寫離情是纏綿細密，寫邊塞是沉鬱悲壯，一字一句，都是真情流露，不加雕琢，所以都是詞中的上品。范仲淹一生功業彪炳，出將入相，他本無意在文場上爭名。因此他作詞不多，即有所作，也不愛惜保存，大都散佚了。因為在他的詞裡，具有豪放詞的獨特風格，對於後代豪放詞風的發展，做了最充分的準備。如《中吳紀聞》所載《剔銀燈》一闋果如范公所制，則於蘇、辛一派的豪放詞，確實為先導：

> 昨夜因看《蜀志》，笑曹操、孫權、劉備，用盡機關，徒勞心力，只得三分天地。屈指細尋思，爭如共劉伶一醉！　　人世都無百歲，少癡騃、老成尪悴，只有中間，些子少年，忍把浮名牽繫。一品與千金，問白髮如何迴避。
>
> 　　　　　　　　　　　　　　（《剔銀燈・與歐陽公席上分題》）

　　他是在宴會席上的詞作，酒醉飯飽以後，同著朋友們說說笑話，自然可以的。這首詞的背境，同前面那些抒寫邊塞勞苦離愁別恨的境遇，完全是兩樣的，因為情感與心境既是這樣不同，因此反映於作品中的情調與色彩也就各異其趣了。

晏　殊（991-1055）

　　真正是宋初詞壇的領袖，在風格上充分地表現出南唐的遺風餘韻的，是晏殊與歐陽修。晏殊字同叔，江西臨川人。他的學問豐富，天才早熟，七歲能文。真宗景德初，他還是十三四歲的幼年，因張知白的推薦，以神童召試，賜同進士出身。仁宗時為宰輔，提拔後進，汲引賢才，號稱賢相。《宋史》說他：「平居好賢，當世知名之士，如范仲淹、孔道輔皆出其門。及為相，益務進賢材，而仲淹與韓琦、富弼

皆進用。」他在人才的識別與汲引上，確有大政治家的風度。《宋史》又說他的「文章贍麗，詩閑雅有情思」，這批評大致是對的。他那個時代，正是西崑詩文風靡一時，他位居臺閣，於應制唱和之間，自然難免要沾染一點西崑的風氣。他的詞表現他個人另一面的生活與心境，深思婉出，風韻絕佳，呈現著詞人的真情本色。他有《珠玉詞》一卷，約百餘首，今錄四首：

> 小閣重簾有燕過，晚花紅片落庭莎。曲欄杆影入涼波。　一霎好風生翠幕，幾回疏雨滴圓荷。酒醒人散得愁多。
>
> 　　　　　　　　　　　　　　　　　　（《浣溪紗》）

> 金風細細，葉葉梧桐墜。綠酒初嘗人易醉，一枕小窗濃睡。紫薇朱槿花殘，斜陽卻照欄杆。雙燕欲歸時節，銀屏昨夜微寒。
>
> 　　　　　　　　　　　　　　　　　　（《清平樂》）

> 時光只解催人老。不信多情，長恨離亭，淚滴春衫酒易醒。　梧桐昨夜西風急，淡月朧明，好夢頻驚，何處高樓雁一聲？
>
> 　　　　　　　　　　　　　　　　　　（《採桑子》)）

> 一曲新詞酒一杯，去年天氣舊亭臺。夕陽西下幾時回？　無可奈何花落去，似曾相識燕歸來。小園香徑獨徘徊。
>
> 　　　　　　　　　　　　　　　　　　（《浣溪沙》）

這些詞都是《珠玉集》的上品。他的風格與形式都是南唐的。劉放說他「喜延巳歌詞，其所自作，亦不減延巳」（《中山詩話》）。在上面這些作品裡，我們可以看出馮、晏詞風的近似處。因為他地位崇高，有

這種華貴舒適的生活，使他的詞生出一種雍容的氣派，而不能走到深刻沉鬱的境地。

歐陽修（1007-1072）

　　歐陽修是宋代古文運動的領導者，也是西崑詩體的改革者。但在他的詞裡，卻用著幽香冷艷的字句，極有情致風韻的筆墨，活現出一位風流才子的心情。他現存的作品，有《六一詞》和《琴趣外篇》二種。《六一詞》中諸作，較為莊重典雅，《琴趣外篇》諸作，較為俗淺艷冶，但都是浪漫情緒。除了表現之於詩文的一面外，也有他的私生活和情感，表現於詞作中。曾慥說：「歐公一代儒宗，風流自賞，詞章幼眇，此所矜式。當時小人或作艷語，謬為公詞。」（《樂府雅詞序》）歐詞中有後人偽作混雜其間，原是可能的事，但我們卻不能說凡是艷詞，都是出自小人之手。他並不是沒有浪漫生活和風流韻事的，例如趙令畤《侯鯖錄》云：「歐陽公閒居汝陰時，有二妓甚穎，凡修歌詞盡記之。修於筵上戲與之約，言他年當來作守。」在這種故事裡，我們很可知道歐陽修的私生活，並不是乾枯無味的了。

　　歐詞是攝取「花間」、南唐詞風而溶化之，然尤接近馮延巳。他的《蝶戀花》諸作，同《陽春集》中的《蝶戀花》，其意境風格，以及用字寫情，幾是同一面貌，同一情調，令人無法分辨：

> 　候館梅殘，溪橋柳細，草薰風暖搖征轡。離愁漸遠漸無窮，迢
> 迢不斷如春水。　　寸寸柔腸，盈盈粉淚。樓高莫近危欄倚。
> 平蕪盡處是春山，行人更在春山外。
>
> 　　　　　　　　　　　　　　　　　　　　　（《踏莎行》）

> 　庭院深深深幾許，楊柳堆煙，簾幕無重數。玉勒雕鞍遊冶處，

樓高不見章臺路。　　雨橫風狂三月暮，門掩黃昏，無計留春
住。淚眼問花花不語，亂紅飛過秋千去。

（《蝶戀花》）

去年元夜時，花市燈如晝。月上柳梢頭，人約黃昏後。　　今
年元夜時，月與燈依舊。不見去年人，淚濕春衫袖。

（《生查子》）

在上面這些詞裡，寫山水的是清爽瀟灑，寫情的是委婉纏綿，寫兒女
態的是天真活潑，無不曲盡其妙，情韻無窮，都是最上等的作品，甚
至比他的詩更為讀者所喜愛，也更充分表現他的真實個性。

晏幾道（1038-1110）

　　晏殊的幼子晏幾道，字叔原，號小山，大約與柳永、蘇軾同時。
在《小山詞》裡，共二百餘首，絕大部分是小令。我們要瞭解他的
詞，必先知道他的生活和性情。他雖是貴家公子，但他那種孤高自
傲、天真浪漫的性情，對於實際的人生滋味缺少體驗，也不懂營生處
世之法。因此，他只做過潁昌許田鎮的小監官，到了晚年，弄到家人
饑寒交迫，過著窮困落魄的生活。他早年的境遇是華貴的，到了晚年
窮愁落魄的時候，在思前憶舊之中，自不免那種風物未改、人事全非
之感。因此在他的詞裡，一洗他父親晏殊那種雍容和婉約的氣味，而
形成極度悽楚哀怨的作風。恰巧地，他們父子的詞，是同樣接近南
唐，父親是近延巳，兒子則近後主。在這裡，我們可以看出生活環境
對於文學作品的明顯的影響：

　　夢後樓臺高鎖，酒醒簾幕低垂，去年春恨卻來時。落花人獨

立，微雨燕雙飛。　　記得小蘋初見，兩重心字羅衣。琵琶弦上說相思，當時明月在，曾照彩雲歸。

（《臨江仙》）

醉別西樓醒不記，春夢秋雲，聚散真容易。斜月半窗還少睡，畫屏閒展吳山翠。　　衣上酒痕詩裡字，點點行行，總是淒涼意。紅燭自憐無好計，夜寒空替人垂淚。

（《蝶戀花》）

黃菊開時傷聚散，曾記花前，共說深深願。重見金英（黃菊）人未見，相思一夜天涯遠。　　羅帶同心閒結遍，帶易成雙，人恨成雙晚。欲寫彩箋書別怨，淚痕早已先書滿。

（《蝶戀花》）

彩袖殷勤捧玉鐘（酒杯），當年拼卻醉顏紅。舞低楊柳樓心月，歌盡桃花扇底風。　　從別後，憶相逢。幾回魂夢與君同。今宵剩把銀缸照，猶恐相逢在夢中。

（《鷓鴣天》）

在這些詞裡，有一個共同的特徵，那便是對於往事的回憶和落魄窮愁的抒寫。因此在他的全部詞句裡，飄動著春夢秋雲一般的恍惚的情調，和過去歡樂的失去的悲哀，以及舊影餘香的回味的歎息。以往的生活是多麼的熱狂浪漫，現在窮愁落魄，往事如煙，只落得「醉拍春衫惜舊香」、「一春彈淚說淒涼」的可憐情景了。因此他的詞在描寫方面有歐陽修的深細，而沒有他瀟灑快樂的風度，在措詞上有晏殊的婉妙，而沒有他的溫和現實的色彩。然而他那種哀怨悽楚的情調，憶往

傷今的心境，又非晏、歐所有，所以他們的詞，雖同出南唐，在境界
上，是各有不同。總之，在宋初的南唐詞派的這個系統上，晏氏父子
和歐陽修是鼎足而立的。

三　柳永與北宋詞風的轉變

　　張先、柳永的出現，為宋代詞風的一大轉變。他們在形體上，盛
用著長調的慢詞，在作風上，脫去「花間」的妖艷、南唐的清婉，而
喜用鋪敘的手法，盡心盡意的描寫。在內容上，則為都會繁華生活的
表現，以及沉溺於都會生活的男女歡樂的心理反映，因此在他們的作
品裡，時用著市井俗語，大膽地描寫都會中的下層生活。如果以晏、
歐詞為上流社會的貴族文學的代表，那麼，張、柳詞恰好是都市社會
的通俗文學的典型。由於年輩較先，所以在詞風的轉變上，張先實是
一度承先啟後的重要橋樑。陳廷焯《白雨齋詞話》云：「張子野詞，古
今一大轉移也。前此則為晏、歐，為溫、韋，體段雖具，聲色未開；
後此則為秦、柳，為蘇、辛，發揚蹈厲，氣局一新。」前人論詞，
每以柳永為宋詞轉變的第一人，其實這種轉變是始於子野，而大盛於
耆卿。

　　晏、歐在詞中，盡了表現上流社會的生活與情調的任務。到了
張、柳，因為浪漫的生活，得到了豐富的人生經驗與廣泛的題材，於
是他們的作品，由狹隘的上流社會的範圍，擴充到都市繁榮的描寫，
太平盛世的謳歌，以及離恨窮愁的發洩，而尤集中全力表現文士、妓
女的生活與心理。這一切，都是經濟繁榮、政治苟安以及君臣上下耽
於逸樂的社會現象。

張　先（990-1078）

　　字子野，浙江吳興人。四十一歲登進士第，晏殊辟他為通判，曾知吳江縣。做都官郎中時，年已七十二。晚年優遊鄉里，卒時年近九十，是一個高壽的詞人。他是一個十足浪漫風流的才子典型。他一生官運不大順利，喜歡尋花問柳，《石林詩話》說他八十歲，視聽尚強，猶喜聲伎。因此東坡贈他的詩，有「詩人老去鶯鶯在，公子歸來燕燕忙」之句。在他的詞裡，也富於這種色彩：

　　錦筵紅，羅幕翠。侍宴美人姝麗。十五六，解憐才，勸人深酒杯。　　黛眉長，檀口小，耳畔向人輕道。柳陰曲，是兒家。門前紅杏花。

（《更漏子》）

　　繚牆重院，時聞有，啼鶯到。繡被掩餘寒，畫閣明新曉。朱檻連空闊，飛絮無多少。徑莎平，池水渺。日長風靜，花影閒相照。　　塵香拂馬，逢謝女城南道。秀艷過施粉，多媚生輕笑。鬥色鮮衣薄，碾玉雙蟬小。歡難偶，春過了。琵琶流怨，都入相思調。

（《謝池春慢・玉仙觀道中逢謝媚卿》）

　　水調數聲持酒聽，午醉醒來愁未醒。送春春去幾時回？臨晚鏡，傷流景，往事後期空記省。　　沙上並禽池上暝，雲破月來花弄影。重重簾幕密遮燈，風不定，人初靜，明日落紅應滿徑。

（《天仙子》）

　　他一面鋪寫都會表面的繁華，一面暴露沉溺於都會的男女的淫樂的生

活。他艷詞中的女主角，大都是倚門賣笑的妓女。他的小令，自然有
許多好作品，同時也可看出他很用氣力作長詞。並且在他的詞裡，鋪
敘的手法，和注意於鍛字練句的習氣也很顯然。如《破陣樂》的寫錢
塘，極盡鋪敘的能事。再如他的「三影」的名句，是「雲破月來花弄
影」（《天仙子》）、「柳徑無人，墜輕絮無影」（《舟中聞雙琵琶》）和
「嬌柔懶起，簾押捲花影」（《歸朝歡》）。這是張先自己最得意的句
子，確是出於用力鍛煉的好言語。可知詞到了張先，已漸漸離開小詞
的境界，而入於誇張與工麗的趨勢。

柳　永（約987-1053）

字耆卿，初名三變，排行第七，又稱柳七。福建崇安人。因為他
行為放蕩，喜作艷詞，未能早登科第，到了仁宗景祐元年（1034）始
及進士第，後來做了一個屯田員外郎的小官，故世號「柳屯田」。其
詞多描繪城市風光和歌妓生活，尤長於抒寫羈旅行役之情，創作慢詞
獨多。鋪敘刻畫，情景交融，語言通俗，音律諧婉。他從沒有甚麼高
遠的理想，也從不打算經營一點甚麼事業。他的浪漫的人生觀同他的
頹廢生活，溶成一片，於是娼樓妓院成為他的心身歸宿，酒香舞影歌
浪弦聲，成了他的精神糧食。因此他終身落魄，窮愁潦倒，結果，是
死後家無餘財，由幾個和他相好的妓女合資而葬。以下這首《鶴沖
天》的詞，正好說明他的人生觀：

> 黃金榜上，偶失龍頭望。明代暫遺賢，如何向？未遂風雲便，
> 爭不恣遊狂蕩。何須論得喪。才子詞人，自是白衣卿相。
> 煙花巷陌，依約丹青屏障。幸有意中人，堪尋訪。且恁偎紅倚
> 翠，風流事，平生暢。青春都一餉。忍把浮，換了淺斟低唱。

這位自稱為白衣卿相的才子詞人，確實過了一生恣遊狂蕩、偎紅倚翠的生活。並且他那時正是太平盛世，經濟繁榮，每當良宵佳節，宮廷貴族以及社會民眾，恣酣取樂，形成狂歌醉舞的盛況。在他的詞裡，有不少反映這種情景的作品，我們讀他的《迎新春》、《滿朝歡》、《木蘭花慢》、《看花回》、《長相思》、《破陣樂》、《拋球樂》、《傾杯樂》、《笛家》、《望海潮》諸詞，便可以看出當時經濟繁榮和人民歡狂的狀態：

> 東南形勝，三吳都會，錢塘自古繁華。煙柳畫橋，風簾翠幕，參差十萬人家。雲樹繞堤沙。怒濤卷霜雪，天塹無涯。市列珠璣，戶盈羅綺競豪奢。　　重湖疊巘清嘉。有三秋桂子，十里荷花。羌管弄晴，菱歌泛夜，嬉嬉釣叟蓮娃。千騎擁高牙。乘醉聽簫鼓，吟賞煙霞。異日圖將好景，歸去鳳池誇。
>
> （《望海潮》）

在這些文字裡，畫出一幅朝野歡狂、人民康阜的杭州景象。當時宋帝國的太平盛世的面貌，和當時活躍著的男女生活狀態，只有在柳永的詞裡，反映得最明顯，表現得最深刻。他的作品，呈現著時代的寫實的社會色彩，而不是晏、歐那種純粹個人的情調了。據《錢塘遺事》云：「耆卿作《望海潮》詠錢塘詞，有『三秋桂子，十里荷花』之句。此詞流播，金主亮聞之，欣然有投鞭渡江之志。」

在他的詞集《樂章集》裡，十之七八都是寫這些青樓歌女，或是寫給她們唱的，廣受她們的歡迎，所以流傳極廣，有所謂「凡有井水處，皆能歌柳詞」的盛況。在藝術的成就上，柳永的詞，是要以那幾首描寫旅況鄉愁和晚年反省的作品為代表的。在這些作品裡，他脫去了那些輕薄的調子，俚俗的語句，而以美麗的風景畫面，深刻的情

感，嚴肅的人生態度，襯托一個天涯流落者的影子與心境。如《八聲甘州》、《傾杯樂》、《散水調》、《夜半樂》、《訴衷情近》、《卜算子》、《歸朝歡》、《雨霖鈴》以及《少年游》中的幾首，確是其中的上品：

> 對瀟瀟暮雨灑江天，一番洗清秋。漸霜風悽緊，關河冷落，殘照當樓。是處紅衰翠減，苒苒物華休。唯有長江水，無語東流。　　不忍登高臨遠，望故鄉渺邈，歸思難收。嘆年來蹤跡，何事苦淹留？想佳人，妝樓顒望，誤幾回、天際識歸舟。爭知我，倚欄杆處，正恁凝愁！
>
> （《八聲甘州》）

> 寒蟬淒切，對長亭晚，驟雨初歇。都門帳飲無緒，留戀處，蘭舟催發。執手相看淚眼，竟無語凝噎。念去去，千里煙波，暮靄沉沉楚天闊。　　多情自古傷離別，更那堪冷落清秋節。今宵酒醒何處，楊柳岸，曉風殘月。此去經年，應是良辰好景虛設。便縱有千種風情，更與何人說。
>
> （《雨霖鈴》）

這一些作品，都是出自作者的性情。表現極深刻，情緒極真摯，所以富於感人的力量。比起他那些只塗寫生活外層的艷詞來，自然是較為充實，風格也較高雅。陳質齋云：「柳詞格不高，而音律諧婉，詞意妥帖，承平氣象，形容曲盡，尤工於羈旅行役。」寥寥數語，對於柳詞的長短優劣，算是說盡了。由此可知，宋詞由晏、歐到張、柳，無論內容形式以及風格，都起了明顯的轉變。在這轉變中，柳永的地位，尤為重要。他的作品廣泛流傳，上入官廷，下入田舍，當代的詞人，也無不或多或少受到他的影響。秦少游、賀鑄、周邦彥都作艷詞，都作長調，很明顯受著柳永的影響。

第十九章
蘇軾與秦觀

一　蘇軾（1037-1101）

　　蘇軾字子瞻，號東坡居士，四川眉山人，嘉祐二年（1057）進士，有《東坡七集》及《東坡樂府》傳世。蘇軾的散文為唐宋八大家之一，與歐陽修並稱「歐蘇」。蘇軾的時代雖仍是一個經濟繁榮的太平盛世，但他個人所身受的，卻是一個憂患失意的境遇，他那種豪爽的性格和達觀快樂的人生觀，使他在文學上形成那種豪放不羈的作風。他的詩是如此，詞更是如此。同時，他絕不因一時的失意，就沉溺於酒色而不能自拔。他有高遠的理想，他善於在逆境中，解脫他的苦悶，拯救他的靈魂。山水田園之趣，朋友詩酒之樂，哲理禪機的參悟，都是他精神上的補藥，絕不像柳永那樣，一不滿意便墮於頹廢不振的生活。在這裡恰好呈現著他倆的人生觀以及詞風的差異。

　　詞到了蘇軾，表現出由「歌者的詞」變到「詩人的詞」的明顯的現象。由溫庭筠到柳永，詞的生命是音樂，詞的內容大都是艷意別情。故填詞必以協律為重要的條件，表意必以婉約為正宗。蘇軾的詞卻突破了這傳統的精神，他用他那過人的天才，偉大的創造力，在詞壇上開闢了一個新世界。他的「豪放詞」振作了晚唐、五代以來綺靡的西崑體餘風，與辛棄疾並稱「蘇辛」。我們讀他的詞，可以發現如下的幾個特點：一、詞與音樂的分離；二、詞的詩化；三、詞境的擴大。前二者見文知義，不需補充；至於後者，需要加以說明。原來自唐末至宋初的詞，範圍極小，限制亦嚴。到了蘇軾，始擴大詞的境

界。他一面是放大詞的內容，無論甚麼題材、思想和情感，都可用詞
來表現；另一面又提高詞的意境，用豪放飄逸的作風，代替婉約與柔
靡。前人專寫兒女之情，離別之感。在蘇詞裡，他無所不寫。或弔古
傷時，或悼亡送別，或說理詠史，或寫山水田園，或自傷身世，內容
廣泛，情感亦隨之複雜。因他那種高尚的人格、豐富的學問和曠達的
人生觀，融和混合，形成他那種豪放飄逸的風格。這一種風格，是他
的散文、詩詞和書法所共有的。後人因為不能具備他那種學問、人格
和人生觀的緣故，雖或稱為蘇派，然亦只是故作壯語奇語，故作浪漫
的風格，按其內容和氣蘊，卻全是空的。這種情況，與李白十分相近：

莫聽穿林打葉聲，何妨吟嘯且徐行。竹杖芒鞋輕勝馬，誰怕？
一簑煙雨任平生。　　料峭春風吹酒醒，微冷，山頭斜照卻相
迎。回首向來蕭瑟處，歸去，也無風雨也無晴。

　　　　　　　　　　　　　　　　　（《定風波·莫聽穿林打葉聲》）

大江東去，浪淘盡，千古風流人物。故壘西邊，人道是，三國
周郎赤壁。亂石崩雲，驚濤拍岸，捲起千堆雪。江山如畫，一
時多少豪傑。　　遙想公瑾當年，小喬初嫁了，雄姿英發。羽
扇綸巾，談笑間，檣櫓灰飛煙滅。故國神游，多情應笑我，早
生華髮。人間如夢，一樽還酹江月。

　　　　　　　　　　　　　　　　　　　　（《念奴嬌·赤壁懷古》）

老夫聊發少年狂，左牽黃，右擎蒼。錦帽貂裘，千騎捲平岡。
為報傾城隨太守，親射虎，看孫郎。　　酒酣胸膽尚開張，鬢
微霜，又何妨！持節雲中，何日遣馮唐？會挽雕弓如滿月，西
北望，射天狼。

　　　　　　　　　　　　　　　　　　　　（《江城子·密州出獵》）

我們讀了這些詞，便會知道他的範圍大，境界高，打破詞的嚴格的限制和因襲傳統的精神，而是把詞當作是一種新詩體來創作的，並非為歌唱而創作的了。由其詞的詩化，內容的擴充，風格的豪放飄逸，前人每擯棄蘇詞於正宗之外，而認為是別格。首先提出「詞別是一家」的是李清照《詞論》。徐師曾說：「論詞則有婉約者，有豪放者，婉約者欲其詞情蘊藉，豪放者欲其氣象恢宏。蓋雖各因其質，而詞貴感人，要當以婉約為正。否則雖極精工，終非本色，非有識者之所取也。」（《文體明辨》）《四庫提要》也說：「詞自晚唐五代以來，以清切婉麗為宗。至柳永而一變，如詩家之有白居易，至蘇軾而又一變，如詩家之有韓愈，遂開南宋辛棄疾一派。尋溯源流，不能不謂之別格。然謂之不工則不可。故至今尚與『花間』一派並行而不能偏廢。」（《東坡詞》）別格正宗，我們不必去管他，蘇軾在詞史上，用著浪漫的精神與革命的態度，將當時的詞壇，捲起了巨大的轉變，盡了他的破壞與建設的雙重任務，而給後代的詞壇以重大影響，是任何人都要承認的。胡寅云：

> 柳耆卿後出，掩眾制而盡其妙，好之者以為不可復加。及眉山蘇氏，一洗綺羅香澤之態，擺脫綢繆宛轉之度，使人登高望遠，舉首高歌。逸懷浩氣，超乎塵埃之外。於是花間為皂隸，而耆卿為輿臺矣。」

（《酒邊詞序》）

他這幾句話，能從文學的發展變化上立論，而不爭甚麼正宗別格，可算是最有識見的了。總之，蘇軾是詞壇的革命者，是詩人的詞的代表，因了他的努力，替詞開闢了一個新局面。此外，蘇軾除了雄渾豪放的作品外，還有溫柔婉順、深情款款、感慨萬千的一面，如：

缺月掛疏桐，漏斷人初靜。時見幽人獨往來，縹緲孤鴻影。

　　驚起卻回頭，有恨無人省。揀盡寒枝不肯棲，寂寞沙洲冷。

　　　　　　　　　　　　　　（《卜算子・黃州定惠院寓居作》）

夜飲東坡醒復醉，歸來仿佛三更。家童鼻息已雷鳴。敲門都不
應，倚杖聽江聲。　　長恨此身非我有，何時忘卻營營。夜闌
風靜縠紋平。小舟從此逝，江海寄餘生。

　　　　　　　　　　　　　　　　　　（《臨江仙》）

十年生死兩茫茫，不思量，自難忘。千里孤墳，無處話淒涼。
縱使相逢應不識，塵滿面，鬢如霜。　　夜來幽夢忽還鄉。小
軒窗，正梳妝。相顧無言，唯有淚千行。料得年年腸斷處，明
月夜，短松崗。

　　　　　　　　　　　　　（《江城子・乙卯正月二十日夜紀夢》）

明月幾時有，把酒問青天。不知天上宮闕，今夕是何年。我欲
乘風歸去，又恐瓊樓玉宇，高處不勝寒。起舞弄清影，何似在
人間。　　轉朱閣，低綺戶，照無眠。不應有恨，何事長向別
時圓。人有悲歡離合，月有陰晴缺，此事古難全。但願人長
久，千里共嬋娟。

（《水調歌頭・丙辰中秋歡飲達旦，大醉作此篇，兼懷子由》）

林斷山明竹隱牆，亂蟬衰草小池塘。翻空白鳥時時見，照水紅
蕖細細香。　　村舍外，古城旁，杖藜徐步轉斜陽。殷勤昨夜
三更雨，又得浮生一日涼。

　　　　　　　　　　　　　　　　　　（《鷓鴣天》）

當代如王安石、黃庭堅、晁補之諸人都與蘇詞的風格相近。今各錄一
首於下：

登臨送目，正故國晚秋，天氣初肅。千里澄江似練，翠峰如
簇。征帆去棹殘陽裡，背西風，酒旗斜矗。彩舟雲淡，星河鷺
起，畫圖難足。　　念往昔，豪華競逐。歎門外樓頭，悲恨相
續。千古憑高，對此謾嗟榮辱。六朝舊事隨流水，但寒煙、衰
草凝綠。至今商女，時時猶唱《後庭》遺曲。

（王安石《桂枝香・金陵懷古》）

瑤草一何碧，春入武陵溪。溪上桃花無數，枝上有黃鸝。我欲
穿花尋路，直入白雲深處，浩氣展虹霓。只恐花深裡，紅露濕
人衣。　　坐玉石，欹玉枕，拂金徽。謫仙何處？無人伴我白
螺杯。我為靈芝仙草，不為絳唇丹臉，長嘯亦何為？醉舞下山
去，明月逐人歸。

（黃庭堅《水調歌頭》）

曾唱牡丹留客飲，明年何處相逢。忽驚鵲起落梧桐。綠荷多少
恨，回首背西風。　　莫歎今宵身是客，一尊未曉猶同。此身
應以去來鴻。江湖春水闊，歸夢故園中。

（晁補之《臨江仙・和韓求仁南都留別》）

他們這些詞在風格上，或似蘇的豪放，或得蘇的飄逸，這是很顯然
的。王安石共存詞共二十餘首。黃庭堅存詞百餘首。晁補之存詞百餘
首。他們雖無東坡的氣魄與品格，卻深受著蘇詞那種開拓解放的影
響。在他們的作品裡，豪放悲壯的風格固然是少，卻很濃厚地呈現著

飄逸與瀟灑的風度。到了南宋，蘇派的豪放詞更形發展。由於朱敦儒、張孝祥、陸游、辛棄疾、陳亮、劉過、劉克莊諸家的努力，得與由周邦彥、姜夔、張炎的格律派詞人分庭抗禮，形成對立的形勢。由此而言，豪放詞自有其在詞史上的不能代替的地位。

二　秦觀（1049-1100）

　　蘇軾弟子中受到這種溫柔婉順的風格影響的，可以秦觀為代表。秦觀字少游，揚州高郵人。少有文名，《宋史・文苑傳》說他：「少豪雋慷慨，溢於文詞。」蘇軾、王安石都很賞識他。元祐初，因蘇軾的推薦，除太學博士，後兼國史院編修官。紹聖初年，章惇等當權，排斥元祐黨人，先後貶逐處州、郴州、橫州、雷州等處。徽宗立，放還，至藤州而卒。有《淮海詞》，存詞約八十餘首。秦觀雖出自蘇門，作品雖說也感染著蘇氏的影響，但他卻有他自己的成就和情調。他的長處，在於以歐陽、小晏婉約含蓄的情調，來挽回柳詞的俗淺之病。同時他又能以蘇軾的飄逸沉鬱，來補救柔弱之弊，可看出少游受蘇詞的影響而自成一家：

> 南來飛燕北歸鴻，偶相逢，慘愁容。綠鬢朱顏，重見兩衰翁。別後悠悠君莫問，無限事，不言中。　　小槽春酒滴珠紅。莫匆匆，滿金鐘。飲散落花流水各西東。後會不知何處是，煙浪遠，暮雲重。

（《江城子》）

> 山抹微雲，天粘衰草，畫角聲斷譙門。暫停征棹，聊共引離尊。多少蓬萊舊事，空回首煙靄紛紛。斜陽外，寒鴉數點，流

水繞孤村。　　消魂。當此際，香囊暗解，羅帶輕分。謾贏得
青樓，薄倖名存。此去何時見也？襟袖上空染啼痕。傷情處，
高城望斷，燈火已黃昏。

　　　　　　　　　　　　　　　　　　　　　　　（《滿庭芳》）

霧失樓臺，月迷津渡，桃源望斷無尋處。可堪孤館閉春寒，杜
鵑聲裡斜陽暮。　　驛寄梅花，魚傳尺素，砌成此恨無重數。
郴江幸自繞郴山，為誰流下瀟湘去。

　　　　　　　　　　　　　　　　　　（《踏莎行·郴州旅舍》）

纖雲弄巧，飛星傳恨，銀漢迢迢暗度。金風玉露一相逢，便勝
卻人間無數。　　柔情似水，佳期如夢，忍顧鵲橋歸路。兩情
若是久長時，又豈在朝朝暮暮。

　　　　　　　　　　　　　　　　　　（《鵲橋仙·纖雲弄巧》）

　　秦觀在當代的詞壇，有很高的聲譽。第一首寫於一一〇〇年。從元豐
元年（1078），三十歲的秦觀私訪蘇軾於徐州起，到他五十一歲去
世，他們交往了二十一年，其間結下了深厚的師友情誼。葉夢得《避
暑錄話》卷三記載：「蘇子瞻於四學士中最善少游，故他文未嘗不極
口稱善，豈特樂府。」在老師的眼裡，秦觀是他最得意的學生。這首
詞是寫這對師生在落難中相會，卻沒有一絲相逢的喜悅。相向無言，
愁容滿面，兩鬢蒼蒼。他們預感到「後會不知何處是？」也許今生無
望！所以只有一再勸酒：「小槽春酒滴珠紅，莫匆匆，滿金鐘。」、
「飲散落花流水、各西東」，詞中瀰漫著一股淒涼的氣氛。沈祖棻
《宋詞賞析》以為第二首於宋哲宗紹聖元年（1094）貶離祕書省之
際。周汝昌說：「開頭兩句八個字，便是一副工緻美妙的對聯。」此

詞雖寫艷情，卻能融入仕途不遇，前塵似夢的身世之感。上闋寫景，引出別意，妙在「抹」與「粘」兩個動詞表現出風景畫中的精神，顯出高曠與遼闊中的冷峻與衰颯，與全詞淒婉的情調吻合。「斜陽外，寒鴉數點，流水繞孤村」三句，於寫景別寓深意於其中。下闋用白描直抒傷心恨事，展示自己落拓江湖不得志的感受。全詞情景交融，錯綜變化，千古傳誦。至於第三首《踏莎行》，蘇軾寫在扇上，時時吟誦。秦觀死後，蘇氏歎息說：「不幸死道路，哀哉！世豈復有斯人乎？」第四首是寫神話故事，成為千古抒情絕唱。其抒情，悲哀中有歡樂，歡樂中有悲哀，悲歡離合，起伏跌宕。其中「金風玉露一相逢，便勝卻人間無數」，「兩情若是久別時，又豈在朝朝暮暮」更顯得婉約蘊藉，餘味盎然，得到極佳的藝術效果。晁補之說：「近來作者，皆不及少游。」葉夢得也說他：「語工而入律，知樂者謂之作家。」至於蔡伯世所說：「子瞻辭勝乎情，耆卿情勝乎辭，辭情相稱者，唯少游一人而已。」是暗示著秦觀在柳、蘇以上了。平心而論，柳、蘇的詞有創造建設的精神，有開拓發展的力量，給予後人很大的影響。秦詞雖缺少這種創造性，但若只就藝術的觀點上立論，無疑的他是一個最成功的作家。

三　賀鑄（1052-1125）

與秦觀齊名而風格相似的有賀鑄。賀鑄字方回，河南衛州人。他賦性耿介，尚氣使酒，有錢時揮金如土，扶貧濟困，很有義俠的風度。同時他又痛恨權貴，不善諂媚。先後通判泗州，後退居蘇杭，自號慶湖遺老。晚年生活困難，貧寒幾不能自給。他有一顆溫熱的心，一支華麗的筆，一種慷慨熱烈的性格，所以他在詞上表現得那麼美麗，那麼深情。他的情詞接近晏殊。他的名士氣和狂放氣，又接近蘇

軾和晏幾道，頗有其飄逸和高傲的特質。同時他作詞很注重音律：

> 淩波不過橫塘路，但目送芳塵去，錦瑟年華誰與度。月橋花榭，瑣窗朱戶，只有春知處。　　碧雲冉冉蘅皋暮，彩筆新題腸斷句。試問閒愁都幾許，一川煙草，滿城風絮，梅子黃時雨。
>
> （《青玉案》）

> 松門石路秋風掃，似不許，飛塵到。雙攜纖手別煙蘿，紅粉清泉相照。幾聲歌管，正須陶寫，翻作傷心調。　　巖陰暝色歸雲悄。恨易失、千金笑。更逢何物可忘憂，為謝江南芳草。斷橋孤驛，冷雲黃葉，相見長安道。
>
> （《御街行・別東山》）

在這些詞裡，可看出他藝術的特色，也充分地表現出他的生活和人生觀。他一面否定富貴利祿的空虛，同時又對過去的歡樂，加以深深的追戀。他的描寫艷情，正如晏幾道一樣，多是回憶的舊夢的情緒。他自己說過「吾筆驅使李商隱、溫庭筠，常奔命不暇」，這正是他的自信之處。除李、溫二家外，杜牧的詩，他吸收得最多。他有那種耿介豪爽的性格，因此同是作綺語、表艷情，他能於華麗纏綿之中，現出一種陽剛遒勁之氣。這一點是他不同於晏幾道、秦少游的地方。

第二十章
周邦彥與格律詞派

一　周邦彥（1056-1121）

　　周邦彥字美成，號清真居士，浙江錢塘人。青年時代，北遊汴京，在太學讀了四五年書，後因獻《汴都賦》，由諸生升為太學正，後出任廬州教授。徽宗時，召為秘書監，進徽猷閣待制，提舉大晟樂府。後又出知順昌府，徙處州、睦州，後居揚州，宣和三年卒，年六十六，有《清真詞》行世。前人論詞，每以柳、周並稱，是說他兩人的作風有些相類，如喜用長調，長於鋪敘，好寫艷情，精於音律等。但在藝術表現上，他倆卻有明顯分別。他們雖同用長調，調的自由與嚴整不同；同是鋪敘，鋪敘的手法不同；同寫艷情，表現的態度不同；同是精於音律，音樂的輕重性也不同。因此在風格上，他們形成兩個相反的成就。柳永的詞是浪漫的自由的，周邦彥是古典的格律的；柳是通俗的，周是唯美的。

　　周邦彥具有南唐詞人婉約含蓄的特徵，缺少蘇軾豪放雄奇的氣勢。因為他的學殖豐富，詩文俱佳，具備「詩人的詞」的高尚品質。總之，周邦彥的作品，集眾家之長。故周濟說「清真集詞之大成」。周邦彥在詞壇上的功績和他作品的特徵，可以從形式、內容、表現三方面來說：

　　一、形式：詞的形式，由晚唐五代至宋初，是小令獨盛的時期，慢詞至柳蘇而盛。但當時的慢詞多為自度曲，在音律字句方面，尚未達到完整嚴格的階段。因此在《樂章集》中同調之詞，字句長短常有

不同。這種情形，到了秦、賀，漸趨嚴謹。及周邦彥出，始以其精通音樂的天才，和掌管音樂機關的便利，從事審音調律的工作，而達到律度嚴整的完成。他在詞的音律上，曾做了許多重要的工作，成為後人的軌範。沈義父《樂府指迷》說：「作詞當以清真為主。蓋美成最為知音。故下字用韻皆有法度。」《四庫全書總目提要》說：「邦彥妙解聲律，為詞家之冠。所制諸詞，不獨音之平仄宜遵，即仄字中上去入三聲，亦不容相混」。

　　二、表現：周詞的表現法，不注重意象與神韻，而傾力於刻畫與寫真。他一筆一筆的勾勒，一字一字的刻畫，一句一句的鍛煉，形成他那種精巧工麗的古典作風，完全脫去了柳、蘇詞中那種浪漫的風格。因此他喜歡用事，來增加他作品的典雅氣，喜歡融化改用前人的舊句，來增加字句的鍛煉美。因為讀書博，學力高，用事能圓轉紐合，改用古句亦能翻陳出新。如《六醜・詠落花》中之用御溝紅葉故事，《西河・金陵懷古》中之括劉夢得的詩句；《夜遊宮》的改用楊巨源的詩句等，都能別有風趣，渾然天成。

　　三、內容：詞的內容的開拓，至蘇軾始大，內容也格外廣泛。在這一方面，邦彥卻不能繼承蘇軾。他的詞集，除了一部分描寫妓女的情愛以外，大都是無病呻吟的寫景詠物之作。如《悲秋》、《春閨》、《秋暮》、《晚景》、《春景》、《閨情》、《秋懷》、《閨怨》、《春恨》、《詠眼》、《詠月》、《詠梳》、《詠梅》、《詠柳》、《詠雪》、《詠梨花》、《詠薔薇》等等的題目，在他集中到處皆是。這些作品，大都不是表現他的性情思想的作品，而只是表現他的藝術技巧的作品。然因其律度嚴整，字句工麗，適於詞人的模擬學習。格律詞派的優點和缺點，都源於此：

　　　柳陰直，煙縷絲絲弄碧。隋堤上，曾見幾番，拂水飄綿送行

色。登臨望故國，誰識京華倦客。長亭路，年去歲來，應折柔
條過千尺。　　閒尋舊蹤跡，又酒趁哀弦，燈照離席，梨花榆
火催寒食。愁一箭風快，半篙波暖，回頭迢遞便數驛。望人在
天北。　　　淒惻。恨堆積。漸別浦縈迴，津堠岑寂。斜陽冉冉
春無極。念月榭攜手，露橋聞笛。沉思前事，似夢裡，淚暗滴。

（《蘭陵王‧柳》）

正單衣試酒，恨客裡光陰虛擲。願春暫留，春歸如過翼，一去
無跡。為問花何在。夜來風雨，葬楚宮傾國，釵鈿墮處遺香
澤。亂點桃蹊，輕翻柳陌，多情更誰追惜。但蜂媒蝶使，時叩
窗槅。　　　東園岑寂，漸濛籠暗碧。靜繞珍叢底，成歎息。長
條故惹行客，似牽衣待話，別情無極。殘英小，強簪巾幘，終
不似一朵，釵頭顫嫋，向人欹側。漂流處，莫趁潮汐。恐斷紅
尚有相思字，何由見得。

（《六醜‧薔薇謝後作》）

在這些詞裡，都具備著這幾種特徵。字句的鍛煉，音調的和諧，格律
的嚴整，鋪敘的詳贍，刻畫的工細，舊句的融化，都在他的作品裡得
到最高的表現。到了南宋的姜夔、史達祖、吳文英、王沂孫、張炎、
周密諸人，都是繼承周詞的風格，盡雕琢刻畫的能事，造成格律派的
古典詞的大盛。於是詞中的一點名士氣、天真氣與通俗情味，都喪失
殆盡，只是一座座無血肉、無生命的粉雕玉琢的樓閣了。王國維說：
「美成深遠之致，不及歐、秦，惟言體情物，窮極工巧，故不失為第
一流之作者。但恨創調之才多，而創意之才少耳。」（《人間詞話》）
在前人許多論周的評語裡，王氏之論，算是最有見解了。

二　李清照（1084-1155?）

　　李清照是南渡前後的女詞人，也是中國過去文學史上最偉大的女作家。她的年代較晚於秦觀、周邦彥，但她的詞是被稱為正宗一派的。她反對柳永的粗俗塵下，她非難蘇軾的不協音律的詩化的詞。她在詞的狹小的範圍裡，精心刻意地創作，成就她藝術上空靈高尚的品質。她重視音律，鍛煉字句，在風格上，她是要屬於秦、周這一個範圍的。但她有秦觀的細微婉約，卻無他的淫靡，有周邦彥的工力，卻沒有他那種詳贍的鋪敘和露骨的雕琢。換言之，她的詞富於性情與生命的表現。她個人生活境遇的變化，在她作品中反映出明顯的情調。早年的歡樂，中年的黯淡，晚年的哀苦，是她生活史上的幕景，同時也就是她作品的界線。她的作品同她的生活聯繫融化得分不開。她的作品，都是用生命的血液寫成的。她所表現的是宋代千千萬萬的國破家亡的民眾的痛苦的精神。

　　李清照號易安居士，是山東濟南人。父親李格非官禮部員外郎，家中藏書甚富，母親是王狀元拱辰的孫女，讀書很多。她生長在這種學術空氣濃厚的家庭裡，對於她後來在文壇上的成就，有很大的幫助。她十八歲嫁給太學生趙明誠，趙的父親是有名的政治家趙挺之。他倆結婚以後的生活是極幸福的，除了詩詞唱和，也努力收集金石碑帖。《金石錄後序》中，她敘述他倆的生活說：「德甫（明誠字）在太學，每朔望謁告出，質衣取半千錢，步入相國寺，市碑文果實歸。夫妻相對，展玩咀嚼，嘗謂葛天氏之民也。後二年從官，便有窮盡天下古文奇字之志。傳寫未見書，購名人書畫、古奇器。……及連守兩郡，竭俸入以事鉛槧。每獲一書，即同共校勘，整集簽題。得書畫彝鼎，亦摩玩舒卷。」他們這種藝術化的生活，不是一般人所能瞭解，也不是一般人所能做到的。後來徽、欽二帝被擄，朝廷南遷，他倆也

不得不把歷代收集的金石書畫拋棄了一大部分，只帶了最精彩的一小部分，匆匆地逃到江南了。再過四年，趙明誠患急病死了，她所受的悲痛與打擊，真是無法形容。加以戰禍日烈，社會離亂，幾乎不容許她傷心流淚。她在貧困悲苦的環境中東飄西泊，終找不著一個安身之所，最後在江南的旅居中寂寞地死去。

　　昨夜雨疏風驟，濃睡不消殘酒。試問捲簾人，卻道「海棠依舊」。「知否，知否？應是綠肥紅瘦。」

　　　　　　　　　　　　　　　　　　　　　　　　（《如夢令》）

　　晚來一陣風兼雨，洗盡炎光，理罷笙簧，卻對菱花淡淡妝。
　　　絳綃縷盡冰肌瑩。雪膩酥香，笑語檀郎，今夜紗櫥枕簟涼。

　　　　　　　　　　　　　　　　　　　　　　　　（《醜奴兒》）

　　繡面芙蓉一笑開。斜飛寶鴨襯香腮。眼波才動被人猜。　　一面風情深有韻，半箋嬌恨寄幽懷。月移花影約重來。

　　　　　　　　　　　　　　　　　　　　　　　　（《浣溪紗》）

　　紅藕香殘玉簟秋。輕解羅裳，獨上蘭舟。雲中誰寄錦書來？雁字回時，月滿西樓。　　花自飄零水自流。一種相思，兩處閒愁。此情無計可消除，才下眉頭，卻上心頭。

　　　　　　　　　　　　　　　　　　　　　　　　（《一剪梅》）

　　薄霧濃雲愁永晝，瑞腦銷金獸，佳節又重陽，玉枕紗廚，半夜涼初透。　　東籬把酒黃昏後，有暗香盈袖。莫道不銷魂，簾捲西風，人比黃花瘦。

　　　　　　　　　　　　　　　　　　　　　　　　（《醉花陰》）

風住塵香花已盡，日晚倦梳頭。物是人非事事休，欲語淚先
流。　　　聞說雙溪春尚好，也擬泛輕舟。只恐雙溪舴艋舟，載
不動許多愁。

（《武陵春》）

尋尋覓覓，冷冷清清，淒淒慘慘戚戚。乍暖還寒時候，最難將
息。三杯兩盞淡酒，怎敵他晚來風急。雁過也，正傷心，卻是
舊時相識。　　　滿地黃花堆積。憔悴損，如今有誰堪摘。守著
窗兒，獨自怎生得黑！梧桐更兼細雨，到黃昏點點滴滴。這次
第，怎一個愁字了得。

（《聲聲慢》）

我們讀了這些詞，可以知道她是以白描的手法，深入淺出字句，和美
動人的音律，表現幽怨或哀苦的情感，由於形象鮮明，高度的概括
性，達到抒情詞的極高境界。在《聲聲慢》裡，開始連用七個疊字，
通過這些淒清的音樂性的語言，加強藝術的感染力，是其他詞人所沒
有過的。因為她自己精通音律，又最瞭解作詞的艱苦，因此她對於詞
的批評，也曾發出可貴的見解。她說：

柳屯田永，變舊聲，作新聲，出《樂章集》，大得聲稱於世，
雖協音律，而詞語塵下。又有張子野、宋子京兄弟、沈唐、元
絳、晁次膺輩繼出，雖時時有妙語，而破碎何足名家。至晏丞
相、歐陽永叔、蘇子瞻，學際天人，所為小歌詞，直如酌蠡水
於大海，然皆句讀不葺之詩耳，又往往不協音律。……王介
甫、曾子固文章似西漢，若作小歌詞，則人必絕倒，不可讀
也。乃知詞別是一家，知之者少。後晏叔原、賀方回、黃魯直

出，始能知之。而晏苦無鋪敘，賀苦少典重，秦少遊專主情致
而少故實，黃即尚故實而多疵病。譬如良玉有瑕，價自減半矣。

（見《苕溪漁隱叢話》）

她這段批評，是值得我們重視的。

三　姜白石（1155-1221?）

姜夔字堯章，江西鄱陽人，後因寓居吳興，與白石洞天為鄰，愛
其勝景，自號白石道人。他一生沒有作過官，是一位純粹的文學家。
他精音樂，善書法，詩文俱佳，而尤以詞著。他有瀟灑自由的性格與
清高雅潔的人品。他的詩詞，帶一種清雅之氣。他說：「自作新詞韻
最嬌，小紅低唱我吹簫。曲終過盡松陵路，回首煙波十四橋。」（《過
垂虹》）這是他的藝術生活的真實紀錄。因為他的性格不塵俗，所以
他的作品的風格很高遠，他的生活是藝術化的，所以他的作品是唯
美。他雖沒有功名官位，但當時的名人如辛棄疾、范成大、蕭德藻、
陸游、葛天民、楊萬里、葉適、樓鑰諸人，都與之交遊唱和。在當時
的文壇，他很負聲譽。范成大說他的詩為：「裁雲縫月之妙手，敲金
戛玉之奇聲。」他的詞尤為人所讚賞。黃昇云：「白石詞極精妙，不
減清真，其高處有美成所不能及」。張炎說他的詞：「如野雲孤飛，去
留無跡。」這些話，雖有點抽象，也可看出他在當時是怎樣受人的推
重了。他有《白石道人歌曲集》，存詞約八十餘首。

姜夔在詞上的貢獻，是繼承和發展了周邦彥的路線的。在《清真
詞》中所表現的特色與弊病，如協律創調，琢句鍊字，用典詠物種種
方面，到了姜夔都進一步地表現著，形成偏重形式的傾向。

（一）審音創調

　　姜夔不僅是只通樂理，並且是善自演奏的音樂家。他看見南渡後樂典的散失，他蒐講古制，想補正廟樂。曾於慶元三年（1197），上書論雅樂，進《大樂議》和《琴瑟考古圖》；五年（1199）又上《聖宋饒歌鼓吹曲》。朝廷承認他用工頗精，留其書以備採擇。他對於作詞的審音協律曾下過苦工，在《長亭怨慢》序中云：「余頗喜自製曲，初率意為長短句，然後協以律，故前後闋多不同。」又在《暗香》序中說：「使工妓隸習之，音節諧婉，乃命之曰《暗香》、《疏影》。」由此可知，他作詞時對於審音協律的注重。因為他在音樂方面，有這種才力，所以他一面能創制新譜，一面又能改正舊調。他自製的新譜，共有十七支。柳永、周邦彥諸人，精通音樂，善自製曲，在他們的詞調上，僅注明宮調。姜夔更進一步，於詞旁詳載樂譜，由此宋詞的音調與歌法，得傳一線於後世，這一點，在中國的音樂史上，有重要的價值。

（二）琢煉字句

　　在《清真詞》裡，已呈現著琢句煉字的唯美色彩。到了姜夔，更達到用字最精微深細，造句最圓美醇雅的階段。

　　　　二十四橋仍在，波心蕩冷月無聲。

　　　　　　　　　　　　　　　　　　　　　　　　　　（《揚州慢》）

　　　　嫣然搖動，冷香飛上詩句。

　　　　　　　　　　　　　　　　　　　　　　　　　　（《念奴嬌》）

長記曾攜手處，千樹壓西湖寒碧。

（《暗香》）

傷心重見，依約眉山，黛痕低壓。

（《慶宮春》）

誰念我，重見冷楓紅舞。

（《法曲獻仙音》）

像這些句子，無論何人讀了都知道是好言語。這些決不是脫口而出的語句，是下了千錘百煉的功夫，慢慢地融化出來的。他在《慶宮春》序中云：「賦此闋，過旬塗稿乃定。」可知他作詞所費的時間與精力，和他認真求美的態度，真可與賈島、陳師道諸人作詩相比了。

（三）用典詠物

因為姜夔作詞過於講典雅與工巧，他生怕有俗淺輕浮之病，他一面除琢煉字句外，同時又愛用典故，來作為描寫和表現他的情感和事物的象徵。這一點，是《白石集》中的特色，也可說是弊病。因為用典過多，等於遮掩了一層幕布，意義雖較含蓄，但詞旨反晦澀含糊，情趣反而減少了。如他最有名的《暗香》、《疏影》二闋，張炎譽之為「前無古人，後無來者，自立新意，真為絕唱」（《詞源》）。但分析二詞，只是用許多梅花和古代幾個美人的典故，湊合起來。字句確很美麗，音調確很和諧，然而按其內容，卻很空虛。除用典外，他喜歡詠物。姜夔是如此，姜派的詞人如史達祖、吳文英之流，更是如此。因為在詠物的詞上，他們可以儘量使用他們的技巧，引用他們的典故，藉此可以誇耀文才和博學。但詞中的一點生命和情趣，便由此減少

了。現在看來，覺得這些詞，技巧上固然是成功，但在內容與情感上是空虛的，反映社會生活上是貧弱的。

淳熙丙申至日，余過維揚，夜雪初霽，薺麥彌望，入其城則四顧蕭條，寒水自碧。暮色漸起，戍角悲吟，予懷愴然，感慨今昔。因度此曲，千巖老人（蕭德藻）以為有《黍離》之悲也。淮左名都，竹西佳處，解鞍少駐初程。過春風十里，盡薺麥青青。自胡馬窺江去後，廢池喬木，猶厭言兵。漸黃昏，清角吹寒，都在空城。　　杜郎俊賞，算如今重到須驚。縱豆蔻詞工，青樓夢好，難賦深情。二十四橋仍在，波心蕩冷月無聲。念橋邊紅藥，年年知為誰生？

（《揚州慢‧淮左名都》並序）

芳蓮墜粉，疏桐吹綠，庭院暗雨乍歇。無端抱影銷魂處，還見篠牆螢暗，蘚堦蛩切。送客重尋西去路，問水面琵琶誰撥？最可惜，一片江山，總付與啼鴃。　　長恨相從未款，而今何事，又對西風離別！渚寒煙淡，棹移人遠，縹緲舟行如葉。想文君望久，倚竹愁生步羅襪。歸來後，翠尊雙飲，下了珠簾，玲瓏閒看月。

（《八歸‧湘中送胡德華》）

余自孩幼隨先人宦於古沔，女須因嫁焉。中去復來幾二十年，豈惟姊弟之愛，沔之父老兒女子亦莫不予愛也。丙午冬，千巖老人約余過苕霅，歲晚乘濤載雪而下，顧念依依，殆不能去。作此曲別鄭次皋、辛克清、姚剛中諸君。
衰草愁煙，亂鴉送日，風沙迴旋平野。拂雪金鞭，欺寒茸帽，

還記章臺走馬。誰念飄零久，漫贏得幽懷難寫。故人青沔相
逢，小窗閒共情話。　　　長恨離多會少，重訪問竹西，珠淚盈
把。雁磧波平，漁汀人散，老去不堪遊冶。無奈苕溪月，又照
我扁舟東下。甚日歸來，梅花零亂春夜。

（《探春慢》並序）

舊時月色，算幾番照我，梅邊吹笛。喚起玉人，不管清寒與攀
摘。何遜而今漸老，都忘卻春風詞筆。但怪得竹外疏花，香冷
入瑤席。　　　江國，正寂寂。歎寄與路遙，夜雪初積。翠尊易
泣，紅萼無言耿相憶。長記曾攜手處，千樹壓西湖寒碧，又片
片吹盡也，幾時見得？

（《暗香》）

我們讀了這些詞，便可看出格律詞派的真面目。優點是技巧高，語言
美，缺點是反映的生活面窄狹，過於注重形式與格律。但他這種詞
風，在南宋的詞壇，發生很大的影響。許多人跟著他走，都變本加厲
地只在字面形式用工夫，極力地講究技巧，因音律而犧牲內容，因用
典而使意義晦澀，因過於雕琢字句而損傷情趣，因詠物而變成無病呻
吟的遊戲。到了史達祖、吳文英諸人，達到了極端。周、姜二家，因
學問廣博，才力尤高，所以還有不少優秀的作品，其他諸家，那缺點
就更為嚴重，真是「自鄶以下」了。王國維說：「白石寫景之作，雖
格韻高絕，然如霧裡看花，終隔一層。」（《人間詞話》）所謂「終隔
一層」，正好說明格律詞派的特徵與弊病。

第廿一章
辛棄疾與豪放詞派

一　朱敦儒（1081-1159）

　　朱敦儒，字希真，洛陽人。他是一個活到七十多歲的長者。他喜愛自由，不喜拘束，頗有西晉名士風度。科第功名，他都看不起，他有《鷓鴣天‧西都作》詞云：「我是清都山水郎，天教懶慢帶疏狂。曾批給露支風敕，累奏留雲借月章。　　詩萬首，酒千觴，幾曾著眼看侯王？玉樓金闕慵歸去，且插梅花醉洛陽。」這是他性情的自由。但因他學問人品都好，青年時代，即以布衣負重名，靖康時，召至京師，辭官還山，南渡後，做過秘書省正字和兩浙東路提點刑獄，但不久他又辭去了。他因為目擊和身受南渡時代的國破家亡的苦痛，而最後又生活於南渡以後的偏安社會。因此，他的作品，初期以少壯之年，處於繁華的盛世，過的是「換酒春壺碧，脫帽醉青樓」（《水調歌頭》）的生活，他這時期的詞，無論內容與辭藻，都染上北宋時代的綺豔。中年身當國變，離家南遷，禾黍之悲，山河之感，懷家鄉，悲故國，使他的作品，變為沉咽悽楚之音，豪邁憤恨之氣。在萬里東風，國破山河落照紅」（《減字木蘭花》），「有客愁如海，空想故園池閣，卷地煙塵」（《風流子》）。在這些句子裡，可以看出他這一時期的哀感。到了晚年，他飽經世故，壯志也消磨了，漸漸地變成一個逍遙自適的樂天安命者。在這種心境之下，自然會走到「萬事皆空，一般做夢」的境界了。將他這種解脫也是衰倦的心情。他這一時期的詞，達到藝術上極高的成就，他用最淺近通俗的語言，最自由解放的句

法，抒寫最真實最純潔的情感，而形成他獨特的風格：

> 扁舟去作江南客。旅雁孤雲，萬里煙塵，回首中原淚滿巾。
> 　碧山對晚汀洲冷。楓葉蘆根，日落波平，愁損辭鄉去國人。
>
> （《採桑子》）

> 直自鳳凰城破後，擘釵破鏡分飛。天涯海角信音稀。夢回遼海
> 北，魂斷玉關西。　　月解重圓星解聚，如何不見人歸。今春
> 還聽杜鵑啼。年年看塞雁，一十四番回。
>
> （《臨江仙》）

> 一個小園兒，兩三畝地，花竹隨宜旋裝綴。槿籬茅舍，便有山
> 家風味。等閒池上飲，林間醉。　　都為自家胸中無事，風景
> 爭來趁遊戲。稱心如意，剩活人間幾歲。洞天誰道在，塵寰外。
>
> （《感皇恩》）

> 老來可喜，是歷遍人間，諳知物外。看透虛空，將恨海愁山，
> 一齊接碎。免被花迷，不為酒困，到處惺惺地。飽來覓睡，睡
> 起逢場作戲。　　休說古往今來，乃翁心裡，沒許多般事。也
> 不蘄仙不佞佛，不學棲棲孔子。懶共賢爭，從教他笑，如此只
> 如此。雜劇打了，戲衫脫與呆底。
>
> （《念奴嬌》）

在最後一期內，朱敦儒創作了許多純粹的白話詞，但他用的白話，卻
又不是柳永、黃庭堅所用的那種鄙俗無聊的字眼，所以他的詞格，仍
是高遠的。不用說，格律古典派的詞人，自然不會認識他這種作品的

價值。其實，他同辛棄疾，是南宋初期五六十年中蘇派詞人的兩大代表。並且他們決不是在文字語調上類比蘇軾，他有他們自己的生活才氣和生命，在某一部分，達到蘇軾還沒有走到的境界。

二　南宋初的豪放詞

豪放詞在南宋一直相當蓬勃。身處在離亂時代的環境裡，對於國破家亡的危難，對於求和誤國的權奸，在詞中發出激昂慷慨的呼聲來的，是那一群有民族思想的詞人。這一群人大都與秦檜不和，或遭身死之禍，或遇貶謫之悲，都可看出他們所表現的正氣和熱烈愛國的精神。他們流傳下來的詞雖不多，但都是滿腔悲憤，古老蒼涼，內有國賊，外有強敵，壯志難伸，金甌已缺，那種磊落不平之氣，溢於字中，充分地表現出民族文學的特色。

> 怒髮衝冠，憑欄處，蕭蕭雨歇。抬望眼，仰天長歎，壯懷激烈。三十功名塵與土，八千里路雲和月。莫等閒，白了少年頭，空悲切。　　靖康恥，猶未雪。臣子恨，何時滅。駕長車，踏破賀蘭山缺。壯志饑餐胡虜肉，笑談渴飲匈奴血。待從頭收拾舊山河，朝天闕。
>
> （岳飛《滿江紅》）

> 富貴本無心，何事故鄉輕別？空使猿驚鶴怨，誤薜蘿秋月。
> 囊錐剛強出頭來，不道甚時節。欲命巾車歸去，有豺狼當轍。
>
> （胡銓《好事近》）

在這些詞裡，很明顯的反映出當時國難時代的憤世詞人與愛國志士的

民族意識。再如張元幹（字仲宗）、張孝祥（字安國），都是氣節之士，故其詞亦多忠義之氣。張元幹因送胡銓、李綱詞獲罪，被秦檜除名。毛晉說他「平生忠義自矢，不屑與奸佞同朝，飄然掛冠」，可見他的人品。他有《蘆川詞》傳世。張孝祥，紹興二十四年廷試第一，孝宗朝官中書舍人，領建康留守。後為秦檜所忌，因以入獄。他的詞駿發踔厲，以詩為詞，雄放與飄逸，俱似東坡。有《于湖詞》行世：

長淮望斷，關塞莽然平。征塵暗，霜風勁，悄邊聲，黯消凝。追想當年事，殆天數，非人力，洙、泗上，弦歌地，亦膻腥。隔水氈鄉，落日牛羊下，區脫縱橫。看名王宵獵，騎火一川明。笳鼓悲鳴，遣人驚。　　念腰間箭，匣中劍，空埃蠹，竟何成？時易失，心徒壯，歲將零。渺神京，干羽方懷遠，靜烽燧，且休兵。冠蓋使，紛馳騖，若為情。聞道中原，遺老常南望，翠葆霓旌。使行人到此，忠憤氣填膺，有淚如傾。

（張孝祥《六州歌頭》）

洞庭青草，近中秋，更無一點風色。玉界瓊田三萬頃，著我扁舟一葉。素月分輝，明河共影，表裡俱澄澈。怡然心會，妙處難與君說。　　應念嶺表經年，孤光自照，肝肺皆冰雪。短鬢蕭疏襟袖冷，穩泛滄浪空闊。盡把西江，細傾北斗，萬象為賓客。叩舷獨嘯，不知今夕何夕？

（張孝祥《念奴嬌·過洞庭》）

夢繞神州路。悵愁風，連營畫角，故宮離黍。底事昆侖傾砥柱，九地黃流亂注。聚萬落千村狐兔。天意從來高難問，況人情易老悲難訴。更南浦，送君去。　　涼生岸柳摧殘暑。耿斜

河、疏星淡月，斷雲微度。萬里江山知何處？回首對床夜語。
雁不到、書成誰與？目盡青天懷今古，肯兒曹恩怨相爾汝。舉
大白，聽《金縷》。

　　　　　（張元幹《賀新郎・送胡邦衡（銓）待制赴新州》）

曳杖危樓去。斗垂天、滄波萬頃，月流煙渚。掃盡浮雲風不
定，未放扁舟夜渡。宿雁落寒蘆深處。悵望關河空弔影，正人
間鼻息鳴鼉鼓。誰伴我？醉中舞。　　十年一夢揚州路，倚高
寒、愁生故國，氣吞驕虜。要斬樓蘭三尺劍，遺恨琵琶舊語。
謾暗拭銅華塵土。喚取謫仙平章看，過苕溪尚許垂綸否？風浩
蕩，欲飛舉。

　　　　　（張元幹《賀新郎・寄李伯紀（綱）丞相》）

在這些詞裡，那一種傷時憤世的情感，真是溢於言表。但在《蘆川》、
《于湖》兩集裡，除了這種長調外，頗多精美的小令。在小令中，他
們同樣不多寫艷情，而隨意抒寫一點人生的感情與瀟灑的情懷。如張
元幹的：「風露濕行雲，沙水迷歸艇。臥看明河月滿空，斗掛蒼山頂。
　　萬古只青天，多事悲人境。起舞聞雞酒未醒，潮落秋江冷。」
（《卜算子》）張孝祥的「問訊河邊春色，重來又是三年。春風吹我過
湖船，楊柳絲絲拂面。　　世路如今已慣，此心到處悠然，寒光亭下
水連天，飛起沙鷗一片。」（《西江月》）都是清疏飄逸的好作品。

三　辛棄疾（1140-1207）

在這一派詞人中，辛棄疾是最適宜的代表。他的人格、事業和作
品，都能成為這一派的領袖。辛棄疾字幼安，號稼軒，山東歷城人。

他生性豪爽，尚氣節，有燕趙義俠之風。他生時北方已淪陷外族，目擊國破家亡的苦境，幼時即抱有報國之志願。二十歲時，因金兵侵宋失敗，金主被殺，中原志士，多乘機起兵，耿京亦發難於山東，他遂投耿，為掌書記，是他一生事業的開始。後歸南宋，高宗、孝宗都很賞識他，歷官湖北、湖南、江西、福建、浙江安撫使。行政治軍，俱有聲譽。他同孝宗暢論南北的形勢和論盜的奏疏，可見他有大政治家的風度和精透的見解。雖未能實現收復中原的志願，但一生中也做了不少的事業，他的生命總算沒有虛度。他有《稼軒詞》共約六百餘首，數量是宋人之冠。因為他生活的複雜，創作力的強盛，學問的廣博，天才的過人，在這些詞中，無論內容形式及風格，幾乎無所不包。他用長調寫激昂慷慨的情緒，用小令寫溫柔傷感的情緒。他有時也寫田園農家之樂，有時也寫纏綿之情，但都雅潔高遠。豪放詞的精神，到了他，達到最高的成就。他把蘇軾在詞中解放與開拓的境界，再加以開拓與解放。他在詞中所表現的放縱與自由，所表現的浪漫精神，還遠在蘇軾之上，我們讀他的作品，可舉出下面的幾個特徵：

（一）在形式上，是詩詞散文的合流

　　因為他讀書廣博，他將《楚辭》、《詩經》、《莊子》、《論語》以及古詩中的名句，一齊融化在他的詞中，並且他用韻絕不限制，完全形成一種散文詞了，如《水龍吟》的：「人不堪憂，一瓢自樂，賢哉回也。料當年曾問，飯疏飲水，何為是棲棲者。」又如：「何幸如之」（《一剪梅》），「幾者動之微」、「請三思而行可已」（《哨遍》），完全是散文的句子。

（二）在內容上，是題材的廣泛

　　我們讀《稼軒詞》，便會知他內容的廣泛。在他的筆下，無論弔

古傷時，說哲理，談政治，寫山水，道愛情，發牢騷，他無所不寫。
嬉笑怒罵，皆成文章。因為他不僅以詩為詞，並以文為詞，形式擴
大了，語句解放了，無論甚麼思想、情感、經歷，他都可以在詞中自
由表現出來。所以他的作品雖多，並不千篇一律，各有內容，各有
生命。

（三）在風格上，是雄奇與高潔。

　　辛棄疾由其英雄勇武的氣魄，救世報國的熱情，再加以過人的天
才與廣博的學問，造成了他在詞中所表現的那種雄奇高潔的風格。他
偶寫豔情，偶歌風月，但絕無輕薄卑俗之語。毛晉說他「絕不作妮子
態」（《稼軒詞跋》）正是指此。其次，他用字造句，能獨出心裁，不
用那些陳套俗語，如「香衾」、「紅淚」、「玉箸」、「銀燭」等等字眼，
因此他的作品，絕無李義山、溫庭筠那種金玉滿堂的富貴氣，也無張
先、柳永的都會氣、市井氣。所以他的風格，既能雄奇，又能高潔。
這一點也只有蘇軾能和他比美。

　　　　醉裡挑燈看劍，夢回吹角連營，八百里分麾下炙，五十弦翻塞
　　　　外聲。沙場秋點兵。　　　馬作的盧飛快，弓如霹靂弦驚。了卻
　　　　君王天下事，贏得生前死後名。可憐白髮生。

　　　　　　　　　　　　　　　　（《破陣子・為陳同甫賦壯詞以寄之》）

　　　　更能消、幾番風雨。匆匆春又歸去。惜春長恨花開早，何況落
　　　　紅無數。春且住。見說道、天涯芳草迷歸路。怨春不語。算只
　　　　有殷勤，畫簷蛛網，盡日惹飛絮。　　　長門事，準擬佳期又
　　　　誤。蛾眉曾有人妒。千金縱買相如賦，脈脈此情誰訴。君莫
　　　　舞。君不見、玉環飛燕皆塵土。閒愁最苦。休去倚危欄，斜陽

正在，煙柳斷腸處。

　　　　　（《摸魚兒·淳熙己亥自湖北漕移湖南同官王正之
　　　　　置酒小山亭為賦》）

明月別枝驚鵲，清風半夜鳴蟬。稻花香裡說豐年，聽取蛙聲一
片。　　七八個星天外，兩三點雨山前。舊時茅店社林邊，路
轉溪橋忽見。

　　　　　　　　　　　　　（《西江月·夜行黃沙道中》）

鬱孤臺下清江水，中間多少行人淚。西北望長安，可憐無數山。
　　青山遮不住，畢竟東流去，江晚正愁予，山深聞鷓鴣。

　　　　　　　　　　　　　（《菩薩蠻·書江西造口壁》）

甚矣吾衰矣！恨平生、交遊零落，只今餘幾。白髮空垂三千
丈，一笑人間萬事。問何物、能令公喜。我見青山多嫵媚，料
青山見我應如是。情與貌，略相似。　　一尊搔首東窗裡。想
淵明、停雲詩就，此時風味。江左沉酣求名者，豈識濁醪妙
理。回首叫、雲飛風起。不恨古人吾不見，恨古人、不見吾狂
耳！知我者，二三子。

　　　　　（《賀新郎·意溪山欲援例者，遂作數語，庶幾彷
　　　　　彿淵明思親友之意云》）

千古江山，英雄無覓，孫仲謀處。舞榭歌臺，風流總被，雨打
風吹去。斜陽草樹，尋常巷陌，人道寄奴曾住。想當年，金戈
鐵馬，氣吞萬里如虎。　　元嘉草草，封狼居胥，贏得倉皇北
顧。四十三年，望中猶記，烽火揚州路。可堪回首，佛狸祠

下，一片神鴉社鼓。憑誰問，廉頗老矣，尚能飯否？

　　　　　　　　　　　　　　　　（《永遇樂‧京口北固亭懷古》）

東風夜放花千樹。更吹落、星如雨。寶馬雕車香滿路，鳳簫聲動，玉壺光轉，一夜魚龍舞。　　蛾兒雪柳黃金縷。笑語盈盈暗香去。眾裡尋他千百度，驀然回首，那人卻在，燈火闌珊處。

　　　　　　　　　　　　　　　　　　　　（《青玉案‧元夕》）

茅簷低小，溪上青青草。醉裡吳音相媚好，白髮誰家翁媼。
大兒鋤豆溪東，中兒正織雞籠。最喜小兒無賴，溪頭臥剝蓮蓬。

　　　　　　　　　　　　　　　　　　　　（《清平樂‧村居》）

我們讀了這些詞，便知道辛棄疾的創作上的廣泛的成就。他能作豪壯語，能作憤激語，能作情語，能作幽默語，有的很放縱，有的很細密，有的很閒澹，有的很熱情，無論長詞小令，他都能得到成功。劉克莊說：「公所作，大聲鞳鞳，小聲鏗鏘，橫絕六合，掃空萬古。……其穠艷綿密者，亦不在小晏、秦郎之下。」（《辛稼軒集‧序》）這些批評是正確的。辛稼軒雖是一個英氣勃勃的豪傑，但到了晚年，心灰意懶，也漸漸地走上陶淵明的路。他自己說的「老來曾識淵明，夢中一覺參差是」（《水龍吟》），因此在他後期的作品裡，時時提到陶淵明，對於這位晉代的高士，表示最高的敬意。因此他的作風，又趨於清疏與平淡。朱敦儒的詞，他也覺得愛好，在《稼軒集》中，有效朱希真體之作，那是很顯然的。他晚年的生活和心境，在一首《西江月》中，表現得最分明。詞云：「萬事雲煙忽過，百年蒲柳先衰。而今何事最相宜，宜醉宜遊宜睡。　　早趁催科了納，更量出入收支。乃翁依舊管些兒，管竹管山管水。」（《西江月‧示兒曹以家

事付之》）這是他晚年心境的表白，同時也是他晚年詞風的代表。到這時候，他那種慷慨悲壯的詞風沒有了，他那種騎的盧馬補天裂之夢也不作了。

　　此外陳亮（字同甫）、劉過（字改之）、陸游（字務觀）三家，大都有憤世的熱情與壯烈的懷抱，在詞的成就上雖不如稼軒，但其作風，都可歸之於辛派。劉過有《龍州詞》，頗負聲譽。但因故作豪語，不免有粗率平直之病。故上列諸人，自以陸游的成績為佳。他本是南宋最偉大的詩人，並且又最富於愛國的思想，故他的詞同他的詩一樣，常多悲懷家國之作。他的言情的小令，亦多佳篇，如《釵頭鳳》，即為膾炙人口者。楊慎云：「放翁纖麗處似淮海，雄快處似東坡。」（《詞品》）這話說得不錯：

　　　不見南師久，謾說北群空。當場隻手，畢竟還我萬夫雄。自笑
　　堂堂漢使，得似洋洋河水，依舊只流東。且復穹廬拜，曾向藁
　　街逢。　　堯之都，舜之壤，禹之封。於中應有，一個半個恥
　　臣戎。萬里腥羶如許，千古英靈安在，磅礡幾時通。胡運何須
　　問，赫日自當中。

　　　　　　　　　　　　　　　（陳亮《水調歌頭·送章德茂大卿使虜》）

　　　危樓還望，嘆此意、今古幾人曾會？鬼設神施，渾認作、天限
　　南疆北界。一水橫陳，連崗三面，做出爭雄勢。六朝何事，只
　　成門戶私計？　　因笑王謝諸人，登高懷遠，也學英雄涕。憑
　　卻長江，管不到，河洛腥膻無際。正好長驅，不須反顧，尋取
　　中流誓。小兒破賊，勢成寧問強對！

　　　　　　　　　　　　　　　　　　（陳亮《念奴嬌·登多景樓》）

斗酒彘肩，風雨渡江，豈不快哉。被香山居士，約林和靖，與坡仙老，駕勒吾回。坡謂：西湖正如西子，濃抹淡妝臨照臺。二公者皆掉頭不顧，只管傳杯。　　　白言：天竺去來，圖畫裡，崢嶸樓閣開。愛東西二澗，縱橫水繞，兩峰南北，高下雲堆。逋曰：不然，暗香浮動，爭似孤山先訪梅。須晴去，訪稼軒未晚，且此徘徊。

　　　　　（劉過《沁園春・風雪中欲詣稼軒久寓湖上未能
　　　　　一往因賦此詞以自解》）

當年萬里覓封侯，匹馬戍梁州。關河夢斷何處，塵暗舊貂裘。

　　胡未滅，鬢先秋，淚空流。此生誰料，心在天山，身老滄州。

　　　　　　　　　　　　　　　（陸游《訴衷情》）

驛外斷橋邊，寂寞開無主。已是黃昏獨自愁，更著風和雨。

　　無意苦爭春，一任群芳妒。零落成泥碾作塵，只有香如故。

　　　　　　　　　　　　　（陸游《卜算子・詠梅》）

紅酥手，黃縢酒，滿城春色宮牆柳。東風惡，歡情薄。一懷愁緒，幾年離索。錯、錯、錯。　　　春如舊，人空瘦，淚痕紅浥鮫綃透。桃花落，閒池閣。山盟雖在，錦書難託。莫、莫、莫！

　　　　　　　　　　　　　　　（陸游《釵頭鳳》）

第廿二章
唐宋古文運動

一　唐代古文運動

　　中國文學觀念的解放，起於建安，經過陸機、葛洪、劉勰、蕭統諸人的發揮討論，伴著那思想自由的時代，於是那長期文學的發展，達到了獨立的藝術的階段，純文學佔了正統的地位，無論文章辭賦，也都趨於聲律形式與辭藻的美化。在這一個唯美文學的潮流中，雖也有裴子野、蘇綽、王通等人的反抗，究竟沒有收到多大的效果。真正的文學改革，不得不待之於唐朝了。現在要說的是由柳冕、韓愈、柳宗元諸人所代表的攻擊六朝的文風、建設貫道的實用的散文運動。

柳　冕（約730-804）

　　唐代的古文運動，為韓柳之先驅者，主要有蕭穎士、李華、獨孤及等，而理論最完備的，可以柳冕為代表。柳字敬叔，貞元中官福州刺史。他的文學觀念，完全否認文學的藝術價值，而歸根於教化與倫理，正式建立了儒家的文學理論。因此，他對於屈原、宋玉以下的詩文辭賦，一概在攘棄輕視之列，只看作是一種毫無價值的文字遊戲。他說：

> 文章本於教化，形於治亂，繫於《國風》。故在君子之心為志，形君子之言為文，論君子之道為教。《易》云：觀乎人文以化成天下，此君子之文也。自屈、宋以降，為文者本於哀艷，務於恢誕，亡於比興，失古義矣。雖揚、馬形似，曹、劉

> 骨氣，潘、陸麗藻，文多用寡，則是一技，君子不為也。
>
> 　　　　　　　　　　　　　　　　（《與徐給事論文書》）

> 君子之文必有其道，道有深淺，故文有崇替。時有好尚，故俗
> 有《雅》、《鄭》。《雅》之與《鄭》，出乎心而成風。昔游、夏
> 之文，日月之麗也，然而列於四科之末，藝成而下也。苟文不
> 足，則人無取焉。故言而不能文，非君子之儒也。文而不知
> 道，亦非君子之儒也。
>
> 　　　　　　　　　　　　　　　（《答衢州鄭使君論文書》）

他在這裡正式建立了道統文學的理論，他把文學教化與儒道合而為
一，其餘如藝術本身上的技巧辭藻，都看作是枝葉，因此堯、舜、
周、孔成為文學家的正統，屈原、曹植、陶潛都不能同賈誼、董仲舒
並列了。於是解放了好幾百年的文學觀念，重又回到了古代那種文學
與學術不分的階段。他基於這種理論，反對政府以詩取士，反對政府
重用文人，他覺得應當尊經術重儒教，才是正當的辦法，他說：

> 進士以詩賦取人，不先理道；明經以墨義考試，不本儒意；選
> 人以書判殿最，不尊人物；故吏道之理天下，天下奔競而無廉
> 恥者，以教之者末也。
>
> 　　　　　　　　　　　　　　　　　（《與權德輿書》）

他這種理論，不僅為韓、柳所本，也就成為千餘年來儒家道統文學的
定論。純文學因此永遠不能翻身，貴古賤今之說，尊聖宗經之論，也
深深刻入讀書人士的腦中而不能動搖了。經史一類的雜文學，成為文
學界的正統，詩詞小說戲曲等類的作品，只能在文學界屈處於妾婢的

地位了。柳冕的理論，在復古運動中，算是相當圓滿的，但他究不能得到較高的成績，而竟為後人所忽視者，其原因是在他只有理論，沒有創作。他說：

> 小子志雖復古，力不足也。言雖近道，辭則不文。雖欲拯其將墜，末由也已。
>
> 　　　　　　　　　　　　　　　　（《答荊南裴尚書論文書》）

> 老夫雖知之不能文之，縱文之不能至之。況已衰矣，安能鼓作者之氣，儘先王之教。
>
> 　　　　　　　　　　　　　　　　（《與滑州盧大夫論文書》）

他這種坦白的態度，是非常可愛的。「言雖近道，辭則不文。」正是說明他創作的力量不夠。因此唐代古文運動的完成，不得不待之於韓、柳了。韓、柳的成功，便是因為他們有理論，一面有創作的成績。有了成績，理論才不至於落空，才能得到世人的信仰與擁護，才能形成風氣。當時的古文運動中，時人對改革者或加譏笑，或加排擊，然韓柳能以堅定的自信心，勇往直前，一面以理論宣傳，一面以作品示人，終於得到最後的勝利。特別是韓愈，他在當時對於根深蒂固的駢文陣線的宣戰時，確有一種百折不回的奮鬥精神，確有一種摧陷廓清的功績與雄偉不凡的力量。

韓　愈（768-824）

　　字退之，河南南陽人。他幼年孤苦，刻苦自學。《新唐書》本傳說：「愈生三歲而孤，隨伯兄會貶官嶺表。會卒，嫂鄭鞠之。愈自知讀書，日記數千百言，比長，盡能通《六經》、百家學。擢進士

第。」元和十三年，韓愈因諫迎佛骨，幾處死刑，後貶潮州刺史。他為人耿直，情誼深厚，尤喜提攜同輩，獎勵後進。《舊唐書》本傳說：「愈性弘通，與人交，榮悴不易。少時與洛陽人孟郊、東郡人張籍友善。二人名位未振，愈不避寒暑，稱薦公卿間。……頗能誘勵後進，館之者十六七，雖晨炊不給，怡然不介意。」他這種胸襟和態度，對於作為一個文學運動的領導者說來，是非常必要的。他以孟子自比，努力成為儒學道統的繼承人。他在散文運動中，確是佔有著重要的地位。因了他，擊倒了六朝的駢文，提高了散文的地位，推翻了前代的唯美思潮，主張文學與儒道結合為一，確定了教化實用為文學的最高目的，完成了儒家的文學理論，而成為後代論文界的權威。韓愈的學術思想是崇儒斥佛，他的文學觀念是復古明道。為了振興儒術，他針對六朝以來的學術空氣與華艷無質的文風。他主張「非三代、兩漢之書不敢觀」的古代的儒家思想，文體也要回到那些質樸的經典。他在《進學解》中，列舉五經、子、史之書，是他的文學的模範。他主張文學為貫道之器，即所謂「文以載道」。他在《答李翊書》中說：「行之乎仁義之途，遊之乎詩書之源。無迷其途，無絕其源，終吾身而已矣。」仁義、詩書合而為一，便是文、道合而為一。因文見道，因道造文，二者是並重的，分不開的。他說：

愈之所志於古者，不惟其辭之好，好其道焉爾。

　　　　　　　　　　　　　　　　　　　（《答李秀才書》）

愈之為古文，豈獨取其句讀不類於今者耶？思古人而不得見，學古道則欲兼通其辭。通其辭者，本志乎古道者也。

　　　　　　　　　　　　　　　　　　（《題歐陽生哀辭後》）

> 讀書以為學，纘言以為文，非以誇多而鬥靡也，蓋學所以為
> 道，文所以為理耳，苟行事得其宜，出言適其要，雖不吾面，
> 吾將信其富於文學也。
>
> （《送陳秀才彤序》）

在這些文字裡，可以看出韓愈的主張，是為道而學文，為道而作文，文成為道的附庸；文學的藝術技巧，都因為道的表現而存在。文學不能離開道而獨立，只是與道相輔而行的枝葉。

韓愈不僅宣傳他的理論，更重要的是創作了許多優秀的散文。他是司馬遷以後最傑出的散文家。他雖號召復古，他的散文實際是革新。在古代散文的基礎上，創造發展，形成一種富於邏輯性與規範性的文體。這種文體，宜於說理、敘事、言情，成為中古以來最流行的切合實用的散文形式。他主張作文「言必己出」，「務去陳言」，反對剽竊，強調語言的創造性，這都是很有意義的。他告誡弟子立志應高，根基須深，如果要達到「古之立言者」的高度成就，則「無望其速成，無誘於勢利，養其根而竢其實，加其膏而希其光」（《答李翊書》）。在他的散文裡，廣泛地反映出當代中下層知識分子被壓迫的悲哀和鬱鬱不平的情感，以及對於佛老思想的反抗。語言的特色，是精煉有力，氣勢雄偉，條理通暢，表現深刻。如《原道》、《師說》、《馬說》、《畫記》、《張中丞傳後序》、《柳子厚墓誌銘》、《送孟東野序》、《送李願歸盤谷序》、《毛穎傳》、《祭十二郎文》等篇，都是他的代表作。因為在思想上和文學上都有重大的成績，所以蘇軾稱讚他：

> 匹夫而為百世師，一言而為天下法。……自東漢以來，道喪文
> 弊，異端並起，歷唐貞觀、開元之盛，輔以房、杜、姚、宋而
> 不能救。獨韓文公起布衣，談笑而麾之，天下靡然從公，復歸

於正，蓋三百年於此矣。文起八代之衰，而道濟天下之溺；忠
犯人主之怒，而勇奪三軍之帥：此豈非參天地，關盛衰，浩然
而獨存者乎？

（《潮州韓文公廟碑》）

今舉《送李愿歸盤谷序》為例：

太行之陽有盤谷。盤谷之間，泉甘而土肥，草木叢茂，居民鮮
少。或曰：「謂其環兩山之間，故曰『盤』。」或曰：「是谷
也，宅幽而勢阻，隱者之所盤旋。」友人李愿居之。愿之言
曰：「人之稱大丈夫者，我知之矣：利澤施於人，名聲昭於
時，坐於廟朝，進退百官，而佐天子出令；其在外，則樹旗
旄，羅弓矢，武夫前呵，從者塞途，供給之人，各執其物，夾
道而疾馳。喜有賞，怒有刑。才畯滿前，道古今而譽盛德，入
耳而不煩。曲眉豐頰，清聲而便體，秀外而惠中，飄輕裾，翳
長袖，粉白黛綠者，列屋而閒居，妒寵而負恃，爭妍而取憐。
大丈夫之遇知於天子、用力於當世者之所為也。吾非惡此而逃
之，是有命焉，不可幸而致也。窮居而野處，升高而望遠，坐
茂樹以終日，濯清泉以自潔。採於山，美可茹；釣於水，鮮可
食。起居無時，惟適之安。與其有譽於前，孰若無毀於其後；
與其有樂於身，孰若無憂於其心。車服不維，刀鋸不加，理亂
不知，黜陟不聞。大丈夫不遇於時者之所為也，我則行之。伺
候於公卿之門，奔走於形勢之途，足將進而趦趄，口將言而囁
嚅，處污穢而不羞，觸刑辟而誅戮，僥倖於萬一，老死而後止
者，其於為人，賢不肖何如也？」
昌黎韓愈聞其言而壯之，與之酒而為之歌曰：「盤之中，維子

之宮；盤之土，維子之稼；盤之泉，可濯可沿；盤之阻，誰爭
子所？窈而深，廓其有容；繚而曲，如往而復。嗟盤之樂兮，
樂且無央；虎豹遠跡兮，蛟龍遁藏；鬼神守護兮，呵禁不祥。
飲且食兮壽而康，無不足兮奚所望！膏吾車兮秣吾馬，從子於
盤兮，終吾生以徜徉！」

柳宗元（773-819）

　　字子厚，唐代河東人。貞元初舉進士，後為監察御史。順宗時，
柳宗元參加王叔文的永貞革新政治集團，後因失敗，貶永州司馬，繼
遷柳州刺史，死於柳州，年四十七。《新唐書》本傳云：「既竄斥，地
又荒癘，因自放山澤間，其堙厄感鬱，一寓諸文，仿《離騷》數十
篇，讀者咸悲惻。」柳宗元在這種悲苦的境遇，對於他的文學成就，
有很大的影響。柳宗元與韓愈同為中唐古文運動的領導人物，並稱
「韓柳」。在中國文化史上，其詩、文成就均極為傑出，可謂一時難
分軒輊。論文的意見，雖不與韓愈盡同，但他提出「文以明道」，並
因為其散文創作的優美成績，成為韓愈古文運動的有力支持者。韓立
論過於偏重道，柳則較為重文，然在文體的反六朝與復古這一點上，
他們卻是一致的。柳宗元本好佛，雖論文也主宗經，而其思想範圍則
較韓愈為廣泛、為通達，他說：

　　始吾幼且少，為文章以辭為工。及長乃知文者以明道，是固不
苟為炳炳烺烺，務采色、誇聲音而以為能也。……本之《書》
以求其質，本之《詩》以求其恒，本之《禮》以求其義，本之
《春秋》以求其斷，本之《易》以求其動，此吾所以取道之原
也參之《穀梁》以屬其氣，參之《孟》、《荀》以暢其支，參之
《莊》、《老》以肆其端，參之《國語》以博其趣，參之《離

騷》以致其幽，參之《太史》以著其潔，此吾所以旁推交通而
以之為文也。

（《答韋中立論師道書》）

辱書及文章，辭意良高，所向慕不凡近，誠有意乎聖人之心。
然聖人之言，期以明道，學者務求諸道而遺其辭。辭之傳於世
者，必由於書，道假辭而明，辭假書而傳，要之之道而已矣。
道之及，及乎物而已耳。斯取道之內者也。今世因貴辭而矜
書，粉澤以為工，遒密以為能，不亦外乎？

（《報崔黯秀才論為文書》）

柳氏雖一再以「明道」為言，然而他對於道的解釋，似較韓愈所說的
要廣泛得多。他覺得一面要在古書裡求聖人之道，同時又要求其辭。
求諸辭而遺其道固然不可，只求諸道而遺其辭，也是不可。柳宗元的
道，一是古人所講的道德的道，一是古人作文的藝之道。他所說「參
《孟》、《荀》以暢其支，參《老》、《莊》以肆其端，參之《離騷》以
致其幽，參之《太史》以著其潔」，都是說的作文之道，那是非常明
顯的。柳宗元的優秀作品，都產生在貶謫之後。由於他深入社會，接
近人民，在他的作品裡，反映了窮苦人民的生活感情。他的作品首先
使我們注意的，是他的寓言。這些寓言大都是寫動物故事，短少警
策，意味深遠，含蓄犀利，富於諷刺文學的特色。如《三誡》、《羆
說》、《蝜蝂傳》等作都有深刻的教育作用和現實意義。現舉《蝜蝂
傳》為例：

蝜蝂者，善負小蟲也。行遇物，輒持取，卬其首負之。背愈
重，雖困劇不止也。其背甚澀，物積因不散，卒躓仆不能起。

人或憐之，為去其負。苟能行，又持取如故。又好上高，極其
力不已，至墜地死。

今世之嗜取者，遇貨不避，以厚其室，不知為己累也，唯恐其
不積。及其怠而躓也，黜棄之，遷徙之，亦以病矣。苟能起，
又不艾。日思高其位，大其祿，而貪取滋甚，以近於危墜，觀
前之死亡，不知戒。雖其形魁然大者也，其名人也，而智則小
蟲也。亦足哀夫！

在《蝜蝂傳》這一篇短文裡，作者以簡練的文筆，將剝削階級的貪婪
腐朽的本質，作了辛辣的諷刺。令人讀了，感到深厚的意味。

　　寓言以外，柳宗元的短篇傳記是非常優秀的。這些短篇傳記，不
是取材於具層社會的英雄人物，而是描寫一些市井細民和工農群眾，
通過他們，表露出封建政治的黑暗和窮苦人民的痛苦。《宋清傳》、
《種樹郭橐駝傳》、《童寄區傳》、《捕蛇者說》等篇，是他的代表作。
特別是《捕蛇者說》，對於剝削政治作了無情的譴責，具有強烈的現
實主義力量。

　　柳宗元的山水游記文，是前人一致稱讚的。他的山水文有兩個特
色：一，他不是客觀的為了欣賞山水而寫山水，而是把自己生活遭遇
和悲憤感情，寄託到山水裡面去，使山水人格化感情化，因此在他的
山水文裡，仍然反映出作者在其他散文中一貫的思想內容；其次，他
在山水的描寫上，有細緻的觀察與深切的體驗，運用最精練的筆鋒，
清麗的語言，把山水的真實面貌，刻劃出來，形象生動，色澤鮮明，
詩情畫意，宛然在目，成為山水散文的傑作。這類作品以《永州八
記》為代表。

　　由於韓、柳的理論宣傳與努力創作，朋友門生，彼此呼應，形成
一個有力的散文運動。韓、柳以後，繼有李翱、皇甫湜、沈亞之、孫

樵等，提倡散文。他們的成就雖不很高，但還值得我們注意。到了唐末，在羅隱、皮日休、陸龜蒙的文集裡，可以讀到許多優秀的短篇散文。

二　宋代的古文運動

中唐時代韓愈、柳宗元領導的古文運動，在反對駢體建立散體的工作上，取得了很大的成就，但是還不夠普遍和深入。到了晚唐，由於李商隱、段成式等人駢儷文風的興起，古文運動的發展，遭受到了阻礙。李商隱的詩文，有他的藝術成就，也有他的缺點。他好用典故，追求辭藻和那種專求華美的四六駢文，給予宋初文壇以形式主義的不良影響。在宋初盛行一時的西崑體，就是在這種影響下形成的一個形式主義的文學流派。

王禹偁（954-1001）

在西崑體正式出現之前，也有一位優秀的散文家提出改革晚唐五代華靡不振的文風的。他不但有高水平的文學見解，同時也寫出很多精彩的篇章。他雖然受知於宋太宗、宋真宗，但由於秉性耿直，勇於諫諍，曾多次遭到貶謫，因有寫下有名的《三黜賦》。他在北宋文壇的地位與成就，與初唐的陳子昂相近。如用「兩宋文章盛，首功在禹偁」來說明他的貢獻，也許是合適的。王禹偁，字元之，濟州鉅野（今山東省鉅野縣）人，晚被貶於黃州，世稱王黃州。太平興國八年進士，歷任右拾遺、左司諫、知制誥、翰林學士。敢於直言諷諫，因此屢受貶謫。真宗即位，召還，復知制誥。後貶知黃州，又遷蘄州病死。王禹偁是北宋詩文革新運動的先驅，文學韓愈、柳宗元，詩崇杜甫、白居易，多反映社會現實，風格清新平易。詞僅存一首，格調亦

清新曠遠。著有《小畜集》、《小畜外集》、《五代史闕文》等。

　　王禹偁不滿唐末五代以來的纖麗文風，早在宋太宗淳化元年（990）和三年（992）所寫的《送孫何序》及《五哀詩》中，就提出了改革文風的意見。在《送孫何序》中，他提出「咸通以來，斯文不競，革弊復古，宜其有聞」，認為趙宋建國三十年來，德化已成，卻很少有人以振興文運為己任，這是不應該的。至道元年（995），他在《答張扶書》、《再答張扶書》中系統地闡述了自己的革新主張。他指出文章的功用在於「傳道而明心」，為此就要有言，「懼乎言之易泯也，於是乎有文焉」。至於如何改革，他提出了「遠師六經，近師吏部，使句之易道，義之易曉」的目標。王禹偁發揮了韓愈「文從字順」的傳統，比柳開更加強調文風平易，而且於「傳道」外，提出「明心」，於「有言」外提出「有文」。他強調「近世為古文之主者，韓吏部而已。……吏部之文與六籍共盡。」（《答張扶書》）他的文學見解，對歐陽修、蘇軾等都起了先導作用。

　　王禹偁的散文實踐了自己的主張。《小畜集》中的文章，包括賦、四六、古文等類。由於歷代文人以能賦為榮，科舉要考試詩賦，官場詔令書啟習用駢文，故編纂文集多首列辭賦。王禹偁曾任知制誥，他擅長辭賦駢文，這類作品在集中佔有相當數量，也有一些名篇佳句。不過他尤致力於倡導古文，不少文章寫得「簡易醇質，得古作者之體」（沈虞卿《小畜集跋》），在當時很有特色和影響。如《唐河店嫗傳》描寫唐河（今河北定縣附近）老嫗推敵兵墜井的故事，歌頌了邊疆人民的機智勇敢。《吊稅人場文》以虎之搏人喻官之稅人，控訴了賦役的苛重擾民。又如《待漏院記》用正反對比的手法和駢散交錯的文筆，揭示佞臣、庸臣和賢臣待漏時的不同思緒和心態，借以諷諭宰臣應勤政恤民，以國事為重：

天道不言，而品物亨、歲功成者，何謂也？四時之吏，五行之佐，宣其氣矣。聖人不言而百姓親、萬邦寧者，何謂也？三公論道，六卿分職，張其教矣。是知君逸於上，臣勞於下，法乎天也。古之善相天下者，自皋、夔至房、魏，可數也，是不獨有其德，亦皆務於勤耳，況夙興夜寐，以事一人。卿大夫猶然，況宰相乎！朝廷自國初因舊制，設宰臣待漏院於丹鳳門之右，示勤政也。至若北闕向曙，東方未明，相君啟行，煌煌火城；相君至止，噦噦鑾聲。金門未闢，玉漏猶滴，徹蓋下車，於焉以息。待漏之際，相君其有思乎？

其或兆民未安，思所泰之；四夷未附，思所來之。兵革未息，何以弭之？田疇多蕪，何以闢之？賢人在野，我將進之；佞臣立朝，我將斥之。六氣不和，災眚薦至，願避位以禳之；五刑未措，欺詐日生，請修德以釐之。憂心忡忡，待旦而入，九門既啟，四聰甚邇。相君言焉，時君納焉。皇風於是乎清夷，蒼生以之而富庶。若然，總百官、食萬錢，非幸也，宜也。

其或私仇未復，思所逐之；舊恩未報，思所榮之。子女玉帛，何以致之？車馬器玩，何以取之？奸人附勢，我將陟之；直士抗言，我將黜之。三時告災，上有憂也，構巧詞以悅之；群吏弄法，君聞怨言，進諂容以媚之。私心慆慆，假寐而坐，九門既開，重瞳屢回。相君言焉，時君惑焉。政柄於是乎隳哉，帝位以之而危矣。若然，則下死獄、投遠方，非不幸也，亦宜也。

是知一國之政，萬人之命，懸於宰相，可不慎歟？復有無毀無譽，旅進旅退，竊位而苟祿，備員而全身者，亦無所取焉。

棘寺小吏王某為文，請志院壁，用規於執政者。

《黃岡新建小竹樓記》則以簡潔而富於情韻的文筆，描繪了寓居竹樓

所領略到的獨特風光和琴棋雅趣，勾勒了一個高情曠懷的文吏的儒雅風流。如寫竹樓風光和公餘之暇的樂趣一段：

> 黃岡之地多竹，大者如椽。竹工破之，剖去其節，用代陶瓦。比屋皆然，以其價廉而工省也。子城西北隅，雉堞圮毀，蓁莽荒穢，因作小樓二間，與月波樓通。遠吞山光，平挹江瀨，幽闃遼敻，不可具狀。夏宜急雨，有瀑布聲；冬宜密雪，有碎玉聲。宜鼓琴，琴調虛暢；宜詠詩，詩韻清絕；宜圍棋，子聲丁丁然；宜投壺，矢聲錚錚然；皆竹樓之所助也。公退之暇，被鶴氅衣，戴華陽巾，手執《周易》一卷，焚香默坐，消遣世慮。江山之外，第見風帆沙鳥，煙雲竹樹而已。……

寫來文筆優美、聲情兼勝，十分耐人品味。全文意象清迥，文情搖曳，堪稱是一篇雅素雋潔的抒情散文。

三　反對西崑體的柳開、石介

宋真宗景德（1004-1007）中，崑體的領袖是楊億「忝佐修書之任」，與劉筠與錢惟演有密切交往，公餘之閒，互相酬唱贈答詩歌。楊億後來把這些詩歌結集，名為《西崑酬唱集》。他們所作詩文，一以李商隱為宗，極艷麗雕鏤之能事。這種典雅富貴的文字，正是臺閣體的典型。他們作品的特色是「雕章麗句」，做到對偶工巧、音調和諧和字句的美麗，都是屬於作品的外形，一點沒有顧到內容。《四庫全書總目提要》云：

> 《西崑酬唱集》，宗法唐李商隱。詞取妍華，效之者漸失本真，惟工組織，於是有優伶撏撦之譏。

這批評是確當的。然而他們當時造成一種風氣，在文壇上盛行了三四十年，歐陽修也曾說「楊劉風采，聳動天下」，也就可知當時西崑勢力之盛了。但是，有一些文學家、經學家，他們對這種惡劣文風深深不滿。其中代表人物是柳開、石介、穆修等。首先對西崑體正式加以嚴厲的攻擊和討伐的，是理學家石介的《怪說》：

> 昔楊翰林欲以文章為宗於天下，憂天下未盡信己之道，於是盲天下人目，聾天下人耳。使天下人目盲，不見有周公、孔子、孟軻、揚雄、文中子、韓吏部之道；使天下人耳聾，不聞有周公、孔子……之道。俟周公、孔子……之道滅，乃發其盲，開其聾，使天下惟見己之道，惟聞己之道，莫知其他。……
> 周公、孔子、孟軻、揚雄、文中子、吏部之道，堯、舜、禹、湯、文、武之道也，三才、九疇、五常之道也。反厥常，則為怪矣。夫《書》則有堯舜《典》、《皋陶》、《益稷謨》、《禹貢》、箕子之《洪範》；《詩》則有大小《雅》、《周頌》、《商頌》、《魯頌》；《春秋》則有聖人之經，《易》則有文王之《繇》、周公之《爻》、夫子之《十翼》。今楊億窮妍極態，綴風月，弄花草，淫巧侈麗，浮華纂組，刻鏤聖人之經，破碎聖人之言，離析聖人之意，蠹傷聖人之道。使天下不為《書》之《典》、《謨》、《禹貢》、《洪範》；《詩》之《雅》、《頌》，《春秋》之經，《易》之《繇》、《爻》、《十翼》，而為楊億之窮妍極態，綴風月，弄花草，淫巧侈麗，浮華纂組，其為怪大矣。

他對於西崑派的領袖楊億的攻擊，是有力的，是革命的。但他處處將文學與聖道聯繫起來，處處壓制純文學的發展，將《尚書》、《周易》同《三百篇》一同視為文學的正統，將堯、舜、回、孔一同視為文學

作家的典型，就形成了宋代的道統文學觀。對文學的發展，造成負面的影響。另兩位反西崑體的主將是柳開和穆修。柳開說：「文章為道之筌也，筌可妄作乎？筌之不良，獲斯失矣。女惡容之原於德，不惡德之原於容也。文惡辭之華於理，不惡理之華於辭也。」（柳開《河東集・上王學士第三書》）穆修說：「夫學乎古者所以為道，學乎今者所以為名。道者仁義之謂也，名者爵祿之謂也。然則行過者所以兼乎名，守名者無以兼乎道。……有其道而無其名，則窮不失為君子，有其名而無其道，則達不失為小人。要其為名達之小人，孰若為道窮之君子。學之正偽有分，則文之指用自得。」（穆修《河南集・答喬適書》）

　　在這些文字裡，他們一致主張「道」是主體，文學只是「道的附庸」。「文章為道之筌也」，這是他們共同的口號。因為要達到明道的目的，因此便產出「重質輕文」的主張了。其次，他們對於文學的要求是致用，要有勸導的教化的實際功用，那便是《詩序》上所說的那一種「經夫婦，成孝敬，厚人倫，美教化，移風俗」的積極的社會效能。他們都一致推崇韓愈，認為他最能代表其見解：

> 介近得《昌黎集》，觀其述作，必本於教化仁義，根於禮樂刑政而後為之辭。大者驅引帝王之道施於國家，教於人民，以佐神靈，以浸蟲魚。次者正百度，敘百官，和陰陽，平四時，以舒暢元化，緝安四方。今之為文，其主者不過句讀妍巧，對偶的當而已。極美者不過事實繁多，聲律調諧而已。雕鏤篆刻傷其本，浮文緣飾喪其真，於教化、仁義、禮樂、刑政，則缺然無仿佛者。
>
> （石介《上趙先生書》）

文學能達到「明道」的地步，便可達到「致用」的目的，因而成為文

學的最高準則。韓愈的文章曾經大事宣傳聖道，如排除異端，諫佛骨，驅鱷魚。在石介們看來，韓愈確實合了他們的標準，算得是道統與文統的繼承人，因此一致發出「尊韓」的論調。因此，被晚唐宋初的唯美風潮壓抑了百年的韓愈的思想和作品，到這時候又復活起來了。後來歐陽修、蘇軾等能夠寫出的淺顯的散文和散文體的詩歌，便是這群反對西崑體的作家努力的結果。

四　歐陽修與古文運動

歐陽修在這方面的成功，是因為他不專發議論，同時在作品上表現了優美的成績。他不僅是古文大家，詩詞賦以及四六駢文，他都是一代的名手。無論贊成他的或是反對他的，都會對他的作品表示欽佩，決不會把他看作是一個迂腐頑固的道學家。加之他在政治界學術界都有崇高的地位，樂於指導青年，獎勵後進，於是他成為文壇的盟主、群倫的領袖了。再有他的友朋輩尹洙、梅堯臣、蘇舜欽的切磋，門下的曾鞏、王安石和蘇洵、蘇軾、蘇轍三父子的推動，於是古文運動形成了一個強有力的集團，而達到較韓柳時代更成熟更普遍的成就。歐陽修在文學思想方面，遠與韓、柳近與石、穆諸人，大致都是相同的。他說：

> 夫學者未始不為道，而至者鮮，非道之於人遠也，學者有所溺焉爾。蓋文之為言，難工而可喜，易悅而自足。世之學者往往溺之。一有工焉，則曰吾學足矣。甚者至棄百事不關於心，曰：吾文士也，職於文而已，此其所以至之鮮也。……聖人之文，大抵道勝者文不難而自至也。
>
> （《答吳充秀才書》）

學者當師經，師經必先求其意，意得則心定，心定則道純，道純則充於中者實，中充實則發為文者輝光。

（《答祖擇之書》）

予讀班固《藝文志》、《唐四庫書目》，見其所列，自三代、秦、漢以來，著書之士，多者至百餘篇，少者猶三四十篇，其人不可勝數，而散亡磨滅，百不一二存焉。予竊悲其人，文章麗矣，言語工矣，無異草木榮華之飄風，鳥獸好音之過耳也。方其用心與力之勞，亦何異眾人之汲汲營營，而忽焉以死者，雖有遲有速，而卒與三者同歸於泯滅。夫言之不可恃也蓋如此。今之學者，莫不慕古聖賢之不朽，而勤一世以盡心於文字間者，皆可悲也。

（《送徐無黨南歸序》）

他所說的「道勝者文不難而自至」，正是表明「有德者必有言，溺於文者必遠於道」。「學者當師經……則發為文者輝光」，正是表明他承認經文是文學的正統，忽視美文的價值。「勤一世以盡心於文字間者，皆可悲也」，更是進一步承認純文學的無用，而有近於道學家玩物喪志的頑固的論調了。在他這些文字裡，我們可以看出他的思想，正與石介、穆修諸人是走著同一的方向。

予為兒童時，得唐《昌黎先生文集》六卷。讀之見其深厚而雄博，然予猶少，未能悉究其義，徒見其浩然無涯之可愛。是時天下學者，楊、劉之作，號為時文，能取科第擅名聲，以誇耀當世，未嘗有道韓文者。予亦方舉進士，以禮部詩賦為事。年十七，試於州，為有司所黜，因取所藏韓氏之文，複閱之，則

　　喟然歎曰：學者當至於是而止爾。……後七年舉進士及第，官
　　於洛陽，而尹師魯之徒皆在，遂相與作為古文。因出所藏《昌
　　黎集》而補綴之，求人家所有舊本而校定之。其後天下學者亦
　　漸趨於古，而韓文遂行於世，至於今蓋三十餘年矣。學者非韓
　　不學也，可謂盛矣。

（《六一題跋》）

可知石介、穆修他們雖是努力地鼓吹尊韓，但在那時候，一般人還都
是從事楊、劉的時文，以圖博取科第功名，不僅作韓文者少，就連
《昌黎文集》也並不流行。要等到歐陽修補綴校定，鼓吹提倡以後，
韓愈的靈魂，才正式復活，韓文也就大行於世，而達到「天下學者非
韓不學」的盛況了。那時候，西崑體已統治了宋初文壇將近半世紀，
作風愈演愈卑，自然為一般有思想的文學青年所不滿，急思有所改
革，加之當時哲學思想漸漸由於醞釀而成熟，需要一種簡明的文體來
作為表達的工具，那種專事雕飾的駢體，自不為時流所歡迎。並且因
印刷術的應用，民眾教育日漸發達，那種古典的文體，自不適宜於民
眾的需要與實用。歐陽修處在這一個時代環境之下，他恰好抓住這一
個成熟的機運，因此這一個文學的改革運動，在他的手下便成功了，
再加以許多有力的同志，都從事這一個運動。如尹師魯、蘇舜欽、梅
堯臣、三蘇、曾鞏、王安石諸家，或從事詩風的改革，或從事散文的
創作，都是宋代文壇上有名的大人物。這樣推波助瀾，彼呼我應，於
是詩文的風尚改變了，古文運動成功了。唐宋八家的散文系統由此建
立，而成為後人不可動搖的典型。蘇軾敘《六一居士集》時，對歐陽
修要大加稱頌：

　　自漢以來，道術不出於孔子，而亂天下者多矣。晉以老莊亡，

梁以佛亡，莫或正之。五百餘年而後得韓愈。學者以愈配孟
子，蓋庶幾焉。愈之後三百有餘年，而後得歐陽子。其學推韓
愈、孟子以達孔氏。著禮樂仁義之實以合於大道。其言簡而
明，信而通，引物連類，折之於至理，以服人心。故天下翕然
師尊之。……宋興七十餘年，民不知兵，富而教之，至天聖、
景祐極矣。而斯文終有愧於古。士亦因陋守舊，論卑而氣弱。
自歐陽子出，天下爭自濯磨，以通經學古為高，以救時行道為
賢，以犯顏諫為忠，長育成就。至嘉祐末，號稱多士，歐陽子
之功為多。嗚呼！此豈人力也哉，非天其孰能使之……

蘇氏立論的範圍，雖極廣泛，卻都是實言。歐陽子在轉移風俗與改革
文學兩方面，確有不朽的功績，說他是宋朝的韓愈，是很適當的。

歐陽修及其同志們所提倡的文學運動，雖時時以明道致用等口號
相標榜，但他們仍有文道兼營、二者並重之意。故其理論時稍嫌偏
激，還沒有迂腐不堪之弊。三蘇在這一方面，更有重文的傾向，所以
他們父子的議論也較為活潑，而尤以東坡之論為佳：

所示書教及詩賦雜文，觀之熟矣。大略如行雲流水，初無定
質，但常行於所當行，常止於不可不止，文理自然，姿態橫
生。孔子曰：「言之無文，行之不遠。」又曰：「詞達而已矣」。
夫言止於達意，則疑若不文，是大不然。求物之妙，如繫風捕
影，能使了然於心者，蓋千萬人而不一遇也，而況能使了然於
口與手者乎？是之謂詞達，詞至於能達，則文不可勝用矣。

（《答謝民師書》）

夫昔之為文者，非能為之為工，乃不能不為之為工也。山川之

有雲霧，草木之有華實，充滿勃鬱，而見於外，故雖欲無有，
其可得耶？

（《江行唱和集序》）

　　他這些理論，都是說藝術的境界，絕不是道的境界。所說的「文理自
然，姿態橫生」的詞達，和「不能不為之為工」的現象，都是指的藝
術的神妙自然的最高成就。再如蘇洵、蘇轍論文時，每喜以孟、韓作
例，然其所論，都是從其文的風格與氣勢而言，不是從其文的內容與
道而言。試讀蘇洵的《上歐陽內翰書》和蘇轍的《上樞密韓太尉
書》，這意思是很明顯的。

　　整體而論，歐、蘇、王、曾在散文的創作上，都有很高的成就。
他們的長處雖各有不同，但具有一個共同的特點。語言純潔準確，邏
輯性很強，有高度的表達能力。議論的是透闢，敘事的是生動，寫景
的是自然，抒情的是真實。語言通達流暢，最為特色。他們的散文，
是在韓、柳的基礎上，在適應歷史的環境下發展起來的。他們好的作
品很多，如：

　　嗚呼！盛衰之理，雖曰天命，豈非人事哉！原莊宗之所以得天
下，與其所以失之者，可以知之矣。世言晉王之將終也，以三
矢賜莊宗而告之曰：「梁，吾仇也；燕王，吾所立；契丹與吾
約為兄弟；而皆背晉以歸梁。此三者，吾遺恨也。與爾三矢，
爾其無忘乃父之志！」莊宗受而藏之於廟。其後用兵，則遣從
事以一少牢告廟，請其矢，盛以錦囊，負而前驅，及凱旋而納
之。方其繫燕父子以組，函梁君臣之首，入於太廟，還矢先
王，而告以成功，其意氣之盛，可謂壯哉！及仇讎已滅，天下
已定，一夫夜呼，亂者四應，倉皇東出，未及見賊而士卒離

散，君臣相顧，不知所歸。至於誓天斷髮，泣下沾襟，何其衰也！豈得之難而失之易歟？抑本其成敗之跡，而皆自於人歟？《書》曰：「滿招損，謙得益。」憂勞可以興國，逸豫可以亡身，自然之理也。故方其盛也，舉天下之豪傑，莫能與之爭；及其衰也，數十伶人困之，而身死國滅，為天下笑。夫禍患常積於忽微，而智勇多困於所溺，豈獨伶人也哉！作《伶官傳》。

　　　　　　　　　　　　（歐陽修《五代史伶官傳序》）

黃州定惠院東小山上，有海棠一株，特繁茂。每歲盛開，必攜客置酒，已五醉其下矣。今年復與參寥禪師及二三子訪焉，則園已易主。主人以余故，稍加培治。山上多老枳，木性瘦勁，筋脈呈露，如老人項頸。花白而圓，如大珠纍纍，香色皆不凡。此木不為人所喜，稍稍伐去，以余故，亦得不伐。既飲，往憩於尚氏之第。居處修潔，竹林花圃皆可喜。醉臥小板閣上，稍醒，聞坐客崔成老彈雷氏琴，作悲風曉月，錚錚然，意非人間也。晚乃步出城東，遂尋緣小溝，入何氏韓氏。時何氏方作堂竹間，既闢地矣，遂置酒竹陰下。有劉唐年主簿者，餽油煎餌，其名為甚酥，味極美。客尚欲飲，而余忽興盡，乃徑歸。道過何氏小圃，乞其叢橘，移種雪堂之西。坐客徐君得之，將適閩中，以後會未可期，請余記之，為異日拊掌。時參寥獨不飲，以棗湯代之。

　　　　　　　　　　　　　（蘇軾《游定惠院記》）

前面為議論文，簡煉有力，文雖短小，特具波瀾。後篇為遊記小品，文筆清新秀麗，用筆生動。東坡一生，多此俊品。如《記承天寺夜遊》云：

元豐六年十月十二日夜，解衣欲睡，月色入戶，欣然起行。念
無與為樂者，遂至承天寺，尋張懷民。懷民亦未寢，相與步於
中庭。庭下如積水空明，水中藻、荇交橫，蓋竹柏影也。何夜
無月？何處無竹柏？但少閒人如吾兩人者耳！

真是生花妙筆，將敘事、抒情、寫景緊密結合融化起來，不知是詩，
還是散文。此外，歐陽修的《朋黨論》、《瀧岡阡表》、《與高司諫
書》、《醉翁亭記》、《蘇氏文集序》《釋秘演詩集序》、《秋聲賦》等
篇，蘇軾的《潮州韓文公廟碑》、《石氏書苑記》、《范文正公文集
序》、《文與可畫篔簹谷偃竹記》、《赤壁賦》等，都是極為優秀的作
品，其中的抒情小賦更是賦體文學的巔峰之作：

歐陽子方夜讀書，聞有聲自西南來者，悚然而聽之，曰：「異
哉！」初淅瀝以蕭颯，忽奔騰而砰湃，如波濤夜驚，風雨驟
至。其觸於物也，鏦鏦錚錚，金鐵皆鳴；又如赴敵之兵，銜枚
疾走，不聞號令，但聞人馬之行聲。予謂童子：「此何聲也？
汝出視之。」童子曰：「星月皎潔，明河在天，四無人聲，聲
在樹間。」
予曰：「噫嘻悲哉！此秋聲也，胡為而來哉？蓋夫秋之為狀
也：其色慘淡，煙霏雲斂；其容清明，天高日晶；其氣慄冽，
砭人肌骨；其意蕭條，山川寂寥。故其為聲也，悽悽切切，呼
號憤發。豐草綠縟而爭茂，佳木蔥蘢而可悅；草拂之而色變，
木遭之而葉脫。其所以摧敗零落者，乃其一氣之餘烈。夫秋，
刑官也，於時為陰；又兵象也，於行用金，是謂天地之義氣，
常以肅殺而為心。天之於物，春生秋實，故其在樂也，商聲主
西方之音，夷則為七月之律。商，傷也，物既老而悲傷；夷，
戮也，物過盛而當殺。」

「嗟乎！草木無情，有時飄零。人為動物，惟物之靈；百憂感其心，萬事勞其形；有動於中，必搖其精。而況思其力之所不及，憂其智之所不能；宜其渥然丹者為槁木，黟然黑者為星星。奈何以非金石之質，欲與草木而爭榮？念誰為之戕賊，亦何恨乎秋聲！」

童子莫對，垂頭而睡。但聞四壁蟲聲唧唧，如助予之嘆息。

（歐陽修《秋聲賦》）

壬戌之秋，七月既望，蘇子與客泛舟遊於赤壁之下。清風徐來，水波不興，舉酒屬客，誦明月之詩，歌窈窕之章。少焉，月出於東山之上，徘徊於斗牛之間，白露橫江，水光接天；縱一葦之所如，凌萬頃之茫然。浩浩乎如憑虛御風，而不知其所止；飄飄乎如遺世獨立，羽化而登仙。

於是飲酒樂甚，扣舷而歌之。歌曰：「桂棹兮蘭槳，擊空明兮泝流光。渺渺兮予懷，望美人兮天一方。」客有吹洞簫者，倚歌而和之，其聲嗚嗚然，如怨如慕，如泣如訴，餘音嫋嫋，不絕如縷。舞幽壑之潛蛟，泣孤舟之嫠婦。

蘇子愀然，正襟危坐，而問客曰：「何為其然也？」客曰：「『月明星稀，烏鵲南飛』，此非曹孟德之詩乎？西望夏口，東望武昌，山川相繆，鬱乎蒼蒼，此非孟德之困於周郎者乎？方其破荊州，下江陵，順流而東也，舳艫千里，旌旗蔽空，釃酒臨江，橫槊賦詩，固一世之雄也，而今安在哉？況吾與子，漁樵於江渚之上，侶魚蝦而友麋鹿；駕一葉之扁舟，舉匏樽以相屬。寄蜉蝣於天地，渺滄海之一粟。哀吾生之須臾，羨長江之無窮。挾飛仙以遨遊，抱明月而長終。知不可乎驟得，託遺響於悲風。」

蘇子曰：「客亦知夫水與月乎？逝者如斯，而未嘗往也；盈虛
者如彼，而卒莫消長也，蓋將自其變者而觀之，則天地曾不能
以一瞬；自其不變者而觀之，則物與我皆無盡也，而又何羨
乎？且夫天地之間，物各有主，苟非吾之所有，雖一毫而莫
取。惟江上之清風，與山間之明月，耳得之而為聲，目遇之而
成色，取之無禁，用之不竭，是造物者之無盡藏也，而吾與子
之所共食。」

客喜而笑，洗盞更酌。肴核既盡，杯盤狼籍，相與枕藉乎舟
中，不知東方之既白。

　　　　　　　　　　　　　　　　　（蘇軾《赤壁賦》）

第廿三章
唐宋小說

一　唐代傳奇

　　嚴格地說起來，我國六朝時代的小說，還沒有成熟。這並不只因其內容的荒謬，而其形式與描寫也是非常的貧弱。六朝的作品，大都只是一些沒有結構的殘叢小語式的雜記，敘事沒有佈置，文筆亦極俗淺，實在還算不得小說。中國的文言小說，在藝術上發生價值，在文學史上獲得地位，是起於唐代的傳奇。那些傳奇，建立了相當完整的短篇小說的形式，由雜記式的殘叢小語，變為洋洋大篇的文字，由三言兩語的記錄，變為非常複雜的故事的描繪。在形式上注意到了結構，在人物上，注意到了心理性格的描寫與形象的塑造。內容也由志怪述異而擴展到人情社會的廣闊生活的反映。於是小說的生命由此開拓，而其地位也由此提高了。最要緊的，是作者態度的改變。因為到了唐代，文人才有意識的寫作小說，把它看作是一種有價值的文學作品。當時的作者，如元稹、沈既濟、陳鴻、白行簡、段成式之徒，都是一時的名士。他們把小說看作是一種新興的文學體裁，都在那裡用心地寫作。從這時候起，小說才算是進入了中國文學界的園地。明胡應麟說：「變異之談，盛於六朝，然多是傳錄舛訛，未必盡幻設語，至唐人乃作意好奇，假小說以寄筆端。」（《少室山房筆叢》）所謂「作意好奇，以寄筆端」，乃成為有意識的創作。這種態度，不是六朝人所有的。又宋人洪邁評論唐代的小說云：「小小事情，淒惋欲絕，洵有神遇，而不自知者，與詩律可稱一代之奇。」（《容齋隨

筆》）他能從藝術的觀點，認識小說的價值，與詩歌並舉，這不能不
算是一種卓見了。

　　唐代小說的興盛，自有其歷史的原因，然間接地受有當時古文運
動的影響的事，也是很顯然的。韓、柳的古文運動，一面是要充實文
學的內容，一面是提倡質樸的文體。散文在敘事狀物言情的運用上，
自然是遠勝於駢文。在白話文未入小說的領域以前，這種平淺通俗的
散體，自然最適合於小說的表現。大曆、元和的小說作者，都在那個
古文運動的潮流中，接受著這種文體，用之於抒寫世態人情而得到了
成功。並且當時的小說作者，多少都與古文運動者發生關係，沈既濟
受蕭穎士的影響，沈亞之是韓愈的門徒，至於元稹、陳鴻等人更不必
說了。古文運動最大的功勞，是文體的解放。文體的解放，間接地促
進小說的成就。這一點自然是古文運動者所沒有料到的，然在整體上
看起來，唐代的傳奇文的興起，不能不看作是古文運動的一個支流。

　　初唐時期的小說，有王度的《古鏡記》，無名氏的《白猿傳》。其
內容雖仍是六朝志怪一流，然篇幅較長，文字亦較為華美，演進之跡
甚明。王度為王通之弟，王績之兄。述一古鏡服妖制怪的種種故事，
事跡荒謬，然敘述佈局俱佳。《白猿傳》作者失名，述梁將歐陽紇之
妻，其貌絕美，為白猿精奪去。歐陽紇聚徒入深山幽谷尋得之，妻已
受孕。後生一子，貌絕似猿。此子即後享盛名之歐陽詢。此文雖涉怪
異，或係詢之仇人故意中傷之作；其創作之動機，與其他志怪諸篇自
有不同，然其文字卻還在《古鏡記》之上。寫深山之景，猿精與諸婦
女之言語動作，都活潑可愛。可見作者確有很好的文采。

　　武后時有張鷟，撰《遊仙窟》一卷，為一人神相愛的小說。作者
自敘奉使河源，道中投宿某家，乃為仙窟，受兩仙女十娘、五娘的溫
情款待，共宿一夜而去。文體是華美的駢文，而又時雜淫藝的言語。
《唐書》上說張鷟「下筆輒成，浮艷少理致。其論著率詆誚蕪穢，然

大行一時，晚進莫不傳記」。讀《遊仙窟》後，覺得這評語是確切
的。世人或謂此篇之作，影射作者與武后戀愛的故事。帝后之尊，猶
如仙界，故托仙女以寄其情意，此說不可信。此書在中國久已失傳，
卻保存在日本，大概在唐代就傳過去了。並且在古代的日本文學界，
是一本大家愛好的讀物，還有不少注釋的本子。據鹽谷溫說，紫式部
的《源氏物語》，是受了這書的影響（見《中國文學概論講話》）。近
年來傳回中國，成為一本通行的小說了。

　　唐代傳奇的興盛，是在開元、天寶以後。從大曆到晚唐，作者蔚
起，盛極一時。如陳玄祐、沈既濟、李吉甫、許堯佐、白行簡、李公
佐、元稹、陳鴻、蔣防、沈亞之、李朝威、牛僧孺、段成式、杜光庭
等人，俱有作品。其內容不專拘於志怪，諷刺、言情、歷史以及俠義
各方面都有創作。這些作品同當時的社會生活發生著密切的關係，而
反映出新興的知識分子和市民的思想形態。

（一）諷刺小說

　　諷刺小說可以沈既濟的《枕中記》，李公佐的《南柯太守傳》為
代表。唐代以詩賦取士，造成那些詞人才子熱烈地追求富貴功名的欲
望。《枕中》、《南柯》的作者，就用著這種社會心理為基礎，對那些
知識分子，發出強烈的諷刺。

　　沈既濟，蘇州吳人。經學淵博，大曆中召拜左拾遺，史館修撰，
貞元中為禮部員外郎，撰《建中寶錄》，世人稱有史才。其所作《枕
中記》，或題《呂翁》。述一落魄少年，於邯鄲道中之旅舍，遇一道士
呂翁，自歎其窮困之苦，呂翁探一枕與之。少年遂入夢，先娶妻崔
氏，貌美而賢，後又舉進士，做大官，破戎虜，位至宰相，封公賜
爵，子孫滿堂，其婚親皆天下望族。後年老，屢辭官不許，尋以病
終。至是少年欠伸而醒，見身仍在旅舍，主人蒸黍尚未熟也。

　　李公佐字顓蒙，隴西人，嘗舉進士。生於代宗時，至宣宗時猶在。小說今存四篇，以《南柯太守傳》為最著。傳中述淳于棼某日因酒醉，二友扶臥東廡下。淳于棼就枕，即入夢境。登車入古槐樹之大穴，既而山川城郭，儼然在目。乃大槐安國也。既至，國王厚禮遇之，先以公主妻之，後為南柯太守三十年，政聲甚著。人民都歌頌他，立碑建祠紀念他。先後生五男二女，家庭生活極為幸福。又因屢遷高位，煊赫一時。後因與外族交戰敗績，公主又死，因而失勢。至是國王忌其變心，乃送之歸。及醒，見二友濯足榻畔，殘日餘樽，宛然在目。而夢中情境，若度一世。後令僕人掘槐穴，見蟻群無數，其中泥土的形狀，與夢中所見歷之山川城郭無殊，乃知夢中所到者，為一蟻國。淳于棼因悟人生無常，富貴虛幻，遂入道門。

　　在這兩篇的作品裡，作者的用意及手法都是一致的。作品的社會心理的基礎也是一致的。他們同樣用虛幻的象徵的敘述，來描寫封建社會富貴功名的無常，給當代沉迷於利祿的人生觀一種強烈的諷刺，也可說是一種反抗。在這一點，故事的虛幻，雖近於志怪，然在心理和生活的發展上，卻很有現實的基礎。同時作對於人生的態度與人生意義的認識，也是相同的。富貴功名既是虛幻，人生不得不求一個真正的歸宿，這個歸宿，便是當時流行的佛道思想混合的那種逍遙達觀樂天的人生。《枕中記》的結段說：

　　　生蹶然而興曰：豈其夢寐也？翁謂生曰：人生之適，亦如是
　　　矣。生憮然良久，謝曰：夫寵辱之道，窮達之運，得喪之理，
　　　死生之情，盡知之矣。此先生所以窒吾欲也，敢不受教。稽首
　　　再拜而去。

又《南柯太守傳》的末段說：

生感南柯之玄虛，悟人世之倏忽，遂棲心道門，絕棄酒色。……
公佐輒編錄成傳，以資好事。雖稽神語怪，事涉非經，而竊位
著生，冀將為戒。後之君子，幸無以南柯為偶然，無以名位驕
於天壤間云。前華州參軍李肇贊曰：貴極祿位，權傾國都。達
人視此，蟻聚何殊。

　　在這兩個收場裡，很明顯地表現出作者的用意和他們的人生觀。
當時的佛道思想，成為一般達人逸士的理想歸宿。李肇那十六個字的
贊語，正是這兩篇作品的主旨的說明。由此我們可以知道這種作品，
一面是深刻地對於當時的功名病患者加以諷刺，一面是宣揚那種達觀
樂天的人生哲學。這兩種思想都有現實的社會基礎。因其文字的美
麗，故事的曲折，佈局的整嚴，描寫的動人，使作者的目的，得到了
極大的效果。《枕中記》外，沈既濟尚有《任氏傳》一篇，亦為諷刺
之作，文字極有情致。寫一女狐精殉節的故事，其用意為對於當代淫
蕩浪漫婦女的譏諷。借禽獸之貞操道德，責罵人類的無品。作者在篇
末感歎地說：「異物之情也有人焉。遇暴不失節，徇人以至死。雖今
婦人，有不如者矣。惜鄭生非情人，徒悅其色而不徵其情性。向使淵
識之士，必能揉變化之理，察神人之際，著文章之美，傳要妙之情，
不止於賞玩風態而已。」可知他的小說，都是有意之作。若只以言神
志怪目之，而忽視其社會的意義，那就有負作者了。李公佐除《南柯
太守傳》外，尚有《謝小娥傳》，為一俠義小說，容後論之。

（二）愛情小說

　　愛情小說多以現實的人事為題材，與取材於神怪者全異其趣。才
子佳人的離合，妓女秀才的結識，因此演出種種可歌可泣的故事。文
人以清麗之筆，描摹體會，所以格外動人。此類作品頗多，如蔣防的

《霍小玉傳》，白行簡的《李娃傳》，元稹的《鶯鶯傳》，皇甫枚的
《飛煙傳》都是，前三篇尤為此中之代表作。

　　蔣防字子徵，義興人，歷官翰林學士及中書舍人。《霍小玉傳》
寫詩人李益同名妓先合後絕的故事，是一幕失戀的悲劇。小玉是一個
衰敗貴族的愛女，後淪為歌妓，同李益有白首之盟。後李益別娶盧氏，
小玉因此憂傷而死。情節雖極簡單，然文筆寫得楚楚動人，不失為一
篇美妙的作品。其中，有霍小玉責備李益負心的一段，十分精彩：

> 玉乃側身轉面，斜視生良久，遂舉杯酒，酬地曰：「我為女
> 子，薄命如斯！君是丈夫，負心若此！韶顏稚齒，飲恨而終。
> 慈母在堂，不能供養。綺羅弦管，從此永休。征痛黃泉，皆君
> 所致。李君李君，今當永訣！我死之後，必為厲鬼，使君妻
> 妾，終日不安！」乃引左手握生臂，擲杯於地，長慟號哭數聲
> 而絕。

　　白行簡字知退，是名詩人白居易的弟弟。《李娃傳》是一幕喜
劇，同《霍小玉傳》恰好成一個對照。傳中述某生戀一娼女，名李娃
者。後因窮困，為女所棄，遂流落為歌童。其父為顯官，見之，怒其
有辱門楣，鞭之幾死，棄之路旁。後李娃感其情，與之結婚，從此努
力讀書，得登科第，授成都府參軍，適是時其父為劍南採訪使，因此
父子和好如初。此篇情節複雜，人生之變化，亦多波瀾曲折，故極合
小說體裁。加以作者文筆高妙，寫得委宛動人，遂成為愛情小說中之
佳品。

　　愛情小說中最膾炙人口的，為元稹的《鶯鶯傳》。此傳亦名《會
真記》，寫張生和鶯鶯的私戀而終至於決絕的悲劇。這故事在中國的
讀書界是人人皆知，這裡無須再說。傳中的張生，就是作者自己的影

子，是一篇帶有自傳性質的小說。故事的發展，心理的活動，都有實際的經驗，決非全出於虛構，因此寫得格外真實動人。加以作者美麗的文筆，更增加了這作品的藝術價值。例如他寫初看見鶯鶯的情狀：

> 久之，乃至。常服睟容，不加新飾。垂鬟接黛，雙臉銷紅而已。然顏色艷異，光輝動人。張驚，為之禮，因坐鄭旁，以鄭之抑而見也。凝睇怨絕，若不勝其體者。

在這句裡，把鶯鶯的體態美貌以及她的心理狀態，都寫得活躍如畫了。再看他寫幽會的情形：

> 俄而紅娘捧崔氏至，至，則嬌羞融冶，力不能運支體。曩時端莊，不復同矣。是夕，旬有八日也。斜月晶瑩，幽輝半床，張生飄飄然，自疑神仙之徒，不謂從人間至矣。

用月光的冷潔的背景，來襯托這位夜奔的美女，用極其簡麗的文句，畫出一個又羞又冶的狀態，完全不是那一次的端莊嚴肅的面貌了。同時把許多淫褻的事，一齊掩藏在文字的後面，令人只感到幽美，而不感到鄙俗，實在是非常成功的。再看他寫鶯鶯的個性：

> 大略崔之出人者，藝必窮極，而貌若不知。言則敏辯，而寡於酬對。待張之意甚厚，然未嘗以詞繼之。時愁艷幽邃，恆若不識，喜慍之容，亦罕形見。異時獨夜操琴，愁弄悽惻，張竊聽之，求之則終不復鼓矣。

只有幾句話，把這女人的性格畫得活現。她這種個性，成為她人

生觀的基礎，也就成為她的悲劇的重要因素。《鶯鶯傳》的重要成就是非常成功地創造了一個封建社會的名門閨秀，為了追求愛情的幸福生活，強烈反抗封建道德而終歸失敗的女性悲劇。張生那種始亂終棄的卑鄙行為，正反映出那種熱心富貴功名，輕視愛情的知識分子的真實面貌。像鶯鶯這種弱不勝衣、不露才不爭寵、自怨自苦的女子形象，便成為後代小說中女性的典型了。

　　唐代的愛情小說，多寫妓女才人的悲歡離合的故事，這也是有其社會的背景的。唐代商業發達，國內國際的貿易，交往頻繁。長安、揚州諸地，更為繁盛。在這種交通便利經濟繁榮的狀況下，唐代妓女之盛，稱為空前。有的重利，有的愛才。重利的與富商逢迎，愛才的與文人來往。當時那些詩人進士之流，年輕貌美，又前途遠大，最為當時妓女所歡迎，《開元天寶遺事》云：「長安有平康坊者，妓女所居之地，京都俠少，萃集於此。兼每年新進士，以紅箋名紙，遊謁其中，時人謂此坊為風流藪澤。」又宋張端義云：「晉人尚曠好醉，唐人尚文好狎。」（《貴耳集》）這種環境，正是產生妓女才人戀愛故事的好環境，我們讀唐人的集子，到處都會碰到歌詠妓女的詩歌，如王昌齡、李白、李益、杜牧、李商隱諸人，都是以狎妓著名的。明瞭了這種實際社會的狀況，就一點也不足怪了。這些作品的內容，並不完全出於文人的想像，它是具有現實生活的基礎的。文學的發展，同社會生活的發展，是取著同一的步驟，而形成不可分離的聯繫。

（三）歷史小說

　　歷史小說，多取材於史料，再加以編排鋪設，與正史不同，同那些志怪言情之作亦異。唐代天寶之亂，最能擾動人心。推其禍源，總以玄宗的荒淫，貴妃的驕奢，楊國忠的專權，高力士的跋扈種種現象，而構成安祿山的變亂。於是這些人物的事跡，遂成為詩歌小說的

好題材。如郭湜的《高力士外傳》，姚汝能的《安祿山事蹟》，陳鴻的《長恨傳》、《東城老父傳》，吳兢的《開元升平源》及無名氏的《李林甫外傳》，都是屬於這方面的作品。其中以陳鴻的兩篇為最佳。

　　陳鴻字大亮，白居易之友。《長恨傳》為白氏的《長恨歌》而作。傳中敘貴妃入宮，祿山之亂，馬嵬之變以至道士求魂為止。其中雖雜有神仙方士的謬說，然這正反映當代的宗教思想，一點也沒有損害這篇作品的社會性與真實性。傳中寫貴妃得寵後，其兄弟姊妹俱顯赫一時，既真實而又充滿了諷刺。

> 叔父昆弟皆列位清貴，爵為通侯。姐妹封為國夫人，富埒王宮，車服邸第，與大長公主侔矣。而恩澤勢力，則又過之。出入禁門不問，京師長吏為之側目。故當時謠詠有云：「生女勿悲酸，生男勿喜歡。」又曰：「男不封侯女作妃，看女卻為門上楣。」其人心羨慕如此。

　　在這一段內，輕輕地把當時的裙帶政治的真面目，暴露無遺。天寶之亂，遲早是必然的了。同時把當時的人民憤恨心理，也表現得非常真切。我們讀了杜甫的《麗人行》，再看這一篇，真有無限的感概。作者在篇末說：「意者不但感其事，亦欲懲尤物，窒亂階，垂於將來者也。」這是《長恨傳》的本意。表面雖說是懲尤物，側面就是罵皇帝，這用意是非常明顯的。

　　《東城老父傳》是寫鬥雞童賈昌一生的歷史。在他的歷史中，正映出玄宗的荒淫與天寶的亂象。貴妃以顏色得寵，賈昌以鬥雞承歡，都越過了政治的正軌。作者極力從正面鋪寫，從側面暗示著當時政治的黑暗。

玄宗在藩邸時，樂民間清明節鬥雞戲。及即位，治雞坊於兩宮間，索長安雄雞，金毫鐵距高冠昂尾者千數，養於雞坊。選六軍小兒五百人，使馴擾教飼。上之好之，民風尤盛。諸王世家、外戚家、貴主家、侯家，傾幣破產市雞，以償雞值。都中男女，以弄雞為事，貧者弄假雞。帝出遊，見昌弄木雞於雲龍門道旁，召入，為雞坊小兒，衣食右龍武軍。……後為五百小兒長。加之以忠厚謹密，天子甚愛幸之。金帛之賜，日至其家。開元十三年，籠雞三百，從封東嶽。父忠死太山下，得子禮奉屍歸葬雍州，縣官為葬器喪車，乘傳洛陽道。十四年三月，衣鬥雞服，會玄宗於溫泉。當時天下號為神雞童。時人為之語曰：「生兒不用識文字，鬥雞走馬勝讀書。賈家小兒年十三，富貴榮華代不如。能令金距期勝負，白羅繡衫隨軟輿。父死長安千里外，差夫持道輓喪車。」……上生於乙酉雞辰，使人朝服鬥雞，兆亂於太平矣，上心不悟。

　　玄宗既淫於女色，又荒於遊樂，把國家大事，全拋之腦後，政變之禍，自然難免，在這兩篇中的民歌裡，充分地表現了民眾對於君主的責罵，以及當時政治的腐敗與社會秩序的紊亂的憤懣。民眾叛亂的火把，已經舉在手中了。因此一聲兵變，潼關、京都相繼失陷，逼得貴妃只好上吊，神雞童也只好改名換姓遁入空門了。這種小說的材料，雖是歷史的，因為都是當代的實事，所以都帶有很濃厚的時代性與社會性。

（四）俠義小說

　　俠義小說是以俠士的義烈行為為主，而加以政事愛情的穿插，更顯得故事情節的複雜。唐代中葉以後，藩鎮各據一方，私蓄遊俠之士

以仇殺異己，於是俠士之風盛行一時。如元和十年宰相武元衡的被刺，開成三年宰相李石的被刺，首者出於平盧節度使李師道所遣，後者為宦官仇士良所主使，這都見於正史的記載。歐洲中世紀騎士活躍於社會，因此產生描寫騎士生活的小說。唐代俠義小說的產生，同樣有著這種社會生活的基礎是無疑的。但因為要表現俠士的特別技能，所以常有種種超現實的描寫，如騰雲駕霧之術，神刀怪劍之事，與當時神仙術士一流的宗教思想，發生密切關係，因此這一類小說的作者，往往是佛道的信徒。如杜光庭之為道士，段成式之信佛，裴鉶之好神仙，是大家都知道的事。

俠義小說前有許堯佐的《柳氏傳》，李公佐的《謝小娥傳》，後有薛調的《無雙傳》，裴鉶的《崑崙奴傳》、《聶隱娘傳》，袁郊的《紅線傳》，杜光庭的《虯髯客傳》。段氏的《酉陽雜俎》裡，有《盜俠》一門，敘述劍俠故事的共有九則。段氏為宰相文昌之子，兼為當代的美文家，故其文筆清麗而有情致。《雜俎》雖似《博物志》，內容相當龐雜，然其中亦時有佳作。可知到了晚唐，是俠義小說的最盛時代了。

在這些作品中，從藝術的價值上講，以杜光庭的《虯髯客傳》為最佳。此篇敘述紅拂私奔與李靖創業的故事，時代雖回到隋朝，而其社會意識的基礎卻正在晚唐。作者一面是以當時盛行的俠士為主體，一面又在唐末離亂之際，夢想著新英雄的出現，把這種現象結合起來，於是產生了這一篇好作品。在形式上他有了嚴整的佈局，適當的剪裁。而對於人物的個性，有了更進一步的深刻的描寫，紅拂、李靖、虯髯三個主人翁的個性，都寫得分明而又生動。李公子是一個陪角、偶然出現，把他的身度，也寫得恰到好處。情節的穿插，事體的起伏，富於變化曲折的波瀾，更能引人入勝。唐以前的小說，都不注重結構，都只能敘事而不注重描寫人物，到了《虯髯客傳》，這種缺點全都沒有，無論從那一點看，它可以算得是一篇最成功的短篇小說。

　　關於唐代的小說，重要者已如上述。其他志怪之作尚多，其中文字亦優美可誦者，有陳玄祐的《離魂記》，李朝威的《柳毅傳》，無名氏的《靈應傳》，尤以《離魂》、《柳毅》二篇為有名。其次以傳奇之文，會為專集者，唐代亦多。牛僧孺之《玄怪錄》，乃最著者。此錄原為十卷，今已佚，在《太平廣記》中尚存三十三篇，可見其大概。然其造文立意，大都故作虛幻，不近人情。至於世間所傳的《周秦行紀》一篇，是李德裕的門客韋瓘托牛名而作，因以構陷者。其行為固可鄙，而其文字亦不見佳。還有一件事，我們要注意的，便是唐代的傳奇，對於後代戲曲界的影響。這些傳奇中的故事，都成為後代戲曲的題材。如沈既濟的《枕中記》，演為元馬致遠的《黃粱夢》，明湯顯祖的《邯鄲記》。陳玄祐的《離魂記》，演為元鄭德輝的《倩女離魂》。李公佐的《南柯太守傳》，演為湯顯祖的《南柯記》。李朝威的《柳毅傳》，演為元尚仲賢的《柳毅傳書》及李好古的《張生煮海》。元稹的《鶯鶯傳》，演為董解元、王實甫的《西廂》。陳鴻的《長恨傳》，演為元白仁甫的《梧桐雨》，清洪昇的《長生殿》，這些都是最著名的作品。其他如蔣防之《霍小玉》，裴鉶之《崑崙奴》，杜光庭的《虯髯客》，袁郊的《紅線》，後代曲家，亦多取材。經了這些戲曲家的努力傳佈，於是唐代的小說內容，成為最普遍的民間故事了，同時這種作品也曾影響過日本的文壇。像《遊仙窟》風行於日本古代讀書界的事，在上面已略略說及。其他作品對於日本古代的文學，也發過很深的關係。據《拙堂文話》上說：「物語草紙之作，在於漢文大行之後，則亦不能無所本焉。《枕草紙》多沿李義山《雜纂》，《伊勢物語》從《唐本事詩・章臺柳》來者。《源氏物語》其體本《南華》寓言，其說閨情蓋自《漢武帝傳》及唐人《長恨歌傳》、《霍小玉傳》諸篇得來。」這種話出自日人之口，自然是更可靠了。

二　宋代長篇小說

　　宋代的長篇小說，現在流存的有《新編五代史平話》、《宣和遺事》和《大唐三藏取經詩話》三種。關於這幾種書的年代，雖說到現在，還不能絕對的確定，但我們把這些作品歸之於宋末元初的時代上，是沒有什麼可疑的。

　　《新編五代史平話》，為當時說話人的講史的底本。敘述梁、唐、晉、漢、周五代的歷史，每代二卷。都以詩起詩結，中間用散文敘述史事。散文部分，大半為淺近的文言，而亦有純粹白話者。梁、漢二史，俱缺下卷。所敘史事，重要者皆本正史，對於個人的性情雜事以及戰事場面，則大加點染，加以誇張滑稽的描寫和鋪敘，頗具歷史小說的規模。如《梁史》開卷一段，敘歷代興亡之事，加以種種怪誕的因果說，藉以增加故事的效力。再如劉知遠、郭威、黃巢、朱溫等人的描寫，也都生動有趣，有幾段白話，也寫得很是漂亮。《東京夢華錄》說，當時說話人中，有尹常等以講五代史為專業，那麼這一些平話，必是當時說五代史的底本了。本書為清末曹元忠所發現，後經董康影印行世，於是這罕見的秘笈，得以流傳人世。在純粹文學的意義上講，這書自然沒有多大的藝術價值，但由此演進下去，便產生後代那些《三國演義》、《隋唐演義》一類的歷史長篇小說，這一點，我們應該要特別注意的。

　　其次，同樣帶有歷史的性質，而多雜以社會的故事的，是《大宋宣和遺事》。全書分前後二集，共為十節。一、敘歷代帝王的荒淫，二、敘王安石的變法，三、敘蔡京的當權，四、敘梁山泊宋江諸英雄的起義，五、敘徽宗與李師師的戀愛故事，六、敘林靈素道士的進用，七、敘京師的繁華，八、敘汴京的失陷，九、敘徽、欽二帝的被擄，十、敘高宗的都南。此書係節抄舊籍而成，故體例不全一致，有

最典雅的文言，有流利的白話。結構上亦無嚴密的組織，不是說話人
的本子，想是宋末元初憤世文人，擬話本而為者。魯迅說：「近講史
而非口談，似小說而無捏合。……雖亦有詞有說，而非全出於說話
人，乃由作者掇拾故書，益以小說，補綴聯屬，勉成一書，故形式僅
存，而精彩遂遜。」（《中國小說史略》）他這批評很是確切。書末結
段云：「世之儒者謂高宗失恢復中原之機會者有二焉。建炎之初失其
機者，潛善、伯彥偷安於目前誤之也。紹興之後失其機者，秦檜為虜
用而誤之也。失此二機，而中原之境土未復，君父之大仇未報，國家
之大恥不能雪，此忠臣義士之所以扼腕，恨不食賊臣之肉而寢其皮
也。」這種口吻，自然不是出於說話人，而必是出於憤世傷時的文
人。我們說它是話本的擬作，是比較可信的。本書《貞集》錄劉克莊
（1187-1269）《詠史》詩一首，作全書結束。劉氏卒後十年，宋朝即
滅亡。則此書之成，必在其後。又《元集》敘述宋太宗與陳摶論治道
云：「太宗欲定京都，聞得華山陳希夷先生精於（術）數（之）學，
預知未來之事，宣至殿下，太宗與論治之道，留之數日。一日太宗
問：朕立國以來，將來運祚如何？陳摶奏道：宋朝以仁得天下，以義
結人心，不患不久長。但卜都之地，一汴二杭三閩四廣。太宗再三詰
問，摶但唯唯不言而已。」由這一段話，足見本書的作者，是見過遷
閩、遷廣的事實的。陸秀夫負帝赴海而死的悲劇，必定使這位作者非
常痛心，所以他在結論裡，說出「此忠臣義士之所以扼腕，恨不食賊
臣之肉而寢其皮也」的憤激的話了。由這一點，我們可以推測本書的
編撰者，一定是宋代的遺民，而在文學的思潮上，同那些遺民的哀傷
亡國的詩詞的情調是一致的。

　　《宣和遺事》雖是一本掇拾舊籍、文體不純的書，但在時代生活
與意識的表現上，卻有重大的意義。作者有一貫的主旨和思想，決不
像那些話本的作者只以民眾的趣味為主，只以神鬼靈怪為材料。他是

一個愛國主義者，他痛恨那些君主的荒淫，攻擊那些奸臣的當權，不滿意新法的擾民和道士怪人的參政，同時對於那些斬草除奸的叛黨寄以同情。這幾種觀點，在這一本書裡，始終是一貫的。作者在書的末尾，流露出一點真意，同時代表當時苦於亡國的民眾，發出了一點怨恨和責罵。我們對於《宣和遺事》的研究，必得要注視這方面，才可認識它在文學上的真實意義。

　　其次，《宣和遺事》中所敘的梁山泊故事，即是日後《水滸傳》的底本。在這一段裡，已經有楊志賣刀，晁蓋等劫掠禮物，宋江殺閻婆惜、題反詩而逃，在玄女廟內看見題有三十六人姓名的天書，最後朝廷招降宋江等，命討方臘，因有軍功，封節度使。惟吳用作吳加亮，盧俊義作李進義，人名雖偶有異同，但故事的骨幹，已大部形成。因此這一段，可以看作是《水滸傳》最初的本子的，並且本段中的白話文，也寫得較為精彩。由此我們可以推測，在當初，這是一本獨立的書或是一部話本，由《宣和遺事》的編撰者，將它抄錄進去，成為那書中的一節，或在文字上有所增刪，也說不定。這樣看來，《水滸傳》的故事，不僅在南宋的民間已很流行，並已有人編寫成書，或作為說話人的底本了。

　　最後要講到的長篇小說，便是《大唐三藏取經詩話》。此書又名《大唐三藏法師取經記》。全書分三卷，共十七章，可為中國章回小說之祖。卷末有「中瓦子張家印」六字，王國維氏考定中瓦子為宋臨安府的街名，乃當時說話人的所在地。書中有詩有話，故名為「詩話」。第一章已缺；第二章，《行程遇猴行者處》；第三章，《入大梵天王宮》；第四章，《遇獅子林及樹人國》；第六章，《過長坑大蛇嶺處》；第七章，《入九龍池處》；第八章，缺前段；第九章，《入鬼子母國處》；第十章，《經過女人國處》；第十一章，《入王母池之處》；第十二章，《入沉香國處》；第十三章，《入波羅國處》；第十四章，《入

優鉢羅國處》；第十五章，《入竺國度海之處》；第十六章，《轉至香林
寺受心經本》；第十七章，《到陝西王長者妻殺兒處》。由上面這些題
目看來，便知道書中的浪漫成分與幻想情調，這無疑是受了印度文學
的影響的直接產物。全書敘述玄奘與猴行者西天取經的故事。當時的
猴行者雖是一個白衣秀才，但已經是神通廣大，文武雙全，正替後代
《西遊記》中的齊天大聖立好一個基礎。如：

> 偶於一日午時，見一白衣秀才，從正東而來，便揖和尚：「萬
> 福萬福，和尚今往何處？莫不是再往西天取經否？」法師合掌
> 曰：「貧道奉敕，為東土眾生未有佛教，是取經也。」秀才
> 曰：「和尚生前兩回去取經，中路遭難，此回若去，千死萬
> 死。」法師云：「你如何得知？」秀才曰：「我不是別人，我是
> 花果山紫雲洞八萬四千銅頭額彌猴王。我今來助和尚取經，此
> 去百萬程途，經過三十六國，多有禍難之處。」法師應曰：
> 「果得如此，三世有緣。東土眾生，獲大利益。」當便改呼為
> 猴行者。
>
> 　　　　　　　　　　　　　　（《行程遇猴行者處第二》）

> 行者以杖擊石，先後現二童子。一云三千歲，一五千歲，皆揮
> 去。……又敲數下，偶然一孩兒出來。問曰：「你年多少？」
> 答曰：「七千歲。」行者放下金環杖，叫取孩兒入手中，問和
> 尚你吃否？和尚聞語，心驚便走。被行者手中旋數下，孩兒化
> 成一枚乳棗，當時吞入腹中，後歸東土唐朝，遂吐出於西川，
> 至今此地中生人參是也。
>
> 　　　　　　　　　　　　　　（《入王母池之處第十一》）

可知《西遊記》中的那一隻神力廣大的猴子，在宋末已經構成了。到了元朝，用這個故事來寫戲曲的人也很多，再演變下去，便成就了吳承恩的那一部偉大的浪漫作品。但我們不能因其文字的拙劣，敘事的簡略，每章字數的不稱，便忽視它的價值，他正如《五代史平話》、《宣和遺事》一樣，都是後代長篇小說的種子，白話文學的先聲。在中國小說的發展史上，是有極重要的意義的。至於在《永樂大典》中所發現的那一段《夢斬涇河龍》的《西遊記》（見《大典》一三一三九卷，引書標題作《西遊記》），共有一千二百餘字，就其文字的技巧與故事的組織上看，顯然呈現著進步的姿態，這無疑地是出自《取經詩話》以後的了。

第六篇
元明清文學

第廿四章
元代雜劇

一　元代雜劇的興起

　　世人常說，唐詩宋詞元曲，可見元代戲曲在中國文學史上佔有很重要的位置。為什麼這麼說，這是因為元代戲曲的出現，開拓了中國文學史上一條新的路線，它使中國文學的發展進入了一個新紀元，因此，元代成了中國戲曲發展的黃金時代。

　　元代戲曲以雜劇為主，元代雜劇的成就是巨大而輝煌的。雜劇這種新興的戲劇樣式，產生於金末元初，發展和興盛於元代至元大德年間。根據《錄鬼簿》所記，元代雜劇有四百八十五本，而在《太和正音譜》中所記，則增至五百三十五本，創作之盛，可謂空前了。元代雜劇興起的原因，大致有以下四點：

（一）出現了利於戲曲發展的城市經濟繁榮的社會環境

　　元代有一個最適宜於戲曲發展的物質環境。元王朝是一個橫跨歐亞的大帝國，國際交通四通八達，造成了中國城市商業經濟空前繁榮。如當時的北京，戲場及各種娛樂場所，因得到商業經濟和廣大觀眾的支持，便大大興盛。市民、外族、商賈、官吏、士兵等，都成了戲場的好顧客。經營戲場者得利多，對劇本和演員的報酬便增加，自然會精求劇本。窮苦的文人，或出入於歌場舞榭的文人，都在參加劇本的寫作。文人作者一多，劇本的產量和質量自然大大提高。

（二）當時的精神環境，有利於戲劇發展

　　元代統治者是蒙古族人，不重《四書》、《五經》和高級文人，在文學思想上是自由放任的，因之儒家思想衰微了，載道的文學理論匿跡了。蒙古貴族雖兇猛好戰，卻喜歡聲色歌舞的娛樂。他們歡迎妓女優伶、歌舞戲曲，並加提倡、鼓勵，有的作為大眾的娛樂品，有的作為王侯貴族的御用品。這也間接促進了戲曲的發展。

（三）科舉的停廢

　　元代統治者滅金後，只舉行過科舉考試一次，此後停廢了近八十年。當時知識分子感到無出路，但雜劇既可抒情怨，寫故事，展才華，又可作為娛樂藝術，並解決生計，於是從事創作者不少，雜劇藝術也就得以進步。

（四）戲劇文學發展的結果

　　中唐以後，中國戲劇藝術已逐漸形成。宋、金的戲曲，形體粗備，傀儡戲、皮影戲、雜劇、院本已頗流行，這對雜劇的形成和興起有直接影響。再加上當時流傳的鼓子詞、賺詞，特別是諸宮調對雜劇的形成，也有密切關係。

二　雜劇的體制和藝術成就

（一）雜劇的體制

　　元代雜劇是一種舞臺綜合表演藝術，它由歌曲、賓白、動作、舞蹈、道具、場景等組成，並且有完整的故事情節。每劇基本上是四折一楔子。

　　歌曲：歌唱部分由散曲中的套曲組成，主要作用在於抒情。所謂套曲，是由一宮調中的多個曲調連合而成。每一套曲，稱為一折。每折均由一人獨唱到底，而其他演員只有科白。

　　賓白：即臺詞，主要用來敘事，兩人對話叫賓，一人獨語叫白。元劇有臺詞，是元劇進步的重要因素。因它既有助於把人物的個性和感情，表現得非常活躍，又有助推動劇情發展。

　　動作：專用詞是「科」。動作可補對白的不足，對人物的個性和做作很重要，在賓白下，劇本都注明某「科」，指動作。有了「科」，戲劇便得到了更多的生命力。

　　舞蹈：有助於活躍場面氣氛。

　　角色：角色名目很多。最重要有末（男角）、旦（女角）二大類。末有正末、副末、沖末、外末、小末之分，旦有正旦、副旦、貼旦、外旦、小旦、大旦、老旦、花旦、色旦、搽旦之別。還有淨（配角），一般扮演男角，也扮演女角。正末、正旦為男女角。其餘各角，俱為副員，都是以年齡性情身份來配合的。此外，又有孤（官員）、卜兒（老太婆）、孛老（老頭子）、倈兒（小孩子）、邦老（強盜或流氓）等。

　　結構：全劇一般是四折（幕），有時因劇情需要，在四折之外，多加一個「楔子」，它的位置可放在劇前，也可放在每折之間。它可當作序幕，亦可補充四折不能完全發揮的內容。每一劇本可有兩個楔子。每個劇本的結尾，都用幾句對話，叫做「題目正名」，接在表示劇終的「散場」之後，點出全劇的綱領。如關漢卿的《竇娥冤》的題目正名寫作：

　　　　題目：秉鑑持衡廉訪法
　　　　正名：感天動地竇娥冤

如截下末句末三字，成了這個劇本《竇娥冤》的簡稱。

（二）雜劇的藝術成就

　　元代雜劇是起於北方的戲曲早期作品，也是北方獨有的一種新興文學。比起宋金二代的院本，它無論在結構、人物角色和採用白話俗語入曲等方面，都有很大的進步。

　　雜劇是綜合性的藝術創作，它的出現給文壇增色不少。它反映了北方風土氣質，文詞質樸，表情坦直，帶有濃厚的北方社會生活氣息；並且，除了採用北方俚語土語外，也雜用著外族語言。它具有較高的藝術價值，如用它和南曲比較，自有鮮明的不同。

三　雜劇名家：關漢卿、馬致遠、白樸、王實甫、鄭光祖

　　元代雜劇起於北方，又以大都（北京）為中心，所以主要劇作家全是北方人。現介紹幾個主要作家及成就於後：

關漢卿（約1229-1297）

　　號已齋叟，大都（今北京）人。約生於元代初期，曾任太醫院尹。他精通音律，長於歌曲，擅長編劇，又親自登臺演唱，是個「當行」的戲劇活動家。他並不去投靠權貴，也不退隱山林，而是自覺地以雜劇為工具，深刻暴露黑暗的現實，表達了民眾的反抗意志和美好理想。關漢卿一生寫了六十七種劇本，現存十八種，較著名的有：《竇娥冤》、《蝴蝶夢》、《魯齋郎》、《救風塵》、《望江亭》、《拜月亭》、《詐妮子》、《金線池》等。從內容看，這些作品大抵可歸納為三類：一、揭露、批評當時政治黑暗和社會混亂的；二、反映被壓迫、蹂躪婦女的生活和抗爭的；三、歌頌歷史英雄，流露作者民族感情

的。劇中大多以平民、妓女、奴婢、窮書生、低級官吏為主角，寫的有血有肉。

他的代表作《竇娥冤》是傑出古典悲劇，劇情取材自「東海孝婦」的民間故事。情節反映出元代貪污官吏「無心正法」，草菅人命，以及百姓有冤無路訴的黑暗現實和政治弊病。通過女主角竇娥含冤負屈而終於犧牲的悲劇結局，關漢卿深刻揭示了元代社會的黑暗、混亂，也表達了被壓迫人民對惡勢力的英勇不屈的抗爭。臨刑前，竇娥為表明自己冤屈，指天立誓，死後將血濺白練，血不沾地、六月飛霜（降雪）三尺掩其屍、楚州大旱三年，結果均一一應驗。王國維認為《竇娥冤》一劇「即列之於世界大悲劇中，亦無愧色。」

馬致遠（約1250-1324）

號東籬，大都人。大約生於元世祖時，是十三世紀末的著名戲曲家。少年時追求功名，未能得志。《錄鬼簿》說他曾任「江浙行省務官」，晚年退隱田園，過著「酒中仙、塵外客、林間友」的生活。著有雜劇十三種，現存的有《漢宮秋》、《岳陽樓》、《任風子》、《陳摶高臥》、《薦福碑》、《青衫淚》、《黃梁夢》等7種。

他的代表作《漢宮秋》，獲得元劇之冠的盛譽，描寫漢元帝以妃子王嬙（昭君）和番的故事，創造了毛延壽投敵獻策、王嬙為國投江等情節，鞭撻了賣國奸臣毛延壽，歌頌了王嬙的美麗、正直和愛國，在民族矛盾尖銳的元代有其重要的現實意義。對元帝和王嬙間深情的描寫加強了作品的悲劇效果。此劇不少曲詞相當優美，且能貼切地傳達出人物的心情，其中第三折《梅花酒》、《收江南》尤為著名。他的《岳陽樓》等四個「神仙道化」劇，雖流露了對現實不滿的情緒，但主要是宣揚道家度人出世及人生如夢的思想。他又喜歡引書用典，致使語言生硬晦澀。

白樸（約1226-1306）

　　字仁甫，又字太素，號蘭谷。祖籍奧州（今山西河曲附近）人。他是元代雜劇作家中的重要人物。金亡後，流寓真定。幼年時，正當金、元之交，飽經戰亂，寄養於文學家元好問家，因得他的指引，文學修養極為深厚。在元代作家中，他最有國家觀念和學養，屢有機會出仕，但都推辭不就，形成「放浪形骸」、「玩世滑稽」的品格，晚年寄居南京，有十六個雜劇，今存《牆頭馬上》、《梧桐雨》。

　　他的代表作《梧桐雨》緊密結合唐明皇李隆基和妃子楊玉環和重大歷史事件，演出了唐王朝由盛而衰的轉折點，其第四折的藝術構思和描寫，切合人物的精神面貌，又富詩意，著術水平極高，論者認為只有馬致遠的《漢宮秋》第四折能與它媲美。

王實甫（約1260-1336）

　　一名德信，大都人，和關漢卿同時而稍晚。關於他的生平事蹟，文獻記錄很少，從他的一首題為《退隱》的散曲，知道他做過官，後來退職在家，「有微資堪贍瞻，有園林堪縱游」，至少活到六十歲。著有雜劇十四種，現存《西廂記》、《破窯記》、《麗春堂》三種。

　　他的代表作為《西廂記》。它是根據唐代元稹的《鶯鶯傳》、金代董解元的《西廂記諸宮調》進行藝術加工而改編為雜劇的。全劇共五本二十一折，是元劇中獨有的長篇。作者以同情封建叛逆者的態度，寫女主人公崔鶯鶯和男主人公張生的愛情多次遭到老夫人的阻撓、破壞，從而揭露了封建禮教對青年男女自由幸福的摧殘，並通過他們的美滿結合，歌頌了青年男女對愛情的要求，以及他們抗爭和勝利。所寫四人性格各不相同：崔夫人賴婚的奸詐，為了維持相國門第和封建禮教而干涉女兒婚姻自由的橫暴和冷酷；鶯鶯那深沉、幽靜、複雜、

矛盾而又細緻的大家少女的心情；窮書生張生（君瑞）的正直和書呆子氣；丫環紅娘的爽朗、樂觀、聰明、勇敢、機智、俠義、率直和老練，都各有鮮明的特色。其中，寫君瑞和鶯鶯的執著、專一（如君瑞一見鶯鶯便深深地愛上了她，並通過聯吟、請兵、琴挑等多種方面。）《西廂記》取得了卓越的藝術成就：

一、根據人物性格特微，展開了錯綜複雜的戲劇衝突，塑造了鶯鶯、張生、紅娘等藝術形象；

二、人物性格和情節開展得到了高度的結合，成功地表現了事件曲折複雜的過程；

三、善於描摹景物、醞釀氣氛，襯托人物的內心活動，多數場次饒有詩情畫意，形成了劇作獨特的優美風格；

四、精選和融化古代詩詞中優美的詞句，提煉民間生動活潑的口語，鎔鑄成自然華美的曲調。《太和正音譜》說：「王實甫之詞如花間美人」，「鋪敘委婉，深得騷人之趣。極有佳句，如玉環之出浴華池，綠珠之採蓮洛浦。」《西廂記》風格雅艷柔媚，曲詞婉美，是很好的詩，而且富有音樂節奏之美，上述的評語是切當的。

鄭光祖（約1260-1320）

字德輝，山西臨汾人，生卒年代不詳。是元代雜劇後期重要作家。曾做過杭州路吏，為人方直，不妄與人交。死於杭州，火葬於西湖的靈芝寺。他在當時的名氣很大。周德清在《中原音韻·自序》把他和前期的關漢卿、白樸、馬致遠並列，到了明代以後，更被譽為「元曲四大家」之一。雖有些過譽，但從中可見他確是一個重要的代表作家。他著有雜劇十八種，今存《倩女離魂》、《翰林風雨》、《王粲登樓》等八種，可分為愛情劇和歷史劇兩類。

他的代表作是《倩女離魂》，本事出自唐人傳奇《離魂記》。劇作

寫出在封建禮教束縛下青年婦女心情憂鬱的同時，歌頌了堅貞的愛情，反映了人民追求幸福生活的強烈願望。作者以浪漫主義手法，塑造了一個熱烈追求自由幸福生活的女性張倩女形象，細緻刻劃封建社會青年婦女在戀愛中的憂鬱心情；語言優美，有抒情意味；靈魂離開肉體的浪漫主義手法：這些使劇本成為藝術上具有獨特成就的愛情劇。

　　這些著名雜劇千百年來深受中國民眾的無比愛戴，同樣題材或稍加改編的故事不斷上演，做成了元明以後至今的戲劇的重要主題。元代雜劇對後世平民文學如小說、戲劇、彈詞及現代影視作品等，影響可算是極為深刻而廣泛。

第廿五章
元代散曲

一　散曲的體制

　　所謂元曲，實際上包含兩部分：一是散曲，是女伶在歌壇上獨唱的歌；二是雜劇，是大鑼大鼓的舞臺劇。散曲是元代的新體詩，可以獨立創作，也是元代歌劇構成的主要部分；雜劇則是元代的歌劇。二者關係很密切，但在文學性質上，卻各不相同；散曲具有詩的獨立生命；雜劇則具有戲劇的獨立生命。

　　新文學體裁的發展，都是由簡而繁，由不規則而走向規則。在散曲中，最先產生小令，由小令變為合調，然後又變為套曲：

（一）小令

　　小令原是民間流傳的小調，經過了文學上的加工，便成為散曲中的小令。明王驥德《曲律》說：「所謂小令，蓋市井所唱小曲也。」這正確地說明了小令的民間來源及其通俗性。散曲中的小令，有如唐代絕句，五代、北宋的小詞，形體簡短，語言精鍊，自由活潑，便於寫景言情。當時稱為「葉兒」，這是從前代歌辭中解於出來的一種新詩，是適合新內容的一種新形式。如馬致遠作品兩首：

　　　　前村梅花開盡，看東海桃李爭春。寶馬香車陌上塵，兩兩三三
　　　　見遊人。清明近。(《青哥兒》)

枯藤老樹昏鴉，小橋流水人家，古道西風瘦馬。夕陽西下，斷腸人在天涯。(《天淨沙・秋思》)

(二) 合調

從簡短的小令，漸漸變成連用兩個調子，稱為合調或雙調，也稱「帶過曲」。就是作者填一調後，若意猶未盡，則另填一調來續完。如兩調不足，也有連用三調的，最多只能連用三調，但以二調相合為最通行。合調後，要求音節調和自然，如渾然一體。如張養浩的《沽美酒》兼《太平令》：

在官時只說閑，得閑也又思官，直到教人做樣看。從前的試觀，那一個不遇災難。

楚大夫行吟澤畔，伍將軍血污衣冠，烏江岸消磨了好漢，咸陽市干休了丞相。這幾個百般，要安，不安，怎如俺五柳莊逍遙散誕。

作者慨歎仕途險惡，希望隱居遠禍，先寫自己辭官前後的思想，再列舉歷史上居官得禍的多個例子，對他們的不幸遭遇寄予同情。最後表示要仿效陶淵明安貧樂道，不慕榮利，並徹底與官場決裂。二調之外，也有用三調的，如曾瑞《閨中聞杜鵑》，便用了《罵玉郎》帶《感皇恩》、《採茶歌》等三個曲調。

(三) 套曲

如由合調再進一步，把曲的形式組織給以擴大，就稱套曲，通稱散套或套數，也稱大令。它的構成形式，最主要的是三點：

一、由多首同一宮調中之曲牌，聯合組成一整體。

二、全套各調要同韻。

三、每套要有尾聲（也有例外），表示一套首尾的完整，並表示全
　　套音樂已了結。

　　可見套曲是曲子組成的集體，便於敘述繁複的內容。它可按情節
的繁簡，而伸長或縮短。短的只有三四調，長的如劉致《上高監司正
宮端正好》一套，共有三十四調。今以馬致遠《夜行船·秋思》為例：

　　【夜行船】百歲光陰如夢蝶，重回首往事堪嗟！今日春來，明
　　朝花謝。急罰盞夜闌燈滅。

　　【喬木查】想秦宮漢闕，都做了蓑草牛羊野。不恁麼漁樵無話
　　說。縱荒墳橫斷碑，不辨龍蛇。

　　【慶宣和】投至狐踪與兔穴，多少豪傑？鼎足雖堅半腰裡折。
　　魏耶？晉耶？

　　【落梅風】天教你富，莫太奢，無多時好天良夜。富家兒硬將
　　心似鐵，爭辜負錦堂風月。

　　【風入松】眼前紅日又西斜，疾似下坡車。曉來清鏡添白雪，
　　上床與鞋履相別。休笑鳩巢計拙，葫蘆提一向裝呆。

　　【撥不斷】名利竭，是非絕，紅塵不向門前惹，綠樹偏宜屋角
　　遮，青山正補牆頭缺，更那堪竹籬茅舍。

　　【離亭宴煞】蛩吟罷一覺才寧貼，雞鳴時萬事無休歇。何年是
　　徹？看密匝匝蟻排兵，亂紛紛蜂釀蜜，急攘攘蠅爭血。裴公綠
　　野堂，陶令白蓮社。愛秋來時那些：和露摘黃花，帶霜烹紫
　　蟹，煮酒燒紅葉，想人生有限杯，渾幾個重陽節？人問我，頑
　　童記者（住）：便北海探吾來，道東籬醉了也。

二　詞、曲的比較

（一）詞和曲相同之處

一、同為合樂的歌辭，二者最初的名稱，均叫「曲子」或「曲子
　　詞」。

二、形式同為長短句，同是在不整齊中形成整齊和規律。

三、同起源於民間，為文人加工而有所發展。

四、在產生、發展過程中，同受到民間歌曲和外族樂曲的影響。因
　　詞是「胡夷里巷之曲」（《唐書‧音樂志》），所配合的音樂是
　　「燕樂」，主要成份是北方音樂。而曲則是「胡樂番曲」，和詞
　　譜混合融化形成的。

（二）詞和散曲不同之處

一、從體制說，詞只依詞譜填寫，不加襯字；散曲可在有規則的曲
　　譜範圍內加襯字，使句式更活潑。詞最短者只十六字，最長二
　　百四十字，句有定字，不能增減。散曲則有重頭、套數之異，
　　句中字數，可略作增加，或用襯字。襯字之多少無一定，有多
　　於正文一倍或以上的。

二、從音韻說，詞之用韻，平韻則全調皆平，仄韻則全調皆仄，若
　　用平仄二韻，則要換韻。散曲則通首同韻，不能換韻；通體句
　　句押韻者，亦時有之，可以平上去三聲互叶。

三、從內容說，詞大致以抒情為主，內容較狹；散曲可敘事、說
　　理，內容較廣。

四、從組合說，詞每首獨立。散曲可單行；但也可以同宮調之曲串
　　合成套曲，套曲也可組成雜劇。

五、從風格說，詞的句子較文雅，忌鄙俗，多描寫清雅景物；散曲的句子較通俗，用口語，多自然逼真，更有親切感。

六、從風格說，詞貴曲雅含蓄，多用比興、象徵手法；散曲貴暢達生辣，多用賦體、白描手法。

七、從對象說，詞的對象是知識份子，故講求技巧和意境；散曲的對象，上至王公，下至走卒，故必須不避俚俗，內容淺近。

三　散曲名家：關漢卿、馬致遠、張可久、喬吉

　　散曲是繼宋詞而興起的一種新詩體，也是元代一種新的韻文形式。宋詞在文人手中流傳既久，到了南宋末期，漸趨衰落；流傳於民間的長短句歌詞，繼續發展，同時吸收了外來民族的曲調，經過民間藝人和文人不斷加工，就產生了當時流在北方的散曲，也叫做北曲。元代散曲作家可考者有二百多人，所詠題材不外是閨情、宮詞、四時景色、死生盛衰之類。以下是元代四大散曲作家的介紹：

關漢卿

　　關漢卿的散曲現存小令五十七首，套數十四套，成就雖不如雜劇，但也有獨到之處，在元代的前期散曲史上地位頗為重要。代表作《南呂・一枝花》（《不伏老》），真實地寫出了一個書會才人的生活，曲折地反映了作者積極樂觀情緒和頑強鬥爭精神，為元代散曲所罕見。他在散曲中描寫男女戀情的作品最多，能細緻刻劃婦女心理的有《雙調・新水令》（《題情》）、《雙調・沉醉東風》（《失題》）等。一些抒寫離愁別恨的小令，也真切動人。如《四塊玉》（《別情》）：「自送別，心難捨，一點兒相思幾時絕。憑闌袖拂楊花雪，溪又斜，山又遮，人去也。」又如《沉醉東風》（《別情》）：「咫尺的天南地北，霎

時間月缺花飛。手執著餞行杯，眼攔著別離淚，剛道得聲『保重將息』，痛煞教人捨不得，好去者望前程萬里。」

馬致遠

馬致遠在元代散曲的地位，正如李白之於唐詩，蘇軾之於宋詞，都是代表那一個時代的大家，對於提高和發展散曲，他起了很大的作用。他的散曲的主要內容，是懷才不遇的悲哀、隱逸生活的歌頌和自然景物的描寫。他有憤世嫉俗的一面，又有消極感傷的一面。他的代表作是《雙調・夜行船・秋思》。他描寫自然景物的曲子《天淨沙・秋思》則刻劃出一幅秋郊夕照圖，情景交融，色彩鮮明，曾經被前人稱為「秋思之祖」，在藝術上成為千古絕唱，流傳最廣。他的套曲《般涉調・耍孩兒》（《借馬》），描寫愛馬如命的吝嗇鬼的形象，別具一格。他的風格豪放灑脫，語言本色生動，有時還很精鍊，因而對開拓曲境很有貢獻。例如《般涉調・哨遍》：

> 半世逢場作戲，險些兒誤了終焉計。白髮勸東籬，西村最好幽棲，老正宜。茅廬竹徑，藥井蔬畦，自減風雲氣。嚼蠟光陰無味，旁觀世態，靜掩柴扉。雖無諸葛臥龍岡，原有嚴陵釣魚磯，成趣南園，對榻青山，繞門綠水。

寫盡了作者晚年的疏闊曠達、率性而行的閒適心境。

張可久（約1270-1349）

字小山，慶元（今浙江鄞縣）人。他做小官，不得志，晚年居西湖，以山水自娛。他專寫散曲，特別致力於小令，流傳至今有小令七百五十一首，套數七首，近人輯為《小山樂府》六卷，在元代作家中

數量首屈一指。他的散曲以煉句為工，對仗見巧，且多選用詩詞名句，失掉散曲的質樸本色。如《恁闌人》（《江夜》）：「江水澄澄江月明，江上何人搊玉箏？隔江和淚聽，滿江長嘆聲。」他刻意追求文字技巧，以詩詞作法譜曲，脫離了散曲特有的風格。總的而言，張可久在元代散曲史上地位甚高。

喬　吉（1280-1345）

　　字夢符，號惺惺道人，太原人，流寓杭州。他一生潦倒，因而寄情詩曲自有其獨特的藝術風格，著有《夢符散曲》。他自稱「江湖醉仙」、「江湖狀元」，比張可久帶有更多的江湖游士習氣。雅俗兼備，以出奇制勝，是其創作特點。如描寫景物的《水仙子》（《重觀瀑布》）：「天機織罷月梭閑，石壁迥垂雪練寒，冰絲帶雨懸霄漢，幾千年曬未乾。露華涼、人怯衣單，似白虹飲澗，玉龍下山，晴雪飛灘。」描寫瀑布，可謂遣詞清異，意境壯麗。在元代散曲家中，他所存作品數量，僅次於張可久。

第廿六章
明清章回小說

一　明代章回小說

　　明代小說興起，是有下列五種主要原因的：

　　一、小說本身的發展：中國古代小說，是個豐富的園地，其最早淵源，應在先民的神話傳說。到了魏晉六朝的「筆記小說」，如《博物志》、《搜神記》與劉義慶的《世說新語》等出現，才算是小說雛形。下迄唐代的「傳奇」，短篇小說才算真正形成。到了宋元的「話本」，採用白話寫故事，促進了白話文學的發展。到了明代白話小說，正是沿著這條白話文學的路線發展下去的。

　　二、小說地位的提高：在儒家的載道思想統治文壇的古代，基本上是輕視小說的。明代思想家李贄、文學家馮夢龍（1574-1646）都推許小說。李贄對《水滸傳》、《三國志演義》等的評點本，風行一時。他把小說和戲曲的地位抬得很高，把《西廂記》和《水滸傳》同列入「古今至文」。這是了不起的見解。馮夢龍也編訂、出版過《古今小說》，提倡重視小說，認為小說可「與《康衢》、《擊壤》之歌，並傳不朽」，可為「《六經》國史之補」，還認為比《孝經》、《論語》更能深刻地感動人。由於小說文章之美得到讚揚，它的社會功能得到肯定，便逐漸改變了人們輕視小說的觀念。

　　三、市民階層迫切需要適合口味的文學作品：明代手工業得到了很大發展，城市經濟和海外貿易迅速繁榮。北京、南京是當時政治、經濟和文化的中心，此外還有大商業都市三十多處。由於經濟發展、

城市生活豐富，市民階層迫切需要詳為鋪述的適合口味的文學作品來欣賞，這自然促進了小說的發達。

　　四、印刷技術進步：明代刻書技術有很大進展。當時刻書有官刻本、家刻本（私人所刻）、坊刻本（書坊所刻）、官刻、家刻，特別精美；坊刻本也非常普遍。嘉靖、萬曆年間，是明代刻書的黃金時代。當時刻書的重心，是在江蘇、浙江、福建。並同時遍及全國各大城市，印刷技術如此普遍、繁榮，對於小說的推廣傳播，起了重要作用。

　　五、社會環境的複雜：明代是社會結構變革和社會、民族等各種矛盾集中的時代，加上方士尼僧大盛，報應輪迴之說深入民間；晚明更是朝綱不振，荒淫成風。當時形成的種種奇奇怪怪的社會現象，都是小說所需的好題材，因之反映現實的小說，便應運產生。

　　章回小說是我國古典長篇小說的主要的、甚至是唯一的體裁。它的特點是分回標目，故事連接，段落整齊。章回小說是在宋元長篇講史基礎上發展起來的。宋代講史今存《五代史平話》和《大宋宣和遺事》，元代講史則有至治年間新安虞氏刊刻的《全相平話五種》。這些書一般都只按年講述，詳略參差不等，只分卷集，不分章回。

　　這些講史平話，大多只粗陳梗概，細節描寫不多，篇幅也不長。在長期講述過程中，經過藝人反覆渲染，增添細節，它們的故事性得到加強。在平話流傳過程中，它們又不斷受到「小說」的影響，注重對人物性格的刻劃，情節也更加細緻生動。為了彌補講史平話篇幅過長，不便講述，也不便閱讀的缺點，章回小說又在過去分章節、分細目的基礎上，選擇那些在情節上有斷有連，大斷小連的地方分出章回，以便既能表現出長篇平話的階段性，又照顧到它的連續性。經過這樣一系列的藝術加工，長篇平話進一步發展成為章回小說，真正成了以供人們閱讀為主的文學作品，這個發展過程主要在元末明初。

　　早期章回小說如《三國志通俗演義》、《忠義水滸傳》、《殘唐五代

史演義》、《三遂平妖傳》等，篇幅加長，內容更豐富，但分節立目的
形式仍很簡陋。到了清代以後，章回體例又有了新的發展，如毛宗崗
評本《三國演義》和《儒林外史》、《紅樓夢》，改過去參差的回目為
對偶。特別是《紅樓夢》，全書統一為八言對偶的完整體例，講究平
仄對仗，並注意運用抒情筆法以隱括內容，使回目形式和小說內容更
加和諧完美，更加富有詩意。這樣，我國章回小說的形式和內容才得
到最完善的統一。

（一）《三國演義》

1　《三國演義》的成書、作者和版本

　　三國故事至遲在晚唐當已流行。李商隱《驕兒詩》就有「或謔張
飛胡，或笑鄧艾吃」之句，說明晚唐已有講唱或扮演三國故事者。到
了宋代，由於「說話」藝術的興起，三國故事得到更廣泛的流傳，並
已具有鮮明的擁劉反曹傾向。到了元代，三國故事又被搬上舞台，同
時，還用了很大篇幅描繪了那個時代的理想，那就是政治上以蜀漢為
代表的「聖君賢相」和人與人關係上以劉關張為代表的那種「義」。
作者用理想的「聖君賢相」和現實中的「昏君賊臣」相對立，用那種
「朋友而又兄弟，兄弟而又君臣」的關係和現實中的那種勾心鬥角，
爾虞我詐的關係相對立：這就是構成小說中「擁劉反曹」這一基本傾
向的主要內容。「桃園結義」的那種「義」，作為人與人關係的一種道
德原則，這顯然是對封建社會中森嚴的等級關係的一種衝擊。

　　對理想政治的描繪和對理想英雄的歌頌，在小說中是緊密地交織
在一起的。《三國演義》中的關羽、張飛、諸葛亮等一大批理想英雄
就這樣在人民口頭中形成的。他們都具有超人的智慧或勇武，能夠肩
負常人所無法承受的歷史重擔，不屈不撓地為理想政治的實現而奮鬥

到底。作者把他們寫成具有崇高品質，同時又是有血有肉的人，努力表現出他們性格中的全部複雜性。對於其中的幾個主要英雄，作者還寫出了他們的悲劇命運，並用悲傷和惋惜的筆墨，寫出他們最後不可避免的悲劇結局，寫出了關羽的居功驕傲，劉備的剛愎自用，張飛的暴躁寡恩。通過這些描寫，更加豐富了人物的性格。

　　《三國演義》的內容是複雜的，曹魏集團代表著幾千年封建社會的黑暗現實，而蜀漢集團則成為當時人們的理想的寄托。可是鬥爭的結果卻是理想破滅，黑暗勢力得逞，是暴政戰勝了仁政，爾虞我詐、弱肉強食的殘酷現實戰勝了孝悌禮讓、忠誠信義等理想觀念。

2　《三國演義》的藝術成就

　　《三國演義》塑造人物形象，往往從歷史人物各種性格中，捨棄其他方面，突出地強調其某一特點，不惜濃墨重采加以渲染，使之發展到絕端。如曹操是奸雄的代表，劉備是仁君的代表，諸葛亮是賢相的典型，關羽則是義勇雙全的武將的典範，而張飛則以莽撞、嫉惡如仇著稱，他們都成了某一類型人物的代表。如曹操本是「非常之人，超世之傑」，而作者卻改造前者，把他塑造成一個千古奸雄。而周瑜本身也是個足智多謀，「謙讓服人」的人，作者把他寫成一個軍事家，但又突出他氣量狹小，不能容物，忌刻人才的性格，這種寫法都是服從主題和布局的需要。貶低曹操人格，就提高了劉備身份。寫了周瑜狹隘，就反襯諸葛亮的高瞻遠矚。

　　《三國演義》最善於敘事。它從漢末黃巾起義，即漢靈帝中平元年（184）到西晉統一的咸寧六年（280），前後九十七年。作品以魏，蜀，吳三國矛盾為主要內容，又著重抓住魏，蜀兩大集團的矛盾鬥爭為主幹，其中又以蜀漢集團，特別是諸葛亮的活動作為中心，精心結構無數故事，使全書成為一個既波瀾壯闊，結構宏偉又不失嚴密

精巧的藝術整體。作者善於使實寫、虛寫、詳寫、略寫、明寫、暗寫、正寫、側寫各盡其妙。在敘事又能兼用順敘、倒敘、插敘、補敘等不同方法，這既能避免行文的冗長和繁複，又能使故事參差錯落，搖曳多姿。

《三國演義》在戰爭描寫上的成就尤為突出。全書共寫了大小四十多次戰役，具體的戰鬥場面則有上百個。這些戰役和戰鬥場面都描繪得生動具體，驚心動魄，各具特色，毫不雷同。它以寫戰爭為主，又不單純局限於戰爭本身，總是相應地展開其他活動的場面；這些活動，或者戰爭的前奏，或者戰爭的準備，或者戰爭進程中的插曲，但都程度不同地成了影響戰爭勝敗的一個因素。這樣，緊張激烈的戰爭就能表現得有張有弛，疾徐相當，疏密有致，可以收到引人入勝的藝術效果，同時在一定程度上揭示了戰爭的客觀規律。正因為如此，作者筆下的戰爭才如此豐富多姿，變化無窮。這些戰爭，或以強制弱，或以弱勝強，或先勝後敗，或敗中取勝，或為火攻，或為水淹，或強攻，或智取。形式多樣，互不雷同，充份表現出戰爭的複雜性和多樣性。例如官渡、赤壁、夷陵三大戰役，都是以弱勝強，但勝敗的一個重要原因，又都以雙方主帥：即曹操與袁紹，周瑜、諸葛亮與曹操，陸遜與劉備的思想、才能、性格有關。

為了接近歷史，又照顧小說效果，《三國演義》採用了一種半文半白的語言，「文不甚深，言不甚俗」，雅俗共賞，而又具有簡潔、明快、生動等特色。

（二）《水滸傳》

1 《水滸傳》的成書，作者與版本

《水滸傳》所描寫的宋江起義，歷史上實有其事。《宋史·徽宗本紀》及《張叔夜傳》、《侯蒙傳》均有點滴記載。起義大約發生於北

宋宣和初年。宣和三年（1121）為海州知州張叔夜所招降。此外，一九三九年陝西府谷縣曾出土《宋故武功大夫折可存墓志銘》，內記載折可存在鎮壓方臘起義後，「班師過國門，奉御筆捕草寇宋江，不逾月繼獲。」不排斥宋江受招安後復叛，又為折可存所擒。

　　《水滸傳》成書於南宋到明初的漫長時期。自北宋末年以來，政治腐敗，外族入侵，民困國危，百姓處於水深火熱之中，故轉思草澤以托志。宋江故事就是在這種基礎上開始流傳。南宋末年還出現一部《大宋宣和遺事》，按年編述，類似講史。其中所記載的水滸故事有：楊志賣刀殺人；楊志與孫立等入太行山落草；晁蓋等劫生辰綱等。

　　在元代，出現了大批水滸戲，內容多與今本《水滸》無關，至於《水滸傳》的成書，近世學者多根據語言風格等因素，認為是施耐庵作。施耐庵生平不詳，或傳其生於元貞二年（1296），死於洪武三年（1370），興化人，原名耳，又名子安，元至順間進士，出仕錢塘兩年。後來他曾參加張士誠起義，傳說他與張士誠部下卞元亨相友善，並說羅貫中曾師事耐庵。但均證據不足，有待稽考。

　　施耐庵編定的《水滸傳》，今已不存。今見最早版本是明萬曆十七年（1589）天都外臣（汪太涵）序刻本，是翻刻本，原刊於嘉靖年間，全書一百回，回目對偶。招安後有征遼，征方臘，全書文筆流暢，形容曲盡，對以後版本影響較大。後來版本可分簡繁兩個系統。清初則有金聖嘆評的貫華堂本，係截取繁本前七十一回，其用意在不許梁山好漢立功自贖。

2 農民起義的悲劇

　　《水滸傳》以歷史上宋江起義為題材，用深刻、熱情而又冷靜的筆觸，描寫並解剖了農民起義的全過程，即從起義的社會原因，起義的發生、發展到壯大，以及起義的口號、綱領、理想和戰略思想、內

部分歧，並由於這些因素的制約而接受招安、走向失敗的整個過程。

《水滸傳》深刻地揭露了起義的社會原因，這就是「官逼民反」，「亂自上作」。從徽宗皇帝、蔡京、童貫、高俅等，到地方官江州蔡九知府、大名府留守梁中書、青州知府慕容彥達、高唐知州高廉等，一直到下面的祝朝奉、曾長者、西門慶等地主劣紳，以及陸謙、富安、董超、薛霸等走狗爪牙，他們相互勾結，沆瀣一氣，代表著那個社會的黑暗勢力。在那個暗無天日的社會裡，不用說恃強好勝、敢於反抗的勇士，就是那些安分守己、逆來順受的良民，也都被逼得無處容身。人民除了反抗，再沒有別的出路。於是，「撞開天羅歸水滸，掀開地網上梁山」，就成了歷史的必然趨勢。

《水滸傳》著重描寫了「上應天星」的一百零八位頭領，並把他們描寫成頂天立地的英雄，是一批勇武或智慧上的超人。在這批英雄中：李逵、李俊、張橫、張順、石秀、楊雄、二解、三阮等，都是下層勞動人民，有著強烈的階級仇恨，他們寤寐所求的是上梁山，以魯智深、武松為代表的江湖豪傑，和暗中劫富濟貧，與官府作對的晁蓋、吳用等人，他們由打抱不平的個人反抗或小團體鬥爭，走上了集體鬥爭的道路。而以林沖、宋江為代表的中間階級，他們經過長期複雜的思想鬥爭，終於認識到只有反抗才有出路，最後投身到農民起義隊伍之中。此外，大地主盧俊義、李應及降將呼延灼、關勝等人，他們或者被人硬拉上來，或者由於俘虜政策的感召才解甲歸降。他們雖然身在起義隊伍之中，但並不了解反抗的真正意義，因而成為接受招安的主要力量和社會基礎。

《水滸傳》把梁山泊當作農民的理想社會來描繪，梁山泊所推行的一切政策和制度，如「替天行道，保境安民」、「劫富救貧，濟困扶老」、「不害良民，只怪濫官污吏」，以及軍紀如山、錢糧定制，都體現了農民的意志和願望。

作者特地在七十一回裡，無比熱情地歌頌了這一農民革民的理想聖地：

> 八方共域，異姓一家。天地顯罡煞之情，人境合靈傑之美。千里面朝夕相見，一寸心死生可同。相貌語言，南北東西雖各別；心情肝膽，忠誠信義亦無差。其人則有帝子神孫，富豪將吏，並三教九流，乃至獵戶漁人，屠兒劊子，都一般兒哥弟稱呼，不分貴賤；……

這是在六百多年前的封建制度下，農民意識中所能達到的最高理想境界。

《水滸傳》還初步揭示了農民革民必然失敗的歷史原因。《水滸傳》的基本精神及主要價值在於描寫了農民的革命精神，但是對招安到失敗過程的描寫，也是本書的重要部分。《水滸傳》誇大了宋江內心深處的動搖妥協思想，並且在「全伙受招安」以後，基本上中斷了原先存在著的招安與反招安的嚴重鬥爭。

3　《水滸傳》的藝術成就

《水滸傳》的人物來自社會上各個階層，所以能比較注意按照實際生活那樣寫出人物的階級性和個性來。《水滸傳》刻畫人物開始注意到個性特徵。同樣出身於下層勞動人民，李逵和石秀、張橫、張順、二解等人不同。甚至同樣環境中長大的阮氏三雄，個性也各有差異：阮小二沉著持重，臨事鎮靜；阮小五精明強悍，爽快利落；阮小七則更顯得坦率急躁，嫉惡如仇。正是作者能抓住鮮明的性格特徵以表現人物，因此寫了很多相近的情節，也各有特點。如同是發配，有林沖、武松、宋江、盧俊義的不同發配。同是殺淫婦，也有武松殺嫂、

宋江殺閻婆惜、石秀殺潘巧雲等不同表現。由於當時人性格個性上的差異，因此，具體情節、場面、氣氛等方面的描寫，也都各有特點。

《水滸傳》不僅寫出了人物性格個性，而且能夠表現人物性格的發展和變化。在作品中，「逼上梁山」的過程也就是性格變化發展過程。通過人物自身言行，把人物放在矛盾尖端以表現人物性格，這也是《水滸傳》的一個明顯特徵。如魯智深一出場就立刻被捲入與鎮西關的鬥爭中，林沖一出場就碰上妻子被高衙內調戲，立即捲入與高俅的一場生死鬥爭。宋江則是在生辰綱事發，差人捕拿晁蓋等人時出場，這些人的出場無一不是事起突然，變故非常，一下子就捲進了鬥爭的漩渦，使他們非竭智盡力、披肝瀝膽，不足以應變。這樣一來，人物的真實性格，一下子就完全披露出來。

為了表現農民起義由個別到集體，由分散到集中，由小規摸到聲勢浩大的大起義這一規律，《水滸傳》採用了獨特的結構方式。特別是前半部，故事的發展主要依靠人物的相互銜接，主要人物的故事一環套一環。分開來看，可以把一些人物故事分成若干短篇而無割裂之感；合起來看，其結構也是嚴整劃一，氣氛協調，並無瑣碎繁複之弊。加以全書情節曲折變幻，波瀾起伏、錯綜雜出、搖曳多姿。書中的一些小故事，都服從於逼上梁山這一中心內容，由分而合，宛如百川匯海。這樣既有利於表現廣闊複雜的社會面，又能寫出農民起義由星星之火發展為燎原大火的完整過程。

在語言風格方面，《水滸傳》能創造性地繼承和發展「說話」的語言藝術，它的語言以北方口語，主要是山東一帶口語為基礎，經過加工，千錘百鍊。其主要特色是：明快簡潔，生動含蓄，表現力很強。在語言個性化方面，有了突出的成就，往往三言兩語就能刻劃出鮮明的形象。狀人敘事，則多用白描，不用長段抒寫，用詞極為凝煉。如十三回「急先鋒東廓爭功」，寫楊志索超比武，旁觀諸人反映

各有不同：梁中書「看得呆了」，是個文官身份；眾軍官「喝采不迭」，是眾軍官身份；軍士們「遞相廝覷說：『何曾見過這等廝殺』」，是眾軍士身份；李成、聞達則連呼「好鬥」，是大將身份。真是信筆寫來，一絲不亂。

（三）《西遊記》

　　《西遊記》的成書過程和作者：《西遊記》以玄奘取經故事為背景。唐貞觀三年（629），僧人玄奘（602-664）不避艱險，隻身赴天竺取經，歷時十九年，帶回經文六百五十七部。他歸國後，奉詔口述所見，由門徒辯機等輯錄成《大唐西域記》。此後，又經佛教徒大加渲染，用一些佛經故事及中國古代神話傳說附會點染，以弘揚佛法，故愈演愈奇。南宋時，則有《大唐三藏法師取經詩話》共三卷十七章，一萬六千字以上。這個真人真事的故事，至此全變為神話。

　　西遊故事在金元之際已經搬上舞台。元明之際，還出現過一部古本《西遊記平話》，原書已佚。有殘文「夢斬涇河龍一段」，保存在《永樂大典》一三一三九卷中，僅有一千二百餘字，相當於今本《西遊記》第十回前半部分。在朝鮮古漢語教漢語教材《朴通事諺解》中又發現另一片段「車遲國鬥聖」。從這些零星記載中可以看到：西遊故事的主要情節、結構及人物均已定型，孫悟空出身已有詳細描寫，大鬧天宮已成為獨立故事。孫悟空是花果山水濂洞一個老猴精，號「齊天大聖」，因入天宮偷蟠桃、靈丹及仙衣，被李天王率天兵徵討，失利後，被二郎神捕獲。因為觀音請赦，免去了他的死罪，但令他隨取經人往西天取經。隨唐僧西行的還有沙和尚及黑豬精豬八戒。但「路上降妖去怪，救師脫難，皆是孫行者神通之力也。」取經故事當時已相當複雜，與今本《西遊記》相當接近。但對西遊故事進行最後加工的是吳承恩。

　　吳承恩（約1500-1582），淮安山陽人。他出身於一個「兩世相繼為學官」，終於成為商人的家庭，幼年「即以文鳴於淮」，但「屢困場屋」，四十多歲時補歲貢，五十多歲時曾作長興縣丞兩年，「恥折腰，遂拂袖歸」。乃絕仕進，閉門著述，縱情詩酒，終老於家。吳承恩從小就喜歡神話故事，充滿神奇幻想的《西遊記》，就是在這種思想基礎上創作出來的。

1　《西遊記》的思想內容

　　《西遊記》的思想內容比較複雜，其原因在於：第一，它是一部神魔小說；第二，還由於《西遊記》的成書過程造成了思想內容方面的複雜性。吳承恩改造了故事不少思想內容和大批人物形象，使得原作中莊嚴的神佛，有的變成為滑稽的被嘲諷的角色；而猴行者則變成了孫行者，變成為一個天不怕、地不怕的齊天大聖。

　　《西遊記》通過浪漫主義的藝術想像，生動地反映了古代人民駕馭自然的熱烈願望和人定勝天的樂觀精神。從故事的具體進程上來看，《西遊記》大致由三個部分組成：一至七回是「大鬧天宮」，八至十二回為「取經前奏」，十三至一百回是「西行取經」。大鬧天宮中，孫悟空以叛逆者的姿態出現，豎起了「齊天大聖」的旗幟，喊著「皇帝輪流做，明年到我家」的口號，把十萬天兵打得望風而逃。這些充滿了浪漫主義激情的幻想情節，以神話所特有的形式反映了封建統治下人民群眾的反抗要求和蔑視封建秩序的叛逆情緒。大鬧天宮以失敗而結束，孫悟空被壓在五行山下。從十三回開始的取經故事，共佔八十八回之多，乃是全書的主體。篇幅浩大，情節複雜，其思想內容也極為豐富。

　　從整個情節上看，取經故事本身並無太大的意義，它不過是一種宗教行為，最多只是體現了佛教徒為普渡眾生而不辭勞苦的頑強毅

力。但在小說中，取經故事好比一根線，一連串戰勝惡魔，克服困難的情節猶如穿在這根線上的珍珠。作者通過取經者與阻撓取經者的鬥爭（即八十一難，又可分為四十多個小故事），淋漓盡致地描寫了唐僧師徒四人為達到目標所進行的堅韌不拔、不勝不止的戰鬥歷程，從而反映了人們的頑強毅力和摧毀一切邪惡勢力征服大自然的願望。

西行途中的一些妖魔，也是一種比較複雜的形象。這些妖魔不僅阻撓取經，而且大都霸佔一方，勒索供奉，虐人害物，嗜殺成性。而且，這些妖魔大都和神佛有著千絲萬縷的聯繫，這些妖魔或者私自逃入人間，或者有意驅遣下凡，但這都可以說明神佛統治的腐朽和天界秩序的紊亂，進而表明除魔戰鬥與大鬧天宮在精神上的一致性。

2　《西遊記》的浪漫主義藝術

《西遊記》創造了一個五彩繽紛的幻想世界：那裡有鵝毛飄不起的流沙河，有那「就是銅腦袋，鐵身軀也要化成汁」的火焰山，還有那飛砂走石的戰場，騰雲駕霧的神怪，奇幻莫測的戰鬥，變幻奇詭的故事。由於神佛妖魔都擺脫了時空的限制，不生不滅，因此，小說的筆觸就可以古往今來，人間天上，龍宮魔窟，天堂地府，無處不到，無所不寫，給中國文學開闢了一個光怪陸離、神奇瑰麗的浪漫主義的新天地。

在人物塑造上，作者也顯示了浪漫主義藝術才能。作品中不少神魔，多數各有其特徵，特別是其中幾個主要形象，刻劃得尤為突出。這些形象都是人、動物和神的混合體，也就是社會性，生物性和神異性的巧妙融合。如孫悟空，既是理想主義的英雄典型，又具有七十二般變化神通，而這一切又無不融合了猴子本質中機靈，乖巧，敏捷，愛動等特徵。甚至就在他的七十二般變化時，也少不了會留下一條難於處理的尾巴。作者還把豬身上的貪吃愛睡，愚蠢呆板，懶惰自私等

特性揉合到豬八戒形象之中。

　　諷刺和幽默也是《西遊記》浪漫主義風格的一個重要特色。作者善於通過幻想形式對現實生活醜惡的，畸形的東西進行揭露和抨擊，並使善意的嘲笑，辛辣的諷刺和嚴峻的批判結合起來。因此，書中不少章節妙趣橫生，籠罩著濃厚的喜劇氣氛。

　　《西遊記》的語言也很有特色。口語化，人物語言個性化都有較高成就。語言風格簡煉有力，詼諧多趣。作者特別注意語言的形象性和直接性，力求把人物的聲容笑貌，戰鬥的場面與氣氛，山河的奇形異態，都盡可能透過文字顯現出來。

（四）《金瓶梅》

1　《金瓶梅》的成書

　　《金瓶梅》大約成書於明代萬曆年間，署名蘭陵笑笑生，其生平不詳。作為明代長篇白話世情小說，全書共一百回，故事裏有數百個人物，其中主要圍繞主人公西門慶展開。書中三位女主人公分別為潘金蓮、李瓶兒和龐春梅，故作者從三位女主人公名字中各取一字，遂將該書命名為《金瓶梅》。《金瓶梅》是一本描寫家庭生活為題材的現實主義作品，書中的人物之間的關係結構十分龐大複雜，曾被清代初期文藝理論家張竹坡稱為「第一奇書」。它雖然描寫的是家庭生活，實際上是在假借描寫宋朝舊事，而對晚明時期政治的腐朽、集權社會的醜惡和人民生活的淒慘的影射。全書描寫了西門慶家庭的興衰史，一邊是用錢買權，一邊是用權獲得更多的錢。反映了整個集權社會自上而下，政治權貴和商人狼狽為奸、為所欲為、魚肉百姓，人性因為近朱者赤近墨者黑而逐漸扭曲的醜惡行為。書中人物西門慶的社會活動和荒誕的好色行為，更是將人性種種赤裸地呈現在了讀者眼

前。而書中的女性角色，儘管有著各種背景和性格，但最終都在書中道德淪喪的夫權社會中墜入毀滅的深淵。這部小說對各色人物的刻劃，對人情世態的描繪，無不細膩入微，曲盡其妙。

2 《金瓶梅》的藝術成就

《金瓶梅》的出現，擺脫了當時中國長篇小說取材於神話傳說或歷史故事的傳統，就是這部章回小說很重要的一個貢獻。《金瓶梅》本身講述的是現實社會中人物的日常生活，這種現實主義的寫作手法，為大量後世作品奠定了基礎。最值得稱謂的是《金瓶梅》的創作立意，這種用白描去表現醜惡的寫作手法，對於揭露社會骯髒極具衝擊力，對後世的諷刺文學有極大影響。小說中的語言，簡潔明快。作者的寫作技巧嫻熟，善於運用山東方言、俚俗語彙，達到高度的藝術效果。

作為小說，《金瓶梅》的出現是中國小說的發展具有劃時代的作用。與《三國演義》、《水滸傳》、《西游記》很不同，它們在成書之前已有各種與其同類題材的文藝作品流行，使其有所借鑒。唯有《金瓶梅》可以說是出自一個作者之手，全書故事完整，形象鮮明，結構嚴密，已經具備長篇小說的完整體式。它的出現，標誌着我國長篇小說創作達到成熟的階段。在《金瓶梅》的影響下，清代小說才而更大的發展，《紅樓夢》的出現不能說和《金瓶梅》的影響毫無關係。

二 清代章回小說

（一）《紅樓夢》

清代的章回小說，第一部當然要算《紅樓夢》。《紅樓夢》一名

《石頭記》，作者為曹霑（約1715-1764），字雪芹，為漢軍鑲藍旗人。祖父曹寅，字子清，號楝亭，康熙中為江寧織造。曹寅頗嗜風雅，刻有古書十餘種，自著有《楝亭詩鈔》五卷，《詞鈔》一卷，《傳奇》二種。父曹頫（音俯），亦為江寧織造，故霑生於南京，約在康熙末。那時康熙帝五次南巡，均以織造署為行宮，後四次均為曹寅在任。因此，曹霑自幼便生長在豪華的環境中。曹家的不幸開始於雍正六年（1728），當時曹頫卸任，歸北京，那時霑約十歲。自此曹氏忽遭巨變，家道中落，他至中年，幾貧居西郊，啜饘粥度日。曹霑性本傲兀，不肯隨俗，飲酒賦詩，一仍其舊，《紅樓夢》大約即為此時所作。乾隆二十九年，又悲子殤，遂成疾而卒，年僅四十餘。

　　《紅樓夢》今本均作一百二十回，而霑所作實只有八十回，後四十回為高鶚所補。高鶚字蘭墅，亦為漢軍鑲黃旗人。乾隆五十三年舉人，六十年進士。他補《紅樓夢》當在未成進士時。

　　霑既於潦倒中寫此鉅著，正如第一回中所謂「當此，則自欲將已往所賴天恩祖德，錦衣紈袴之時，飫甘饜肥之日，背父兄教育之恩，負師友規訓之德，以致今日一技無成，半生潦倒之罪，編述一集以告天下人。」純是作者的自傳，不過加以虛託渲染而已。全書的大略如下：

　　在石頭城，有一座大宅第，是為貴族的賈府，乃功臣寧國、榮國二公後裔所居。就在這樣一個大家庭中，便由作者敷述其八年間盛衰的事情。《紅樓夢》開始便是敘述黛玉父親的死，與寶釵同來賈府寄住。那時候黛玉十一歲，與寶玉同年，寶釵則為十二歲。全書即以此三人為中心人物，而描寫成一部曲折悲豔的三角戀愛故事。寶玉生時有奇蹟，口裡含玉，故名寶玉。而寶釵小時，有一個癩頭和尚送她一把金鎖，這與寶玉的玉，暗地證明了有夫婦姻緣。以品性而論，黛玉不免有些小家氣，寶釵則雍容大方。黛玉一不對就是哭就是撒嬌，弄

得寶玉連聲喊著「林妹妹」，結果尚還不肯轉怒為歡。寶玉呢？老實
說來，對黛玉卻是愛的，對寶釵卻只是敬而已，惟其敬，也不無有愛
之處。從才學方面來說，黛玉是絕頂聰穎，寶釵則不如她。若以體格
比較，黛玉則顯然是個肺病患者，多愁善嬌，而寶釵確比她健康得
多。所以後來寶玉配親，以體格以態度而又加之以嫂嫂王熙鳳的計
謀，終於秘密地與寶釵結婚了。自然黛玉一聽到這個消息，立時暈厥
吐血，病勢轉劇，恰於寶玉喜慶之日，一命嗚呼，那時不過十七歲罷
了。寶玉的意中人原以為也是黛玉，不想新婦卻是寶釵，也驚異悲痛
而至於病。其時忽來一僧，將寶玉之靈導遊幻境，說明情緣即是魔
障，寶玉遂幡然悔悟，立改前行。於丙辰之年，應鄉試中式舉人第七
名，待功名既畢，乃出家為僧而去。

　　全書情節當然不是如此簡單，它一方面描寫寶玉等的三角戀愛，
一方面實描寫大家庭由盛至衰。它的前半部，使人感覺如入百花叢
中，千紅萬紫，極盡旖旎之致。後半部則死的死，喪的喪，落職的落
職，一個輝煌門第，總於如草屋一般，受盡風打雨吹，漸漸的搖倒而
至於覆滅，使人有無限感慨之處。計全書男子凡二百三十五人，女子
二百一十三人，像這樣許多的人物，俱要各自寫出個性來。而且故事
既不落舊套，描寫又純出自然，故胡適認為是一部自然主義的傑作，
非一般才子佳人的小說可比。

（二）《聊齋誌異》、《儒林外史》、《鏡花緣》

　　清代的章回小說，實較明代為發達。除《紅樓夢》以外，最早的
是《聊齋誌異》，其餘著名的有《儒林外史》、《鏡花緣》。此外如《野
叟曝言》、《海上花列傳》、《七俠五義》、《施公案》、《彭公案》、《官場
現形記》、《二十年目睹之怪現狀》、《老殘遊記》、《孽海花》等，則只
能從略。

1 《聊齋誌異》

　　蒲松齡（1640-1715），字留仙，號柳泉，世稱聊齋先生，山東淄川人。從幼年起，他受家庭影響，羨慕功名，醉心科舉。他的《聊齋誌異》，在二十歲左右開始創作，四十歲前後成書，其後不斷增補，五十歲才寫定。《聊齋誌異》有作品四百多篇，內容豐富，除小說外，還有筆記、雜文和寓言故事等。作者把魏晉志怪小說與唐宋傳奇的傳統，結合起來，通過人鬼怪異、花妖狐魅等神奇變幻故事，寄託內心的「孤憤」，在思想與藝術上都達到了文言小說的最高成就。《席方平》、《促織》、《王子安》、《司文郎》、《嬰寧》、《阿寶》等都是其中較著名的優秀篇章。

2 《儒林外史》

　　《儒林外史》作者為吳敬梓（1701-1754），字敏軒，晚號文木老人，安徽全椒人。幼即穎異，善於記誦。稍長，補官學弟子員，詩賦援筆立成。因為不善於治生，性格又豪爽，所以不數年間，家產揮霍俱盡，甚至於絕糧。雍正十三年（1735），安徽巡撫趙國麟舉以應博學鴻詞科，他不赴。移家金陵，遂集同志成先賢祠於雨花山麓，祀泰伯以下二百三十人。因資不足，又售所居屋以成之，故此家中益貧。晚年居揚州，尤落拓縱酒。至乾隆十九年（1754）卒，年五十四。

　　《儒林外史》凡五十五回，是他寓居金陵時寫的。全書雖稱為章回小說，實際上是連成許多短篇而接合的。他自己既愛清高，所以書中描寫清高的人以外，對於一般假道德和舊禮教的偽善者，常盡其諷刺。而於世態人情的炎涼，又刻畫備至。如第三回《胡屠戶行兇鬧捷報》寫范進老不進學，一連應考至二十餘次。他的丈人胡屠戶聲聲口口罵他「現世寶窮鬼」，「爛忠厚沒用的人」。但後來范進真中了舉人，他的話鋒便改變了，不住的喊著「賢婿老爺」起來。

3 《鏡花緣》

　　《鏡花緣》的作者李汝珍（約1763-1830），字松石，直隸大興人。自幼穎異，但不樂為舉子業，只是一個諸生。乾隆四十七年（1782）隨兄至海州任，師事凌廷堪，因得兼及音韻之學。時約二十歲，其後又通六壬、遁甲、星卜、象緯、書法、弈道之學，是一個才富之士。晚年窮愁，乃作小說以自遣，《鏡花緣》即作於此時，凡歷十餘年而始成。年約六十餘卒。

　　《鏡花緣》共一百回，大略記述唐武則天於寒中欲賞花，詔百花齊放。花神因此違抗天命，遂被謫人間為百女子。時有秀才唐敖，因與徐敬業有舊，乃附婦弟林之洋商舶遁跡海外。經過許多奇域異境，宛如《山海經》中所說的情景。後唐敖至一山，食仙草仙去。其女小山又附舶尋父，總不可得，但從山中一樵夫得敖書，名她閨臣，約其中過「才女」後來見。女不得已而歸，值武后開科試才女，遂應試，列為第十一名。於是同榜者百人大會於宗伯府，又連日燕集，彈琴賦詩，圍棋講射，行令論文，極盡觴詠之樂。其後武氏敗，中宗立，仍尊武后為則天大聖皇帝。武后於是又下詔來歲開女試，並詔前科眾才女重赴鴻文宴，書遂至此而終。然作者自云「欲知鏡中的全影，且待後緣」，則似尚欲續作。《鏡花緣》一書實為描寫婦女的一部小說。他對於幾千年來女子代抱不平似的，所以特借武后為帝時試才女的故事敷衍成篇。

第廿七章
明清傳奇

一 明代傳奇

這裏所謂明代傳奇作家，其實就是崑曲勃興後的作家。大約自明嘉靖起以至明末這一百餘年間，可說是傳奇最發達時代。當時作家輩出，也無慮百餘人。這許多作家，約略的可歸納為三派：

駢儷派：專講文辭的綺麗的，就是說白有時也用四六的駢語，作家有梁辰魚、鄭若庸、張鳳翼、屠隆、梅鼎祚等，以梁辰魚、張鳳翼為代表。格律派：專講究於音律，寧可詞句不工，至讀之不成句的，作家有沈璟、顧大典、蕭憲祖、呂天成、王驥德等，以沈璟、王驥德為代表。本色派：不專講詞句的華麗，也不十分講究音律的，而重視人物角色的行為及語言特徵，作家有湯顯祖，范文若、阮大鋮、吳炳、李玉等，以湯顯祖、阮大鋮為代表。

梁辰魚（1519-1591）

字伯龍，號少白，又號仇池外史，崑山人。以貢生為太學生。但他為人好任俠，後便棄舉子業。身長八尺，虯鬚虎顴，足跡遍吳、楚間。更欲周覽天下名勝，不果而卒。當時有贈他的詩，有：「斗酒清夜歌，白頭擁吳姬。家無擔石儲，出外年少隨。」可以想見其風度，至老猶是如此的。

他最精音律，當時魏良輔創崑腔，他就首先應用過來，這便是著名的《浣紗記》。自是以後，都追蹤他的作法，崑曲以是大盛。因此

他在當時很負盛譽，人家請他教曲的很多。他乃設大案，西向坐，序列左右，遞傳疊和。他每到一處，人家贈餽他的東西很多。一時歌兒舞女，以為不一見他，即為不祥。王世貞因有詩云：「吳閶白面遊冶兒，爭唱梁郎雪豔詞。」其盛名可知了。

《浣紗記》即敘西施浣紗而為范蠡訪得的故事。但劇情的大部分卻分在吳、越的興亡上。先為越上大夫范蠡乘間遊山陰的若耶溪，竟遇溪旁浣紗的鄉女西施。范愛其美，遂私訂婚約。然其時越被吳侵入，國勢岌岌，乃不得不設計講和，投吳王請降。以下即敘越王為吳王嘗糞，三年得放歸。越王臥薪嘗膽，存心報復。又送西施於吳，欲以美色傾其國。果然吳王自得美女，荒淫無度，將忠臣伍員賜死，為越所亡。范蠡也知為君的只可共患難，不可共安樂，遂乘機攜西施飄然泛舟五湖而去，以償其夙願。像這樣一個故事，自然太嫌複雜，因為既稱作《浣紗記》，關係在范蠡、西施兩人身上，而又兼敘吳、越興亡，遂使喧賓奪主，鬆散得多。當時呂天成《曲品》中便謂「羅織富麗，局面甚大。第恨不能謹嚴，中有可減處，當一刪耳。」此言誠是。惟其音律甚吻合崑腔，為駢驪派之能手。

沈　璟（1553-1610）

字伯英，號寧菴，又號詞隱生，吳江人。萬曆二年（1574）進士，任吳部主事。後改禮部、吏部，因上疏忤旨，被降為行人司正。十六年（1588）陞光祿寺丞，次年乞歸。居家三十年始卒，贈為光祿大夫。他在這三十年中，頗過著適意的生活。因為他生平有詞癖，於是格外放情於詞曲，精心考察。與同里顧大典並蓄聲妓，如香山洛社之遊。有客到臨，則每談及聲律，娓娓剖析，終日不置。他在明代戲劇家中，可說最講究音律的人，嘗自道：「宜協律而詞不工，讀之不成句，而謳之始協，是曲中之工巧。」所以他對於同時的湯顯祖，很

加反對。他關於音律方面，撰有《南九宮十三調曲譜》二十三卷，《南詞韻選》十九卷等，足見他的嗜好了。他所作傳奇只有《義俠記》、《埋劍記》、《雙魚記》、《桃符記》四種流傳至今，其中以《義俠記》為最負盛名。

　　《義俠記》即敘武松事蹟，取材於《水滸傳》，而略加改編的。清河人武松，欲投宋江，因先訪其兄武大郎於陽谷縣。途中夜行景陽崗，遇一大虎，竟為所殺。縣令愛其英武，與以士兵都頭之職。一日，無意中竟與其兄相遇，遂相攜至家，並約其來居。兄妻潘金蓮因仰慕武松堂堂雄姿，嫌夫矮小醜陋，遂有戲叔誘情之事。武松怒而辱之，金蓮惱慚而退。那時武松也正奉官命，往東京去了。金蓮既不得同情於武松，遂由王婆的介紹，與西門慶相通。最初由王婆假託裁衣，令她與西門慶對酌以成好事；後則為鄆哥所知，就毒死武大。此時武松方歸，聞知實情，遂殺金蓮與西門慶。但武松終因殺人罪被流配孟州。其後，武松故鄉本有約婚之妻，家財盡為賊所竊，乃扮作道姑，往尋武松。路宿一黑店中，主婦母夜叉正欲毒害，知為武松的妻，敬而不敢動手，且相約於清真觀，以探武松消息。武松既刺配至孟州，又打敗了蔣門神，被張都監所捕，又刺配至恩州。武松半途殺了公差，又在鴛鴦樓上殺了張都監。自此投奔梁山，竟遇其妻，遂相偕入山，於山寨中舉行婚禮。

湯顯祖（1550-1616）

　　字義仍，號若士，晚號清遠道人，江西臨川人。他是明代最偉大的戲劇家。湯顯祖最重要的代表作是「臨川四夢」，即《紫釵記》、《牡丹亭》、《南柯記》和《邯鄲記》四部傳奇，因為當中均有夢境的描寫，而作者是臨川人，故稱「臨川四夢」，其中以《牡丹亭》成就最高。《牡丹亭》故事取材於話本小說《杜麗娘慕色還魂記》，寫南宋

時南安太守杜寶的女兒杜麗娘，在他的嚴格管制之下，在官衙裡住了
三年，連後花園都沒有到過。杜麗娘本來是個十分溫順的少女。然而
環境的寂寞，精神生活的空虛，不能不使一個正在成長的青春少女感
到苦悶。因此當老師企圖通過《詩經》向她灌輸「有風有化，宜室宜
家」的觀念時，她卻從自己要求自由的生活願望出發，對它作了截然
不同的解釋：「關了的雎鳩，尚然有洲渚之興，可以人而不如鳥
乎？」後來她在春香的誘導之下，第一次偷偷地到了後花園，那盛開
的百花，成對兒的鶯燕，紛紛到來，打開了這個少女的心扉，使她在
長期閨禁裡的沉憂積鬱，一時傾筐倒篋而出：

> 原來姹紫嫣紅開遍，似這般都付與斷井頹垣。良辰美景奈何
> 天，賞心樂事誰家院……朝飛暮卷，雲霞翠軒；雨絲風片，煙
> 波畫船。錦屏人忒看的這韶光賤！

（《皂羅袍》）

在大好春光的感召之下，她還回憶起詩詞樂府裡描寫的古代女子，有
的「因春感情，遇秋成恨」，在痛苦的歲月裡斷送了她們的一生；但
也有像張生、崔氏那樣的才子佳人，「前以偷期密約，後皆成秦晉」。
這樣，她的青春覺醒了。她一面悲歡青春的虛度，個人才貌的被埋
沒，她說：「我生於宦族，長在名門，年已及笄，不得早成佳配，誠
為虛度青春，光陰如過隙耳，可惜妾身顏色如花，豈料命如一葉
乎！」（《驚夢》）她開始執著於自由、幸福的追求，她說：「這般花花
草草由人戀，生生死死隨人願，便酸酸楚楚無人怨。」（《尋夢》）她
不滿於自己的處境，卻找不到這種痛苦的根源；她憧憬著自己的理
想，卻找不到它的出路。這樣，她就只有把自己的理想托之於偶然在
夢裡出現的書生，甚至為他纏綿枕席，埋骨幽泉，而「一靈咬住」，

始終不放。對於杜麗娘來說，她的死不是生命的結束，而是新的鬥爭的開始。「一靈未滅，潑殘生堪轉折」（《冥誓》），在擺脫了現實世界的種種約束之後，她果然找到了夢中的書生，主動地向他表示愛情，還魂結為夫婦。湯顯祖還寫了《牡丹亭題詞》剖析自己的感想：

> 天下女子有情，寧有如杜麗娘者乎！夢其人即病，病即彌連，至手畫形容傳於世而後死。死三年矣，復能溟莫中求得其所夢者而生。如麗娘者，乃可謂之有情人耳。情不知所起，一往而深，生者可以死，死可以生。生而不可與死，死而不可復生者，皆非情之至也。夢中之情，何必非真！天下豈少夢中之人耶？必因薦枕而成親，待掛冠而為密者，皆形骸之論也。傳杜太守事者，彷彿晉武都守李仲文，廣州守馮孝將兒女事。余稍為更而演之。至於杜守收拷柳生，亦如漢睢陽王收拷談生也。嗟夫！人世之事，非人世所可盡。自非通人，恆以理相格耳。第云理之所必無，安知情之所必有邪！

湯顯祖通過杜麗娘的藝術形象，概括了封建社會青年爭取自由幸福愛情的鬥爭的艱苦。杜麗娘在《驚夢》、《尋夢》、《寫真》等出裡傾訴自己美貌的被埋沒和愛美的性格不能表現，帶有要求個性解放的時代特徵，它揭露封建禮教對青年一代的扼殺比以前任何愛情劇為深刻。她在出生入死、執著追求中所取得的勝利，不僅在爭取幸福的愛情上給青年讀者以鼓舞，同時流露了作家對他所憧憬的某種美好生活的渴望。杜麗娘追求愛情幸福的強烈與持久，甚至不達目的，死不罷休，曲折反映了新的時代特徵。全部內容以抨擊戕害青年男女的封建禮教，歌頌人們爭取愛情自由與幸福生活而執著追求的精神，具有鮮明的時代感與震憾人心的藝術力量。《牡丹亭》的思想性和藝術性都極

高，一經問世，立即轟動文壇曲苑，贏得交口讚譽。人們說它「上薄
《風》、《騷》，下奪屈、宋」，「家傳戶誦，幾令《西廂》減價」。

「臨川四夢」對明代以後的文學創作和戲劇創作產生了深遠的影
響，小說從《金瓶梅》到《紅樓夢》，戲劇從《長生殿》到《桃花
扇》，都受到「臨川四夢」的啟迪，從中汲取了豐富的養分。在國
外，德、英、日等國都有《牡丹亭》的譯本，歐美主要國家都上演過
不同版本的《牡丹亭》，湯顯祖和他的「臨川四夢」早已載入世界戲
劇史，和與其同時代的莎士比亞一起，共同輝映著東西方劇壇，成為
世界文化的偉人。

二　清代傳奇

李　漁（1611-1680）

清代的傳奇家，以李漁、洪昇、孔尚任三人為最著名。其中以李
漁年輩較先，並終身以戲曲為事業。李漁字笠翁，蘭谿人。自少遍遊
四方，自云：「遨遊天下幾四十年，海內名山大川十經六七。」可知
他是個最愛遊玩的人。但他之所以如此遊玩，一面卻也為是實行他的
演戲，親身到處去表演。他善於編劇，往往購小妾為其女伶，到處獻
技。史稱：「李漁性齷齪，善逢迎，遊縉紳間，喜作詞曲小說，極淫
褻。常挾小妓三四人，子弟過遊，便隔簾度曲，或使之捧觴行酒，並
縱談房中，誘賺重價。」可知他到處獻技，一半還是為「賺重價」以
糊其生口。直至六十七歲，他才卜居於西湖邊，頗過著適意的生活，
因又自號為江湖笠翁。

他所作傳奇，主要有《奈何天》、《比目魚》、《蜃中樓》、《憐香
伴》、《風箏誤》、《慎鸞交》、《凰求鳳》、《巧團圓》、《玉搔頭》、《意中
緣》十種，合稱之為《笠翁十種曲》，大率為輕佻的滑稽劇或風情

劇。他所作多文詞淺白，極合婦孺之口，故有人嫌他太俗，而一般婦人孺子，在當時卻無不知他名的。十種之中，以《風箏誤》較為著名，內容大致如下：

　　茂陵人韓世勳，美豐姿，有才學。因早喪父母，依世交戚補臣家，與補臣子友先同相肄業。里中有武將詹武承，蓄梅、柳二妾。梅有長女愛娟，貌醜才劣。柳有次女淑娟，卻正與愛娟相反。清明時節，友先在城上放風箏，線斷落於詹氏花園中，為淑娟所得。見上有題詩，原為世勳所題的，淑娟也和了一首於其後，仍還戚家。世勳見詩，遂將風箏上的詩扯下藏過，另作一風箏，再題一詩，故意放落詹氏園中。這次風箏，卻為愛娟所得，遂令夜間來此密會。世勳赴約，則為一貌醜才拙的女子，驚而逃歸。後世勳入京應試，得中狀元，被派入詹將軍幕下，征伐西蠻，時立大功。戚補臣已為友先討娶愛娟為妻，私又調戲淑娟，被淑娟所拒。此時詹將軍知世勳尚未有室，欲以淑娟相配。世勳以為淑娟即前赴約所見貌醜才拙者，只假說須與恩人戚補臣相謀，未肯允。後世勳返，訪問補臣，補臣亦決欲以淑娟相配。世勳無奈，只得勉為結婚。不想一見之下，驚為天人，乃大歡樂。此劇結構，似有過於姻緣巧合之嫌，但大體上可謂能脫窠臼而自出新意。

洪　昇（1645-1704）

　　字昉思，號稗畦，錢塘人。他為名族之子，為國子監生。初遊京師，學業於王士禎，後又從施閏章得詩法。然其詩名總不如其劇名來盛稱，故世但知其為戲曲家。康熙二十八年（1689），他新著《長生殿》傳奇初成，選名優歌演，因大集賓客，如趙執信，查嗣庭等，皆一時著名之士。後被忌者所告發，說是日為國忌，與會的人，遂都落職。他亦被除學籍，自此即坎坷至老。時人有為詩云：「可憐一齣長

生殿，斷送功名到白頭。」康熙四十三年（1704），他出遊過吳興灒溪，飲酒舟中，醉後竟失足墮水溺死。

　　他所作傳奇雜劇約十餘種，其中以傳奇《長生殿》為最負盛名，是唐玄宗與楊貴妃故事，其情節亦極為人所熟知。洪昇以描寫動人見稱。而在劇情方面，《長生殿》不免寬鬆，並將結果化悲劇為喜劇，使玄宗與貴妃在天上仍成眷屬，稍覺牽強。內容大致如下：楊玉環字太真，弘農人，父母早亡，養叔父家中，被選為宮女。以容姿秀麗，為玄宗所寵愛，冊立為貴妃。因此其兄楊國忠，亦得拜為右相，三姐各分封秦國，韓國，虢國夫人。那時安祿山因依附國忠，亦得拜為東平郡王，並賜新第。貴妃一夜夢中得嫦娥傳授，製成《霓裳羽衣曲》，帝更愛其聰穎。自是帝與貴妃形影不離，在清華宮溫泉共浴，又於七月七日在長生殿中共祭牽牛、織女二星，作生死不變的密誓。不想好夢易醒，安祿山得勢叛逆，攻破潼關，進兵長安。帝聽楊國忠之勸，與貴妃西奔，將赴成都。到了馬嵬驛，軍士以禍起楊氏一家，殺了國忠，又欲將貴妃賜死。帝雖不忍，在軍行中亦無奈，命貴妃用白練自縊而死，即埋地中。帝乃過蜀棧道前進，適遇大雨，因登劍閣避雨，一聽到簷前鈴鐸隨風作響，幾為斷腸。到了成都又繪貴妃像，朝夕痛哭於前。這時貴妃已上天去，歸入蓬萊仙班。其久唐兵收復長安，帝已還宮，然仍深深思念貴妃不已。便欲仿漢武召李夫人魂故事，命臨邛道士通幽覓魂。結果道士與貴妃相遇於蓬萊仙山，因約定八月十五夜，當導帝至月宮重圓。至時由通幽搭了仙橋，帝果向月宮而去，由玉帝法旨，命兩人同居於利天宮，永為夫婦。整個作品，當以《窺浴》、《密誓》諸齣，最為穠豔，《驚變》、《埋玉》、《聞鈴》、《哭像》諸齣最為哀絕。

孔尚任（1648-1718）

　　字季重，號東塘，山東曲阜人，為孔子六十四世孫。康熙二十三年（1684），聖祖幸曲阜祀孔廟，他以監生與同族舉人孔尚鉉同充講書官，進講《大學》、《周易》；又一一詳述文廟車服禮器，因此特授國子博士。二十五年（1686），隨工部侍郎到淮揚一帶疏通河道。如是三年，方得還朝。其間他結識了一些明代遺民，到揚州參拜史可法衣冠塚，到金陵登燕子磯，游秦淮河，過明故宮，拜明孝陵，到棲霞山白雲庵拜訪道士張瑤星，了解許多晚明與南明的情況，為《桃花扇》搜集了更多材料，使故事更為詳確。他於康熙三十八年（1699）辭官，遂退休鄉里。

　　《桃花扇》演明末文人侯方域與秦淮名妓李香君故事，而中間又穿插明末遺事，「借兒女之情，抒興亡之感」。據他自言，為因母舅秦光儀，明末避亂南京親戚孔方訓家中，詳悉福王朝遺事，歸里後常常與他說及，因而寫成初稿。後出仕至淮揚，又經多方採訪增修，至十餘年後凡三易稿而始成。內容大致如下：

　　侯方域字朝宗，河南歸德人，參加應天府（即今南京）鄉試，下第，遂僑寓南京的莫愁湖畔。那時有名妓李香君，年十六，才色無雙，由罷職縣令楊文驄的介紹，方域得識香君。文驄盟兄阮大鋮，那時正失勢也住在南京，因常為復社諸名士所排斥，心甚不樂。文驄知方域與復社諸名士，多相往來。他知悉方域正缺錢，為香君出資贖身，便請阮大鋮襄助。方域原不拒絕，但香君聞悉後，拒絕接受此不義之財。最後方域與香君終於籌足贖身錢，恢復了自由。自是方域與香君一起生活，恩愛異常，但仍無夫妾名義。不久，李自成攻陷北京，崇禎帝自縊於煤山。這消息傳至南京，阮大鋮乘機想動，因與馬士英迎立福王於南京，威勢赫赫，而以文驄為禮部主事。那時又有大

鋮的同鄉田仰，亦起用為漕撫，欲購一妾，文驄乃又配以香君，香君
堅決不從。文驄意欲遣家奴強搶過來，香君便以方域所贈宮扇亂打頭
額，昏倒於地。文驄知不可屈。過了數日，文驄又去訪問香君，見香
君獨在樓上午睡，那把宮扇上面，已是血痕斑斑。文驄素來善畫，乃
採摘盆花，扭取鮮汁，當作顏色，點染成一幀折技桃花圖，因說：
「真乃桃花扇也！」香君驚醒，遂以此扇寄贈方域，以表示其守節。
時方域正避難在外，接扇重來訪尋香君。不想不久之前，香君已被選
入福王宮中，而自身亦被阮大鋮捕下入獄。直至後來清兵下南京，福
王出奔，方域得以避難於棲霞山。香君亦從宮中逃出，無意中竟在白
雲庵重遇，因出桃花扇互敘舊情。時庵中正建壇為先帝及殉難文武諸
臣修齋追薦，張道士見方域、香君情景，責以國家至此，不應再談戀
情。兩人大悟，遂入山守道，不復再出。

　　全劇情節，據作者自言，都是根據於史實的，無一些差異之處，
故可當作歷史劇看。雖然依照史實，而結構嚴謹，內容緊密，堪稱無
懈可擊，這非作者手腕的高妙，是不能出此的。文辭亦新警而佳處甚
多。故後人以他與洪昇為清代戲曲雙璧；若論音律，則《桃花扇》終
不如《長生殿》，若論文辭，則《長生殿》便不如《桃花扇》了。這
評論可算是十分公允。

第廿八章
明清詩、詞、散文

一　明清詩歌

　　明代（1368-1644）二百七十七年，清代（1644-1911）二百六十八年，是中國文學發展史上一個重要時期。首先，明代大約可分為前後兩期，以公元一五〇〇年前後作分界。在平定群雄和驅逐元蒙政權後，朱元璋採取文化專制政策，對文學創作與文化發展均實行嚴密的監察。除以程朱理學為思想之主流外，又編行《大誥》三篇和《性理大全》等，加強思想上的控制。此外，又大興文字獄，誅殺功臣和不願為新政權服務的文人，如劉基和高啟等。同時又推行八股取士制度，對限制士子思想造成深遠的影響。

　　明初詩文以宋濂、楊維貞、高啟、貝瓊、劉基等為開山。在經歷元末的大動亂後，文人一般並未樂意為朱明政權服務。錢穆〈讀明初諸臣文集〉及〈讀明初諸臣文集續篇〉，可以清楚發現此種情況。原因之一是元末歸隱山林之風甚為鼎盛；其次是士人對新建政權的隔膜。同時，朱元璋的文化高壓政策和出身低微的自卑感，也加深士人的疑慮。兩相衝突，終導致統治者殘殺士子的歷史悲劇。其中，可以高啟為例。

高　啟（1336-1374）

　　字季迪，號青丘子，江蘇蘇州人，曾參加《元史》的撰寫，授翰林編修。未幾，因辭戶部侍郎一職，被朱元璋誣陷處斬，時年三十

九，有《高青丘集》行世。高啟在明初以詩名於世。他的詩風格高
遠，造句清新。《四庫全書總目》評說：「其於詩，擬漢魏似漢魏，擬
六朝似六朝……．凡古人之所長，無不兼之……然殞折太速，未能鎔
鑄變化，自成一家。」他的代表作是《登金陵雨花臺望大江》：

> 大江來從萬山中，山勢盡與江流東。
> 鐘山如龍獨西上，欲破巨浪乘長風。
> 江山相雄不相讓，形勝爭誇天下壯。
> 秦皇空此瘞黃金，佳氣蔥蔥至今王。
> 我懷鬱塞何由開，酒酣走上城南臺；
> 坐覺蒼茫萬古意，遠自荒煙落日之中來！
> 石頭城下濤聲怒，武騎千群誰敢渡？
> 黃旗入洛竟何祥，鐵鎖橫江未為固。
> 前三國，後六朝，草生官闕何蕭蕭。
> 英雄乘時務割據，幾度戰血流寒潮。
> 我生幸逢聖人起南國，禍亂初平事休息。
> 從今四海永為家，不用長江限南北。

此詩寫金陵形勢的壯麗，又因此而勾起對金陵往事的感懷。此詩四句
一轉韻，很有唐代岑參、高適的味道。後半部的長短句的運用，又極
像李白的風格，也許就是「凡古人之所長，無不兼之」吧！

　　靖難之變以後，成祖即位，文化思想仍極為保守嚴酷，引致明初
數十年的零落，扼殺了文學的生命力，使保守派的形式主義文藝思想
籠罩整個明初文壇。影響所及，明初詩文發展有限，成績亦相對薄
弱，如以「三楊」為代表的「臺閣體」，和朱權、朱有燉的宮廷戲
曲，多屬粉飾太平、歌頌聖主的作品，文學價值較低。

　　明代中葉以後，社會經濟有了巨大的變化。以白銀為主要支付手段的貨幣經濟逐漸取得主導地位，取代昔日以自給自足為主的自然經濟。當時在江南地區的紡織、冶鐵、製鹽、造船、印刷等工業有更大的發展，商業日趨繁榮興盛，同區的市鎮亦迅速發展，產生了初步以資本經營性質的生產關係。由於明代中後期政治日趨腐敗，宦官當權，土地高度集中，造成社會矛盾的激化。再加上明末滿洲的崛起和進迫，內憂外患接踵而來，終使立國二百多年的明王朝陷於土崩瓦解的困局。

　　明中葉以後的詩文，以復古與革新為爭論的中心，構成時代的特點。以李夢陽、何景明為代表的前七子，以李攀龍、王世貞為代表的後七子，主張「文必秦漢，詩必盛唐」，提倡文學復古運動，力圖挽救正統文學的危機，對「臺閣體」和八股文起了衝擊的作用。但因他們守成法，重模擬，造成了模擬剽竊的不良風氣。其後，文壇出以唐順之、歸有光、茅坤等反復古的主張，形成了「唐宋派」。而以袁宏道兄弟的公安派和鍾惺、譚元春的「竟陵派」形成晚明詩文的中堅，代表著反復古的精神的延續。公安派的「獨抒性靈，不拘格套」的文學革新理論遂成為當時的主要文學主張，應用於詩文的創作，產生了一些清新的詩歌。對於擬古思潮，袁宏道的批評可反映當時詩風的衰敗與不振。他說：

> 近代文人始為復古之說以勝之，夫復古而已。然至於勦襲為復古，句比字擬，務為牽合，棄目前之景，摭腐爛之辭，有才者詘於法，而不敢自申其才，無之者，拾一二浮泛之語，幫湊成詩。智者牽於智，而愚者樂其易。一唱億和，優人趨從，共談雅道，吁！詩至此抑可羞哉！

　　　　　　　　　　　　　　　　　　　　（《雪濤閣集序》）

吳偉業（1609-1672）

　　清代文學百花齊放，詩、詞、文、小說均有不同的成就，整體文學成績，當較明代為佳。其中，清代詩人，各有所宗，名家不少。要之，清初有錢謙益、吳偉業和龔鼎孳，為明的遺臣，時稱「江左三大家」，開清初詩壇的先聲。其中，吳偉業字駿公，號梅村，太倉人。崇禎年間歷任官職，南明福王時，任少詹事。清初被薦應徵，為國子祭酒。後居喪辭官，不再出仕，有「誤盡平生是一官」之嘆，有《吳梅村詩集》行世。吳詩多敘史事，長於歌行，代表作有《圓圓曲》：

　　　家本姑蘇浣花里，圓圓小字嬌羅綺。夢向夫差苑裡遊，宮娥擁入君王起。前身合是採蓮人，門前一片橫塘水。橫塘雙槳去如飛，何處豪家強載歸。此際豈知非薄命，此時唯有淚沾衣。薰天意氣連宮掖，明眸皓齒無人惜。奪歸永巷閉良家，教就新聲傾坐客。坐客飛觴紅日暮，一曲哀弦向誰訴？
　　　白皙通侯最少年，揀取花枝屢回顧。早攜嬌鳥出樊籠，待得銀河幾時渡？恨殺軍書抵死催，苦留後約將人誤。相約恩深相見難，一朝蟻賊滿長安。可憐思婦樓頭柳，認作天邊粉絮看。遍索綠珠圍內第，強呼絳樹出雕闌。若非壯士全師勝，爭得蛾眉匹馬還？……
　　　嘗聞傾國與傾城，翻使周郎受重名。妻子豈應關大計，英雄無奈是多情。全家白骨成灰土，一代紅妝照汗青。君不見，館娃初起鴛鴦宿，越女如花看不足。香徑塵生鳥自啼，屧廊人去苔空綠。換羽移宮萬里愁，珠歌翠舞古梁州。為君別唱吳宮曲，漢水東南日夜流！

　　《圓圓曲》是長篇敘事詩，全詩組織結構嚴謹，次序井然，前後照應，多用曲筆，敘事、抒情、議論交織在了一起，雖以陳圓圓、吳三桂的離合故事為主要內容，但也揉合進了明末清初的故事，抒發了作者極其複雜的思想感情。

王士禎（1634-1711）

　　清代中期詩壇，出現了「神韻派」的王士禎，「格調派」的沈德潛，「性靈派」的袁枚，因能繼承前代，各有創新，故能稍勝於元、明，體現了盛世詩歌的藝術特徵。其中，可以王士禎為代表。王士禎字貽上，號漁洋山人，山東新城人。順治進士，官至刑部尚書。由於位高權重，又有詩名，故享譽文壇，有《帶經堂集》、《帶經堂詩話》傳世。王氏論詩主神韻，認為可分先天與後天來區分。由先天而言，神韻是表現每一個作者所特具的風神美韻；由後天而言，要表現神韻，可以從多用工夫入手。工夫作得多，自然可以達到自然渾成的境界，這也就表現了神韻。他的主張，也許是用來醫治前後七子所標舉的格律，以及公安派詩歌的浮淺乏味，所以是具有針對性。以王漁洋的詩為例，從他的七絕或可領略到一些韻味：

　　　　吳頭楚尾路如何？煙雨秋聲暗白波。晚趁寒潮渡江去，滿林黃
　　　　葉雁聲多。(《江上》)
　　　　潮落秦淮春復秋，莫愁好作石城遊。年來愁與春潮滿，不信湖
　　　　名尚莫愁。(《秦淮雜詩十四首之五》)

袁　枚（1716-1797）

　　字子才，號簡齋，浙江杭州人，曾任溧水、江寧等地的知縣。年未四十，辭官歸里，隱居南京小倉山的隨園，著作有《小倉山房詩文

集》。他的詩作約有四千多首，是一位多產作家。《隨園詩話》收錄了他的詩論。他主張性靈，乃是綜合才華與感情，情韻與趣味，因而歸結到作詩的要點在真、活、新。袁枚鼓勵學者要多讀書，要以人工濟天籟。同時他又認為「天籟不來，人力亦無如何！」這兩點雖看似矛盾，實際上卻是相輔相成，可以產生互相促進的作用。這些理論，明顯是為了扭轉流行在當時的「神韻」與「格律」二派欠缺「真性情」的流弊。

　　袁枚本身的詩歌，部分作品雖然有浮滑的缺點，但仍然有不少佳作，例如《西施》：

> 吳王亡國為傾城，越女如花受重名。
> 妾自承恩人報怨，捧心常覺不分明。

又如《落花（其一）》：

> 江南有客惜年華，三月憑欄日易斜。
> 春在東風原是夢，生非薄命不為花。
> 仙雲影散留香雨，故國臺空剩館娃。
> 從古傾城好顏色，幾枝零落在天涯。

像這樣的詩，怎麼能說是「浮滑」呢？

黃景仁（1749-1783）

　　字仲則，號鹿菲子，為宋朝詩人黃庭堅後裔。其家境清貧，自小就為生計四處奔波。黃景仁年少時所作的詩已經有一定名氣，隨著年紀和閱歷的增長，作詩的才情也愈發盛名。其所作七言詩甚有特色，詩歌多為抒發窮困潦倒的際遇，其中也有一些憤世嫉俗的篇章，詩的風格蒼涼

沉寂，舒張有致，情感動人，佳作甚多。例如他的七言絕句《別老母》：

> 搴帷拜母河梁去，白髮愁看淚眼枯。
> 慘慘柴門風雪夜，此時有子不如無。

　　就此詩的情感是層層遞進的，首先點明了他要跟老母親離別，然後看到母親白髮蒼蒼，淚潸潸。一股悲愁的情感自然就湧上心頭。而後又道在這悲涼的風雪夜裡，這破敗的柴門映射出慘淡的現實，進一步渲染了令人傷心、悲傷的情緒。最後感慨道「此時有子不如無」，那種為人子卻不能在老母親膝前盡孝的無力感，被描寫得淋漓盡致。又如七律《雜感》：

> 仙佛茫茫兩未成，只知獨夜不平鳴。
> 風蓬飄盡悲歌氣，泥絮沾來薄幸名。
> 十有九人堪白眼，百無一用是書生。
> 莫因詩卷愁成讖，春鳥秋蟲自作聲。

這大約是在乾隆三十三年（1768）寫成的，作者當時年僅二十。全詩主要是為了個人的窮愁憤懣而發。這首詩是詩人對世事人生的深刻體悟，充分反映出那個時代青年知識份子的苦悶之情。其中「十有九人堪白眼，百無一用是書生」更道盡了古今中外讀書人的無限辛酸。

　　清代中葉以後，詩壇受到考據之風影響。首先出現於詩壇的有龔自珍和魏源。其後，以晚唐、北宋為依歸的「同光體」，傾向復古，盛極一時，直到晚清，黃遵憲出來提倡詩歌改革運動，才能改變上述風氣。今以龔自珍和黃遵憲為代表。

龔自珍（1792-1841）

　　字爾玉，號定庵，浙江杭州人。自珍生於官宦世家，他自幼受家學薰陶，道光九年（1829）進士，官至補主客司主事，曾極力支持林則徐南下禁煙，後辭官南歸，主講於丹陽書院、雲陽書院等，有《龔自珍全集》傳世。代表作有：

　　　　浩蕩離愁白日斜，吟鞭東指即天涯。
　　　　落紅不是無情物，化作春泥更護花。

　　　　　　　　　　　　　　　　　　　（《己亥雜詩・其五》）

　　　　九州生氣恃風雷，萬馬齊暗究可哀。
　　　　我勸天公重抖擻，不拘一格降人才。

　　　　　　　　　　　　　　　　　（《己亥雜詩・其二百二十》）

　　　　金粉東南十五州，萬重恩怨屬名流。
　　　　牢盆狎客操全算，團扇才人踞上游。
　　　　避席畏聞文字獄，著書都為稻粱謀。
　　　　田橫五百人安在，難道歸來盡列侯？

　　　　　　　　　　　　　　　　　　　　　　（《詠史》）

　　　　絕域從軍計惘然，東南幽恨滿詞箋。
　　　　一簫一劍平生意，負盡狂名十五年。

　　　　　　　　　　　　　　　　　　　　　　（《漫感》）

黃遵憲（1848-1905）

　　字公度，別號人境廬主人，廣東梅州人，光緒二年（1876）順天

鄉試舉人，曾任日本使館參贊、駐美國舊金山總領事、出使日本大臣等，著作有《人境廬詩草》、《日本雜事詩》、《日本國志》。王氏生當晚清衰世，志在經世。其發而為詩，旨在書事紀實，可稱一代詩史。他喜撰寫選材新穎，語言通俗的新體詩，提出「我手寫我口」，有「詩界革命鉅子」之稱，代表作如《酬曾重伯編修》（《歲暮懷人詩》二十一）：

　　　　廢君一月官書力，讀我連篇新派詩。
　　　　風雅不亡由善作，光豐之後益矜奇。
　　　　文章巨蟹橫行日，世變群龍見首時。
　　　　手擷芙蓉策蚪駟，出門惘惘更尋誰？

此詩是贈給志同道合的曾廣鈞。曾廣鈞，字重伯，曾國藩第三子紀鴻的長子，擅於七律，在晚清詩壇佔一席位，是王氏的詩友，故寫詩唱酬。

二　明清詞

　　至於詞壇的發展，自元代以後，風氣稍衰。到了明代，填詞的作家不少，但一般的評價都不高，故明代的詞壇屬於中衰期。今選一首以為代表：

　　　　滾滾長江東逝水，浪花淘盡英雄。是非成敗轉頭空。青山依舊在，幾度夕陽紅。　　　白髮漁樵江渚上，慣看秋月春風。一壺濁酒喜相逢。古今多少事，都付笑談中。

　　　　　　　　　　　　　　　　　　　　　（楊慎《臨江仙》）

這是一首詠史詞，借敘述歷史興亡抒發人生感慨，豪放中有含蓄，高亢中有深沉。從全詞看，基調慷慨悲壯，意味無窮，令人讀來盪氣迴腸，不由得在心頭平添萬千感慨。在強烈感受蒼涼悲壯的同時，詞中又呈現出一種淡泊寧靜的氣氛，蘊藏著深邃的人生哲理，算是明詞中的上品。

到了清代，詞作復盛。據前人統計，清代詞人達三千人，成就亦多超越元、明，可以說，直追兩宋大家，其中小令之佳作，直可與五代媲美。其中以陳維崧、朱彝尊、厲鶚、顧貞觀、納蘭性德、張惠言最為著名。今以顧貞觀及納蘭性德詞作為例。顧貞觀《金縷曲》二首：

> 季子平安否？便歸來、平生萬事，那堪回首。行路悠悠誰慰藉，母老家貧子幼。記不起，從前杯酒，魑魅搏人應見慣，總輸他、覆雨翻雲手。冰與雪，周旋久。　　淚痕莫滴牛衣透。數天涯、依然骨肉，幾家能夠？比似紅顏多命薄，更不如今還有。只絕塞、苦寒難受。廿載包胥承一諾，盼烏頭馬角終相救。置此札，君懷袖。
>
> 我亦飄零久。十年來、深恩負盡，死生師友。宿昔齊名非忝竊，試看杜陵消瘦。曾不減、夜郎僝僽。薄命長辭知己別，問人生、到此淒涼否。千萬恨，從君剖。　　兄生辛未吾丁丑。共些時、冰霜摧折，早衰蒲柳。詞賦從今須少作，留取心魂相守。但願得、河清人壽。歸日急翻行戍稿，把空名、料理傳身後。言不盡，觀頓首。

順治十四年（1657），顧貞觀好友吳兆騫因「丁酉科場案」被株連而流放寧古塔。他為救吳兆騫而奔走呼號，遍求滿朝權貴。十年後，顧貞觀得到吳兆騫的求救信，寫道：「塞外苦寒，四時冰雪。鳴鏑呼

風，哀笳帶血。一身飄寄，雙鬢漸星。婦復多病，一男兩女，藜藿不充。回念老母，煢然在堂，迢遞關河，歸省無日……」。讀畢情緒激動，夜不能眠，在北京千佛寺大雪之夜作《金縷曲》詞兩闋贈之，哀怨情深，被稱為「千古絕調」。納蘭性德見之，泣下數行，認為此詞與李陵的《別離詩》及向秀悼念嵇康的《思舊賦》相媲美，求其父明珠相救，康熙二十年，吳兆騫遇赦歸京。

納蘭性德的詞則呈現出獨特的個性和鮮明的藝術風格：

誰翻樂府淒涼曲？風也蕭蕭，雨也蕭蕭，瘦盡燈花又一宵。不知何事縈懷抱，醒也無聊，醉也無聊，夢也何曾到謝橋。

（《採桑子‧誰翻樂府淒涼曲》）

五夜光寒，照來積雪平於棧。西風何限，自起披衣看。　　對此茫茫，不覺成長歎。何時旦，曉星欲散，飛起平沙雁。

（《點絳唇‧五夜光寒》）

人生若只如初見，何事秋風悲畫扇。等閒變卻故人心，卻道故人心易變。　　驪山語罷清宵半，淚雨霖鈴終不怨。何如薄倖錦衣郎，比翼連枝當時願。

（《木蘭詞‧擬古決絕詞柬友》）

納蘭性德雖出身名門，但生性卻淡泊名利。他的詞以「真」取勝：寫情真摯濃烈，寫景逼真傳神，在清初詞壇獨樹一幟。前二首詞風清麗婉約，哀感頑豔，格高韻遠，獨具特色。第三首作品描寫了一個為情所傷的女子和傷害她的男子堅決分手的情景，借用班婕妤被棄以及唐玄宗與楊貴妃的愛情悲劇的典故，通過秋扇、驪山語、雨霖鈴、比翼

連枝這些意象，營造了一種幽怨、淒楚、悲涼的意境，抒寫了女子被
男子拋棄的幽怨之情。

三　明清散文

宋　濂（1310-1381）

　　字景濂，浙江金華人。幼年家貧，曾借別人家藏書來苦讀。早年
師事元代古文家柳貫、黃潛、吳萊，有文名。元至正九年（1349），
入山為道士。至正二十年（1352），朱元璋召他到建康，明開國後，
官至翰林學士承旨，任《元史》總裁。宰相胡惟庸伏誅，他因長孫
坐胡惟庸黨，謫四川茂州，死於夔州道中。在當時，明太祖稱之為
「開國文臣之首」的文人，著有《宋學士集》七十五卷。

　　宋濂為文雍容渾穆，合乎節度，專長散文。他的傳記文善於用各
種不同的方法來塑造人物，往往能抓住人物富有特徵性的細節，簡單
幾句就概括出一個栩栩如生的形象，如傳記名篇《秦士錄》、《王冕
傳》、《李疑傳》、《杜環小傳》等。《王冕傳》多側面地展示出王冕亦
狂亦狷的奇士風采，《李疑傳》、《杜環小傳》分別寫兩個下層人物賑
濟病貧、捨己為人的俠義品德。他的寫景文不多，但《桃花澗修禊詩
序》、《看松庵記》等，簡潔清秀，近似歐陽修。此外，《送東陽馬生
序》自序年青時求學經歷之苦，以勸馬生珍惜時機，進德修業，也是
世所傳誦之名篇：

　　　　余幼時即嗜學。家貧，無從致書以觀，每假借於藏書之家，手
　　　　自筆錄，計日以還。天大寒，硯冰堅，手指不可屈伸，弗之
　　　　怠。錄畢，走送之，不敢稍逾約。以是人多以書假余，余因得
　　　　遍觀群書。既加冠，益慕聖賢之道，又患無碩師、名人與遊，

嘗趨百里外，從鄉之先達執經叩問。先達德隆望尊，門人弟子填其室，未嘗稍降辭色。余立侍左右，援疑質理，俯身傾耳以請；或遇其叱咄，色愈恭，禮愈至，不敢出一言以復；俟其欣悅，則又請焉。故余雖愚，卒獲有所聞。

當余之從師也，負篋曳屣，行深山巨谷中，窮冬烈風，大雪深數尺，足膚皸裂而不知。至舍，四支僵勁不能動，媵人持湯沃灌，以衾擁覆，久而乃和。寓逆旅，主人日再食，無鮮肥滋味之享。同舍生皆被綺繡，戴朱纓寶飾之帽，腰白玉之環，左佩刀，右備容臭，燁然若神人；余則縕袍敝衣處其間，略無慕豔意。以中有足樂者，不知口體之奉不若人也。蓋余之勤且艱若此。今雖耄老，未有所成，猶幸預君子之列，而承天子之寵光，綴公卿之後，日侍坐備顧問，四海亦謬稱其氏名，況才之過於余者乎？

今諸生學於太學，縣官日有廩稍之供，父母歲有裘葛之遺，無凍餒之患矣；坐大廈之下而誦《詩》《書》，無奔走之勞矣；有司業、博士為之師，未有問而不告，求而不得者也；凡所宜有之書，皆集於此，不必若余之手錄，假諸人而後見也。其業有不精，德有不成者，非天質之卑，則心不若余之專耳，豈他人之過哉！

東陽馬生君則，在太學已二年，流輩甚稱其賢。余朝京師，生以鄉人子謁余，撰長書以為贄，辭甚暢達，與之論辯，言和而色夷。自謂少時用心於學甚勞，是可謂善學者矣！其將歸見其親也，余故道為學之難以告之。謂余勉鄉人以學者，余之志也；詆我誇際遇之盛而驕鄉人者，豈知余者哉！

這篇贈序是宋濂寫給他的同鄉晚輩馬君則的。宋濂勉勵他勤奮學習，

是以自己的親身經歷和體會作為榜樣，情思婉轉含蓄，充滿著他對這個晚輩的殷切期望。

劉　基（1311-1375）

字伯溫，浙江青田人。元末進士。對天文，兵法、性理諸書，頗有研究。明太祖下金華，和宋濂同被徵召。此後南征北戰，多由劉基策劃，終於成為開國功臣之一，封誠意伯。洪武四年（1371），賜歸老於鄉。基「還隱山中，惟飲酒奕棋，是不言功。」後受朱元璋猜忌，復為胡惟庸構陷，憂憤而卒，有《誠意伯文集》二十卷。他為人慷慨有大節，性剛嫉忌，為文神鋒四出，氣昌而奇。散文以托喻刺世的小品最為出色，文筆犀利，比喻生動，富有形像性，名篇《賣柑者言》通過賣柑小販和作者的議論，揭露抨擊了封建統治階層「金玉其外，敗絮其中」的腐朽性質，文筆犀利，生動有力。寓言集有《郁離子》，對社會生活中的某種現象進行尖刻的諷刺，對元代社會的弊端進行反思，並表達自己的見解。

三楊與「臺閣體」

從成祖永樂至憲宗成化的八十多年間，文壇上出現了一種以楊士奇、楊榮、楊溥「三楊」為代表的詩文。三楊都是當時的「臺閣重臣」，都位至宰相，同樣歷事好幾代皇帝，幾十年間昇平盛世的詩文，時人稱為「臺閣體」。這種文章，歌功頌德，粉飾太平、應酬答謝的作品，特色是雍容閒雅，平實穩重，但往往流於平庸迂緩。它是文學發展上的一股逆流，幾乎壟斷了當時的文壇，幾十年內很少文人不受它的影響。其後有李東陽（1447-1516），字賓之，茶陵（今湖南茶陵）人，曾任禮部尚書，兼文淵閣大學士，著有《懷麓堂集》。他論詩有標榜臺閣體傾向，散文追求典雅，未能超出「臺閣體」的圈

子。「臺閣體」長期統治文壇，給文學帶來嚴重危機，導致了一般文人創作內容貧乏，篇章冗贅，文風萎弱。《四庫全書總目提要》云：「明初三楊並稱，而（楊）士奇文章特優，制誥碑版，多出其手。仁宗雅好歐陽修文，士奇文亦平正紆餘，得其仿佛，故鄭瑗《井觀瑣言》稱其文典無浮之病，雜錄敘事，極平穩不費力。後來館閣著作沿為流派，遂為七子之口實。」

前、後七子、唐宋派、公安派與竟陵派

明代統治，到了中期，出現了宦官專政。文人學者對於現實日漸不滿，對於朝政，多所抨擊。《明史・文苑傳》云：「弘治時，宰相李東陽主文柄，天下翕然宗之。（李）夢陽獨譏其萎弱。倡言文必秦漢，詩必盛唐，非是者弗道。與何景明、徐禎卿、邊貢、朱應登、顧璘、陳沂、鄭善夫、康海、王九思等，號十才子。又與景明、禎卿、貢、海、九思、王廷相號七子。」遂有七子之稱。他們重視傳統的、優秀的古代文學，倡導讀古書，增長知識學問，打擊了「臺閣體」文風，掃除了八股文的惡劣影響。《明史・文苑傳序》云：「李夢陽、何景明倡言復古，文自西京，詩自中唐以下，一切吐異。操觚談藝之士，翕然宗之。明之詩文，於斯一變。迨嘉靖時，王慎中、唐順之輩文宗歐（陽修）、曾（鞏），詩仿初唐。李攀龍、王世貞輩，文主秦漢，詩規盛唐。……歸有光頗後出……力排李、何、王、李。而徐渭、湯顯祖、袁宏道、鍾惺之屬，亦各爭鳴一時。」

前七子之擬古主張，可以何景明〈與夢陽書〉為例：

> 僕嘗謂詩文有不可易之法者，辭斷而意屬，聯類而比物也。上考古聖立言，中徵秦漢緒論，下採魏晉聲詩，莫之易也。夫文靡於隋，韓力振之，然古文之法亡於韓。詩溺於陶，謝力振

之，然古詩之法亦亡於謝⋯⋯近詩以盛唐為尚，宋人似蒼老而
實疎鹵，元人似秀峻而實淺俗。

其擬古主張溢於言表，雖能一振臺閣體萎靡之風，卻又難免陷入「唯
古是尚」的歧途。嘉靖年間，繼前七子的餘緒，李攀龍、王世貞、謝
榛、宗臣、梁有譽、徐中行、吳國倫的後七子，曾猛烈攻擊唐宋派。
他們組織文社，廣納門徒。其中，王世貞是後七子復古運動中最重要
的作家。因為前、後七子都存在不同程度的摹擬傾向，遂引起不少的
毛病。

　　同時，以王慎中、唐順之、歸有光（1506-1571）、茅坤（1512-
1601）為領袖的唐宋派，則不滿擬古的文章往往存在晦澀呆滯的毛
病，主張寫文章要「直抒胸臆，信手寫出。」其中以歸有光的小品散
文成就較為突出，如《項脊軒志》：

　　項脊軒，舊南閣子也。室僅方丈，可容一人居。百年老屋，塵
　　泥滲漉，雨澤下注；每移案，顧視，無可置者。又北向，不能
　　得日，日過午已昏。余稍為修葺，使不上漏。前闢四窗，垣墻
　　周庭，以當南日，日影反照，室始洞然。又雜植蘭桂竹木於
　　庭，舊時欄楯，亦遂增勝。借書滿架，偃仰嘯歌，冥然兀坐，
　　萬籟有聲；而庭堦寂寂，小鳥時來啄食，人至不去。三五之
　　夜，明月半墻，桂影斑駁，風移影動，珊珊可愛。
　　然余居於此，多可喜，亦多可悲。⋯⋯余自束髮，讀書軒中，
　　一日，大母過余曰：「吾兒，久不見若影，何竟日默默在此，
　　大類女郎也？」比去，以手闔門，自語曰：「吾家讀書久不
　　效，兒之成，則可待乎！」頃之，持一象笏至，曰：「此吾祖
　　太常公宣德間執此以朝，他日汝當用之！」瞻顧遺跡，如在昨

日，令人長號不自禁。……後五年，吾妻來歸，時至軒中，從
余問古事，或憑几學書。吾妻歸寧，述諸小妹語曰：「聞姊家
有閣子，且何謂閣子也？」其後六年，吾妻死，室壞不修。其
後二年，余久臥病無聊，乃使人復葺南閣子，其制稍異於前。
然自後余多在外，不常居。庭有枇杷樹，吾妻死之年所手植
也，今已亭亭如蓋矣。

本文是歸氏的代表作，特點是以身邊瑣事、家務細節及個人所思所感
為主題，具有感情真摯和文字簡練的特點。在當代擬古高潮裡，這樣
的文章，是很少見的。因此，王世貞也不能不承認歸氏的散文如「風
行水上，渙為文章，風定波息，與水相忘。千載有公，繼韓、歐
陽。」給予很高的評價。然而，由於其個人的生活圈子狹窄，人生經
歷有限，大部份作品題材都不免瑣碎，加上他的許多文章中，時時顯
露出八股文的氣味（黃宗羲評語）。故整體而言，其文學成就有相當
的局限性。

袁宏道（1568-1610）

在反對擬古的風氣中，以公安派最為有力。公安派的領袖為袁宗
道、袁宏道、袁中道三兄弟，而以袁宏道成就最高。《明史・文苑
序》稱「宗道……於唐好白樂天、於宋好蘇軾……至宏道益矯以清新
輕俊，學者多捨王（世貞）、李（攀龍）而從之，目為公安體。」他
們是李贄（1527-1602）的弟子。李贄字卓如，福建泉州晉江人。在
文學思想上，他提出了「童心說」，「童心」就是真心，就是真情的自
然流露。李氏認為：

天下之至文，未有不出於童心焉者也。苟童心常存，則道理不

行，聞見不立，無時不文，無人不文，無一樣創制體格文字而
非文者。詩何必古選，文何必先秦。降而為六朝，變而為近
體；又變而為傳奇，變而為院本，為雜劇，為《西廂曲》，為
《水滸傳》，為今之舉子業……皆古今至文，不可得而（以）
時勢先後論也。

在李贄的影響下，三袁繼起，而袁宏道明確提出「獨抒性靈，不拘格
套，非從自己胸臆中流出，不肯下筆。」又說：「文章新奇，無定格
式，只要發前人所不能發，句法、字法、調法，一一從你自己胸中流
出，此真新奇也。」（答李元善）此等見解，與李贄相同，故其對新
興的小說戲曲，他們都譽為正統文學，給予極高的評價。

　　在公安派勢力大張時，文壇上出現了以湖北竟陵人鍾惺、譚元春
為代表的「竟陵派」。他們只承認表現「幽情單緒」、「孤行靜寄」的
作品，才是「真有性靈之言」，反對公安派平易淺近的文風，認為是
「俚俗」。由於這兩派的提倡，晚明卻產生了一種清新流麗的小品，
其中以張岱最成功。

張　岱（約1597-1684）

　　字宗子，號陶庵，浙江紹興人，明末清初作家和史學家。張岱出
身書香世家，三代進士，家境富裕，前半生生活奢華，養尊處優，精
通各種玩樂之道。明朝覆亡後，他曾在南明朝廷中供職，後來逃避戰
亂遁入深山，寄居佛寺，潛心著作，生活困頓，其後返回紹興定居。
文學方面，張岱是小品文名家，著有《陶庵夢憶》及《西湖夢尋》等
書，追憶昔日繁華生活，細述明末社會風情，文章平易近人，典雅精
練，趣味盎然，膾炙人口。史學方面，張岱撰有《石匱書》與《石匱
書後集》，記述有明一代史事，有相當高的史學價值。他的小品散文

平易流暢，用字典雅精練，情感自然流露，文字充滿趣味，如《湖心亭看雪》：

> 崇禎五年十二月，余住西湖。大雪三日，湖中人鳥聲俱絕。是
> 日更定矣，余拏一小舟，擁毳衣爐火，獨往湖心亭看雪。霧淞
> 沆碭，天與雲與山與水，上下一白。湖上影子，惟長堤一痕、
> 湖心亭一點、與余舟一芥、舟中人兩三粒而已。到亭上，有兩
> 人鋪氈對坐，一童子燒酒爐正沸。見余，大喜曰：「湖中焉得
> 更有此人？」拉余同飲。余強飲三大白而別。問其姓氏，是金
> 陵人，客此。及下船，舟子喃喃曰：「莫說相公癡，更有癡似
> 相公者！

這種簡潔精練的文筆，也可從其《自為墓誌銘》中清楚表現：

> 少為紈絝子弟，極愛繁華，好精舍，好美婢，好孌童，好鮮
> 衣，好美食，好駿馬，好華燈，好煙火，好梨園，好鼓吹，好
> 古董，好花鳥，兼以茶淫橘虐，書蠹詩魔，勞碌半生，皆成夢
> 幻。年至五十，國破家亡，避跡山居，所存者破床碎几，折鼎
> 病琴，與殘書數帙，缺硯一方而已。布衣蔬食，常至斷炊。回
> 首二十年前，真如隔世……生於萬曆丁酉（1597）八月二十五
> 日卯時……年躋七十，死與葬，其日月尚不知也，故不書。

他的文章，曾受公安、竟陵的影響，但後來他融和二體，獨成一家之
言，故其散文成就超越了前者。其創作的題材範圍也較前人擴大了，
於描畫出水之外，社會生活各方面，都接觸到了。各種體裁到他手裏
都得到解放，如序跋、像贊、碑銘，都寫得滑稽百出，情趣盎然，這

不能不說是散文上的一大進步。在晚明的新散文中，張岱應是成就最
高的作家。

侯方域、魏禧、汪琬

　　明末清初之際，思想界以顧炎武、黃宗羲、王夫之三人為代表，
他們都以明遺民自處，對清初的文學、史學、哲學均有重大影響。例
如，顧炎武的《日知錄》和《音學五書》，黃宗羲的《明儒學案》和
《明夷待訪錄》，王夫之的《楚辭通釋》和《讀通鑑論》等，對近三
百年來的學術思想與文史之學都有極其深遠的影響，非一般文士所能
企及。

　　清初的散文，有號稱三大家的，即侯方域、魏禧和汪琬。侯方域
（1618-1655），字朝宗，河南高邱人。少年時，主盟復社，和東南名
士交游，聲氣甚盛。曾中順治八年副榜。他的散文當推為第一。有
《壯悔堂文集》。他的文章是學《史記》的，以才氣見長。代表作是
《馬伶傳》，則學唐人傳奇，從實際生活中體察到人物性格及其聲音
笑貌，藝術成就較高。魏禧（1624-1680），字冰叔，號勺庭，江西寧
都人。明亡，深抱亡國之痛，絕意仕進，隱居翠微峰，有《魏叔子
集》。他的散文多表彰抗敵殉國和堅持志節之士，以寫人物傳記最為
突出，如《大鐵椎傳》。汪琬（1624-1691）字苕文，號鈍庵，曾結廬
居太湖堯峰山，時稱堯峰先生。江蘇長洲人。康熙時舉博學鴻詞科，
授編修，有《堯峰文鈔》等。其文條理暢達，氣勢浩瀚。他的《與沈
通明書》，簡當不繁，見出其風格。《四庫全書總目提要》評為：

> 國初氣不淳，一時學者始復講唐宋以來之矩矱。而琬與魏禧、
> 侯方域稱為最工。然禧才縱橫，未歸於純粹，方域體兼華藻，
> 惟琬學術最深，軌轍復正。廬陵、南豐固未易言，要之，接跡
> 唐、歸，無愧色。

三人的成就，只是明代散文家唐順之、歸有光的繼承人物，這批評是公平的。但他們並沒有確立自己的文學主張。

方　苞（1668-1749）

　　清代中葉，方苞、姚鼐努力提倡古文，二人都是安徽桐城人，因此稱他為「桐城派」。「桐城派」古文的基本理論，是從方苞開始建立的。方苞字鳳九，號靈皋，晚號望溪，有《望溪文集》。他繼承「唐宋派」古文傳統，提出「義法」主張：「義即《易》之所謂『言有物』也，法即《易》之所謂『言有序』也，義以為經，而法緯之，然後為成體之文。」（《又書貨殖傳後》）。言有物，是說文章要有內容；言有序，是說文章要有條理要有形式技巧。不過，他們說的內容，是有關聖道倫常的內容。正如他所說：「非闡道翼教，有關人倫風化不苟作。」可見內容仍是封建道德。他概括了向來古文家在章法、用語上的一些成就。在章法上，他主張「明於體要，而所載之事不雜」（《書蕭相國世家後》）；在用語上，他主張「古文中不可入語錄中語，魏晉六朝人藻麗俳語，漢賦中板重字法，詩歌中雋語，《南北史》中俳巧語」（《沈蓮芳書方望溪先生傳後》引），可見他對於文章，要求的是「雅潔」，雖然戒律過多，但還是便於學者掌握古文的寫作方法的。他也確實出過一些好文章，如《左忠毅公逸事》：

> 　　先君子嘗言，鄉先輩左忠毅公（光斗）視學京畿，一日，風雪嚴寒，從數騎出微行，入古寺，廡下一生伏案臥，文方成草；公閱畢，即解貂覆生，為掩戶。叩之寺僧，則史公可法也。及試，吏呼名至史公，公瞿然注視，呈卷，即面署第一。召入，使拜夫人，曰：「吾諸兒碌碌，他日繼吾志者，惟此生耳。」及左公下廠獄，史朝夕獄門外；逆閹防伺甚嚴，雖家僕不得

近。久之，聞左公被炮烙，旦夕且死；持五十金，涕泣謀於禁卒，卒感焉。一日，使史更敝衣草屨，揹筐，手長鑱，為除不潔者，引入，微指左公處。則席地倚牆而坐，面額焦爛不可辨，左膝以下，筋骨盡脫矣。史前跪，抱公膝而嗚咽。公辨其聲而目不可開，乃奮臂以指撥眥；目光如炬，怒曰：「庸奴，此何地也？而汝來前！國家之事，糜爛至此。老夫已矣，汝復輕身而昧大義，天下事誰可支拄者！不速去，無俟奸人構陷，吾今即撲殺汝！」因摸地上刑械，作投擊勢。史噤不敢發聲，趨而出。後常流涕述其事以語人，曰：「吾師肺肝，皆鐵石所鑄造也！」……

姚　鼐（1731-1815）

　　字姬傳，世稱惜抱先生，乾隆進士，官至刑部郎中，曾任《四庫全書》編纂工作。中年辭官後，主講江寧、揚州等地書院凡四十年。到了他出來，更把方苞、劉大櫆的理論具體化，更深入分析，成為桐城作家所奉的圭臬。著有《惜抱軒文集》。

　　姚鼐是桐城派的集大成者，他的古文主張，在提倡「義理、考據、詞章，三者不可偏廢。」就是說，好文章要符合下列三點：一是義理，即內容合理；二是考據，即材料確切；三是詞章，即文詞精美。又在學習方法上，提出古文八要：「所以為文者八，曰：神、理、氣、味、格、律、聲、色。神、理、氣、味者，文之精也；格、律、聲、色者，文之粗也。然苟捨其粗，則精者亦胡以寓焉？」（《古文辭類纂序》）八點中，前四點是指文章的內容和精神，後四點是指文章的修詞和形式。學習古人範文，須先從後四點入手，繼而專取其前四點。前者稱為形似，後者稱為神似。到此，便是文章的最高階段。

　　要之，桐城派主張學習《左傳》、《史記》等先秦兩漢散文和唐宋古文家韓愈、歐陽修、歸有光作品，講究「義法」，要求語言「雅潔」。在寫作實踐上，桐城派古文也有自己的特點：他們選用事例和運用語言，重在闡明立意即中心思想或基本觀點所在，不重羅列材料，堆砌文字。他們的文章風格一般簡潔平淡，但鮮明生動不足。為了使學者有深入的認識，姚鼐特別編了一部《古文辭類纂》作為範本，影響了以後百多年的學術界。

曾國藩（1811-1872）

　　十九世紀中期，繼承桐城派，並使這一派的力量有所加強的，是曾國藩。曾國藩字伯涵，號滌生，湖南湘鄉人。道光進士，在政治上，《清史》稱之為中興名將。其後，卒於兩江總督任內，著有《曾文正公全集》。在文學史上，也有人稱他為桐城派中興功臣。學宗程、朱，治軍居官，皆粹然有儒者風度。辭章致力於《史記》、《漢書》、揚雄、司馬相如。繼承方苞、姚鼐而不雷同苟隨，很服膺姚氏的「義理、考據、詞章」，三者缺一不可的寫作態度。由於學問深厚，見解宏達，故姚氏的文學主張，到了他，更加發揚光大。他論古文，講求聲調鏗鏘，以包蘊不盡為能事；所為古文，深宏駿邁，能運以漢賦氣象，故有一種雄奇瑰瑋的意境，能一振桐城派枯淡之弊，為後世所稱。曾氏宗法桐城，但有所變化、發展，又選編了一部《經史百家雜鈔》以作為文的典範，把文章的範疇擴大到經、史作品，非《古文辭類纂》所限，世稱為湘鄉派。他奉命主持湘軍時，好延攬人才，以學問文章相切磨，一時文壇英俊多被網為幕府中成員，俞樾、郭嵩燾、薛福成、吳南屏、吳汝綸、張裕釗等，均有盛名，可稱桐城派後勁。經過曾氏的推展，桐城派能延至清末，深受他影響的，有嚴復、林紓、譚嗣同、梁啟超等。

梁啟超（1873-1929）

　　晚清散文名家之中，當以梁啟超的角色最為重要、影響最為鉅大。梁啟超字卓如，號任公，別號飲冰室主人，廣東新會人。少年有神童之譽，拜萬木草堂主人康有為為師。中日甲午戰爭失敗，他曾與康有為聯合各省舉人上書朝廷，要求變法，主張「廢科舉，興學校」，辦《時務報》，倡議「民權」。其後，慈禧太后發動政變，幽禁光緒帝，通緝康、梁，遂亡命日本，創辦《清議報》、《新民叢報》，提倡君主立憲，與同盟會結束帝制的革命主張針鋒相對。梁氏認為要更有效宣傳政見，必須改革文體，並提出「詩界革命」、「文學革命」、「小說界革命」。他的散文風格，一反「桐城義法」，主張行文「務為平易暢達」，要求「縱筆所至不檢束」，「筆鋒常帶感情」，號稱「新文體」，影響十九世紀末至二十世紀初的整個文化界，為「新文學運動」奠定堅實的基礎。

　　梁啟超的文章，和同時作家相比，最具新的特點。例如一九〇〇年二月在《清議報》刊佈，傳誦一時的《少年中國說》，其中說：

> 造成今日之老大中國者，則中國老朽之冤業也；制出將來之少
> 年中國者，則中國少年之責任也。彼老朽者何足道，彼與此世
> 界作別之日不遠矣，而我少年乃新來而與世界為緣。如僦屋者
> 然，彼明日將遷居地方，而我今日始入此室處。將遷居者，不
> 愛護其窗櫳，不潔治其庭廡，俗人恒情，亦何足怪！若我少年
> 者，前程浩浩，後顧茫茫。中國而為牛為馬為奴為隸，則烹臠
> 鞭棰之慘酷，惟我少年當之。中國如稱霸宇內，主盟地球，則
> 指揮顧盼之尊榮，惟我少年享之。於彼氣息奄奄與鬼為鄰者何
> 與焉？彼而漠然置之，猶可言也。我而漠然置之，不可言也。

使舉國之少年而果為少年也，則吾中國為未來之國，其進步未可量也。使舉國之少年而亦為老大也，則吾中國為過去之國，其漸亡可翹足而待也。故今日之責任，不在他人，而全在我少年。少年智則國智，少年富則國富；少年強則國強，少年獨立則國獨立；少年自由則國自由；少年進步則國進步；少年勝於歐洲，則國勝於歐洲；少年雄於地球，則國雄於地球。紅日初升，其道大光。河出伏流，一瀉汪洋。潛龍騰淵，鱗爪飛揚。乳虎嘯谷，百獸震惶。鷹隼試翼，風塵吸張。奇花初胎，矞矞皇皇。干將發硎，有作其芒。天戴其蒼，地履其黃。縱有千古，橫有八荒。前途似海，來日方長。美哉我少年中國，與天不老；壯哉我中國少年，與國無疆！

由今觀之，此文充溢著愛國情感，並指示國弱民貧的老大中國的一條出路，在當時真能極大地鼓勵民眾，產生振聾發聵的作用。其中用語或不免於繁冗，但作為古文與白話文的橋樑，在文學發展的重要地位實在不容忽視。

林　紓（1852-1924）

誰都知道，新文學運動的產生，受西方學術思想影響極大。因此，對那些早期的翻譯家加以介紹，自然是必要的。林紓字琴南，號畏廬，福建閩縣人。林氏本是清末民初的一位古文家，在獲取舉人資格後，便放棄了制舉之業，在北京大學堂、閩學堂教書，並開始了他的翻譯事業。他偶然譯出的小仲馬的《茶花女遺事》甚獲好評，遂引發了他的譯書興趣，先後翻譯了西洋文學作品一百五十六種，並出版了其中的一百三十二種。特別的是，林氏不懂西文，他的譯書，是由一個懂得原文的譯者，口譯出來，他便根據口譯者的話寫成中文，速度

甚快。雖然內容難免有誤，但這種大規模的譯介西方文學，對歷來固步自封的傳統文化，實在帶來了極大的衝擊和影響。

嚴　復（1854-1921）

字又陵，福建侯官人。早年赴英國學習海軍，歸國後曾從事海軍教育，且曾任北京大學校長。但其一生用力最勤，耗時最多的事業，乃在翻譯了幾種西洋名著。作品包括《天演論》、《原富》、《社會通詮》、《法意》、《名學》等八種。林紓所譯為文學著作，而嚴氏所譯則為思想性的名著。由於所涉及的思想，原義本已深奧，再加上嚴氏的譯文筆調，稍近於先秦諸子，所以「海內讀吾譯者，往往以不可猝解，訾其艱深。不知原書之難，且實過之。理本奧衍，與不佞文字固無涉也。」這種情況，與嚴氏譯書時，古文仍是一種通行文有關。在那個時候，翻譯外文究竟以甚麼原則作標準，意見至為紛紜，嚴氏也只能以「信、達、雅」為目標。信是忠於原著，達是辭能達意，雅是文筆雅馴。這三個標準，說來容易，但實行起來，究竟要如何配合，就絕不簡單了。無論如何，像林紓和嚴復窮畢生的精神，致力於西方思想與文學的介紹，這一開創的功績是必須予以肯定的。

第七篇
現代文學

第廿九章
新文學運動

　　進入二十世紀，實力不斷衰退並且積重難返的中華帝國，宛若一個站在炸藥桶旁的巨人，隨時會被爆炸撕成碎片。中華帝國的封建統治、宗族制度和建立在儒家道德的社會關係即將土崩瓦解。那些在西方歷經了長達數個世紀，讓西方世界改朝換代的革命，即將猛烈衝擊中國這片大地，橫掃這片大地曾經源遠流長的傳統。

　　同時，中國自身也在發生著翻天覆地的變化。一九○○年，鎮壓完義和團運動的封建中國已經氣弱如遊絲，遊走在被日本和西方列強瓜分的邊緣。但是，半個世紀後的一九五○年，對內和對外都經歷了持續不斷的抗爭和革命後，中國成為了一個人口眾多的社會主義國家。

　　一九一一年辛亥革命爆發，國民黨推翻了滿清政府，建立了以孫中山為臨時大總統的共和政體中華民國。不久後的一九一五年，袁世凱稱帝，推翻共和，復辟帝制改中華民國為「中華帝國」，共和政體以失敗告終。一九一六年袁世凱的病逝讓當時本已搖搖欲墜的北京政府成為了各路軍閥的獵物，揭開了軍閥割據時代。民國軍閥派系眾多，每個軍閥都控制著一片固定區域，軍閥為了獲得更多地盤和權力，不斷發起爭奪戰爭。當一九二八年國民黨再次掌權並在南京成立國民政府的時候，分裂的中華大地已經因為曠日持久的內戰到了幾近崩潰的邊緣。

　　甚至一開始，在數次圍剿中運用遊擊戰倖存下來的共產黨就在革命根據地成立了獨立政府，一直在發展壯大並困擾著南京國民政府。緊接著中日戰爭（1937-1945）爆發，從沿海地區開始入侵的日本軍

隊運用先發優勢，將中國政府的勢力範圍趕向了內陸。最終戰勝日本
也僅僅是國共兩黨繼續發動大規模軍事衝突的信號，日本戰敗並未帶
來中國和平。共產黨在八年抗日戰爭中日漸強大，最終壯大到能夠戰
勝國民黨。

　　除了蘇聯外，沒有任何一個國家像中國一樣在極短時間內，經歷
了這樣突如其來的驚人變革。孔子，這位中華文明歷史中最偉大的先
賢，也不再被國家所推崇。對於儒家的摒棄僅僅只是一個象徵，其背
後印證了多方面的重要含義：傳統宗族制度與支撐傳統宗族制度的禮
制的崩塌、科舉作為通用官員選拔的廢除、教育層面上儒家經典被西
方傳入的新興科學和民主知識所替代。

　　在滿清滅亡後新中國成立前，中國知識份子宛如活在一種精神真
空中。除了身體上的折磨，他們也遭受到了心理上焦慮不安和思想上
迷惑不解的困擾。儒家教條和它相關的一切封建禮教被認為阻礙了國
家進步而被摒棄，知識份子將各種新穎的外國思想和學說引入，但是
無一能夠真正融入中國，直到二十世紀中葉為止。前文所提到的這些
精神不安和政治的、社會的巨大動盪，都被這段時期裡大量的文學作
品所反映。這些文學作品包羅萬象、多姿多彩、生動有趣，但是同
時，這些文學作品缺乏心智的成熟和藝術的卓越。

　　現代中國文學（跨越了1919年-1949年）是新文化運動的產物。
新文化運動，又被稱為「新思想運動」、「新思潮」和「中國文藝復
興」，是源於五四運動（1919年5月4日，在北京的一場青年學生為主
的遊行示威，抗議巴黎和會決議將德國在中國山東的權益轉給日
本）。更重要的是，這場運動吹響了中國人民覺醒的號角，特別是讓
青年從無精打采和漠不關心中覺醒過來。廣義來講，這場運動是一場
同時涵蓋政治、社會和思想的兼收並蓄的文化運動。其觸及了中國人
生活和思想的方方面面，同時在中國從晚清過渡到現代的關鍵階段改

寫了中國的命運。新文學則與中國傳統文學形式有著天壤之別。

　　胡適（1891-1962）和陳獨秀（1879-1942）是新文化運動的先驅。兩人在早期通過不懈努力讓中國文學有了翻天覆地的變化，但後來兩人因為政見不合而漸行漸遠。擅長辯論的陳獨秀是中國共產黨的奠基人；而胡適作為一位學者，在抗戰期間任國民政府駐美大使。新文化運動的開端可以追溯到一九一七年初胡適在陳獨秀所創辦的《新青年》雜誌上發表的一篇名為《文學改良芻議》的文章。接著，陳獨秀在下一期《新青年》中刊出了自己撰寫的《文學革命論》對胡適的文章進行聲援。陳獨秀是當時北京大學文學院的院長（文科學長），在美國哥倫比亞大學攻讀哲學學成歸來的胡適，也在同年回到北京大學擔任教授。以上提及的兩篇文章，以及其他胡適所撰寫的相關文章，對近代中國文學有著深遠的影響。用胡適自己的話來說就是：「在一九一七年夏我回到中國時，（文學）革命已經進行得如火如荼了。(「The literary revolution was in full swing when I returned to China in the summer of 1917.」)

　　《新青年》旨在針對當時墨守陳規、內容空洞膚淺的舊文學進行改革，提倡新文學反對舊文學；提倡白話文反對文言文；提倡使用新式標點。在他們不懈努力下，從全國學校的教學語言，到文學作品、新聞報紙和期刊雜誌等都採用普通話，普通話從北京方言變成國家官方用語。《新青年》是較早期使用白話文和新式標點這種文學形式的刊物，比起從前晦澀難懂的文言文，白話文簡潔明瞭、淺顯易懂。同時他們希望可以將戲曲和散文小說的地位提升至與經典詩、詞一樣的地位。白話文學既是浪漫主義的又是理想主義的，同時又具有實用性和社會性，迅速席捲全國的白話文也對傳統中國儒家社會和儒家道德進行了抨擊，後來白話文和共產主義文學的結合成為了階級鬥爭和工農起義的武器。

　　對於這種激進的文學做法，反對者在一開始對其頗有微詞，但後來反對者的聲浪逐漸減少減弱。一九一九年，西方譯著甚豐的林紓對《新青年》同人發起了正面抨擊，要求國立北京大學對其進行開除；同時還暗中寫文章，文章中用虛構的人物來映射胡適和陳獨秀等人，激烈地公開指責並認為他們離經叛道的觀點需要得到懲罰。林紓的猛烈抨擊對這些新銳志士並沒有激起多大的水花，當時運用白話文的觀點已經在大學中站穩了腳跟，同時還得到了中國文壇絕大多數的支持，他們輕易就將這些保守頑固的觀點剔除掉了。

　　大量原創作品在這個時期湧現，隨之而來的還有數量龐大的翻譯作品。各種政治的、社會的和經濟的條約，還有外國作者的文學作品等等湧入了市場。正是這個時期的翻譯，使得許多小說和新思想能夠進入中國，同時成為了激發近代中國作家的源泉。就文學作品來說，代表浪漫主義的拜倫和雪萊、歌德和席勒都曾紅極一時，隨著後來實用主義的興盛，十九世紀法國和俄國的小說，像福樓拜、左拉、莫泊桑、高爾基、杜斯妥耶夫思基和托爾斯泰等作者，成為了中國作家崇拜的對象。有時王爾德和易卜生又會在中國備受推崇，直到地位被蕭伯納、高爾斯華綏和奧尼爾所取代。在那個時期被引進中國的外國文學作品還有希臘史詩和悲劇、法國象徵派詩歌、英國從莎士比亞到哈代的全部作品，還有俗稱「弱小民族」的文學。

　　從一九一九年到一九四九年這三十年間，林紓所翻譯的作品數量之多，放在中國歷史的任何一個時期都是無人能及的。這些新翻譯的作品在品質上對比以往也有顯著提高，近代翻譯者與前輩們相比有著各種優勢，比如他們掌握外語的條件更充分，對西方文學有更直接的瞭解，也更有機會體驗國外的生活，對國外的接觸也更深入。還有專門的文學媒介機構說明近代翻譯者們更適切地鍛造外國著作的譯音。這使得他們翻譯的外國作品不僅信、雅、達，並且能成功地翻譯出原著的文學精髓。

　　西方文學著作對近代中國文學的巨大影響，掩蓋了中國學者對探索建立一套新標準所做出的努力，也掩蓋了中國學者對中國自身民族文學批判所做出的努力。這些學者的努力即使被掩蓋，他們的成就仍然是傑出的、舉足輕重的。早在一九一二年，王國維編寫了《宋元戲曲考》。十三年後，魯迅在他的著作《中國小說史略》中對其做出了進一步的詮釋。這兩本先鋒之作，各自都為學生學習中國戲曲和中國小說給出了寶貴資料，這是前人所不能及的。同時，為進一步學習這些文學體裁打下了堅實基礎，也為他們之後的研究學習鋪平了道路。在這點上，胡適和其他作者在詮釋和編輯明清小說的相關作品中也頗有建樹。這燃起了人們對這些白話文學作品的興趣，這些興趣促成的成果現在也都被廣泛認識到了，也成功使得中國和日本對那些迄今不為人知的中國戲曲和小說作品有了新的發現。一些民間廣為流傳的樂曲和民謠也被系統彙編，這使得民間詩歌也日漸豐富起來。

　　並沒有任何經典文學的研究被忽視。基於文獻可靠性和清末明初以來的疑古思潮，人們對中國經典文學的注解作品進行了大量研究，特別是儒家經典和先秦著作作為重點文獻進行了仔細的考證，其中許多古代著作都被認定為偽造作品。同時，一大批學者致力於研究古代經典，如：《詩經》和《楚辭》。借助一些新興機構持有的大量近期搜集的材料，中國學者開始了中國文學史的編制，其中一本就是一九二八年胡適寫的《白話文學史》。該書前言講到，胡適認為白話文學是中華文化遺產中最寶貴的部分。在他看來，跟不上發展步伐的文學作品，哪怕內容再豐富再能體現當時的時代特性，都僅僅算得上是傳統文學史罷了。可惜的是，胡適在完成了對九世紀中唐時期的詩人白居易和元稹的研究後，就再沒有繼續下去了。鄭振鐸（1898-1958）曾對完成整部文學史做出過重要嘗試，他的著作《插圖本中國文學史》（1938年，共3冊），首次運用了白話文學新發現的資料，是同類書籍

中綜合性最強的。對此類研究的進一步探尋可見他之後的著作《中國俗文學史》（1938年，共2冊）。

　　中國學者的努力不僅僅局限於文學史。實際上，包括語言、哲學、歷史、教育、政治思想和習俗等，中國文化的每一個方面都被系統地研究過並且每一個方面都有比較有代表性的著作，如：顧頡剛《古史辨》（1926年）、馮友蘭《中國哲學史》（1934年，共2冊）、錢穆《國史大綱》（1940年，共2冊）、陶希聖《中國政治思想史（上下）》（1942年，再版，共4冊）和侯外盧《中國思想通史》（1963年，新版，共4卷）。新文化運動是一場如此聲勢浩大的學術運動，文學作品產量之多，研究之透徹，無愧於「中國文藝復興」的稱謂。

第三十章
現代詩歌與散文

一　現代詩歌

　　在新文學運動開始的最初幾年，詩歌的創作能量不斷激增。在此之前，二十世紀初的中國作家儘管有革命熱情，但仍保持傳統的形式和韻律，像是運用常規的五言和七言詩句，儘管這些已經隨著時代的推移而過時。用舊的技巧創作對唐宋時期達到頂峰的中國詩歌的發展幾乎沒有什麼幫助。很明顯，中國現代詩人為了幫自己開闢新的道路，必須創造出一種截然不同的原創體裁。當機會來臨時，胡適和其他批評家指出了詩歌的新方向，強調了用白話進行詩歌創作的優勢。在現代西方詩歌為詩歌創作活動帶來的刺激下，使得大量詩歌作品和詩集的出版，以及詩歌在期刊和報紙上的收錄，並且一些詩人也完全獻身於詩歌創作。

　　根據當時國內的政治發展，中國現代文學可以分為三個時期，每個時期大約十年。第一個十年（1917-1927）是以國民黨北伐和次年國民政府在南京成立而告終。

胡適（1891-1962）

　　這是詩歌創作一個熱情洋溢的時期，也是詩歌產量豐富的時期，因為作家們都激動地想要在語言和形式上打破陳規，嘗試新的東西。最著名的實驗家是胡適，繼承了龔自珍「但開風氣不為師」的格言。他在一九一九年十月發表的文章《論新詩》是第一篇關於新詩理論與

實踐的重要著作。胡適提出推翻古典詩詞的約束，要求「推翻詞調曲譜的種種約束；不拘格律，不拘平仄」的寫作綱領，可以說為白話文來寫詩的歷史揭開了序幕。其實，早在一九一六年胡適就開始用現代用語寫作，他現存最早的白話詩歌可以追溯到一九一七年。這些詩歌和其他詩歌於一九二〇年出版成冊，命名為《嘗試集》。雖然這些實驗詩本身沒有什麼重大價值，但它們清楚地指出了中國詩歌的發展方向。

以胡適為榜樣，新派作家力圖將詩歌從過去的陳規中解放出來。他們提倡人們使用生活中的語言，以簡單直接的文體取代過時的文學用語，採用自由詩體和自然節奏，無需顧及詩體的聲調模式和傳統形式，隨意地使用押韻，以及在使用押韻的地方，可以自由地按照現代普通話發音的押韻，而不是盲目地遵循傳統韻書中的劃分。更重要的是，中國現代作家在尋找新的詩歌媒介過程中，在詩歌中引入了對工人和農民單調生活的現實描寫以及對愛情和革命的浪漫情懷。

當時的新詩人大多是北京的大學生，胡適對他們的影響力相當大。其中最主要的是國立北京大學的朱自清（1898-1948）和汪靜之（1902-1996）；在清華大學的聞一多（1899-1946）和朱湘（1904-1933）；以及燕京大學的冰心（1900-1999）。學生時代的朱自清創作了幾卷詩集和隨筆，在這些作品中顯示了他和藹可親的性格，這使他受到後輩的喜愛。但他很快就放棄了詩歌，轉而從事學術和大學教學，成為新詩的敏銳批評家和古典詩歌的專家。汪靜之的作品在他很小的時候就出版了，可是他突然從文壇消失，他以創作熱情洋溢的情詩而聞名。在這些作品中，他使用了「擁抱」和「親吻」等中國詩歌中的新鮮詞彙，雖然對年輕的讀者很有吸引力，但也讓老人們和思想保守的人感到震驚。冰心，一個歌唱星星和泉水、童年和母愛的詩人，她模仿她非常崇拜的印度詩人泰戈爾的意象和韻律，在她的詩

歌、書信和故事中，永遠是保持著青春活力。儘管賦予這一形象的女詩人多年來已經發生了很大的變化，但她作為一個精緻和美麗的女性形象仍然徘徊在讀者的視野中。聞一多和朱湘則在後面的篇章將與他們有關的「新月派」再一併討論。

郭沫若（1892-1978）

　　是這早期的主要詩人，也是中國現代主要的文學人物之一，他是創造社的創始成員。他由於對自己在家鄉四川一個省城所受的教育感到失望，再加上民國成立後發生的激動人心的政治事件，郭沫若便於一九一四年赴日留學，並在日本生活了七年。在此期間，他對文學產生了興趣，並廣泛閱讀日本和西方的詩歌。在拜倫、雪萊、海涅、惠特曼和泰戈爾的影響下，他寫了許多詩歌，後來發表在《女神》（1921）上。同年，他與郁達夫、張資平等人前往上海，在那裡成立了創造社，此後數年，創造社一直是新文學的堡壘。

　　當郭沫若在從事詩歌、散文、故事和歷史劇的創作，翻譯歌德的作品（《少年維特之煩惱》、《浮士德》），以及為創造社編輯期刊時，陷入了沮喪憂鬱，這是當時知識份子的普遍情緒。他們對國家的政治局勢、內戰和社會動盪深感失望，不顧一切地尋找解藥──一種揭露民族罪惡的方法。一九二四年郭沫若轉向馬克思主義研究，將日本馬克思主義著作《社會結構與社會革命》翻譯成中文。這標誌著他人生的轉捩點，他從浪漫的革命者到馬克思主義的戰士。同時也導致了他摒棄個人主義和民主，轉而選擇集體主義和社會主義；他在文學作品中摒棄泛神論和唯美主義，支持無產階級主義。

　　經過短暫的政治活動，郭沫若參與了國共鬥爭，他為了躲避國民黨的迫害，逃到了日本。在他第二次在日本停留的十年（1927-1937）裡，他寫了自傳小品和歷史小說；他還從事以甲骨文和青銅器

銘文為基礎的中國古代社會的學術研究。他在一九三七年抗日戰爭爆
發後回國，當國共統一戰線時他又再次投身政治，但很快卻因交戰雙
方第二次分裂而退出政界。一九四九年共產黨的勝利穩固了郭沫若在
中國大陸新政府和文藝界的領導地位。

　　郭沫若是一位多才多藝的作家，雖然他對學習的各個方面都有廣
泛的興趣，但他的重要貢獻是成為一名詩人。他至少寫了八卷詩集。
他要求得到個人的解放，也希望能對社會的壓迫發起反擊，他正是代
表了一九二〇年代動盪不安的精神；他既不能忍受傳統社會的束縛，
也不能忍受嚴格死板的詩歌形式和規則。他在詩歌中尋求完全的表達
自由，他大聲歌唱，並歌頌政界、宗教界和文學界的造反者。他就像
火山爆發，打破並摧毀了傳統主義堅硬的外殼，噴湧出革命思想的熔
岩。他的詩富有生命力和創作活力，但缺乏藝術性和精緻性。他的一
些詩以一種無法抗拒的熱情影響著讀者，但更多的時候，他們只是用
毫無想像力的宣言和挑釁的口號轟炸著人們的感官。

徐志摩（1897-1931）

　　在第二個文學十年（1927-1937）間，詩歌的產量急劇下降，但
那些出現在印刷版上的作家們，他們的作品在語言、風格和意象的使
用上卻表現出成熟的跡象。最早嶄露頭角的是新月社的詩人，他們於
一九二八年出版了《新月月刊》，一九三〇年出版了《詩刊》。從美國
大學畢業的學生們在那裡學習了西方詩歌和詩歌理論，在這個群體中
占主導地位。其成員中最著名的是徐志摩、聞一多和朱湘。作為團體
的精神領袖，胡適當時已從詩歌創作轉入大學教學和行政管理；他偶
爾也會對政治發表一些評論。於是，新月派的領導權就落到了徐志摩
身上，正是他為新月派的運動奠定了基礎。

　　與當時的其他作家一樣，徐志摩開始接受文學以外的教育。在美

國哥倫比亞大學主修銀行學和社會學幾年後，他前往英國劍橋大學繼續攻讀政治經濟學。正是在那裡，他被引領進入到西方文學和英國文學界。這激起了他對詩歌的濃厚的興趣，他在接下來的十年（1921-1931）中一直保持著這種興趣。一九二二年回國後，除了在大學任教外，他還熱愛冒險和詩歌創作。憑藉瀟灑的個性、豔麗的筆風、廣為人知的戀情和他的詩情畫意，徐志摩在一九二〇年代成為年輕一代的焦點。他的浪漫生活和他的浪漫詩歌一樣受到人們的讚賞，這些詩歌不僅精緻、自然，而且充滿無限的想像。但那些曾短暫照亮他詩篇的天才火花很快就在悲劇中熄滅：一九三一年十一月，他在一次飛機事故中喪生。

聞一多（1899-1946）

雖然聞一多在學生時代是一位頗有前途的年輕詩人，但同時他也是一位批評家和學者。和郭沫若一樣，他是一個天生的戰士，對這個世界的不公正有著同樣的憤怒和怨恨。儘管他充滿激情，但從他的性格上來講，他從來都不是一個行動派；因此，他退回到學術生活的圈子裡。在他再次扮演改革者的角色之前，他置身於書香中將近二十年，而後他投身於一場風雨飄搖的政治運動。一九四六年七月，抗日戰爭結束後不久，聞一多在昆明西南聯合大學擔任中國文學教授期間被國民政府的特工暗殺。

人們熟知聞一多的主要原因是他對《詩經》、《楚辭》和《唐詩》等中國古代文學的學術研究，以及對新月派詩歌概念和理論的闡述。在徐志摩的帶領下，新月詩人致力於將西方詩歌引入中國詩歌，重新強調詩歌的形式和韻律，這些都是十年前的先鋒所摒棄的。引用聞一多的一句名言：新詩應該是「戴著鐐銬的舞蹈。」──他們甚至試圖嘗試讓中文遵從英文十四行詩的形式，聞一多還提倡一種詩歌，它將

建築的形式美、音樂的節奏美、色彩的絢麗和繪畫的細緻結合起來。
正是新詩的純粹藝術性吸引和激勵了新月派詩人和他們的追隨者。

朱　湘（1904-1933）

　　這種對詩歌的獻身精神，在朱湘的生活和作品中可以找到一個典
型的例子。年僅三十的他，在長江中投河自盡，總是令人感到婉惜
的。朱湘是聞一多的同學，在美國留學幾年後，在中國的大學教授西
方文學。然而，他的主要興趣是詩歌而不是學術研究，與聞一多相
似，朱湘要求重建詩歌的格律。他的作品多受西洋詩的影響，音調、
句法多具有一定的格律，而且文字也比較洗練。簡言之，他的詩極有
韻致，修詞美而富於柔情，為詩壇放出異彩。在他短暫的一生中，他
也出版了幾本西方詩歌的原文和譯文。

戴望舒（1905-1950）

　　在一九三二年首次出版的文學期刊《當代》，撰稿的詩人將西方
的象徵主義和意象主義融入中國詩歌。他們的領袖戴望舒和李金髮
（1900-1976）曾在法國留學，在那裡他們受到馬拉美、魏爾倫和其
他法國象徵主義者的影響。他們是浪漫的抒情詩人，在美麗而細膩的
夢幻的世界中逃避現實的嚴酷，在他們的詩歌中，他們試圖通過生動
的象徵手法和栩栩如生的描述來表達這種情感。他們用一種模糊的、
敏感的、易感染人的語言，將生活中的豐富多彩的情緒編織成詩，在
詩句中不使用任何連接詞和關係詞，從而讓讀者用自己的想像力架起
一座跨越鴻溝的橋樑。這就是為甚麼這些詩人的詩歌晦澀難懂的原
因。這些瑕疵，再加上他們不切實際的生活態度，這使得他們受到了
許多批評。總之，戴望舒的詩繼承和發展了後期新月派、二十世紀二
〇年代末象徵詩派的詩風，開啟了現代詩派的時代，因此被視為現代

詩派「詩壇的首領」，他也因為詩作《雨巷》一度被人稱為「雨巷詩人」：

　　撐著油紙傘，獨自
　　彷徨在悠長，悠長
　　又寂寥的雨巷，
　　我希望逢著
　　一個丁香一樣的
　　結著愁怨的姑娘。
　　她是有
　　丁香一樣的顏色，
　　丁香一樣的芬芳，
　　丁香一樣的憂愁，
　　在雨中哀怨，
　　哀怨又彷徨；

　　她彷徨在這寂寥的雨巷，
　　撐著油紙傘
　　像我一樣，
　　像我一樣地
　　默默彳亍（chìchù，小步慢走）著，
　　冷漠，淒清，又惆悵。

　　她靜默地走近
　　走近，又投出
　　太息一般的眼光，

她飄過
像夢一般的，
像夢一般的淒婉迷茫。

像夢中飄過
一枝丁香的，
我身旁飄過這女郎；
她靜默地遠了，遠了，
到了頹圮的籬牆，
走盡這雨巷。

在雨的哀曲裡，
消了她的顏色，
散了她的芬芳
消散了，甚至她的
太息般的眼光，
丁香般的惆悵。

撐著油紙傘，獨自
彷徨在悠長，悠長
又寂寥的雨巷，
我希望飄過
一個丁香一樣的
結著愁怨的姑娘。

詩中描寫了古色古香的江南城鎮小巷的雨景，烘托出意境的迷

離，無人的長巷則暗示詩人深深的寂寥和惆悵之情。全詩的韻律和意象組成一幅印象派的音畫，特別是行內韻與疊句的運用，抑揚起伏，使讀者產生一種纏綿反復的感覺，意味無窮。戴氏的其他詩作也有相似的效果，讀者們可以多看看。

與新月派作風截然相反的是中國詩歌協會的左翼成員，他們的機關刊物《新詩歌》於一九三三年首次問世。當時，中國文學已被一股不斷高漲的左派思想和情緒淹沒，啟發這些思想和情緒的是一群團結一致的共產主義作家們，他們的影響開始延伸到中國現代文學的每一個領域，包括詩歌。雖然他們都沒有獲得很高的詩人地位，但他們成功地將自己的觀點推介給了同行的作家和讀者大眾。作為一個在人民反封建反帝國主義的新時代裏覺醒和歌唱的詩人，這些詩人主張在形式、語言和內容上回歸民間詩歌。他們相信在民謠和鼓樂中使用通俗的表達和俚語是傳達人們情感和渴望的最佳媒介。他們沒有回避現實，而是尋求揭露其不愉快的一面。這些政治動機使他們在一場巨變的革命前夕，能夠大膽地譴責半殖民地和封建社會的罪惡。

由於詩歌的交匯融合，湧現出了一批年輕的作家，他們超越了文學圈的界限，成為了可能是中國現代最著名的詩人。這些或多或少同時代的詩人，他們的背景、氣質、技藝和觀點儘管各不相同，但在一九三○年代中期都以他們的第一卷詩集贏得了聲譽和認可。其中包括由田間（1916-1985）創作出版的《未明集》；由艾青（1910-1996）撰寫的《大堰河》（1936）；卞之琳（1910-2000）、何其芳（1912-1977）和李廣田（1906-1968年）三人的詩歌合集《漢園集》（1936年）等。

一九三三年，卞之琳出版了一本書，名叫《三秋草》。這些詩人的成功不局限於三○年代，更是在一九三七至一九四七戰爭年代的後期，他們都以自己的方式為現代中國詩歌做出了重要貢獻。在北京大

學讀書的時候，這三個年輕人住在學校附近的漢園，他們沉浸在西方
文學和哲學中，這些體驗對他們這一時期的寫作產生了影響。他們的
早期教育與新月派有著更多的聯繫，他們的詩歌最初是在新月派的出
版物中發表的，但後來的戰爭使他們從年輕浪漫的夢想中驚醒，所以
他們將創作的焦點完全轉移了。當現實的鞭子狠狠無情地打擊了他們
時，他們反擊：他們竭盡全力應對殘酷社會所施加的壓迫，無數飽受
饑餓、寒冷和戰爭的受害者就是明證，他們用自己的才能在詩歌和散
文中預示著一場社會巨變的來臨。作為詩人，三人中的老大李廣田以一
種簡單、自然、近乎質樸的風格寫作。何其芳是西方浪漫主義的追隨
者，有時作品中也帶有抒情主義，但在戰爭的影響下他受到鼓舞，寫
出一種將血肉之情真實生動再現的詩歌。卞之琳是一位感性細膩、深
思熟慮的詩人，他善於用一些巧妙的短語和詩歌的意象展現生活中讓
人悸動的場景，使他的詩不會像他的前輩一樣被晦澀的符號和豔麗的
色彩所淹沒。

艾　青（1910-1996）

　　曾經在角逐「中共詩人桂冠」的艾青和田間，自從文化大革命以
來，一直生活在恥辱和默默無聞中。儘管他們的詩歌新穎、獨特、有
力度，但被共產主義的批評家們批鬥了，因此他們更加失寵了。但是
必須指出的是，艾青和田間以他們在遊擊區親身經歷為基礎的愛國詩
歌為戰爭提供了幫助。這個時期的艾青的作品，有著思想深刻、題材
廣泛及風格多變的特點。他曾經說：「一首詩裡面，沒有新鮮，沒有
色調，沒有光彩，沒有形象—藝術的生命在哪裡呢？」他又說：「給
一切以性格，給一切以生命」他的代表作品如《曠野》（1940）、《黎
明的通知》（1946）都能經得起文學史的考驗。又如《雪落在中國大
地上》（1937），全詩通過描寫大雪紛揚下的農夫、少婦、母親的形

象，表現中華民族的苦痛與災難，表達了詩人深厚的愛國熱情，曾是
廣為流傳的範文：

　　　　雪落在中國的土地上，
　　　　寒冷在封鎖著中國呀……
　　　　風，
　　　　像一個太悲哀了的老婦。
　　　　緊緊地跟隨著，
　　　　伸出寒冷的指爪，
　　　　拉扯著行人的衣襟。
　　　　用著像土地一樣古老的話，
　　　　一刻也不停地絮聒著……
　　　　那從林間出現的，
　　　　趕著馬車的，
　　　　你中國的農夫，
　　　　戴著皮帽，
　　　　冒著大雪，
　　　　你要到哪兒去呢？
　　　　告訴你，
　　　　我也是農人的後裔——
　　　　由於你們的，
　　　　刻滿了痛苦的皺紋的臉，
　　　　我能如此深深地，
　　　　知道了，
　　　　生活在草原上的人們的，
　　　　歲月的艱辛。

而我，

也並不比你們快樂啊，

——躺在時間的河流上，

苦難的浪濤，

曾經幾次把我吞沒而又卷起——

流浪與監禁，

已失去了我的青春的最可貴的日子，

我的生命，

也像你們的生命，

一樣的憔悴呀。

雪落在中國的土地上，

寒冷在封鎖著中國呀……

沿著雪夜的河流，

一盞小油燈在徐緩地移行，

那破爛的烏篷船里，

映著燈光，垂著頭，

坐著的是誰呀？

——啊，你，

蓬髮垢面的少婦，

是不是

你的家，

——那幸福與溫暖的巢穴——

已被暴戾的敵人，

燒毀了麼？

是不是

也像這樣的夜間，

失去了男人的保護，
在死亡的恐怖裡，
你已經受盡敵人刺刀的戲弄？
咳，就在如此寒冷的今夜，
無數的，
我們的年老的母親，
都蜷伏在不是自己的家裡，
就像異邦人，
不知明天的車輪，
要滾上怎樣的路程？
——而且，
中國的路，
是如此的崎嶇，
是如此的泥濘呀。
雪落在中國的土地上，
寒冷在封鎖著中國呀……
透過雪夜的草原，
那些被烽火所齧嚙著的地域，
無數的，土地的墾植者，
失去了他們所飼養的家畜，
失去了他們肥沃的田地，
擁擠在，
生活的絕望的污巷裡；
饑饉的大地，
朝向陰暗的天，
伸出乞援的，

顫抖著的兩臂。
中國的苦痛與災難，
像這雪夜一樣廣闊而又漫長呀！
雪落在中國的土地上，
寒冷在封鎖著中國呀……
中國，
我的在沒有燈光的晚上，
所寫的無力的詩句，
能給你些許的溫暖麼？

　　聞一多熱心鼓勵青年詩人，曾暗指田間為「時代的鼓手」。田間的詩歌，使人們對詩歌朗誦產生了新的興趣，達到了宣傳的目的。他們精練、有力、從容粗獷的語言，甚至他們的流行口號和戰鬥口號，都對群眾有吸引力。例如，田間在1943年發表的作品《給戰鬥者》，描寫日本侵略者的兇殘和中國人民的苦難，召喚人民追求珍貴的自由：

我們是一個巨人
生活就要戰鬥，
高貴的靈魂，
寧死也不屈服：
伸出雙手來，
雙手來，迎接——自由！

在鬥爭裡，
勝利
或者死

　　在詩篇上，
　　戰士底墳場
　　會比奴隸底國家
　　要溫暖，
　　要明亮。（《給戰鬥者》）

　　總而言之，從胡適到田間，中國現代詩歌的發展似乎經歷了一系列的矛盾和休整。首先，這首詩的範圍廣泛，從自由詩到「敲鼓（drumbeat）」詩，受西方啟發的新形式和韻律與本土傳統中的流行詩歌和民間詩歌形成強烈對比。其次，詩歌語言經歷了從文學語言到白話語言，從華而不實、矯揉造作到粗獷實用，一直在不斷變化，最終形成了以農民語言代替文人語言的趨勢。然而，這種做法並沒有排除外來詞彙和表達的輸入，使用粗糙的音譯，以及引入新穎的形象和意境。第三，與古典詩歌相比，新詩整體上在描寫上更寫實，在情感表達上更清晰；一些現代詩歌也具有深刻的沉思或象徵意義，甚至是晦澀難懂的。最後，中國詩人雖然普遍具有強烈的社會責任感和人生使命，但大多數人的聲音並沒有淹沒少數因為詩歌而享受詩化的人。因此，儘管這些詩歌中有價值的部分很少，但它們龐大的數量，詩歌活動的強度，以及中國詩歌在短短三十年裡的迅速發展，都給人留下了深刻印象。事實上，詩人對他們使命的認真態度和奉獻精神，使詩歌在二十世紀中國文學中佔有重要的意義。

二　現代散文

　　除了學術散文著作（scholarly prose writings）有歷史的和政治的自然屬性外，雜文（informal essays）構成了近代另一個重要成就。

近代作家在創作時有著先天優勢，他們既可以從中國大師作品中汲取養分，也可以從外國作品中獲得靈感。不論是正式的還是非正式的散文種類，中國人對掌握散文作品藝術的精髓有著悠久的歷史，他們精通山水遊記、傳記、人物刻畫、諷刺和幽默描寫、書信和奇聞軼事。二十世紀開始的前十年，剛才提到的各種散文作品類型都有蓬勃的發展，只是形式上用的是文言文，而現在被白話文所替代，但是那些新想法和新思想同樣被人所知悉。

周樹人（1881-1936）

　　也就是魯迅，和他的兄弟周作人（1885-1967），是兩位著名的散文作家。他們被譽為「雜文」先鋒，這種散文類型以不拘泥於形式和內容，題材生動廣泛而著稱。一九二四年十一月，周氏兩兄弟在北京創辦了《語絲》週刊，此刊成為了新文學最有影響力的刊物之一。周作人曾稱，《語絲》的精髓在於「任意而談、無所顧忌」。此刊對文章的選擇也只有一個要義：文章要大膽地表達作者的觀點，體現真誠的態度。而由於擔心觸怒當時的軍閥政府，政治問題是該刊唯一不納入討論的內容。儘管如此，一九二八年，在北京當局對於編者和作者提出指控的威脅下，《語絲》不得不遷至上海，一九三〇年最終停刊。儘管擁有同樣的家庭背景和相當的教育程度，周氏兄弟的性格、寫作風格和內容卻截然不同。兩者一開始都是文學表達的改革者、文學思想的創新者，後來因為各自的政見相左，一步步漸行漸遠。魯迅成為了當時革命的左翼作家代言人，儘管後期人們主要討論的是他的短篇小說，這也使得魯迅的短篇小說最為著名。其實魯迅作品合集以雜文為主的。在那個動盪的年代，魯迅堅信，批判社會上橫行的罪惡是一位作家的本職工作。無情的現實生活迫使他在直面慘澹的周遭時苦苦掙扎。散文於魯迅而言，就是一把能刺穿敵人的利刃，所以他和他的

讀者都能靠他的筆殺出一條逃出生天的血路。魯迅在他的文集《華蓋集·續篇》中的《無花的薔薇之二》說到：「血債必須用同物償還。拖得越久，就要付更大的利息！」他針對的既有個人也有大眾，那些敵對陣營的知識份子們，被他犀利狠毒的言辭擊中要害而滿心憤恨。

周作人（1885-1967）

周作人晚年則與右派保守黨派為伍，而這則成為了他文學生涯永遠的污點。儘管如此，他作為一位著名散文作家所具備的高超的洞察力、奔放的文筆風格和出眾的審美是不應被此污點所掩蓋的。魯迅給人尖銳、刻薄、激進和抗爭的印象，周作人卻有一種讓人親切的幽默感，慈祥的外表、平易近人和容易害羞的性格讓人們對他和魯迅的印象完全相反。周作人天生就擁有謙卑和謙遜的性格。厭倦了外面的腥風血雨，他隱居在自己的書齋裡喝茶，談天，讀書，擺弄古玩、珍寶，研究神鬼。他的處世哲學就是中國知識份子遇到艱難困苦時經典的對應方式，這也讓他飽受爭議。讓人驚訝的是，在日本佔領中國北方的時候，周作人竟然一頭紮進了政治漩渦中成為了敵軍協作者（漢奸）。他卑劣的政治行徑為同胞所不齒也讓人料想不到。這需要時間和寬容（有時候是回顧歷史時看事情的不同角度）才能讓人們將他的作家和學者屬性從漢奸中剝離出來。

朱自清（1898-1948）

在寫景抒情的散文方面，朱自清的聲譽在新文學的早期是無可匹敵的。他的《槳聲燈影裡的秦淮河》、《荷塘月色》、《綠》、《匆匆》、《背影》是屢次被選作範文的名篇。他是江蘇揚州人，清華大學教授。朱自清寫景的散文細膩而不枝蔓，清麗而不花哨，因為他也是詩人，以突出景物的詩意為主，它們都是散文詩，使讀者進入詩的意

境。由於他的古典文學修養深厚，他創造性地運用古詩文的語言，並在關鍵處引用古詩以點出所寫景物的詩情畫意，所以能更縝密地再現古詩那種濃郁而言簡意賅的優美意境。他也避免古代寫景文喜歡生硬牽強地發議論的毛病，著重在欣賞，讓感情在對景物的欣賞時流露出來。他特別善於寫關於水的景物，他的這類散文使人如親臨江南的水鄉，領略到水景種種形態的美，如他寫江南的春雨：

> 雨是最尋常的，一下就是三兩天。可別惱。看，像牛毛，像花針，像細絲，密密地斜織著，人家屋頂上全籠著一層薄煙。樹葉兒卻綠得發亮，小草兒也青得逼你的眼。傍晚時候，上燈了，一點點黃暈的光，烘托出一片安靜而和平的夜。在鄉下，小路上，石橋邊，有撐起傘慢慢走著的人，地裡還有工作的農民，披著蓑戴著笠。他們的房屋，稀稀疏疏的在雨裡靜默著。

《背影》一篇著重於敘事抒情。文學作品多突出寫母愛，而這篇散文寫父親的細緻周到不下於母親，母愛往往是熱烈表露的，父愛則是克制含蓄的，作者恰如其分地寫了出來。一反他寫景文語言的清麗，《背影》的文字比較樸實，這說明作者運用語言的圓熟自如，可以掌握多樣的風格。

林語堂（1895-1976）

　　是另一位散文雜文的代表人物。早期留學美國讓林語堂中英寫作都同樣出色。他在國外聲名大噪前，林語堂在二十世紀三十年代的中國文學圈子甚為活躍。他是《語絲》的主要撰稿人，在《語絲》停刊後，他創辦了三本半月刊：《論語》創辦於一九三二年；《宇宙風》創辦於一九三五年；《人間世》創辦於一九三四年（很快停辦）。編輯的

刊物以他輕鬆和詼諧的態度，為他贏得了「幽默大師」的稱號。《宇宙風》被左派作家批評為市儈的小資產階級知識份子裡低級、墮落的那類人，而實際上，林語堂的幽默比那些詆毀者所聲稱的要高尚得多。在他看來，散文就是用來表達作者個人觀點和真切情感、以及對全人類的同情、對人生種種事情真誠地表達沉思的文學模式。林語堂從未說過人世間悲劇帶來的傷痛能被星星點點的歡鬧所撫平，相反，他盡力引導人們用幽默和歡笑這種人性固有的特質去對抗嘲笑、苦悶和憤恨，就像他面對批評他的左派作家一樣。換言之，林語堂認為小品是表達作者個人對人生的看法及感情的一種文學形式，他的寬廣而富於人道精神的同情，他對生活中的矛盾及其種種表現的思考，都可以通過小品親切自然地流露出來。林語堂提倡一種溫和的幽默感以作替冷嘲熱諷、譏刺怒罵，來緩解當時分裂的文壇的對立情緒。不過這一想法在當時中國激烈的政治鬥爭形勢下自然是不切實際的。

豐子愷（1898-1975）

　　專門寫散文自成一家的還有豐子愷，他以《緣緣堂隨筆》（1931）而蜚聲日本。緣緣堂是他在故鄉浙江石門灣所建的私宅，他曾在這裡生活五年，抗日戰爭中毀於炮火。選擇「緣緣」這個名稱與佛教信仰有關，從這一點可以看出，他是一個佛教徒。正因如此，他以一個佛教人道主義者的目光來看世相，作品中洋溢著一種悲天憫人的博愛之情，同時常常帶有宗教的哲理。他還是一個多才多藝的畫家、音樂教育家和翻譯家。他的散文中這方面的題材與主題也比較多。

　　除了反對日本侵略、主張抗戰的一些愛國主義篇章外，豐子愷的散文牽涉政治問題的很少，主要是寫身邊瑣事，寫童心，寫親子之愛，鄉土之情，懷念師友，談藝術，談讀書，以純樸自然的筆調，夾以幽默，於平淡之中發掘耐人尋味的情事及人生的哲理，把它們寫得情趣盎然。

　　豐子愷也欣賞閒情逸致，不過與周作人有些不同。周作人的閒適中常帶有傲然的高雅，而豐子愷的追求閒逸則帶有謙和的人情味。周作人力圖與周圍的塵寰隔絕，逃避在自己的小天地裡，豐子愷則隨遇而安，在世俗的條件下尋求樂趣的超脫。《白鵝》（1946）一文是這種心態的表現，它寫作者抗戰期間，閒居在重慶沙坪壩廟灣自建的小屋裏，「這屋實在太簡陋，環境實在太荒涼，生活實在太岑寂」，於是他餵養了一隻白鵝。他觀察鵝的生態，描寫牠的習性，發現牠的可愛又可笑之處，鵝成為他的生活的伴侶和朋友：

> 　　自從這小屋落成之後，我就辭絕了教職，恢復了戰前的閒居生活。我對外間絕少往來，每日只是讀書作畫，飲酒閒談而已。我的時間全部是我自己的，這是我的性格的要求，這在我是認為幸福的。然而這幸福必須兩個條件：在太平時，在都會裡。如今在抗戰期，在荒村裡，這幸福就伴著一種苦悶——岑寂。為避免這苦悶，我便在讀書、作畫之餘，在院子裡種豆，種菜，養鴿，養鵝。而鵝給我的印象最深。因為牠有那麼龐大的身體，那麼雪白的顏色，那麼雄壯的叫聲，那麼軒昂的態度，那麼高傲的脾氣，和那麼可笑的行為。在這荒涼岑寂的環境中，這鵝竟成了一個焦點。淒風苦雨之日，手痠意倦之時，推窗一望，死氣沉沉；惟有這偉大的雪白的東西，高擎著琥珀色的喙，在雨中昂然獨步，好像一個武裝的守衛，使得這小屋有了保障，這院子有了主宰，這環境有了生氣。

　　由於大書法家王羲之的喜愛，鵝在動物中是比較受藝術家歡迎的。這種情趣只有東方人最能理解。在現代散文中，豐子愷的隨筆充滿這種東方色彩的情趣，日本讀者對他的作品感到特別親切是很自然的。豐

子愷曾為自己的畫集寫過五首詩作為代序，其中一首云：「泥龍竹馬眼前情，瑣屑平凡總不論。最喜小中能見大，但求弦外有餘音。」這應該是理解和欣賞他的隨筆的一把鑰匙。

謝婉瑩（1900-1999）

筆名冰心，她是新文學最有才華的女作家之一。冰心不僅是詩人，也是散文家。她模仿印度詩人泰戈爾而作的小詩，歌唱自然、母愛和童年，當時曾風靡詩壇。在她的散文集《寄小讀者》（1923-1926）中，基本上也是這些題材，但更為細膩。她的詩，單從形式上看，如散文，而她的散文，不從形式上看，則如詩。冰心能使她的讀者對一株小草或滿天繁星感到難以用言語全部表現的無窮的美，可是如果脫離她筆下少女的夢幻般的世界，那麼就會感覺她對人生的剖析遠不夠深刻有力。當然，不能對一個作家這麼全面的要求，她有自己的風格。

我們還可以舉出一些其他散文家的名字，不過從體裁方面來看，魯迅的雜文，周作人的小品、朱自清的寫景抒情文、林語堂的幽默感和人道精神、豐子愷的隨筆，他們的成就在各自領域，很少有人超越。

第卅一章
現代小說與戲劇

一　現代小說

　　二十世紀中國小說文學的最顯著的成就是短篇小說和長篇小說。中國現代小說以明清時期《三國演義》、《水滸傳》、《西游記》、《紅樓夢》等優秀小說為基礎。有了這些範本，現代小說家的初始任務就容易多了，因為他們不像詩人和劇作家，不必費力地創造一種新的語言和風格的問題。取而代之的是，他們有著一些最好的敘事散文樣本，它們是用通俗而現實的對話寫成的，充滿智慧和幽默。然而，長期口述傳統的慣用手法，如敘述者在每章末尾的旁白和插入，現在被摒棄，變成更緊湊的情節和立體化的人物塑造。這些技巧是從西方學習的。此外，傳統的文學才華展示方式也被打破，去除一系列與故事本身幾乎沒有關聯的詩句。

　　事實上，外國的影響在小說、戲劇和詩歌中都很突出。雖然新作家熱衷於閱讀本土故事和小說，但許多人也認真研究西方小說藝術。在風格和內容上，中國現代小說的主流是鮮明的現實主義和社會主義。在風格和內容上，中國現代小說的主流是在法國和俄羅斯傳統中的鮮明現實主義和社會主義色彩。雖然浪漫的愛情故事和感傷的自傳小品在早期很受歡迎，但當代的主要小說是社會批評小說，其明確目的是揭露生活和社會的黑暗面，介紹社會主義和共產主義等革命思想，喚起農民、工人和士兵對群眾的興趣和同情。

魯　迅

　　這一時期幾乎所有主要的中國小說家，包括魯迅、茅盾（1896-1981）、老舍（1899-1966）和巴金（1904-2005），都摒棄浪漫主義，轉而支持社會現實主義。作為開創中國現代小說的先鋒作家，魯迅在國內外廣受讚譽，儘管他的短篇小說數量與他上面提到的大量「雜文」相比是很少的。魯迅早年在海軍接受訓練，後來在日本學習醫學。在日期間，他對文學產生了興趣，作為將他的同胞從精神疾病和癱瘓的危險中拯救出來的最有效的手段。他把餘生都獻給了文學。他不僅用自己的文學才華來支持社會改革和革命事業，而且對腐朽的封建社會採取了毫不妥協和鬥爭的態度。正當他在散文中以不懈的精力揭露當代各種各樣的問題時，他在其小說中同樣有力地揭露和抨擊了中國傳統社會的陰暗面，表明人們在貧窮和無知中過著單調、無意義的生活。作為中國意識形態戰線上的一名不屈不撓的鬥士，他由此在去世前不久成為了一場文學運動的領袖。這場運動最終於一九三〇年組織了左翼作家聯盟，這也標誌著左翼和右翼陣營作家之間激烈爭論的開始。

　　魯迅的成就在於他在一九一一年辛亥革命前的生活經驗，講述了家鄉浙江紹興小鎮居民的現實、諷刺故事。在他的兩本短篇小說一九二三年的《吶喊》和一九二六年的《彷徨》中，共有二十五個故事，他創造了一些那個時代和那個地點裡令人難忘的人物。他的故事場景出現在酒館、市場和公共廣場上，讓人想起他童年時經常出沒的地方。在一系列的電影閃回中，出現了瘋子的形象和情節，受到了幻象般的迫害；孔乙己，被打得很慘，腿都斷了，因為偷書而離開；這是一個不可抗拒的阿Q，安慰自己的「精神勝利法」，戰勝了在他的拳戰中制服他的流浪漢。

　　雖然魯迅的故事和人物都是本土的，但他的敘事技巧和風格卻是典型的西方風格。日記作為一種敘事形式在中國小說中是新出現的，《狂人日記》與果戈理（Nikolai V. Gogol-Yanovski）同名的故事有一定的相似性，差異主要在於背景、主題和人物。他冷靜的現實主義，他對事件和情境的謹慎選擇，他實事求是的敘事，以及看似冷漠的客觀性，都有助於在東西方最好的傳統中體現敘事藝術。

　　一九一八年，魯迅的《狂人日記》在《新青年》中出版，標誌著中國現代小說的開始。作為借鑑西方寫作技巧的革新者，他的努力得到了兩個不同作家群體的支持——成立於一九二〇年的文學研究協會和次年的創造社。雖然他們寫了不同形式的文學作品，但他們的主要作品，尤其是文學研究社的作品，都是在小說領域。其官方機構《小說月報》由上海商務印書館出版，是二十世紀二十年代中國現代文學的堡壘。該雜誌刊登了大量短篇小說，並將協會成員以及後來出名的年輕作家的長篇小說連載。另一方面，創造社的出版事業也遇到了麻煩。它曾經出版過的季刊、月刊和週報的保存期從未超過一兩年；他們被停職是因為缺乏財政支援，有時是因為審查制度。

創造社

　　創造社初期主張為藝術而藝術，在文藝思想上崇自我、重個性、抒發內心，在文藝創作上追求「藝術至上」。後期轉向馬克思主義，一九二五年五卅慘案後，提倡無產階級革命文學，接受社會主義的寫實主義。最初，詩人、劇作家郭沫若在創造社的出版物上發表了幾篇感傷愛情的故事和一部中篇小說。然而，該協會的主要小說家是郁達夫（1896-1945）和張資平（1893-1959）。張資平以他的三角戀愛小說而聞名，小說中經常注入新血液，這在年輕人中很受歡迎。然而，由於同樣的主題和情節一再重複，情況只發生了微小的變化，張資平

的小說已經被保守派視為不道德，進一步引起了新批評人士的不滿，他們認為小說是社會改革的工具。

　　同樣的批評也針對郁達夫，他的個人素描充斥著感性和多愁善感。和他的幾位同輩一樣，郁達夫無疑也有寫作天賦，他關於病態的年輕人與貧困和失業做著絕望的鬥爭的故事，如《春風沉醉的晚上》，對讀者很有吸引力。當時，創造社的小說家們在他們的作品中表現出普遍的浪漫憂鬱和浮躁情緒。但是，在接下來的十年裡，隨著這種情緒轉變為一種激烈的革命主義，創造社的作家們發現自己站在了十字路口：他們要麼與郭沫若和革命軍一起前進，要麼像張資平一樣被落在了後面，不適合加入這個行列。

文學研究社

　　文學研究會的簡章說：「本會以研究世界文學，整理中國舊文學，創造新文學為宗旨。」他們提倡寫實主義的文學，主張文學應該反映社會的現象，表現並討論有關人生的問題；反對無病呻吟的名士詩文，攻擊當時用文言寫的舊詩詞、以文學為遊戲的鴛鴦蝴蝶派，也攻擊後起打著浪漫主義旗幟的創造社。文學研究社的小說家既致力於「為生活而文學」，他們能毫不困難地跟隨著時代的變化。在他們的故事中有三組人物：第一組是中產階級公民，由商人、辦公室職員、學校教師和知識份子組成；第二，工廠工人和苦力；第三組是農民。在與社會壓迫的生死鬥爭中，所有人都出現在中國偉大小說家茅盾的作品中。

茅　盾（1896-1981）

　　本名沈德鴻，字雁冰，浙江桐鄉縣人，一九一三年考入北京大學預科文科。一九一六年，北大預科畢業，就職於商務印書館編譯所，

一九二〇年擔任《小說月報》的主編。一九二一年，與鄭振鐸、耿濟之、王統照等十二人發起成立文學研究會，提倡現實主義文學。茅盾和批評家鄭振鐸一起，在他的作品中堅持並舉例說明了研究會的觀點，即文學應該反映社會狀況和當前的社會問題。茅盾對當代生活非常感興趣，他同情工廠工人和農民的悲慘境遇；為了改善他們的狀況，他提倡社會改革和政治革命。在他的小說中，明確表明階級鬥爭的必然性和革命變革的必要性。這種信念使他站在左翼作家一邊，幫助他成為共產黨政權的文學領袖，僅次於郭沫若。

　　通過對中國現代社會的客觀和分析性描述，茅盾已經成為一位權威的、但非官方的編年史家。在他的《蝕・三部曲》（1930）中，包括三部中篇小說《幻滅》、《動搖》和《追求》，描述了在國民黨軍隊北伐之前和北伐期間的關鍵時期，一群年輕知識份子的不懈奮鬥。儘管飽受「幻滅」和「動搖」之苦，這些知識份子，包括一些是工會領袖和政治鼓動者，有為偉大理想而戰的意志；他們不同於他們的前輩，前輩們沒有奮鬥就漫無目的地憔悴。

　　在茅盾的《子夜》（1933）中，出現了一個新的社會群體，代表著上海大都會的金融和工業界。這個社會的上層由銀行家、本土實業家、為外國利益服務的買辦，以及在充滿投機和欺騙的市場中運作的股票經紀人組成。這些男人周圍都是家庭中的女性成員，她們沉迷於物質和感官的享樂，還有吞噬和掠奪他們的下屬和寄生蟲。在下層社會中，是無產階級，他們中的大多數是社會棄兒和工廠工人，勉強維持著微薄而無意義的生活。通過將這些不同群體的生活線索編織成一幅巨大的掛毯，茅盾成功地在中國小說中首次生動地描繪了上海商業世界，充滿了熙熙攘攘的生活和活動。在其華麗和歡樂的外表背後，隱藏著醜陋和骯髒、卑鄙和背叛，最終導致其帝國主義的垮臺。為了準備這部小說，茅盾研究了這個社會的悲劇，甚至是它骯髒的一面。

另一方面，他的軟弱有時會受到批評，他的勞工代表只是沒有血肉的機器人。

　　茅盾的短篇小說三部曲《春蠶》、《秋收》和《殘冬》描繪了無產階級的另一部分——快速衰敗的農村地區的廣大群眾。在這些故事中，他不僅表現出對農民的同情，而且真誠關心他們的福利，同情理解他們的困難和失敗。他認為他們的貧窮和痛苦不僅僅是由無知和迷信造成的。事實上，儘管有這些缺點，茅盾故事中的農民仍然擁有中國人民的許多傳統美德：勤勞、忍耐和堅韌。面對慘敗，他們堅持與自然災害和人類壓迫作鬥爭。村民們對「敵人」的看法和處理方式存在分歧。老一代堅持其信念，勇敢但盲目地戰鬥到最後一刻，而更直言不諱和衝動的年輕一代則傾向於挑戰現有的權威，在極端情況下，加入社區暴亂。後者不安的精神和大膽的行動也標誌著即將席捲全國的大革命。

葉聖陶（1894-1988）

　　另一位具有代表性的文學研究社作家葉聖陶，原名葉紹鈞，江蘇蘇州人。他對現實細節表現出同樣的仔細觀察，並對社會及其問題表現出類似的興趣。葉聖陶是一個白手起家的人，由於家庭條件艱苦，無法負擔大學教育，他開始了在商業出版社擔任編輯的文學生涯，後來與朋友一起創辦了開明書局，成為教育和文化領域的重要出版商。葉聖陶寫的是親情、童年天真、農村教育和學校教師的挫折，這些都是他熟悉和個人關心的主題。他以語言優美、風格成熟以及對生活的深刻觀察而聞名。雖然他的描述和敘述非常客觀，但他的故事很少因此而單調乏味；最重要的是，他們表現出真誠而熱情的人性。葉聖陶沒有煽動讀者的情緒，也沒有讓人物成為他的口頭禪，而是以普通中產階級為主體，不假思索、毫不誇張地呈現這些人物，並頻繁地觸及

幽默和悲情。寓言文學性質的童話集《稻草人》和長篇小說《倪煥之》是他的代表作品。

舒慶春（1899-1966）

字舍予，筆名老舍，滿洲正紅旗人，生於北京。中國現代小說在老舍的作品中得到了最好的表達，他的小說《老張的哲學》於一九二六年以連載形式首次出現在《小說月刊》上。在狄更斯影響下，這部小說以及在倫敦創作的其他小說中，老舍試圖用一些玩笑和善意的幽默來緩和生活的嚴酷。然而，在二十世紀三〇年代初回到中國後，老舍發現中國的生活太殘酷了，不能掉以輕心。因此，老舍小說的風格、主題和內容都發生了顯著的變化，他的幽默逐漸過渡到對弱勢群體的同情。《駱駝祥子》（1938）無疑是他的傑作，一個年輕人力車夫的悲劇故事在一系列生動的場景中展開。人力車夫在爭取經濟獨立和社會尊嚴的鬥爭中進行了艱苦的戰鬥，這是他一生中唯一的抱負。曾經身體強壯、頭腦健康的他，在一次又一次的不幸中逐漸失去了他的快樂、樂觀和天真。肉體上的愛情和不匹配的婚姻侵入了他的生活，給他帶來了進一步的焦慮和痛苦。最後，在社會的壓迫下，他被粗魯地從他超越人力車夫同伴的夢想中驚醒，沉入虛無之中，這是社會上所有悲慘生物注定要面對的命運。因此，黃包車夫的故事具有普遍性，是一部集機智、悲情和人性於一體的宏大作品。古往今來，中國作家把青年學者和勇敢的戰士，甚至是土匪、惡棍和流浪漢，塑造成英雄，但這是第一次北京街頭的普通勞動者以英雄形象出現。

老舍的《駱駝祥子》體現了中國現代小說在情節建構和人物塑造方面的最高成就。中國傳統小說的主要缺點是結構鬆散，故事由一系列雜亂無章、有時不相關的事件聯繫在一起，這可能是長期口述習慣的結果。就連在西方上學的中國現代作家也未能為他們的長篇小說構

思出一個嚴密的情節。因此，值得讚揚的是，在其他人未能為他們的
作品提供連貫性的情況下，老舍能夠根據自己的中心情節巧妙地構建
自己的敘事。同樣地，儘管中國作家在人物塑造方面已經成為大師，
但他們經常會讓讀者失去耐心，因為在敘事過程中，次要人物無數次
出現，然後消失得無影無蹤。恰恰相反，老舍筆下的人物不僅吸引了
讀者的注意力，而且根據他們在故事中各自扮演的角色，也以適當的
比例脫穎而出，每個人都為故事的發展做出了應有的貢獻。在採用西
方技術的同時，老舍和曹禺一樣，也很好地利用了本土材料和當地情
況。他用一種直接、表達力強、富有本土特色的語言寫作。

　　儘管在他那個時代引發了激烈的文學爭議，但老舍一直保持著無
黨派的態度，並與其他作家保持著良好的關係，他從未遠離自己的年
齡和國家。在戰爭年代，對於一次緊急的服役請求，他以熱情和獻身
精神做出了回應。作為中華全國文藝工作者反侵略聯合會主席，他說
明組織了文藝工作者的統一戰線，試圖為民族事業團結起來。他本人
不知疲倦地投身於宣傳活動，包括寫詩歌、故事和戲劇，以喚起愛國
主義情緒。一九四九年之前，我們對老舍的總體印象是，他是一位深
受愛戴和尊敬的作家，認真、盡責，致力於自己的使命，沒有同時代
人的缺點和失敗。

巴　金（1904-2005）

　　與老舍不同，巴金他似乎超越了他那個時代的政治喧囂，在早期
作為一個新的無政府主義者採取了強烈的意識形態立場，他的名字是
巴枯寧（Mikhail Bakunin）和克魯泡特金（Peter Kropotkin）的代名
詞。然而，他的革命主義只是空想式的，很快就在他與現實的接觸中
消失。巴金出生於四川成都的一個地主士紳家庭，在年輕人的不安躁
動的驅使下，他離開內地前往大都市上海和南京，尋找教育機會和文

化刺激。後來，他前往法國，在那裡工作了兩年（1926-1928），致力於西方思想和文學的研究。為了消除他在異族社會中的孤獨感，他寫了第一部小說《滅亡》。在一個遙遠的地方，他能夠虛構出一系列戲劇性的場景和發生在家裡的時間，最終以一個年輕的革命者企圖暗殺上海的一個軍閥的生命為高潮。與老舍的早期作品一樣，這部小說在一九二九年的《小說月刊》上的連載引起了評論界的批判性關注。受這一初步成功的鼓舞，巴金決定在那年晚些時候回到上海後開始文學生涯。在接下來的幾年裡，他創作了大量短篇小說和長篇小說，包括兩個三部曲，並成為中國現代作家中產量最多的作家。

他著名的三部曲《激流》包括《家》（1934）、《春》（1938）和《秋》（1940），全面描繪了四川內陸一個富裕但頹廢的上層階級家庭，在那裡發現了二十世紀罕見的封建社會殘餘。按照中國傳統，這個宗族家族的幾代人生活在同一個家庭院落裡，他們不同的利益、欲望和衝突，最終導致他們不可避免的滅亡，在一個與紅樓夢一樣的範圍內被描繪。除了古老的青春和愛情主題，巴金在這部作品中引入了社會動盪和革命的新主題，從而突出了老年人和年輕人之間的衝突。

在《愛情三部曲》（1936）中，由《霧》、《雨》和《電》組成，巴金講述了愛與信仰的主題，愛的種子在霧中播種，在雨中發芽開花，在閃電中結出果實。在最後一部小說中，信仰已經根深蒂固，發展良好，從愛手中接管了控制人物生活的韁繩。巴金寫道：「在信仰到來之前，激情不可能完成每一件事。信仰對愛情沒有任何限制，但會加強它，更重要的是，它會通過為感情打開一個出口來引導愛情，讓感情慢慢而穩定地燃起，既不會被扼殺，也不會過時。」不用說，這裡所讚美的信仰代表了一位年輕的浪漫主義革命者的無政府主義信仰。然而，巴金這一階段的作品很快就結束了。

雖然巴金的文學活動在中日戰爭期間沒有減少，但在中華人民共

和國在中國大陸成立後，其文學活動大大減少。與上述大多數作家一樣，他對共產主義文學貢獻甚微，只發表了一小部分關於朝鮮戰爭的報告文學，頌揚了中國「志願軍」及其朝鮮同志的英雄主義精神。另一方面，巴金早期作品的持續流行，尤其是他的三部曲《激流》的電影版（1956），讓當時的共產主義批評家們感到震驚。顯然，巴金對年輕人的「有害」影響，如他的個人主義、悲觀主義，以及他在共產主義鬥爭中缺乏信心和勇氣，是不容忽視的；他的作品在集體批評會和報紙上遭到攻擊。自一九五八年以來，巴金的創作精力已經耗盡，他的作品不斷受到攻擊，他的餘生很可能仍然沒有成果，他的文學聲譽將取決於他在一九五八年至一九六二年間出版的十四卷文集。在這些作品中，巴金似乎是一位非常能幹的講故事者，他用流暢、輕巧的筆觸寫作，略帶情感色彩，與茅盾精雕細琢的風格和詳盡的文獻記錄，或與老舍粗獷的語言和令人信服的描述和人物刻畫的真實性形成了巨大對比。年輕而理想主義，衝動而熱血，巴金的英雄們為了追求崇高而激情澎湃的理想，自願地追求死亡和殉難。對巴金來說，青春是一件美好的事情，他的小說將永遠是所有時代的年輕讀者享受和安慰的源泉。

這一時期的文學明星周圍都是一些不那麼傑出的人物，在一九二○年至一九五○年的三十年間，每一位都為中國現代小說的發展貢獻了自己的才華。儘管他們在敘事風格和技巧、主題和內容上有所不同，但他們中的大多數人——如張天翼、丁玲和艾蕪——都可以被視為具有明顯左翼傾向的社會主義現實主義先鋒。

張天翼（1906-1985）

張天翼是一位敏銳而嚴肅的傳統社會批判者，是情節建構和人物塑造的大師。他在諷刺政府官員、鄉紳和城市知識份子方面尤其成

功。《華威先生》是一個以故事主人公的名字命名的小說，他是一個知識份子的寄生蟲，在中日戰爭期間，他以救國事業為生，茁壯成長。他認為自己是社會的支柱，自尊自大，是一個慣常的演說家和委員會成員，當他不通過與官員舉行採訪和會議來迎合自己的自尊心時，他會像一隻腫脹的青蛙一樣從一個政黨跳到另一個政黨。張天翼在無情地揭露同胞的缺點的同時，對生活保持著認真的態度，在他廣泛的諷刺中，他從不失去自己的分寸。

丁　玲（1904-1986）

也許是中國現代最著名的女作家，在她的第一部小說《莎菲女士的日記》（1928）中，以她對一名年輕女子性愛的坦率揭示和大膽闡述震驚了文壇。接著是其他類似性質的故事，故事的主角是一個典型的叛逆的年輕女性，通常患有精神病，被肉體和靈魂、情感和理性之間的衝突撕裂。為了滿足自己的愛情渴望和欲望，她敢於反抗傳統道德和專制社會，採取獨立行動。

在第二組故事中，丁玲講述了愛情與革命的主題，最後一組故事又成為她後期作品的主要主題。在這些作品中，她把大眾描繪成一個壓迫性政治政權的受害者，像她早些時候對壓迫性社會制度那樣，強烈而熱情地譴責獨裁統治政權。她新獲得的共產主義信念將她的注意力引向了農民的鬥爭和苦難，她在故事《水》中集中體現了這一點。當時，她與被國民政府淞滬警備司令部槍殺的共產主義作家胡也頻（1903-1931）的密切關係，讓她在監獄裡待了幾年（1933-1936）。

共產黨在西北地方建立政權後，她去了延安，成為文學界的寵兒。根據她在遊擊區的親身經歷，她創作了為史達林文學榮譽的《太陽照在桑乾河上》（1949），在這部小說中，她闡述了成功完成土地改革是社會主義革命的基本步驟這一主題。然而，她在共產主義政權中

的顯赫地位是短暫的，就連她的史達林文學獎也無法阻止她被污蔑為修正主義者，並被扔進共產主義的恥辱邊緣，這也是艾青、田間和其他幾位迄今為止知名的共產主義作家的共同命運。

艾　蕪（1904-1992）

《百煉成鋼》（1958）的作者，知名度不如上述作家，但作為小說家，其重要性也不少。艾蕪的創造必須被視為代表了中國敘事作家在共產黨統治的十五年（1949-1964）中所做出的最大努力。近年來，由於政治限制和對政治清洗的恐懼，大多數主要作家一直處於不活躍狀態，或逐漸淡出文壇。唯一值得注意的例外是艾蕪，他的文學活動有增無減。如今，丁玲已被清洗，張天翼已轉向兒童文學的寫作，只有艾蕪一人在共產黨老牌作家中倖存下來，成為當代中國小說的領軍人物，僅次於作品屬於共產主義時期的趙樹理（1906-1970）、周立波（1908-1979）、劉白羽（1916-2005）等新作家。鑒於意識形態正確性和符合黨的路線的嚴格要求，使中國共產黨的許多文學作品變得毫無生氣和刻板，艾蕪的故事至少有一些人類興趣的火花，可以緩解一九六〇年代中國共產主義盛行的高度政治導向的文學的單調乏味。

二　現代戲劇

在中國現代，戲劇和小說獲得了前幾個世紀從未有過的尊嚴和卓越地位。雖元雜劇和明清小說在它們所處時代十分流行，但它們並不被看作是主要的文學形式，且事實上是它們更是被在文學史上具有權威的儒家學者所輕視。隨著西方批評觀念的引入和西方文學本身的影響，這種輕忽的態度在二十世紀發生了巨大的變化。起初，日本的大學為中國留學生學習西方文學提供了一個便利的學習場所。後來，他

們直接去了歐洲和美國，親身探索他們文學靈感的來源。在對外交流和內在需求的促進下，他們創造了一種新的白話文學，在規模、影響力和數量上都達到了中國文學史上前所未有的高度。中國現代戲劇也叫新劇和話劇，其發展道路十分崎嶇。一九○七年，即五四運動前的十二年，新劇首次亮相於日本東京的中國學生社團。與更強調唱、舞、手勢的傳統音樂劇和京劇不同的是，話劇這些主要特徵：口語化、真實的舞臺佈景和反映強烈的社會現象。正如人們所預期的一樣，中國學生（他們成立話劇團如春柳社）演出的第一部戲劇是基於西方和日本作品的翻譯和改編，其中最重要的是小仲馬的《茶花女》（林紓翻譯）、比徹・斯托夫人的《湯姆叔叔的小屋》（林紓譯為《黑奴籲天錄》）和維多利亞・薩都的《托斯卡》（日本翻譯為《熱血》）。

　　由於財政的緊絀和大清幼童出洋肄業局駐東京的保守官員反對，所以這項由中國留學生在東京發起的戲劇運動十分短暫。但這份熱情從東京延續到了上海，其他戲劇創作者和一些春柳社成員又開始了運動，並積極開展表演，現被稱為「文明戲」。文明戲最初以其不斷改進的內容和舞臺技巧而聞名，後來在商業化的贊助商和非專業演員的影響下逐漸衰落。再後來，更是充斥了聳人聽聞的故事和廉價的噱頭，以迎合觀眾的低級趣味，演變成了三流的流行娛樂節目。於是，文明戲開創者的眾多努力化為烏有。

　　前面所說的發展就像是序幕，現代戲劇的真正開端，就像詩歌和小說一樣，是伴隨著二十世紀二○年代初首次興起的新文學運動而來的。此時，作家們通過一致的思考和努力，將西方戲劇引進中國文學。然而，此時戲劇所用的手法不再是小仲馬的浪漫主義，而是易卜生（Henrik Johan Ibsen）、蕭伯納（George Bernard Shaw）和高爾斯華綏（John Galsworthy）的現實主義。一九一八年初新青年雜誌刊出了易卜生的專號，其中收錄了胡適的長篇文章《易卜生主義》。尤其

是《玩偶之家》(別名《娜拉》),引發了作家們關於愛情、婚姻、女性家庭和社會地位的嚴肅討論。在宣言中,民眾戲劇社(由鄭振鐸、茅盾、歐陽予倩於一九二一年創立)的成員引用了蕭伯納的主張,即「舞臺是傳播思想的地方」。對於中國戲劇的新作家來說,戲劇顯然發揮著有用而獨特的功能。相比其他文學形式,戲劇也是更合適社會改革的工具,且更有效。

　　新劇作家的工作環境比前人的工作環境更有利。當然,他們必須和流行的京劇和最近輸入且很快在大城市娛樂界站穩腳步的美國電影競爭。儘管如此,他們至少有機會出版他們的作品;他們也得到了學院和大學的支持,學院不僅雇用他們擔任教師,還為他們的戲劇事業的啟動提供了方便的場所。像民眾戲劇社、上海戲劇社(1921)、南國社(1922)等組織和戲劇活動雖然短暫,但在上海大學藝術學院,中央美術學院,華南美術學院,廣州戲劇研究所,復旦大學戲劇社蓬勃發展。話劇學術機構總部位於城市中心,隨著鄉村劇院在大眾教育中心河北定縣的建立,話劇在在農村也站穩了腳跟。

胡　適(1891-1962)

　　現代劇作家可以分為兩類:業餘愛好者,他們對戲劇歷史具有一定興趣的;還有專業人士,他們對新戲劇具有巨大貢獻。胡適是早期的業餘劇作家之一,一個多才多藝的實驗主義者,他的《終身大事》也是自五四運動以來第一部白話戲劇。根據胡適所述,這部獨幕劇,最初是用英語寫的,應一些在學校參加表演的女學生的要求,後來才翻譯成中文。不幸的是,不得不放棄這個想法,因為沒有人想扮演女主角,她離家出走,跟隨情人——這一行為完全不適合在當時的女子學校進行公開展示。該劇在一九二二年由上海戲劇社舉辦的首次演出中效果不佳。這場表演中,女主角和她的母親模仿男性的聲音和手

勢，贏得了觀眾的熱烈的笑聲，以至於劇社使用男演員進行演示的不愉快做法被放棄了。

當時的非專業作家中還有詩人郭沫若，他掀起了歷史劇的熱潮，將戲劇詩化和注入反抗精神；還有物理學家丁思林（1893-1974），他的獨幕劇，如《壓迫》，一直受到學生社團和業餘戲劇組織的歡迎。

歐陽予倩（1889-1962）

二十世紀二〇年代重要的專業劇作家有歐陽予倩、洪深、田漢，和熊佛西。從歐陽予倩第一次在春柳社亮相算起，可以說他是戲劇界具有二十二年（1907-1929）表演經驗的重要演員，他多才多藝，擔任過演員、話劇作家、京劇改革者、電影導演，他也擔任過幾所戲劇學校的校長（如廣州戲劇研究院），晚年他也擔任中央戲劇學院院長這一重要職位，直到他去世。他的戲劇作品中，最著名的是《回家以後》，一部令人愉快的情景喜劇，以及演繹傳統家庭性別不平等問題的《潑婦》。

洪　深（1893-1955）

洪深從美國留學回來，他在哈佛大學著名戲劇學教授貝克的「第47工作坊」中學習。此外，他還將在的西方戲劇和戲劇理論知識引入到大學教學中，並先後擔任上海戲劇協社和復旦劇社的主任。通過與電影業的聯繫，他將自己戲劇上的才華和經驗貢獻予中國電影。作為一名劇作家，他的成名作是《趙閻王》，揭露了軍閥的邪惡，和他的農村三部曲。他還改編了詹姆斯‧巴里的《親愛的布魯圖斯》和奧斯卡‧王爾德的《溫德半爾夫人的扇子》，後者是當時最受歡迎的劇碼之一。

田　漢（1898-1968）

　　田漢從日本回來，是創作社的早期成員，是作品眾多的劇作家，有幾十部劇。他十分積極，對新劇作出了巨大的貢獻，他是南國藝術學院和南國社的創始人，主編專門研究戲劇作品的《南國月刊》。他創作的戲劇可以分為三類：他早期的劇作具有唯美傷感的色彩，以《咖啡店之一夜》為代表；他的現實主義社會戲劇有《獲虎之夜》，一個處於落後農村地區的家庭悲劇；以及反映他革命熱情的歌詞和戲劇，如《義勇軍進行曲》（電影《風雲兒女》（1935）主題歌）和《揚子江的暴風雨》。

熊佛西（1900-1965）

　　在劇作者中，有一個人雖不像其他人那樣豐富多彩，但同樣盡心盡力，那就是熊佛西，他在哥倫比亞大學學習戲劇，回國後主要從事戲劇研究。他的作品從喜劇開始，例如《藝術家》，一部關於社會對藝術家滑稽態度的鬧劇，後來延伸到嘗試為大眾教育運動提供農村戲劇。

　　儘管這些人作出了巨大的貢獻，但二十世紀三〇年代初期的戲劇活動還是局限於少數大城市的知識份子和學者。大多數原創和改譯的戲劇只是被彙編成文學作品，供公眾閱讀或研究，而不是在舞臺上出現。新劇徹底背離了中國長久以來的戲劇傳統，畢竟它是沒有大眾基礎和支持的舶來品。即使是資產階級，也必須接受教育，才能夠欣賞劇作家在其戲劇中試圖呈現的社會資訊和問題，更不用說單純的農村民眾了。

　　由於缺乏大眾的興趣，沒有一個公司願意承擔新劇的製作，因為他們將會遭受經濟損失。第一個重要的轉折點是二十世紀三〇年代中

期的中國旅行劇團，它由前南國社社員唐槐秋（1898-1954）帶領眾多戲劇工作中組成。劇團於上海成立，在一九三五年前往南京，開封、天津、北京等城市演出，演出曲目除了有眾多受歡迎的改譯作品（如《茶花女》和《溫德半爾夫人的扇子》），還有尚未出名的曹禺的作品《雷雨》。

曹禺（1910-1996）

　　本名萬家寶。早年就讀於天津南開中學時，對戲劇就產生濃厚興趣，那時他參加了學校戲劇表演，出演了易卜生的《人民公敵》，與人共同翻譯了高爾斯華綏的《鬥爭》。考入清華大學後，曹禺在一九三三年獲得了西方文學的學士學位，同年開始創作《雷雨》。《雷雨》描寫的是一個有錢人家經歷的衰敗、罪惡和不幸的故事，是一個慘烈的悲劇，是中國現代戲劇史上的里程碑。《雷雨》於一九三四年正式發表於《文學季刊》，這引起了洪深和歐陽予倩的注意。一九三五年，他們組織復旦大學的學生們演出了該劇。演出取得的初步成功鼓舞了旅行劇團，劇團先後與上海和其他城市演出。在此之前，從未有過一部現代中國戲劇能收穫觀眾如此多的熱情，同時，曹禺一夜成名。

　　處於鼎盛期的曹禺，在接下來的幾年裏迅速地完成了五部巨作：《日出》（1935），揭露了社會的黑暗，生動展現了其中黑幫成員對財色的無恥貪婪和受害者的苦難。《原野》（1937），一個發生在原始農村社區，關於仇恨、報仇和恐懼的精彩戲劇；《蛻變》（1940）是一部愛國劇，講述了抗日戰爭期間一名英雄女醫生成功重建一座戰地醫院；《北京人》（1940）是另一個關於大家族的沉痛悲劇，壓迫和封建的傳統思想奴役著家族中墮落和病態的人們；《家》（1941）改編自巴金同名小說，講述了一對年輕夫婦不幸而悲慘的愛情。這五部戲劇與《雷雨》一起，牢固地確立曹禺中國現代戲劇奠基人的地位，並在知

名度和文學成就上都超越了前輩和同輩。

　　而在接下來的二十五年間（1941-1966），曹禺僅寫出了兩三部平平無奇的原創作品，他在創作生涯晚期的著作寥寥，與早期的才華橫溢形成了強烈的反差。導致他的戲劇創造力衰退的原因是多方面的：抗日戰爭的爆發和破壞；承擔戲劇學院的教學任務和行政職務；新中國成立後他參與政治和文藝運動——從淮河的土地改革，到擔起前往布拉格、莫斯科、新德里、長崎的文化使命。當然，最重要的是，他「超階級觀點」的殘餘，使他未能受到共產主義文學批評的「啟發」。換句話說，當時中國沉悶且令人窒息的政治氣氛，並不利於像曹禺這樣的戲劇天才發展，在他的人生觀裡都是自由主義和人道主義。這些品質都在他賴以成名的頭六部作品中清晰地體現。參考一九三六年版本《雷雨》的序言中，主角與宇宙的不公與殘酷作鬥爭，曹禺這樣寫道：

　　　　……在這鬥爭的背後或有一個主宰來使用它的管轄。這主宰，希伯來的先知們贊它為「上帝」，希臘的戲劇家們稱它為「命運」，近代的人撇棄了這些迷離恍惚的觀念，直截了當地叫它為「自然的法則」。而我始終不能給它以適當的命名，也沒有能力來形容它的真實相，因為它太大，太複雜，我的情感強要我表現的，只是對宇宙這一方面的憧憬。

《雷雨》中，曹禺首次嘗試探索更深層次的生命和宇宙的奧義（特別是在〈序言〉和〈後記〉中），曹禺的內心情感如同暗流一般在他的其他戲劇作品中不斷湧現。他的世界觀從這些例子中很好的體現：在摧毀了兩位無辜年輕人的「雷雨」中；在城市險惡生活的黑夜後「日出」將至中；在加深對追捕和迫害的恐懼，「原野」裡的噩夢般的恐

怖中；在富有人類原始力量、精力和純潔的高大「北京人」形象中。

　　曹禺的作品中，廣闊的人性光輝透過宇宙的迷霧展現在我們面前。震驚於社會周遭的醜惡現象，他一次次地向這些封建家庭和社會的思想發起抨擊：傳統家庭中專橫偽善的家長，大都市中邪惡的黑幫老大，鄉村裡記仇的惡霸地主和毫無愛國精神的腐敗官員。除了這些主要的反面人物，他筆下還有很多有血有肉的人物。他們的習性和缺點，他們沒完成的願望和抱負，亦或是他們與這殘酷世界的徒勞抗爭，都喚起著我們的同情心。曹禺不是一個悲觀主義者或者厭世者。在他的作品中，人們看不到靈魂絕望地怒吼，但有人道主義者的悸動。他茫然地拼命想抓住希望的稻草，但是，又有誰能承受住生命中的雷雨呢。

　　雖然曹禺受惠於像易卜生、契訶夫、奧尼爾這樣的西方戲劇家，但是他的劇本主題和人物相較於前輩們更深刻地紮根於中國傳統文化中。正因為他的作品的原創性和富有地方特色的臺詞和人物，中國人更喜歡曹禺的戲劇，而不是改編和模仿外國戲劇模式的作品。曹禺在《現代中國戲劇》（1946）一書中用自己的話講述了他在這方面所作的努力：

> 因此，中國戲劇的宗旨，應該是反映中國人在動盪時代的生活和思維模式。我們的新劇不能是對西方舞臺的回應和模仿。易卜生不再是偶像，其他偉大的西方大師也不再是偶像。我們正在尋找真正具有遠見和熱誠的本土劇作家，他們的話語將反映我們人民的靈魂。

總而言之，曹禺的成功在於他能夠最好地總結戲劇藝術的經驗教訓，並出色地融入他在西方學到的舞臺藝術。他精心編排的戲劇富有極強

的力量和激情，對讀者和戲劇愛好者都有著強烈的吸引力。文學和商業上的成功幫助他創造新的戲劇，並吸引了大批城市的人們前來觀賞。

三　抗戰戲劇

初期，抗日戰爭的爆發打斷這股戲劇活動的浪潮。然而，在整個戰爭時期，戲劇不但沒有衰落，反而作為一種弘揚愛國主義的武器得到了復興。它以短劇的形式被帶去了鄉村，在街頭巷尾和集市上專為村民們表演。戲劇運動也從沿海大城市轉移到內地的城區，政府、學校和知識份子們已經從日軍手中撤離到這些地方。此時，出現了兩個重要的新劇中心，分別是戰時首都重慶和作家集結的桂林。在桂林，來自西南五省的九十個劇團曾齊於此參加戲劇節。在重慶，為了安全，選擇了空襲較少的兩個霧季，向觀眾呈現了三十多部長篇劇碼，且座無虛席。不僅作家和戲劇的數量有了顯著的增加，其品質和技藝也普遍有了提升。實際上，在戰爭年代，中國戲劇走向繁榮並日趨成熟。

戰爭初期，作家們被愛國主義情緒所點燃，但他們的戲劇缺乏深度和滲透性。作品中不斷出現強調戰士和農民的勇敢、敵人的殘酷、叛徒的可恥以及敵佔區人民苦難的主題，這些劇碼大多沒有藝術價值，而且千篇一律，單調乏味，但作為宣傳作品卻異常有效。而且此時面向的是與以往完全不同的農村觀眾。因此，必須設計新的戲劇來滿足新的需求。戲劇運動有廣泛的群眾支持，在共產黨佔領區更明顯，那裡為當地的農民和戰士產出了更好的戰爭劇碼。

在前線服役後，這部戲劇被帶回了城市裡，在那裡，中國陷入了一場曠日持久的戰爭。戲劇家們以戰區後方群眾的生活為主題，創造了一種成熟而清醒的文學形式，他們用諷刺代替幽默，用現實主義代替浪漫主義，用大量的現實生活取代了虛構場景。這些戲劇作品仍舊

專注於戰爭，但當緊張和壓力開始顯現在厭戰的人們身上時，作品中樂觀積極的情緒和理想化的傾向，則會隨著戰爭的進行而逐漸減少。這些改變顯而易見，例如，曹禺的《蛻變》，老舍和宋之的創作的《國家至上》，顯現出劇作家們早期的希望和抱負；宋之的所著的《霧重慶》，陳白塵的《升官圖》，這兩部作品則表達了戲劇家對戰爭結束時重慶生活和狀況的幻滅和失望。

　　在《蛻變》中，丁大夫將一個管理混亂的傷兵醫院改革為一個模範的醫療機構。曹禺從改革措施中看到了，將戰爭中衰敗的舊中國蛻舊變為一個偉大新國度的希望。在《國家至上》中，強調了漢族和回族這兩個主要民族聯手抗戰的主題。透過描寫回族老拳師的英勇，將這一主題輕鬆愉快地呈現出來。與這些理想化的主題相反的是，《霧重慶》展現了戰時首都人民的墮落生活，並揭露了知識份子裡的機會主義者和發戰爭財商人的可恥行為。在《升官圖》中，以兩個亡命之徒的視角，對官場腐敗進行了辛辣的諷刺。他們做了一個漫長的，愉快且真實的升官夢後，被員警抓住並被帶去群眾面前受審。

　　不得不提及兩部戰爭戲劇，它們講述了為事業奉獻自我的模範知識份子們鬥爭和勝利的故事。袁俊美國留學歸國，自己也同樣是一位教師。他所著的《萬世師表》，戲劇化地講述了大學教師林桐在任職的二十周年紀念，這一最具有意義的生活片段。此刻，在學生和同事對他的悼念中，透露了他在戰爭期間所經歷的苦難：他的兒子在他們長途跋涉至內地大學新址的途中死去；他的妻子長期患病；他的房子被敵人的轟炸摧毀；「他工資微薄難以維持生計。在這個值得紀念的日子裡，他妻子唯一能送給他的禮物是一條舊褲子，他身上那條二十五年前買的褲子，已經沒法再修補了。」儘管為了戲劇效果，主人公的生活細節有誇大的成分，但該劇真實且生動地刻畫出從北方大學往內地遷移的窮老師形象。

　　夏衍作為一位戰爭期間高產的作家，他的話劇《法西斯細菌》的主人公俞實夫是一位在日本受訓的中國細菌學家。在珍珠港事件的同期，俞實夫在香港經歷了戰爭的恐怖和殘酷之後，他放棄了他認為科學無國界的信念，自願到中國的紅十字會醫院工作。他曾經珍視的公理現在看來充斥著虛偽，因為戰爭告訴他，科學研究只能在適合其發展的環境下進行。因此，他大膽地從科學的象牙塔中走下來，投入政治生活和民族鬥爭的舞臺。他確信研究消滅傷寒病菌的前提正是消滅法西斯細菌，而迄今，他把自己的一生都奉獻給了這項研究。故事圍繞一位著名細菌學家展開，虛構但充滿著現實意義，展現了許多被迫離開實驗室和圖書館，走上戰場的中國科學家的內心活動和經歷。這些戰爭時期的戲劇呈現了三位正面人物，俞實夫、丁醫生和林教授，他們的形象雖有些理想化，但被塑造的十分立體。

　　與此同時，歷史人物也在重慶和桂林的舞臺上大放異彩。自元朝以來，中國人一直喜歡寫歷史劇。現代戲劇家也同樣為歷史劇的流行做出了貢獻，但正值戰爭年代，歷史劇成為了吸引內陸地區如日佔區上海戲迷們的主力。除了將愛國人士岳飛和文天祥搬上戲劇舞臺，中國劇作家們還加入了三個不同朝代的歷史名人：（1）戰國時期（2）南明時期（3）太平天國時期。西元前四到三世紀，即政治勾心鬥角和軍事衝突不斷的戰國時期，湧現了許多英勇的烈士和勇敢的刺客，他們為正義和自由的事業犧牲了自己的生命。十七世紀五〇年代，中國南部和西南部的明朝餘黨抵抗滿清入侵，這與二十世紀四〇年代的情況相似。在面對日本侵略的日益深入，國共合作顯現分裂時，戲劇史學家好似看到了太平天國（1851-1864）分裂後被滿清打倒的景象，將再次重演。因此，歷史劇的創作並不是為了逃避當下的現實，而是有意義地、不經意地讓人們從博大精深的歷史中上習得道德和政治思想。

　　創作歷史劇最多的，最高產的，就是詩人郭沫若。一九四一年，他將二十五年前於創造社所作的《三個叛逆的女性》中的三個短劇之一擴展為五幕劇。在接下來的兩年裡，他又創作了五部長篇歷史劇，其中最著名的是《屈原》，成功地展現了西元前三世紀的這位楚國愛國詩人純潔崇高的理想和戰鬥意志。該劇圍繞著忠誠正直的詩人政治家屈原與宮廷中由皇后和宰相組成的集團之間的衝突展開，腐朽貴族集團一心想要與敵對的秦國進行屈辱的和談。屈原的故事情節發生在一天之內，該劇趨近於希臘悲劇的簡單性和統一性。郭沫若本人在其中也看到了與《哈姆雷特》的相似性。在中國戲劇中，主角被險惡的腐敗集團迫害至發瘋的地步，即使他堅守住自己的品德，不被侮辱、陷害和陰謀所動搖。最終，以虛構人物屈原的侍女嬋娟死亡，屈原被逐出朝廷，流亡漢北為結局。屈原的餘生注定要在大江大河中流浪。

　　郭沫若創作的歷史劇以原創性的概念，豐富的想像力，充滿激情和詩意的語言為標誌。然而，他所作出的主要貢獻在於他對歷史的大膽態度。他不僅敢於犯時代錯誤，將新的思想融入歷史人物的臺詞作為傳聲筒，而且用現代的精神讓歷史更加鮮活，賦予他的角色如屈原，更加豐富的情感。他將歷史事件直接置於當下的現實中，用歷史來促成自己的政治運動。例如，在《屈原》第四幕的結尾，嬋娟當著秦國大臣張儀的面，大膽地說了一些不相干的話，南后下令封住她的嘴，於是發生了以下對話：

　　　　楚懷王：（向張儀）張丞相，我們楚國的瘋子太多了，今天實
　　　　　　　　在冒犯了你。
　　　　張　儀：（走著）啊，豈敢豈敢，瘋子多，是四處皆然的，不
　　　　　　　　過我真佩服我們南后呢。（向南后）南后，妳真是精
　　　　　　　　明呀！尤其是封鎖瘋子們的嘴，那是最好的辦法。

　　南后：多承你誇獎。

　　楚懷王：是的啦，封鎖住瘋子們的嘴，免得他們胡說八道，擾
　　　　　　亂人心。

如果說歷史與一九四一年劇本創作時的中國有任何關連的話，那麼對
於六〇年代的中國來說，幾乎可以預言的是，中國人民的聲音，包括
在戰爭年代劇作家們直言不諱的聲音，已經被壓制了近二十年。

後記

　　筆者於一九七五年九月入讀香港東華三院張明添中學中四級文組。除修讀英、數、世史、地理、經濟及公共事務等以英語授課的科目外，也有中文科和中史科。學校為了提高學生的中文水平，除教科書外，中文科以劉大杰《中國文學發展史》（三冊）、中史科以傅樂成《中國通史》為指定參考書。梁廣宏、翁達生兩位恩師讓我們用兩年的時間細讀二書，算是打下較紮實的文史基礎。轉瞬四十七年，筆者正擔任澳門一所藝術學校的中文組顧問，嘗試以時間的先後來重新編排約四十篇的高中課文。為了配合這個變動，經與負責的兩位資深中文老師商議，筆者決定編寫一份詳略得宜、可讀性高、適合自修的文學史供學生課外閱讀。此外，筆者十多年來在澳門大學教育學院任教大學一年級的「中國文學發展史」，故此也擬作為基本教材之用。這便是編寫這冊小書的緣由。

　　眾所周知，澳門和香港的高中語文課所涉及的範圍由先秦開始，下至新文學時期。而一般中國文學史著作大約可分為兩種：一種是古典文學，是從先秦到晚清；另一種是現代文學，主要是寫二十世紀的。如果要分別各選一種為基本材料，恐怕內容過於繁富，非今天的青年學生能夠負擔。如果只涉及古典文學，則又似有所欠缺。坊間也有《中國文學史精讀》一類的範圍相約的書籍，作為參加公開考試的天書。此類作品自有其編寫目的，對培養學生中國文學的興趣，似又未如理想。

　　經過反覆考慮，筆者決定分階段處理，以適應青年學生的需要，

與相對有限的學習時間。本書由先秦至南宋，均以劉大杰《中國文學發展史》為主要材料。為了適應港、澳學生的需要，現把原書縮減了原來篇幅的60%，整理原則為突出重點、刪繁就簡、擇要補充。行文方面，也做了大量必須的修訂，以適應現代的用語習慣。元明清部分則以本人的教學筆記為基礎，並大加修改，以配合本書的其他部分。至於二十世紀上半葉的文學史，則翻譯了柳無忌的《現代文學》（收於Herbert A Giles, *A History of Chinese Literature,with a supplement on the modern period*, by Liu Wu-chi, Frederick Ungar Publishing Co., 1967, pp.445-499），並利用柳無忌《中國文學新論》第十八章「現代的實驗與成就」（倪慶餼譯，中國人民大學出版社，1993，頁243-274）加以補充，共編為三章。全書共分七篇，合共三十一章，約二十五萬字。本書編寫力求「深入淺出，突出重點」，應適合於「少年十五二十時」、喜愛中國文學的青少年，或有同樣心境的朋友。

　　由於時間緊迫，本人邀請了溫如嘉博士參與編寫工作。溫博士負責全書底稿的文字檔，並準備了工作稿。她又負責先秦文學和現代文學兩部分的主編工作。由於柳無忌原著《現代文學（1900-1950）》用英文撰寫，是為翟理斯的《中國文學史》（1903）的重印而補寫。我們邀請了李嵐、歐陽嘉明、陳艷霞三位澳門大學教育學院畢業的高材生，分別編譯了現代小說、詩歌、戲劇的部分，而導論及散文兩部分則由溫如嘉博士編譯，並做了此篇的審稿。餘下的兩漢至晚清五篇的整理工作則由筆者負責，並對全書做了統稿工作，以統一體例和減少錯誤。

　　經過了差不多一年的光景，全書終於定稿。本書題為《新編中國文學發展史略》，一是它主要是劉大杰《中國文學發展史》的縮編本；二是無論從內容、行文、選材各方面都是重新編排的，除新增了不少重要作家的經典作品外，也加入了第七篇「現代文學」，以及豐

富了劉禹錫和王禹偁兩位大文學家的材料。二人對唐宋文學的發展曾發揮關鍵作用，值得向讀者介紹。第六篇「元明清文學」採用本人的教學筆記，主要是受全書字數的限制。這可能是本書最美中不足之地方，祈請各位讀者指正！

最後，筆者特別感謝北京師範大學中文學部李山教授及新亞文商書院院長楊永漢教授的賜序，讓本書增光不少。又，筆者衷心感謝澳門演藝學院錢浩程老師和施雅璇老師的鼎力襄助，使本書得以順利完成。同時，筆者再次感謝萬卷樓多年來努力推動中文教育的熱誠，概允本書的出版。

張偉保

二〇二二年五月四日

文學研究叢書・文學史研究叢刊 0802002

新編中國文學發展史略

作　　　者	張偉保、溫如嘉
責任編輯	張晏瑞
助理編輯	曾靖舜、林姿君

發 行 人	林慶彰
總 經 理	梁錦興
總 編 輯	張晏瑞
編 輯 所	萬卷樓圖書股份有限公司
排　　　版	林曉敏
印　　　刷	百通科技股份有限公司
封面設計	陳薈茗

發　　　行　萬卷樓圖書股份有限公司
臺北市羅斯福路二段 41 號 6 樓之 3
電話　(02)23216565
傳真　(02)23218698
電郵　SERVICE@WANJUAN.COM.TW
香港經銷　香港聯合書刊物流有限公司
電話　(852)21502100
傳真　(852)23560735

ISBN 978-986-478-748-7
2022 年 8 月初版
定價：新臺幣 780 元

如何購買本書：

1. 劃撥購書，請透過以下郵政劃撥帳號：
帳號：15624015
戶名：萬卷樓圖書股份有限公司

2. 轉帳購書，請透過以下帳戶
合作金庫銀行　古亭分行
戶名：萬卷樓圖書股份有限公司
帳號：0877717092596

3. 網路購書，請透過萬卷樓網站
網址　WWW.WANJUAN.COM.TW

大量購書，請直接聯繫我們，將有專人為
您服務。客服：(02)23216565　分機 610

如有缺頁、破損或裝訂錯誤，請寄回更換

版權所有・翻印必究

Copyright©2022 by WanJuanLou Books CO., Ltd.
All Rights Reserved　　　　Printed in Taiwan

國家圖書館出版品預行編目資料

新編中國文學發展史略 / 張偉保, 溫如嘉著. --
初版. -- 臺北市：萬卷樓圖書股份有限公司,
2022.8
　　面；　　公分. -- (文學史研究叢刊)
ISBN 978-986-478-748-7(平裝)
1.CST: 中國文學史　2.CST: 文學評論
　820.9　　　　　　　　　　111013590